U0924393

上　册

青岛出版集团 | 青岛出版社

图书在版编目（CIP）数据

浮京一梦 / 觅芽子著. -- 青岛 : 青岛出版社, 2025. -- ISBN 978-7-5736-3520-4

Ⅰ. I247.5

中国国家版本馆CIP数据核字第2025N8F995号

FU JING YI MENG

浮京一梦

觅芽子 著

策　　划　徐晓辰
责任编辑　方泽平
特约编辑　崔　悦
责任校对　耿道川
插　　图　陶　然　齐九子
装帧设计　王晶璎
出版发行　青岛出版社（青岛市崂山区海尔路 182 号）
本社网址　http://www.qdpub.com
邮购电话　18613853563
照　　排　梁　霞
印　　刷　三河市良远印务有限公司
出版日期　2025 年 8 月第 1 版　2025 年 8 月第 1 次印刷
开　　本　32 开 (880mm × 1230mm)
印　　张　17.5
字　　数　538 千
书　　号　ISBN 978-7-5736-3520-4
定　　价　65.00 元（全 2 册）

编校印装质量服务电话　**4006532017　0532-68068050**

编校印装质量服务

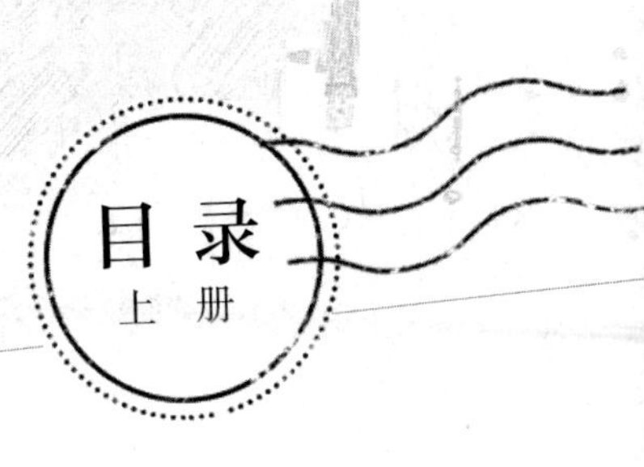

目录

上册

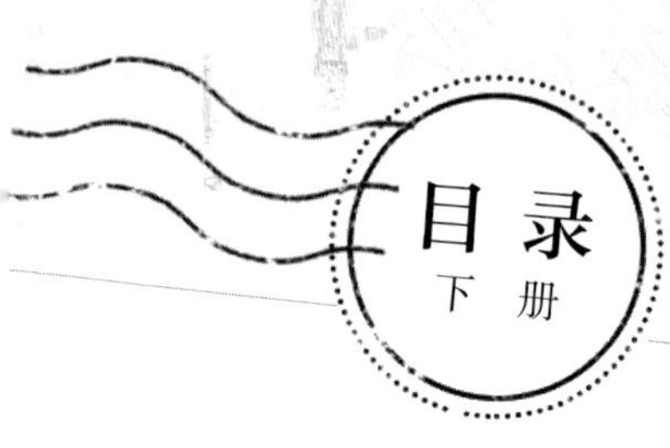
目录
下册

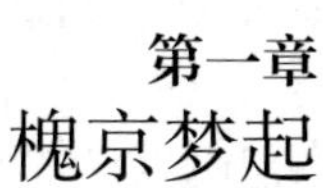

第一章
槐京梦起

这年凛冬，除夕那天下的雪，是兰烛一生见过的最大的一场雪。

她坐在挤满了人的公交车上，望着窗外在想：槐京[①]的雪下得比她见过的所有城市的都大。

这雪落在树木上，落在人身上，却偏偏落不到那繁忙又热闹的街道上。

公交车播报“戏楼胡同站到了”，兰志国示意兰烛拿上行李。人声鼎沸中，不知道公交车司机是不是赶着回去交接过年前的最后一班车，车子过站了司机却没有停车，兰志国着急地用手掌拍着后门，过时的大衣上的两颗金属纽扣撞在玻璃门上发出巨大的响声。司机开了门，在前头怒骂：“乡巴佬，下车不知道按铃哪！”

车门口堵了一大堆人，兰烛提着沉重的行李，不管那行李重得已经

---

① 编者注：本故事纯属虚构，涉及的时代背景为虚构架空，并非当代。人物与情节皆为杜撰，现实中皆不存在。作者用略带古典韵味的文字，为读者虚构了一个梦幻又传奇的槐京故事……

把自己的手掌勒出两条血痕来，只管拼命地往外挤。

兰志国把裹在大衣里面用黑色袋子装起来的包拿出来，把拆下的塑料包装胡乱地塞进了胡同口的一个垃圾桶里，而后把包拎在手里。他走了两步之后，又低下头把包微微掉皮的那一面朝着自己，把比较好的那一面朝向外面。

兰烛依旧努力地提着那件大大的行李，跟在他后面。

兰志国："等会儿见到了人，人家问你什么你便答什么，旁的你不用说。要是人家让你唱，你便唱，别有顾虑，咱爷儿俩来槐京一趟不容易，搭上这条线更是不容易。"

兰烛实在是拎不动了，手上一松，那行李随即跟镶嵌在地上似的，她怎么提都提不起来了。她只得拖着行李在七拐八拐的胡同雪地里艰难行走。过了一会儿，她往后一瞧，原本已经被大雪覆盖得没有人迹的胡同里，愣是被她拖出条路来，简直比铲雪车还好使。

兰志国只好停下来等她，叼着烟站在风雪里："兰烛，你听到我说的话了吗？"

大雪覆盖在她的睫毛上，她眨了眨眼，垂着头说："知道了。"

在他们拐过了几个转角后，终于有一位穿着黑衣、撑着伞的中年人出现在他们面前。

兰烛看了看那人的手边，失望地发现他只有一把伞——她又只能站在风雪里听着他们谈话。

那个男人戴着一顶圆圆的瓜皮帽，帽子上的毛像是极好的，墨油一般，在雪地里显得油光锃亮。

"瓜皮帽"淡淡地开了口："是秦老板让你们来的？"

兰志国微微躬身，忙从兜里掏出那包焐热乎了的黄鹤楼，从里面倒出一根烟来递给"瓜皮帽"："是，您就是吴老板吧？"

"瓜皮帽"看了一眼兰志国捏得皱皱巴巴的黄鹤楼，连头都没有低下来："既然是秦老板介绍过来的，我自当会尽力，只是你得罪的人来头不小，这事估计还得麻烦二爷，但结果如何我不敢保证，二爷的心性不是我能琢磨的。"

兰志国连忙敞开那只掉皮得仿佛来自上个世纪的古董包，从里面拿出两沓捆好的红钞票，塞进“瓜皮帽”那跟无底洞似的大毛口袋里：“吴老板，麻烦您了，你只顾把我们带到。”

“瓜皮帽”这才神色稍霁：“难为兰老板了，贵公子惹了这种事，眼下正是用钱的时候，兰老板出手还能如此阔绰。”

兰志国摸着包，卑微谦恭地说：“吴老板既帮我们，这是您应得的。”

兰烛看着那包，如果说那包刚刚还因为里面有几沓钞票能勉强撑住门面，那现在就跟风烛残年的老人似的，几乎全瘪了。

她猜想：那包里装的钞票应该够她大学一年的学费和生活费了吧？

“瓜皮帽”掂了掂口袋，越过兰志国的身子往后看：“人你带来了吧？”

“带了。”兰志国回头，朝兰烛招了招手：“阿烛，过来。”

兰烛站在那儿艰难地提起包，两个男人都只是站在前方，等着她连包带人地过去。

最后还是兰志国看不下去了，过去很快地把包挂在自己的肩膀上：“快走，别让吴老板等久了。”

兰烛走近了才看清“瓜皮帽”的样子——他约莫四十岁，嘴边有两道深深的法令纹，打量她的时候，眼底有许多复杂的神色。兰烛一瞬间觉得他很适合去演京剧行当里的丑角。

“瓜皮帽”定睛一看面前的女子——她虽然因为拖着行李喘着粗气，但站立行走时身形自成一套，身段姣好，应该是有些京剧基础在身上的。

只是她眉眼之间的气质太过于冷冽，眉骨突出，显得她黛色的眉毛浓密又立体，一头乌发被她简单地盘了起来，只留些碎发在额顶上，一张脸白得如冬雪一般，让人看了不由得打了个寒战。

“瓜皮帽”似是有些失望：“原是这一款的，在二爷那儿怕是吃不开。”

兰志国连忙打圆场：“戏台上头面一上，自然好些。”

“罢了。”“瓜皮帽”转身，“随我来吧。”

三人穿廊走巷，最后停在槐树后面的一处宅院前。与家家户户都在门上贴春联迎新年不一样的是，这家的门口什么都没有，只有黑灰色的对开门安静地闭在那儿，让人看不到里面的任何景象。

“瓜皮帽”撑着伞，叩了一下门，然后便在那儿等着。

兰志国没有伞，风雪盖了他一身。兰烛低头看向自己，风雪也盖了自己一身。

门里头静悄悄的，像是根本没有人。

兰烛有些着急：“瓜皮帽”为什么只敲了一声？他就不能多敲几声吗？万一里面的人没听到呢？或者他就不能给里面的人打个电话吗？他们就这样在外头干等着，她感觉自己都快被冻成冰棍了。

就当兰烛觉得自己的脚都要被冻成冰碴子粘在雪地里的时候，门终于开了。仅仅是开门的一瞬间，兰烛就瞧见屋子里头灯火通明，像是一片藏在黑暗里的火海，瞬间把她的眉毛和睫毛上的雪融化了，这一瞬间的暖意直让人对屋子后面的灯海生出几分向往之心。

从里头走出来一个五十几岁的男人。他头发微微泛白，但精气神尚佳，着唐装上衣，撑着把黑伞站在门槛处。

这下轮到“瓜皮帽”躬身了。他致歉：“林伯，烦请您通报一声，是周先生让我们来的。”

兰烛心想：周先生又是谁？

兰志国从前是杭城最大的茶叶商人——当然，只是从前。兰家出事之后，他觍着脸去找自己当年看不起的秦老板帮忙，秦老板羞辱他许久后才答应找到“瓜皮帽”这个路子。只是这“瓜皮帽”看起来也跟那个二爷不认识，又找了个什么周先生。如今“瓜皮帽”见到这位看上去不像是主人家的林伯，又得让人去通传。难不成他们见这位二爷比见皇帝还要难？

皇帝不皇帝的另外再说，兰烛听那日来家里的秦老板说，槐京城的这位二爷有着登天的本事，如今得罪人的兰家公子，怕是只有这位爷出手才有救。

兰志国当即一杯白酒下肚，摔了杯子说，他兰家就这么一个儿子，他就算砸锅卖铁把家产都变卖完了，也要把关系塞到江家那位二爷的门缝里。

秦老板摇了摇头，说：“兰兄，你还以为自己是十五年前那春风得意的人呢？你那点儿家产不是早就已经被你那唯一的儿子糟蹋完了？

再者，你觉得江二爷看得上你那点儿家产？正所谓求人问事，要投其所好。”

兰志国当下就蒙了：“什么是投其所好？”

秦老板醉着酒，指了指正在隔壁吊嗓的兰烛：“二爷喜欢鸟儿，尤其是会唱京戏的鸟儿。”

兰志国那天晚上第一次踏进兰烛的房间，醉着酒问她：“想学唱戏吗？”

兰烛点了点头。

“那咱上槐京城唱去，唱出个角儿来，唱出个人模人样来！”而后他又哭了，说对不起兰烛她们母女俩，哭着哭着，醉倒在兰烛的房间里。

兰烛默不作声地收拾了行李，在历时十三个小时三十五分钟后，坐着火车抵达了槐京城的戏楼胡同。

她如今等在那黑灰色的门外面，从那门缝里看到里头流光溢彩的景象，闻到那悠悠的食物香气，耳边似乎能听到高楼亭台上有的是像她这样的女子在巧笑打闹，曲声婉转，一扇门之后是与她之前待的地方截然不同的世界。

林伯把门开得大了些：“戏台子刚落班，二爷这会儿正有空，只准五分钟，说完了你们就出来。”

兰志国和“瓜皮帽”连声道谢。

宅子的门对着兰烛缓缓打开。

她站在槐京城门口，站在混沌的雪天黑夜里，却不知自她那一脚踏进去之后，一场浮华的槐京梦就此悄然上演。

兰烛进了门，林伯随意地瞅了一眼她身后的行李：“小姐，东西先放下吧，我让人看着。”

兰烛好一会儿才反应过来他口中的“小姐”喊的是自己。她连忙把东西放下，在她身后不知什么时候出现了一个青年男子，她的东西随即被他单手拎了起来。她正要跟着进去，却听到林伯浑厚的嗓音：“小姐，这边。”

兰烛回头，见三人向自己的反方向走去，随即快步跟上。谁知她这一脚，像是踏进了皇家旧梦——

映入她的眼帘的是灰白的矮墙，矮墙上雕着浮雕山水与麒麟抢月的奇异图案；越过矮墙，视野顿时开阔，红砖灰瓦、飞檐翘角，房屋脊梁上头的脊兽神态各异，在雪光下遗世独立。灯光从全落地窗的屋子里渗透出来，屋檐廊柱间洒满了暖黄色的灯光，整个建筑像是从龙鳞上借来了熠熠生辉的颜色，像是要把单调的黑夜撕开一个大口子，把浓烈的彩绘泼洒于天地间。

她清楚地分辨出在西南角上有个颇具规模的戏台，空气里还有刚刚散开的人们的烟酒气和丝竹声。

兰烛的脚依旧跟着往前走，但她的眼已经被这种如画卷或史诗中的景象所吸引。她攫取了脑海中所有的文字和画面，小到诗句选段，大到影视纪录片，无一能描绘出她所见到的场景。

恍惚间，她光顾着看景，没看着路，一不小心撞上了个什么东西，这东西质地粗糙、形态巨大。

兰烛撞疼了，摸了摸脑袋正要抬头，耳边传来了“瓜皮帽”的指责声：“哎哟！小心点儿，这可是百年的古柏，金贵得很。”

兰烛抬头向上看去，那高大的柏树树杈交错进云里，遮天蔽日，老朽的躯干插进土里，把风雪踩在脚下，像是个威严的守卫，怒斥着她这闯入的凡人。

兰烛赶紧缩了缩脖子，低着头往前走，不再留恋于浮光掠影。

直至走到正厅，一行人才停下来，兰烛抬头，便见正上方的匾上用小篆写着“浮京一梦”四个大字。

“瓜皮帽”转过来小声叮嘱：“从这儿进去就是二爷的住处了，别瞎看，别瞎说，这是规矩。”

四人曲曲折折地走完回廊，林伯叩了叩门，像是得到了回应，而后推门而入。

兰烛低着头，看到地上铺的全是苏式御窑锻造的反光金砖。她从前在书上看到过，这苏式的金砖原是铺在皇亲贵胄的卧房里的，不足五厘米的方形砖锻造价值就要四千元。如今来到此处，光看这地砖就如此奢靡，她更不敢去看那雕刻的玄关和窗棂浮花了。

兰烛觉得，这江二爷可能真和传言一样有着通天的本事，该是个富庶的老人家。

林伯引着他们走到了主厅，兰烛抬头，没有见到人，只见到在那由密密麻麻的红玛瑙穿成的珠帘后面升起的缥缈烟雾，那像是炉内的焚香。

林伯微微躬身，对着那珠帘后的人说道："二爷，客人已经带来了。"

"瓜皮帽"立刻躬身，兰志国也弯下了腰，连带着兰烛也跟着弯着身子等在那儿。

可她弯着身子许久都不见有人回应，心想：这老爷子可能年岁大了，耳朵不太好使。若是她现场来一段《穆桂英挂帅》，酣畅淋漓地喊上一句"想当年桃花马上威风凛凛，敌血飞溅石榴裙"，或许能跟隔壁的二大爷似的，给这位江二爷提提神。

只是下一秒，她就为自己有这样的想法而后悔了。她只是稍微直了直身子，耳边就传来一阵低吼声，那声音怎么说呢，像是发现了在风雪夜里孤身走着的猎物的狼发出的。

兰烛疑惑地望去，果然在玛瑙珠帘后面看到了一双碧绿的眼睛。之前因隔得太远，且它又是趴着的，所以兰烛根本没有注意到它。现在它已经完全站了起来，结实的脚掌落在那有着青花纹的编织地毯上，肌肉结实精壮，獠牙龇出，气息吞吐——这是一只成年的、百来斤重的阿根廷杜高犬，据说这种犬的繁育初衷是方便猎人狩猎美洲狮和野猪。

兰烛还知道这是禁养犬。她从前见过一次这种犬，那天，她邻居家的孩子因为放的风筝掉进了别墅区的一户人家里，所以就翻墙进去捡风筝，可是不久后就从别墅里传出了撕心裂肺的啼哭声——那孩子被那户人家养的杜高犬咬了。可任凭那主人家拿着手臂粗的钢棍敲着那杜高犬的脑袋，那犬直至被活活打死也不曾松口。血肉模糊之间，人群中的兰烛见到了那裸露的森森白骨。

如今她眼前的这只杜高犬，只比当时的那只更为庞大恐怖。它脖颈上没有项圈，身上没有铁链。即便是兰志国、"瓜皮帽"和林伯三个成年男人在场，只要它想冲过来咬断她的脖子，怕也是无人能挡的。

许是恐惧使得她的反应迟钝，兰烛依旧直着身子，死死地看着它。可这在那目中无人的杜高犬眼里简直是一种挑衅行为。它狂怒而吠，龇牙咧嘴，后腿微微向后蹬，尾巴下垂，强大又健硕的肌肉开始蓄力，嘴边的口水再也兜不住了。

兰烛认命地闭上了眼睛，就在此时，清朗的声音在木质家具厚重的背景中响起：“貔貅。”

那声音不大，淡得如同霜上的月光，落在人身上，却冷得让人打了个寒战。

那犬听见这声音后立刻坐回了原位。

而后，兰烛见到帘子后面的人微微半起身，一只白皙的手伸了出来，那手覆盖在那犬全墨色的头顶上，看不出来用了任何力道，只是那叫作“貔貅”的恶犬却全然没有了刚刚的嚣张样子，耷拉着脑袋和尾巴，低声地呜咽着。

兰烛知道那是狗害怕的表现，一瞬间就想到了在文化课中老师提到的自然界的食物链。

那人站起身踱到窗前，只留下一个在暖黄色灯光下的剪影。他玩弄着手上的折扇，眼神未落在兰志国他们一行人身上分毫，语气不痛不痒：“林伯，如今我的宅院门槛竟如此低了吗？”

林伯肉眼可见地慌张了一下，而后像是提醒地说道：“二爷，是周先生安排进来的。”

“周昌？”窗前的男人像是想到了什么，“哦，说是有只鸟儿让我见见，有这回事来着。”

“二爷，我们父女俩从杭城来是因为……”兰志国卑躬屈膝，就差没有跪倒在地上了，急不可耐得好似再不说话就没有机会了。

“那就带人进来吧。”那个男人靠着窗边又坐了下去。

兰志国连忙带着兰烛往里头走，却被林伯拦了下来，林伯恭敬地说道：“让兰小姐一个人进去吧。”

隐约有一种辛辣的椒香混在木质味浓厚的空气里，一时间压迫得人乱了呼吸的节奏。

兰志国看了兰烛一眼，兰烛对上兰志国苍老的眼睛，在那里面看到了很多东西——有希冀，有迫切，唯独没有对自己的不舍。

兰烛微微躬身，撩了帘子。谁知由于刚刚弯着身子太久，脚下血液循环不畅，她竟一不小心直接跪坐在了地上。

兰烛感觉到那杜高犬在审视她，不敢抬头，只得将就着半跪在地毯上。

“抬头。”那如霜月的声音再度响起。

兰烛只得缓缓把头抬起。

与她料想的那二爷该是个风烛残年的老人不一样的是，坐在椅子上的是一个风雅俊秀的男人。他着一身黑衣，额间发梢微长，眉骨突显，戴着一副金丝边眼镜，眼镜后面上扬的丹凤眼却配着微起褶的双眼皮——那双眼古怪极了。

他的眼睛狭长，本是很古典的丹凤眼，若是换作别人一定妖娆艳冶，但他眼中的黑色部分像是阴雨密布的天，本该如水一样清澈的瞳孔像是布满了淤泥的沼泽。兰烛从他的眼睛里看到的仿佛是鹰隼爪下腐朽的猎物，是修罗脚下腐败的玫瑰，是战壕里炮火连天后的破败景象……总之，是一切让人觉得后脊一凉，膝盖一软，象征噩运的坏东西。

那时的兰烛说不出来江昱成的那双眼睛到底哪里古怪。后来经历了种种事，她才知道，他的眼睛古怪就古怪在，你一与他对视，就被他眼里无边的墨色吸引，然后沉溺，直到死亡都不曾清醒半分。

他只是淡淡地扫过兰烛片刻，便又把心思放在了他手中的那把折扇上，那折扇上画的是西湖三月美景，烟雨断桥。

他说：“从杭城来，学的是京戏？”

他的眼神再度侵略过来，只是当他看着她的时候，兰烛却看不出他眼里的情绪。她害怕与这样没有情绪的人打交道。

“是。”兰烛低下头，声音不由得颤抖，“学京戏已有十三年。”

“会唱《白蛇》？”他头也没抬。

兰烛吞了吞口水，觉得自己的嗓子此刻干得冒烟，犹豫间余光扫过那貔貅，见它又皱着鼻头上的皮肤，正狠狠地朝她龇着牙。

那江二爷就这样坐在椅子上，眼睛盯着外面不断落下的雪花，不动声色，但语气好似不耐烦了：“就唱一段《游湖》吧。”

兰烛吊着嗓子，一开口，声音竟然不可控制地发着抖："人世间竟有这美丽的湖山！这一旁保俶塔倒映在波光里面，那一旁好楼台紧傍着三潭。路桥上杨柳丝把船儿轻挽，颤风中桃李花似怯春寒……"

这段《游湖》本不难唱，大约她唱到"寒"的时候，原本婉转的嗓音竟直直地将那字吐了出来。兰烛自己也惊着了，《游湖》这段她自十岁起就开始唱，从未唱得如此失败过。兰烛不由得攥了攥手心，眼神落在地上不敢看眼前的人，只盼着他不是行家，发现不了她的失误。

眼前的人把折扇合上，指尖触到玉制的扇骨，未等兰烛接着唱第二段，就先说了话："白白费了这十几年的功夫。"

林伯听完这话，作势就要请兰志国一行人出去。

这是好不容易得来的机会，兰志国哪里能如此罢休？他直接"扑通"一声死死地跪在地上，膝盖骨抵着内外室分隔的门槛："若是嗓子不行，二爷您看看这丫头的长相，只要您看得上，就是您说了算！"

江昱成听得突然笑了，淡淡的笑声萦绕在兰烛的头顶上，而后他的眼神和灯影一样不着痕迹地落在了她的身上。他问兰烛："他说了算吗？"

兰烛抬头便看到江昱成在看她。

他微微跷着二郎腿，坐在那灰白色的羊毛垫子上，问她的时候脊背依旧挺得很直，然而跟刚刚的情况不一样的是，现在他的眼里带了邀请之意——

需要付出代价、致命蛊惑般的邀请。

那样带着蛊惑的邀请有一瞬间让兰烛误以为江昱成的眉眼间泛起了柔光，然而兰志国的一声"阿烛"把她拉回了现实当中。

兰志国："阿烛，你说话啊！"

兰烛收回目光，舔了舔自己干燥的唇，身上的雪水已经被屋内的暖气烘干。她咬了咬牙："是，他说了算，只要二爷给个机会。"

她的声音单薄得像是冬日里即将结好的一层脆冰，掐一下就碎成片，但趁人不注意，那些碎片又会重新聚拢，甚至带着点儿锋芒，很是有趣。

江昱成听到她这话后才抬眼认真地打量了她。她半跪在那儿，散落的几根发丝带着从外面带回来的霜雪，那霜雪化成细密的水珠留在她的额间，倒像是被这屋子里的暖气烘出来的汗水。

她原是带着求人的态度来的，说这话的时候却带着点儿锋利的感觉。

他的脊背这才离开了那古藤木色的古式座椅，他将身子往前倾了倾，眼神幽幽地盯着她。

兰烛没挪开视线，僵硬地与他对峙。她不敢大声地呼吸，因为他的眼神好似要把她看穿。她甚少，应该说是几乎没有遇到过这样一个眼神如此有压迫性的男人。当他看过来的时候，她只觉得自己无所遁形，又觉得似乎不该由她这般微不足道的人来叨扰他。

过了许久，他盯着她映着灯光的眼眸，淡淡地说道："可是你已经浪费了你的机会。"

兰烛几乎没有经过思考地就脱口而出："我可以再来一次。"

江昱成挽着松松垮垮的袖子，把眼神收了回去："你不诚心，我留你无用。"

他转而对林伯说："送客。"

"这……江二爷，阿烛才十九岁，您给她一次机会吧！"兰志国绕过林伯，抓着兰烛的手冲到了江昱成面前。

他攥着兰烛的手，转而对她说道："阿烛，算我求你，算我求你！兰家不行了，你哥不行了！你不是说欠兰家的你终有一天要还的吗？还有什么时候比得上这个时候的兰家更难哪？还有什么时候的兰家更需要你帮忙呢？只要你点个头，只要你点个头啊！"

那阿根廷杜高犬叫唤着，驱赶着他们这群不属于这里的闯入者。狗吠声混着兰志国近乎哽咽的声音落在兰烛的耳朵里，刺得她的心莫名其妙地疼。

她的确不想再欠兰家了，也不想再回到兰家了。她与其回去，不如留在这天高地阔的槐京城，哪怕最后落得个潦倒颓败的结局，也好过留在那个兰家吧。

兰烛"扑通"一声跪在青花纹的编织地毯上，这次收起了所有的锋芒，如所有人一样卑微又恭敬，一字一顿地说道："请二爷，再给我一次机会，我会变成一个有用的人。"

她会成为一个不再给别人添负担的人，成为一个对别人来说有用的人。

江昱成抬眸，只见她原先说话时那满身的冰碴子好似被暖炉烘干了似的，现在的她只是如没有灵魂的死水一般，无趣极了。

他达到了他的目的——驯化一只鸟儿，让她变得听话又臣服，但他如平日里一样最终还是失了兴趣，于是挥了挥手，赶人走。

林伯再度拦了兰志国欲往外走。兰志国仍不罢休地挣扎着还想说些什么，林伯却把人支到一旁："兰老板，您的事我们二爷揽了。"

兰志国喜出望外："真的？"

林伯神色依旧，从外厅的保险箱里拿出一张已经签好名字的支票："这事涉及的人二爷都会打点好，您家里在外欠下的债二爷都包了。"

林伯把眼神落在兰烛身上："只是兰小姐以后就是剧团的人了。"

"阿烛，你听到没有？"兰志国神采飞扬，"你以后就是剧团的人了，好好干。你这么有天赋，以后一定能成角儿，这样也算是圆了你母亲的……"

"兰小姐，这边请。"林伯打断了兰志国的话，邀请兰烛往西北的方向走。

兰烛看了兰志国一眼，神色犹豫。兰志国微微一顿，没说话。

兰烛目光扫过兰志国鬓边的白发，生生地把眼泪憋回了肚子里。她低眉敛目，跟着林伯往反方向走去，只留兰志国还停留在原地。

走出几步，兰烛忽然听见身后传来兰志国的声音。她回头，看到他有些佝偻的身影迈过院子里半腿高的雪，塞了一个包裹在她怀里。

兰志国喘着粗气："阿烛，忘了给你，年前的冬笋嫩着呢，明儿就是除夕了，你拿着去蒸点儿咸肉，还是老家的味道。"

兰烛看着他饱经风霜的沧桑面孔，眼睛里头尽是这么多年来经历的风雪。

他看着兰烛动了动唇，还想再说些什么，却什么都没有说出来。

兰烛的话堵在喉咙口，本要冒上来，她却还是改了口："兰叔，您早点儿回吧。"

兰志国觉得嘴角有些咸涩。眼前的姑娘快跟他一般高了，他从未想过原来自己生的女儿可以出落得如此漂亮，她只是穿着这样朴素、毫无点缀的衣裳站在屋檐下的灯光里，就已是这般美好。

“好，我连夜坐火车，今晚就回杭城了，孩子……你照顾好自己。”

兰烛欠了欠身子：“知道了，路黑雪大，您走好。”

说完，她不带留恋地转过头去，顺着那看似没有尽头的长廊缓缓走去，没入转角的黑暗中。

雪“簌簌”地下了一整夜，即使人睡在被暖气烘得让人沉溺的屋子里，也能感觉到它在外头飘飘扬扬地落着，然后轻声消亡在松柏树下那安静的院子里。

兰烛这一觉睡得并不踏实，因此比平日里练功的时辰还要早起了一个小时。

她住在位于庭院西北角的一栋二层小楼的楼上，那间房不小，原木色的家具自成一派，带着淡淡的木质香气。她踩在床边的地毯上掀开窗帘，低下头就能看到外面白皑皑的景致。她侧身再往前走几步，面前有一张檀木纹理的简约梳妆台，梳妆台上摆着些翡翠玉石，再往前走就是一个透明的衣帽间，衣帽间里留有一些女子的服饰。

兰烛昨晚上看到东西的时候小心翼翼地跟林伯再三确认，问他是不是搞错了，这个房间看上去明明像是有人居住的样子。

林伯耐心地解答了三次，说被子、床褥都是新换的，房间都让人打扫过，这屋子现下没人住。

即便如此，她也跟鸠占鹊巢一般小心翼翼，只敢把那随着自己一路颠簸、撑得拉链都要破了的军绿色袋子里的那些破旧东西堆放在玄关处，用一样拿一样，不用了再装回去。

兰烛把玄关旁的桌子推开，腾出一片空地，把自己过腰的长黑发一卷，随意地用一根黑色的头绳绑住，再换上自己的练功服，绑起束腰。在做了几个简单的热身动作之后，她调整呼吸，压肩、掰腿……动作从易到难，从简到繁。

最后，她左手成掌，右手握拳，身体反侧，膝盖卷蹬，一个翻身跟着一个翻身的动作，脚掌高踢打在左掌心上。几个飞脚动作下来，她落地稳当，气息平稳。虽没有软垫保护，但对这些动作她早就练习得很熟练了。

练完早功，兰烛看了看钟表，刚好是清晨六点。她觉得肚子有些饿，推开窗向下看去，外面静悄悄的，好像世界还在雪地里沉睡着未曾醒来。她又把窗户关上了。

晨间的雪只是停了一会儿，又开始纷纷扬扬地洒落下来。

林伯把挂在卧室里的黑色大氅拿出来递给江昱成："二爷，车子在外面等好了。"

江昱成手中没有规律地捻着一串凤眼菩提，菩提子上芽眼似是神佛上扬的眼。

"知道了，这就走。"

林伯欲言又止："二爷。"

"怎么？"

"杜小姐一早就来了，说想见您一面，给您拜个年。"

"杜小姐？"江昱成抬了抬眼皮，"哪个杜小姐？"

"您上次夸能演出杜丽娘八分样的那个。"

"那个啊——"江昱成隐约想起来，自己同她吃过几次饭，看过她的几场戏。他随手把手里把玩的凤眼菩提给了林伯："大雪天的，让她早点儿回吧。"

"是。"林伯收下手串，又提醒道，"今晚晚宴，赵家小姐也会来。"

江昱成抬了抬手："知道了。"

他站了起来，本想迈出门槛，终究还是回了头："书房里那白玉圭帮我装了吧。"

林伯："您有心了，老爷子会高兴的。二爷，今晚估计还会有风雪，不如还是让我跟您回老宅吧。"

"不必了，辛苦一年，今天你陪陪家人。"

林伯动了动嘴唇，似是还想说什么。

"不必担心，今儿是除夕，守岁总是要在老江家守的。"

"知道了。"

江昱成推开门，林伯撑伞，那白玉圭已由林伯吩咐下去用那镏金黑纹盒子装好了。林伯送江昱成上了一辆黑色低调的轿车。

车子消失在风雪中后，林伯才缓缓转身走到外厅，打发人走。

兰烛不是有意听到别人的谈话的。

有个女人在外厅回廊上站了很久。她穿了一身桑蚕丝带鹅绒制成的国风盘扣连衣裙，藕粉色的裙摆像是春日的桃花一样，映得雪地都变得好看了些。

她相貌俏丽甜美，只是眼含泪水，楚楚可怜，手里捧着一串手串，心有不甘地问林伯："您真的不能带我见他吗？"

林伯微微致歉："杜小姐，抱歉，二爷最近琐事繁忙，得空了再去看您。"

"我十回来，十回您都这么说，他这是不想见我了。"

"怎么会？杜小姐多虑了。这般品相的凤眼菩提难得得很，珠身尺寸最小可也最贵，二爷送给您，自然对您是有所牵挂的。"

兰烛站得远，看不到珠串，可也知那并不是寻常的东西。

美人拿了好东西却并不开心，只是幽幽地说道："这样的东西，对他来说又算得了什么呢？"

她美目哀怨流转，恍惚间看到了穿着黑色短款羽绒衣站在那儿的兰烛，脸上血色顿失，指着兰烛对着林伯说："玉坊又住进人了？"

林伯颔首："是。"

"原先的那位呢？"

"自然是搬走了。"

那位杜小姐有些不淡定了，顾不得刚刚的形象，抓着林伯的手："可是是我先来的，要住也是我住才对，这事总得讲个先来后到吧？！"

林伯："这事哪里有先来后到的？"

"那为什么她能住我不能住？"杜小姐追问，"二爷喜欢她？"

见她的眼神跟刀子一样剜过来，兰烛下意识地想躲，却发现无处可躲。

见兰烛躲闪，那位杜小姐心下更气，直接大步走过去："我想看看，我到底是哪一点不如她！”

兰烛想走。她本来就不想多管闲事，寄人篱下时安分守己才是正道。

偏偏兰烛脸上的不在乎神色莫名其妙地惹恼了杜小姐。杜小姐一个箭步冲上前来拉兰烛。兰烛没来得及躲过，手腕被她抓住，试图挣脱间，手指不小心钻进那菩提串的绳里，一阵撕扯中，兰烛的手掌被勒得生疼，珠串的绳突地断了，那昂贵的凤眼菩提散了一地。

“把她带走！”林伯一挥手，院子里冒出来几个人，架着那前一秒还被林伯称作“被二爷有所牵挂”的杜小姐，将她轰出了院门。

林伯转头对兰烛说道：“您委屈了。”

“不打紧。”兰烛摇了摇头，“林伯，我能问您一个问题吗？”

“小姐请说。”

“我住的这里，从前住的都是什么人？”

“小姐问这个干什么？”

“只是问问。”

“小姐不用多想。”林伯微微躬身，“那些对二爷来说都是无用的人。”

虽然心里早有准备，但听到林伯这么说，兰烛还是不安了一下。

她不知道江昱成为什么要留下她，是为了她那一句“会变成一个有用的人”，还是因为他喜欢观赏别人示弱臣服，或者是因为她是他新得的一只鸟儿，就跟新得了一个宠物一样新奇，所以留她在这儿住两天……

她看着那品相上好、匀称别致的凤眼菩提散落了一地——寻常人看都没有看到过的稀罕物，如今像是无人问津的垃圾——便知这东西在浮京阁里也是要多少有多少的，也便知像她这样的姑娘，在浮京阁里也是要多少有多少的。

林伯走之前，拿着一堆跟合同文件似的纸来找兰烛，说是等过了正月初七，初八上班了就引荐她入剧团。兰烛眼都没抬，未等林伯介绍完，就“唰唰唰”地写上了自己的大名。

林伯倒是有些意外她竟如此爽快，提点了一句：“兰小姐，这佣金比例您得看看合适不合适。”

兰烛自小也在剧团里临时演出，自然知道这佣金比例有多低，但如今寄人篱下，哪里还有跟人说“低了”的骨气？她收起笔：“林伯，我爸——”话到嘴边，她改了口，“我兰叔的事合计起来，大概让二爷花了多少钱？”

林伯微微讶异，虽不知她现下是何意，但依旧礼貌地回答：“这事翻篇了，兰小姐您合同都签了，二爷自然不会再追究那点儿花费了。”

“剧团原先预支给我们的钱，您先不用给我了。”

“这……”

“您不是说剧团吃住全包吗？我也花不了多少钱，只是在去剧团前，恐怕还得在这儿叨扰一段时间。”

“那是自然，兰小姐不必拘着。不过我多嘴说一句，兰小姐应该会一直住在这儿。”

“为什么？”

“之前的姑娘都住在这儿。”

“可她们不也是又搬走了吗？”

林伯笑了笑，不再回复。

兰烛虽想不通，却也没有多问。

天色逐渐暗下来，今儿是除夕，这屋子的主人走之后，屋内其他人都赶在夜色降临之前离开了这个在深远巷子里的宅子，唯独她这个“客人”被留下了，在一片漆黑和安静的环境中感受着异乡的年味。

原先那一盏盏的暖灯都灭了下来，偌大的宅子像是被罩上了一个巨大的密封罩，隔绝氧气之后，所有的灯光都被熄灭了。

灯光又在槐京城东的运河山庄里亮了起来，这儿距离槐京城中心远，喧嚣和热闹的声音难以蔓延至此，但它早已自成一番天地，目光所及之处皆灯火通明。

安保看到熟悉的车牌号码，麻利地站起来敬礼放行。

江昱成从车子上下来。江家的老管家出来接的人，带着他往前走。他来得最晚，五米挑高的客厅里明亮暖和，其他人都在，就缺他一个。

江家的别墅装修设计采用的是美式风格，整个屋子采取了隐藏白光灯式的设计，装饰品摆件也都是美式粗犷的简约风。跟老爷子前卫时尚的装饰风格比，江昱成住的那中式的浮京阁才更像是他祖父那个岁数的人住的。

客厅的圆桌旁，江家祖父江云湖年逾七旬，但身体硬朗，相貌也显得年轻。在江家祖父旁边的是江昱成的父亲，年逾五十，着一身灰黑色西服。他正在斟酒，见到江昱成来了，眉眼微抬，而后把眼神落在酒盏上。

江昱成跟江云湖打过招呼，把东西放下："祖父，我哥呢？"

"这儿呢。"拱形门下出来一个身形修长的男人。他着一件米白色的毛衣，下身搭配一条浅白色的裤子，发丝微卷地搭在额头上，样貌俊朗，只是脸色有些苍白："昱成，你来得正好，刚做的排骨，来尝尝？"

"你又下厨了？"江昱成的视线扫过那色泽红亮的排骨，最后落在对方微显疲惫却透着淡淡光彩的眼眸上，他说，"医生说你最需要的还是休息。"

"是我做的。"后面出来一个娇小玲珑的女子。她下意识地抓过江月梳的手："月梳哥哥今天负责观摩。"

一直未说话的江云湖缓缓说道："月梳的私人医生说了，他最近情况挺好的，昱成，你也别太紧张了。"

随后，他又转头对江月梳和那姑娘说道："月梳、瑾语，你们都坐下吃饭吧。"

菜上齐了，江云湖扫视了一周，没看到在意的人，于是问管家："录录呢？"

"赵小姐刚刚去后院了。"

江云湖把眼神落在江昱成的身上："昱成，叫录录过来吃饭。"

江昱成低声应了一声，拿起手机翻了好几页通讯录，忽然想起来好像就没有那赵家小姐的联系方式。他刚要打发身边的管家去叫人，偏又对上了江云湖那审视的目光。他只能抓了上衣，几步迈出客厅去寻人。

找了一圈之后，江昱成发现赵录躲在凉亭后面的灌木丛中正抽着烟，就站在离她一米远的地方叫她。

赵录本来慌张的神色在她看到来人的时候瞬间消失，她咬着烟头笑道：“等我一分钟，江二爷，我马上就变成您那温柔贤惠、青梅竹马的最般配的结婚对象。”

江昱成没跟她调笑的心情，只催促她快些，老爷子在找人。

他先回了屋，两分钟后，赵录回了屋子里，跟长辈三言两语来去间，笑不露齿，含羞低头。

江昱成手上夹着烟，没什么心思，倒是江月梳和瑾语互相夹菜，你来我往的很是恩爱。

江云湖在一旁看得眉眼舒展：“月梳和瑾语都是乖孩子，婚事都已经定下来了，倒不让我操心。只是昱成和录录，虽说两家父母都已经达成了意向，但你俩连订婚酒席都未办，进度也忒慢了。”

江云湖这话一出，场下安静一片，无人说话。

赵录抬头看向江昱成，装出一副听凭他做主的样子：“我听二爷的。”

江昱成抿着茶，朝助理抬了抬头，助理就从镏金黑纹盒子里拿出一对通透明亮的玉圭送给了赵录。

赵录微微一愣，收下了。

江昱成这才慢条斯理地说道：“那就如爷爷的意加快些进度，明日还麻烦赵小姐带上身份证和户口本，我让林伯来赵家接您，明儿九点零九分，人往咱们这红本上盖个戳，这天长地久的寓意就印上了。”

“你！”江云湖被江昱成这一套说辞气得说不上话来——赵家和江家的婚姻本就牵扯众多利益，江云湖本意是想推动两家关系更进一步，江昱成倒好，娶个女人回去说得跟出去抽根烟一样简单。江云湖知道他这孙子一年两年的也催不动，许是不爽自己催促了。

“祖父，大过年的，这是好事，您动什么气？”江昱成说完，径自朝着自己的酒杯里斟满了酒。

江昱成的父亲江寰这时忍不住责备道：“昱成，怎么跟你祖父说话的？你跟录录的婚事迟早是要定的，两家人当年围着一张桌子吃了三顿饭，这不都是为了两家人好？婚当然是要结的，但是也不能像你说的那样草率。”

江昱成：“怎么，这事您还有劝我的立场呢？我不过是着急了点儿，但总比您当年连证都不敢领更像个男人吧！”

“你！”江寰脸色大变，“你是不是存心的？我就说不该叫你回来吃饭，你就是存心要把江家的人都气死了才算消停，是吧？”

江昱成惨然一笑：“怎么，您敢做，不敢让别人说？江家这会儿还轮不着您来当家吧？！”

“爸！”江寰转头对着江家老爷子说道，“您看看您养出来个什么东西！这明明就是只狼崽，要我说，他就不该进这个家门，您还把江家的产业都交给他打理。我还活着呢！我是您的亲儿子！他如今只不过是小有成就就敢这样嚣张，您要是再由着他，咱们一众人迟早被他全数赶出去——”

“啪！”

清脆的一声巴掌声把一屋子的人都镇住了，江寰难以置信地捂着自己的半边脸看着江云湖，像是在确认刚刚那力道十足的一巴掌是不是由老爷子亲手打下来的。

江云湖：“够了！能不能让我好好吃顿饭？！”

江寰难以置信地反问：“您打我？我还是不是您的儿子？我还是不是江昱成他爹？”

江昱成不合时宜地笑了笑：“您说得有道理。”

他转头，语气轻浮又挑衅：“赵小姐，要不明儿咱俩结婚的事先放一放，我先去做个亲子鉴定？”

江寰气得跳脚，指着江昱成的鼻子骂。江月梳和他的那个未婚妻在一旁拉着暴跳如雷的江寰，江家老爷子拂袖而去，回到卧室里一言不发。只有江昱成安静地坐在椅子上，品完了一杯酒，再抿了一口白茶，好似这一切跟他没有半点儿关系。

钟声已过十一点，屋外，新年的礼花陆续开始绽放，屋内，父子不睦，家翻宅乱。骂声在耳边远去，眼前的景象开始摇晃和分裂，江昱成许久之后才从凳子上站起来，深一脚浅一脚地踏进雪地里。

司机从屋子里追出来，带着江昱成的外套问他去哪儿。江昱成仰头看了看漫天绽放的礼花，最后只是淡淡地回了一句：“哪里来的就回哪里去吧。”

司机有些犹豫，浮京阁做事的人都已经回家了，二爷这会儿回去，怕是连个端茶倒水的人也没有。

只是江昱成上了车之后就一直合着眼，司机也不好多问，只能送他去了戏楼胡同。

江昱成没让司机从后门进，而是让司机把车子停在了前门那条胡同口处，说自己想走走，醒醒酒。司机连忙从车子里拿了一把伞，江昱成挥了挥手，没拿，独自一人走向雪中。

昏暗的路灯灯光把雪花拉出惆怅的影子，影子凄凄惨惨地缠绕在路人的肩头上久久不肯散去，江昱成顺着那排列错乱的路灯往雪地深处走去，却在道路尽头看到了一个人。

她穿了件红色的羊绒斗篷，老旧的款式土掉牙了，这些年都不时兴穿这种样式的了。那身影似是蹲在地上，宽大的斗篷帽子盖住了她的脸，她一动不动地缩在那儿，像是个红色的毛绒球。

听到声音，她迅速转过身来，抬头的时候斗篷帽子掉下来，江昱成看到了一张不怎么熟悉的脸。她眉眼冷峻，少有表情，只是此刻手足无措不知道该把眼神放在哪儿好的模样还是显露了她的慌乱心情。

她舔了舔嘴唇，像是从嗓子眼儿里吐出了几个字："江……二爷……二爷好。"

她的声音倒是很有辨识度，江昱成想起来了——她是昨天那只鸟儿。

他不由得问了一句："你在这儿做什么？"

兰烛有些无奈："我……我想出来看看，想回去的时候，它一直盯着我。"

江昱成顺着她的手指的方向看去，果然在门后面看到了貔貅。它一边摇着尾巴表示对江昱成的欢迎，一边又警惕地盯着兰烛，龇牙咧嘴地发着警告声音。

"貔貅。"他一唤，貔貅立刻跃过门槛奔来他身边。

兰烛将身子侧过去让了让，江昱成就看到了地上散落的几根烟花棒。兰烛见江昱成将眼神落在那燃烧殆尽的烟花棒上，连忙将其捡起来，解释道："我没有在院子里放，是在门口放的。"

她在说这话的时候，眼里才有了一些灵动的神色，那神色虽然很短暂，但是很诱人。

在这样空无一人的庭院里，唯有她眼里的光彩勉强算得上是点儿人气，江昱成莫名其妙地想要听她多说会儿话，好像听到她说话就能看到一朵花绽放在枝头上。那花才含苞，实在是太嫩，轻轻一掐应该就能被掐出汁水来。那汁水足够在这种夜里解除一个旅人的疲惫，安抚一个男人的躁动心绪。

江昱成倾身，握住她白皙的手腕，把她往上提："叫什么？"

兰烛刚刚还沉浸在怕被主人家责备的恐惧情绪中，而后一阵男人的暗香袭来，她抬眼之后才发现江昱成锋利又淡漠的眉眼就在自己面前。她大吃一惊，想要退后，却发现根本来不及了。

手上的力道加大后，她只得对上他幽幽的眼眸，答道："兰……兰烛。"

江昱成此时放开她的手，给了她选择的机会，问道："你要进来吗？"

兰烛知道他说的是去他靠近东边的起居套室里。

他明明是谦和有礼地在询问，但是她的身子莫名其妙地在颤动。她虽年岁不大，但并不天真，知道江昱成和她从前遇到的所有男人都不一样，自己进了他的屋子会发生些什么事已昭然若揭。

江昱成等了她五秒钟，在耐心消失之际，却听到她带着微微的颤音强装镇定地说："我要进去。"

兰烛是第二次踏入江昱成的起居套室。

她站在那青瓷花纹的桌边地毯上的时候，想起昨日来的时候，自己还只是踏入了半步，眼里只能看到帘子后面弥漫的暖色烟雾。现下仅仅过了半天，她就彻底踏了进来。她此刻伫立在满屋子的金石玉器面前，开始觉得眼前开阔的景色有些失真。

她不太懂自己为什么会接受江昱成这样的邀请，他刚刚在外面分明在用男人看着女人的眼神看着自己，而她与他不过见了两面。

或许是对自己被当作一颗棋子伤了心，又或者是在这种本该团圆的日子里她习惯性地对人与人的温情有所期待。总之，当江昱成伸出手的时候，她微微抬头，第一次不害怕他身边的那条杜高犬，用一种平视的眼神扫过它，直到看到那只黑狗夹着尾巴退出了房间。

他靠近她的时候，兰烛不敢回头看他，只是平静地看着外面纷纷扬扬的雪花。她屏住呼吸，连他身上的味道都不敢闻。

江昱成用薄唇摩挲着兰烛的耳垂的时候，感到怀里的人在微微颤抖。

她好像怕得要死，睫毛上下打战，遮盖住她如水般安静的眼眸。

他突然就轻声笑了，笑意荡漾开来，像是深巷子里的桂花陈酿，醇厚到久久不散。

兰烛不知道他在笑什么："您是觉得我不够成熟？"

江昱成的身影被灯光拉得长长的，在地上蔓延流转，包裹着兰烛瘦弱的身躯，他说："的确。不过至少刚才在门口，你足够特别。"

兰烛看着自己的身影差一点儿就要与他的交缠融合，在呼吸急促之间抬头："我如果足够特别，对二爷来说是不是就足够有用？"

江昱成："有用分为很多种，我要最有用的那种。"

江昱成神色一变，用虎口捏住她的脸抬起，他微合的眼底淡淡地涌上一层嘲讽之色，比昨儿个说她唱得不够好的时候嘲讽得还要明显。

"你是十九岁吗？"

兰烛："签合同的时候我提供了证件。"

江昱成盯着她眼里的灯火："你倒是很懂怎么利用自己。"

兰烛："我知道天下没有免费的午餐，想必江二爷更清楚。"

江昱成虎口没松开，脸上浮现一层淡淡的鄙夷之色："为了唯一的儿子，舍得把自己的女儿留在这里——你父亲之前有没有跟你说过，我是怎么样的人？"

江昱成往前走了两步，眼镜镜片上蒙上一层水汽，像是被兰烛拼命克制住但还是不小心呼出的气息给蒙上的。兰烛撑住小腿肚子没退让，舌尖抵着牙齿，把话音里的颤意匿了："我既然来了，自然都知道。"

兰烛："江二爷托人救兰家的情我还不了，但江二爷借给兰家的钱，我会还给您的。"

江昱成扬起嘴角扯出一个古怪的笑："还？你拿什么还？你知道按

照你如今在行内的名气和分量，你要和我的剧团捆绑多少辈子才能把那钱还清吗？十九岁后的自由人生你都不要了？为了你那个所谓的同父异母的哥哥，为了那个从来不把你当成兰家人的父亲？”

兰烛听到这里，心下一阵苦涩情绪蔓延。

江昱成留下她，自然是把她的身世调查得清清楚楚的了。他说话虽然不带任何污言秽语，但从他的表情和眼神中，她分明看到了难以形容的轻视和傲慢之意。但她并不觉得他无理，也不觉得他怀有恶意，好似那就是他天生金贵的样子，与人们看一只麻雀、一只蝼蚁一样漫不经心。

兰烛咽了咽干涩喉头里的苦水，换上一个比哭还丑的笑容："什么自由人生有成名成角儿重要呢？我三岁学戏，六岁上艺校，且不说吃的苦和受的难，光是放弃了从事其他职业的可能性这一条，就够我孤注一掷地赌上我的一生了。江二爷，你知道的，在黑暗里待太久的人是不会拒绝一束光的邀请的。"

她这一番话说出来倒是比刚刚她咬着牙说要还钱的话更顺耳，他突然想要试一试，试试她是不是真的像她说的那样，永远不会拒绝一束光的邀请。

他的手摩挲着她的侧脸，比外头屋檐下倒挂的冰柱冷多了。

"我既然让你住在这儿，说明你还有用。林伯自然会安排好你的一切。过几天他们排练《游湖》，青蛇的角儿给你。"

兰烛知道槐京城的青蛇也比江南水乡破败一隅的白蛇要光彩。她默不作声，算是默许。

江昱成的身影被灯光化作四散的火花，飘落在地上后又汇聚成一只巨大的黑狗，他像是恶犬撕咬着她，毫不留情。

他恍惚之间抬头，看见她的眼里满是绝望之色，外面冰冷的夜色映在其中。他又在那空洞的夜色里看到了漫天的烟花——跟往年的每一次除夕一样，烟花在悠远的槐京城上空荒唐地绽放。

他再低头，见她微微侧着身子对着外面发呆，眼里的烟火把她的眼眸映得亮堂堂的，像是月光落在水面上折射出层层渐变的光。这种清冷的孤寂感伴着华灯初上烟花漫天的热闹场景，衬得她好看极了——虽然他知道那是烟火渲染的效果，而非她心中的色彩。

江昱成突然松手，眼中浓郁的雾色散开，又恢复了往日淡漠的神情。

兰烛回过神来，用不解的眼神看着他。

他背过身去，淡然地说："你走吧。"

兰烛微微一愣，心里莫名其妙地泛起一阵苦涩感，即便十分不解，也没有开口问。她重新扎起此刻有些凌乱的头发，开了门。外面冷风袭来，她不禁打了个寒战，而后又深吸一口气，几步迈出了那屋子。

兰烛转身来到阁楼下的转角处，像是溺水的人终于获得了新鲜空气，大口大口地喘着粗气。刚刚她的身体僵硬得像是雪地里的一具死尸，她青涩地尝试着迎合他，不会闭眼，不会亲吻，不会热烈地回应，只感觉自己胸腔里的那团火从颅顶一直烧到脚心。

她一回头，又看到那只巨大的杜高犬正盯着她。这次，她没有躲，也没有动。

它盯了她一会儿，而后走了。

西南角的灯突然亮了起来，戏楼胡同尽头处最高的戏台亮了起来。

槐京城明清的古戏台中依旧保存完好并且属于私有的，就江昱成这里这一个。

一群抹着白脸、扎着头髻、着唱戏打扮的人鱼贯而入，蟒、帔、靠、褶、衣五类京剧服装，文戏舞戏，刀剑斧锤，在那儿应有尽有。

兰烛想：许是江二爷嫌弃她太无趣，把剧团叫过来热闹了。

等到那些人都进去了，那院子的大门就缓缓合上了，宛如七月十五的时候阴曹地府按时开放的鬼门，过时不候，里头的人声色犬马，而留在外头的人继续忍受人间六苦。

兰烛掏出打火机，从地上捡起几根掉落的烟花棒点燃，烟火像星火一样散开。

江昱成打了一个电话，让剧团的团长叫了一帮角儿大过年的过来唱戏。他虽觉得这无济于事，但当那一帮人拥进来时，这院子的孤单感好似真的就能被驱散走了。

京剧日渐式微，但唯独在槐京城仍是顶流，这也无怪乎所有学京剧的人都挤破了脑袋想来槐京城。

只是他今天也不知怎么了，就算台上的那些人唱得再好也听不进去。

戏听到一半，江昱成夹着烟从里头的隐门里走出来，站在雪地的阴影里抽烟。

里头的人在唱《贵妃醉酒》，唱到最后，贵妃没等到心上人，翻了水袖，右手抬高，左手持平，腿腰并用，面朝上，宛如一条卧在水底的鱼。

江昱成站在那扇门旁，听着里头的婉转“咿呀”声，眼神却落在外面的人身上。

她没走，而是绕过隐门出了墙，走上后门的桥头，站在那儿踮着脚望着戏台。

长发披在她的肩膀上，她的肤色比月光、雪地都还要白些。她微微仰着头，眼里星光点点，全是最纯粹的向往之色，跟刚刚在房里咬紧牙关跟他抗衡时的样子完全不一样。

月光与灯光交相辉映下，她脸上的绯红颜色还未褪去，江昱成忽然就想到了她刚刚合着眼青涩地回应自己的样子。

江昱成掐断了手里的烟，此刻倒是有些分不清哪一场才是戏了。

等到冬日的雪不再下了，巷子里的人家都把辞旧迎新的春联撕下了，高高悬挂的红灯笼被撤完了，兰烛也没有再跟江昱城打过照面了。

她依旧按照自己的生物钟早起练功，日复一日，偶尔也看到江昱成从回廊上穿过，只是再没跟他交谈过半句。

直到林伯小心翼翼地措辞，兰烛才知道她该搬走了。

林伯似是很不好意思，想起他从前对兰烛说过她应该会一直住在这儿。他觉得这姑娘跟从前的姑娘不大一样，只是具体哪里不一样，他也说不上来，但是人老了，见的人多了，看人就有了直觉。

他本不是多事的人，那天却意外地跟她说她能一直住在这儿，如今到了人要去剧团的日子，二爷也没发话——看情况，二爷是没看上她。

于是林伯来的时候就有些惴惴不安。在赶人走这件事上他不是没有经验。他也遇到过几个难缠的小姑娘，哭着喊着任他怎么撵都不走。

倒是兰烛只是听他说了开头，就知道他的目的是什么，省去了他要给她胡诌个原因的时间。

她简单地把玄关处的东西包起来，拎起她来时的那个军绿色袋子，头也不回地打开门，站在林伯身边："走吧。"

"您收拾得这么快？"林伯有些吃惊。他刚把消息带到，兰烛不过五分钟就收拾完了。他再往里头看，被褥叠得整整齐齐的，光洁的地板上一尘不染，家具和装饰品都如她未曾住进去一样恢复如初。她好似早早地就做好了准备，随时待命，仿佛下一刻就要搬离。

兰烛心知肚明，那晚什么都没有发生，自然没有青蛇一角的事情，自己也不该再住在这个院子里。

林伯于心不忍，帮兰烛把东西提到了门口："兰小姐，我给您打个车。"

"不必了，林伯。"兰烛拒绝。

林伯见她态度坚决，便不再多言，欠了欠身进了屋子里。

兰烛把包裹留在门口，出去拐了两个巷子口，才在杨柳河旁看到了一个缩在绿色三轮"田鸡车"里睡觉的师傅。

她敲了敲门，司机师傅不情不愿地拉开门，一听到她报的地址，把手往袖子里一插就说："二十。"

"二十？二十块钱打出租车也到了吧！"兰烛吃惊。

"您真会开玩笑，小姑娘，您也不看看这是哪儿，这是槐京城！更何况这正月都未过完呢，我都没跟您要过节费。"

兰烛轻轻地叹了一口气："那就二十块钱吧。"

她让司机师傅跟她回去取东西，司机师傅看到她那么大个包裹后当即不乐意了，阴阳怪气地说她住在这么有钱的地儿，还要嫌弃他这种穷苦人家开价高，当真是越有钱的人越抠门。

兰烛没理会他这些闲言碎语，只是安静地看着窗外的景致。冬日的寒风从三轮车那用透明胶勉强粘好的窗户破损处灌进来，拼命地钻进人的脖子、裤筒里，那种凛冽削骨的感觉才真实地宣告着烟雨朦胧的江南已成过去，也清楚地让人明白过去和现在中间终究是隔着两万多千米的距离。

江南未曾下过这么大的雪。

兰烛按照林伯给的地址到了剧团之后，找到了管事的副团长。

副团长正坐在太师椅上，看着院子里舞刀弄枪地练基本功的戏剧团演员们，待兰烛走过来时，眼神随意地扫过她递来的折得四四方方的推荐信。

剧团副团长姓吴，人们都叫他吴团长。他扫了兰烛一眼，眼神掠过她身上的时候，原先的漫不经心表情顿时被惊讶代替。

他这剧团风雨飘摇地经营了十几年，从他的剧团出去的、他在戏台上见过的、身边的爷举荐的……林林总总加起来，他见过的戏剧演员没有一千也有几百了，倒是鲜少见到眼前这样的人。

她穿了件单薄的白色过膝风衣，衣服虽有些发旧但还算干净，一头乌黑浓密的长发上还带着外头的雪花，杏花眼微扬，五官单看不出众，但合在一起看，这长相就跟泼墨写意的山水画一样，多一笔冗余，少一笔有憾。

好的戏剧演员，长年累月地练习是会从内而外地改变一个人的气质的。虽她还未开嗓，但他看着这姑娘的身段如月下梅似的，便知道在得老天爷赏饭吃这个上面，她就已经强过常人了。

也难怪江二爷看得上她，只不过住进玉坊又被送出来的人……自己不用也罢。

吴团长翻了翻推荐信和协议，还给兰烛："你的情况林伯已经让人跟我说了，说句实话，你对这分成真没什么异议？"

兰烛摇了摇头。

"那行，剧团包吃住，每月十五发酬劳，一月一结，多劳多得，至于成不成角儿都在于自个儿的天赋加努力，你还有什么问题？"

兰烛来之前，这些情况林伯都跟她说过。

"没问题的话，把东西搬到后院去吧。"

几个年纪看上去比兰烛还要小的男孩子帮着她把东西往后院挪。

等打发了兰烛，吴团长手一挥，拿起小竹鞭绕着院子转："别偷懒了，练不好，你们今天中午别吃饭了。"

一组的林组长趁着吴团长休息的时候过来：“吴团长，这位——是浮京阁那儿引荐过来的？”

吴团长训斥累了，呷了口茶，应道：“嗯。”

林组长：“哟，二爷那边来的人，估计是位贵人，您什么安排啊？”

“安排？”吴团长捧着茶盏转过来，“我说林组长，您也不是第一天在咱们团了，还没学会审时度势呢？您看这姑娘是怎么来的，提溜个破袋子，浑身上下也没什么值钱的东西，分成合同又签得那样低，摆明了就是二爷不看好，往咱们这儿送。二爷是要咱们好生栽培她成角儿的意思吗？”

林组长连连点头：“您说得忒上道了，怪我，我愚钝。”

吴团长：“先让她跟着练练，找个人带带，总也是十几年练出来的孩子，跑跑龙套是划算的，别的再说吧。”

兰烛分到了自己的一个小房间，开门即是天地，一张一米二的床，一个柜子，一张书桌，一扇六十厘米宽的正方形小窗。

“浴室和盥洗室都在外头，公用的。”师姐还算热情，带着兰烛介绍，“林组长说你今天先休息，明天开始练习。早上五点院子里集合，一般我们热完身再去练功房。”

“好，谢谢师姐。”

那小姑娘红了脸：“别叫师姐，你叫我小芹就好，我也就比你早来几个星期。”

小芹走后，兰烛把自己的东西一样又一样地拿出来，把词谱一本本地竖着摆在床头柜子上。包里还有几个她离开杭城前小姐妹们帮她一起捏的京剧人物泥人像，她小心翼翼地摆在那小小的窗户上，对着画好的泥人出神。

雪地里的光从窗户外偷偷溜进来，落在泥人灵巧起舞的水袖上，也落在将军冠上那长长的锥尾上，所有的人物都悄悄地活了过来，在窗台下舞得风生水起。

第二章
不如选我

兰烛把这份安定藏在自己那个小房间的抽屉里，每日跟着大伙儿晨起练习，不曾懈怠。

在京剧日渐式微的情况下，这家民营剧团因为跟槐京城里往上数几辈的皇亲国戚走得近，所以在传统曲艺江河日下的情况下仍能保有一份市场，演出活动还算是比较多，只是去的大多是剧团里来得早的人，外头的演出活动自然是落不到兰烛头上的。

那几个在剧团里有些名气、在舞台上能独当一面的演员都有自己的住处，自然不用挤在四合院的集体宿舍里，剩下的一些人大多跟兰烛一样，从京剧艺术职业院校毕业就背井离乡，在槐京城里孤单一人。大伙儿都明白一个道理：现存的市场就这么大，哪怕考上国戏、中戏等有名气的大牌艺术院校的人，毕业之后也不一定分得到这个市场的一杯羹，更何况他们这些被淘汰下来的野生戏剧演员了。多少人在这个市场上奋斗一辈子，不吃不喝，把赚来的钞票叠在脚下垒成一摞高都够不着槐京城巍峨的南城门的一角。因此说穿了，大伙儿都是竞争关系，在这种没有编制、没有保障的民间剧团里，强过别人，管好自己才是安身立命之道。

这个道理，兰烛以为自己应该是明白的。只不过当组长带着几个女生到她的房间里，几个人围着她的床铺指指点点，最后定下“就这间”的时候，她才明白过来，抢在他们动手搬东西之前把窗户上的小泥人收下来塞进了自己的包里。

他们说，按照道理，兰烛这样没戏可演、在剧团里没上过台面的演员应该去睡集体宿舍的。

兰烛说自己都已经睡进来了，没有再把她赶走的道理。

其中一个女生却过来说那是因为之前还空着一张床，但是现在，剧团里又来了一个女孩子，这姑娘一来就登台演了一个小配角。

兰烛看着林组长。

林组长有些回避兰烛的目光，支支吾吾道：“按照先来后到的道理，让你搬走的确不合适，但按照我们剧团的规矩来说，她既上过台，便没理由让她去住集体宿舍。”

“是啊，能者上位是我们的团训。”两个女孩子帮衬着说。

兰烛一直垂落的手微微发抖，她克制地攥了攥手心，胸腔微微起伏，低头收拾东西，而后出门。

兰烛拿着东西去了集体宿舍，走到最后面，找到一张被杂物堆得乱七八糟的床。她把东西放下来之后，抬眼望去，五六十平方米大小的房间里堆积了十多张上下铺，箱子都敞开着被扔在过道里，地上横七竖八地躺着一堆堆未洗的衣服。

她没有着急把自己的东西拿出来，只觉得这不通风的屋子压抑得人难受。

她出了门，往宿舍区后面绕去，墙外头是条人工河，那儿空气好些。

院子围墙后头有一道矮墙，矮墙后面有一堵被茂密草木遮盖的围墙，那儿立着半身高的竹木棒，本来是给地上的牵牛花做的支架，但春夏还未到来，此刻放在那儿的就是一堆废竹子。

兰烛拿过一根竹子在手上掂了掂，觉得这分量正好。

她背手挺立，右手拿着竹棍子，中指和无名指夹着轻轻一拨，那竹棍就轻巧地转了起来。而后她又握住竹棍的尾部，手腕灵巧地一动，随即竹棍划出漂亮的花来。

练功房的花枪数量有限，兰烛难得能分到一支练习。而如今她身在后院里，这竹棍子虽不及花枪称手，但好歹能上手练习，后院倒也清静，无人打扰。要知道这基本功一天不练就会退步，她马虎不得。

她练起功来犹如老僧入定一样，沉醉其中。

吴团长今晚邀请了槐京影视王家的公子哥王凉来。

按照吴团长现在的身份，即便他做东邀请，如今声明在外、手握影院半壁江山的王家人也是他邀请不到的人物，但恰好王家公子王凉爱倒腾些古玩器物，吴团长也是个痴迷的收藏爱好者，只是不知是吴团长投其所好，还是正好爱好相同使然，总之这两个人一来二去，私下也有了些交情。

吴团长说自己得到了一只明制的青花素碗，可王凉自从上次买了吴团长所谓的“清代彩壶”回去掉色之后，便对吴团长的信任打了折扣，因此这次特地叫了住在戏楼胡同的江二爷。在槐京城谁不知道，江家往上几代都是住在紫荆城里的人，几位叔太爷爷也是曾经的先进分子，后来才改了个低调的姓氏，但的确都是几辈子的世家公子。江二爷那眼光是祖传的好，什么东西到他手上不出半分钟，他定能定个真假出来。

至于王凉为什么还把他父亲的女朋友——在影视圈里曾经挺出名的女演员乌紫苏带上，纯粹是因为男人莫名其妙的自尊心。他总觉得男人出入社交场合时身边带着个美女会更有面子些。

王凉走在前头，乌紫苏紧随其后，抬手把一枝被雪压弯的梅花扶正：“这样偏僻的后门你也知道？”

王凉不过二十岁出头，脸上的少年气却很淡，多了分从商场里浸染出来的世故感：“你不知道，这吴团长叽歪得很。我要是从正门进，他一眼就看到我了，我能被他烦死，不如落个清净，更何况——”他停下了脚步，似是在等身后的人，“二爷来去无影的，还是别让外面那帮学戏的孩子叨扰他。”

此时从积雪的树后走出来一个人。他穿得单薄，眼镜下的眼清冷如霜，脊背却挺直如松柏，撑着一柄黑伞，只身站在雪地里。

二人让了让，江昱成便走在了两个人前面。

他刚走到回廊下准备收伞的那一刻，忽然听到矮墙后面有动静。他回头，就在雪地里看到了一个身影。

她穿着一身黑衣，手起枪落间似是书法大家一般泼墨写意，掂枪翻身十几圈之后定身亮相，仅仅凭借一根竹棍子也能演出个巾帼不让须眉的样子，动作利落干脆，竹棍子的弧度恰到好处，惊落一地梅花雪。

雪地里这般大雪纷扰，她却全然不知，只知手上动作须均匀有力，戏中角色须全神贯注。

王凉见江二爷停了下来，也回头看了看，这一看倒是看傻了。他没见过一个女孩子耍个棍子都能让他看着迷的，那种魅力跟围绕在他身边整天娇声嗲气的姑娘可不一样。

王凉："哎——哪里的姑娘？这位是——"

王凉还未说完，江昱成就用伞挡住了他探究的目光："走吧，你不是说还有东西让我看？"

王凉还欲往前看。奈何回廊外头的雪实在是太大了，江昱成又一副心思不在这里的样子，王凉只得跟着进了屋子。

倒是乌紫苏，一个人戳在那儿看了许久。

进屋之后，王凉跟在自己家一样招呼着林组长沏上了茶。

"外头练功的那位姑娘叫什么名字？"王凉进屋后越想心里越难耐，逮着林组长就劈头盖脸地问道。

林组长被问得丈二和尚摸不着头脑："外面练功的姑娘那么多，王小爷说的是哪一个？"

一直没说话的江昱成抿着茶水，眼神落在刚刚泡开的龙井绿叶上，突地接了王凉的话茬："怎么，喜欢？"

王凉立刻转过身来，倚在茶室的中式桌椅上："喜欢哪！"

江昱成淡然地开口："这姑娘前几日刚从玉坊搬出去，木讷凉薄，没意思。"

"怎么没意思了？我看着挺有意思的啊，身段柔弱，看起来安静如水，性子柔和……"

"柔和？"江昱成听笑了，"一听这话你小子就没有吃过女人的亏。我告诉你，她心气高傲着呢！"

“高傲点儿才好呢！我就喜欢高傲的。”王凉越说越起劲，“二爷，我跟您的口味不一样，你不喜欢这种人，我最喜欢这种了。这姑娘越是高傲就越有趣，这就跟槐京城冬日里的冰碴子一样，越硬越有味儿，带劲得很。”

江昱成眉眼微抬：“冬日里吃冰碴子，你也不怕崩着牙？”

“不怕。”王凉摇头，“我知道这姑娘不是您的菜，不然她也不会从玉坊搬出来，可这清冷美人偏偏是我的菜，您若看不上……”

江昱成握着茶杯的手不可察觉地僵了一下。

这动作在乌紫苏的眼里被放大，她连忙接过那盏茶，岔开话题嗔怪王凉：“你小子倒是不识抬举，二爷看不上的人你看上了算怎么回事？”

王凉不服：“小姨娘，男欢女爱讲究的就是一见钟情，二爷一见觉得兴致缺缺，我一见就钟情于她。若是我和二爷都喜欢她了，那不得杀个你死我活？这爱情就是讲究一对一……”

乌紫苏：“你从前也这么说，上一个女孩子，你跟人家一对一了几天？”

“那是上一个，上一个不是真爱。”

“那这个就是真爱了？”

“行了！”江昱成被这两个王家人你一句我一句吵得脑壳疼。不就是个姑娘吗？就跟王凉说的一样，他是真没看上她。

江昱成：“这事你得去问那姑娘，问不着我，不过我多嘴说一句，你小子可别玩过头了。”

“瞧您说的，我只是平等地追求人家而已。都什么年代了，我还能搞强取豪夺那一套？”

乌紫苏：“若王先生知道了，你估计要挨骂。”

“您能别拿我爹出来压我吗？我都多大个人了，喜欢个姑娘还喜欢不得了？您说是吧，二爷？”

江昱成不置可否，起身走到窗户旁，再向外望去，院子里原先舞着竹棍的姑娘已经不见了，就跟和煦春光下一闪而过的蝴蝶一样，只让人觉得是因春日困顿而生的幻觉。

他转了转手腕上的墨玉串子，觉得冬日的时光实在无聊，只盼着春季到来，新的雨后龙井能尽快产出——去年的陈茶已经不经喝了。

这头，兰烛刚回到宿舍，端起脸盆打算去洗把脸，林组长却叫住了她，引着她来到了道具房里。

林组长在服装间的衣柜架子上翻着女帔戏衣："要不说你这孩子命好呢，到哪儿都有贵人帮衬着。你这一趟若是成了，可得记着卖点儿我的好——你也是从我们剧团出去的人。"

兰烛不解：不太懂自己前脚刚被赶到大通铺屋里，后脚林组长怎么又找到她说她命好？再者，他说的"成了"是成了什么？

兰烛："林组长，我不太懂您的意思。"

林组长挑了一会儿，像是满意，把一件粉色女帔递给她："不用懂，换上，车子在外头等着了。"

兰烛拿着衣服微微思索，而后眼睛一亮："您是说今晚我要登台？"

"不是登台，是比登台更好的事。王家小爷点名要你去唱一曲，这不是比登台还要好的机会吗？"

兰烛原先亮起的眼睛又黯淡下去，她把手上的戏服还了回去："我不认识什么王家人。"

"你怎么这么死脑筋？去哪儿唱不是唱？你跟着他们去外面演出，撑死了也就当个龙套在舞台上露个脸，但今天不一样！今天是你一个人去，一个人当大主角。你说，这样的机会放到大通铺屋里任何一个旦角身上，你找一个会拒绝的人出来看看？如今时代不比从前了，咱也比不得那些有编制的演员，哪口饭不得自己赚着吃？你想想是搬回单人间还是住去大通铺屋子？"

搬回单人间再次拥有自己装满希冀的秘密天地，还是现在就回到脏乱不堪的大通铺屋里，然后等一个不知何时才能等到的上台机会——兰烛没的选。

她来槐京城，时刻不敢忘记自己背后的那双眼睛——那双满是叮嘱又无比疯魔的眼睛。

她接过戏服："知道了，组长，我会在四合院关门前回来的。"

林组长意味不明地笑了笑："没事，今天不回来都行。"

他这暧昧不清的话语引得兰烛顿时汗毛倒竖。

她脱了外套，只穿了一套水衣，未梳妆，但感觉自己抓着戏衣的手隐隐失去了知觉，只剩大脑驱使着身体迈进门外黑夜中的车里。

车子缓行在华灯初上的槐京城夜色里，进入最热闹的城东都市后，又匿入城南门后的私家宅院里。

槐京城的有钱人都爱住在胡同内独门独户的四合院里，王家的景观布置和浮京阁有些相似，用料却不及浮京阁十分之一讲究。

兰烛一下车，就有人引她到偏客厅里休息。

偏客厅对开门，满屋光亮，暖光灯给家具铺上了一层金漆，烘得兰烛全身暖洋洋的。

门开了，从外头进来三个人。

最前面的那个男人一米七八的个头儿，一身西装依旧规整不了他的步伐。他像是有些着急，推开门就过来，眼神一直落在兰烛身上。

他身后跟着一个模样三十岁左右的女人，女人眉骨立体，美艳大方，跟朵深夜盛开的虞美人一样明媚摇曳。兰烛只觉得她眼熟，但是想不起来在哪里见过。

直到兰烛看到最后进来的人的时候，她的眼神才由刚刚事不关己的打量变成莫名其妙的小心翼翼。

距离上次她见到江昱成，大约有半个月了。

他一进来，她感觉周遭的空气就静谧了下来，一切似乎都回到了那个夜晚。她跪在地上，声音青涩发抖——那真是她唱过的最难听的《游湖》。

三人落座，还是中间的那个女人先说的话："人都特地过来了，说吧，想让人家唱点儿什么？"

王凉反应过来，想都没想就说："要下午那个，你再把下午的要棍再要一遍。"

要棍？兰烛一时不知该如何接话。

她寻思：这位爷大抵是不懂戏的，既然不懂戏，点她过来大概就是寻个乐子。

算了，今晚她就当一次猴子吧。她刚准备开口问人要根棍子，却听到坐在最后面的江二爷幽幽地开了口。

他没抬头，像是兴致索然：“唱个《大登殿》吧，王宝钏那一段。”

兰烛有些踌躇，倒不是不会唱这《大登殿》，而是这场戏讲的是薛平贵登基成帝，王宝钏被册封为皇后时穿蟒袍、戴玉冠，但她今天只简单穿了件女帔，唱这一段戏实在是不太像话。

江昱成似是看出了她的心思：“无妨，就这样唱吧。”

王凉让人送了茶水、瓜子来，跷着二郎腿跟旁边的助理说着小话，时不时朝着兰烛抬抬头。

灯火摇曳中，兰烛深吸了一口气，而后摒除了所有杂念，背过身去。再转身开唱时，她整个人就不一样了。

“讲什么节孝两双全，女儿言来听根源……”

从“讲”字开始，在毫无开嗓、润嗓准备的前提下，兰烛声音圆润纯美，尾音悠扬，字重腔轻，暂且不论唱功，就这样的嗓音条件那是天赐的瑰宝。

她一开唱，原先坐在后面不见情绪的江昱成眼眸微微一动，而后他原先挺直的脊背微微向前，离开椅背。

她唱的这一曲，倒有些让人分不清王宝钏寒窑苦等丈夫十八年后，换来的到底是喜还是悲了。

她唱着原先是乞丐的丈夫“到如今端端正正、正正端端，驾坐在金銮”，唱着丈夫新娶的代战公主“代战女打扮似天仙，怪不得儿夫他不回转，就被她缠住了一十八年”，唱着王宝钏苦等十八年后终于等来了大登殿上这大圆满的结局，但是看戏的人怎么评、怎么断，那就是另外的故事了。

王凉虽不懂戏，但见眼前这姑娘的手眼身步法极好，便拍手叫好，一回头却看见乌紫苏的眼红红的，眼底似是水波流转。

美人落泪倒是让他坐立不安了，他连忙宽慰道：“小姨娘，这就是你不懂戏了，《大登殿》说的是个喜庆的大团圆故事，你伤感些什么？莫不是你们做演员的人泪腺比我们的发达些？”

乌紫苏收了眼泪，随意地嗔怪王凉：“你懂什么？！”而后她转过头来问江昱成：“二爷是行家，二爷以为如何？”

兰烛的心顿时就提到了嗓子眼儿处，她这会儿比开唱前还要紧张。不知道为什么，每当江二爷评价她的时候，她就会变得尤其紧张，好像自己心底那些不服气的细胞在重生后叫嚣着要证明自己——那天晚上不是她真正的实力。

兰烛也随着乌紫苏的眼神看去，只见江昱成不知何时燃起了一支烟。他弹了弹烟尾，那烟灰就跟霜雪一样无声地掉落在暖色的汪洋里，而后他吞吐一口烟雾，吐出一句不轻不重的话："有几个字没有送出来，有几个字也没有收回去。"

"哪个？"王凉似是有些不服，"二爷您是不是鸡蛋里挑骨头？"

兰烛心里微微"咯噔"了一下。她吞了吞口水，竟然有些不敢直视江昱成的眼睛。

江昱成目光扫过她的脸："'双全'收得不够干脆，'金銮'二字后面的尾音拖到什么程度，你数清楚了没有？"

兰烛顿时脸上一阵滚烫。她以为今天就是走个过场，应付一下这帮富家子弟寻她玩乐的心思。所以在表演上的几个细节，她的确是偷工减料了。

但也只有那一点点微小的差别——尾音没有拉满，后期乏力坍塌。从前她这样偷懒的时候，连职院的老师都没有发现，如今在这帮所谓的票友面前却被江昱成拆穿了，想来江二爷不只是一个票友那么简单。

"您这也太严格了，她是我的客人。"王凉显然不太高兴。

兰烛脸上一阵红一阵白，倒不是因为江昱成不给面不捧场，她只是后悔为什么刚刚没有尽全力。

"得。"江昱成笑笑，挥了挥手，"我扫兴了，你们继续吧。不早了，我得回了，不然雪再积起来，甭说开车了，就连走我也走不回去了。"

说完，他推开门走了。

王凉也不挽留他，而是跑到兰烛身边："甭理他，咱们说咱们自己的。话说你条件这么好，怎么不考虑进娱乐圈？唱京剧来钱多慢，这玩意又没人听，可惜了你这副容颜。你身段这么好，要不我举荐你进影视圈？槐京城半个城的影院都是我们王家的，怎么样？"

王凉的话没进兰烛的脑袋里，她望着江昱成走后还没有完全合上的门。

乌紫苏看了看絮絮叨叨的王凉，有些看不下去了，连忙把人支开："您别理他，他就乖张惯了。我让人把客房整理出来了，兰烛小姐晚上早点儿去休息吧。"

兰烛有些惊讶："您知道我的名字？"

乌紫苏莞尔："王凉看上的姑娘，我们自然要周到些。"

她话里的暗示意味有些明显，兰烛收回了自己的手。

王凉插话道："这么早就去休息吗？要不我们去喝酒吧，我知道一个地儿，全槐京城的女孩子都爱去那儿，你们唱京剧的人，活得太古典哪儿行？不如爷今天带你去感受感受都市潮流，就当我们第一次约会？"

兰烛动了动嘴唇，没说出一句话来，满脑子想的都是刚刚江昱成说的"不够干脆""尾音拖到什么程度"。他离开之后，她打了几番腹稿，脑子里转的都是怎么样把他指出的地方圆满地唱出来。

她在脑子里模拟了几次之后，才发现自己这段时间真的是疏于练习了，唱得好像没她预料的那样轻松。

江昱成当真是有一针见血的本事。

王凉的话从她的左耳朵进又从她的右耳朵出，她望着外面的漫天大雪，不顾自己还穿着单薄的戏服，脚下一趺，慌慌张张地朝门外奔去。

"哎！哎！哎……"王凉在后面喊了几声都没有喊住人，"什么情况，这人跟掉了魂似的？"

兰烛出了门，却发现外面什么都没有了，连他走过的脚印都已经被大雪覆盖。

王家她是回不去了，剧团距离这儿有半个小时的车程，她又把外套落在了剧团里，没钱打车。

她漫无目的地在胡同里兜兜转转，这一片的宅院都长得差不多，都是槐京城内动辄上亿的房产。院子里各处灯火通明，但没有一盏灯是属于她的。

兰烛晃了许久，想找个地方先度过这一晚的风雪。正当无望之际，她忽然借着灯光在全白的雪地里看到了一团黑色东西。

她定睛一看，这不是江二爷的那只杜高犬吗？在这种时候偶遇它，兰烛竟然生出点儿熟人见面的友好感来。

但显然，黑狗没有要表示友好的意思，龇着牙警告着她不要靠近，而后又拖着长长的尾巴走了。

兰烛连忙跟上它。

它没有回头，不疾不徐地在前头走着，兜兜转转地来到一处宅院面前。

兰烛抬头，忽然觉得惊喜——她又回来了，只不过这是浮京阁的后门。

黑狗回头看了她一眼，而后绕过后门消失了。

兰烛急忙跟上它，绕过转角，发现那儿有个半身高的洞口，应该是方便杜高犬进出的。兰烛往里看了看，发现里面是一个半包围结构的矮房子，墙壁凹陷处还挂了一个模拟柴火燃烧的发热壁橱，里头垫满了厚实的羊毛地毯，一旁还散落着几串玛瑙手链，像是黑狗叼来玩的。

这狗窝金贵高雅，比她那大通铺暖和多了。

兰烛想也没想，弯腰钻了进去。

杜高犬当然不肯，吠声震天。

兰烛也不知道哪里来的勇气，双手捂住它的嘴巴，认真地说："借宿一宿！"

那杜高犬被她突然上手的动作惊到了，反而安静了下来。

兰烛见它妥协，放开它，摸了摸它的头："乖。"

只是黑犬安静下来之后，外头却响起一个清冽的声音："貔貅。"

他这声音爬上兰烛的耳梢，引得她脊背发凉。

兰烛本来可以选择缩在里头一声不吭，却不自觉地往外探了探身子。

她狼狈地探出身，抬起头就对上了江昱成清冷的眼。他与她仅有半寸之隔，近到她能闻见他身上的雪松味。

兰烛盯着他的眼，想从他的眼神里看到些什么东西。但是除了警告、疏离、危险的意思，其他任何关于人的感情，她一样都没有得到。

她慌慌张张地缩回身子，手却被他扣住。

他往里一伸，手指先攀上她的掌心，而后用一股蛮力将她并拢的手指一个一个地掰开。

他半跪着与她平视，黑伞落在地上，雪公平地落在他们两个人的身上。

他靠近她的耳边，声音蛊惑地说——

“选他，不如选我。”

兰烛或许这辈子都忘不了那个风雪交加的夜里，江昱成那与一匹雪狼相差无异的瞳孔。他的瞳孔里映着那样单薄的十九岁的自己，单薄到她的人生像是一张一折就成碎片的脆纸，而他则是一团不发光的火，灼烧她的时候都不带声响。

她以为他会像那天一样带她去他的房间，驾轻就熟地说些让她头晕目眩的话，在那一场只有他们两个人的角力战中占得上风。

但是他没有。他只是叫来了林伯让人把玉坊重新收拾了出来，兰烛再次住了进去。

如果说真有什么跟以前不一样了的话，那就是在剧团里训练的时候，兰烛能公平地分到一套训练的道具，能拥有一个四四方方的属于自己的换衣间，能在名家大角儿来做公益讲座的时候较为容易地获得一个听讲名额，团长和组长在排演出的时候，也能把一两个龙套的角色分给她。除此之外，那些人口中“江二爷的别样对待”没有在她身上出现过。

她曾经听说过，江二爷从前为了捧一个花衫，大开浮京阁的门，广邀四方雅客，一场《天女散花》足足演了三天。那位红极一时的戏曲演员不论走到哪儿，人们见到她都得恭恭敬敬地叫她一声“老师”，别说一个道具、一个换衣间、一个听讲名额了，从观众到场地再到围着那一场场戏群里配合的幕后大家们，哪一个不是为那位角儿做陪衬的？

兰烛知道，那些人在观望——观望江二爷的态度，观望这槐京城里的动向。

她要说不羡慕那位花衫是假话，未开智且坚持到她现在这个年纪的人，要说对这行没有眷恋、对成角儿没有渴望是不可能的。可要是让她一夜之间乘着江二爷的东风成了名满槐京城的角儿，面对着曾经轻视过她的人，她不会觉得出人头地，反而是满身羞愧。

那《天女散花》的戏极美，但散落的花也只美那一刹那。不信的话，现在谁再问起那位曾经名动槐京城的花衫演员，可还有任何一个人记得她的名字，知道她现在去哪儿了？

兰烛知道，命运的任何一次馈赠都在暗中标好了价格，她要做的就是让自己更值钱，这样当命运最后跟她算账的时候她还不至于输得太难看。

白日里，她去剧团里排练，到了夜里，林伯会派司机接她回去。

这天兰烛乘着夜色回来，却在院子门口的隔断墙下看到了熟悉的身影。

听到动静，那人转过身来，黑色羊毛毡帽下是一头浓密的乌色鬈发，玫瑰色的唇蜜在屋内灯火的映照下光彩熠熠。她站在那儿，明媚动人。

兰烛后来才知道她叫乌紫苏，几年前在娱乐圈炙手可热。她在事业巅峰的时候斩获过最佳女主角奖，却在同年宣布退出娱乐圈。粉丝和投资人在扼腕叹息的同时也纷纷猜测她退出娱乐圈的原因。有的人说她嫁入了豪门，再也不用出来抛头露面地演戏了，也有人说她傍上了大人物，还说那最佳女主角奖指不定有多大的水分呢。

乌紫苏看到兰烛，上前几步："兰姑娘，方便跟您说几句话吗？"

兰烛不觉得自己今时今日的身份和地位能让乌紫苏亲自跑一趟，欠了欠身："方便，您直说。"

"是这样的，那天晚上你走得急，王凉那小子给你准备的礼物你都没来得及带走，我今天经过这儿，都给你拿过来了。"乌紫苏往后挥了挥手，她身后那个助理打扮的高个儿男人上前一步，把手里的东西都递了上来。

那些个包裹严实、品牌低调的黑色盒子上，镏金的丝绸系了一圈又一圈，一看里面的东西就价值不菲。

兰烛没接东西，淡淡地报以一个笑容："谢谢，不过我不太需要这些东西。”

乌紫苏神色一顿，眼神朝着兰烛的袖口看去。

兰烛随着她的眼神瞥到了自己右边脱线的外套袖子，不由得将右手微微往后缩，不好意思地笑了笑。

乌紫苏把目光收回来，接过那助理手里的东西递给兰烛：“哪里有让兰姑娘白唱一回的道理？这些都是身外的俗物，王凉让我拿过来，我都说会污了姑娘的眼，奈何他就是这么一个俗人，总觉得最贵的东西就是最好的。你也知道他是王家独子，从小被宠坏了，霸道得很，我若是不替他走这一趟，还不知道他要怎么难为我呢。不过他对兰烛姑娘倒是实心实意的，不然也不会把他觉得最好的东西拿出来一并让我送来。”

乌紫苏一面说着王凉选的那些东西配不上兰烛，抬举着兰烛“高雅”的品性，一面又将自己的本意和王凉的想法和盘托出，话说得滴水不漏。

兰烛再次微微弯腰谢过：“您替我谢谢他，也谢谢您专门跑一趟。我就是个唱戏的人，平日里穿得最多的还是练功服，这些衣服我也没有场合可穿，您的好意我心领了。”

乌紫苏见兰烛再三推辞，也不好硬塞，只是旁敲侧击地说道：“要说场合，王家是做影视投资的，兰烛姑娘既然是王凉的好朋友，那岂有让好朋友落单的道理？昨儿个还有个音乐节目的导演来王家呢，说想做一款国风潮流的音乐节目，正有意向让王家帮忙举荐几个戏曲出身的转型音乐人，好一起做一款‘新京剧’。您瞧瞧，多好的机会？”

乌紫苏话中带话，兰烛能明白个八九不离十。但兰烛从未想过做什么新式音乐，抱歉地说自己只会唱中式和旧式的京剧。

气氛顿时变得有些尴尬，还是一阵低低的笑声打破了这连乌紫苏都接不下去的话茬。

江昱成从门楣后走出来，眯着眼睛看着兰烛，而后慢条斯理地朝着乌紫苏说道：“瞧瞧，还有我们乌小姐搞不定的人呢！是我没教好，我家这姑娘不识抬举，看起来是看不上你们王家这只手遮天的能力呢。”

兰烛在听到江昱成用了“我家这姑娘”的时候，心微不可察地像是被一根细细长长的针戳了一下。但她不会因此而浮想联翩，因为她明白，他说她是他的姑娘就好像在说他的房子、他的地板、他院子门前种着的那几棵珍贵的古木和他那忠诚又凶猛的狗一样没有意义。他带了“我家”两个字，为的是向不速之客彰显他的主权。

乌紫苏在听到江昱成的声音之后，脸上有一丝慌乱之色迅速闪过。她打听过了，江昱成今天不回戏楼胡同。所以，她才敢来找兰烛说这些话。她听出了江昱成的潜台词是要赶她走，连忙顺着话茬往下说：“二爷又取笑我了。您别生气，您也知道王凉的脾气，我若是不来，他能在家上蹿下跳搞个翻天了……”

她话还没说完就被江昱成打断了，他站在那石砌的灰白色月亮门下，让人看不清神情，只是语带威胁之意：“那乌小姐是不知道我的脾气了？”

乌紫苏听了这话，连忙弯腰道歉：“二爷，多有打扰，我这就走了。”

江昱成点头：“如此，我就不送了。有一句话还希望乌小姐带到，你劝王凉，对进了我的门的人，他还是别有什么多的想法了。”

乌紫苏带着助理匆忙撤走，助理踌躇间，还是把带来的一众礼物留在了那回廊门扇里。

兰烛站在原地不敢动。

江昱成站在远处也没进来，只是提高了嗓音问她：“想去娱乐圈？想去做演员？”

“不想。”兰烛想也没想地否定了。

月亮门旁显出点儿烟尾的火星，他像是手里夹着烟，尾音还带着烟入喉腔的沙哑感：“去娱乐圈做演员可比唱戏来钱快，成名机会大。”

兰烛摇了摇头：“我就适合唱戏。”

江昱成：“我看你不怎么适合。”

兰烛蓦地抬头，想在黑夜里找到江昱成的眼睛：“是他们找到我，不是我找他们，您要生气也该生他们的气。”

江昱成沉默了一会儿，而后从嗓子里发出淡淡的一声轻笑声：“现在，是你自己在生气。”

他从黑暗里出来，走到她面前，看着月光下她白净的脸上还带着未完全退去的稚气，这才反应过来她才十九岁。

经历再多事仍难完全掩盖少女的心境，他不过是激她两句，她就跟只护食的野猫一样，恨不得立刻向他展现她的利爪——即便这利爪在他看来只不过是跟挠痒痒似的闹着玩。

江昱成看了看回廊里放着的几个包装好的盒子，又看了看被兰烛藏起来的破损的袖子："走吧。"

他留下一句话之后，头也不回地走了。

兰烛站在原地反应了一下，跟上他，没说话。

他走到外头上了车，司机拦下兰烛，领着她上了另外一辆车。

兰烛坐在车里，看着前面那辆不疾不徐地消失在夜色里的车，不知道江昱成要带她去哪儿。

等到车子穿过城东的四合院群落，转弯上高架之后，兰烛才看到城市的灯火在刹那间亮起。

那晚她第一次知道，这座城市除了厚重的历史感和经久沉淀的艺术，还有无尽的奢华气息。

车子最后停在南桥码头旁边意式建筑的地面停车场上，司机停好车后请兰烛下来，兰烛刚迈出车门，就看到射灯下由平整的鹅卵石铺就的小道上站了一排人。

兰烛这才看到门楣上那一行极为不显眼的意语。

领头的那个男人西装熨帖，料子也是上好的，戴着双白手套。见到来人了，他连忙起身过来迎接，说着"不该劳烦江二爷过来，要什么直接指定人送过去"，又想起江二爷半个月前让助理过来定了一身高定服装，唯恐江二爷是等不及来追究了，连忙把身后的销售人员叫过来，准备一个个地都骂一顿。

江昱成拂了拂手："你给她挑几身吧。"

那个领头的人这才看到江二爷身后的人，打量了一圈那个跟着司机站在后面的姑娘，只见她穿着普通甚至略显寒酸——领头的人看惯了珠光宝气一下子没看到人也正常。但做他这一行的，看人比看行头要专业，那姑娘虽然衣着一般，但气质清冷如兰，只怕没有那么简单。

他脸上堆起笑容，鱼似的游来兰烛身边："这位小姐，要不我带您看看？"

兰烛略显局促，抬头看了一眼江昱成。

江昱成抬了抬眼皮，抛出了一句："难不成你还想让王家再送两身过来？"

他说着话的时候步子依旧往里走，那话被他轻飘飘地甩在了身后。

经理做了个请的手势："这位小姐，您跟我来吧。"

兰烛跟在他的身后，瞧见质地柔软细腻的羊绒和蚕丝被制成成衣摆在隔间的橱窗里。

那些橱窗都被隔开了，每个隔间的面积都比她在剧团待过的一个人的独立房间还要大。她想象不出，那只是衣服，挂起来一米多高，叠起来不过是方块大小，为何要用这么大的空间去陈列，好像生怕空间小了，挤到了那些衣服上精美的针脚。

经理见兰烛无从下手，直接越过门口那些前卫的时装，从后头拿出两套盘扣的改装旗袍裙，再配了一件国风的 A 字板型黑色羊绒大衣，把衣服展示给兰烛看："黑色和墨绿色，我看很称小姐的气质。"

兰烛扫了旗袍裙一眼，心下的确是喜欢的。她想靠近些再看一下价格标签，却发现那衣服根本没有标价。

未等她发话，经理就看出了她是喜欢的，连忙让手下的一个女店员把衣服包了起来。

女店员包完衣服，还自作聪明地过来提了一句："小姐，之前您在我们店里预订的礼服做好了，今天也要一起带上吗？"

兰烛有些不解：她今天是第一次来，为何说她还预订了礼服？

经理狠狠地瞪了女店员一眼，而后连忙给兰烛道歉："是她记错了，小姐，不好意思，您还有什么需求吗？"

兰烛摇了摇头，经理就安排她在贵宾室里小憩。

她待得无聊，随处晃了晃，在从洗手间里出来的回廊上，听到了经理在训斥刚刚那个小姑娘："不是同一个人你看不出来吗？那江二爷是怎样的人哪，你什么时候见过他带同一个姑娘进来过两次？你搞清楚到底谁是客人，是那些个每次都不一样，除了跟江二爷来不然没什么能力自己再来第二次的姑娘吗？今天这位姑娘要是将刚才的话听到心里去了，回去问二爷，你这不是给真正的客人添堵吗？”

兰烛下意识地摩挲着自己的指尖，按压着长期练习后手指握剑留下的茧子，没把这一番话放到心里去。

江昱成能带她来，一定也带过别人来，这些店员细致周到也不过是因为她是被他带来的人。他们说得没错，若不是江昱成，她这辈子估计也不会来这里消费。

当然，这也不是她消费得起的地方。这样一来，她的确不是他们的客人。

兰烛折回贵宾室，坐在窗边看着外头的雪在灯下融化，雪水滴到花岗岩上，打出一圈圆润的涟漪。

她感觉静谧的时间在这里似乎凝固了，困意袭上了她的心头。

她靠着软垫睡着了，睡眼蒙眬中见到有人推开门，解着衣袖上的扣子。

兰烛抬头，揉了揉眼——江昱成已经回来了，背对着她站在室内摆着兰花的落地窗边，脱了外套，卷起一截袖子，露出他精壮却又白皙的手臂。

空气中有甜腻的酒香气，他应该刚从名利场上过来，顺道把自己寄养在这里的“宠物”带回去。

听到动静，江昱成转过身，看到兰烛只穿了一件单衫和一条米白色裙子，身子缩在中式的原木色藤椅上，只露出一双白皙的脚，鸦羽般的睫毛覆盖在她此刻有些空洞又倦怠的眼睛上。

那双眼睛太有故事，与他的目光触碰的时候，反倒是他不敢再看。

他停留片刻，挪过视线，抓过自己的外套：“回家了。”

江昱成说完，兰烛这才抬起有些发麻的脚努力跟上。

两个人回到戏楼胡同的时候，屋子里的烟火气正浓。

兰烛的肚子不由得被这一阵香味吸引得连连发出抗议声。剧团是包饭的，可她今天训练得晚，没赶上剧团的午饭，刚才又出去折腾了一番，肚子这会儿已经空空如也了。

这不合时宜的声音还是被走在前头的江昱成听到了，他示意了一下林伯。林伯回头恭敬地说道："兰烛姑娘，二爷说让您赏个光，一起陪着吃一点儿。"

兰烛虽然住在浮京阁有一段时间了，但甚少在这里吃饭，偶尔有几次，那也是自己买了些生鲜借王婶的小厨房做着吃。至于去主厅跟江昱成同桌一起用餐，她是想都没有想过的。

"我等会儿去小厨房……"兰烛话还没说完，就被前头的江昱成打断了。

江昱成停住了脚步："你人都住在这儿，这会儿倒是嫌弃自己麻烦人了。"

话被噎在喉头里，兰烛心里满是苦涩感。

是啊，她住他的，刚刚还穿他的了，现在在抗争自己是否吃他的又有什么意义呢？她争那心下一口气干什么呢？

她第一次踏入正厅，厅内四方的暖光灯隐藏在玉色的墙体凹陷处，在黄红色调的梨花木主客厅长桌后面凿了一个长条形的壁橱，木炭之下烘着奄奄一息的火苗。

长桌能容纳八九个人，桌上是摆盘精致的中餐，白色瓷盘配着晶莹剔透的玉石筷子，青花纹的桌边长垫铺在地上，这阵仗让兰烛觉得她不像是来吃饭的，而是来参观博物馆的。

饶是餐具如此精致，江昱成只是抬了抬眼皮，随意地拉开一把椅子坐了下来。他抬头看向呆站在那儿的兰烛，微微皱了皱眉："坐。"

兰烛反应过来，连忙拉开一把距离她最近的椅子坐了下来，用余光看了看站在一旁的林伯他们，发现他们都只站在旁边，毫无动静。

她又看了看这满桌子的菜：这么多的菜就他们两个人吃？如果她今天不来，那就是江昱成一个人吃，他一个人用得着吃这么多菜吗？况且他身上带着酒气，不是刚从酒局上回来吗？

兰烛看了一眼江昱成，他坐在对面，稀松平常地夹着菜，吃得虽然慢条斯理又优雅漂亮，但从他的表情中，兰烛判断不出哪道菜是他爱吃的，哪道菜又是他不爱吃的。

他每道菜都吃过去，每道菜都吃得没有偏颇。

“你怎么不说话？”江昱成突然发问。

兰烛被问得措手不及，拿着筷子，心思却不在桌面上的菜上面，连忙扯了一句话来缓解这突如其来的尴尬气氛：“我……我话少。”

“这在我这儿不算是什么优点。”江昱成放下筷子，指了指站在一旁宛如隐形人的林伯他们，“如果我要找话少的人陪我吃饭，你还不如他们呢。”

兰烛舔了舔嘴唇，一时不知道该找什么话题。她想到今天买的那几件衣服，开了口：“二爷，今天那两身衣服算我先借的，您让林伯从我的分润里扣行吗？”

“分润？”江昱成听笑了，“你如今也有戏演了？”

他的嘲笑和讽刺话语很直白，他直白地在告诉她：她不仅毫无能力把钱还清，还试图说大话。

他彻底放下筷子，拿过碗底的餐巾，优雅地擦着唇：“你既然留在了戏楼胡同这边，住到了玉坊里，就别总是不自量力地说要还，我做的那些事是要与你算那一分一厘？还是你真的觉得，你是什么有潜力的投资品？从你父亲带你进来的第一刻起，从你说要留下来的那一刻起，你难道还妄想拥有那些称为自尊和独立的东西吗？”

一阵寒意从玉制的筷尾传到兰烛的指尖，她芒刺在背，僵硬地坐在椅子上。

而后，她收起指尖，点了点头：“是，我日后不提了。”

从此以后，还与不还的，她再也不会说了。

江昱成见她神色凝固，又呆坐在那儿默不作声，犹如一潭毫无波澜的死水，与他一样乏味枯燥，毫无生气。

他没了吃饭的心思，起身出了正厅。

自此之后，他再也未叫兰烛同入正厅，同桌吃饭。

江昱成再也未叫兰烛踏进过东边的正厅，兰烛也许久未曾再见他。

那日买的衣裳兰烛一直未上身，被叠得平平整整地放在玉坊的橱柜里，她依旧穿着自己那一身有些旧的衣服。她打包了一些常用的衣物——剧团有个北上的演出项目，她报了名。

这北上的演出就是去搞慈善活动，大冬天的没人愿意去，也就兰烛，抱着苍蝇腿也是肉的想法，哪怕为了一个上台站半分钟一句话都不说的龙套，大老远也愿意去。

兰烛在北边待了半个月之后，回到戏楼胡同的时候，却发现一切在不知不觉中有了变化。

那天早晨，她跟往常一样在小厨房里帮着王婶择些菜叶子，忽然听到外头传来一阵银铃般脆生生的嗓音，听着像是个活泼的女孩子发出的，人还未到声音就已经传了进来。

“中午我要吃的凉糕准备好了吗？要京郊三里铺那儿产的野蜂蜜勾芡。”

话音刚落，兰烛就看到厨房朝外的半开帘子被掀开。那帘子后面出现了一张娇俏的脸，女子用乌黑的眼眸扫了一圈，最后目光落在蔬菜整理台上的那罐蜂蜜上。她三步并作两步过来，拿起那土罐子，朝着兰烛问道：“这是三里铺产的吗？”

她看到兰烛站在整理台后面，微微一愣，而后直接问兰烛：“你是谁？”

兰烛僵着未干的手不知所措，求救地看了一眼王婶，王婶连忙过来解围：“是的。海唐姑娘，这是早上三里铺刚送过来的，按照您说的，要新开的蜂坛的最中间一层。”

“那我拿走了。”

王婶：“可是这米糕还未做好。”

那个叫海唐的姑娘抱起那小罐蜂蜜径直往外面走去：“米糕再说吧，二爷说我做的蜂蜜柚子茶好喝。”

王婶收回自己的视线，手在围裙上擦了擦，又朝兰烛瞥了瞥，却见兰烛跟个没事人一样，依旧低着头，手腕一转，用指尖掐下一截嫩菜叶放入择菜篮子。

兰烛跟从前那些住在这儿的姑娘不一样，安静也不娇气，还经常来厨房里帮忙，一来二去，王婶跟她也就熟了。

王婶假意咳嗽了一下，眼神还是忍不住地往兰烛身上瞟，像是自言自语又像是说给兰烛听：“二爷不过就是带她回来吃过几次饭，玉坊还是兰姑娘住的。”

兰烛把一堆洗好的菜码得整整齐齐的，像是没听到王婶说的话：“王婶，我洗好了，您这儿还有别的活儿要干吗？”

王婶是个直肠子，见兰烛不理会她刚刚说的话，于是两步跨过来，夺了兰烛手里的盆子：“您能别天天惦记着这厨房里的事吗？您这一去就是半个月，是真不担心二爷身边换了人？”

兰烛的手空了出来，她把额间掉落的一缕碎发别到耳边，摇了摇头：“王婶，我从来就不在二爷身边，又怎么说得上是换人呢？

“更何况，二爷想要谁留下，想要谁陪他吃饭，这也不是我能决定的事。”

王婶：“您怎么就不能决定了？依我看，这海唐姑娘的相貌、身形、条件都不如您好，唯独心思玲珑，活泼主动。您也知道，二爷在家里头还开个戏台子，不就是喜欢这家里头‘叽叽喳喳’热热闹闹的？二爷唯独留您住在玉坊里，您是特殊的！只是您得心思活络些，平日里多说些软话讨巧，这样哪儿还有那海唐姑娘什么事啊？”

“知道了，王婶。”兰烛不多说，只是说自己清楚了。

她知道，浮京阁是个古怪的地方，有时像坟墓一样安静，安静到里面的每个人都像没有躯壳的游魂。她被这种安静气氛萦绕着，时常感觉不到天地变化，只觉得自己被那百岁的古柏树困住，听觉和视觉全部被封闭了；有时她又觉得这是一个热闹的修罗场，昏黄的灯火摇曳着，这儿成了繁华街头的酒肆，珠光宝气的丽人们踏破门槛，畅快地纵情着。

许是她实在是太沉闷乏味了，江昱成就像在远离入夜了人潮散去的浮京阁一样在远离她。

这位海唐姑娘，国戏在读，师承大家，家里是梨园世家，举手投足都是名流正派的槐京腔调，又是家中独女，二十几岁的年纪，满脑子都是天马行空的幻想。兰烛几次经过正厅，都能听到她黄鹂般的嗓音从里头传出来，像春日里破土而出的嫩芽，拱得人心里发酸发胀。

兰烛撞上过他们一次。

江昱成走在前面，海唐在后面揉着脚嗔怪地说她走不动了。

江昱成虽未动身过去，脸上神色也淡然，但到底还是停下来等她了。

她像只报春的喜鹊，扑棱着翅膀就往他的怀里撞。

兰烛想：这位海唐姑娘天生就适合唱旦角，以她的声音和形象，还有那娇羞嗔怪的样子，旦角的表演对她来说应该没什么难度。不过后来兰烛听别人说起，这海唐姑娘学的是青衣。

海唐二十岁生日，海家特地为她定了槐京城的梧南剧院。她第一次登台献唱，来捧场的都是梨园里有名有姓的角儿，她借着她父母和师父的面子赢得了满堂喝彩声。

兰烛想起自己第一次登台是在一场丧宴上。她当时才六岁，死死地缠着母亲的腿，说自己害怕外面连天的哭声和放在棺材板上毫无血色的老人，可母亲只是掐了一把她的胳膊把她往外推。

她唱了京剧《宝莲灯》。还未有棺材高的她边唱边抹眼泪，前来吊唁的人深受感染，不由得也泪水涟涟。自此之后，她在当时镇上的丧乐界混出了小小的名堂。

海唐在梧南剧院的演出很成功，从那以后，除了不在这儿留宿，海唐时常过来陪江昱成吃饭，不论江昱成在还是不在，正厅里总有她热闹的声音。

兰烛住在那小阁楼上，透过窗户往下看。每当夜色升起时，那西边的戏院阁楼大门就会缓缓打开，人群鱼贯而入，槐京城里有头有脸的人都会准时出现，好似这院子后面是难寻的人间天堂。

沉浸在酒色中的人抗拒槐京城的百年变化，醉死在美人的温柔乡里，抱着戏衣说着过去，不爱流行和时尚的东西，只在这小众却又崇高的圈子里自娱自乐。

那种喧闹和热烈的场景突然就让兰烛明白了她第一天来槐京的时候，那个戴着毡帽的男人在雪地里摇头，说她这一款在二爷这儿吃不开是什么意思了——

她像是面镜子，投射出来的大多为苦味的人生和无趣的灵魂。

这样的热闹场景持续了一段时间后，兰烛在剧团里看到了被簇拥在人群中心的海唐。

剧团的签约分为两种，一种是合伙制的，主要针对的是一些已经成角儿的演员，他们几乎大多时间独自在外面演出，承担的一般是某个剧目里固定的主演。这类演员在跟剧团的分成比例中占据大头，剧团签约主要是求的他们的名气。一个成熟的演员能跟市面上的好几个这样的剧团签约，哪里有剧团和资源就往哪里签约，互不耽误。

还有一种就是跟兰烛这样还不能独立承接曲目的小演员签的合约，说白了就是他们还是雏鸟，得等剧团的老前辈或者投资人找到剧目跟着出去当配角，赚来的那么一点儿收入中的大头还都给了剧团，留给他们自己的仅仅指甲缝里的一点儿。

兰烛听与她比较熟悉的同组的小芹说，海唐跟剧团签的合同是按照合伙制的合同来的。这就说明在团长和剧团的眼中，海唐是能够独立成角儿了，团长更是铆足了劲地讨好着海唐。海家在这一行里本来就有积攒的人脉，更何况海唐最近多次跟江昱成同进同出的，不由得让人浮想联翩。

剧团里的大多数人是见风使舵的主儿，原先还以为住在玉坊里的兰烛是二爷安排进来的人，如今一看，原是他们会错意了。这其中的许多人跟扑火的飞蛾一样，抖了抖翅膀，就都围到海唐那儿去了。

跟兰烛相处较好的小芹也是个南方人，看到这场景，倒是替兰烛生上气了。

“阿烛，你别理会他们，都是一帮趋炎附势的主儿，我看那海姑娘也没有他们说的那么神，不就比咱们出身好些，学的流派更正宗些？但我听那唱腔也不过如此嘛，就说白素贞大骂许仙那段，软绵绵的，一点儿力道都没有，跟我比也就半斤八两的水平，更别说跟你比了。”

几个月下来，大家私下里听老师上课的时候，互相也都有所了解，虽然剧团里的其他成员对兰烛的来历都有所非议，但对她的手眼身法步和唱念做打的技术都是佩服的。兰烛天赋最高，课余也更努力，即便是再挑剔的老师，遇到她了也能赏识地与她多说两句。

一来二去，兰烛虽然没上过什么大场子、承担什么大角色，但在一众同级别的师兄妹中的确是出类拔萃的那一个。

兰烛压着腿，调整着自己的呼吸："我哪里能跟海姑娘比？她能给剧团带来的资源比我能给剧团带来的收益大多了，她能签个合伙制的合同那也是她的能力。"

小芹靠着压腿的杆子："什么能力？我看就是巴结男人的能力。海家虽然是世家，可那都是他们太爷爷那辈的事情了，海家在京戏这行当的影响力早就没了，要没有江家那位爷给她引这个路子，她不过就是个没吃过社会饭的大学生，说到底还不是靠江——"

小芹说到这儿，意识到自己失言了，从杆子上直起身，有些局促得不知道该把手往哪里放："对不起啊兰烛，我不是说你。我没有那个意思的……"

"没事。"兰烛拧开瓶盖，对着喉咙灌了几口凉水，然后随手擦去额间细密的汗珠。

小芹小心翼翼地打量着兰烛的神色，眼神探究，在遇到兰烛的目光时又缩了回去。

兰烛看出她的心思："你想问就问吧。"

"那我真问了。"小芹爹着胆子问，"阿烛，你还住在戏楼胡同里吗？"

"嗯。"兰烛没否认。

"他长得真有那么好看？"

兰烛的脑子里出现的是他墨色的瞳孔和凌厉的面部线条，她笑了笑："你不是见过吗？"

"我只是远远看过，远看他像是块不掺杂色的玉。他远看好看我自然是知道的，但是我想知道他近看好看吗？近看的时候，他的眼睛是什么样子？皮肤是什么样子？说话的声音又是什么样的？"

兰烛随着小芹的话语不由得在自己的脑海里搜寻着那些断断续续的片段——他的眼睛狭长，极为古典；他伸出手把玩器皿的时候，白皙的皮肤下是淡淡的青褐色毛细血管；他冷不丁地说话的时候，声音像是编磬沉鸣。

兰烛只是摇摇头："不经常见面，有些想不起来。"

"你们不经常见面吗？"

“不经常见面。”

小芹有点儿不安地追问：“阿烛，我是说如果，如果有一天戏楼胡同换了新的人——比如说海唐那样的——万一有一天她想住进去，那位爷会让你把位置腾出来吗？”

那位爷会吗？

其实小芹说得没错，在外人看来，海家是京戏的世家，但从海唐的太爷爷起，海家往后的那几辈人早就不从事与京戏有关的行当了。等到海唐这一辈的时候，小时候海唐在无意中遇见了她太爷爷的亲传弟子王仁雪，原先默默无闻的王仁雪如今已成大家，海家这才捡着高枝再次在京戏行业里把梨园世家的旗帜竖起来，聚集所有的资源一心把海唐往这条路上送。

海唐自己也算争气，这么多钱砸下去之后艺考入了国戏——顶尖学府里出来的专业生，手眼身法步自然不会差。

兰烛那会儿才来槐京城没几天，就站在国戏的外头，久久地看着那来来往往的与她一般岁数的年轻人自由地出入这对她来说殿堂般的校园。

兰烛试过，凭她当年的艺考成绩和文化课成绩，她入国戏绰绰有余。

不过兰志国这位家里当家的人觉得：这行当在于练，不在于学，要那大学学历干什么？他从前也没见那些个走街串巷唱曲的人有什么大学学历的。

兰志国拧着她的耳朵说：“家里的钱是多得没处花了吗？”

兰烛有时候自欺欺人地安慰自己，没上过大学也没关系，虽然起步不一样，也少一些名家老师指导，但大不了就是多吃些苦，只要勤加练习，她总能追赶上去的。

只是混京戏圈子那套东西和混社会这套，差的不是一星半点儿。

就像小芹说的，若没有江昱成，这行当里有名气的角儿那么多，谁又会轻易地去捧一个国戏的大一学生？

虽是如此，但海唐也在剧团挂了名，时不时地出现，来上一下剧团开的训练课，兰烛与她碰面的次数并不多。

剧团好歹也出过几个角儿，在民间艺术团里也算是有些名气，团长偶尔还能请几个角儿来给兰烛他们这些未出师的学徒讲讲课。

这里头兰烛觉得讲课讲得最好、最一针见血的要数年约四十的中年青衣演员孙月老师。兰烛看过她在剧院演出时的录像，她扮演的白蛇一角惟妙惟肖，她讲起课来也是入木三分。

孙月本来是受人之托还吴团长一个人情，这才接了来他的剧团上训练课的任务。她本来没抱什么希望，毕竟时代已经不同了，料想有天赋又勤奋的孩子基本上都在国戏院里，至于这些外头的野生剧团的学生能成角儿的恐也不多。

不过几次课讲下来，她倒是对那个叫作兰烛的女孩子印象很深。

那个女孩子站在人群中，身形、气质极为出挑，孙月知道，那种精气神是靠多年自觉锻炼积累起来的。她也见过很多大青衣，但很少有年纪这么轻，举手投足就颇为老成的青衣。她单单瞧兰烛的眉眼，便知兰烛上妆以后扮相一定极美，只是兰烛身上总是有一种朝内而生的感觉，从事戏曲行业的人若是胸怀不阔、格局不大，往后上了台恐怕也难成气候。

即便如此，孙月也是愿意教她的，不为别的，就为了她一听就懂、一练就会的天赋。或许这也不是天生的，而是她在别人看不见的地方经过无数次训练而形成的。

作为老师，孙月是惜才的。课后，她把兰烛叫到一边："兰烛，下个月片区有个新人赛，第一名有一场登台的机会，你感不感兴趣？"

兰烛正在那儿对着镜子练习动作，听到孙月叫她，连忙过来，又听到这样的好消息，激动得连嘴巴都忘记合上了："我吗？我可以吗？"

"可以啊！"孙月拍了拍兰烛的肩膀，鼓励她，"每个剧团都有一个名额的，你们吴团长之前还问我的意见呢，我举荐你了。你好好表现，新人赛要准备主角唱段的，你这段时间好好练练，你唱《白蛇》选段就不错。"

"可是我没当过主角……"兰烛难得雀跃，但又有些犹豫。

孙月："这有什么的？人人都有第一次，我第一次登台的时候，《盗仙草》那一段双剑都舞不起来呢，还不是硬着头皮上了？你表演经验很丰富，抓住这次机会，说不定这就是你的新起点。”

孙月说得诚心，兰烛受她鼓舞，用力地点了点头：“知道了孙老师，我会好好做的。”

孙月说得没错。她走的第二天，吴团长就把兰烛叫到了办公室里，把参赛表拿出来，捧着个不锈钢茶壶语重心长地说道：“阿烛，你要对得起孙月老师对你的栽培，对得起二爷对你的赏识……”

兰烛听到江昱成，以为自己参赛是江昱成举荐的，心里七上八下，连忙问：“团长，这事跟二爷有关系吗？”

“瞧瞧，你这孩子，你住在戏楼胡同里，你的哪件事能跟二爷没有关系啊？你能来我这儿，不都是因为二爷赏识你吗？”

吴团长的话证明了一点：在他们眼里，她兰烛能得到的一切东西，那都是因为她住在戏楼胡同里的恩赐，因为她住在戏楼胡同里，因为她的协议签在江昱成那儿，所以对所有与她有关的成就，人人都戴上了有色眼镜，看到的都是浮京阁里的珠光宝气。

不管如何，兰烛接过了那个参赛表格，跟从前的每一次一样，一笔一画地写上自己的姓和自己的名。跟儿时一样，好像她再拿下一个奖，母亲就会出现在那低矮又渗水的楼房里，来接她回家，那些寒冷和饥饿就会一扫而光，那些羡慕和不安的情绪会消失殆尽。她笔下是万道金光，比浮京阁的金砖还要明亮的光都汇聚到那戏台上，她能看到琴师闭眼侧耳调弦，能听到自己的戏腔婉转又悠扬。

她成名，成角儿，完成自她六岁以来在她生命里颇为沉重的使命，那是她憧憬的无限自由。

兰烛填完报名表后，吴团长随意地扫了一眼：“嗯，不错，填得很认真。”

他打开抽屉，将兰烛的报名表放在了最上面，而后合上抽屉：“明天我就把报名表交上去。阿烛，这次片区的新人赛，每个剧团只有一个名额，这次你要好好表现，给我们剧团长脸哪！”

“知道了吴团长，我会好好努力的。”

"行了，你去练习吧。"

从团长办公室里出来的一瞬间，她才把刚刚的所有情绪释放出来，深深地吐了一口气。她再次抬头要走的时候，却对上了一双眼。

那双圆润明亮的眼，此刻却用一种审视的目光盯着她。

这是兰烛第一次跟海唐正面打招呼。

在吴团长的办公室里，四股力量最后形成以一抵三的局面。

兰烛难以置信地看着吴团长和孙月。

孙月低着头，麻木地看着窗边落灰的地方，那儿有只蜘蛛在忙碌地织网。她此刻完全没了之前鼓励兰烛勇敢追求自己的梦想的样子。吴团长一手扣着保温杯的口子，抿了一口茶水，全程清着似得了慢性咽炎的嗓子，却一句话都没有说。

唯独海唐，神色依旧，明艳的脸上写满得意之色。

从头到尾，团长给出的解释只有八个字——论资排辈，能力优先。

兰烛看到自己写得满满的报名表，如一根羽毛一样被轻飘飘地丢在吴团长的垃圾桶里。那垃圾桶里的垃圾这会儿被无意闯入打扫卫生的阿姨收走，最后装在一个沉甸甸的黑色袋子里，丢到外面的小拖车里。

后面的话，兰烛没有听进去。她只看到那带着轮子的小拖车上堆满了各种各样的垃圾，车子绕过院子外面的门槛的时候，还被地面上散落的碎石硌到，颠簸着把上头压得满满的垃圾震落了一些。

而后，拖车消失在门外，只留下两条车轮痕迹，那痕迹在坑坑洼洼的雪水中逐渐斑驳成泪痕。

兰烛不顾这办公室里的人，突然跑开。她冲出院落，绕过门外的胡同，可当她追上那拖车的时候，车上已经空空如也了。

"车上的东西呢？"兰烛连忙叫住清理的阿姨。

"车上的东西？小姐，这是垃圾车，车上的东西当然被运输车带走了。"

"带去哪儿了？"

"哪儿？垃圾还能去哪儿，垃圾当然是去垃圾场啊！"

"哪个垃圾场？"兰烛着急地追问。

“就……就街区公交车站后面的那个——”

未等那阿姨说完，兰烛就已经拦下了一辆车，朝着那街区公交车站去了。

那是一个垃圾集中处理站，她在门口跟负责这里的大哥描述了一番，大哥还以为是丢了什么名贵的东西，认真地听了半天之后才发现不过是张报名表，拂了拂手：“就一张纸怎么找得到？”

“您就让我进去找找吧，那对我来说很重要。”兰烛几乎是央求着说道。

大哥看这小姑娘固执，拉着他在这儿都说了半个小时了，于是不耐烦地挥了挥手：“行吧，你进去找找，我看你能找出什么东西来。”

“谢谢。”兰烛连忙道谢。

一旁的保安大爷给她开了门，她一进去看到堆得比她还高的垃圾山，不免有些发怵。

保安大爷给了她一个长脚钳。

兰烛在那儿从下午翻到傍晚，等到无聊的太阳都看乏了，准备交班给月亮走人的时候，也没有找到那张报名表。

她拿着长脚钳，坐在地上拧开一瓶从一旁的便利店买来的矿泉水狂灌。

一旁的大叔到后来看不下去了，建议道：“姑娘，你要不去外面看看？原先有两辆车停不下了，他们便把那两辆车上的垃圾搁在外头了，算算时间，比你早来了那么一会儿，可能那才真是你要找的垃圾。”

兰烛连忙道谢，从地上起来，没喝完的半瓶水都顾不得拿。

外头果然堆了几个垃圾桶，兰烛撸起袖子，扯开那垃圾桶外头的黑色塑料袋，顾不得脏，仔细地翻找着。

残留的落日余晖终于消失，街边的灯一盏一盏地亮了起来，晚归的车传出悠扬的鸣叫声，这座城市在夜晚开始展现自己华丽的模样。

高架桥下华丽的主干道上，一辆低调的黑色车驶过，在车子通过闸道，有车流汇合的时候，司机放慢了速度，窗外的风景变化缓慢下来。

江昱成带着刚从一个聚会上下来的王家人赶往吴团长攒的局上吃饭。有个剧场老板想要剧团长久驻场，江昱成是剧团背后的老板，便让吴团长给人约了个时间表示感谢，至于王凉本就在上一个聚会现场，听说江昱成来剧团，二话没说就跟着来了。王家那位管事的人怕王凉捅娄子，让乌紫苏照看着，乌紫苏自然也就跟来了。

江昱成眯着眼，打量着外头一成不变的夜，懒散地用手撑着脑袋，等着车子在晚间的拥堵路段中缓行。

他目光随意一扫，透过光影层层叠叠的玻璃窗看到一个朦胧的背影。

夜色笼罩下，那背影不太真切，江昱成起先以为是流浪汉，直到车子开得近了，才确认这个人他认识。

她的发丝沾染着浮世的灯光，一缕一缕的像是星河里的脉络，被晚风高高低低地温柔托起。马路上拥挤的车尾灯和喧嚣的鸣笛声一点儿都没有打扰她，她全心全意地专注于眼前的事情，即便是街边暖色的路灯灯光照射在她身上，也盖不住她单薄的肩头和修长的脖颈带来的破碎感。

然而等到车子再靠近些，他的眼神扫过她的脸庞的时候，他才发现，她比他想象中的破碎感还要多一些。她弯眉微蹙，眼眸微垂，愁容不展。

王凉也看到了，指着窗外跟乌紫苏确认："小姨娘，那是不是那天的那个姑娘？"

乌紫苏随着车子逐渐靠近确认着："是她。"

"司机停车，我要下车。"王凉急不可耐，"快！快停车！"

司机师傅听到了，有些为难地向驾驶室前端的后视镜看去，却发现江二爷端坐在那里，脸上并没有什么神色。

王凉急得要降下车窗大喊，前头的路慢慢畅通，江昱成这才不紧不慢地说了一句："再不走，饭菜都凉了。"

司机一听这话，升起车窗，脚下油门一踩，车子消失在主干道上。

王凉来了脾气，抱着手坐在一旁："二爷，您就是这样照顾人家的？我以为您也喜欢，听我小姨娘的话不跟您争抢，您倒好，让人家在这里捡垃圾是怎么回事？"

江昱成闭目养神："又不是我让她来捡垃圾的，戏楼胡同里吃喝不愁，是她自己不懂珍惜。”

王凉看了一眼江昱成，转过身子，小声嘟囔了一句：“那是人姑娘瞧不上您，不屑吃您的、喝您的。”

江昱成：“你今天晚上也可以选择不屑吃我的、喝我的。”

王凉激动地直起身：“那怎么行？我是听说今晚是由名满春楼的主厨操刀才来的。”

江昱成：“那你就少操心戏楼胡同的事。”

王凉为了口吃的没了架势，气焰低了不少：“那我不是看她在路边可怜吗？！”

江昱成：“不可怜，这是现实，不是童话。”

王凉撇撇嘴，不说话了。

乌紫苏再往后看去，车子已经开出很远了，再也没有半点儿路灯下那个姑娘的痕迹了。

一切又恢复成刚刚的样子，名贵的车子里充斥着一种死一样的寂寞气氛。

乌紫苏是了解一点儿江昱成的，他不喜独处，出行时身边总是带着名角优伶，浮京阁里的戏台上经常锣鼓喧天、热闹非凡。但他本人不怎么说话，哪怕再热闹的场景下，他的四周也总是蔓延着无尽的沉默气息，是如同死亡一般，让人难以忍受的沉默气息。

江昱成似乎也感受到了。他看着窗外的浮光掠影，那些景色跟之前一样只是麻木地变成一幅幅画，不像刚刚，他只是一瞥她的脸，就能从她如霜月的眉眼中真实地感受到人世间存在的那些多样的情绪。

他按下车窗键，车窗被缓缓降下，凛冽的寒风突然灌进来。

寒风这一猛灌把王凉冻得不轻，他连忙裹紧衣服，埋怨着：“二爷您干吗？不就吃您一顿饭吗？您至于吗？想冻死我啊？”

江昱成没合上窗，反而面色柔和，甚至眉眼间还有淡淡的笑意：“凉仔，你知道风的形状吗？”

“风？”王凉极不情愿地扭过脑袋，憎恶地看着已经被全部降下去的车窗，使劲裹紧自己的外套，“看不见摸不着的东西哪里来的形状？二爷您能别拿我开玩笑了吗？快关上。”

江昱成没有动作，只是摇了摇头："不，风有形状。"

王凉："什么形状？"

江昱成缓缓抬头，看向窗外，脑海里闪过刚刚路过瞧见的那被月光和风烘托着浮在灯光下的发梢。他指尖轻轻地在窗沿上敲了两下，径自说道："像银河一样的形状。"

王凉哑声，不知道接什么，愣了一下后俯身过来把江昱成这边的窗户关上了。

他嬉笑道："二爷，天气冷，春天还未到呢。"

江昱成没有阻止王凉，在被缓缓合上的车窗上看到了自己的眉眼，如同从前一样映在窗户上，如旧画中刻板的人物。

他不再言语，闭眼养神。

兰烛将大大小小的垃圾袋都翻遍了，还是没找到自己的那份报名表。她有些泄气，坐在路边揉了揉自己因为一直低着头酸胀的脖颈。

她眼前突然出现一双高跟鞋，再往上，来人还穿着一条过脚踝的黑色礼服裙，戴着一顶装点着黑纱的复古贝雷帽，手上套着半截黑色的蕾丝手套，手腕上挎着个白色的珍珠小方包，妆容精致，气质典雅。

兰烛记得她，她们之前见过两次。

"我帮你吧。"乌紫苏脱下自己的手套，放进小方包里。

"不用了。"兰烛阻止她，"我自己来，这儿太脏。"

兰烛之前对乌紫苏几次为了王凉拉拢自己的事情对她的印象一般。这会儿见她突然出现在这里，且不说她到底有什么目的，就为了她这一身价值不菲的打扮，兰烛也不能让她泡在垃圾堆里。

"晚上吃饭，我看到海小姐了。"乌紫苏折了树枝上的两截枯木，做了一双简易的长筷，不等兰烛阻止，就把手里的包放在墙间突出的一小块红砖上，弯下腰开始翻动垃圾。

兰烛听到海唐的名字，微微一愣，而后手上动作跟上乌紫苏的节奏，不语。

乌紫苏："你就不好奇他们说了些什么？"

兰烛低头翻弄着眼前那些皱巴巴的纸团子："海唐姑娘天赋过人又

师出名门，自然是本次区赛参赛的最好人选。”

乌紫苏直言不讳：“我跟孙月有些交情，她说她举荐的人是你。”

兰烛：“举荐的人是谁对结果有什么影响吗？”

乌紫苏：“孰好孰坏，孙月比谁都清楚。”

“清楚？”兰烛语气带了点儿自嘲的口吻，“海唐把我替下的时候，她可是一句话也没有说。”

乌紫苏手上的动作暂停了一会儿，而后她弯了弯如夜色玫瑰般风情的唇：“兰小姐年轻，这个圈子里有些事没有你想象的那么简单和纯粹。海家在你们吴团长那儿承诺了一年的剧团演出场次，孙月赏识你却帮不了你——说到底，她也只是个凭借自己能力讨一口饭吃的普通人，没有能力帮你要一个公平的机会，但有人可以帮到你。”

兰烛摇头：“我不在意，也不想找人帮我。”

乌紫苏：“你若是真不在意，这会儿就不会出现在这里。你哪怕找到了那报名表又有什么用呢？没有剧团盖章，这表你也递不到组委会的手里。”

兰烛的耐心消失殆尽，她不知道乌紫苏这一番动作的用意，猜不出来就索性不猜：“乌小姐说得没错，那的确是一张废纸，所以不劳烦乌小姐您帮忙找了。”

乌紫苏没介意兰烛话里话外的驱赶之意，觉得手里的那两根长筷不怎么好用，于是又把自己的那双蕾丝手套戴上了。精致的高跟鞋踩到黑色垃圾袋间的水泥地板上，她把腰埋得更深，直接上手。

兰烛抬头，余光看到了乌紫苏站在离她不远处的灯光下。

兰烛其实很泄气——乌紫苏说的是对的，她找到了报名表又如何呢？没有剧团的举荐盖章，她就算找到了报名表那也是一张废纸。

兰烛看到乌紫苏纤瘦的身影在灯光下蜷缩在一起，几乎都要跟那些黑色的袋子融在一起了。兰烛有些丧气地坐在路边，耷拉着脑袋：“别翻了，我不找了。”

反倒是乌紫苏还一再坚持：“既然垃圾是从剧团运出来的，都在这儿了，那应该就在这附近。”

兰烛这会儿是彻底冷静下来了，丧气地说：“我找那张报名表干什么呢？我颇有仪式感地认为，那是我全部的过去，也决定了我的未来，可能是因为那仪式感太过于沉重，我实在是不能接受它轻飘飘地就变成一团垃圾，但是说到底，那不过是一张纸，毫无意义地写着我的全部人生。”

“正因为那是你的全部人生，所以才不能不找，哪怕你觉得那样的人生毫无意义，但是找寻这件事本身就很有意义。”乌紫苏一字一顿地缓缓说道。

兰烛看着她的侧脸，看着她尽心、全力地帮自己找着东西，心里微微一暖。

是啊，找寻这件事情本身就很有意义。过去的这些年来，哪怕再难，她也没有停止过寻找，不是吗？况且，有没有意义，自己说了才算。兰烛再次弯下身子，继续寻找起来。

“找到了！”乌紫苏在那堆黑色的“海洋”里直起腰，手上抓着的裙角还未来得及放下，“在这儿！”

兰烛愣了一下神，而后“噌”的一下从地上起来，几步走到乌紫苏身边。

两个人在灯光下把那皱巴巴的纸张用硬纸板压平，整理着单薄的纸张上的每一处褶皱。乌紫苏觉得光线不够亮，还拿出了自己的手机，打开了电筒，一字一字仔细地过着那钢笔留下的脉络，不由得夸赞道：“兰烛姑娘的字同你的人一样好看。”

报名表失而复得，兰烛脸上不由得浮现着喜悦之色。听到乌紫苏这么一夸，兰烛想到刚刚自己的不友善态度，有些愧疚。如果不是乌紫苏出现，她已经放弃了。她整理着言辞：“对不起，乌小姐，我刚刚……”

“没关系。

“兰烛姑娘，孙月举荐你，是因为赏识你；吴团长改成海唐，是因为海唐对他来说是有用的；我帮你，是因为我见到你就觉得天然地喜欢你，所以愿意来跟你说几句话。你要是觉得我说的是对的，能听几句进去，我觉得你也能少吃些苦头。”

乌紫苏说得很诚恳，兰烛相信她今天来帮自己是不带有从前那些目的的：“您说。”

“我多少也是了解些二爷的性格的，你住在戏楼胡同里，我当然不会再替王凉那小子得罪二爷。但你要知道，你已经住在戏楼胡同里了，那就等于一只脚已经迈进了槐京。槐京跟江南不一样，在这儿，人人只顾自己，也只管得了自己。二爷这性格，吃软不吃硬，你服个软，一切也就都过去了。”

兰烛坐在石板上，微微仰着头，有些迟钝地看着乌紫苏。

乌紫苏随即也坐在那石板上：“兰烛姑娘，你要是能听明白我在说什么，便想办法留下来替自己争取一个机会。你试试——

“没有什么结果会比现在更坏了。”

第三章
作　数

兰烛穿上了江昱成之前带她去买的那件衣服。

白色盘扣的羊毛长裙，领口一圈淡藕色绒毛，她用了一支木簪简单地盘了一个盘发。

晚间的烟火升起，她拿着做好的摆盘精致的食物，叩开了正厅的门。

兰烛听林伯说了，江昱成今晚突然说他一个人回来。王婶家里告假，兰烛自荐去做的晚饭。

兰烛往里看去，江昱成没抬头，站在靠窗那儿的竹雕前，剪着从外头探进脑袋的南天竹。

兰烛把碗盏放下，微微的声响惊动了那头的人。

江昱成回头，看到兰烛，眉眼间倒没有什么别样的神色，只是把手里的工具放下，走到餐桌边坐下。

他扫了一圈菜色，拿起筷子："王婶呢？"

兰烛站在一旁，低头说道："家中有事，告假了。"

"那这饭菜都是谁做的？"江昱成随意地点了点桌子上的菜。

兰烛："王婶交代了好几次您的口味和忌口的东西，二爷吃着还合适吗？"

江昱成：“你做的？”

兰烛帮他把一旁的酒水满上：“我跟着王婶打了一段时间的下手，多少也学了点儿。”

江昱成没有拒绝，而是把红酒杯盏拿过来，浅抿一口酒：“你就是这样，说着要从你的分润里还人情债和钱债给我？”

他微微抬头，直白的眼神投射过来，瘦削的下颌从黑色的羊毛高领中露出：“你所说的分润，就是今天帮王婶做饭，明天帮林伯手下的人打扫庭院吗？”

兰烛知道，他这是在点她，点她当时不肯接受他的馈赠，不自量力地说要还。而如今她做好饭菜来有求于他，实在是太过于打自己的脸。

兰烛攥着手，倒完酒之后被他这番话冻结在原地，转不过来。

酒杯被放在铺着暗红色天鹅绒布的桌面上，一粒粒红色的酒珠从玻璃杯的杯沿上缓缓流下，像是雨夜里雨水滑过潮湿的窗户。

江昱成透过那折射着灯光的玻璃杯，托着腮眯着眼看着她，缓缓说道：“过来。”

他淡漠的声音裹上了餐桌上那道茉莉酥的淡淡香气，在混浊的雨夜里，混着厅里的熏香，散发着让人迷离的味道。

他坐在红木色的太师椅上，把手伸向她。

兰烛顿时觉得自己像是春日里被雨水打折的梅花，他的手掌虚虚一掐，她脆弱的花蕊就顺着那雪水掉落在地上，混入泥泞里。

江昱成身上雪松木质香冷调的味道萦绕在她周身，他喉头含着些低笑声，看上去心情不错。他用指腹摩挲着她的鼻尖，低着头，深色的眼眸看着她：“你这讨好人的法子是谁教你的？讨好人哪里有你这样讨好一半的？我说半句不好听的话，你就跟瘪了的球一样，半句话也说不出来了。”

兰烛的身体缩成了冬日里被冻僵的萝卜，好似由他带来的风雪再大一些，不管她的表面再枝繁叶茂不畏风雪，她的内心也会被摧折得血肉模糊。

她不敢和江昱成对视，他的眼睛里赤裸裸地写满了“愿者上钩”的意味。他没有强迫，没有威胁，但她却总觉得自己没有办法拒绝。她也承认，他对她有着巨大的吸引力。

江昱成依旧用那种眼神看着她，指腹触摸到她的羊毛裙子边沿的时候，停了一会儿：“那小子挺会挑衣服的，这衣服也就你能穿出七八分味道来。”

他说的是那个意大利店里的销售人员。

兰烛对着镜子确认过，这衣服款式虽然低调，却在布料和针脚上下足了功夫，穿在她身上宛如量体裁衣，竟然没有一分一毫多余的地方。

兰烛下了决心，蓦然抬头，对上江昱成漆黑的眼，问道：“江二爷和海唐姑娘的关系是不是很好？”

江昱成听到她说到别人，手上的力道松开，起身走到古式唱片机旁边，戏腔唱片的声音悠扬响起。

兰烛听到那唱片中的录制声的一瞬间就知道，那是他们戏曲界的开山泰斗类的人物的珍藏现场还原版。

兰烛顺势自己站了起来。

江昱成伸手拿过醒酒器，往自己的酒杯里添了些酒，反问她：“你觉得我跟她的关系好，还是我跟你的关系好？”

兰烛捏了捏自己的袖口，轻声说道：“自然是您跟她的关系好一些。”

江昱成看着杯里映出的浮光掠影：“那你今天晚上过来，难道不是想让我跟你的关系好一些？”

他的声音飘荡在空荡的房间里，不似窗外那些飘飘扬扬的雪，反倒像是一场浓浓的雾，久久落不到地上。

“我想要有一个公平的机会——”兰烛鼓起勇气上前一步，“一个公平地和她竞争的机会。”

江昱成坐在对面，冷冷淡淡的声音落在那在明清时期都稀罕的官窑金砖上：“公平？她比你接受过更好的艺术教育，比你有更多的剧场资源，你拿什么跟她去谈公平？我如果是剧团团长，也一定会选她的。”

兰烛：“那只是眼前，眼前她拥有的东西比我多，但是我能保证，只要二爷给我这个机会，我能向你证明，我比她强，比她更值得拥有这个机会。”

江昱成仰头，红色的液体顺着他的喉结滚动而消失，他用手背托着脑袋："那你说说，我怎么给你这个机会？"

兰烛屏住呼吸，说出了憋在心中许久的话："不如我和她比一场，就比戏台上的真功夫，赢了的人正大光明地去参赛，输了的人自动退出。"

她说完这话之后，直直地看着江昱成。

他背对着那凭栏雕花的落地窗，手上拈着一支烟，烟雾缭绕中，兰烛只看到外头的雨越下越大，复古唱片机处时不时地传来卡顿的声音，那是无法修复的时代痕迹。

最后，他抽完了一根烟，仰身靠在椅背上，丹凤眼上扬，像是染了一层夹竹桃花的花色。

他声音幽幽地说道："那多麻烦？二爷我不是小气的人，既然你也想去，那我再替吴团长要一个名额就好。"

兰烛没想到还有这样一种解决方式。

当她还在纠结是她退出还是海唐退出的时候，江昱成却能两方都不得罪，轻飘飘地说再问举办方要一个参赛的名额。

她觉得，或许是他本质上并不想回答关于他和海唐之间关系是不是很好的问题吧。

总之第二天，吴团长来找兰烛，说之前得到的消息有问题，剧团能报两个名额，还得麻烦她再填一份报名表。

兰烛把自己找回来的那份报名表给了吴团长，吴团长接过之后连连道歉："哎，都怪我，都怪我，这么重要的东西，怎么就弄丢了？我这就去办，下午就能拿回组委会的回执。阿烛，你这次可要好好准备啊，争取拿个第一！"

兰烛淡淡地问他："吴团长高抬我了，您这么说，把海唐姑娘放到哪里去了？"

吴团长愣了愣，心里掂量了一下：这姑娘还是个记仇的主儿。

他面不改色，依旧笑着说道："不管是你们中的哪个拿了奖，总也是我们剧团下面出去的不是？我作为团长，哪一个我都欢喜的。"

见兰烛不再回他，吴团长悻悻地拿了报名表，马不停蹄地叫了一组的林组长过来。

林组长火急火燎地被叫过来，气还没有喘匀："吴团长，您找我？"

吴团长连口茶都来不及喝，把报名表往林组长怀里塞去："赶紧送到街区协会中心去，今天报名截止了。"

林组长看了看怀里的报名表，丈二和尚摸不着头脑："吴团长，昨儿个不是刚送过去一份，今儿怎么又送？这人选不是定了吗？海家可是承诺了一年的剧场演出场次，您不会反悔了吧？到嘴的熟鸭子可不能飞了，您这会儿可不能反悔呀！"

吴团长连忙回道："没反悔，没反悔，原先说好的作数，无非是再加个人，不打紧的。"

林组长还是有些犹豫："这协会又不是咱剧团开的，咱就是个社员，哪里能说加人就加人？"

吴团长被一口热水烫得说不出话来，指着纸含混不清地说道："你看看……你看看是谁？"

林组长这才仔细地过了一遍，看清楚了报名表上的信息之后才明白过来，直点头："我这就去，这就去。"

"去干什么？"门外一阵清脆的嗓音传开，而后办公室的门被推开，海唐带着她的助理直接闯到了吴团长的办公室里。

海家在街区举办方有人，海唐听到这档子事，急匆匆地就往吴团长的办公室里闯。

"吴团长，咱不是说好了吗？这次比赛的参赛名额是我的。"

"是您的呀，没人改呀。"吴团长倒了杯水忙不迭地送过来，"谁敢动您的名额，我第一个不同意！"

海唐看了一眼水杯，没接，而是把头扭过去指着林组长手上的报名表："那这皱巴巴的东西又是什么？"

林组长心虚，不由得拿着报名表后退了几步。

"这——"吴团长示意林组长先走，"这您就甭管了。"

"什么叫我甭管？这名额是我的就是我的，多一个人又算是怎么回事？"

林组长唯唯诺诺地插了句话："海姑娘，就是多个参赛名额而已，自己有本事，咱还怕多一个手下败将吗？"

"你是说我没本事？"

"不，不，不，我绝对没有这个意思！"林组长连忙甩手，求助地看着吴团长。

吴团长也是头疼道："海姑娘，您别为难我们，这事吧，我们也没有办法。"

"没有办法？"海唐回头，"之前说到北山剧院的场次问题的时候，吴团长也没说自己没有办法。怎么现在剧院合同一签，好处到手了，你就说自己没有办法了？"

吴团长脸色难堪，不着痕迹地把原先递给海唐的茶拿回来，压了压语调："这事您为难不到我这儿来，还得自个儿去问二爷，咱们这在人手底下做事的也很迷茫，您让二爷摆个态度，您和阿烛姑娘，我们是偏袒谁好啊？"

"行，你还不清楚是吧？！我这就去问二爷，给你个清清楚楚的答案，免得你日后站错队了！"海唐"噌"地从椅子上站起来，二话不说就带着小助理往外头走去。

林组长看着人离开的背影，担心地问道："团长，您不怕她去二爷那儿告状？"

吴团长瞥他一眼："你呀，怎么跟我跟了这么久一点儿长进都没有？二爷的性子你不知道？你瞧着吧，这海家仗势欺人，上次酒局她家老爷子倒是巴结二爷，却把咱们看得跟脚底下的蝼蚁似的，我早就不想再受他们家的气了。"

"我知道了，您这是唆使海唐姑娘去争风吃醋了。"

"怎么能叫唆使呢？"吴团长扣了扣杯盖，"二爷能容她矫揉造作，是因为她性子里偶尔的坦率天真还算简单，二爷就当看只'叽叽喳喳'的黄雀似的解个闷。但他也是出了名的嫌麻烦，这鸟儿太不听话了，离出笼的时间也就不远了。"

"那兰烛呢？"林组长顺着话问了一句，这疑问在他的脑海里盘旋很久了。你说兰烛是二爷的人吧，戏楼胡同里的人半句过问的话都没有；你说她不是二爷的人吧，这次报名表的事情又是怎么回事呢？

“这倒也奇怪，我跟二爷这么久了，还是第一次看到这样含糊的情况。不过你别瞎操心了，再怎么样，兰烛比起海唐总归好对付多了。海唐身后还有海家，兰烛在槐京城那还真是孤家寡人一个，若是往后二爷真有捧她的一天，咱们还怕从她身上占不到好处？若是不捧，偌大的槐京城是不会在意一个没有名气的戏子的出现的。”

“还是团长您分析得到位。”林组长连连点头，“属下简直就是醍醐灌顶、茅塞顿开——”

“行了，你还不快去？！”

林组长回过神来，拿着报名表跟条鱼似的游走了。

戏楼胡同里，海唐在外厅的偏殿里等了许久，也未见垂花门里头的人出来。

林伯恭恭敬敬地站在那里，解释的话说了不止一遍：“安城来了几个贵客，二爷这会儿不方便见您，海唐姑娘还是晚些来吧。”

海唐不依。从前她出入浮京阁都是来去自由的，哪里有被拦下来的道理？莫不是江昱成不想见她了，让林伯扯了个谎？于是海唐趁着林伯手下的人不注意时硬闯，几个人来不及拦住她，让她从外院闯到了东厢的正厅前。

江昱成正带着几个年逾五十的男人从正厅里出来，林伯手下的人看到二爷出来了，立马僵在原地，不敢上前。

几个家中有妻儿的年长者看到梨花带雨的姑娘心里大约明白了几分，欠了欠身子，很知趣地说：“既然夫人来了，我们不好叨扰过久，就此告退。”

江昱成示意这才刚刚赶过来的林伯送客，一行人跟着林伯出去，内里的厅门前就剩下了海唐和江昱成两个人。

海唐在来之前酝酿了很多情绪，就等着见到江昱成的时候全盘输出。

可是真等见了他，他正身立在正厅前的台阶上，她就站在离他不远的台阶下，仅仅几步却不敢再上前了。

早春的寒气并未退去，戏楼胡同的穿堂风尤为凛冽，江昱成站在风里，身子未动，海唐却觉得鼻腔里鼻涕横流，手脚冰凉。

“你什么时候成夫人了？”他淡淡地开口，声音无情绪。

“那……那不是我说的。”海唐不由得发怵。

她不傻，知道什么是江昱成的逆鳞：“是他们误会了，二爷……我……”

“戏楼胡同，你往后别来了。”江昱成转过身，往正厅走去。

“二爷！二爷！”海唐慌了神，三步并作两步，跨过那台阶来不及往上，只能抓住江昱成的衣角，“我错了！我错了还不成吗？我以后一定听话懂事，一定不会像今天一样，不知死活地贸然往里闯，打扰了你们说话。”

未等江昱成反应，海唐急忙转身来到他面前，往前一步，用脚尖抵着他的鞋头，百合色的“V”字领单薄棉裙朝他的暗纹羊毛风衣招手，裙身上的碎花瓣子延伸到了他的前襟前。她声音跟秋日高阳晒的蜜饯一样甜：“晚上陪你吃饭好不好？”

夜色浓郁中，海棠花暗香袭人，半醉半醒的人尤难拒绝。

海唐决定，自己今晚说什么也不能再走了。江昱成从未让她在戏楼胡同里过夜，她和他的关系在外人看来暧昧不清，她自己却清醒地知道，她只是他无聊时解乏的一只鸟儿，他除了听她在餐桌旁说些天南海北的故事，从未跟她有过什么亲昵的举止。

或许他们没有实质的关系发生，才会让住在西边阁楼上的那个人有机可乘吧。

海唐这样想着，举止也很主动。她很漂亮，身段也极好，应该没有男人能拒绝她的投怀送抱。她站在台阶上，要踮起脚才能勉强够着他的下巴。但还未等靠近他，她就被推开了。

江昱成后退两步，手依旧垂落在两边，金丝边眼镜下的眼里毫无波澜。

他嘴角一弯，语气里全是嘲弄之意：“你爷爷托人引见你让我认识，事先可没说好有这一茬，海家要有这逾矩的想法，那之前付出的代价可还远远不够呢。”

海唐僵在原地。她知道，海家为了能搭上江昱成这条线，把远洋生意的一条贸易路线低于市价卖给了江家。她虽从小养尊处优，但也知道海家这几年的难处。她去剧团除了想重新打入这个圈子，更多的是想傍上江家这艘大船。海家爷爷在家时常跟她和堂弟、堂妹们念叨，海唐最好的归宿就是嫁给江昱成，这事要是成了，那海家往后就是背靠大树好乘凉了。

可是她没想到江昱成揣着明白装糊涂，从前不说不代表他不清楚他们的花花肠子。她只得暂时把这事放下，把眼前的事提了出来："兰烛报名的事是二爷点的头？"

"你今天冲进来，就为了这事？"

"是。"

"你怕输？"江昱成看穿她的心思，"你怕输给她，输给一个寂寂无闻、毫无出处的人。"

"不可能！海家祖上太爷爷是出入紫荆城给皇家唱戏的，我现在的师父是京剧院的大家王仁雪，我五岁开始学戏，这些年东奔西跑，这行当里有头有脸的角儿，我都受过他们指点。兰烛算什么？小地方来的人，受到的艺术熏陶不纯粹，举手投足中都混着野路子，她怎么可能是我的对手？"

"哦？"江昱成从兜里掏出根烟，轻捻古铜色的火机，蓝红色的光立刻跳跃出来。他侧着头，用手拢着火，腮帮子一嘬，右手露出的一截手腕在暮色中白皙得如鬼魅。他眯着眼在烟雾缭绕中慢吞吞地说道："或者你知道吗？世界上有一种东西叫作天赋。"

吴团长为了这次的新人赛下了不少功夫。

最终的赛场定在广槐北剧场，那小剧场不大，原先是一群跑团的青年演员待的，乌紫苏出名前在那儿也待过一段时间，王家那位先生觉得她念旧，看到剧场总会想起从前的事，便把这个剧场买了下来。

借着江家和王家的往来关系，吴团长倒是很容易就把这儿盘下来给兰烛她们训练用了。

乌紫苏想起剧场的钥匙忘记给吴团长了，本来想让助理送去，但助理今天又帮她去买她过两天拜访人需要用到的礼物了。家里头没个人，她抬头看了看钟表，拿了钥匙出了门。

乌紫苏许久不来剧场，这地方平日也疏于打扫，她走近门正要转动钥匙的时候，余光看到院落的墙壁边，有个跟条壁虎一样贴墙站得直挺挺的，此刻也正看着她的人。

那人手里提着一个大皮箱，右手握着一杆红缨枪，头发扎得高高的。人站在那儿，脊背挺直，一动不动地贴着墙。

乌紫苏被吓了一跳，拍拍胸脯，转动了手上的钥匙："兰烛姑娘，你吓死我了。你怎么这么早来了？剧团不是说好十点吗？"

"我从戏楼胡同里直接过来的，来得早些，想着早些把场地收拾出来就早些可以开始练习。"

"倒还是你想得周到。"乌紫苏开了门，没着急进去，而是上下打量了一圈兰烛，"怎么，想通了？会抓住机会了？"

"不管怎么样，还是谢谢您。"

"别客气，咱们也不是第一次打交道，看这阵仗，估计以后打交道的地方多了去了，以后你叫我紫苏姐就行。"

"好，紫苏姐，您叫我阿烛就行。"

"行吧，进来吧。"乌紫苏把门打开。

兰烛跟在后头，把那笨重的大箱子也搬了进来。

"这儿是后台，演员休息的地方。"乌紫苏带着兰烛往前走，"这个化妆间好，通透明亮，还带着一个小隔间，戏服什么的放在房间里头也不用怕会被弄脏。

"喏，再往前走，就是我之前演话剧起家的地方了。那个化妆间被我改成了一个小休憩室，我认识王先生后，他搬了几套家具来，打通了两个房间，所以现在就宽敞些。除了那个房间锁着，别的房间你都可以随意进出的。"

"好。"

"前面就是舞台了，舞台不大，但是足够训练了。"乌紫苏在前面带着路，甩着钥匙串随意地问道，"对了阿烛，你这次打算演哪一段啊？"

兰烛想也没想地说："《水斗》。"

乌紫苏停下脚步，钥匙串因为惯性，碰撞发出了铁制品“叮叮当当”的声音。她不由得皱了皱眉头，微微侧身：“《水斗》？怎么会选这一段？这一段对新人的要求有些高了。我觉得《游湖》也很好啊，稳当不失技巧，凭你的气息吞吐，你要赢不难。”

兰烛原先一直打量着舞台各个角落的眼神亮了起来，脸上带着些惊喜的探究之色，她问道：“紫苏姐，您懂戏？”

乌紫苏微微一愣，慢慢地又恢复成平日里带笑又波澜不惊的样子：“嗯，之前听过，不是有一些打斗环节吗？我自然就觉得有些难。”

兰烛点头道：“是比较难些，不过要想赢的话，得挑难的上，平常的戏做得再好也很难出彩，演砸了就演砸了，反正不是第一，剩下做第几都一样。”

“你这话说得倒是合我胃口，要做就做第一，要演就演最难的那段——”

乌紫苏话音未落，外头就传来了海唐和几个姑娘的声音。

“什么地方啊？这么偏远，早知道就让爷爷去把南大剧院盘下来了，省得我排练还得走这么远。”

“是啊，路上全是泥水，溅了我一脚的泥。先说好了，外头那块泥土地，不许让我们海唐练，先到先得，让后来的那个去外头吃泥水。咱们这么多人，今天就是来给海唐助威的，谁让她一个乡野丫头不自量力，还敢跟我们一起比赛？”

来的是配合海唐练习的其他舞台上的配角，都是海唐自己选的——是她自己的一些同窗。

兰烛在后台，心里知道她们说的“后来的那个”是谁。她垂眸将视线落在舞台对面的人身上，看着她们把崭新的戏服搬进来，把练习的家伙都拿进来，三五个人满满当当地搬了两三趟。

乌紫苏扫过兰烛一眼，发现兰烛只是看着，眼神里有很多东西，但露出的表情始终是微乎其微的。乌紫苏最后把眼神落在了兰烛带来的那杆被摆放在屋子角落里有些发旧的红缨枪上，走过去把枪扶正，而后拍了拍兰烛的肩膀，示意兰烛忍让。

海唐去后面的化妆间转了转，看上了兰烛已经收拾出来的那间，指挥着其他人把东西往里搬。

“这是我的。”兰烛往前一步挡在前面。

她已经忍了很久了，舞台可以让，但化妆间是刚刚乌紫苏特地留出来给她的：“你得分先来后到。”

“什么先来后到？吴团长说了，这个剧场是专门为了我可以专心比赛而盘下来的，言下之意就是这儿的东西，我想用什么就用什么，你算哪根葱啊？”

“来人哪，给我搬！”海唐招呼着站在台下的人，让她们把放在台面上的东西搬到兰烛的化妆间去。

乌紫苏正要上前帮忙阻止，却没想到只是在她一个转身的瞬间，兰烛一个翻身飞到舞台上，双手打开，虎口上握，右手将枪推出左手虎口，飞枪穿过，只在瞬间。

飞快之间，兰烛在舞台上定住身子，左手还稳稳地端着那长枪的尾部，那红缨枪的枪头直直地指着舞台下刚刚还在冷嘲热讽的人的脖子。

即便红缨枪是仿制的舞台工具，但她出手速度极快，一瞬间台下的人全身的汗骤然凝在原地，一滴都不敢落下。她们怯怯地看着不知道从哪里冒出来的人。

兰烛直挺挺地举着道具枪，利落地置于身后：“我看你们今天谁敢动！”

海唐瞬间被兰烛如此快的速度惊到了，兰烛只不过是个靠身段和嗓音吃饭的青衣，但这拿枪的狠劲和利落的动作竟然不输于训练几年的武旦。海唐有一瞬间心里发毛，随即又意识到自己不能示弱，于是拿起手里的枪，手握枪柄，用更恶毒的话怼了回去：“你吓唬谁呢？！不要以为你在二爷那儿住了几天就把自己当根葱了，我今天把话放在这儿了，这儿我说了算。”

“海唐姑娘——”一旁许久没说话的乌紫苏开了口，“我劝您一句，这地儿是王先生买给我的，本质上来说，是你在别人的地盘上撒野。”

海唐听了这话，看了看站在兰烛身边的乌紫苏，脸上的鄙夷之情都懒得掩盖，扫了一圈又将视线落在兰烛身上：“乡野之人就是乡野之人，真没见识，不就是个被包养的过气演员，拿她当靠山，她也够格？”

“瞧你这猖狂的样子……”海唐还没说完，就被外面一阵清冷的声音打断。

兰烛循着声音看去，发现在那槐京不眠不休的风雪天中，廊庭下，一身黑衣的江昱成半个身子倚在经历了沧桑岁月的斑驳老旧红门上，波澜不惊地淡淡开口：“那你认为，这槐京城有我当靠山，够不够赶你出这个门？”

海唐听到江昱成的声音，被吓得连手上的红缨枪都拿不稳了，枪“咣当”一声落在地上，那红色的穗头绳在地上四散开来。

“二爷……”海唐顾不得捡起地上的枪，三步并作两步地过来，“是吴团长让我过来训练的，我……”

“吴用让你过来训练的？那麻烦你回去告诉他一声，以后别让你来了。”

“我……”

“我说得不够清楚吗？需要我亲自去跟他说吗？你记住了，我能让吴用多报一个人名，自然也能让他取消一个资格。”

“别！别！”海唐再怎么任性，也不敢拿这次的比赛冒险，当即服软，“我这就收拾东西，立刻就走。”

“等等——”江昱成叫住她，“我想海姑娘可能还不太了解我和王家的关系，王家和江家是世交，王先生的朋友就是江家的朋友。我想，你有必要向乌小姐道个歉。”

海唐心里虽不服，但多少也了解江昱成的脾气。他一般不太管这种事，除非别人真的踩到了他的红线。再怎么样，她也不能得罪江家。

“乌……乌小姐，对……对不起……”

乌紫苏没说话，大约晾了她半分钟。

江昱成不再说什么了，海唐赶紧耷拉着脑袋，给一同前来的人使眼色，急急忙忙地搬了东西就走。

兰烛眼见海唐灰溜溜地拿起东西离开，心里的石头落了下来。不仅如此，她还觉得心情好了很多，至少以后海唐不会日日出现在她面前搬弄是非了。可她高兴了还没半分钟，江昱成就转过身来，对着兰烛说：“你，过来。”

兰烛只得跟着出去。

他背着手，站在那红门下等她。

等到兰烛跟上了，他转过身来，打量了她一圈：“行啊兰烛，你今天是打算血溅槐京城，给我弄个人命官司吃？”

兰烛本来心情好好的，听江昱成这么说，心里有点儿委屈，仰着头：“是她先动的手。”

江昱成洞若观火：“明明是你先动的手。”

兰烛不服，但想了想，好像还真是，于是换了个说法：“是她先说了不好听的话。”

“那你就忍不了，动手了？如果今天我不出现呢？你想过会面临什么结果吗？海家想靠着海唐混进这曲艺圈，第一步要做的就是拿下这次比赛的冠军，而你就是海家曲艺路上突然出现的还自视甚高的绊脚石。你觉得海家会怎么做？你要跟她比，那往后这样的局面你应接不暇。”

江昱成笃定他的出现解决了兰烛的危机，兰烛却不以为意，觉得他如果不来，她也能用自己的办法保护自己。她不是非要依靠他存在的。

兰烛：“那二爷的意思是，我不应该和她比？”

江昱成沉默了一会儿，缓缓说道：“你想要的那些东西，你不用比赛我也能给你。”

兰烛第一次听到江昱成说得如此直白。从前他意味深长的暗示和试探意思，兰烛都收到过，但他从来没有跟现在一样说得这么直白。

或许是因为那天晚上，她顺着他的意，低眉顺眼地去求他给自己一个机会。

兰烛没想要那么多，想要的仅仅是那么一个机会。

她不愿意接受那些东西。

江昱成见她刚刚眼眸里的灵动光芒慢慢湮灭，她又恢复成之前他曾经在那个夜里见过的——在冷漠地对抗自己的样子。

兰烛淡淡地开口：“谢谢二爷的提醒，我……”

心里不由得有一股无名之火，他手腕用了力道，轻易又准确地触到她的手腕，微微一带，兰烛毫无防备地被他的力道带得只能脚跟离地。

他靠她靠得极其近，几乎是附耳说道：“你觉得我今日来，只是提醒你这么简单？”

兰烛被迫与他对视，看到他眼底的愠色，知道他并不是一个有耐心的人。她也明白，只要他成了她的靠山，海唐就会像今天一样丢盔弃甲、哑口无言，再也不能轻易地从她手里把东西抢过去，再也不能轻易地搬出出身来压制她。

江昱成低沉的声音萦绕在兰烛的耳边，他一字一字引得她汗毛倒竖：“你知道的，春天一到，来槐京城的人多得像匍匐在蜜果下的蚂蚁。他们满脸都写着希望，好像这儿就是他们翻身的天堂，但是鲜少有人知道，挨不过冬天，冻死在年关大夜里无法回到故乡的人比比皆是。”

兰烛站在雪地里，感觉到那寒意往自己的心底钻，不由得打了个寒战，冻得牙齿“咯咯”地响。

“怎么，怕了？”江昱成眼里含笑，像是胜券在握。

他眼前的姑娘肉眼可见地吞了吞口水。

而后她仰头，上前一步：“怕！但我只想公平地比一场，就比一场。”

江昱成见到她的五官在自己面前放大。他鲜少在白日里仔细瞧她的瞳孔，淡淡的琥珀色像是松脂上刚凝成的露珠。她的脚尖与他的相靠，她像是要挑战他。她身上淡淡的味道传来，瞬间侵入他的颅腔，倒让他一瞬间觉得呼吸不畅。

他立刻往后退了一步，把周遭那些让他有些陌生的气息让出来，嘴角一弯，而后才缓缓说道：“行啊，那你就好好比。”

江昱成转身，笑她真是个不自量力的疯子。

槐京城，哪里有公平可言？

江昱成出现之后，海唐的确没有再来找事。

舞台上那一枪，兰烛虽然直接把海唐带来陪练的那几个人惊住了，但其实露了自己的底。

海唐知道她练的是《水斗》之后，忙调整了练习方向，往班里借了几个武生，紧锣密鼓地把《水斗》的戏安排上了。

乌紫苏时常过来，劝着兰烛不要在意海唐那边的动静，只管演好自己的就行。

兰烛被分到的那帮演兵将的男生，武生底子比剧团里原来的男生好，兰烛与他们配合起来倒也更默契，一来二去，大伙儿都熟了，在舞台上磨合得也日渐熟悉。

这场比赛最终还是来临了。

兰烛坐在化妆间里，听到场外的人搭建舞台的声音，想到刚刚她看到的那些排列整齐的曾经在视频里才能看到的人的名牌，听到他们在谈笑风生，静候开场。

兰烛没想到自己这么快就能有机会在槐京的一个剧院里演一场自己当主角的戏。

这一切来得太快，太像梦境。兰烛失神地对着镜子发呆。

乌紫苏推开门，看到兰烛妆都没有化，头都还没有扎。

“我的姑奶奶！”她连忙喊了小芹来帮忙。

所幸小芹手脚麻利，三两下拿了画面的油彩，混着白、红两种色调了个合适的妆面出来，抬着兰烛的脸就往上描。

乌紫苏拉过一张椅子，坐在对面帮着忙：“兰烛，你可得清醒清醒，今天可是正式比赛。”

小芹扫着面红，勾勒着兰烛的眼尾和眉：“阿烛，成败就在这一刻，外面可是来了好多咱们平日里见都见不到的大角色，你只要今天表现好了，从前的苦就再也不会有了！”

她不顾未置一词的兰烛，勾勒着妆面的最后一笔，接着又把勒发带绑上，贴着发髻上了软头面。她和乌紫苏一套配合，把软头面上好之后又把水钻头面上的发饰一个一个地佩戴上去。等到戴完了右耳的簪花，两个人才舒了一口气，抬头看了兰烛一眼。

这一眼，倒是把她们看呆了——镜子中的人看上去虽然还是心不在焉，但与刚刚坐在镜子前面发愣的傻丫头似乎完全不是同一个人了。

她的眉眼本来生得清冷，但上扬的眼线延展了她的轮廓，五官在她的脸上开始变得集中一些，她眉眼之间的疏离感变淡了很多。

“阿烛！”乌紫苏出声叫她。

镜中的人这才抬眼，抬眼的瞬间，眼尾上扬，眼底的情绪蔓延开来，晕染到了眼下的那一面红里。

“妙哉！妙哉！”小芹围着兰烛转圈，“老师常说，戏台上的人要满目都是情，我原先不理解什么叫作满目都是情，如今算是知道了。阿烛，我说实话，你是我见到的戏妆里最好看的角儿，什么传说中的戏曲四大美人，都没有你好看！”

兰烛这才抬头打量自己。

她分到的头面并不名贵，但白色的仿钻依旧熠熠生辉，发尾的银穗摇曳动人，这些都毫不吝啬地在表示着她是主角。

来到槐京城之后，这是她第一次当主角，第一次在这么大的舞台上表演，第一次要面对一群专业的评委。

母亲一直跟她说，槐京城很大，遍地都是戏台子，她应该去槐京看看，看看那里的大戏台。她曾经无数次怀揣着这样的梦想，在乡野的台柱子之间演，在丧葬出殡的场合上演。

而今天她才知道，戏台的大不在于物理意义上的大，而在于底下的听众——有多少人懂戏，有多少人愿意赞美你、欣赏你，又有多少人愿意在日渐式微、江河日下的戏曲行业中为你买单。

她总是有些惴惴不安的。她看到海唐的师父——那个在国戏当老师的王教授就坐在下面，看到评委席上摆放的那一排排的名牌，甚至想到贵宾席里预计会出现的那个人，慢慢地，浑身上下的汗毛都倒竖了起来。

她没谱，这儿不是杭城，而是她幼时就憧憬的槐京。

要是在杭城，她怵了、不愿了，大可以一走了之，母亲虽会责罚，但她不过只有皮肉上的疼痛而已。她习惯了找到一个安全的地方忍受痛苦。

但这儿，是她强撑着所有的气力说要留下来的地方，是面对坐在贵宾席里的他的嘲弄而坚持要找回自尊的地方，也是她打碎了傲骨往自己肚子里咽下去的地方。

这一场比赛，她不能退缩。

乌紫苏在一旁静静地看着，手里夹了一支女烟，看着站在血红色帷幕后面的丫头，脑子里忽然就想起很多画面。

很多年前，也有这么一个小姑娘站在舞台后面看着台下的所有人，如果她能看到的话，那小姑娘估计也跟现在的兰烛一样，眼里全是不甘和倔强之色。

这样不甘和倔强的人，是要吃苦的。

她灭了那烟，踩着细高跟鞋稳稳当当、一步一步地踩在地板上，最后停留在兰烛身边，递给兰烛一颗薄荷糖："含这个，好开嗓，别对着前头看了，去后面一个人找找感觉，争取上台前情绪到位。"

兰烛接过薄荷糖，久久地看了乌紫苏一眼，钻进了后台更深的房间里。

台子底下人头攒动。

"这比赛怎么来这么偏僻的一个剧院啊？这剧院不是好些年没开了吗？"

"听说王家买来闲置了很久，但是这次为了这比赛又重新开了，什么意思啊？"

"你不知道啊，王家特地批出来给参赛者练习用的。"

"谁有那么大的面子敢让王家辟地啊？"

"不好说，不好说。"

"这有什么不好说的？话都说到这份儿上了。"

"您就等着瞧吧，今年哪，保准有了不起的角儿要横空出世了，咱槐京多少年没出过'紫微星'了？"

…………

剧院上方阁楼的贵宾席上，赵景铉微微侧过头，望着下面人头攒动的场景，抓过一把瓜子："什么时候这种小比赛你都有兴趣来了？"

江昱成捣鼓着手上那盏凤凰花底陶瓷杯，心不在焉地回了一句："你不是也来了？"

赵景铉："我是替我堂妹来看看她未来的夫婿这又是要抬哪个戏子。"

江昱成："我什么时候说要成这个婚了？"

"嘁。"赵景铉挑着瓜子，"不管你答不答应，赵、江两家最后总有这么一个婚约的，你大哥是不行了，人家已经领证了，江家你不成谁成？”

“你这么说的话，我抬哪个戏子，影响她赵录未来的地位了？”江昱成随口轻飘飘地吐出一句话，好似在说别人的事情。

“你……”赵景铉见拿捏不住他，没了兴致，“你们两个说的话简直一模一样，一个两个的都不在乎，你们现在就如此疏离，往后成婚了，日子怎么过？”

“从前二十多年怎么过，往后三十多年就怎么过。”江昱成把紫砂壶里的茶水缓缓倒出，那茶水细细慢流的温暾感在房屋里蔓延开来。

“就海家那小丫头啊？”赵景铉侧脸看向他。

江昱成抬了抬眼皮子，看了他一眼，没说话。

“您老不说话是什么意思？”赵景铉是急性子，江昱成越不置可否，他肚子里的求知欲望就越强。他还没问出什么来呢，江昱成就把楼下几个在槐京有名气的眼熟戏迷叫上了阁楼。

这下，三五个人谈戏论戏，倒是赵景铉插不上话了。

他只能闭了嘴，剥着瓜子吃。

楼下戏台上，比赛热热闹闹地开始了。

海唐心高气傲，知道《水斗》是兰烛准备的曲目后，偏要拼个高低也要这场唱《水斗》。

《水斗》讲的是许仙被法海带上金山寺之后，青、白二蛇施法水漫金山寺向法海讨人，法海叫来天兵与两蛇恶斗的一场戏，这场戏的主要矛盾和看点就是那一场打戏。

海唐甫上场亮了个相，台下顾着海家和王教授面子来的人起身就叫好在先，观众微微一愣，而后被他们这阵仗影响得也开始叫好。

台上的人手眼身步法倒也没有辜负她一身价值不菲的行头，单枪匹马地接着几个天兵的红缨枪，出枪、翻身、防守，几个来回，台下的观众交头接耳，连声夸赞道：

“漂亮！这几脚干脆利落，花式繁杂，难度系数又高，台上这位角儿师出何家啊？”

“这位是海家从小培养出来的角儿，前段时间在西城开了场那么大的个人秀，您不知道啊？”

“是啊，听说是王教授亲自教的，我估计这次的冠军非她不可了。”

一旁听众隔着老远对着王教授点头示意，用口型表示：名师出高徒。

王教授只是含笑点了点头，依旧看着台上的戏。

等到主持人报下一个选手的时候，大伙儿有些意兴阑珊了——下一个选手演的还是那个《水斗》。

主持人报完幕后，听众席里的人群开始骚动了，添茶的添茶，解手的解手，站起来去外面抽个烟的也大有人在。

与海唐一起演青蛇的小露在看兰烛平时练习和彩排的时候，还有点儿担心兰烛会比过他们，一度想要劝说海唐换个曲目。如今看到这个场景，她才明白海唐的用意所在——海家虽然不能左右最后的比赛结果，但是安排个出场顺序还是没什么问题的。

这会儿海唐下了场，没着急进化妆室，反而在后台抱着手轻松地朝着小露点了点头：“瞧着吧。”

大伙儿刚听过一场《水斗》，热乎劲儿还未过去，再听一场，不免觉得有些重复乏味了，因此等到兰烛上场的时候，抬头的人都少了很多。

兰烛站在台上的那一瞬间倒是比在台下放松，那些思虑都没有了，心中剩下的就只有这个舞台。

琴音响起，水兵如同上一场一样在惊涛骇浪上布阵，依旧是配角齐唱开场，一模一样的布台就像倒带一般。

然后舞台上的人开唱：“众兄弟姐妹，杀却那法海者！”

这声音带着那京剧唱腔固有的味道，气势壮阔又充满着坚定的决心。

台下听众纷纷抬头，这才看到舞台上的女子虽然戏服不比刚才那位华美，但身形举止利落干脆，《水斗》唱段不多，但那一句足以吸引台下的观众。

顷刻间，天兵摆好阵容，群演退下后是天兵和白蛇一对一的打斗戏。

台上的女子用枪抵挡，一招一式快如疾风，翻身转圈，稳如泰山，这一场《水斗》打得不可开交。

台下的听众逐渐安静下来，屏气凝神地看着舞台上这一场激烈的打斗戏。虽然大伙儿都知道这一场戏的结局，可台上女子这一招一式干脆的样子真让人挪不开视线了。

就连坐在台下的王教授，都由原来的意兴阑珊变得目不转睛。

楼下骤然安静的场景吸引了楼上的看客。

“哟！这场打戏有点儿角儿的样子了。”

“是啊，比起海家那姑娘不能算落了下风，戏过一半反倒有超过的势头。”

“还真是。”手里的瓜子吃到一半，赵景铉也探出脑袋去看，“这姑娘身段好，扮相也不错。啧，二爷，你的海姑娘大抵是要输了。”

江昱成挑了挑眉。她上场一亮相，他就认出她了。她动作利落，枪法飒爽，就连这扮相都是万里挑一的，倒是颇有后来居上的样子。

只是他才收回视线来，就听到台下传开一阵感慨声。

《水斗》这场戏的高光就是白素贞在与其余三人混战中踢花枪的那场戏。

三人围绕着白素贞，每个人把手中的红缨枪抛出，纷纷投掷到白蛇身上，白蛇手拿双枪抵挡之余，还要单脚、双脚跳转，起身将那高高垂落的枪踢回去。

一时间枪在台上高低飞舞，好不热闹。

但这一场戏对演员的腿脚功夫考验极为到位，演员一个不小心没踢到或者踢歪了，都是在舞台表演上极不光彩的事故。

兰烛和这些与她搭戏的演员练了不下百遍，为的就是确保万无一失，谁知那围着的天兵中有个人手上失了力道，枪直接朝着兰烛身后飞去，眼看着就要飞出台面。

刚刚台下那一阵感叹声就是观众对这无法挽回的一枪的意难平，一个失误意味着刚刚主角近乎完美的表现功亏一篑。

兰烛这一脚本来是往前踢的。她见那枪甩到后头，连忙调整身体朝向，尽最大可能地向后踢，努力挽回这一个失误。

她的脚尖碰到枪缨，眼看就要错过，兰烛咬牙，伸直右脚，用脚背一挑，高高垂落的红缨枪落在她的脚踝处，发出沉闷的一声响，而后那近乎毫无悬念要落到台下的枪反而被她变作白蛇用来攻击的利器，打乱了天兵的攻击。

“好！”台下响起一片喝彩声，谁也没想到，这样低的枪还能被救起来。

“妙啊！二爷，您看那姑娘的功夫，临危不乱，力道均衡，这还真不是一朝一夕能练成的。”贵宾席里聚在一起的人不由得赞扬。

江昱成在阁楼上未置一词，只是淡淡地看着舞台上的人，看着从她脚上踢上来的花枪的行进路线，轻飘飘地甩下一句话：“还是没经验。”

这边听戏的戏迷听到这话刚想反驳江昱成几句，却看到舞台上的人因为刚刚救了一脚后偏离了原先的位置，接下来的几个踢枪动作，花枪起伏却没有刚刚那么漂亮了。

她太想去接住花枪了，却忘了下一个动作的连贯性和平衡性。

“可惜啊可惜，这失误虽然不大，但第一名大抵是无缘了。”一旁喝茶的看客摇头哀叹，其他人也一阵感叹。

兰烛没想到，自己练了这么多遍的踢枪动作却在台上出现失误，给她抛枪的小王从前从未出过这样的差错，今天这么偏离方向的投掷情况，不像是因为紧张，反倒像是有些故意的。

小芹焦虑地在后台等着兰烛，兰烛一下台，连衣服都没有换，就直接冲入后台：“小王呢？”

小芹：“小王一下台就朝着海唐的化妆间过去了。阿烛，这次抛枪到底是不是意外啊？”

兰烛望着海唐的化妆间出神：“看起来他们早就串通好了。”

“这帮兔崽子，亏得他们还说自己是梨园世家，有本事光明正大地跟我们打，安排别人使阴招算什么本事？我找他们去！”小芹气冲冲地就要朝海唐的化妆间冲去。

“等等——”兰烛拉住小芹，“底下这么多人看着呢，我们没有证据，等会儿闹起来，我们占不到便宜。”

“那怎么办？我们总不能这样算了吧？”

舞台上人头攒动，演员还在依次上场，兰烛看着评委们在下面交头接耳，依次打分。她知道，这次比赛她输了。她第一次在槐京城的登台演出不过也就十几分钟，却这样不公正地输了。

她拿起放在手边的红缨枪，朝着海唐所在的化妆间走去。

小芹拉住她："阿烛，你干什么？"

兰烛头也不回地往前走着："守住门，别让人进来。"

兰烛闯了进去，那个演天兵的小王正在和海唐他们笑闹，看到兰烛进来，几个人脸色僵硬地站在那里。海唐挥挥手示意小王先走，小王驼着个背，不声不响地想要从门旁溜走。

兰烛还穿着那身戏服，提着枪拦在门口。

小王求救地看着海唐，海唐慢悠悠地从化妆椅上起来："怎么，输了不服气？"

兰烛："我原以为你出自世家又师承名门，应该知道'廉耻'二字，如今看来你也不过是个怕输的孬蛋，只会背地里耍些不要脸的招数。你让他——"

兰烛枪锋一转，指向小王："我听说你学艺也有十几年了，作为一个武生，你连枪都拿不稳、抛不准。为了她敢拿十几年苦练的功夫和未来的前途开玩笑，今天这事一出，往后还有哪个角儿要由你做配？"

小王本来就心虚得很，听到兰烛这么一说，吓得连腿都站不稳了，嘴唇微抖，下一秒就要把实情说出来。

小露见状连忙开了侧门，抓着小王的手把他拖了出去。

兰烛正要去追，却被海唐拦住。

海唐也未脱全身的装束，单手拿了枪，堵住兰烛的去路。

她仰着头："兰烛，这么多人看见了，是他没有扔好棍子，是你技不如人没有接到，你要硬把你的失误算在我的头上，未免太不讲道理了。我知道你唱功好，但是论腿脚功夫，我不会输给你。输给我，你若是不服，我们大可在这里过两招。"

兰烛收回枪，人证跑了，她知道海唐是不会承认的，自己与海唐纠缠，徒费唇舌罢了。

海唐在兰烛收枪的一瞬间，挑起她的枪，枪落下的时候狠狠地打在了兰烛的手腕上。兰烛手一阵生疼，枪没握住，掉了下去。

兰烛俯身去捡枪，海唐趁机右手用力，枪朝兰烛脸上送去！兰烛弯腰避开，抓起地上的枪，指着海唐："你不要太过分了！"

"我过分？"海唐手上的枪没松，她反而往前送了几分，"这个名额本来就是我的，你自己怎么拿到这个名额的你没数吗？你是什么人哪兰烛，为什么都说你有天赋？你不过是我的手下败将。"

兰烛右手手腕一用力，枪杆往前，打掉了海唐拦着她的枪："我只是拿回本来就属于我的东西。"

"本来就属于你的？你不就是靠着戏楼胡同吗？你难道忘了你是怎么进的戏楼胡同？你是靠你那个为了自己儿子可以出卖女儿的父亲，还是靠你那个为娼为盗，早就被槐京梨园赶出城的母亲？"

海唐咄咄逼人，句句话直逼兰烛的要害。

兰烛一瞬间有些恍惚。她以为偌大的槐京城可以不问出身容纳她所有的过去，却没想到有人已经把她的来龙去脉打听得一清二楚。

"为娼为盗"四个字像是重重的大山，压得她心口缺氧，手腕无力。

"你真当槐京城这么好混吗？我爷爷生意做得这么大，梨园里的关系脉络铺得这么复杂，我一步一步尚且走得小心翼翼，就凭你？你有什么？可笑的天赋吗？你凭天赋获得过最高学府的准入许可吗？受过正儿八经的科班教学吗？获得过名师指点吗？就凭你所谓的天赋，我告诉你，槐京城这么大最不缺的就是自诩有天赋的人！"

海唐一字字直戳人的肺腔。兰烛只觉得胸闷气短，头脑眩晕，脚下失去了重心，枪没拿稳，再次落在地上，红色的流苏散成一片，触目惊心。

"我的枪法是王角儿亲自手把手教的，你打不过我的。你记清楚自己的地位，哪怕不是今天，你也必定输给我！"

话音一落，海唐收在手里的红枪一出，直直地朝着地上的人出枪。红缨枪如一支带着红光的箭，势如破竹地割裂周围的空气，瞬间就要往兰烛的脸上飞去。

兰烛发梢凌乱，想要躲开却避之不及，眼见那红缨枪对着眼珠子就要过来，千钧一发之际，突然门一开，兰烛身边的红缨枪被拾了起来——

而后，一道身影从她身后出来。

那身影几步上前，一个飞踢踢回了海唐的枪，枪头直直地掉转着地险些砸到海唐。

海唐十分震惊地看着来人，不敢相信又着急忙慌地拿起手边的长枪，却被来人先一步将枪拿走。

来人手握长枪，身影矫健，直接一个原地翻身，转枪瞬间用枪头撬走了海唐的枪。海唐那枪跟脱了皮的蛇一样，任由来人的枪头拨弄，缠绕在另一杆枪头上旋转。一杆枪带着另一杆枪舞动，愣是没让海唐碰到边。

来人抛起枪，再一个漂亮的回旋踢，右手握住海唐那杆，左手握住兰烛那杆直指着海唐的喉头，好似手上的力道再不注意些，这道具枪也能弄个血溅当场来。

“海姑娘可要当心了，想一想是去领你的奖，还是让救护车送你去医院。”乌紫苏道，她的枪头靠近海唐的喉头，枪上的银光映出海唐煞白的脸，海唐一时间汗毛倒竖，丝毫不敢动。

红缨枪虽是戏曲道具，枪头未开锋，但到底还是尖锐，再加上乌紫苏刚刚进来的那一套动作——懂点儿戏曲的人都知道，那是正儿八经的刀马旦出身。

比起她，海唐那点儿糊弄人的技术就是班门弄斧。

海唐一瞬间被吓得僵在原地，动弹不得。

“海姑娘回吧，外头公布成绩了，您可是第一名。”乌紫苏收了枪。

海唐这才反应过来，夺门而出。

“没事吧，阿烛？”乌紫苏回过头，看着兰烛伸出手。

兰烛看了看跑出去的人影，回过神来，就着乌紫苏的手起来。

乌紫苏没多说，兰烛不知道她听到多少。

“不是你的错。”乌紫苏拍了拍兰烛的背，“别认输，你没有输。”

兰烛知道，今天海唐用这种话伤得了她，是因为她还不够强大，不够强大到能过了自己这一关，不够强大到能甩开那些刻在她心里、从未随着她的成长淡化的东西。

两个人许久未说一句话，流淌在两个人之间的只有默契的沉默气氛。

最后还是乌紫苏打破了沉默气氛，一缕一缕地捻着花枪上的红缨："这还是我这么多年来第一次拿起枪。

"阿烛，或许这一行太难，我没有坚持下来，我不敢说比从前过得好，所以从不劝你放弃。

"但我也不愿意看到你在这条路上吃太多的苦。今时不同往日，你一个人要在槐京闯出名堂来，太难。

"今日输了就输了，不是今日的海唐，往后也会有其他更多的人，他们会借着自己的关系，再也不会给你一个公平的机会。"

兰烛静静地站在原地，不知道怎么回复乌紫苏的话。今天的事情她是该说一声谢谢的，但是当乌紫苏以那样飒爽的姿势入局之后，能告诉她的只是这样的乌紫苏也未能在这条路上闯出什么名堂，更何况是她呢？

最后，乌紫苏把手里的枪还给兰烛："阿烛，保重。"

说罢，乌紫苏也钻入了人海里，钻入了外头锣鼓喧天的祝贺声中。

海家人起身鼓掌，看客们似乎很满意这个结局。

"许久不见这么精彩的演出了，果然是海家出来的小辈。"

阁楼上，几个老票友指着台上拔得头筹的人说："果然是二爷剧团里培养出来的人，名副其实，名副其实啊！"

"二爷，您可不能小气，吴团长早就夸下海口了，说要是他剧团里的人拿了第一名，就请我们去二爷的戏楼胡同看一场演出。哥儿几个都没去过您在戏楼胡同的戏台，这次您团里的人拿了第一名，可万万不能推辞了啊！"

"是啊！是啊！"

恭贺声此起彼伏，江昱成眼睑微动，眼神往人群中一扫而过，没见到人，又在后台停留了一会儿，依旧是毫无动静。

"找什么呢二爷？这帮老家伙蹭你的戏台呢，你怎么说？"赵景铉提醒着江昱成，“为了那姑娘，庆祝一番？”

江昱成未找到人，伸手拿起外套，兴致不高地起了身，头也不回地往外走去：“好啊，那便开了戏楼胡同庆祝一番。”

新人赛的结果本来受关注度不高，但在海家铺天盖地的宣传中，槐京城大街小巷都在宣扬着《水斗》这场戏，更何况听说戏楼胡同的江二爷更是为了那海家小姐单独开了浮京阁里的戏台。

那戏台是晚清时期遗留下来的，飞檐立柱，彩绘纷繁，比起那宫里的漱芳斋也不算输。槐京城里的票友口耳相传，谁不想等到浮京阁戏台的门敞开的时候去开一开眼界？

演出那天，浮京阁的戏台下挤满了人，他们陌生的脸庞出现在戏楼胡同尽头的灯火里，好奇和惊讶之色在他们眼中流转，最后汇成心里的虚荣感。

兰烛打开自己阁楼的窗，望着那人头攒动的场景，听着海唐从《游湖》开始，一个人唱完一整个爱恨情仇的故事。

她也曾去过西湖，在没有任何一个游客的一个清晨，那时候的晨雾还不曾散去，断桥真的在那片大雾中断成两截，雷峰塔下扫地的僧人也还未起。冬日刚走，春天的花还未开，至于这个世界上，有没有有情人终成眷属的爱情——她不知道。

母亲带着她，一字字地跟她讲述着这个匪夷所思的白蛇传说。

但故事不是听过就可以，她要学着那些韵律和念白，把这个故事用最难的唱腔表现出来，这就成了她儿时最痛苦的事情。

从那以后，早起晨练，她没有偷过一次懒。看到别的孩子在外面撒野奔跑，捕捉自由的风的时候，她会偷偷地坐上游船，绕到西湖南岸的夕照山，虔诚得像个信徒，对着雷峰塔朝拜，祈求里面近乎半仙的白娘娘，保佑自己可以早点儿长大，可以早点儿到母亲口中说的槐京城里去，早点儿成角儿。如果一切成真，她可以不要所有的童年时光，不要那夏日荷尖上的蜻蜓，不要那井水里的西瓜，不要其他孩子的热情和友谊。

此时此刻，兰烛却坐在回廊的月光下，手上还提着一壶冰凉的桂花酿。店主是个江南人，说自己的手艺是正宗的古越桂花酿，她信以为真地尝了一口后，却苦涩地摇了摇头。

如今看来，她当年的每次虔诚朝拜都是滑稽的，一个为了爱情放弃成仙的妖精，自身难保地被压在雷峰塔下，又怎么管得了她的事呢？

她坐在假山后面的凉亭回廊上，从参天的古树丛中捕捉到了从东面的戏台阁楼里传出来的悠扬琴声。那是《白蛇》的伴奏，她听了无数遍，每一个片段都默记于心。

身体的本能反应先于自己的大脑，她随手捡了一根竹竿子，依旧坐着，单手转着那竹竿，在月光下转出漂亮的弧线。

那弧线折射着冷冷的玉光，比浮京阁里任何的珠光还要美。她笑了笑，起身想要将竹竿舞得更高。奈何今晚的桂花酿比她从前喝的度数高太多，只是几步她便撑不住了，只能撑着柱子沿，坐在那回廊上。她忽然又看到了自己微微发红的手肘，想起今天自己的枪被海唐打落。她不服气，又立刻站了起来，挑着枪花伏低着身子，一圈又一圈地练着。

练到月光被乌云遮住了眼，酒味从东边戏台弥漫出来融入雨夜里，水汽氤氲汇聚成一大片，驱赶走槐京城城北的厚重历史感，恍惚之间像是造就了另一个江南，兰烛这才停了下来。

她回头，在大雾之中看到了那只黑狗。

它匍匐在另一个人的脚下，安静得差点儿要与夜色融在一起，唯有那如墨的眼眸比夜色更暗几分，却映着东边的灯火。

黑狗身边的人站在回廊下，同样匿在大雾里。他如同那只黑狗一样安静、孤寂。

在雾色还未起的时候，他就看到了她，看到了她的失意样子，也看到了她独酌，更看到了她再次拿起竹竿当枪舞的时候身上笼罩着的清冷感。那种清冷感与孤寂、薄凉这样的词语无关，她能自己享受孤独，品赏孤独。

换句话说，她不怕孤独，孤独也不敢冒犯她。

等到大雾起来，她的身影变得越来越模糊，孤独感又席卷而来的时候，他难以克制地走得更近了一些。

感觉到她在看他，江昱成缓缓开了口，许是喝过酒的喉咙干涩，他的声音带了些酣眠刚醒的感觉，散在雾里。

他混着酒味的声音亲昵又缱绻，像是对情人低语，他说：“阿烛，过来。”

兰烛站在原地，未敢上前一步。

她不知道是不是自己喝了太多酒，听觉变得迟钝。江昱成突然就出现在她面前，叫她“阿烛”，唤她过去。他醉了，声音带着些暧昧不清的邀请意味。

兰烛没敢上前，就这样一动不动地看着他。

江昱成从酒局里出来。浮京阁太大，他总觉得太冷清，什么时候戏台上热闹起来了，浮京阁也就热闹起来了。

今天浮京阁里这么多人，应当是最热闹的。那些热闹气氛一定能驱赶走古树间死气沉沉的气息，驱赶走陈旧大院里的腐朽味道。金砖里的每一条缝隙一定能记住今晚的人声鼎沸画面，然后在每一个孤寂的夜晚把这些喧嚣声音释放出来，他的耳边就会变得嘈杂又热闹，一定能换他一夜好眠。

可他偏偏听不进那戏，也懒得搭理来攀关系的人，只是看戏似的看着面前五光十色的景象，而后慵懒地抽身出来，抽了根烟。

只有那只黑狗一直跟着他，不声不响，跟他的影子一样安静。

他曾经也跟自己说过，那西边阁楼上的姑娘是只野性难驯的猫，他犯不着为了一只来他的墙脚乞讨生活的孱弱小猫生气，气她吃了自己的东西却还想保持从前那种无拘无束的自由生活。他觉得这流浪的小野猫多少有些不知好歹，也有些不把施舍的人放在眼里。

所以他选择站在远处冷眼旁观。他既言尽于此，当然希望她好自为之。

可偏偏当他看到她在那雾气月光下的时候，他又控制不住地要往前走去，这爱管闲事的样子真不是他自己熟悉的风格。

许是酒意作祟，他唤了她的名字，像是认识许久的人一样叫她阿烛。

兰烛却未敢再近一步。手里的竹竿无处安放，她前后藏了一遍，最后还是捏着竹竿的钝处把它刺进泥土里。

手里没了东西后，她反而比之前想象的更加无措，能做的只能是抬起眼睛看向他。

她慌乱的样子倒是引得对面的人哂笑。

他重新点起手里的火，没上前，只站在离她两米远的对面，慢条斯理地说：“曹荣光老师退休后回了槐京城，过几天是她的寿席，你要不要去坐坐？”

兰烛听到曹荣光的名字，眼睛突然就亮了，重新确认道：“曹老师？是曹荣光老师？她从美国回来了？”

说起曹荣光，梨园里无人不知她的存在。她十二岁那年凭借一场《锁麟囊》，愣是将物是人非、今非昔比的细腻情感演绎得淋漓尽致，十五岁破格被评为国家一级青年演员。等到十八岁在国内大火，发展到一票难求的时候，她却毅然决然地出了国，全身心地投入到国外不成气候的民间戏团当中。临行前，她召集梨园世家子弟，誓要扛起国粹发展的大旗，让中国京剧走向世界。行业内论唱腔身段，论品性风骨，无人敢与之比肩。

别说是受她指点两句，兰烛哪怕是见她一面，也比得过沾点儿神仙气息的琼浆玉露了。

江昱成：“嗯，还不算两耳不闻窗外事，知道曹老板的名号。”

兰烛：“曹老师享誉中外，是铁铮铮的风骨人物，谁要说没听过都对不起身上的这身行头。”

江昱成：“那你想不想亲眼见见这风骨人物？”

兰烛眼里的神采更为绚丽，她抬头略带欣喜地看着江昱成，眼神里的光星星点点的似是要燃起来。但那点儿星火刚刚蹿成火苗，突然又像是被一场大雨浇灭，她自顾自地说：“可是据说曹老师这次回来是有退休打算的，别说现在从国外回来了，就是从前她没出国的时候，也大多是闭门不见客的。她要是敞开大门了，她门口的队伍估计都能排到美国去了，我想见到她哪里有那么容易？”

兰烛看到江昱成朝她走了过来，在大雾里微微低下头，靠近她的时候，雾气消散，他好看的五官暴露无遗。只是他眼神平淡，语气平常，微微弯腰像是迁就她的身高，保持着恰好的未带侵犯感的距离，说的话却让人不由得浮想联翩：“别人自然是难的，你与我去自然就不难了。”

他身上自带的雪松味跟黑洞一般具有压迫感，他说这话的时候配着白皙的肤色，最后汇聚成一种诱惑和哄骗感，让兰烛一瞬间有些眩晕感。

她下意识地倒退两步，脚后跟却踢到顽石，她的身体顿时趔趄了一下。

她面前的人没有伸手，随她慌乱地失去分寸。

兰烛紧闭双唇，只能用鼻子用力地换着气。她在这场角力中差点儿窒息，却不甘在他面前示弱。

江昱成挺直脊背，重新与她保持疏远的距离：“兰烛，你来槐京城前没有听过那个传说吗？”

“什么……什么传说？”兰烛不由得结巴。

“没人能干干净净地离开槐京城，哪怕死后的灵魂都不可以。”

兰烛似懂非懂，但那样的邀请，她被诱惑却不敢接受。

她知道，没人能一直高傲地抬着头颅，在这个人情脉络复杂的旧皇城脚下体面地活下来，更没人能干干净净地离开槐京城。

槐京城最美的景色当数春日的五月天，那漫天的槐树上花开得那样热烈又绚烂，细微如碎米，却团团紧簇，堆砌成春雪。

谁不想像这槐树一样，在漫长的冬季里靠着对春日的向往熬过苦寒，最后灿烂地在枝头上绽放？哪怕是一夜之间风雨袭来就此凋零，落入尘土，隐了一身雪白的傲骨，也好过无人问津。

兰烛跟每个刚来槐京城不服输的青年一样，壮志未酬却又在现实面前落败的时候辗转难眠。她把江昱成的话掰开了揉碎了，藏在枕边的梦里，却没有勇气和决心去敲开他的门。

人们逐渐忘记了她在舞台上的表现，只记得海家那个拿了第一名的姑娘，剧团里练习的生活依旧一成不变，曹荣光回来的消息自然传不到他们这小小的四合院里来。

一切都归于从前。

兰烛收起自己的不甘情绪，依旧小心翼翼地经营着自己的生活。

海唐在北辰大剧院演《白蛇传》的时候，兰烛上去当了一次背景墙，扛着旗合唱，给白素贞镇场子那种。

戏毕后，她裹上单薄的外套踏进夜色，却在场外看到了一个熟悉的人——

那人穿着一件陈旧的藕粉色旗袍，身材纤瘦，五官清秀淡雅，但面容憔悴，衣襟、裙摆上全是褶皱和脏污痕迹，高高束起的中式发髻也凌乱不堪。

保安拦住她，让她出示入场券，她手里提着几个塑料袋子，高声呵斥他们有眼不识泰山。

“你们知道我是谁吗？你们知道里面唱白蛇的人是谁吗？那是我女儿，我——你看着我，我再说一遍，那是我女儿！”

起初她斩钉截铁、大言不惭的样子还真把保安唬住了，两个保安交头接耳了一番，还把主管叫了过来，说外头像是海家太太来了。

主管出来，劈头盖脸地把他们骂了一顿，说他们一点儿眼力见都没有，这疯女人怎么可能是尊贵的海家太太呢！

“还不快拉走？！”主管吹胡子瞪眼，下面两个看门的人急忙一左一右地架着那女人往外走。他们手上用了蛮力，一把将那形容憔悴的女人推到地上，关上了大门，避之不及。

兰烛快步走到女人面前，连忙扶起她。

那女人连忙抓住兰烛的手，像是抓住一根救命稻草一样：“好姑娘，你认识我女儿吧？就今天在戏台上演白蛇的那个！她可漂亮了，长得像我，像我！”她指了指自己，眼睛睁得老大，像是极力证明，“你能带我进去看看她吗？或者——”

女人犹豫了一下，又改了口：“你去告诉她，她妈妈来了，就在外面等她。”

那女人打量了兰烛一番，神秘地靠近兰烛：“我知道了，看你的身段，你也是学唱戏的。你今天帮了我，我跟我女儿说说，让她往后有场子的时候多带带你，这总可以了吧？”

兰烛目不转睛地看着那个女人，女人依旧在絮絮叨叨，眼里充满莫名其妙的光彩，但始终难掩她眼尾褶皱里的疲惫之色。她身上那件单薄的改良旗袍，画的是五月的江南春景，不见一片绿叶，满目都是繁花，却沾上了难以名状的污渍。兰烛弯下腰，用手揩了揩她裙子上那朵杏花上的污垢，叹了一口气，喊了一声："妈。"

那女人愣了愣，像是被冰冻在原地，过了好久才迟疑地抬头。她看着兰烛，脸上松弛的肌肉微微抖动，而后扯出一个难看的笑容："阿烛，你怎么在外面？不演出了？"

"我的演出结束了。"兰烛安静地把兰庭雅头上的落叶摘走，而后又把她掉落的碎发别在她的耳后。

兰烛看了一眼她身后被大雾吞没的浓重夜色："走吧，我们回去了。"

她安顿好兰庭雅，从破旧的走廊里出来，跨过发霉的台阶，来到了巷子角落。小宾馆因为线路老旧的问题，装饰在墙面上的发光字时而亮时而灭，微弱的光亮影影绰绰地映在兰烛的脸上。

她捏着发烫的手机，眼神警惕地扫视着周围，像只受了惊的猫，压着嗓子质问道："你不是说，只要我来槐京，我妈就能好好的？"

电话那头的男人似乎没反应过来，许久之后才犹豫地问道："阿烛？"

听到他的声音之后，兰烛在这头长久地沉默。

"你母亲去找你了？你在槐京过得如何？"

未等电话那头的男人说完，一阵杂音突地传来："你干什么？"

"乒乒乓乓"的声音似是人与人在推搡。

而后杂音消失，一个清晰的女声出现在电话里。

"阿烛，这事你怨不得我们，你母亲听说你去了槐京城一定要闹着去，你看她一直住在医院里，你也知道如今的这种……这种适合你母亲的医院，每天的医疗费用有多高，更何况这日常的护工费、医药费什么的也都是我和你叔叔给的。从前你还小，也没法自食其力。如今你在槐京城出人头地了，所谓养育之恩大过于天，我和你叔叔还有你哥也挺困难的……"

“所以你们就让她一个人出来了？”

“你这话说得就有些难听了，我和你叔叔对你们母女两个照顾得还不够吗？她病了之后，你吃的、穿的、用的，哪个不是我和你叔叔帮衬着的？你叔叔给你找了个好门路，把你送上高枝，我们也没求着你感恩戴德，如今你怎么还质问起我们来了？”

“门路？高枝？是你们为了儿子找的门路和高枝吧？！那是我们讲好的条件，我来槐京替你们儿子争个机会，你们照顾我母亲，如今翻脸不认人，你没有权力说我还欠你们家，那些吃穿用度比起你们儿子的前途，恐怕都算不上十分之一、百分之一吧！”

兰烛说完，气势汹汹地挂完电话，一回头，就看到兰庭雅小心翼翼地看着她。

兰庭雅张了张干裂的嘴：“阿烛，是我给你惹麻烦了吗？”

“没有。”兰烛收起神色，摇了摇头，“外面下雨呢，进去说。”

“是你兰叔吗？”兰庭雅追问道。

兰烛对上兰庭雅的眼睛，那眼睛一如既往地灰扑扑的，像是蒙了层翳。兰烛点头：“是。”

她说完便往屋子里走去。

兰庭雅在身后跟着，突然语重心长地说道：“不好这么跟你兰叔讲话的。阿烛，我们要感恩，你兰叔不欠我们什么的，是我们欠他们的，欠人东西总要还的。以前我还不上，现在有你了，你可以还。你现在飞黄腾达了，我啊终于安心了，不然总觉得啊，对不起你兰叔，更对不起他的老婆和孩子……”

兰烛没阻拦，任由她说着，这样的话自己从小听到大。

兰烛头顶的灯把兰庭雅的影子拉得很长很长，长到完全覆盖住兰烛自己的。兰烛呆呆地看着那影子跟在自己身后，不太敢想兰庭雅是怎样一个人来到槐京城的。

兰庭雅没有钱，没有通信工具，甚至没有一个清醒的头脑。

兰烛让兰庭雅简单地洗了个澡。兰庭雅出来的时候，第一件事就是冲向她的那几个塑料袋子，脸上带着欣喜和得意的神色。她掏了好久，才从最底下掏出个保温盒子。

“阿烛，过来。”她蹲在地上，朝着兰烛招手，跟兰烛小时候一样。

兰烛走过去，站着看她。

她把保温盒从地上拿起来，放在桌上，打开盖子，用期待的眼神看着兰烛：“妈妈给你带了你最喜欢的糖藕，你小时候喜欢吃，可是这东西太甜太腻，吃了多影响你上台演出啊！现在好了，我女儿出息了，是角儿了！现在可以吃了，不过你要少吃一些，可不能跟个小馋猫一样，接下来还有演出呢！”

兰烛望着那用真空包装包得严严实实的、被完好无损地放在盒子里的糖藕，那完整程度不输给任何一个正常的母亲为远行的儿女准备的东西。

兰庭雅在昏暗的灯光下弯着脊背，身子缩在一起，双手握紧，费力地扯着包装袋，额间的碎发随着她的动作从耳边掉了下来。

兰烛接过她手里的袋子：“我来吧。”

兰烛准确地找到包装袋的缺口，轻轻一扯，那袋子就开了。

兰庭雅不知道从哪里找来了一双筷子，递给兰烛：“试试。”

兰烛没接筷子，上半身僵住。

“吃啊，你最爱吃的，妈妈特地采了径山寺后的桂花酿的，浸在蜂蜜里，再选了当季最嫩的藕和最糯的糯米，一定不比外面买的差。”

兰庭雅夹了一块糖藕递过来。

兰烛下意识地躲了一下，迟疑地看了兰庭雅一眼，而后又控制自己的身子不再后退，最后尝了一口，入口发现糖藕咸得发苦——兰庭雅应该是把盐当作糖了。

“好吃吧？”

兰烛点了点头，回忆被这苦涩的味道唤醒。

兰烛儿时生过一场大病，不敢跟母亲说她发烧了，仍硬着头皮吊嗓、踢腿、倒立，直到体力不支坚持不下去。她拼命喝水的时候，嘴巴里特别想念那桂花糖藕的味道。

兰庭雅做的桂花糖藕一绝，一开罐，邻里朋友都要来讨要一份。

兰烛也爱吃，但是兰庭雅看她看得很严，不让她吃，说是甜食太腻对嗓子不好。

兰烛搬来板凳，踮起脚，偷偷地打开橱柜的门，小心翼翼地挑了最小的一片糖藕，然后立马关好门，溜到自己的房间里。桂花糖藕上晶莹的糖渍美得像是要掉落在海里的夕阳，她舌尖上那被病痛掩盖的味蕾顿时被唤醒。

她充满希冀地将糖藕放入口中品尝，却只有发苦的咸味充斥着整个口腔。

兰庭雅推门进来，气势汹汹地说："我就知道你偷懒不练习跑进来偷糖藕吃！我故意把糖换了，换成盐给你长个记性。你吃啊，你吃啊！"

兰烛觉得嗓子难受死了，摊开手："妈，我好难受，我想喝水。"

"喝什么水？你不是最喜欢吃这个吗？我跟你说过多少次了，糖藕吃多了对嗓子不好，对嗓子不好，你不听！现在让你吃，让你吃个够！"

从那以后，兰烛很少再吃糖藕了。

她即便再想吃，但一想到那咸得发苦的味道和发烧难受的夜晚，便也不再想了。

兰庭雅在医院住了三年，错过了兰烛人生中最重要的三年，却没忘记她爱吃桂花糖藕，也没忘记在桂花糖藕里放盐。

"我就说嘛，我们家阿烛最喜欢吃了，从小就喜欢吃。哎，你跟妈说说，站在台上是一种什么样的感觉啊？

"那感觉是不是特别好？你还记得白蛇在断桥上与许仙相遇的时候那段戏怎么唱来着吗？"

见兰烛无动于衷，兰庭雅举起兰花指，脚尖一踮，往前走了几步，脸上顿时换了另一种表情："如今桥未曾断，素贞我，却已柔肠寸断了哇！"

兰庭雅一开唱，浑身的尘土气顿时消散，那灯光下微微佝偻的身影顿时有了精气神。微光之中，她纤手翻转，神色不再倦怠，眼里的柔光似春水涤荡着岸边的弱柳。

她一个人在那破旧的小宾馆里，愣是把《断桥》这场戏唱完了。

在这场戏的白蛇唱词中，白蛇起初的恨和悔化成了不舍和眷恋，恨却不能不爱，悔却不能薄情，一切复杂的情感交织在一起，白蛇最后还是原谅了许仙的背叛行为。

兰烛初次听兰庭雅唱时，只觉得她严厉又苛刻，如今再听，曾经锐利的人此刻满头斑白，身形微偻。

兰烛觉得眼睛酸胀，眼前的景色似被蒙上了一层雾气，灯火开始跳跃，甚至忽明忽灭。她连忙擦了眼泪，到外头拨通电话："喂，您好，是康宁医院吗？"

槐京城下了一夜的大雨。

那雨声"淅淅沥沥"，来得匆忙又无用，落在古树上催不开花，落于鱼塘中融为池水，落在无眠之人苍白的梦里也带不来一夜安眠。

清晨，江昱成打开门，却在雨中看到了撑着伞站在他的门口的兰烛。

她衣着单薄，九分裤未完全遮住小腿，脚踝还因为那天比赛落下的伤微微红肿，漫进他梦里的雨水同样浸透了她白灰色的板鞋。

她像是一朵盛开在雨帘中的莲花，唯有那么一朵，在天青色的晨间屹然绽放，刺破冷色调的青砖地板。

她那副狼狈的样子却意外地不染尘色。

见到他，她抬头，透过雨帘说道："江二爷，你曾经说过的话，还算数吗？"

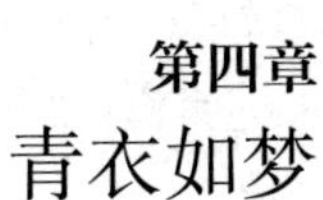

第四章 青衣如梦

兰烛在江昱成的床上醒来的时候，浑身都充斥着难以言说的酸胀感。

外头的雨已经停了，只有几只灰燕在枝头扑棱翅膀。她空洞地对着那个远眺就能望见春色的窗户发呆，脑海里全是昨晚上医生说的话和那一条一条列出来的昂贵的费用，那些厚重的场景代替了清晨隐秘的羞怯情绪。

江昱成已经走了，偌大的房子里，冷松木熏香依旧在燃烧，编织的米色毯子掉落在原木色的床边，那是清晨他用来把她从浴缸里捞出来时裹在她未着衣物的身子外头的。

布置内厅的阿姨送来一套干净清爽的衣服，放下后就走了。

她这才回过神来，回忆昨夜发生的一切。兰庭雅的到来成了压倒她的最后一根稻草，她不知道为什么自己又来到了浮京阁，好像似乎只有长在这里，如同一个古树一样长在他的身边，她才能看到天日。

或许是因为前面几次他的施以援手，让她暂时性地把他当做了躲雨的屋檐。

兰烛随手拿了一件披在外头，走出正厅，站在院子里的回廊上。

没一会儿，林伯就过来了，手上还捧着一盅燕窝，递给兰烛："阿烛姑娘，午饭快做好了，您先喝一点儿暖暖胃。二爷说了，今天您好好休息，剧团那边他已经给您请了假了。”

“谢谢。”兰烛回神。

林伯依旧拿着那一盅燕窝未走，安静地等待着兰烛反应。

兰烛只好接过燕窝：“我这就去。”

林伯这才走了。

她到了饭桌边，见那菜备得比江昱成在家时还要丰盛。

林伯：“阿烛姑娘是南方人，想来应该是更偏爱南方菜系一些，我们就准备了一些江南特有的菜品，您看看是否合您的胃口？”

“谢谢，”兰烛礼貌地道谢，“劳您费心了。只是这么多菜我一个人吃不完，以后还是跟从前一样，我自己去小厨房做一点儿就好。”

“您说笑了。如今您是二爷身边的人，吃穿用度自然按照他的标准来给您准备。”

兰烛在听到林伯说到那句“是二爷身边的人”时，脸上的神色稍显僵硬。

这微不可察的变化全部落在林伯的眼里，他又补充道：“当然，阿烛姑娘若是想自己做，正厅那儿的偏房也有个厨房。后院的厨房油烟味重，姑娘实在是不方便出入。”

她在小厨房自炊自造了这么久也无人问津，如今只是过了一夜，就变成“不方便沾染油烟味的”姑娘了。

吃完饭，她依旧觉得全身倦怠。

这是她第一次没有早起晨练。她刚想回阁楼换上练功服，林伯就过来说，海唐姑娘已经在门口等了好一会儿了。

兰烛蓦然抬眼，以为自己听错了。

林伯像是在给兰烛解释：“海家姑娘从前冒犯了您。按照二爷的脾气，她是没法再在这槐京的戏曲行当里混下去了。她求二爷给个机会，二爷说，姑娘您若是慈悲能原谅她，那浮京剧团她虽然是待不了，其他的剧团她想去，二爷也不过问；若是姑娘您觉得心头不畅快，那就让海家把海唐姑娘送到国外去深造吧。”

兰烛脸上未见波澜，只是反问林伯：“林伯，如果依照二爷的性子，他会怎么做？”

“要是依照二爷的性子——”林伯站直了身体，“海家刚好有条贸易线路卖给二爷了，他应该会让海唐姑娘去探探路。”

“既然这样——”兰烛接过话茬，“那二爷怎么做，我就怎么做。”

林伯表示明白，出了门，兰烛就听到前院传来一阵吵闹声，混着海唐歇斯底里的哭声。兰烛没理会，揉了揉太阳穴，看着那窗外的矮竹发呆。

林伯没过多久就回来了，面有难色。

兰烛问：“处理不了吗？”

“不，吴团长来了。不用我出手，吴团长就让手下的林组长把海唐姑娘送回去了。”

“吴团长？”兰烛往外头看去，“他倒是来得挺快的。”

今天还真是热闹，浮京阁的门槛都要被踏破了。兰烛兴致缺缺：“二爷不在，让他回去吧。”

“他说是来见您的。”

“我？”

“是。”

兰烛：“那劳烦您带我去。”

“您在正厅会客间就好，那儿说话方便，我带他过来。”

“嗯。”兰烛点头。

吴团长被林伯带着七拐八拐的，最后竟然在江家正厅的会客间里见到了兰烛。

他从拱门望进去，在冒枝的翠绿色垂木后面，里头的人穿了一条新中式的湖绿色长衫，慵懒地披着头发，英气的剑眉下，狭长的眉眼微合，坐在那仿制式的古椅上像是一幅画。听到人来，她才微微抬眼，给了一个客套的眼神。

吴团长连忙上前，微微弯腰，关切地问道：“二爷说阿烛姑娘身体不适，找私人医生来看过吗？”

“没什么大事。”兰烛摇摇头，“可能淋了雨，感冒了。”

“感冒了？感冒可不是什么小事。”吴团长直起身子，将手里的红木匣子递向林伯：“这是我托人带的高丽参，特别适合滋补元气，还麻烦林伯安排着炖点儿鸡汤。”

林伯没接，双手依旧交握着放在腹部上，微微欠了欠身子：“谢谢吴团长，兰烛姑娘的事就不劳您费心了。”

吴团长伸出去的手尴尬地停在空中。江昱成一大早就给他打电话，还帮兰烛请假，弄得他是半点儿睡回笼觉的心思都没有了。他之前觉得江二爷对这姑娘不闻不问的，自己又忌惮海家的势力，明里暗里没少让兰烛受委屈。如今时势大转，他要是再不审时度势地来表明自己的态度，以后还怎么继续在剧团里当他的团长？

京剧虽然日渐式微，但他怎么说也是槐京城里最有名气的剧团的团长，靠的大树是江家，没道理要自掘坟墓丢了饭碗。

只是几秒，吴团长又给自己找了台阶下：“是，浮京阁要什么没有？我还自作聪明地拿东西来，想必有二爷照拂，兰烛姑娘的病应该也马上会好起来的。”

兰烛想到之前她为了多赚些钱，向林组长讨要来的排得满满当当的龙套的档期，怕吴团长是以为她飞上了高枝就看不上要罢演了，宽慰道：“吴团长，您不必担心，明天我就照常去，不会耽误林组长手下的那几部戏的。”

“哟！您说的是哪里的话？林组长手下的那都是小活儿，哪里能让您去啊？二爷亲自发话了，咱不是每个月都有中大剧院的独立演出吗？往后您就安心准备这戏吧！”

“中大剧院？”兰烛一脸诧异。

“可不是嘛。”

兰烛含笑拨了拨杯盖：“您说笑了。”

“那可不是说笑，能上中大剧院演出的人那都是神，比方说现在很火的桂砚芳、杜澜朝……那都是常客。换句话说，只有那前途不可限量的角儿，才能登上那样的舞台。”吴团长一边拿着茶盏往嘴边送，一边津津有味地说着。

兰烛依旧笑，托着腮帮子：“那我这小家子上去了，岂不是贻笑大方，丢了吴团长的面子？”

“哎——”吴团长呷了一口茶水，摆了摆手，“您自然是那个前途无量的角儿。您跟从前不一样了，从前您是明珠蒙尘。”

兰烛依旧单手托腮：“哪儿不一样？”

吴团长：“如今您是二爷身边的人。”

兰烛收起手，端着茶：“所以吴团长认为，从前的我渺小如尘埃，入不了你的眼，不是因为我学艺不精，而是因为我无权无势。如今我坐在这里跟你讲话，你对我礼让三分，不是真觉得我明珠蒙尘，而是怕我在江二爷那儿告你的状？”

吴团长没想到兰烛会这么不给他面子，顿时面色一僵，讪讪地说：“阿烛姑娘，您这话说得也忒难听了，这也是二爷的意思，中大剧院是个好机会，您要是接了，不愁没戏演。”

“我接了，那原本排期的演员是不是就没戏演了？”

“这……这舞台功夫，不就是能者居上嘛，哪里管得了别人的死活？”

“你当时撤了我的报名表，也是这么对海唐说的吗？”

吴团长一下子变了脸色，脚下一软，扶着椅子才能勉强站住：“阿烛姑娘，您大人不记小人过，我也是混口饭吃，实在是海家逼得紧。”

“好了，吴团长你回去吧，你那中大剧院的戏，该给谁演就给谁演吧，我往后的档期都排满了，林组长那儿我还有好几场戏。”

“这……阿烛——”

兰烛没再听吴团长继续说了，让人送了客。

等人走后，林伯在一旁恭敬地说道：“阿烛姑娘，中大剧院的确是个好机会。”

兰烛礼貌地回复：“林伯，我有自知之明，那些机会还不属于我。”

林伯：“您拒绝了，二爷恐怕会不高兴的。”

夜间，江昱成坐在长桌对面，双目微合，舀着面前的乌鸡汤：“身上的酸痛劲消得差不多了吗？”

兰烛原本吃着饭，手微微一抖，脑海里想到的是清晨那些混在雨水里的画面。她把头埋得更下去了些，嘴里含着饭，含混不清地应着：“嗯，好多了。”

“晚上让陈嫂送点儿药去你的房间，别发炎了。”

原先在他手上的鸡汤到了她的面前。

兰烛的脸随着他说完这句话一下子变得通红。

在清晨那场大雨的“淅沥”声里，她整个人跟只虾一样蜷缩在一起，被轻轻一碰，身体的第一反应就是拼命地往后缩。

他算不上温柔，配合了许久之后，才勉强顺利。

她红着脸拒绝：“不……不用了。”

“不疼了？”

“嗯……还好。”

江昱成抬头看了看面前的人。她额头上有层细密的汗，窘迫的样子跟清晨时如出一辙，他便知她惶恐不已，恨不得对他说让他别再继续这个话题了。

他没有再说这事，换了个话题：“吴团长下午来过了？”

“嗯。”

江昱成拿起月光绸餐巾擦了擦手，边看着她吃东西边说道：“关于中大剧院的事情，你不是很满意？”

“没有，是我艺不配位，不敢在中大剧院演出。”

“在中大剧院演出的也不全是名家、大家，也有些梨园世家的孩子会在上面练练胆子。”

是啊，上过中大剧院的，的确不是所有人都拿到过行业内的美誉和无上的荣耀，那名单之外的人，哪个不是凭借着各种关系进去的？

她兰烛现在想进去，意味着也是要借着江昱成这层关系。

兰烛：“谢谢江二爷，您的好意我心领了，只是我记得那中大剧院是老艺术家齐龄先生创立的，他当时遇到在山城白日当挑夫，晚上借着路灯练习的老生徐先生，感动于徐先生戏大过于天的精神，在剧院题了‘为天下有才之人而开’的题词，这才让梨园一行对中大剧院心向往之。”

林伯在一旁听得心里七上八下，兰烛说的这段往事，别说江昱成了，就是林伯也听到过。这故事不假，只是兰烛现在说起这个事情，岂不是在讥讽那些走了后门攀附关系的人有辱齐龄先生自费建立剧院的初衷？

林伯担忧地看了江昱成一眼。

江昱成依旧背靠着椅子，脸上神色无异："你倒是挺有风骨。"然而下一秒，他身子前倾离开椅背，手指头敲了敲桌子，"你这么有风骨，昨夜是不是不该出现在我门前。"

气氛死一般安静，黑暗里的光顺着人的脊背往上爬，刺进血液里，让人发抖。

他盯着兰烛，在意着她的神情，她从来藏不住事，脸上都是心里所想。

唯独这次，他看不到，什么也看不到。

他立刻站起来，走近一步，用虎口掐着她的下巴，那双幽暗的眼睛居高临下地看着她："我看你是忘了，自己是怎么差点儿被人从台上打下来的！"

"我没有忘。"兰烛抬起下巴，直视着江昱成，语气淡淡地回应，"我出现在你的门前，只是为了不再被人从台上打下来这么简单。"

他松手，转身背对着她："你知道你在说什么吧？"

她笑了笑："二爷，我要的东西不多，你不亏的。"

林伯说得没错，兰烛拒绝上中大剧院的决定惹江昱成不高兴了。

兰烛并非完全没有感受到江昱成对她的在意的，她想过为什么江昱成会看上她，可能是有那么一点儿新鲜和欣赏的意思，但对像他这样浸润在名利场和酒色中的人来说，他对她的那一点儿新鲜和欣赏之意与其他的东西相比起来可能不值一提。

她琢磨不透他们的关系，那更像是一种依靠，一种陪伴。

这让兰烛不由地想起她小时候捡到过一只流浪的小猫，那小猫浑身毛色雪白，十分漂亮。她装在书包里带回家好吃好喝地供着，结果那小猫漂亮归漂亮，却也野性难驯，咬伤了她好几次，到头来她只能放弃它，费心费力最后落得一场空。

如此看来，她驯养一只随时会咬人的野猫，就算费了再多的心力，有可能只是竹篮打水一场空。相反，若是那小猫性格乖巧，听话黏人，白日里在屋内晒日光浴，晚间等她回家逗趣，那就省心多了。

兰烛都懂的道理，江昱成当然更懂。

饶是这样，江昱成也算说话算话，曹老板六十岁做寿的那天，江昱成带上了兰烛。

曹老板回国之后一直很低调，只有几个圈内好友和几个消息灵通的圈内大佬出席，即便这样，那低调又偏远的庭院里也摆了三五桌酒席。

兰烛跟在江昱成后面，这儿的人和兰烛从前接触的戏园子班里的那群人不一样，来往的人只是微微点头，并未将过多的心思放在她身上，更不会在角落里对她指指点点。

或许江昱成带女伴出席这些场合是圈子里公认的一种情况吧，四季更替，来去换人，那都是过客，犯不着他们做主角的花太多的心思去探究。

江昱成被安排在了曹老板身边。他带兰烛入座的时候朝她点了点头，示意她坐他的位子。

兰烛起初觉得这样太过于高调，谁知江昱成走到她身边，说了一句："这位子没那么多讲究，我想坐哪儿就坐哪儿，你这儿太挤，我伸不开腿。"

随之他坐在了她旁边的位子上。

曹老板过来坐下，兰烛连忙起身问好。曹老板与之前屏幕上的形象差异不大，虽已六十岁，依旧气质斐然。

之前虽然两个人闹了不愉快，但江昱成做事还算一码归一码。他坐下来，微微低头对着兰烛说："曹老板从来就没有收过徒弟，这次回来的消息一出，家里有点儿关系的人都指望着她这次能破个例，就说你对面那个——"

兰烛顺着江昱成的眼神看过去。

"你对面的那个长得一脸书生相的人，是沈老板的晚来子，放着家里祖传的房地产生意不做，偏偏要唱旦角，沈家老板气疯了说着断绝父子关系，转头却还是拗不过，送他来曹老板这儿学艺来着。"

兰烛：“现在唱旦角的男生的确不多了。”

江昱成：“所以老沈才要气死。

“你再看左边那个女的，她祖父从前跟曹老板同台演过戏，见到曹老板，一口一个‘干师叔’地叫。”

“曹老板应了吗？”

“应了，但只管应着，是一点儿都没有指点人家，曹老板是个老糊弄鬼了，别的不说，糊弄人的那一套手段倒是有几分的。”

“那些，都是吗？”兰烛朝着后面的那几桌人看去。

江昱成收回视线：“是不是同行，你应该比我清楚。”

这头菜上齐了，曹老板精气神不错，身上带着北方人的豪气。六十岁的人不上台了，戒了大半辈子的酒瘾在晚年犯了，她拉着桌旁的晚辈一个又一个地劝着酒。

兰烛不会喝酒，曹老板自然也不劝不熟的人，几个来回下来，兰烛哪怕坐在她身边也没说上话。

江昱成倒是没喝酒，慢悠悠地给自己倒了一杯茶。

曹老板劝了一圈下来，发现江昱成滴酒未沾，拿着酒杯就来到他身边：“原来这儿还有条漏网之鱼。昱成，你不厚道，今天我过生日，你哪里有喝茶的道理？”

江昱成不疾不徐地说：“就允许您拿酒推搡我们这满院求学的后辈，不允许我拿茶挡您老人家的酒。”

兰烛鲜少看到江昱成跟别人开玩笑，尤其还是曹老板这样的泰斗，由此可见，两个人私下里的关系应该不错。

“你这孩子，说话真不中听。”曹老板笑着苛责他，“我这酒可是好酒，你到外头是喝不到的。”

江昱成接过曹老板递过来的酒，递给兰烛：“您瞧，我这姑娘也是您外面找不到的姑娘。”

曹老板这才分了几分眼神给一直坐在她身边的这个姑娘。

这姑娘长得英气，眉眼虽浓，但眼里的疏离感太重，坐在那儿也是沉默寡言的，再加上有些拘束，曹老板就知道她应该不是常出入这种地方的哪个有钱人家的女儿。

听见江昱成在介绍她，兰烛有些惶恐，接过酒杯站了起来，握着杯子的手还微微颤抖。她仰头将酒一饮而尽，杯子里顿时就空了。

曹老板没给面子："喝这么快干什么？我再好的酒被你这么喝都糟蹋了。"

她似是意有所指，借着兰烛说给满屋子各怀鬼胎的人听："你们年轻人，别总是想着酒局上的那一套，把心思放在提高自己的技艺上，老想着捞偏门可不行。"

兰烛脸上红一块白一块的，大伙儿都听出了这弦外之音，屋子里一时无人敢说话。

江昱成笑笑，大大方方地提高了声音，说道："瞧您说得多严肃，小辈们看您过生日，这才陪着小酌儿口。再说这一圈下来，也就阿烛二话不说地一饮而尽了。这孩子实心眼儿，您不夸反倒嫌弃，这不是打我的脸吗？"

曹老板："就是打你的脸，我都回来多久了，你小子也不想着来？我好不容易把你盼来了吧，你一来就往我这儿塞人。"

"瞧您说的，不是好苗子，我绝不带给您。"

"行了。"曹老板看了看兰烛，放下酒盏，又对着江昱成，"看在你的面子上，就让她试试吧，先说好了，在我这儿得吃不少苦。"

说完她就留下一院子人，自顾自地走了出去。原先站在原地的人听到曹老板松了口，蜂拥上去，你一言我一语地向她推荐着人。曹老板头也不回，只是挥了挥手："行了，行了，你们都留下试试，行了吧？"

屋后的人自然欢欣雀跃。

曹老板虽然没有直接说收徒的事情，但大家都知道，她住的地方本身就是之前戏班子留下来的一个大院，类似于集体宿舍，能留下来那就多了一个被她指点和被她看到的机会。哪怕是这样一个机会，已经是难能可贵的了。

曹老板这么多年是从不留人的，今日众人不知道是不是沾了江家二爷的光，她不仅收了人，还收了一屋子人，酒席上的人手舞足蹈，开始举着酒盏庆祝。

兰烛看到江昱成在众人欢腾间倒空了自己的茶盏，而后起身，融入一屋子热闹场景后面。

她那句谢哽在了喉咙里。她将目光收回，放在一屋子满脸意外欣喜之色的人的脸上。他们五官各异，像是随机排列，组合成一个又一个不同的人，重复着那些动作。她在人来人往的觥筹交错中忽然发现，这热闹的人世间，她只认识他一个人。

她起身追了出去，却只遇到了林伯。

林伯依旧是谦卑和善的样子："阿烛姑娘，曹老板说您可以住在这儿，您的日常用品晚点儿会被打包过来。"

兰烛："江二爷呢？"

"二爷走了。"

"他走了？"兰烛默默地重复了一句,"您能帮我说声'谢谢'吗？"

"二爷知道您要谢他。他说不用，那是您应得的。"

兰烛忽然想起那天下着大雨的清晨，她湿着鞋袜，立下决心，站在他的门前。

他用冰凉的手指一寸一寸地爬上她的脊背，却也没有忘记擦干她的发梢上的每一滴雨水。

铺在地上的浴巾像是一片大大的、白色的海，她是溺水求生的漂流者，他是撒好网等着她入网的渔夫。

但真的接近的时候，她分明感受到了他是不冷静的。

其间，他们没说过话，也没有谈论起每个人的过去。

那天夜里，她一字一顿地告诉他——她只要这些。

他听后，安静地坐在窗边，熏烟像是层青雾，杜高犬安静地匍匐在他脚下。

"阿烛姑娘，保重。"

林伯这话一出，兰烛知道，江昱成是放弃她了，因为她的要强和执着，以及她说了只要那么一次。

浮京阁的大门，不会再为她打开了。

她望着巷子尽头那辆黑色轿车消失的方向久久发着呆，而后一头钻进身后的这个院子里。

兰烛的东西，是一个大哥帮忙搬过来的——不是浮京阁的人，而是普通的搬家公司的一个员工。

兰烛把东西都放在曹老板的后院的集体宿舍里。

那天跟着留下来的人不少是槐京城有钱人家的子女，还有些本身就在国戏学习，更有些本身就是已经出师能上戏台的青年演员了。他们来虽来，但是晚上是不留在曹家院子里的。因此，后院里住的学生也不多，兰烛住在那儿倒也还算习惯。

但是曹老板不曾出现过，只是打发助理拿了一堆手工的水钻头面、凤冠去。助理将东西往那练习房里一放，每人分一套，就安排他们开始镶嵌水钻、点缀蝴蝶翅膀了。

助理来的时候大家都闷声不响，敢怒不敢言。等到助理走后，一群人就跟炸开了锅一样。

一个凤冠上的蝴蝶约莫有五百只，每一只都由复杂的零件组装而成，光是左右对称的翅膀上的点缀物就不知道要花多少时间做完，更别说他们还要用铜丝手动穿一百多颗珠子绑流苏了。

现在剧团里各家的头面凤冠，大多是找特定的供应商买的，工业化进程下，谁还手工做头面啊？

更何况，一个年轻戏剧演员的青年戏曲生涯不过几年，不抓住这个时间在大的舞台上历练，而花大量时间做这些工厂里女工做的活儿，怎么算都是不划算的。

即便曹老板想要考验人，也不能用这一套来难为人吧？这根本不是什么考验，就是让他们知难而退，曹老板这是根本没打算收徒弟。

即便如此，好不容易得到的机会，大家却都不敢轻易放弃——说不好这就是曹老板别样的考验呢？

刚开始的时候，每个人都铆足了劲儿，哪怕是戳破手、弄花眼，也想要坚持到最后，互相想着把院子里的这些人都比下去。

一个蝴蝶翅膀对生疏的人来说，就要做十几分钟，等做到二三十只的时候，有人开始捶捶脖子，伸伸懒腰。

等做到四五十只时，有人开始站起来走动，聊天气、聊八卦、聊奇闻逸事了。

等做到六七十只的时候，有人开始抱怨眼花手疼；做到八九十只的时候，有人开始缺勤不来了。

练功房里的人越来越少，能坚持每天出勤的人也越来越少。

唯有兰烛，不管刮风下雨，每天白天都对着那一大堆手工制品做着，等到晚上的时候，才得空在练功房里训练，偶尔还要去原来的剧团，听那边请来的老师上课。

其间，只有乌紫苏来过几次。

她听说兰烛入了曹老板的戏园子，自然是为兰烛高兴，可是又听说曹老板什么都没有教，跟玩人间失踪一样只是给了一堆手工作业，不免也想劝劝兰烛。

乌紫苏看了看挂在墙上的钟表，那钟表“嘀嘀嗒嗒”的，跟老人的拐杖似的，慢吞吞地指向晚上十点。她帮着兰烛缠着线，斟酌道：“阿烛，这么多头面，你要做到什么时候？我看那曹老板就是难为人。”

“可能她根本不想收徒吧。”兰烛拿着镊子，小心地装点着亮片。

乌紫苏听到兰烛这么说，看向兰烛：“既然你知道，为什么还在这里浪费时间呢？”

“我没有别的办法了。紫苏姐，我不想再被人从台上打下来了，说到底还是我学艺不精，她只是让人抛偏了一点点，我就接不住了。”兰烛抬起头看着乌紫苏，“紫苏姐，如果我有你那样的好身段，那天是不是就不会出现这样的问题？”

“傻孩子，我以为你已经过了那道坎儿，没想到你到现在还在想那天的事情。我是主攻刀马旦的，你是青衣，哪里能要求一个大青衣有刀马旦那样的功夫？同样，我也没有你的唱功。更何况，我早就离开梨园行了。”

兰烛追问：“那你为什么就离开了呢？”

乌紫苏微微一顿，不自觉地停下手里的动作，苦涩地笑了笑：“没混出个人样，且遇到个事，手上没有钱，当时急需钱，又遇到了王先生。你知道他是搞电影的，那时娱乐圈刚刚发展起来，电影、电视、影音行业如日中天，我搭着那股子春风在娱乐圈里混了几年。”

“后来呢？”兰烛的嘴快过脑子，她不由得问道。

她知道不该问的——

如果顺利的话，按照乌紫苏的形象，她一定是踏平娱乐圈的热门人物，绝不是被人养在大院里，为王先生的儿子鞍前马后地跑腿的菟丝花。

乌紫苏倒也不意外，只是笑了笑："后来王先生说娱乐圈太混乱了，不适合我，让我安心待在家里跟富太太们打打麻将、搞搞聚会就行，我觉得那也挺好的，简单。"

兰烛看着灯下乌发红唇的女人。眉眼精致的她在说这样的话的时候，兰烛以为能看到她的满足表情，可那些满足表情没有出现在她的脸上，取而代之的是一层道不明的淡淡情绪。

"别光说我了，说说你吧。阿烛，你打算怎么办？"

"走一步看一步吧，现在我也没有别的办法。"兰烛摇了摇头，又像是想到了什么一样，舔了舔自己干燥的唇，"紫苏姐……你能……"

"怎么了？"

兰烛放下手里的东西，抬起头，有些局促地说："你能借我点儿钱吗？我手头有点儿紧，有点儿缺钱。"

"好，你要多少？"

乌紫苏顺势就去掏自己的包，手指头刚刚碰到那几张红钞，就听到兰烛说："可以……可以借我五万吗？"

乌紫苏握着钞票微微一愣："这么多，你是遇到什么事了吗阿烛？"

"我……我可以不说吗？"兰烛目光局促地落在桌面上，意识到乌紫苏沉默着，便急忙又加了一句，"没关系的紫苏姐，是我唐突了，我自己再想办法。"

乌紫苏看着兰烛，向来表情冷淡的兰烛此刻额头上全是细密的汗，说到借钱的事，话一个字一个字地往嗓子眼外蹦。乌紫苏知道兰烛不是会随意开口向人求助的人，不然的话，她早就回戏楼胡同了，干什么有捷径不走偏要走一条难路？

乌紫苏轻轻地叹了一口气，而后松开握着红钞的手指，转而从包的里层里抽出一张银行卡递给兰烛："这里面有八万块钱，你拿去应急。"

兰烛错愕地看着乌紫苏。

她是真的没办法了，康宁医院那边催缴费催得急，剧团的那点儿分润她早就用完了，她现在又是每天被困在这里，账户里分文未进，母亲那边的事又不能耽搁，她在槐京城没有什么朋友，只能抱着试一试的心态向乌紫苏求助。

非亲非故的，兰烛也没有什么东西可以做担保，就连自己目前的情况也没有跟乌紫苏说，乌紫苏却说借就借了。兰烛连忙从椅子上站起来，激动地跟乌紫苏说："谢谢紫苏姐，这钱我一定会尽快还你的。半年，我借半年，按照银行利息支付利息给你，哦不，比银行利息要再高些……"

"行了，行了。"乌紫苏笑着打断她的话，"还半年，我又不是不了解现在的京剧行当，八万块钱你靠跑龙套，半年怎么可能跑得出来？你拿着吧，我也不急用，什么时候有了，你再还我。"

"我……"

"没事，你这傻孩子，我以前是演员，现在又跟着王先生，你还怕我没钱花吗？"

兰烛不自觉地眼眶一热，她硬逼回去，那股热感反倒要从鼻子里出来。她连忙抬头，用手掌拼命把眼泪扇回去。

乌紫苏觉得她这个样子十分好笑，也不多停留，站起来道了别："行了，不耽误你的事了，我走了。你照顾好自己，有什么事跟我说。"

"好。"

乌紫苏说完，坐上低调的车扬长而去。

兰烛拿着卡，披着夜色出去找到了二十四小时营业的自动取款机，把钱按照之前医院说的账号打了进去。

做完这一切后，她才长舒一口气。

等到回过神来时，她发现天空中飘起了雨丝，巷子口放着超度亡人的香火，这才想起清明节要到了。

她在这院子里面对着那些精细又乏味的手工活儿，已经整整一个月了。

没过多久国戏成立的校庆日就要到了，国戏的校长亲自过来了好几趟，说是请曹老板上台给学生表演一段《穆桂英挂帅》，让学生们也感受一下什么叫作“巾帼不让须眉”。

曹老板一推再推，谁知老校长也是曹老板的老相识了，知道这人外冷内热，于是软磨硬泡地耗在曹老板的院子里。

曹老板连连扶额，各种理由都使遍了，最后只能摆了摆手：“不是我不愿意去，您说这《穆桂英挂帅》大破天门阵是多么大的排场？我手上一个兵都没有，光杆司令多让人笑话。”

“这还不简单？你说要几个，我现在就给我们学校的主任打电话，让他挑几个好苗子来给您练。”

“学校的女娃子太娇气，我用不惯。”

“您这是偏见，现在学校的孩子们练功可用功了。”

“那我也用不惯。”

“得，那我找槐京最好的剧团，给他们打声招呼，让他们过来支援。”郑校长拿起了手机。

“剧团早就排期了，剩下没排期的那群人都是没出师的，我不要。”

“哎哟，我的祖宗奶奶，您这是要啥？”

郑校长求助地看着曹老板手底下的助理。助理也只能无奈地摇摇头，示意她也没办法，曹老板就是这脾气。

郑校长左右为难，张望了一会儿看能不能找到来救场的人，却透过外头的回廊看到院子里那个练功房里人影晃动。

郑校长一拍脑袋，快速往前走了几步，来到窗户边上，果然看到了练功房里有几个姑娘舞刀弄枪的。他连忙指着窗户里的人，兴奋地对着曹老板说：“您瞧，这儿不就有现成的人吗？”

曹老板微微皱眉，看着练功房里的人影，走近了两步，回头问助理：“这都是谁？”

“您忘了？这是之前您寿宴的时候留下来的那几个年轻人。”

“哦，想起来了。”曹老板这才回忆起这事，“我不是让你把那些手工活儿交给他们，让他们知难而退吗？怎么还有人在这儿啊？”

说起这个，助理支支吾吾起来：“可人家不走，我也不能赶人家走吧。”

曹老板往前走近了几步，通过那玻璃窗户往里头看去，里头还有七八个人，正三五成堆地在那儿玩闹似的练习，唯有在北边窗户底下有个姑娘坐在那儿。

她手上的贴片不过蚂蚁般大小，一不小心她就会粘到外边去。她坐在那儿，脊背笔直，脖颈漂亮，头微微低着，除了手腕和手指，其他身体部分一动不动宛如雕像，好像全世界就她一个人，在窗边光下沉浸在自己的世界里。

她手边是一个即将完工的凤冠，仿点翠的饰品熠熠生辉，散发出一道道光晕，染了她的半边脸。

练功房里的七八个人被叫过来集合。

曹老板抬头看了一眼，刚刚做凤冠的姑娘也站在边上。

曹老板不知从哪里找出了个古早物件，那标尺两头被摩得油光锃亮，握在手里跟一柄长剑一样，大约一米五长。曹老板把标尺背在手后，来回踱着步。

她拿着那标尺，抵在练功房的一群演员后面，让那些女孩子以标尺为轴，一个个排着队向后翻着跟头。

“来，一、二、三……

“倒了，倒了，你这是什么动作？乌龟翻身吗？四脚朝天的？

“方向呢？方向呢？您是螃蟹是吧，只会横着走？

“精气神拿出来，才练了几个？

“不行是吧？不行就给我滚蛋！”

…………

翻跟头对入行快十来年的这些青年演员来说，本也不是很难的练习动作，只是遇到了曹老板这个传说中的阎王——她不管是训练自己还是训练别人，都丝毫不心软。

三个后翻动作要求一气呵成，更要跟上曹老板手中的标尺的速度，标尺走得快，他们就要翻得快，压倒标尺了，那标尺随即就会往人身上落下来。

曹老板要求极高，一不满意就用标尺拦了腰要求人重来。那标尺又长又薄，落在人身上顿时就能起一道红印子。

即便是在信奉苦学成道的梨园行业，教导的师父们现在也甚少体罚，更何况曹老板现在真算不上什么老师。可偏偏她手中教鞭有力，严厉无比。

那些留下来的后生被敲打了几次之后，就越练越怕。他们越是被打就越是害怕出错，越是害怕出错就越是出错。

被打趴的几个小年轻排到了队伍末尾，盼着少来一轮。

几次之后，曹老板就发现来回训练的都是那几个人。

原先坐在窗边的那个女孩子，曹老板记得她是跟着江昱成来的，原先以为那姑娘就是个娇气的花瓶，盼着江昱成跟自己的那点儿交情想走走捷径。

曹老板向来不喜欢这种人，但因为对面是江昱成，不好直接拒绝，才让助理想了个招，让他们知难而退。

谁知那姑娘跟看不懂她的意思似的留下来了，还是手工活儿做得最细致、最讲究的人。

刚刚的几个跟头，那姑娘刚翻的时候不稳当，曹老板手下没留情，直接打了下去。

别的孩子都哼哼唧唧的，就她一声不吭地站起来，排着队再过来做动作。

别的孩子被打怕了，偷偷溜到队伍的尾巴上，让她多轮了好几次，她浑然不知。每次轮到她的时候，她都深呼吸一口气，目视前方，目光坚定。

曹老板反倒觉得，自己的标尺一次一次地落下，那姑娘的动作一次比一次标准。

最后一次，兰烛双手伸直，左手先落地，腰一直，身体在空中划出一个利落的圈，落在地上后没有半刻迟疑，随即双手撑地，弯腰后翻，重复三个翻身动作之后，完美落地。

曹老板的标尺竟然跟不上了。

在座的演员们有些惊讶，而后全部应声叫好。

“好什么好？你们是票友还是演员哪，还给叫上好了？！”曹老板回头拿着标尺训道，而后回头对兰烛说："你过来。"

兰烛惶恐，连忙跟上。

曹老板在另一个隔间里问："你叫什么？"

"兰烛。"

"我打人不疼吗？"

兰烛诚实地点头："疼。"

"你不怕疼？"

"我母亲说，不怕疼才能练功夫。"

"你母亲也懂戏？"

"嗯，十二岁之前，我都是由她教的。"

"难怪，你身上功夫不正统，南北都混着，不像是梨园世家大族的弟子。"

兰烛微微低下了头，嘴里一阵苦涩。

"不过你身段不错，也能吃苦。你唱得怎么样？来段《锁麟囊》。"曹老板挑了条水袖给她，坐下来端了杯茶水过来，"就唱那段……"

兰烛接过水袖，整理着一层又一层折叠好的水袖，微微低头，再抬头掩面而泣的时候，已经变成了感叹命运蹉跎的薛小姐。

《锁麟囊》讲述了富家小姐薛湘灵出嫁时听到一个贫寒女子哭泣，善良的薛湘灵把陪嫁的锁麟囊赠予了贫寒女子。然而流年不利，大水突发，命运蹉跎后薛湘灵流落至富户卢府当保姆。一日卢家幼子顽皮，将球扔到院子的小楼之中，湘灵登楼寻球，才发现当年送出去的锁麟囊就在这户人家里，而卢家主母正是当年的贫寒女子赵守贞。赵守贞得知此事后待湘灵为上宾，并与之结为姐妹。

"一霎时把七情俱已昧尽，参透了酸辛处泪湿衣襟。

"我只道铁富贵一生铸定，又谁知人生数顷刻分明。

"想当年我也曾撒娇使性，到今朝哪怕我不信前尘。

"这也是老天爷一番教训，他教我收余恨、免娇嗔、且自新、改性情、休恋逝水、苦海回身、早悟兰因。"

世道变迁，沧海桑田，人生沉浮皆为因果。

曹老板听那唱腔悠远绵长如寒山夜钟，飘荡孤零如一叶扁舟。

曲闭，助理轻轻地推了一下曹老板，才发现眼前这位六十岁的老艺术家已泪眼婆娑。

那场曹老板答应郑校长在国戏演出的《穆桂英挂帅》赢得一片好评，演出结束，曹老板破例让兰烛再留了三个月。

这三个月，曹家院子大门紧闭，谢绝访客。

人们无意间经过的时候，都会说起曹家院子灯火明灭处，似是有痴人在说戏，一说便是整夜，灯火通明。

等到曹家大门开启的那一天，曹老板把兰烛叫到了跟前。

兰烛心下复杂，按着戏班子的旧传统，“扑通”一声跪在了地上。她带着不多的行李，红着眼睛叫了声“师父”。

曹老板的神色柔和了许多，眼里光芒闪烁，她摆了摆手：“快起来，我也没有教你什么，全靠你自己悟。”

“您真的要走了吗？”

曹老板：“嗯，你知道的，我那姑娘一个人生了个外孙女，我得去国外瞧瞧，估计往后就在国外定居了。”

兰烛：“我还没来得及谢谢您。”

曹老板：“谢什么？虽然传承和弘扬国粹是曹家几代人的使命，但我这一生高傲自满，从未收过任何一个徒弟。原是我谁也看不上，如今看来，阿烛，是我老太婆见识短浅。我原以为京剧没落，必然一代不如一代，可如今我见着你才发现，国粹之所以是国粹，是因为它能承接住时代变迁和沧海桑田带来的变化，只需要保持它的美丽和独特性自然就会被铭记，国粹的下一代接班人，比我想象的要优秀。我也放心了，我们京剧不算是后继无人。”

兰烛仔细地瞧着站在她面前的人，除去桂冠和光环，曹老板也不过是个抵不过光阴流逝的花甲老人。国戏的那场告别戏，她站在京剧的下一代年轻演员面前，眉眼有神，巾帼不让须眉地唱着：

“猛听得金鼓响画角声震，唤起我破天门壮志凌云。

“想当年桃花马上威风凛凛，敌血飞溅石榴裙。

“有生之日责当尽，寸土怎能够属于他人！

“番王小丑何足论，我一剑能挡百万兵。”

从台上下来后，曹老板泪眼婆娑地看着兰烛，拍了拍兰烛的肩膀——她知道，属于她的时代已经落幕。

原本决定封台的老泰斗将这辈子最后一场戏奉献给了国家最高戏剧学院的殿堂。她这一辈子给京剧的爱胜于给孩子的爱，如今自己的孩子需要她，她也该做出选择，归于含饴弄孙、享受天伦之中了。

兰烛不知道曹老师午夜入梦的时候，还会不会想起那悠扬又激昂的曲调，会不会想起那爱了一辈子、为之奋斗了一辈子的事业……

曹老师上飞机前，谁也没告诉，只让兰烛去送了她。

她站在安检口前，慈祥和蔼，一点儿都不像是能几两烧酒往肚子里灌的人，也不像是拿着竹标尺狠狠敲打学生的人，就像一个普通的老妇人，轻轻地、悄悄地为了自己的孩子离开热爱的故里。

“曹老师，您保重。”

“保重。”曹老板转身，走向安检。

兰烛想起她们相处不长的日子，想起曹老板坐在椅子上呷着茶拿着标尺骂着她，想起曹老板骂完又悄悄泡了杯菊花茶放在她的床头……她揉了揉干涩的眼，转身。

“阿烛——”

兰烛听到有人叫她，停下脚步，不敢直接转身。

她听到曹老板在她身后说道：“别硬扛，你这脾气容易吃亏。”

“知道了。”兰烛依旧没转身，只留给身后的人一个背影，故作轻松地摆了摆手，“再见了曹老师。”

她在心底默默地说道：再见了曹老师！希望您下次看到我，是在更大更亮的舞台上。

离开曹老板那儿后，兰烛回到了吴团长那儿。毕竟她签的经纪合同在吴团长这边，微薄但不可或缺的收入来源也在这儿。

曹老板惜才，对她好，兰烛知道。但对像曹老板那样一心沉醉于京剧研究的人来说，利用自己的裙带关系为兰烛找资源、捧兰烛上位，是曹老板做不出来的事，更何况曹老板已决心封台，离开故土。

唯有一样曹老板为兰烛做的事，就是拿到了臻享会的入场券。

臻享会是行业内的行会举办的比赛，不是什么在外头能搜到的全国或各地区类的正儿八经的比赛，就是个行业里大家互相切磋的比赛，更多地偏向于行业交流。

饶是如此，因为底下的观众在行业里足够有水平，交流会的协办方也特别有话语权，还有不少跨行业的赞助商到场，所以行业内的年轻演员们都希冀着能在臻享会上崭露头角，一有上台演出的机会都丝毫不想错过。

曹老师把自己的入场券给了兰烛，兰烛联系上了举办方，举办方见到曹老师的名头，非常客气地问兰烛的表演曲目。兰烛想了想，回了三个字——白蛇传。

这报名表递到了协会那儿，协会负责这事的人好巧不巧是海唐的一个表哥，这表哥跟海唐关系极好。海唐出国的前一晚，满脸泪痕地说出国研修根本不是她的意愿，要不是戏楼胡同里的那位爷护着那个野丫头，她哪里用得着受这样的委屈……

“兰烛”这名字特别，他对她印象深刻。

如今既然她已经不住在戏楼胡同里，不住在浮京阁了，那……

手底下的人把报名表拿上来，海唐的表哥从里面抽出了兰烛的那张：“这张，不要。”

手底下的人有些犹豫：“这……报名的这些人，要么是拿到了协会的特邀名额，要么就是有大佬举荐过来的，不论是哪种，都说明这个人的实力可见一斑，都是日后会冉冉升起的新星，我们惹得起吗？”

“邀请函邀请了哪些人，除协会知道以外，还有别人知道吗？”

“这倒是没有……”助理有点儿着急，双手不知所措，“那是曹老板推荐过来的人。”

“所以呢？”海唐的表哥说得风轻云淡，“曹老板都已经封台出国了，这人找的是什么靠山，还指望借曹老板翻身哪？”

说完，他拿过剩下的人的报名表，把名单提交进了系统，昂首阔步地走了。

兰烛没想到臻享会的举办地点竟然是在浮京阁，协会的人向江昱成借了场地。

她也是第一次知道，原来西边的戏楼外面还有一道垂花门。从外门进来的人过了这道门，就能直接通向戏楼了，都不用从正院走，也不用打扰宅子的主人。

兰烛和青蛇的扮演者小芹，还有一位兰烛之前演出遇到的师哥来助阵扮演许仙，他们三个人从小门进来后，没嫌弃协办方给他们准备的那个拥挤的排练和梳妆在一起的露天休憩台，欢欢喜喜地做着最后的准备。

兰烛在弄妆造的时候，看到了站在不远处朝她微笑的林伯。

她顾不得梳到一半的头面，三步并作两步，脚底生风地跑了过去："林伯，我回来演出了。"

林伯眼前的姑娘看上去心情很好，连带着说话声都微微上扬，带着说不出的欣喜之意。

林伯："恭喜阿烛姑娘，预祝您之后的演出顺利。"

兰烛往他身后探了探，没发现人，又把眼神收了回来："您近来可好？"

林伯："托您的福，我和二爷一切安好。"

"好。"兰烛点了点头，迟疑了一会儿，眼睛一亮，指着后面的戏楼说，"您到时候会来听我演戏吗？"

林伯礼貌地回道："恐怕正式举办活动那天，我不怎么有空，今天过来是来叮嘱协办方关于戏楼的一些注意事项的。"

"哦，对不起。"兰烛下意识地道歉。

"无妨。"

"那您忙，我走了。"

林伯从背后抽出手，看了一眼他从举办方那儿拿来的演出名单，叹了一口气，转身出了西园。

东苑偏厅里，热闹的动静穿不过那些古树，被隔绝在外，屋里安静如死寂。

一旁趴在地上的杜高犬率先竖起耳朵，仔细聆听了一会儿后，又把耳朵垂下。

江昱成逗着笼子里一只银白色的鸟，听到身后传来的动静，径自开口："见到人了？"

林伯未近身，依旧站在两米外："见到了，果然没让您失望。"

"失望？"江昱成停下手里逗鸟的动作，放下鸟食，"林伯，这人一旦出了戏楼胡同，是生是死跟我就无关了，还说什么失望不失望？"

江昱成数落道："自作聪明。"

林伯微微低头："二爷，我只是甚少见到阿烛姑娘如此高兴，一时念及旧情，就过去多说了几句。"

"她高兴？"江昱成重复了一句，在脑海里搜寻了一圈，也没有找到半点儿关于她高兴的时候的眉眼表情，不由得问道，"她高兴的时候是什么样子？"

"春日初生，夜下月光，云间晨露，大抵就是那样。"

江昱成轻声笑了："您这是从哪儿学来的文绉绉的词？听着特玄乎。林伯，这不是您的做派。"

林伯也跟着笑："大约是看着美好的东西，用词不由得也美好了起来，不过——"

"不过什么？"

林伯摇了摇头："没什么，浮京阁外的事，二爷不想管，我自然也是不会管的。"

江昱成挑了挑眉。

戏楼这头，小芹化身为一只"叽叽喳喳"的兴奋小鸟："阿烛，我到现在都不相信这是真的，我们真的来参加行业里的臻享会了。"

兰烛点头，脸上也是难以抑制的欣喜表情："真的，我们这次是受邀嘉宾，堂堂正正地来的。"

话音刚落，一声锣鸣声响起，西边的戏楼开演了，戏台子搭得高高的，人站在上面，下面宾客脸上的表情一览无余，是痴迷还是不屑，是索然无味还是津津有味，都能直接进入台上的演员眼里。

一场戏接着一场，所有的演员都被叫到名字到里头排练去了。

小芹走过来，踮着脚往那头看去：“怎么都没人来跟我们说出场顺序？什么时候才能轮到咱们？”

兰烛看了看时间，演出已经过半了。她问了一圈要演出的人，他们都有人跟进流程，提前说好了时间，唯独他们这一组，无人问津。

她看了一眼还在互相讨论愁眉不展的两个搭档，微微提着裙子，从回廊绕了出去，来到了后台。

后台工作人员忙忙碌碌，兰烛好不容易找到了一个人问，那人对着节目单从头对到尾也没有找到兰烛的名字。

“没有啊！”

“您再看看，确定没有吗？”

“确定没有。”

“可是我之前报名了，也收到信息了，怎么会没有的？”兰烛想要从那人手里拿过报名表看看。

“哎，有就是有，没有就是没有，我还骗你不成？”那小哥嫌兰烛耽误他的事，一把把袖子甩开，“你别耽误事，下一场表演就开始了。”

“那我能进去看看吗？”

“你都没有在名单上，怎么进去？去！去！去！”

那小哥说完，拿着名单进去，顺便带上了西门，只留兰烛停在那大门口，面对着那黑漆漆的大门。

她提起裙子，绕出大门，钻进小巷子，顺着外面贴着河道的墙边小路一路小跑着。

白色的衣衫拂过墙角被雨水打湿的泥泞，裙尾上沾上污渍，她浑然不知地跑到了那护城河的桥上，从那儿可以看见浮京阁西边高高的戏楼。

她听说全槐京最有京韵的古戏楼就在浮京阁里，听说那用来拢音的藻井华美壮丽，黄、绿、红色调的彩画和浮雕历久弥新，站在下面的人抬头一看，比漫天的星河更为绚烂。

她刚来槐京那会儿，哪怕是住在浮京阁里也是不敢想的。

如今她以为自己有了机会，却没想到一切仍旧是黄粱一梦。

她站在桥上，戏楼的演出台上人影憧憧，一场场戏从开演到落幕，天色逐渐暗了下来。

兰烛只想到曹老板把邀请函给她的时候，带有鱼尾纹的眼里充满希冀的光："阿烛，拿上它，唱好了，前途无量。"

一生不屑于理会脏污泥垢的曹老板怎么也不会想到，人心不古，有邀请函的人也能被挤掉。

兰烛泄气地坐在桥上，不敢回去告诉小芹他们真相。

她来槐京这半年到底干了些什么呢？！母亲欠着兰家，她也欠着兰家。她自认为帮了兰家来了槐京，心高气傲地说着要还了她们母女两个欠下的人情。

兰庭雅住在医院里，每天都是大笔消费，沉重的经济压力压得人喘不过气来。

昨日从剧团拿出来的衣服还是借的，现在看来，她没有这个命，还是不要做这个梦了。

夏季的雨随即落下来，快到不给人反应的时间，大到人无处可躲，世间万物都只能这样赤裸裸的，所有的罪恶和阴暗面都被暴露了出来。

希望一场雨能把这些脏污都冲刷走。

兰烛感觉那大雨先是打落在身上，而后衣衫湿了一片，再后来，睫毛上全是雨水，连睁眼都变得困难。

"兰烛——"她听到身后有人喊她，才从自己的思绪中出来。

一把黑伞转移到她身上，她抬头，就见江昱成站在她面前，离她仅有几寸。

兰烛听到他说："这就是你说的，自己找出来的比我更好的路？"

兰烛红着眼，咬了咬嘴唇，没让自己哭出来："江二爷，你如果是来看我的笑话的，可以不用给我撑伞的。"

她还是这副他熟悉的性子。

江昱成不得不承认，她这咬着牙不服气的样子，让人讨厌，可偏是她这副样子，这副让他觉得牙痒痒的样子，让他心里那点儿空荡的地方在重新见到她之后被全部填满。

他笑了，而后握拳的右手一松，黑色的伞柄瞬间脱落，伞面立刻落在脏污的地上。

他伸手扣住她的脖颈，俯下身去，用冰凉的唇封住她的呼吸。

滂沱的大雨中，兰烛睁不开眼，只是任凭他的唇落在她的唇上。

混乱不堪的黑夜里，他带着她再一次踏进浮京阁的东苑。长长的夜里，他起身，用手指缠绕着她的长发，一圈一圈地缠绕着又解开。

他承认，他迷恋他们亲近时候的关系。哪怕她紧紧地闭着双唇，眉头微微皱起，但后续的配合反应仍让他感到极其欢愉。

如此，他才能一夜好梦。

兰烛醒来之后没说自己为什么在那座桥上，也没说自己被他们从名单上划走的事情。

当然，江昱成也没有主动提。

他们两个默契地保持着沉默。时间好像与那日清晨兰烛来找他的那一刻完美接上，他们也是这样默认这一切的发生带来的改变。

“今天别去剧团了，晚上陪我去看个演出。”

兰烛也没问是什么演出，点着头应声：“好。”

她委托林伯让人把她放在小阁楼的房间里的那几套衣服拿出来，做事的人不知道她具体放在哪儿了，兰烛就跟着他们上去。

等她踏入房间之后才发现，小阁楼依旧保持着自己离开时候的样子。

她很快就从衣柜里找出那些衣服，原本停留在最简约的那套衣服上的手顿了顿，又从最边上拿出了那套做工最复杂的香芋色长裙旗袍。

那套旗袍她没穿过，是那次江昱成陪她去那家私人定制的店铺里时买给她的。

原本那经理推荐的衣服已经足够多了，兰烛出门的时候只是看了一眼门口那件用厚厚的防撞玻璃装在橱柜里的香芋色旗袍，江昱成就让人将其给买了下来。

那衣服能让经理专门叫了开保险柜的师傅来，就足以证明它有多珍贵。

兰烛却让它落在柜子里吃灰。如果她不回来，这个阁楼里的衣服是不是也会像她住进来之前一样，被用人们找个麻袋打包后随便扔在哪个胡同口？

她进去换了裙子出来，旗袍把她的身材勾勒得格外曼妙，低饱和度的香芋色和她白皙的肤色相得益彰，裙子上繁杂的全手工刺绣而成的花纹，刚好中和了她身上过于清冷的气质。

“您真的很适合穿旗袍一类的衣服，和您的气质特别匹配。”跟她一起上来的小姑娘真心地夸赞道。

兰烛转身对小姑娘说：“有化妆品吗？”

小姑娘想了一会儿，真没想出浮京阁哪个屋子里会有女人用的化妆品。她自己倒是有，只不过牌子不出名，拿不出手给这位姑娘用。

倒是让她想到了一个办法。她一拍手，说道：“这样吧阿烛姑娘，我带您去化妆师那儿，让她给您推荐一下，您用得好，小森我再去买。”

兰烛：“化妆师？”

小森：“这圈子里的好些姑娘是找时尚圈、娱乐圈里的化妆师化妆的，您有常用的或者指定的吗？”

兰烛：“没有，哪个技术好些？”

小森：“要说最好的化妆师，阿澜老师应该算榜上有名，明星、名媛都找她定妆面，只是不知道……”

兰烛：“那就找她吧。”

小森本想说不知道阿澜老师有没有档期，听到兰烛这么说，随即去找了林伯。

林伯打了个电话，这事就搞定了。

兰烛坐在化妆桌前，那个叫阿澜的化妆师拿着个刷子，盯着兰烛的脸看了很久，而后才问道：“您是学戏曲的吧？”

“您好眼光。”兰烛微微一笑，“我是唱京剧的。”

“难怪，看您周身这气质您也不是普通人，尤其是那眼神、那形态，哪怕您什么都不说，什么都不做，就跟那成语似的——举手投足间就透露不一样的气质！对，就是这个词。

“您师从哪家啊？”

兰烛："未从名师，艺校老师和家母教得多。"

"那您母亲一定是个名家。"

兰烛微微一笑，未说话。

化妆师听兰烛不回话了，三庭五眼也看得差不多了，于是开始上底妆前的步骤。

"您想要个怎样的妆容？"

兰烛："明艳些。"

化妆师微微一愣，看了看她身上这一身旗袍，明白过来："您是有晚宴？"

"嗯。"

化妆师表示了解，观察了兰烛的三庭五眼，发现兰烛是难得的另一类美人，只是五官给人的疏离感太重，但偏偏眉眼间多了些侠女的英气。

兰烛这次来表示了自己的目的，妆容要明艳如富贵花，热烈似蔷薇。

其实这也不难，化妆师改改妆造就可以。

"好了，您看看。"阿澜技术过硬，手脚速度又快。

兰烛看着眼前的自己，低饱和度的眼影下，她的眼尾向上延展，原本就纤长的睫毛此刻根根分明。从光影美学的角度来看，虽说不出是哪里有了变化，但她整个人站在镜子前面，分明已经把自己尖锐的棱角收了起来，外人再也不能一眼从她的眼睛里看到她的心事。

"这个唇色很适合你。"化妆师对着镜子里的兰烛说。

兰烛："这是什么色号？"

"凛冬玫瑰。"

兰烛没想到，江昱成带她来的竟然是浮京阁里的那个戏楼。

前几天是活动彩排，今天才是正式会演。

兰烛和江昱成进场的时候，底下的宾客早已到齐，唯独视野最好的那地方还留了两个位子。

吵吵嚷嚷的众人自看到从西边的垂花门下进来的两个人后，立刻安静了不少。稍稍走在前面的人身形高挑、气质卓然，简单地穿了一件黑色的衬衫，金丝边眼镜下一双凤眼微微上扬，神态淡漠疏离。挽着他的手臂一起进来的人着一身香芋色的长旗袍，皮肤白皙胜雪，哪怕是远远看去，众人虽看不清她的长相，但也觉得她是人群中无法被忽视的存在。

两个人一入座，身后的人纷纷开始交头接耳：

“二爷身边带着的那姑娘是谁？怎么从前没见过？”

“人家江二爷的事，用得着跟我们说吗？今天这个、昨天那个的，谁记得住啊？”

“哎，这话你就说错了！今天是什么日子？是槐京城京剧行当一年一度的行业交流会，每年都是江二爷做东，你什么时候看到他在这种日子把女人带进来过，还直接安排坐在他旁边的位子上？那姑娘能是寻常人？”

“我说诸位，咱们就别瞎猜了，要说槐京城这京剧行业里，民间剧团看似平分秋色，可谁不知道，其他剧团吃到的饭都是江二爷让出来的？他手下的剧团，不都把现在最能赚钱的几个当红的角儿签了吗？今天哪，江二爷恐怕又是来跟我们这些剧团抢角儿了。”

说到这儿，不少人连连摇头，感慨万千，苦恼于自家剧团实力不够强劲，争取不到优秀的人才，但又深谙弱肉强食才是社会的本质，只得挥挥手：“二爷能留一些给我们，已经很不错了！”

“好了，好了，戏开始了，咱们还是专心看戏吧！”

戏楼上是各个剧团和各家名师选送过来的新人，一场轮着一场地唱着戏曲选段，好不热闹。

这头坐在江昱成边上的，是北城区剧团的张团长。等到那戏一场又一场地演到尾声的时候，他还是没有等到江昱成发话，心里踌躇不安。

加上坐在他旁边的别的剧团的团长戳着他用眼神暗示了好几次，他才斟酌了一会儿，最后像是下了很大的决心，微微侧头，跟江昱成说道：“二爷，您可有看中的人？”

他这么一问，周围的人立刻闻风而动，纷纷竖起了耳朵，更有着急的人伸长脖子问道："二爷看中了？是哪一个，不会是这会儿上台的这个吧？这是我们团里的人，二爷，我们合约都签了，您可不能抢。"

北城区剧团的团长幸灾乐祸。他就怕自己手底下送演的人被挖走，此刻有人出头，他毫不犹豫地说道："二爷看上了的人，挑到他的剧团里去，这对演员来说是无上荣光。我说王老板，你是不是忒小气了？"

他转头又对江二爷说："我看现在台上这个苗子的确不错，二爷您觉得呢？"

江昱成兴致缺缺，身边那个穿着香芋色旗袍的清冷女子用竹夹搅拌着壶中的茶末，恰好此时水面翻腾，茶汤三沸，顿时茶香四溢。

她舀了一碗茶，双手递放到江昱成面前。

江昱成这才起身接过茶，而后转头："张老板，您最近的眼光可能不太行。"他指了指台面上的那个人，"这半吊子功夫，也叫还行？"

"这……"张团长一时失语。

江昱成淡淡地看着澄澈清香的茶汤："吴团长的剧团里最近的确收了几个没什么成绩的新人，你可以当作吴团长是热心肠做好事，留几个不赚钱的人给剧团打打杂，但不能说我江某不识货吧？"

"这……"

各家剧团的主事人心底一片哗然：江二爷这话是说他一个都没有看上哪？

自从臻享会的东家换成江昱成后，各家剧团态度可以说是很矛盾的，又想培训着手下的新人能够在这次交流会中崭露头角，若是能被交流会中的名人雅士看中，说不定剧团就能捧出棵"摇钱树"来，可是又怕培训的新人被江昱成看上。从前但凡好的苗子，他一定会让手下的吴团长费尽心思要人的。因此众人一下午惴惴不安，就等着这个环节呢。

结果今天倒好，江昱成不知道在打什么主意，说一个都没有看上，是嫌弃他们其他剧团无人了吗？

张老板心里也有恼意，但碍于面子，不好爆发。他只能旁敲侧击地说："江二爷说笑了，不知道二爷的剧团今年派了谁来？我们到现在都不曾见过呢。"

张老板得到消息，之前拿了区冠军的海唐算是江昱成最拿得出手的人，可是不知道为什么，二爷没安排她来。

“是啊，吴团长说浮京剧团人才辈出，总不会只是说说，只能在外行举办的什么区赛中比比，遇到我们这种真的行家交流会，就无人应战了吧？”

兰烛闻言搅拌茶汤的动作微微一顿，看向了江昱成。江昱成神色未变，只是品茶。

他察觉到兰烛在看他，回了个眼神给她，把茶盏放下：“谁说没有安排？

“本来觉得捡到美玉自己私藏就行了，但奈何一些酸人自己没有见过却偏不承认这个世界上有如此稀罕的东西，既然这样——”

江昱成朝向兰烛：“阿烛，你让他们开开眼？”

兰烛没想到这话题就转到自己身上了。

江昱成没有提前跟她说过让她做好准备，可是她看他的神色，他又不像是临时起意，好像是有意把话题往这个方向引，故意让她有上场的机会。

她眼前的茶汤还在“咕噜咕噜”地冒着气泡，拿着竹夹搅拌的手悬在空中，她忘了避开，手腕被沸腾的水蒸气烫到，顿时传来一阵灼热感。

江昱成连忙把火关了，冰凉的手掌握上她的手腕。他从西装口袋里抽出一块方巾，浸润过一旁未煮的纯净水，拧干之后敷在她的手腕上。

顿时，兰烛的手腕上那种灼热感就不见了。

他低头，眉眼间虽然没有波澜，但眼神温柔地落在有些手足无措的兰烛身上，低声说：“别怕，这是我的地盘，你只管演，演成了算你的，演砸了算我的。”

云纹的淡蓝色绸缎方巾依旧搭在兰烛的手腕上。

兰烛小声说：“我没带服装，也没带头面。”

“后台有，林伯会接应你的。”

“从妆发到服装，得花半个多小时准备。”

“那正好，这帮老头儿心浮气躁的，正好让他们等等。”

“可是——”

“没有可是。”江昱成的手掌还覆在兰烛的手腕上，他稍稍加重了力道，像是给她注入一道强心剂，“听好了兰烛，想想你的抱负，想想你的骄傲，想想你是怎么被别人从台上打下来的，想想你又是怎样依靠自己得到了机会却还是被人拦在门外的。命运写得再曲折复杂，也该到你拥有自己的剧场了。”

兰烛眼睛里的淡漠之色慢慢消失，取而代之的是一种澄澈得如琥珀色泽般的柔光。她微微仰着头，反问道：“如果命运早就写好了槐京城就没有我的剧场呢？”

“如果没有，今天我江昱成就是硬要在这里造一个你的剧场。”

兰烛怔怔地看着江昱成，第一次听到他说这么多话。

她知道，在她和江昱成的这段关系里，他从不吝啬。即便是上中大剧院表演这样难做到的事情，他也能让吴团长当作礼物般轻飘飘地送给她。只是当她拒绝了这样一步登天后，江昱成却因为这事与她闹了脾气，无非是觉得她自命不凡、心有傲气。

如今她却没有想到，江昱成把她带过来，也只是还她一个本该属于她自己的机会，让她堂堂正正地上去比一场，让她用自己的实力说话。

她站起来，微微弯了弯腰：“我这就去准备。”

台上的演员还剩几个，等兰烛将准备工作做完，刚好最后一个演员也演完了。

林伯做事周到，在后台找了两个分别饰演许仙和小青的演员做客串，三个人因为没有排练过，兰烛就找了一场他们两个的台词少的戏。

陈设已经摆好，幕布后面，兰烛手心直冒汗。她拉开幕布的一角看了一眼人群。一下午听下来，很多观众已经兴致索然，有些行家学者以及投资人找到了合适的合作对象后对接下来的一场戏意兴阑珊。

她扫了人群一圈，眼神最后落在了江昱成身上。

他坐在人群中尤为显眼，周身气场强大得依旧让人难以靠近，却比她看到的任何一个人都让她觉得亲近。

江昱成提出让她上去演一场的时候，在场的一些剧团团长多有不满。参演名单是协会定的，都是根据各个剧团和各位在戏曲界举足轻重的名家举荐过来的名单定下来的。江昱成虽然是这次活动承办场地的东家，可也不能说让谁上就让谁上啊，那让他们其他二十几个剧团的面子往哪儿放？

虽是心里如此不满，但他们也只敢尝试着表达了一句“这样是不是不太合适”，随后就见江昱成挑了挑眉，全然一副“你们有本事别借我这地盘办这活动”的表情。

其他剧团的团长也很无奈：谁让江昱成偏偏不讲道理，而他们又惹不起？

兰烛攥了攥自己的手心，转身没入幕布后面，调整着自己最后的状态。

她在脑海中过了一遍她从小练习的关于这场戏的片段，她自己的感悟、母亲的教导、曹老师的指正……

锣鼓雯鸣，大幕拉开。

台下响起“窸窸窣窣”的声音，观众僵着脖子看着最后一场戏。

这一场《白蛇》讲的是许仙听信法海的话，猜忌白素贞和小青的蛇妖身份，哄着白素贞几杯雄黄酒下肚，而后白蛇真化作蛇形，将许仙吓死了。

小青慌慌张张地跑上台，叫醒了昏迷中的白素贞。白素贞醒来，肝肠寸断。心上人已死，她还来不及哀痛，小青的一句“姐姐，现在不是哭的时候，赶紧想个法子，搭救官人要紧哪”把白素贞拉回了现实。

白素贞左思右想，痛下决心，决定去仙山偷盗还魂的仙草将许仙救活。奈何仙山守卫森严，白素贞被守山神看到，双方发生冲突，大战一场。

锣鼓敲了两下，只见台上的白素贞左右各甩了一遍袖子，哀痛又决绝，碎步走到死去的官人面前，悲从中来，于是就有了绝佳的那一段唱词：

“含悲忍泪托故交。

“为姐仙山把草盗，

“你护住官人莫辞劳，

“为姐若是回来早，

“救得官人命一条；
“倘若是为姐回不了，
“你把官人遗体葬荒郊。
“坟前种上同心草，
“坟边栽起相思树苗。
“为姐化作杜鹃鸟，
“飞到坟前我也哭几遭。”

兰烛的这一段表演，行云流水，悲壮凌云。

“好！”

一段快板打着，旋律极快，台上的人一字一字吐字却极为清晰。这么长的一段唱词中间有悲痛、决绝、不舍等情绪，却由她一口气唱下来，台下的人倦意早已不见，只觉得心中悲壮，只想站起来连声叫好！

荡气回肠之间，水袖不再是软绵绵的一块毫无生命的长布料，而是她的武器、她的情绪。她用水袖把那痛把那哀收起来，只留下了独身闯仙山的刚毅和决绝。

台下坐着的一位资深戏评人连连感叹：“要不说京剧美呢？咱们中国人表现美的方式最特别之处就在于留白。京剧这个行当，要走得远，得唱得让人像今天一样坐不住凳子，只想站起来连声叫好！”

“哦，这留白是个什么讲究？”一旁的听众竖起耳朵来，想听听传说中这位毒舌的戏评人怎么说。

“这京剧在舞台上的表演，自然是要演出剧中人物的喜怒哀乐和悲欢离合，神色不能不到位，但又不能太满。少了，观众感受不到，缺少了代入感；多了，又显得有些冗余。很多初出茅庐的京剧演员在台上演戏的时候往往用力过度，再多的怨恨嗔痴都表现在脸上，却往往忽略了表演最终的奥义还是要美。”

“明白了！”那头的听众频频点头，“今天这位角儿演出的，那就叫美！”

“真绝，不说这唱腔、这身段，就光是这扮相，媚中带柔，清丽纯美，放眼整个槐京也挑不出第二个吧。”

“对喽！美在于形态，在于身段，在于唱腔，在于韵味，在于对人物的揣摩和把持度，更在于演员自身的天分和后天的努力啊！”那位戏评人说到这里，双手握拳：“江二爷，我等有眼不识泰山，竟还敢说二爷手下没有名将，如今看来，二爷这儿果然是卧虎藏龙。我敢说，在座的剧团里选出来的各位新人，没有一个是比得上刚刚台上这位姑娘的十分之一的！”

几个剧团的团长争先恐后地道歉，江昱成却一个字都没有听进去，直直地盯着台上的人。

这一场戏很难，难度在于什么时候转哭腔，什么时候忍痛含泪又要镇定自若，兰烛却清晰地知道什么时候收，什么时候放。

他想起他第一次见到她的时候，她几乎是跪坐在青花纹的毯子上，声音青涩得发抖，唱着西湖风光，而他坐在那高高的椅子上，完全感受不到她嘴里唱的“三潭印月、苏堤杨柳、桃花怯寒”。

她的父亲自私自利，带着她来做这么多讨好的事，为的不过是人世间的那几两碎银。偏是这几两碎银，也能让她毫无尊严地留在这槐京城的冬天里挣扎苟活。

若不是他父亲寻了这么多弯弯绕绕的关系，他根本不会见到他们。对他来说，他最不喜欢的应该是跟这样曾经富裕过的穷人打交道。

他承认，他当初看她，不过是像看在凛冬的院子里发现的一只即将冻死的麻雀。那麻雀即将被一场突如其来的大雪覆灭，没人会感知她的存在，也没人会懂得她的害怕和不安情绪。人们只会在冰雪消融的时候，淡淡地说一句：“瞧，这儿冻死过一只麻雀。”

只是等到冰雪消融，等到枝头萌芽，江昱成却再一次看见了她。

即便没有躲雪的屋檐和取暖的草窝，那只麻雀也没有死在那个大雪的夜里。她不仅活下来了，甚至长出了五彩斑斓的羽毛，啼唱出春日里最动听的歌曲。

她与他初见她时相差太多。那时的江昱成只是感叹她进步之快，却忽略了完成那样巨大的蜕变她仅仅花了半年的光景。

台上水袖曼妙，唱腔哀而不伤，台下叫好声一片，在“淅淅沥沥”、越下越大的雨中，众人拥到台下，冒着大雨，如痴如醉。

江昱成坐在看台上，烟灰烫到手了也没发现，怅然地想起不知谁说过：

“青衣是梦，是每个男人的梦。”

从戏楼回来后，兰烛去洗了个澡。

从正厅江昱成的房间往里走，在由玫瑰围成的花墙后面有一湾人工温泉，在那泉眼的位置造了一个阳光房，里头放了个大浴缸。

虽然是阳光房，但这里隐私性极好，如果不是从正厅走，外面的人根本不可能看得到里面的人。当然，这儿的主人是能随意进出的，不过兰烛在这儿泡澡的时候，江昱成从不进来。

她想要放松的时候，会整个人浸在水底，屏息放空，让自己的身体感受着水的浮力。

水中她的五官出奇地灵敏，她听到有人从花园里过来，猜想应该是江昱成。想到江昱成，她最先想到的就是他的那双眼睛。那双眼睛里全是坍塌的枯木、枯败的玫瑰、寂寥的坟场和破碎的信仰，她看得见那些东西。

只有在他都难以控制的深夜里，他的压抑情绪才会得到释放，那是最纯粹的索取行为。而今天让她不安的是，他坐在台下，眼里出现的那种不一样的东西——

那种如今晚的月光一样，温柔却又致命的东西。

她听到他过来了，那脚步声没有想要躲藏，也没有任何犹豫——江昱成停在了玫瑰花墙后面。

玫瑰花瓣的汁水融合在浴缸淡蓝色的水里，水波荡漾着她乌黑的头发，红与黑形成鲜明的对比。她屏着呼吸躺在浴缸里，任由水把自己柔软的身体托住。

听到声响，她睁开双眼，从水底钻出来，露出了那双清冷的眼。水珠在她鸦羽般的睫毛上停留，远看像是一层白色的霜雪混在玫瑰盛开的浮海里。

一瞬间，江昱成想起她今晚在台上的惊艳表现，想起人们无法从她身上挪开的眼神，想起她撑着伞红着脚踝站在他的门口，想起那天他们在晨间大雾里的身体契合度……

他的心里顿时出现一个冲动的恶魔，他上前一步，按住兰烛瘦弱的肩头，再度把她往浴缸里摁了下去。

兰烛根本没反应的机会，被溺入了水中。他的力道很大，她慌乱得来不及调整自己的呼吸。恐怖的缺氧感袭来，她感觉自己是在深海里。真的快窒息的时候，她被江昱成提了起来。

他抱起她的一瞬间，她乌黑的发丝如瀑布一样，水珠顺着发梢淌在他腹间的纹理上。那一点点像触角一样的水珠，张牙舞爪地要钻到他的心里去。

她因为缺氧而大口呼吸的样子让他疯魔。

兰烛任由他侵略的气息包裹着自己，还未来得及自由呼吸，他的唇就封了上来——冰凉彻骨。

她听到他说："阿烛，欢迎来到我的世界。"

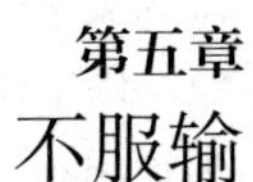

第五章 不服输

两年后，槐京城的中南地带，现代化的高楼大厦还不曾淹没古城里的亭台楼阁，浓郁的京城文化在这里蔓延和传播。戏台剧院里锣鼓喧天，人人挤破脑袋地蹲在中大剧院门口，为的是等着看这两年新起的一位角儿——浮京剧团的当红大青衣兰烛演的一场《白蛇传》。

戏毕，观众还在外头流连忘返，兰烛下了舞台，坐在后台卸妆。

小芹现在成了她的助理，见她下来了，连忙迈着欢快的步伐跑过来："阿烛，你这次的演出棒极了，外面排队的客人都在问什么时候才能安排下一场戏，刚刚吴团长也给我打电话，问今晚的除夕夜演出还能不能加一场，说酬劳三倍……"

"不了。"兰烛想都没想就拒绝了小芹，坐在梳妆桌前，对着镜子开始卸妆。

镜子里的人脸上退去了青涩感，举手投足间多了几分大方和稳重气息，只是美人躯壳里的情绪难猜，反倒为她添上了几分神秘韵味。

"吴团长说还可以补五天假，阿烛……"小芹的声音带点儿恳求之意，她指了指手上拿着的手机，哭丧着脸。

兰烛接过手机："吴团长，是我。"

"阿烛啊，怎么样，演出一如既往地顺利吧？"

“嗯，挺顺利的。”兰烛看了看摆了满屋子的要多富贵浮夸就有多富贵浮夸的花，“谢谢吴团长送的花。”

“哟，客气了。”吴团长那头嗓子腻腻的，像是弯腰含着笑意，“是这么回事，东城林家老爷子很是赏识你，跟我说了许多次要挑个机会请你专门过去唱一场。林家你也知道，财大气粗，我实在是拒绝不了。这样，你就当帮你团长我这个忙！只要你答应，后期想休多久就休多久，今晚的佣金按照合伙分成的比例给你三倍……不，五倍！五倍怎么样？”

兰烛听吴团长絮叨起来没完，把听筒外放后搁得老远，手上卸妆的动作没停下来过：“吴团长，不是我不帮你啊，只是今晚实在是有贵客。”

“哎哟我的姑奶奶，什么贵客能比林家老爷子还贵啊？”

兰烛笑了笑：“行吧，那我就去回了二爷，让他明日……哦不对，我还要休假至少十天，让他十天以后再来找我吧。”

“啊，二爷回槐京了？”

小芹突然气焰嚣张：“今晚就回！”

“哎哟！你看我这脑子！那个什么……小芹，你好好陪阿烛，结束了就赶紧回去，哪儿都别让她去了。”

兰烛拿他寻开心：“那怎么行？吴团长不是说，哪儿的贵人都没有林老爷子贵吗？今晚的演出，我怎么说也得去。”

“哎哟！我的祖宗，您别拿我开涮了！您也真是的，二爷回来您不跟我说，您要是跟我说，今天白天这场我也不让您演了，回头再让您累着嗓子了，二爷又该骂我了。您是不怕那狗，可我一把老骨头了，实在是吃不消那貔貅追我五公里了……”

吴团长哭诉起来没完没了，兰烛摆了摆手，小芹就拿起电话出去打发他了。

兰烛耳边得了清净，这才专心开始卸妆。

没过多久，她又听到身后有声响，从镜子里看到小芹又回来了，便问道：“怎么，他还不死心？”

“不是。”小芹摇了摇头，“阿烛，紫苏姐和二爷的人都来了，你先见哪一个？”

兰烛想都没想，放下手里握着的头面，连忙站起来：“还不快让紫苏姐进来？”

“这就进来了。”话音未落，门就被推开了，乌发披肩的乌紫苏走了进来。这两年来她身体不太好，闲居在王家购置的边城花园里养养花草。

她张罗着让身边的人把送过来的深红色虞美人放在桌上：“这花一枝只开一朵，看着极好看，暖房里刚培育出来的，刚好赶上你演出的日子，就给你拿过来了。”

乌紫苏说话间看到了一排被小芹摆放得整整齐齐的姹紫嫣红的花束：“哟，这都是吴团长送的吧？瞧瞧人家多大气，要送就送一排，哪里跟我似的，就抱小小的一束来？”

兰烛连忙接过还未放到桌子上的虞美人：“紫苏姐姐故意说酸话，吴团长送过来的哪里有你送过来的好看？他打发个人去花店买了那么多，也不如姐姐这几枝好看！更何况这是你亲手培育的，自然珍贵很多。”

乌紫苏被说得心头畅快，眉头舒展：“你倒是越来越会说话了，我就守着个花房，种出什么来还不都往你这儿送，保证把你这儿装点得漂漂亮亮的。”

“知道姐姐人美手艺好！”

乌紫苏微笑，走过来，看了一眼镜子里的人，双手搭在兰烛的身上，开始帮她一起卸妆面：“我们阿烛是越来越漂亮了！”

“是吗？我不是天天都这样吗？”兰烛回头，看着乌紫苏笑，“还是我天天都很美？”

乌紫苏拿她没办法，笑着摇摇头，而后又环顾一圈，像是想到了什么：“对了，今天演出二爷没送东西过来？”

“他今天回槐京，估计接我的人就要来了。”

“今儿就回？不是说要过完正月里才回？”

“嗯，昨天说今天就赶回来。”

“那他一定是为了赶回来陪你。”

兰烛听到这话，心里不自觉地荡过一层涟漪，而后忽然想到了什么，慌忙喊着小芹：“啊，我忘了，小芹你说二爷派来的人还在外面？！”

“我这就让他进来。”小芹连忙出去请人。

跟在小芹后面进来几个全身穿着黑色西装的男人，其中走在中间的那个男人手上提了个箱子，那箱子和那个男人的手是铐在一起的。

这不小的阵仗倒是让屋子里的人一时都不知道该说些什么。

那男人双手把箱子放在桌子上，恭敬地说道：“兰烛小姐，这是江二爷托人带过来的东西，祝您演出顺利。”

“二爷拿过来的？”兰烛扫了一眼东西，眼神往后看了看，“他人呢？”

“他说今日回不来槐京了，让我们先把东西拿过来。”

兰烛转回身子，正坐在镜子前面：“那就放下吧。”

“恐怕还得需要您亲自验收。”黑衣男子提了提箱子，示意了一下他手上的手铐，“这手铐得兰烛小姐的指纹才能解。”

说罢他就把那箱子递到兰烛面前，兰烛盯着箱子看了一会儿，问道：“哪只手指？”

“哪只手指都可以，二爷都让人录了。”

兰烛挑了挑眉，伸出拇指轻轻一摁，箱子“咔”一声开了。

那黑衣男子把箱子安置在化妆桌上，而后退了半步，方便屋子里的人看清箱子里的东西。

箱子里铺了一层黑色天鹅绒布，绒布上置着一套京剧的头面簪子，成套的配对完整度极高，除此之外，还有一对镏金点翠发簪、一只凤鸣九天侧耳簪，满目的金丝银线配着点翠在自然光下呈现出皎月沉底的湖蓝色。

“好漂亮！”小芹连声赞叹，“这一套仿点翠头面做工精致、样式精美，一看就是绝佳手工藏品。”

黑衣男子微微颔首，脸上带有一些得意之色：“这不是仿点翠工艺，这是正儿八经的清代点翠制品，是二爷从一位私藏家手里买过来的。”

“点翠？”小芹连忙站起来，“这是点翠啊？！”

“不错。”

话音落地，就连见过许多好东西的乌紫苏都伸长了脖子凑过来。她驻足观赏了一会儿后，连连摇头：“乖乖，我只在博物馆里见过，民间的藏品我还真是第一次看到。”

乌紫苏笑意盈盈，小心地把箱子端到兰烛面前：“我可听说了，一套保存完好的点翠头面，能在私藏家拍卖市场上卖出两千万元的天价来。”

小芹：“两千万元？会不会太夸张了？”

乌紫苏：“不夸张，物以稀为贵。这点翠工艺啊，说起来呢，其实是一种很残忍的工艺。你瞧着头面的底盘虽是金或银的，但镶嵌在上面那水蓝色的东西不是绸缎，而是翠鸟的羽毛。古人爱好这种明亮和鲜艳的水蓝色彩，点翠工艺的发展曾在清代中期一度达到了顶峰，后来因为保护鸟类和这种首饰的制作方式过于残忍，这种工艺就被禁止了。再后来这种工艺制作就大多用蓝色缎面、丝带等物料代替了，就是刚刚你说的仿点翠工艺。”

小芹：“那说起来，这翠鸟羽毛是有机物，时间长了，岂不是很不容易保存？”

“所以才珍贵，两千万元不夸张，别说整个槐京，就是放眼整个世界的收藏界，有这样的收藏品的人就没有几个，而舍得把这样的藏品拿出来卖的又能有几个？”乌紫苏拍拍兰烛的肩膀，俯身说道：“二爷用心了。”

兰烛望着那安静地躺在箱子里，经历过风霜却依旧鲜艳亮丽的点翠头面出了神。难怪古代女子都爱这东西，这样清新淡雅的水蓝色首饰配到东方人的长黑发上一定特别美。

小芹恨不得昏死过去，后怕地往后缩着身子：“还好我没有碰，还好我没有碰，碰坏了，十万个我也赔不起。”

兰烛起身，把箱子盖上，把东西又给了那几个黑衣男人：“我带在身上不安全，烦请几位大哥帮我带回去吧。”

大哥倒也乐意再接一单生意。

兰烛拿起手机，在消息界面里翻了许久才翻到江昱成的名字。她对着手机愣了一下，而后在对话框里打字输入了一会儿，继而皱了皱眉头，又把文字都删了，而后把手机丢在一旁，抱着手在那儿看着手机。

果然没过两分钟，手机就响了。

兰烛绕出化妆间，在回廊上接起电话。

那头的人用低沉的嗓音说道："东西收到了吗？"

兰烛心不在焉地抠着自己的指甲："两千万块钱的礼物收到了，约定好的见面没有。"

"啧，一个月不见，口舌功夫倒见长，谁教你说的酸话？"那头的人心情好像还不错，声音中含着笑意。

"不用教，年岁见长，为人圆滑了自然就会了。"

"你才二十一岁，什么年岁见长、为人圆滑？"

"那您已经二十八岁了，还说话不算话！"

"行。"江昱成撤了一句，"晚上让人去接你。"

"真的？"兰烛不自觉地把原本耷拉的脑袋立了起来，"你回来了？"

"嗯。"

得到电话那头的人确认的答案之后，兰烛立马回了后台拿外套。

乌紫苏和小芹还在，见到兰烛眉飞色舞地回来，自觉地一一告别后就回去了。

兰烛回了浮京阁。

她打开衣柜，手掠过柜子里的一众衣服，之后停留在一件鹅白色的羊绒外套上，而后又让林伯把江昱城的黑色大氅拿了出来。她拿着大氅站在灰白色的门墙边等着。

大雪下得纷纷扬扬，林伯几次出来劝兰烛回去，兰烛都摇摇头，站在门口伸长脖子眺望远方。

终于黑色的车子驶了进来，林伯替她开了车门。

兰烛随着车子钻进风雪里。这个司机她不认识，她也就没询问去哪儿，总之他会带着她去有江昱城的地方。

许是接连几天演出下来太累，兰烛迷迷糊糊地睡了过去。梦里她又回到了那个下着大雪的除夕夜，吴团长撤了她所有的京剧演出档期，她跪在雪地里求江昱城开门。

浮京阁里香烟弥漫，酒色醉人，却唯独大门紧闭，无人理会她。

她惊醒，眨了眨酸胀的眼眸。

两年过去了，她依旧做着这样不安生的梦。

兰烛拿出手机，让小芹把跟吴团长结算好的佣金账目表发给她。

小芹速度很快，算账算得明明白白，分文不差。

兰烛算了算，这两年自己足够努力，也足够勤奋。

除去吴团长这儿的，她还在槐京其他几个剧团那儿也接了稳定的演出场次，入账的钱她让乌紫苏找了几个靠谱的人打理，除去母亲日常的医药费开支，剩下的钱虽然算不上很多，但那些数字在日益增长，一切也在步入正轨。

兰烛这才放下心来，看向窗外。

窗外景色完全不同，等到快到了她才意识到，原来车子已经开了两个小时，这会儿早就离开槐京一百多千米了。

车子最后停在一家低调的度假酒店门前，兰烛刚从车上下来就看到了跟在江昱成旁边的助理。

助理谦虚地问好，在前面带着路。

兰烛一路走到大堂也没有看到其他人，便问那助理："除夕夜这度假酒店的生意也这么不好吗？"

助理笑了笑："二爷包场。"

兰烛望着外面停着的那几辆豪车："还有谁在？"

"南城项目的那拨人，年前项目到了尾期，二爷为了赶进度能在除夕前回来，让人帮了不少忙。为了这生意上的往来二爷就包了这家酒店，也算是堵了他们日后埋怨的嘴。"

助理在带兰烛往房间走的路上就把事情交代清了。

他给兰烛开好门，把房卡交给了她："二爷知道您爱干净，这儿僻静也没人打扰。兰烛小姐，您先休息吧，二爷的房间就在您的隔壁，您有事直接给我打电话就行。"

兰烛望了望大门紧闭的隔壁房间："他人呢？"

"和那帮爷还应酬着呢，二爷说您要是饿了可以叫客房服务，吃完饭还可以去房间后面的私人温泉里泡泡，甭等他。"

“知道了。”兰烛点了点头，一头钻进了自己的房间里。

屋内装饰雅致，窗外景色宜人，在极冷的冬日里依旧能保持一抹绿色，极为难得。

只是可惜了，那都是温室养着才成的生机勃勃样子。

助理走后，小芹把今天演出的录像发了过来，兰烛拿出一个笔记本，坐在窗边的椅子上，翻来覆去地看着今天是不是还存在问题，还有没有可以改进的地方。

她看得入神，直到窗外的光线开始慢慢暗下来，才觉得今天演出加坐车后有些疲惫了，就靠在桌子上趴着睡了一会儿。

她只觉得睡着的时候精神不再紧绷，不再害怕辜负观众、辜负江昱成，才敢在这片刻做一些无关于生活和奋斗的无聊小梦。

她梦见江南的春天里“淅淅沥沥”下不完的细雨，梦见她光着脚走在青砖石板道上，脚丫子溅起的水花惹得跟在她身后的大黄狗一阵嫌弃，追着她跑了好几里地。

母亲温柔娉婷，打着把伞在雾里喊她慢些。她不管不顾地在大雾里奔跑，却一头撞进一个男人的怀里。

他肤色极白，穿着一身黑衣，未漾开的笑容藏在他的伞下。他看她的时候，要弯下腰低下头。

兰烛好奇地打量着他。

他温柔地叫道：“阿烛。”

兰烛像是想起了什么，指着身后说道：“你看，江昱成，这是我的家，我的地盘。这是江南，不是槐京了！你在这儿什么都不是，就是一个突然打搅人美梦的过路人！你那些钱财、权势，在这儿通通不起作用了！”

她说得铿锵有力、慷慨激昂，踮着脚指着身后的家，眼睛瞪得老大。

梦里的江昱成抬头看了看，笑得诡异：“阿烛，你仔细瞧瞧，你的身后什么都没有。”

兰烛回头，身后的景物完全被大雾覆盖，她踮起的脚开始发颤，连带着她苍白的嘴唇也开始发冷。她揉了揉眼睛，果然什么都没有了，连不追到她誓不罢休的大黄狗都不见了。

她眼前又建起一座座高楼戏台，槐京城那些走到哪儿都认识江昱成的人都出现了。他们恭恭敬敬地叫他一声“二爷”，叫她一声“兰烛姑娘”，而后敛目退下。

江昱成把自己的伞递了过来，兰烛麻木地接过。

他捧起她的脸，吻上她的额头，从蜻蜓点水到致命汲取。他的声音像是槐京城深秋时卷土而来的风沙，他说：“阿烛，留下来，留在我身边。”

兰烛倏地睁开眼，反应了两秒，果真看到了就在她面前的江昱成。

他的鼻尖离她的鼻尖仅不到一寸，他那额间碎发就要碰到她的额头，周身传来的压迫感迅速蔓延到她的脊背上。

她推了推，试图把人推开。

江昱成一把抓过她的手放在自己的腰间，这下两个人靠得更近了些。他依旧直直地看着她的眼睛。

兰烛试图直视他的双眼。但是跟往常一样，除了他眼里那些破败的光景，关于他的情绪和想法，她依旧捕捉不到。

于是她选择放弃，回避了他的眼神：“不是说在应酬吗？”

“听到你到了，就没什么心思应付那帮人了。”他将手往被子里伸去。

她拦不住。

他的指腹摩挲过她嫣红的唇，落在她尖锐的贝齿上，一时间星火燎原。

他手上加重了力道。

事毕，他洗好澡穿好衣服，就坐在客厅窗台边抽烟。

反倒是兰烛，缓了很久后从床边随意抓了件还算完整的衣服，钻进了浴室。

洗完澡，她穿着浴袍，从江昱成的烟盒子里抽出一支烟衔在嘴边，又走过来，跨坐在江昱成硬实的双腿上，从他兜里掏出打火机。

江昱成眯着眼看她，她做这一切的时候，黑色未干的头发跟海藻一样贴在她如雪的肌肤上。她脸上还留着刚刚的红晕，偏偏还异常冷静地开始吞云吐雾。

江昱成伸手，把烟从她嘴里抽出来，掐灭在烟灰缸里：“自毁前程，嗓子不要了？”

兰烛见那刚上嘴的烟就这样一动不动地躺在烟灰缸里，半点儿火苗也没有了，只得作罢地掸了掸双手：“就一根，不碍事。”

“什么时候学会抽烟的？”江昱成质问她。

兰烛没心没肺地回道：“你不在的无数寂寞的夜里。”

他听闻这话，也灭了自己手里的烟，从沙发上起来，直接单手抱起兰烛，把她抵在连接客厅和卧室玄关处的复古桌上。

蕾丝的美式风情桌布上洒着满桌的落日余晖，长口琉璃花瓶随着一阵撞击滚落到地上，顿时碎成了五光十色的碎片。

江昱成身上还有兰烛留恋的独属于他的淡淡烟草味，她不知道他抽的是什么牌子的烟，找了很多家店也没有找到过跟他的烟一样味道的。

受制于曲艺职业的特殊性，她当然知道自己应该克制。可是那样的味道让她沉溺，让她不能自拔，让她甘愿冒风险。

江昱成灭了她的烟，她心里的瘾像是春日里即将出土的嫩芽，一点点地蚕食着她的心房。直到他靠近，他身上熟悉的烟草味再度袭来，浸透她的每个细胞，每一步都在诉说着他们无比契合。

“馋不馋？”他看穿了她的心思。

兰烛的脚尖快要离地，她没有理智地点了点头。

他贴到她的耳后，轻声问道：“馋我，还是烟？”

几番纠缠，江昱成最后才放开了她。他像一只永远不知道餍足的野兽，而她只是他的花园里那朵养的时间最长的花。

有时候兰烛也爹着胆子用指甲掐江昱成的背，问他打算和她厮混到什么时候。

她以为那只是一次的出格却频繁地发生了一次又一次，从一个月到半年，再到如今的整整两年。

几次在江昱成那里找不到答案，她就选择了混沌度日，自己也道不明她和江昱成的关系和感觉。

她没有像任何一个正常长大的少女一样懵懂地经历过情窦初开的阶段，经历一场黏黏糊糊、你侬我侬的恋爱，也没有听过怀里的情郎说花前月下的海誓山盟，以至从来不敢把她和江昱成的相处情形和爱情这样浪漫又美好的字眼搭上一丁点儿关系。

但她又真实地体会过和他之间关于恋人的依恋，也在这两年的耳鬓厮磨里发现，江昱成成了她最亲近的人。

晚饭他们是在包间里吃的。

除了江昱成和兰烛，屋子里面还坐了七八个人。

王凉一直跟江昱成走得近，自然在。

除此之外，这次南城的项目一起跟进的还有几个家族企业的二代。他们带着几个女伴，几个人围着坐了一桌。

关于那些女伴，兰烛听乌紫苏说起过几个——模特、演员、歌手、网红都有，反正都是混那个圈子的。

只是这次他们再见面，带人来的还是原来那些人，身边的女伴却已经换人了。

兰烛想起乌紫苏上次找她在夜里喝酒的时候，乌紫苏红着脸晃着酒瓶子说有钱人的感情很丰富，丰富到一个月换一个也不够承载他们的爱情。

唯独有个坐在窗边跷着二郎腿的姑娘。那姑娘冬日里脱了外面的外套，里面也就一件宽大的摇滚风T恤，穿着条破洞牛仔裤坐在那儿皱着眉头看着菜单。她是一个人来的。

王凉跟她似乎很熟，打趣着她："哎，我说钱少少，你看咱这桌就咱俩单着，要不咱俩凑合凑合算了。"

那姑娘眉眼都没抬，没好气地说道："滚蛋，别叫老娘的大名，叫钱姐。"

"瞧瞧你这气性真大，咱这桌的人你单身、我单身，这不是事实吗？事实不让说啊？！"

她把菜单合上，扫了一圈，义正词严地说道："谁说这桌的人就你我单身了？大伙儿都单身呢！不信，你问问这些个爷，在外头人模狗样地接受采访的时候，谁不说自己单身呢？”

这话一出，兰烛抬头看了一圈桌子边的人，那些个跟着来的女孩子，脸上没有半点儿不愉悦的样子，都跟没听见这话似的温顺低眉。

倒是江昱成说了一句：“行了，王凉，你少说一句。少少，你不是一直嚷嚷着要来这家酒店吃他们家的菜吗？这次南城的项目，你为了打通那边的关系跑来跑去也辛苦了，今儿挑你爱吃的东西点。”

“还是二爷好。”钱少少脸上荡漾出笑容，朝着王凉吐了吐舌头：“听到没有？叫你闭嘴。”

“行，我闭嘴。”王凉翻着手上的菜单，“都是杭帮菜，甜腻腻的。我就不明白了，你一个土生土长的槐京人，怎么爱吃这种菜？”

“杭帮菜怎么了？我爱吃，你们就得来！”钱少少回怼，“我说我爱吃杭帮菜，二爷就把地方定在这里了，你要是不爱吃，可以不来！”

“哎，我说钱少少，你可真狂！你被你家那三个哥哥宠坏了是不是？没人教训你了？！”

“行了。”江昱成出声阻止，声音不怒自威，“还让不让人吃饭？！坐下，点菜，你们两个都给我闭嘴。”

这下一群人才安静下来。估计是钱家这位小姐骄横跋扈惯了，江昱成又发话让她想吃什么点什么，在座的几个男人懒得争，就由她点去了。他们只是叫了点儿酒，更别提问身边的女伴她们想要吃点儿什么了。

江昱成把菜单从桌上拿过来，给了兰烛，侧头低声对她说道：“你也爱吃杭帮菜，据说这家的挺地道的，不知道比不比得上杭城的苏氏酒家。你挑着爱吃的东西点。”

兰烛接过菜单，点了点头。

她刚看到凉菜那一栏，手指向下滑时就听到钱少少问服务员：“这个红豆酒酿一份有多少？”

服务员：“一份大约就只有一人量，建议这边点每人一份。”

钱少少挥手：“不用，他们都不爱吃，这个给我来一份就好。”

兰烛原本放在红豆酒酿上的手指头滑落，她不着痕迹地将菜单翻面，看起了其他的菜品。

许是她看的时间有点儿长，原本正跟旁边的男人讲话的江昱成似乎察觉到她在犹豫，回头问道："怎么了，没什么爱吃的东西吗？"

兰烛合上菜单："没有，点一个蟹酿橙尝尝吧。"

江昱成点头，然后继续回了旁边男人的话题。

"哎，别点蟹酿橙——"钱少少出声阻止，"这家别的菜都不错，就这个蟹酿橙不好吃，我之前吃过，那蟹不够入味，还说什么古法手艺，吹得天上有地上无的，结果难吃得很，别点。"

兰烛手上还拿着那菜单，看了江昱成一眼，他正侧耳专心地听着旁边那个男人讲话，完全没有听到这边发生的事情。

兰烛把菜单交还给服务员："那好，蟹酿橙不要了。"

菜一会儿就上齐了。

钱少少一边分享着"下江南"时的美景美食，一边给大家介绍着桌子上上来的每道杭帮菜。

王凉喝高了说她班门弄斧，说坐在她对面的兰烛是土生土长的江南人。

钱少少一脸好奇的表情，她第一次对着兰烛说话，问的就是兰烛有没有办法弄到苏氏酒楼的票，还说她花大几万块买张黄牛票也买不到。

兰烛笑了笑，说她不知道原来苏氏酒楼这么火，早知道的话就不来槐京了，当个卖位子的黄牛赚得也不少。

江昱成听到了这话，抬着烟吐着青雾，说现在卖她的戏票的黄牛赚得也不少。

其他的几个女伴听到了这话，一嘴一个"艺术家"地夸着兰烛。兰烛笑了笑，夹了口龙井虾仁，觉得味道寡淡，便放下了筷子。

饭后，钱少少张罗着几个人打牌九，女伴们都扎堆聚在沙发上说着娱乐圈的八卦。

江昱成手气好，打了几圈牌九后，桌上的筹码就翻了倍。钱少少输了不服气，直接伸手从他那堆筹码里抓了就往自己兜里放。江昱成也不生气，随她闹。

等她抓得差不多了，江昱成又把桌上剩下的筹码给了兰烛，说她门前少棵红珊瑚树，要是觉得闷了可以拿着筹码叫上那些个女伴去前厅逛逛园林景致，觉得好就直接用筹码兑了。

兰烛掂着那沉甸甸的筹码，出了酒色酣畅的人间温柔乡，躲在凛冬大雪除夕夜的回廊拐角处。

她从兜里摸出傍晚江昱成那支未让她抽完的烟，捻了火机，蓝色的火焰倏地跳跃在白雪皑皑的夜色里。

“哎，兰烛，你怎么一个人在这儿？”

兰烛回过头，竟然看到了王凉。

她出来之前，他输得一塌糊涂，或许是退位让贤，出来透透气。

兰烛：“里头烟味太重，我出来透透气。”

王凉看了一眼她夹在手指间的烟，没拆穿她的话。

“钱少少跟我还有二爷的爷爷辈，从前住一个大院里，我们都熟，这小子跟男人一样，从小就是这种性子，说话做事就是这么特立独行的，不顾别人感受，说白了就是刁蛮，你别跟她计较。”

“嗯。”兰烛淡淡地应了一声。

她没跟钱少少计较，也不忌妒他们关系好，只是羡慕——羡慕钱少少能堂堂正正地做自己，不是谁的人，不是谁带出来的，不是谁提携着帮扶着的，而是能在这种一般人都进不来的局里拥有姓名。

王凉见兰烛周身气压低，岔开话题，打趣她道：“要不你跟我吧？我是王家独子，你说京剧这行当，我虽没有二爷人脉广，但你说在影视行业，谁又比得过我们王家呢？不如你跟我小姨娘一样混娱乐圈吧，我捧你拿奖怎么样？”

“好啊——”兰烛弯着眉，“那我跟你，咱俩一起走进去，让那位江二爷开开眼界，见一见满头的青青草原。你去跟二爷说，我兰烛以后就是你的女人了。”

兰烛说罢，真要伸手把王凉往屋子里面揽。

“别，姐，我跟你开玩笑呢！”王凉连忙摆手求饶，“你这是干什么？”

见兰烛放开他后又自顾自地在那儿吞云吐雾，王凉瞥了瞥，劝道：“你说你，整天靠嗓子吃饭的人，还是甭抽烟了。”

兰烛："我师父说了，烟酒不影响人进步，影响人进步的是骄傲和自满。"

兰烛只有在很熟的人面前才会尊称曹老板为一声"师父"。虽然只有短短三个月，但她一直认为曹老板是她的恩师。

"嗐，你说曹老啊，曹老那酒量真不是盖的。哎，姐，你说你以后会不会也像她一样，现在年轻是个小倔驴，老了老了就成老倔驴了？"

兰烛轻飘飘地抬起腿，往王凉的腿肚子上踹了一脚："别不尊重我师父。"

王凉看她随意地抬腿，以为不疼就没躲。谁知这一脚下来，他当即捂着小腿肚子嚷嚷道："这么大力呢！你们唱戏的人看上去柔柔弱弱的，怎么这么大力？你这是要踹死我啊，我好歹喊你一声'姐'！"

"谁是你姐？我比你小。"

"二爷是我哥，你是二爷的女人，按照道理，我应该叫你一声'姐'。"

兰烛皱了皱眉头，微微抬着下巴打量他："你这是按照哪门子的道理？按照你这个道理，你应该叫我'嫂子'。"

王凉揉揉腿肚子，依旧没脸没皮地往兰烛这边靠："得嘞，嫂子！要我说啊，您别跟里头的那几位计较，要说这么多年来，我就没见过二爷待谁跟对你这么好的。要说他刚跟你好的那一年，那剧团里传出些什么他根本没把你放在心上的流言蜚语，起因就是有人说，接送你出入的是辆奥迪，档次太低，说二爷没把你放在心上，后来这些暗地里说的不入流的话被二爷听了去，当天他就给你换了一辆九百万的库里南。姐姐，那可是库里南哪！我求了我爸二十年，他老人家都没给我买。"

兰烛："那你陪他睡一晚，或许不用求你老爹，江昱成也会给你买。"

王凉用一种"世风日下""你是不是疯了""我耳朵没听错吧"的眼神难以置信地看着兰烛，而后撒腿就跑。

兰烛笑出声来，图个清净。

她灭了手里的烟，将其丢进垃圾桶里，而后回了包间。

牌九和台球还在继续，欢声笑语依旧不停歇。

兰烛循着夜灯回了自己的房间。

到了十一点多，她的手机不出意外地响了起来。

她拿起手机，果然是江昱成的助理给她打电话了。

她搭了件外套，去包间接人。

助理一脸抱歉："不好意思，兰烛小姐，二爷还是一样，喝醉了不让人碰，只有您能劝回去了。"

"没事，我来吧。"兰烛看了一眼靠在桌子上的江昱成。

他醉了就是这样不声不响地靠在桌子上。

她蹲下来，轻轻地推了推他："二爷，回去了。"

江昱成还能应话，低低地"嗯"了一声。

助理这才帮忙一起扶起人。

兰烛刷开江昱成的房间的卡，费了好大力气把他安置在床上。做完这一切，她坐在他的床边喘着气。

原本漆黑的夜色里突然炸出漫天的烟花，带着火星的花瓣如星河中万星陨落，落在浩渺蔚蓝的星球上。

原来是零点的时钟刚刚敲响，除夕已过，新的一年已经来临了。

兰烛怔怔地望着天空，忽然感觉到后背一暖，回头发现江昱成已经起来了。他抱着她，把她整个人都揽在怀里，把下巴搁在她的锁骨上，望着漫天的烟花。

兰烛："你装醉？"

江昱成："没有，我真醉了。"他声音倦怠，而后又像是想起了什么，语气里突然充满了一些庆幸之意，"阿烛，你瞧，我又躲过了一个除夕夜。"

兰烛想到自己初见他的时候，也是在这样一个风雪除夕夜。那时她刚来槐京，脸被冻得通红。

如今两年，三个除夕，他们都在一起。

本该是跟家人守岁的日子，却被他们心照不宣地过成相依为命。

兰烛望着漫天的烟花，轻声说："真巧，我也是。"

"没有，"他义正词严却又含混不清，"清醒的人是躲不过去的，你太清醒了。"

兰烛回头，看着窗玻璃上映着的男人棱角分明的脸庞。

他睡意昏沉，即便是在梦里也是这样冷静。

江昱成，每年除夕你又在怕什么、躲什么呢？

除夕之后，江昱成还是被江家老爷子叫回了老宅一趟。

林伯带着人装了三大车拜年用的东西往江家老宅赶。听说江昱成去归去了，可还是没给面子，祖孙三人又在江家闹出了不小的动静，那些东西都被江家那位老爷子原封不动地送了回来。

兰烛见林伯一样一样地往里面搬东西，江昱成却云淡风轻地在屋子里煮着茶，说外头冷，让她回屋里。

兰烛进了屋，却发现江昱成开着窗。她过去把开着的窗户拉下，却发现从这个窗户看出去，能看到那一样一样被搬回来的东西。

兰烛转过身，江昱成却将眼神转过来，口中还在责怪林伯："就让他别准备那么多东西，这两年送去了不都原封不动地被送回来了？"

"老爷子让林伯过来说，老宅什么都有，让您别费心了。"兰烛帮他滤着茶水。

"明儿有演出？"江昱成突然换了个话题。

"嗯。你知道的，春节档期排满了，明儿开始估计要日夜连轴转，腾不出空来。"

"他给你安排这么多场？"

兰烛知道江昱成说的是吴团长，便解释道："是我自己要求的，春节档期是黄金档，这个时候不演出什么时候演出呢？"

"那也不能铆了劲地演，别累着自己。明天我不在槐京，去一趟临城，不一定能赶回来看你的演出。"

"又不是第一次赶不回来，"兰烛笑了笑，"江二爷这是在说抱歉的意思？再说了，你不在又怎么了？我还不是照样自己演自己的。"

"你这是在酸我陪你陪得少。"江昱成伸出手，握着兰烛的手肘，将她往自己的膝盖上拉，"还有半天，你想怎么过？"

兰烛顺势就坐到了江昱成的腿上。他肤色偏白，身形却很强壮，跟他比起来，兰烛就跟一片落叶一样，轻飘飘地落在他的掌心里。

江昱成习惯性地把五指插进她的发丝里，直到她的黑发把自己白皙的骨节淹没，好像这样他就能潜进她的身体里，牢牢地掌控着她。

兰烛顺势就把自己的头靠在他的肩膀上，呆呆地望着外面刚刚积起来的雪，轻声说道："新的一年到了，想给剧团里的同事们买点儿新年礼物，感谢他们这一年的照顾。"

"你怎么不感谢我对你的照顾？"他托着她的后脑勺儿迫使她转头对着自己，"该不会就我没有礼物吧？"

"这一年的光景都给了你，还不够吗？"兰烛眨了眨眼。

江昱成摸着她的头发的动作一停，他低头，眼眸映出外面的雪和兰烛清晰的身影："不够。"

他右手一托，将兰烛侧着的一条腿改放在另一边，让她正面坐在他的腿上。

兰烛听到他说——

"阿烛，年年光景都给我，好不好？"

那一天让兰烛有了莫大的错觉，他们如新婚宴尔一般，出双入对。

江昱成陪她去了商场，她嫌弃商场里那些东西虽然贵重却缺少了心意，想去古城楼底下的小众私藏品店逛一逛。

江昱成难得有耐心，撑着伞站在她身边，陪着她一家一家地逛着店。

她时常被一些小玩意儿吸引，木头雕刻的小猫小狗、几块破布粘在一起做的晴天娃娃、歪歪扭扭的画……她从店家货堆成一堆的犄角旮旯里找出些无人问津的东西，笑着问江昱成好不好看。

江昱成远离人群，自己找了个僻静的角落，站得远远的，皱着眉头说没人会喜欢这种东西的，转头却给她结了账。

"就那堆吧。"彼时他慵懒地立在收银台面前，指着兰烛面前角落里那堆他看不上眼的东西说道。

"您是都要吗？"店长托了托眼镜，好似在确认是不是真的有人要买那堆无人问津连他都要当废物处理了的东西。

"嗯，都要了，麻烦您打包。"

说完，江昱成回头看向兰烛。这家巷子深处的店铺本来就不大，开着的暖气还被敞开营业的大门泄了出去，冷风直往里头灌。她依旧一边用热气哈着手，一边又目不转睛地盯着那堆东西。

来往的人从外头带进来的伞上的雪，融化在她脚边。她穿了一双单薄的鞋，全然不知。

江昱成上前，叫了她一声，她没听见。

从外面拥进来一群人，像一群毫无章法的鱼，拼了命地往前挤。江昱成抬头看向人群里的兰烛，她毫无准备，就要被拥挤的人群往前推去，推到离他更远的地方。

他下意识地向前一步挤入人群，伸手直接抓住了她的手。

兰烛感觉到手上传来的温度，低头看到的是十指交织、指腹相贴地相握在一起的两只手。

江昱成在人群的那头，握住她的手带着她逆向而行。

她望着江昱成的背影，突然鼻子一酸，眼眶顿时就红了。

这一刻，她突然意识到——这是她跟了江昱成两年后，他第一次在这么多人的人群中握紧她的手。

他从来都是像刚刚一样，站在远离人的地方，等她处理完自己的事情，然后回到只有他们两个人的地方。

无论出入什么场合，他和她之间都保持着那样的距离，无论他们在夜里是否交颈而卧、亲密无间。

他从来不主动，而是等她主动。

他今天从台阶上下来，握紧她的手的时候，兰烛很难说明白那是一种怎样的情绪。

她麻木地想：她应该是爱上江昱成了。

她拼命地把眼泪往眼眶里憋回去。她可以做到不爱他，因为他也可以做到不爱她。即便他说着年年岁岁相守的诺言，她也不相信他会爱上一个人。

她不想输给江昱成。

江昱成没有发现兰烛的异样，以为是天气太冷，冻得她手脚冰凉、眼眶通红。他随手把自己灰色的羊绒围巾解下来，低头给她绕了两圈，将多出来的半截围巾塞进绕好的圈里："外面天太冷了，我都让他们打包了，你想挑什么，回家再挑。"

江昱成在系围巾的时候松开了她的手，等到系好的时候，人流依旧庞大。他走在前面，把手递给了她。

兰烛望着他伸过来的手，犹豫了一下。

江昱成见后面的人不跟上来，朝她走了一步，抓过她还愣在原地的手，动一动手指，在她的手心里敲了敲，像是给了个信号。

兰烛心里荡过一阵暖流，而后跟上。

今儿是情人节，街上走过许多男男女女，他们相拥而行，十指相扣，亲密无间。她偷偷看那一对对人儿的脚印，发现都是并排的。

兰烛回头看去，在她的身后，雪中的两对脚印一深一浅也都并排地呈现着，她的右手被他牢牢地攥在他的手心里。

笑容在她的嘴角扬起，她扯了扯江昱成的手，江昱成感受到动静，侧身把耳朵靠过来，像是要听她说话。

兰烛笑了笑："新年快乐，江昱成。"

江昱成顿了顿，看到她微红的眼尾上染上的笑意，失了神——那是他见过的，世界上最让人觉得安心和幸福的表情，突然让他想到了：没有遗憾地告别。

他的心没来由地抽疼了一下，他只得收起那些表情，侧着脸说道："新年快乐，阿烛。"

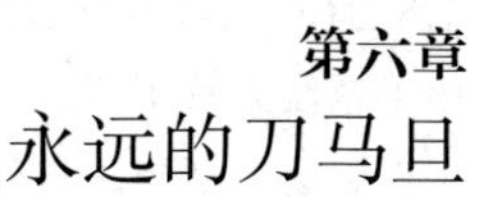

第六章
永远的刀马旦

那偷来的半日浮生悠然自在。

第二天，兰烛起来站在窗台下面，江昱成慢条斯理地把白衬衫穿上，她光着白皙的脚踩在地毯上，踮着脚帮他系着领带，窗外的雪映在窗台上，给人一种春光融融的阳光感。

兰烛送江昱成出门，刚走到前院的垂花门下，就听到了外面吵吵闹闹的嘈杂声。

兰烛听到声响，抬头望了望。林伯手下的人中间围着一个人，那人个子很小，被围在中间，兰烛只能勉强看到一截衣袖。她问林伯："那是什么人？"

"边城那个项目的钉子户。"江昱成整理着自己的袖口，头也未抬，质问林伯："你怎么让人找到这里来了？"

兰烛微微侧头，在人群中看到了那人的模样。那是个孩子，不过五六岁，身上穿了一件黄红相间的袄子，头上戴了个不像帽子也不像饰品的头箍，手上拿着根棍子，咬着嘴唇，白着脸，用棍子对着所有人，像只大闹天宫的猴子。

林伯显然十分抱歉："我这就去处理，只不过，二爷，她就是个孩子，我那儿哪怕有十几个可以以一打十的保安，对一个孩子也没什么办法。”

江昱成这才缓缓抬头，看了看那儿依旧僵持的局面：“她家的大人呢？”

“祖孙俩相依为命，她奶奶就是几个月前堵在工地上的那个，半个月前死了，这孩子就没人管了。”

江昱成看了看腕表，话里没有什么太大的情绪起伏，但是兰烛已经听出了他语气里逐渐耐心减少：“死了没人管就送去福利院。”

说罢，他大步绕过那群人，一眼也没看那边，径直走向窗外的车子。

兰烛看了一眼那人群中的孩子，那孩子眼睛很大，乌黑的眼珠子直愣愣地看着她，眼里写满了倔强之意。

江昱成已经在车上等她了，她只能快步绕过那群人，走到车上。

江昱成揉了揉太阳穴，林伯坐在副驾驶座上，给了兰烛一个很为难的表情。

兰烛微微侧身，靠近江昱成，替他揉着太阳穴，他这才把手放下来，闭着眼睛，但眉头依旧是皱着的。

一车人，大气不敢喘。

“我说过很多次，这种事不要带到家里来。”

“是，二爷，是我的疏忽。”

“边城那边的项目，别让江家那几个叔伯找到什么可以钻我的空子的地方，那几个钉子户给我看牢了，尤其那几个老弱病残，嘴给我捂严实了。”

林伯：“该给的钱都给了，基本上都摆平了，就还有几家了，本来没觉得一个小女孩儿能成什么气候的，谁知道她竟然找到戏楼胡同了。”

“要没什么亲人就丢给福利院吧，几个亿的项目都在烧着钱，总不能为了个小丫头停滞不前吧！”

江昱成还嘱咐了林伯许多话。

兰烛听得出来，边城这个项目和那块地皮对江昱成来说是极为重要的东西。

虽然江昱成从来不说他的家人，但兰烛多少也知道些，江家家大业大，老一辈人在不同的领域上都扎根极深。从前江家主事的是江昱成的爷爷，但江家老爷子年纪越来越大，江昱成的哥哥不从商，身体又不好，其他的旁系叔伯早就虎视眈眈。直到江昱成二十三岁之后，江家直接跳过了他父亲，逐渐把话语权交到了他手上。

边城的项目是一个难得的机会，规划图上的每一个动作，牵动的都是价值过亿的财富，项目一出，槐京的几个大家族就等不及地上来瓜分。

地产生意本不是江家擅长的，但江家为了吃上这个蛋糕，在别家还愁眉不展地研究政策动向乃至不知如何下手的时候，江昱成就雷厉风行、说一不二地以低价拍到了那块最核心位置的地。

他拿着这么有诚意的礼物入伙，槐京的地产商界只能为江家敞开大门。

在商场上，他是铁手腕，做事向来以实现目的和追求效率为主，这也是他能在短短几年内绕过他父亲从江老爷子手里接过半壁江山的原因。

当然，为了实现目的和追求效率，在某些方面他就显得没有那么多人情味。

“明儿开始都坐车回来，别一个人落单。”

江昱成突然说话打断了兰烛的思绪。

兰烛看向他：“嗯？”

江昱成抓过她还在帮他揉太阳穴的手：“乖乖等着司机接，要是遇到什么莫名其妙的人就给林伯打电话，最好演出结束了就回家去，要排练让他们去西苑的戏楼里排练。”

兰烛点了点头：“好，只是我过两天约了紫苏姐去北山寺，她身体不太好，想求神佛保平安。”

江昱成听到乌紫苏的名字，想起前段时间在酒局上见到她，她推杯换盏地在人群中游走，换取着自己想要的利益，心里有些不悦。

乌紫苏这人有九曲心肠，做事目的性太强，况且她身后还有人牵着她走，不是什么单纯的良善之辈。

他虽不愿意兰烛与她过多接触，却也没阻止，点了点头：“嗯，去吧，注意安全。”

两个人没说几句，江昱成的电话会议就进来了，他开始专心处理手上的事情，兰烛也就没有再和他说话。等到车子到剧团门口了，她下了车，站在窗外点了点头，车子就扬长而去。

小芹早就在外面等着了，见到兰烛，连忙上前问道：“没事吧阿烛？林伯给我发消息说有人闹事，都闹到戏楼胡同去了？”

“不打紧。”兰烛挥了挥手，随着小芹进了院子。

许是这些天林伯加紧了防范，兰烛再也没有见过人到戏楼胡同或者是演出现场闹过事。有了林伯看护，她也就没把这事放在心上。

槐京人有新年上北山寺祈福的习惯，天才微微亮，乌紫苏就早早地过来了。

她的身体看上去没什么好转，天气越冷，她咳嗽得越厉害。

兰烛依旧担心她，几次劝说她不能大意，要再去医院看看。

乌紫苏捂着嘴停不下咳嗽，抽着空回了兰烛，说这是水土不服，得回到岭南去，待回到土生土长的故乡，这毛病一定就能好。

兰烛数落她，说她来槐京都快十年了，现在说自己水土不服，明明就是讳疾忌医。

乌紫苏笑了笑：“我这不是来求佛保佑了嘛，会好起来的，你别担心。”

“求神拜佛是一方面，看病吃药是另一方面。眼前就有活生生的例子，就说我母亲，她那毛病要是早点儿看，至于像现在这样每天在医院里面，拉着一堆陪护医生讲她的黄粱大梦？”

“你母亲那是心病，执念太深。我说句你不爱听的话，阿烛，你这性子跟你母亲一样，执拗又倔强。你说你要是再软和一些，平日里在二爷身边一定也会更得意一些……”

“好了姐姐。”兰烛打断她的话，架着她就往里走，“您再数落我，咱们就赶不上今天的头香了。我还得求菩萨保佑呢，再耽误就来不及了。”

乌紫苏只好作罢，跟着兰烛笑着往里走。

所谓心诚则灵，不到七点，寺庙里已经人山人海了。兰烛和乌紫苏拾级而上，迎面却撞上一拨神魔鬼怪打扮的典礼演出人员。

一时间人头攒动，兰烛避让了一下，原本挽着乌紫苏的手松开了。再回头的时候，她却发现人不见了。

可能是被刚刚的人群冲散了，兰烛沿着路往回走，循着台阶一级一级地下，终于在台阶下面的小土坡拐角处，看到了直立在那里一动不动的乌紫苏。

兰烛赶紧几步下去，却在那土坡的歪脖子树后面看到了那个小女孩儿。

那个小女孩儿依旧手里拿着一根棍子，浑身都是脏泥地站在那儿，头上的辫子东倒西歪的，戴在脏乱头发上的头箍都快掉下来了。兰烛今天算是看出来了，她这一身扮演的应该就是齐天大圣，只是脏污得没眼看。不过她的脖子上戴着的那个金饰倒是精美，雕的图案不是什么适合孩童的龙虎或麒麟，而是一朵含苞欲放的花，那花有些眼熟，兰烛想不起来在哪里见过。

乌紫苏愣愣地看着那孩子，那孩子也愣愣地看着乌紫苏。

兰烛有些警惕地微微上前，拉开了乌紫苏，谁知乌紫苏却跟脚上灌了铅一样，被浇铸在原地一动不动。

兰烛："紫苏姐？"

乌紫苏恍若未闻，直接走上前，甚至膝盖半弯，右手把住那孩子不让她后退，左手抓过她脖子上的那朵金花，端到眼前看了个究竟。

那孩子受了惊吓，狠狠地咬了乌紫苏一口。

"紫苏姐！"兰烛惊呼。

乌紫苏却跟没有感受到疼痛一样，依旧盯着那金色的花瓣项链，一动不动。

接下来的这段日子，乌紫苏就跟着了魔一样，带着那小姑娘住到了槐京的郊区小村里。

王凉为了这事没少往兰烛这儿跑，说他小姨娘不能这么想不开，他爹为了这事已经发了好几次火了，让她不要为了一个来历不明的野丫头让他爹难做。以前的事情就让它留在以前，王家不计较，他爹不计较，她计较个什么啊，非得把自己过成那样？

兰烛没听懂：什么叫作以前的事情留在以前，以前到底发生过什么事？这来路不明的野丫头怎么就让乌紫苏跟着了魔一样，连自己最心爱的花园都不打理，一个人跑到五十公里外的郊外，把那野丫头看护得死死的，跟护崽的猫妈一样，半点儿都不让人靠近呢？

兰烛去看过几次。那丫头从未说过话，也不怕天寒地冻，拿着根棍子蹲在院子边的废石上，但一没有人看住，她就跑出去，跑到大雪里去。乌紫苏每每出去寻找，抱她回来的时候都会被她咬得青一块紫一块的。几次下来，乌紫苏身上全是伤口，偏又甘之如饴。一来一去，乌紫苏着了凉，咳嗽得就更严重了。

即便如此，她也坚守在那小破屋里，跟被夺了魂一样，完全不管自己，也不跟人说话，一大一小两个人跟哑巴似的面面相觑。

兰烛见这么下去也不是办法，瞒着林伯让王凉带她去了边城。

那野丫头就住在边城那个江昱成跟进的房地产开发项目所在的小镇里。

小镇里本来就没几口人，如今要搬的人都搬完了，兰烛站在空荡荡的院子里，听着风把老旧的门窗吹得“吱呀”响。

王凉踩着院子里一块掉了漆的儿童滑板，一下一下地踩着滑板的一边，任由另一边高高地翘起来。

“打听过了，那丫头就跟她奶奶住，老太婆半个月前死了。当然了，这事跟二爷没关系，跟项目也没关系，这笔账算不到二爷头上来。”

兰烛：“嗯”

“这野丫头好歹不分，估计见过二爷一次，不知道从哪里来的本事找到家里来了，被林伯赶了出去。过后林伯也托关系给她找了家福利院，可前几天福利院里有演出，她又给跑出来了。你说我打听这么多消息，真是奇了怪了，你说这事跟我小姨娘又有什么关系？”王凉一边说一边踩着滑板的一头，迫使另一头敲打着地面。

兰烛赶他下去，把他脚下的滑板抽出来，用毛巾掸了掸，竖着放在墙角：“别乱动人家的东西。”

“这人也死了，房子也要拆了，这儿的东西不就是一堆垃圾吗？小爷我玩个垃圾还不行吗？”

嚷嚷归嚷嚷，王凉倒也不再乱动屋子里的东西了，只是手脚跟没地方放一样，只能手插着兜在屋子里踱步。

兰烛上上下下打量了一圈，屋子里只有几件陈旧的家具，布置和用物都十分简朴，倒是在茶几柜子上摆着几幅油画，画上画的是迎光而生的向日葵，很是生动。

王凉就差踱到兰烛脸上来了：“我说姐，咱还走不走了？怎么的，这地儿是博物馆哪，物件竟然稀罕到能让你一件一件地看，你这是看什么呢？哟，这里还有幅画呢！”王凉仰着头看了一会儿，又看了看专心致志的兰烛，嗤之以鼻道，“不就是幅画吗？有啥稀奇的？你等着，我出去就给你买。我最近认识个意大利的画家，那画被炒得可厉害了，怎么样，要不要带你认识一下？”

他刚刚说完，老旧的门传来响动，兰烛和王凉朝门口看去，只见从那破败的门后面走出来一个男人。微卷的狼尾黑发留到脖颈，男人眉骨很高，身姿挺拔。

他开门后看到屋子里有人，微微愣了一下。

“你们找谁？”他开口，声音倒是温润如玉。

兰烛先于王凉发言：“这家人里是不是有个小姑娘？”

“你怎么知道？”

“走丢了，在我们那儿。”

男人听了这话，抬眼看了看兰烛和王凉：“这屋子太潮，不适合站着说话，你们跟我来吧。”

那个男人领着他们两个走出了屋子，又走进了一个距离这儿不到五十米的白色屋子。比起刚刚那个屋子，这屋子就干净整洁许多了。

屋檐下的雪还没有化，整个屋子里萦绕着一种茶香，白色墙角下栽着的红梅丝毫感知不到自己即将被夷为平地的命运。

那个男人拿来茶盏，自我介绍道：“我叫白究，你们说的那个女孩子叫小猴子。小猴子的奶奶是上个月走的，走之前还坚持不让施工队入场。”

王凉原本捧着茶盏，听到这话，准备喝水的动作停了下来：“不对啊，你怎么也还没搬走？”

“收拾好了，要搬走了。”他给兰烛也倒了一杯茶，其间还回了回头，示意在他身后的那个旅行箱。

“哦，叫搬家公司了。”王凉又喝上了。

“没有，就我一个人。”

“你一个人怎么能搬走？”王凉吃惊。

“也好搬走，我的东西不多。”

王凉一进来就看到了满屋子的画和手工制品：“这些东西怎么办？”

“那些东西——”白究看了屋子一圈，“都不要了。”

“都不要了？”王凉抬头看了他一眼，又看了看明显就是用心布置过的房子，“啧”了一声，“看不出来啊小伙子，城中村住着，倒是挺有钱？”

白究不着痕迹地苦笑了一下。

兰烛环顾了一圈，家具装饰摆放整齐，窗台玻璃明净透亮，完全没有因为主人乔迁变得杂乱，或者说他根本就没有动过屋子里的东西。她的眼神最后落在窗台边的那一幅幅油画上，他似是很喜欢自然风光，在他的画里树影憧憧，枝叶摇曳，色调饱和度低，全是槐京少见的人间风光。

“这些画也不带走吗？”

白究听到这话，转过头来看了兰烛一眼，原本淡漠的表情变得柔和了一些。他摇了摇头：“不了，带回去也没有什么用。”

他随即换了个话题：“我回来是来还小猴子的钥匙的，不过听说她被带到福利院了，去了福利院之后院长又说她跑出去了。我找不到她，没有办法，就想在走之前在这里等她，隔三岔五地去小猴子的奶奶家看看，希望能看到她回来，正巧就碰到你们了。她现在在哪儿？”

“那小哑巴听你的话吗？”王凉单刀直入。

“小猴子不是哑巴，只是不爱说话。”白究解释道。

“不爱说话爱咬人？疯丫头！”王凉记恨着他唯一一次拉下脸跟那女孩子聊天儿却反被咬了一口的事。

“白先生，”兰烛开了口，“能麻烦您跟我们走一趟吗？小猴子在我姐姐那儿，不吃不喝地闹脾气，您能帮忙劝劝吗？”

“她奶奶一直送她来我这儿学画画，或许我的话她还是听的，只是其实我也不知道以后该怎么安顿她。”

他这话一出，三个人都陷入了长久的沉默中。

他们其实都没有想好，面对突然出现的这一切，该如何解决。

好在那不吃不喝的小丫头看到了白究，眼睛里顿时充满了欣喜之色。她终于收起了手里的“定海神针”，跑着过去，认真地、慢慢地叫了一声：“白老师。”

这是她跟乌紫苏住在一起这半个月来说的第一句话，兰烛看向乌紫苏，乌紫苏已经红了眼。

兰烛当时怎么也想不通乌紫苏这种复杂的感情，但即便理解不了，她的目的也很明确——既然乌紫苏在她落难的时候帮过她，那乌紫苏需要她的时候，她也不可能撒手不管。

王凉气得跟只好斗的公鸡一样，在一旁指着乌紫苏说得“噼里啪啦”，但最后也只能老老实实地给白究安排了一个房间。

夜里，白究带着小猴子在灯下一笔一画地描着蜡笔画。乌紫苏在一旁远远地看着，小心翼翼地把自己禁锢在一个圈子里，只想让自己变得透明，不敢打扰他们。

蜡笔从桌子上掉落，滚到了乌紫苏的脚边，她慌忙地避让了一下，抬头却看到小猴子已经在她面前了。

小猴子的眼睛干净明亮，像是雪夜里明亮的灯火，她呆呆地看着乌紫苏，却无法准确表达自己的诉求。

乌紫苏感觉自己的心被刺了一下，连带着五脏六腑都疼。她连忙蹲下来把脚边的蜡笔捡起来，双手递给小猴子，满目期待地看着她：“给你。”

小猴子依旧站在那儿，没有伸手，像是个没有意识的破碎娃娃。

这时白究在后面说了一句：“小猴子，谢谢阿姨。”

小猴子这才点了点头，怯怯地说："谢，姨。"

"不用谢。"乌紫苏连忙说道。她把蜡笔放在小猴子小小的手掌里，用她的大手把那小手合起来。

小猴子的手也太小了，又软又小，像是个可爱的小小包子。当她的手与小猴子的手合上的那一刻，乌紫苏明白，她已经由不得自己了。

小猴子依旧趴在桌子上画画，白究走了过来，乌紫苏连忙擦了自己流出的眼泪。

白究："对不起，给你添麻烦了。"

乌紫苏摇了摇头："没有。您说她叫小猴子，这是她的名字吗？"

白究："她叫什么，其实我也不知道，只是听她奶奶说，她特别爱看《西游记》，喜欢里面的齐天大圣。"

"难怪她那么爱拿着她那根金箍棒。"

"小猴子的奶奶是个苦命人，丈夫早年因为矿难亡故了，按照边城的风俗，死在外面的人灵魂要去奈何桥上摆渡三年，等到三年以后灵魂才能回到故乡，享受世间亲人的供奉。小猴子的奶奶犟着一口气，不管开发商开什么样的条件就是不肯搬，说是老头儿往后回来找不到自己家的房子，就会变成孤苦的游魂。

"开发商自然不信这一套。他们有文件、有依据，小猴子的奶奶是急脾气，直接拦在村口不让进，劝着村民不要搬。

"小猴子的奶奶本来身体就不大好，这事一出，直接晕倒在了当场，在医院躺了半个月，最后没熬过去，就只剩下了小猴子一个人。

"小猴子的奶奶执拗，在走之前一直重复着一句话，说就是不搬，死也不搬。奶奶过世后，就换成小猴子……她什么话也听不进去，只是拿着根棍子，一个人拦在房子门口，学着她奶奶，梗着脖子犟着劲，嘴里喊着'不搬''不搬'。"

乌紫苏："她很难听懂别人说什么吗？"

白究："你应该看出来了，小猴子有很明显的语言障碍症。小时候，她执迷于想象自己是孙悟空，扰得小镇里的人鸡犬不宁，她奶奶听说画画能让人安静下来，于是把她送到了我这里学画画。

"这样有着明显的语言障碍且经常有重复性的行为，在临床表现上是自闭症的一种。”

乌紫苏大约了解这点，但是真听白究说出，还是不由得手脚一凉。

兰烛觉得乌紫苏变得越来越不像原来的乌紫苏了。

乌紫苏为了小猴子的病情四处奔走，把国内顶尖的儿童心理科的医生看了个遍，但也没有什么实际成效。

兰烛试图去王家找过乌紫苏，王凉却说，乌紫苏早就搬出去了，住到她的那个花圃去了。

兰烛改了目的地去找，只见到满园的虞美人凋零在地上，一派衰败景象。

边城的项目如期开展，建筑商们失去了和“不讲理”的钉子户谈判的耐心。

小猴子看那挖掘机轰轰烈烈地开到家门口，披上那齐天大圣的斗篷，扛着白究替她新描的镏金镶边金箍棒，摆正了头上祥云花样似的紧箍咒，高喊一声就冲进了人堆。

挖掘机轰鸣，外头围墙开始土崩瓦解，同样倒下的还有一个弱小的身影。

在场的人七手八脚地抬着小孩子进了医院，乌紫苏听到消息，直接晕了过去。

兰烛顾不得赶下一场戏，让剧组的人替她上了场，慌张地跑去医院。

兰烛到的时候，乌紫苏打着吊瓶，双目凹陷。看到兰烛来了，乌紫苏扯出了一个难看的苦笑。

兰烛拿过她的吊瓶，送她回了房。

兰烛知道，王家那边跟乌紫苏的关系闹得很僵，王先生让人传了话，她若是今天不回去，就再也别想踏进王家的门。

连平日里不太正经的王凉，这会儿也只能在医院外面猛抽着烟，见到赶过来的兰烛，只说了一句：“好好劝劝她。”

兰烛看着床上的女子，想起自己第一次见到她的时候，她是那样明艳，那样惊为天人。

兰烛想起自己失意在垃圾堆里扒拉许久的时候，乌紫苏也是这样来劝她的——劝她回去，回到那能遮风避雨的羽翼下去。

兰烛坐在乌紫苏的床边，缓缓开口："紫苏姐，福利院来接小猴子回去的人已经来了。她只是个孩子，以后终究会明白过来的，你犯不着因为这事惹王先生不高兴，更犯不着自己来吃这样的苦。"

乌紫苏把头靠在自己屈起的膝盖上，呆呆地看着窗外飞扬的雪，答非所问地说道："阿烛，你知道我有多久没有在台上了吗？"

兰烛坐得近了些，把掉落在地上的被子捡起来："知道。你十八岁来槐京，攻刀马旦，二十二岁转行做了演员，二十四岁退出演艺圈。如今你三十岁，不在戏台上已有八年，不在屏幕上已有六年。"

"你瞧，这年岁可真经不起熬。"乌紫苏转过头来，床头灯昏黄的光线映在她的眼里，"阿烛，你来槐京这些年，一直让你往前走的是什么？"

一直让她往前走的是什么？兰庭雅宁可灌醉一个有妇之夫，也要把她生下来的原因是什么呢？

兰烛想了想，缓缓说道："可能是为了证明什么，可能我生来就是为了反抗吧。"

乌紫苏安静地看着兰烛——她也跟自己一样迷茫，她们一样却又不一样。乌紫苏从她的眼睛里看到了满身疲惫的自己。

乌紫苏："阿烛，我忽然找不到我在槐京的理由了。"

兰烛："你还记得你帮我找回那张报名表的时候，你说的话吗？你告诉我，没有人的人生是没有意义的。你需要槐京，槐京也需要你，你是有着七窍玲珑心的乌紫苏，是顶着光环退圈的大明星，是十二年过去了拿起花枪依旧英姿飒爽的刀马旦。"

乌紫苏只是笑："如今我只有一园子花了。"

兰烛想了想自己前些日子看到的景象，乌紫苏曾经亲手栽种但如今尽已凋零的满院子虞美人，一时间说不上话来。

"这么说还觉得有点儿伤感，我在槐京混了这十几年，竟然什么事都没有做成。现在想来，一直让我往前走的竟然都不是我自己。"

兰烛见乌紫苏用手背擦拭着水盈盈的眼尾，连忙递了纸巾过去。

乌紫苏把纸巾攥在手里，眼睛带着泪花笑着说："阿烛，想听个故事吗？"

外头传来四季常青的松柏树撑不住春雪，雪"簌簌"地落在地上的声音。兰烛的思绪跟着乌紫苏不断地穿梭到乌紫苏的记忆里。

"十八岁那年，我来了槐京认识了一个男人，他的名字叫钦书。

"我时常在想，如果我不认识他，他没有成为我人生中那个必不能舍弃的选择，那么我的人生是不是就是另外一副模样……

"我认识他的时候，他还是个京剧戏团里的琴师，着白衣拉胡琴，用戏文上的话说是璞玉蒙尘。

"他的琴拉得最好，我的枪舞得最好。我后来才知道他也是岭南人，异乡遇故人，我们很快就成了知己。

"他的事业不太顺利，我时常鼓励他，终于有一天，他跟我说，他的才能得到了赏识。我自然是为他高兴的，他带着我和那个人一起吃饭，我才知道原来他家里的那把琴已经挂在墙上吃了许久的灰。

"他跨行成了经纪人，我自然就是他第一个捧上位的女艺人。看着他在酒局上谈笑风生，好过看到他一个人悲凉地坐在夏夜的台阶上抱着琴酩酊大醉。换一种行业生活，我觉得没什么，只要我们两个依旧能在一起，日子总会越过越好的。

"直到我怀孕了。那个时候的我，摘了最佳新人奖后又拿下了最佳女演员奖，一时间风光无限。但只有我自己知道，不争气的我满心满眼还是只有他，我的灵魂依旧空洞得可怕。

"大明星未婚生子，本来就够闹腾的，再加上以之为代价的那些高额的赔偿金，导致他并不赞同我生下这个孩子。后来在我的坚持之下，他终于答应我让我回岭南悄悄生下孩子，只是在我生下孩子没多久后，那孩子就丢了。"

"丢了？"兰烛在大量铺天盖地地轰炸而来的消息中只顾得着捡起这一条。

"只有那小小的金色花朵吊坠项链还留在孩子身上，那是我买给她的礼物——一朵小小的、可爱的虞美人。这些年，我没有一刻停止过找她。直到那天，我在北山寺下撞上了小猴子。"

兰烛："所以，小猴子是……？"

"是。找到她的那一刻，我突然就明白了我活着的意义。失去她之后，我满是灰心地回到槐京城，钦书已经从经纪人变成了制片人，拉着资金投资了一部全年票房最高的电影，而我依旧是他走向成功的那一块垫脚石。我们都知道这是我们最好的年华了，对新人不断出现更替的娱乐圈来说，我们往后的每一天都会不如今天。站过高处的我们都害怕再次跌倒，我麻木地跟着他应酬，在他那个与酒色与金钱无法分离的名利场里浸润，贪恋着他给我的最后一点儿爱意。然后我遇到了王先生，他笑着问钦书让我陪他一晚，问钦书介不介意。"

乌紫苏说到这里的时候，情绪有了很明显的变化。她没有再说下去，没有说钦书那天晚上最后说了什么、做了什么，但结果是很明显的——毕竟乌紫苏已在王先生身边待了六年。

兰烛："那这些年，你和他——我是说钦书，还有来往吗？"

乌紫苏淡然一笑："我是他的棋，他怎么舍得就这样把我给丢了？这些年，他依靠着我，也凭着他的手腕，已经在圈子里混得风生水起了。"

"那王先生……王先生知道吗？知道你和他曾经的关系？"

"他这样在影视行业盘踞第一多年的大腕，能不知道这点儿陈年旧事吗？"乌紫苏遗憾地说道，"你只看到我衣食无忧、生活无虞，却不知道我身不由己，毫无自救的能力。"

"紫苏姐，不管是钦书还是王先生，他们都不该成为你牺牲自己的人生的枷锁。"

乌紫苏缓缓抬头，对上兰烛充满希冀和同情的眼神，不忍面对一个才二十一岁、前途无量的姑娘，说自己早已经失去了生存和战斗的能力，早已经变成了攀附别人而生的菟丝花。乌紫苏只得打了个比方，缓缓说道："阿烛，傀儡是没有灵魂的，离开操纵者立刻就会化为灰烬。

"巷子里的猫很自由却没有归宿，围墙里的狗有归宿但终生都要低头。人生这道选择题，我们怎么选都会有遗憾的。

"眼下对我来说最重要的，是保住小猴子从小长大的家园。我对她没有任何付出，也没有做到任何母亲的义务，她现在仅有的这个愿望我一定要保住。”

这件事情谈何容易呢？兰烛在心里重重地叹了一口气，但没把这样丧气的话说出来，乌紫苏的状态她能感同身受。乌紫苏如今衣食无忧、生活无虞，但这一切都是因为身边的那个人。人们因为忌惮而谄媚乌紫苏，状似尊重，却没有人因为乌紫苏本人而在意其感受。

兰烛知道，自己没了江昱成也是一样的处境。

想到这儿，她忽然抱着点儿希望开了口：“或许……或许我可以去求求二爷。”

乌紫苏拉着兰烛的手，听到她说这话，不自觉地握紧了她的手，郑重其事地摇了摇头：“阿烛，听我的，不要。”

“为什么？”兰烛反问。

乌紫苏把视线从兰烛面前移开，背过身去：“你应该比我更清楚为什么。”

兰烛心“咯噔”了一下，好像心里有个声音很直接地告诉她，江昱成不可能因为乌紫苏的事情和兰烛的求情，而去保住小猴子的房子。

对他来说，有价值、能衡量的，绝对不是人的七情六欲。

即便如此，兰烛心里的那点儿苗头却在疯长。

边城出了事后，江昱成没过多久就回来了。

两个人跟从前一样，对坐着吃饭，江昱成从手边的礼盒袋子里拿出来一个小盒子交给兰烛。

兰烛打开盒子，里头是块质地均匀、透着淡淡紫粉颜色的玉，瞧着品相上好。

“听林伯说你前段时间迷上了倒腾玉雕刻，给你带了块练手。”

倒腾玉雕是兰烛想出来的用来掩盖自己前段时间的行为的借口，兰烛有些心虚，没伸手，只是说道：“这么好的玉拿来给我练手，太可惜了。”

江昱成淡淡地说：“不可惜，时间是要花在对的人和对的事上的。如果你觉得演出无聊，可以暂停，也可以转移兴趣，但把时间浪费在不值得的人和事情上，这就有些浪费了。”

兰烛心里顿时泛起涟漪。

她知道江昱成在点她，她做的所有的事情，哪件不是在江昱成的眼皮子底下？她想瞒也瞒不住。

兰烛把那玉石盖子合上，坐得毕恭毕敬，微微抬起下巴，深吸了一口气，才缓缓说道："二爷，我想求你……"

江昱成停下筷子，拿了块黄色的缎帕，出声打断她："别是为了那个男人。"

兰烛的头脑瞬间短路，明白他说的是白究之后，她连忙摇头："不是，我和他没见过几面……"

江昱成起身，打断她的解释话语，用疏远的眼神看着她："我对你和他的事情不感兴趣。"

兰烛看到他的眼神，一时噤声，脊椎发凉。她捏了捏自己的手心，后槽牙一咬，再度抬头问道："规划图里必须得包括小猴子家吗？有没有一种可能改规划图，留给她们一丝空间？"

江昱成背过身去。他声音里的怒气很明显在逐渐升腾，他轻笑了一声："改规划图？兰烛，你知道你自己在说什么吧？

"那项目不是江家说了算的，背后牵扯的家族比你想想象中的还要多，是谁让你到我这儿为这事出头的？是那个过气的女演员？"

"不是，"兰烛连忙否认，"是我自己，是我自己要说的。"

她说是她自己要说的。但她明明就甩开他的人，去了边城，见了一些对她来说没有必要见的人，明明驻足看过另一个男人在灯光下作画，在霜雪漫天的日子里踏进过那个男人的屋子，留恋过男人画里的自由和不羁的灵魂，却什么都没有跟他说。

他倒是想问一问她：到底谁跟她是一路人？她从来不过问他在商场上的决断，如今又是为了谁有求于他？

"你自己要说的？"江昱成转过身来，淡漠地看着她，声音冰冷，"阿烛，两年多了，你还没有学会摆正你自己的位置吗？我和你是一体的，一荣俱荣，一损俱损，如今你却为了他们让我难做？"

他临窗而站，冰雪在慢慢消融，窗外的枯木在吐新芽，而兰烛满脑子想的都是关于摆正她的位置这件事。

她的位置在哪儿？

乌紫苏说的话是对的——不要幻想自己能撼动他的决定。对他们这些人来说，实打实的交易比推心置腹的诚挚来得更诱人。

兰烛对着那玛瑙珠帘怔怔地发呆，忽然就想起自己第一天来槐京城的时候——她就跪在那帘子外头，声音发抖地唱着《白蛇》。或许是从那个时候开始，她就没有摆正自己的位置。或许一开始，兰志国带她来戏楼胡同就是一个永久的错误。这个错误让她永远不懂怎么摆正自己的位置，她却偏偏不信，偏偏要试。

她想起江昱成曾经说过——她是不是真的觉得自己是有什么潜力的投资品？从她父亲带她进来那一刻起，从她说要留下来那一刻起，她难道还妄想拥有那些称为自尊和独立的东西吗？

她“扑通”一声跪在地上。

“兰烛！”江昱成出声喊她，语气里带着滔天的怒意。

“二爷，算我求你，算我求你一次好吗？只要几十平方米，几十平方米就好，给她留一个家吧，好吗？”

她跪在那里，眼睛里的泪光像是外头融化的雪，在清冷又嫣红的眼里打转，最后却一滴都没有掉下来。

她在忍让和哀求，那表情和神态让人动容。

江昱成负手而立，脊背挺直，心中气血翻涌。他迫使自己的目光从兰烛身上移开，看向前方：“即便从前为了你的母亲，即便从前你那么难的时候，你也从未这么卑躬屈膝、低声下气地求过我。如今为了这些与你不相关的人，你倒肯舍了你的自尊跪下来求我。兰烛，你这一身傲骨算是让你自己废了。”

说罢，他径直走出了房间，留兰烛一个人独自坐在地上。

江昱成这一走，几天都没回戏楼胡同。

他住在一套位于城东中央商务区离江家的产业园不到两公里的公寓里，翻着堆积如山的公文，思绪烦乱。

笔尖一顿，镏金雕刻的钢笔落在地上，他靠着椅背，揉着太阳穴。

助理不合时宜地敲着门，江昱成没抬眼，喊人进来。

助理："二爷，开发商过来了，来聊边城项目的第一期款项的事。"

江昱成："知道了，我马上过去。"

他站起来，从衣架上拿了外套，一靠近就闻到外套上淡淡的味道。

浮京阁换了熏香，原先的冷冽松木香被兰烛换成了雪中春信香，那藏在雪地里的淡淡暗梅本不露锋芒，等到人远离时，却能在恍惚中骤然想起它单薄却勾人的媚意。

江昱成停在半空中的手最后还是落了下来，他拿了外套，大步走向会议室。

会议室里，边城项目的项目经理已经拿着一沓资料等着了。

"二爷，合同法务部都已经过了，没什么问题，投管部也说这个价格开得很合适，商务、法律上都没有什么问题。"

江昱城点了点头，拿起钢笔。笔尖刚触到纸面，他犹豫了一下。

他忽然想起那个画面——她跪坐在地上，长发披在她瘦弱的肩膀上。她微微抬头仰望着他，眼里的倔强之色和锋芒被她藏在目光下，眼尾的一抹红若隐若现。她明明没有掉眼泪，可是江昱成总是觉得，那一滴未落下的泪落到了他荒芜的心野上，像是一场由星火引发的燎原大火，烫得他难受极了。

他把合同合上，对着项目经理说道："那块地，我想留一部分。"

"留一部分？"项目经理有点儿蒙，"二爷，我不太明白您的意思。"

"那儿不是有个不肯走的钉子户吗？把那个留下，剩下的卖了。"

"可是二爷，我们这样做会影响地皮的估值的，这一套程序都要重新走过，算起来是我们违约，不划算的。再者，那家钉子户我听说了，难缠得很，您没必要把烫手山芋放在自己的手上啊！"

江昱成捏了捏合同的一角，把手上厚厚的资料丢给项目经理："就这样吧。"

项目经理还想说什么，但看江昱成一副心意已决的样子，又看了看江昱成身边的林伯。

林伯摇摇头，示意他不要再说了，项目经理只能退下。

门被关了之后，江昱成坐在沙发上，一下一下地用打火机敲着桌子。

林伯："二爷，您这样做，老爷子会不高兴的。"

江昱成："我知道。"

林伯："您母亲的状况一直不太好。"

江昱成蓦地起身回头，一把揪住了林伯的衣领，几乎要把林伯拎离地面，死死地盯着林伯的眼睛："我用不着你来提醒我。"

林伯依旧保持着自己的谦卑和煦态度："我不提醒您，老爷子也会提醒您的。

"您知道，江家能从商的人不只您一个，所有人可都盯着这一块地。"

江昱成意识到自己失态，随即松手，站到离林伯一米远的地方，缓和了语气："知道了。"

林伯整理了自己的衣服，恢复成得体的样子。他弯了弯腰表示抱歉，随即下去安排江昱成后面的行程了。

风雪天，车子行进在槐京城朝北的方向上。

他自那天从浮京阁走后，就没有再回去过。

江昱成知道兰烛一身傲骨，这两年多来她能一直待在他身边，也是因为收起了自己的锋芒，成为他身边温顺、懂事、听话的人。

但他最近总是隐约觉得，她的温顺和懂事更像是夏夜蝉鸣前破碎的壳，脆弱得一戳就破，而跟从前相比，她的眼神越来越能让自己神伤。

他从玻璃窗映出的影子里，看到的全是那天昏黄灯光下发生的一切。

"掉头吧。"江昱成在后座上说了这样一句话。

"这——"司机发愣。

助理也转过头来说："二爷，您是要回槐京吗？林伯出门的时候叮嘱过您今天的行程，不能耽搁了。"

江昱成："要赶上明天早上十点的会议，最晚乘坐几点的飞机？"

助理翻了翻手机，有些为难："那您四点就得到机场。"

江昱成看了看手表："那就买四点的。"

助理想劝，本来安排好的行程是二爷晚上到目的地，然后休养一晚再参加明早的会议。如今车都开到半路了却要折返回去，少说也得花两个小时，助理再次劝道：“二爷，现在都已经是晚上十一点了，回槐京再赶飞机就等于您整晚都没的睡了。”

“不打紧，我在车上眯一会儿。”

助理只得摇摇头，让司机原路折返。

车子后半夜停在了浮京阁的门口，外头依旧飘扬着漫天的雪花。

江昱成从车子里下来，顾不得打伞，风雪中匆匆归来，直奔兰烛住的那小高楼。

直到走到她的窗下，他才缓了下来。

窗里透出极淡的光，他轻轻推开门，走到了床边。直到看到她的脸出现在自己眼前的时候，他才轻呼了一口气。

她睡觉有个不爱关灯的坏习惯。但与他亲近时，她会央求他把灯灭了。她把自己藏在黑夜里，只有床和被褥知道她的秘密，知道她和他的涔涔密汗，知道她在夜里似昙花一样绽放的舒展样子，更知道他在某些程度上如此渴望她。

兰烛迷迷糊糊之间感觉有人躺下来，本能的反应告诉她这人是江昱成。

兰烛睡眼惺忪地回头，目光果然对上了他的眼。

她困意绵绵，以为是做梦，把人往外推搡了几下，要为自己的被褥自由争取一下。

江昱成感觉到身边人的挣扎动作，抬手绕过她的脖颈，把人环过来置于自己身下。

她躲躲藏藏，他覆身而上，动作粗鲁，像是故意要引得她不满。

“嘶！”兰烛终于出声，嘴里不满，“江昱成，我疼。”

江昱成紧锁的眉头终于微微舒展，他手上力道小了许多，动作变成像羽毛扫过一般轻柔。只有在这种时候，她才会叫他的全名，也只有在这种时候，他才能感觉到她的身体和灵魂都被自己掌控着——毫无反抗余地地牢牢掌控着。

酣畅淋漓后她睁开水盈盈的眼睛，湿漉漉地咬着下嘴唇看着江昱成。

江昱成拍了拍她的脑袋，这会儿语气里竟然带了几分歉意："睡吧。"

兰烛白日里演出了一天，晚上又被他折腾醒，哪怕心里带着几分气，但没撑多久，眼皮就越来越重。

江昱成见怀里的人又睡过去，这才伸手看了看时间，轻轻起身。

第二天兰烛醒来的时候，觉得浑身酸痛。

她环顾了一周，摸了摸自己侧边的被子底下，那儿凉得不像是有人来过的样子，她便知道江昱成应该早走了。

他虽然行踪不定，但几乎从来不在夜里突然来她的住处，往常他们发生关系时，也都是她去他那儿，怎么昨天破了例？他还是往来无声无息的？

但是他心思一向难以捉摸，兰烛实在是腾不出太多心思去思考江昱成的行为。

此刻她担心的是乌紫苏。

乌紫苏站在王家的中厅里，一束冷光从头顶处射下来，散在她的脚边。

坐在一旁长久不语的男人四十过半，下意识地摩挲着右手拇指上的玉扳指，面容冷峻，神态不凡。

两个人安静相对，过了许久王先生才开口："那不是你的孩子，你从未有过孩子。"

乌紫苏眉眼低垂，语气不卑不亢："先生，我的事您都知道，发生了的就是发生了的，我生育过孩子那是无法改变的事实。"

坐在椅子上的人微微抬头："只要你自己不想起来，别说六年，就是一辈子，我也能保证在槐京没有一个人会知道这前尘往事。"

"那对我来说是没有意义的，先生。"乌紫苏抬头，目光对上他的眼，"我原先以为我在乎那些事，现在才知道，我原来一点儿都不在乎。"

王先生放在椅子上的手不由得紧了紧，他问："所以你在乎什么？在乎那个小丫头？你知道一个病儿对一个女人的拖累有多重吗？你要是要了她，我这儿就再也容不下你了。”

“我知道。”乌紫苏点了点头，“所以我今天是来告别的。”

“乌紫苏！”王先生“噌”的一下从椅子上站了起来，“你想好了！”

“先生，”乌紫苏有些病态的脸上泛起一丝苦涩的表情，她说，“我会老的。我想六年足够了，我该走了。”

“你能去哪儿？我告诉你，江家那位爷是不会松口的，更不会为了你那点儿泛滥的母爱折了手里的项目。你要是想凭借自己，想出卖你的肉体，也就郭家那暴发户还瞧得上你这半老徐娘！”

乌紫苏苦笑，不理会他暴怒到极致说出来的句句戳自己脊梁骨的话，反而笑着欠了欠身：“多谢王先生提点。”

王先生铁青着脸，拂袖背过手去：“好啊，那你去，去尝尝郭营的手段！”

乌紫苏不再多说，往外踏了几步，而后回头再看了一眼依旧站在厅房中央的背影，又深深鞠了一躬，最终消失在夜色里。

许久后，那背影才转过来，摔了喝茶的碗，进了乌紫苏曾经住过的院子，把她留下的东西烧了个精光。

白究找到兰烛，说乌紫苏隔三岔五地给他打钱，一打还是大金额，白究想打回去，却发现她每打完一笔钱就注销一个账号，很是古怪。

兰烛联系了乌紫苏几次，乌紫苏要么没接电话，要么就是说自己忙，含糊地糊弄几句。

直到过了大约两周后，兰烛才在一次拍卖会上遇到了乌紫苏。

江昱成托人带回来了几张拍卖会入场券，说是让兰烛帮着在拍卖会上选些东西送给他的几个故交。

兰烛心思难安地让助理估摸着江昱成的故交的喜好选，自己的眼神却一直在同时出现在拍卖会中的乌紫苏身上。

她穿得异常性感，红唇鬈发，妆容艳丽，似是要把一生最美丽的时光绽放出来。兰烛那句因为自己未帮得上忙而感到抱歉的话还没来得及说出口，她就看见乌紫苏挽上了另外一个男人的手。

乌紫苏身边的那个男人不是王先生，而是据说接下来负责边城项目后半程的开发的人。

那个男人姓郭，叫郭营，采矿出身，早年间土匪式地囤了大量土地，硬生生地挤进了这圈子。但槐京城的上流圈子的人排外，这郭营出入穿戴高调，似是要把全身家当都放在自己身上，要不是看他在土地建设上还有些利用的价值，槐京城的那几个大佬哪里能容他这样的角色？

如今王老板从前的女人跟了他，他自然是得意得不行，让乌紫苏一个接一个地给人倒酒。

看到乌紫苏出现在他身边的时候，兰烛就知道了乌紫苏要做些什么。兰烛找了个机会，拿起桌边的台上的一杯香槟，不着痕迹地走了过去。

郭营在跟别人讲话，乌紫苏一个人站在旁边，笑脸相迎。

兰烛轻轻唤了一声："紫苏姐。"

乌紫苏笑着转过身来，看到兰烛，神色微僵。

郭老板听到动静也转过头来，先透过圆框眼镜扫了兰烛一眼，看到她的长相的时候，眼睛都看直了，色眯眯地说道："小乌，这是你的小姐妹吗？我看着有点儿眼熟，小美女，我们是不是之前见过啊？"

郭老板拿着香槟，边说边绕过乌紫苏往兰烛身边挤。

乌紫苏一个转身，挡在兰烛面前，对着郭老板笑道："哟，郭老板，您是不喜欢我了吗？怎么见到一个就说一个漂亮的？难不成她比我还漂亮些？你昨天还浓情蜜意地跟我说要到天荒地老，今天就要跟别的比我年轻的小妹妹双宿双飞啊？！"

郭老板讪讪一笑，被乌紫苏拉着往回走："瞧你说的，哪里有人比你还好看？你最好看！我就是看人家在这里落单，热心问了一句嘛！"

见两个人越走越远，兰烛一句话也没有说上，站在原地久久不知该如何反应。

她和乌紫苏隔着一条宽阔的河流，她站在河流的另一边跨不过去，只能看着乌紫苏朝着自己决定的路越走越远。

再后来，兰烛在酒局上遇到了乌紫苏，乌紫苏眼下乌青，笑着给桌边的人挨个儿倒酒。众人欢笑畅谈，却未有人对她说过一声谢，那肥硕丑陋的郭老板在旁边又揽了个姑娘，看也不看她一眼。

她没了王先生庇护，身后的靠山一倒，在势利狡诈的酒色场里人人可辱。

兰烛几次想解围，乌紫苏却投来警告的眼神，示意她不要靠近。

兰烛知道她的眼神的意思，她在告诉自己，在江昱成回来之前不要蹚这浑水。

而最后，让兰烛意外的是，边城的那个小镇伴随着轰鸣声坍塌，唯有小猴子和白究的房子，在那片废墟之上没有受到丝毫影响。

兰烛认为，或许乌紫苏真的找对人了，那肥头大耳的男人有多么不堪那都不要紧，至少乌紫苏真的让小猴子留下了自己的家。

过了正月，天却没有要放晴的意思，纷纷扬扬的春雪下得一阵比一阵大，把马路堵得严严实实的。兰烛听到南方的不少地方也有了雪灾，剧团里的演出都暂停了，江昱成也因为这一场大雪，耽搁了回来的路程。兰烛坐在阁楼的一楼里，烘着暖洋洋的火炉，打发着夜里的时间，忽然听到了屋外貔貅的叫唤声。她本想让林伯去看看，可不知为何，有一种直觉迫使她披上外套，自己走出了大门。

她刚开了一条门缝，就在雪地里看到了一个人影。

来人孤单、瘦弱，身形甚至有些佝偻。直到她转过身来，兰烛才吃惊地发现，这人竟然是乌紫苏。

她看到兰烛的一瞬间，惨淡一笑："阿烛，我可以进去吗？"

兰烛连忙带着她去了自己的小高楼，把暖气开到最大，从衣帽间里拿了两床最暖和的鹅绒被，把乌紫苏裹得严严实实的。她一边裹，一边看到乌紫苏身上触目惊心的瘀青和红肿痕迹。兰烛莫名其妙地害怕了，惊慌失措下控制不住地颤抖起来。

"紫苏姐，是谁？是谁？！"

乌紫苏摇头。

"是那个郭老板对吗？他对你做了什么？你等着，我这就去报警，我这就去报警。"

"阿烛——"乌紫苏拉住她，"咳咳，别去，是我自愿的。"

她说话间止不住地咳嗽，眼里却一点儿都没有委屈和害怕的情绪，只是紧紧地拉着兰烛的手："妹子，陪姐姐坐会儿。"

兰烛根本坐不下来，甚至不敢抬头看乌紫苏。

兰烛想起自己第一次见到乌紫苏的时候，乌紫苏坐在台下听自己唱戏，明明还金贵得体；想起两年前的夜里乌紫苏和自己一起在狂风倒灌的马路边上翻那张报名表的时候，明明还风姿绰约；想起乌紫苏带自己去看她满院的虞美人的时候，明明还明艳美丽……

"阿烛，小猴子那儿不拆了！"乌紫苏眼睛里闪烁着星星点点的光。

兰烛甚少看到她现在的样子，仿佛十几岁的少女跟人分享着春日里简单又幸福的一件趣事。

兰烛点了点头："我知道，她一定很开心。"

"所以你看，我也是有价值的对不对？"

"对！"兰烛吸了吸鼻子，点了点头，"小猴子一定会记得你的好的。"

乌紫苏长呼了一口气，原来僵直的身子慢慢瘫软下来，像是春日来临前要融化的冬雪，她瘦削的脸上带了点儿宽慰的笑容。

"这是我这一生中过得最有意义的一段时间了。"

兰烛舔了舔干燥的嘴唇，话到嘴边，一阵苦涩，想起了白究说过的一些话。

"紫苏姐，你确定小猴子真是你的孩子？"

兰烛说完，根本不敢看乌紫苏的眼睛。

兰烛知道自己没有资格影响别人的判断。

她也不是特别爱插手别人的事情。她和乌紫苏并非亲姐妹，但相似的人生总是充满着折叠和交错的阴影，这让她们更惺惺相惜。

因为懂得，所以兰烛觉得残忍，因为竟然隐隐觉得乌紫苏心里有答案。

乌紫苏也没有看兰烛，盯着窗边那一小块被镜子挡住的阴影，慢慢地说道："阿烛，不管是还是不是，人生也不应该只是这样活着，对吗？

"如果能在这个世界上找到你能为之付出和疯狂的人，你才会知道，原来曾经你过的那些日子只是行尸走肉般消磨时光；你才知道，过去的那些笑容都是僵硬地伪装出来的。然后你深深地解放，解放了你无处安放的愧疚情绪，找到了你遗忘很久的希望。然后有那么一瞬间，你会忽然觉得，哪怕你只能获得短暂的人生，那也足够你安心长眠了。”乌紫苏缓缓说道。

那些话语拼凑成兰烛往后余生中都难以完全回忆出来的片段，深深地落在了浮京阁那密不透风的砖瓦里。

“阿烛，不要成为第二个乌紫苏。”

一个月以后，兰烛才听林伯说，乌紫苏在一个风雪夜里死在了那个破败的花圃里。

乌紫苏患的是暴发性心肌炎，病毒性感染面很大，是急症，早期不重视，晚期救不回来了。

槐京城里的几个故知避之不及，原先日日与乌紫苏纠缠的郭老板铁青着脸，甩了甩袖子，说了声“晦气”。就连王凉都被王家关在屋子里，根本施展不了什么手段。唯有兰烛和白究，草草地买了块墓地，将乌紫苏的身后事处理了。

自始至终，兰烛都没有看到过那个叫作钦书的男人。

小猴子依旧拿着金箍棒，挥着手里的棍子，站在乌紫苏的墓碑前，“啊啊”地想表示些什么。兰烛什么也不想听，感受到的只有吵闹声。

她体会不到乌紫苏的感情，没办法不责怪小猴子的出现。

白究招手让小猴子过去，待在自己身边，转头对兰烛说道：“她走之前，委托我做了中间人给小猴子开了个基金账户。”

跟兰烛料想的一样，乌紫苏尽自己最大的能力给小猴子安排了一切。

她甚至还给兰烛安排了。

那天夜里，她来浮京阁，给兰烛留下了一封书信。

乌紫苏说，岭南的林家欠过她一个大人情，要是槐京真的容不下兰烛了，兰烛可以凭借这封书信，去岭南找一个安身立命的地方。

当然，她笑着对兰烛说：“阿烛，希望你永远也用不上这封书信。”

“她还跟你说了什么？”兰烛盯着乌紫苏墓碑上好看的眉眼。

“她说小猴子是她的女儿。”白究有些抱歉，“我没办法不说实话，我认识小猴子的母亲，她从怀孕到生产我都知晓，小猴子不可能是乌小姐的女儿。”

兰烛感觉到心跟针刺一样疼：“然后她怎么说？”

“她说那不重要，就当她找回了自己的女儿吧。”

所以她知道……即便知道，也沉溺于这一场自己给自己编造的幻境中，背上责任，在自己人生最后的时光轰轰烈烈地为自己活了一场。

她曾经问兰烛存在的意义是什么。

兰烛说，自己的意义是对抗。

如今兰烛想来，属于乌紫苏的意义，应该就如那虞美人的花语一样——花落时是一场盛大的悲歌。

人的感情不能太多，也不能太满，太多太满了，一个人的躯壳就装不下了，人就开始拼命地找外界的容器装载。事实却是，连自己都释怀不了的情感，他人又怎么能理解呢?

乌紫苏在最后的时光活得疯狂。或许，人和每个动物一样，本能地对大限将至有着敏锐的感知能力，她应该早就知道她自己的身体状况了，尽可能地做着最多的安排。

有的人的人生是一盏孤灯，留给了人世间留恋的人看到油尽灯枯的时间；有的人的人生是一场烟火，孤单升起又轰然倒塌，让人还来不及感叹它的美好就悄然离去。

兰烛走近了两步，捡起掉落在乌紫苏的墓碑上的青松叶，手指一松，让它们随风雪飘去。

乌紫苏自由了，不用再被他人牵制，不用再满怀愧疚之情。

那不是兰烛第一次面对死亡。她从前在江南的小镇里颠沛流离时，坐着那演出的车赶过很多场葬礼演出。她演出结束，坐在那三轮车上，麻木地看着葬礼上恸哭的人，却如同现在一样——喉头干涩，发不出声音来。

乌紫苏的碑文铭刻如她所愿：永远的刀马旦!

乌紫苏走后，兰烛大病了一场。

江昱成知道消息后连夜从外地赶了回来，又请了私人医生。医生说兰烛那是心病，身体只是有些劳累。

江昱成听林伯将事情说了个七七八八，听到乌紫苏死了的时候，眉头微微一动，而后喉结滚了滚，说他知道了。

兰烛醒来第一眼看到的就是江昱成，他坐在那儿，微微托着脑袋，像是很早就来了。

看到江昱成的一瞬间，她心里有很多复杂的情绪。

她忽然就想到了那些皱着眉头让人把乌紫苏抬远点儿的王家人，想到了从头到尾没有出现过的钦书，想到了那些曾经奉承、赞美乌紫苏如今却避之不及的槐京里有头有脸的人，想到了江昱成曾经对她说过的“从你说要留下来那一刻起，你难道还妄想拥有那些称为自尊和独立的东西吗？”那些话。

她思绪混乱，宁可高烧不退。

但乌紫苏的事情，她怪不了江昱成。原先定好的地拆迁合理合法，论起这头来，江昱成没有让步的道理。

但她又没法原谅自己在这件事上什么都没帮上。

江昱成像是看透了她，轻声说道：“那孩子送去的福利院我让人打点过了，配置的医生都是顶级的，你别担心，你已经做到最好了。”

兰烛迟钝地点了点头，靠在江昱成的肩膀上，闻着他身上淡淡的熏香味。

她想要休息一下，想要忘却她和江昱成之间的事，想把他当作情人一样，稍稍安静地休息一下。

江昱成原先垂落在她身边的手微微动了动，最后拍上了她的肩膀。

兰烛趴在江昱成的肩头上，眼泪突然就止不住地流了下来。

江昱成觉得兰烛一直闷闷不乐的，就让吴团长把她后面的演出改了期，带着她去了西口的温泉山庄。

这山庄平日都是不对外开放的，内部是邀请制和定制式的，只接待他们想接待的客人。

最贵的独栋套房、独享的山洞温泉、周到的客房服务、精致可口的美食，这一切都没有任何可以挑剔的地方，只是江昱成鲜少来。

他隔几天便让人送些珠宝过来，兰烛打开看一眼，就放在自己的梳妆柜上，望着那些奇珍异宝发呆。

住久了，她觉得一个人在独栋的山庄别墅里没什么人气，索性下了山，却没想到在山庄主体大厅后面的无边泳池那儿遇到了一个人——他光着身子，肚子上的肥肉绕成两层游泳圈，蒙在他头上的是一件性感的女式泳衣。

那个男人身旁站满了高挑丰满的女人，女人们的嬉笑声像是四方涌动而来的潮水，听得泳池中间的这个男人失去了东西南北的判断力，只搂着水花扑了个空。

兰烛一看到他的脸，就想起了乌紫苏身上那触目惊心的伤痕。

她站在岸上，挪不动脚步，死死地盯着他。

郭营意兴阑珊地从水里出来，抓过兰烛旁边衣架上的浴袍套在身上，头发一甩，看到了一旁盯着他的兰烛。他从头到尾地打量了她一番，水里的女人个个身材曼妙、样貌绮丽，但论能立刻唤醒男人征服欲的一定是他面前这个——眉目清冷如高山雪，气质出落如霜下月。

郭营一看到兰烛就心里直痒痒，毫不避让地直接靠近她："美女，我们是不是见过？"

兰烛："见过。"

郭营得到了回应，拍了一下双手："我就说我们见过嘛！你知道吗？前世几百次回眸才能换来今世一次擦肩而过，相逢就是缘分。来啊，一起玩啊，这泳池我包了，后面餐桌上的东西，你想吃什么就拿什么！"

兰烛淡淡地看了他一眼，冷冷地笑了笑。

郭营没留意她脸上神色的变化，伸手抓过兰烛的手。

兰烛躲闪了一下，快他一步地抽出自己的手，铆足了劲，用了十成十的力道一巴掌拍了过去。

清脆的巴掌声中断了泳池里的热闹动静，人人都看了过来。

郭营愣了半秒，才反应过来这响亮的巴掌声是从他的脸上发出的，顿时觉得脸上无光，一阵恼怒，满脸通红："你敢打老子？！你也不看看老子是谁！”

他扬手就要打下来，兰烛下意识地往后退了几步，但奈何动作还是没有他快，那用了一个男人全身力气的巴掌眼看着就要落下来。

就在这时，一声中气十足的呵斥声传来：“住手！”

兰烛一看，林伯不知什么时候已经出现在她的面前，单手擒住了郭营要落下来的巴掌，身形却依旧保持着他那种在人人面前都谦和的样子，四两拨千斤地让对面的人动弹不得。

郭营正要开骂，见来人是林伯，一瞬间有些不安。而后郭营又想到了边城后边开发的项目，江家和槐京的那几户大家非他不可，顿时就底气十足了。

“林伯，这您就别多管闲事了，我好心请这姑娘喝一杯，她不赏脸就算了，当着这么多人的面不分青红皂白地打我是什么意思？您能给我个理由吗？”

林伯依旧谦和，但挡在兰烛面前的身子半分没有挪开：“郭老板，这是我家二爷的姑娘，打你恐怕不需要理由。”

郭营一听这话，才反应过来——眼前这姑娘是江二爷带来的。他一时间心里发毛，但又强撑着不肯服软。毕竟后面所有人都看着他，他若当下做了㞞包，往后面子往哪儿放？

但江家二爷的手段，他实在是忌惮。最后，他也只能指着兰烛的鼻子留下一句“你等着”就走了。

林伯转过身来，微微弯了弯身子：“阿烛姑娘，没事吧？”

“没事。”兰烛摇了摇头，“您怎么在这儿？”

“二爷让我看护着姑娘安全，虽说这酒店接待客人是有门槛的，但山上山下的客人品质还是有差异的，山下鱼龙混杂，姑娘还是跟我回山上吧。”

“嗯。”兰烛被郭营搞得没了继续闲逛的心情。

她跟林伯回了山上，坐在暖洋洋的山间套房里，听着典藏版的名家京剧选段。

外头的雪越下越大，兰烛通过落地窗看到远处有一个人徐徐走过来——他撑着一把黑伞，高大的身影像是突然低空盘旋在雪地里的猎鹰，在漫无尽头的雪地里孑然一身。

她站起来，趴在窗上，看着人慢慢走近。

兰烛从未这样看过江昱成。隔着窗户，她像是从另一个世界在窥视他。

他抓着黑伞柄的手骨节好看极了，他眉眼没有表情的时候依旧如此凌厉。若是不认识他，她一定会感叹造物主不公，哪里能把一个心思难以揣摩、睥睨众生的人造得拥有这样一副完美的皮囊？那皮囊看一眼就勾起人心里的贪念，让人过分迷恋，想要彻底拥有。

可现在她偏偏认识他，知道迷恋他要付出的代价，更知道想要拥有他要经历的苦难。

“怎么光着脚站在地上？”

声音从兰烛的身后传来，兰烛才反应过来，江昱成已经进来了。

兰烛看着他，外头的风雪没有落在他的身上。

江昱成把被兰烛丢在地上的鞋子拿过来，坐在沙发上随手一揽，兰烛就陷在了他的怀里。

他身上的香味传来，兰烛闻出来了，那是她依照古法仿制成的苏轼的雪中春信香——那是她的味道，她独有的、特别的味道，现在却弥漫在江昱成的四周。

“待在山上觉得有些乏味了？”

兰烛交叉着双手，目光落在自己的手上：“嗯，不如回去演出。”

“嗯。”江昱成点了点头，将毛绒拖鞋套在兰烛白皙的脚丫子上，“我家阿烛是委屈了。”

江昱成把她放下，自己也站起来，牵过她的手：“走，带你看点儿有意思的东西。”

“什么？”兰烛不解。

江昱成眼底闪过一丝难以察觉的危险：“看看就知道了。”

兰烛被他带出套房里面的客厅，走向外面那个会客的客厅。

兰烛跟在他后面，首先听到的就是貔貅的低吼声。

它前半身伏在那里，怒目而视，从胸腔里传来的怒吼震得它双颊肌肉发抖，宽大的脚掌踩着一个人的手掌。

兰烛在看到那个人的面貌的时候，心里不由得倒吸一口冷气——

郭营眼角瘀青，鼻红脸肿，看到江昱成过来，拼命地要往前爬，奈何手被那只百来斤重的杜高犬死死压着，只能动下半身，看上去就像是一条被碾碎后还在拼命挣扎的虫子。

兰烛不忍再看，只觉得一阵反胃。

他痛苦地号叫着，挣扎着往前试图拉江昱成的裤脚："二爷，二爷我错了！我错了！您放过我吧！求求您放过我！"

而站在他面前的江昱成依旧目不斜视，挺拔如劲松，双手背在身后，冷冷地注视着跪在他面前的人。

兰烛顿时觉得汗毛倒竖，惊悚不已。

"二爷，二爷！我知道错了，您放过我，您放过我！"

郭营的叫声接连不断地响起。

江昱成没理他，只是转过身来对着兰烛说："阿烛，过来。"

兰烛动了动僵硬的肢体，走了过去。

江昱成坐在那儿，揽了兰烛往自己的怀里带，手落在她的发尾上，手指穿过她的发梢，一圈圈地用指腹摩挲着："他今天动你的是哪只手？"

兰烛看了看郭营，郭营用求救的眼神看着她。

兰烛从他的眼睛里似又看到了乌紫苏的那些伤口，试图让自己变得镇定，指着郭营的右手："那只。"

江昱成了然，收回自己的手，朝林伯点了点头。林伯不知从哪儿拿了把手指长短的瑞士军刀出来。

郭营被吓得大叫起来："江昱成！我是其他几家力保的人，项目后半部分没我的开工许可证，你们半块砖都动不了！你敢动我就是跟半个槐京过不去！你想好后果了吗？！"

江昱成起身，接过那把瑞士军刀拨开，刀刃上的光透骨凉。

他淡淡地说道："很远的地方有个小国，那儿的人饿得把土烧制成饼，战乱、贫穷、抢杀的事随处可见，我在那儿的时候，就是靠这一把小刀从亡命之徒的枪下活下来的。你该不会认为，我会怕今天为了你的事情得罪半个槐京吧？"他用手指轻巧地抚过军刀的刀背，像是在欣赏一件艺术品，“那许可证也不只你一人有，没了你，我换一个人上去不就好了？”

“不！不！二爷，赵家、王家、李家他们都是一体的，我是他们的走狗而已，今天你打狗不看主人，他日必被他们几个家族忌惮，联合起来对付啊！二爷，二爷，我不能换，我有用！我以后只听你的话，我只听你的话！”郭营被吓得连连磕头，痛哭流涕，毫无尊严地在江昱成脚下摇尾乞怜。

江昱成这才缓缓蹲下，低头说道：“可是你觊觎我的东西了呢。”

郭营愣了愣，看了一旁的兰烛一眼，连忙摇头：“是我有眼不识泰山，有眼不识泰山！姑娘，姑娘……”郭营朝兰烛所在的方向爬过去，“我错了，我错了，您打我几巴掌都行，我日日在家自己扇自己，扇到您满意。您帮我求求情吧，帮我求求情好不好？……”

江昱成根本没给郭营靠近兰烛的机会，一脚踹开他：“你也配求她？”江昱成对手下道：“抓住他！”

身后等着的几个男人上前，把郭营的头和手分别死死地抵在地上。

兰烛看到江昱成手里的刀闪过刺眼的光芒。

郭营被四个男人按在地上，动弹不得，哭着喊着叫上了妈妈，面容极其哀痛扭曲，满目绝望之色。

“二爷。”兰烛上前一步，抓过江昱成的手肘。

江昱成回头，拍了拍她放在他的手臂上的手。

“没事。”他笑了笑，“一个手指头而已，要不了他的命的。”

他江昱成再权势滔天，剁了人家一个手指头恐怕也不是什么可以简单收场的事情。更何况，虽然江昱成说对那些个槐京的其他家族无所谓，她却不想江昱城跟他们结下梁子。

兰烛对着江昱成摇了摇头：“二爷，不要。”

江昱成：“他敢打你，阿烛。”

“我没受伤，而且二爷，是我先动的手。”

“谁给他还手的权力的？”

兰烛：“二爷，别把事闹大了，好不好？”

兰烛说“好不好？”的时候，带了点儿恳求之意，江昱成的心一下子就软了下来。

他扬起的手指头动了动。

那头架着郭营的一个黑衣男人手腕一用力，郭营就大叫一声，而后黑衣人散开，只剩郭营的右手无力地垂落在地上。

兰烛："二爷！"

"放心，他们有轻重的，这程度还构不成轻伤，他只是难受一阵子，让他长点儿教训。"

江昱成说完这话，郭营就被几个人拉了出去。

江昱成转过来，靠近兰烛的一瞬间，她感受到了他身上还未散去的杀意。

空气中似乎还停留着刚刚的血腥气。

她蓦然想起刚刚他说的——他在某个小国见过战争、杀戮、贫穷，还从亡命之人的枪下用一把小刀活了下来。

那是她不知道的过去，隐约之间，她也看到了她没见过的江昱成的另一面——在风月之事外的野心和狠劲。

这样一瞬间的陌生感让兰烛在江昱成靠近的时候不由得往后退了一步。

江昱成伸出的手落空，他看了看此刻往后退的兰烛："你怕我？"

兰烛意识到自己的不对劲，抬头看了看江昱成的眼睛。

他的眼睛，即便是那样冷漠地看过刚刚匍匐在他脚下的男人，看着她的时候却还是跟从前一样，虽没有缱绻的眷恋之色，但还是有柔情的。

不管怎么样，她跟他是一条船上的人。

兰烛摇摇头，上前一步，主动把手放在江昱成伸出来的手上："没有。"

江昱成见到兰烛主动挽了上来，心底的阴郁情绪一扫而空，反倒跟兰烛解释道："我就是吓唬吓唬他，哪里能真剁人家一个手指头？"

兰烛不置一词，回头看到了身后安静地跟着他们踏入雪地里的那条毛色罕见、被誉为死神的禁养犬——她知道，那不仅仅是吓唬，那是江昱成做得出来的事。

江昱成找了个人顶了郭营公司的那个开工许可证，把郭营彻底赶出了槐京的圈子。

兰烛这才觉得，自己也算是为乌紫苏出了一口气。

她不再那么郁闷烦躁，住在那山间庭院里也能静下心来研香休养了。

江昱成几次来，都看到她一味一味地自己调香料，自己试，硬是说要再研究研究苏轼的雪中春信香。

江昱成坐在她身后看她："从前调好的熏香已有八分像了，打发打发时间是可以的，当心别钻牛角尖了。"

兰烛："八分像？二爷见过苏轼吗？"

江昱成笑了笑："前几世还可能真见过。"

兰烛低头闻着调好的香料："照您这么说，我前几世可能还跟苏轼是邻居呢。"

江昱成："你这又是从哪里说起？"

兰烛跟江昱成扯着一些没有边际的事："我是杭城人，苏轼造苏堤的时候，我指不定前几世刚好是他手下的工匠呢？"

江昱成："哦？那我要去看看，看看你造的苏堤牢不牢固。"

"那您再去断桥，看看在那儿能不能碰上那千年的白蛇？"

江昱成笑："我又不是许仙，许仙太懦弱。"

"是，"兰烛也回笑，"您不是许仙。您是立地成佛、了却情爱的法海。"

江昱成起身，环过兰烛的腰："阿烛，等你空了，我陪你回趟杭城吧。"

"嗯？"兰烛有些诧异。

跟他在一起的这两年多里，她第一次在江昱成嘴里听到自己的故乡。

人对故乡的情感太过于微妙了，她儿时吃过再多的苦，也磨灭不了对自己故乡的眷恋。

"嗯，想去看看苏堤春晓，想去看看曲院风荷，想去看看秋日映塔。”

兰烛：“二爷从前没去过吗？”

江昱成：“去过，但好像你说的西湖更美一些。”

兰烛没等来江昱成陪他回杭城的约定，因为边城那里的项目出了点儿问题。

江昱成改面积在前，换人在后，早已不满江家在槐京商界掌握话语权的赵、李两家有了一些骚动。

江昱成从温泉山庄回来后，就一直忙着处理边城的事。

兰烛之前延期了好几场演出，回来后也忙不迭地追着排期。

两个人这一来一去，见面的时间甚少。

兰烛除了平日里演出，也会接一些公开练习课。

公开练习课往往是在外露过脸的角儿给剧团的新人上的培训课，除了体态、仪表和唱功，更多的是分享舞台上的演出经验和团队协作的一些注意事项。

这课就是公益课，吴团长说，按照现在兰烛这剧团顶梁柱的身份，她是不用接这种公益课的。

兰烛倒觉得没什么。她刚入行那会儿，没少蹭这种免费的公益课，很多技能都是那个时候积攒起来的。吃百家饭虽然没能吃出独门绝技来，但是为她以后百尺竿头更进一步打下了基础。所以现在给新人讲课，她也是乐意的。

一场课一讲就是两个小时，她最后停下来的时候才顾得上喝口水。

她喝完水，等人都从训练室走了，才跟小芹拿着东西走了出来。刚出来，她就在门口碰上了两个还未走的姑娘。

“你说都是一样的年纪，凭什么她就能当角儿在台上讲课，我们就只能在底下乖乖听讲？我也没觉得她有什么厉害的。”

“哟，这还没什么厉害的呢？人家可厉害了，你不知道人家背后的人是谁？怎么，你不服气啊？你不服气也去找个靠山哪！”另一个姑娘撞着刚刚那姑娘的胳膊肘，挤眉弄眼地笑着说道。

“呸！卖身求荣的事情我可干不出来。等着吧，或许明天她就不值钱了，金主什么的换别的人捧，那个时候谁还知道她姓甚名谁呢？”

两个人边说边往远处走去。

“你们……”小芹听了这话火冒三丈，一个箭步想要上去把人拦住，话还没说出口就被兰烛拉住了。

兰烛：“随她们说去吧。”

小芹：“阿烛，她们太猖狂了。你不收一分钱好心好意地一讲就讲了两个小时，连口水都没有喝，她们倒好，不知道感恩，反而在私底下说这么难听的话。”

兰烛语气平淡，毫无波澜：“她们说的也是事实，没有江二爷，就没有今天的兰烛。”

小芹：“可是……”

兰烛安抚道：“刚刚我就注意到她们了，她们在那个角落里，上课的时候心不在焉，训练的时候敷衍应付，实际功力多少，明眼人一看就知道了，随她们去吧。有能力的人能不能在槐京混出头来不一定，但是像她们这样的人，没有能力却自命不凡，最后的结局不用想都知道——没人能记得她们来过。你又何必跟她们白费口舌呢？”

小芹：“阿烛，还是你活得通透，不过太通透了也不是什么好事，看什么事都跟明镜似的。我知道你心里清楚，嘴上也不喜去争辩，但是这些说三道四的人实在可恨，我看你还是跟二爷说一声，这样不知好歹的人还是别出现在这里了。”

兰烛：“好了，我知道了。二爷最近很忙，这种小事还是别打扰他了，我跟吴团长说一声就好。”

吴团长一听这事，立刻就让人把那几个爱嚼舌根的人从那公益讲座的名单里给删了。

兰烛对吴团长来说，那可是来钱的宝贝。

兰烛的几场演出很成功，这些年她靠自身实力积累下来的票友很专一，连吴团长都说，兰烛的场次票是最好卖的，回回都没有余票。

他见到钱“哗啦啦”地进着口袋，难得地喊了大家结束后去撮一顿。

吃完饭后，团里那几个爱凑热闹的人非得让吴团长放放血，带着他们去槐京太阳门后面的绮夜。

那地儿原先是个小众的清吧，突然来了个有钱的投资人，把那小酒吧从头到尾地改了，现在那里变成了年轻人很喜欢的live house（小型现场演出的场馆）。

兰烛说自己就不去了，奈何吴团长和其他几个人架着兰烛就往外走，说她年纪轻轻的不该顽固守旧，做京剧也要保持开放的心态，演的是老一辈的古典戏，难道活得还不能像个潮流人了……

兰烛笑了笑，说吴团长说得不对，国潮才是最潮的。

“得，当然您说得对。不过今儿我请客，咱也去当个底下喊‘安可’的听众，一杯美酒下肚，一朝不知春梦，去求个醉生梦死，行不行？”

兰烛还是笑：“现在的年轻人可不欢迎您这样的大叔去那儿求醉生梦死。”

“哎哟！我的姑奶奶，您就同我们去吧，二爷这不是最近也没回吗？您这么早回去也无趣得很。”

“行吧。”兰烛架不住吴团长的软磨硬泡，跟着他们上了车。

这地方也实在热闹，用吴团长的话来说，这就是个包容开放的新世界，什么样打扮的人都有，什么样个性的人都有，他们在漆黑的夜里默契地释放着自己。

吴团长听了酒保姐姐几句撺掇的话，大手一挥去楼上开了间VIP室。兰烛倒是满意，楼上视野开阔，人又没那么多，倒是清静一些。

等到那驻唱的歌手开始唱一些温柔的抒情歌的时候，几个人有一搭没一搭地聊着天儿。

林组长：“阿烛，话说二爷这几场戏都没来看，他最近是不是很忙啊？”

“嗯。”兰烛点了点头，“他是挺忙的，别说来看演出了，连槐京也许久没有回来了。”

“场次座位到了就行。”吴团长插话道，“阿烛的场次座位有一半是二爷销的，咱就说这两年来，二爷回回都能做到这份儿上。咱这剧团里，谁都得对您恭恭敬敬的，您就是我的财神爷……”

吴团长一喝酒，话就变多了。

"是啊，阿烛，这一晃都两年多快三年了，我们阿烛的命可真好。"

"你们别取笑我。"兰烛也就听听，没有往心里去，"别说我，说说你们自个儿吧。有没有什么足够震惊我们的大秘密，拿出来给我们讲一讲？"

"哎，说起这个，还真有！听好了，听好了，我要宣布一件事情。我跟阿亮，我们领证了！"同个剧团里的小姑娘兴奋地说道。

她交了个男朋友，大家也都见过，对方是挺温柔的一个男人，走到哪儿都牵着她的手，两个人在一起没多久他就带她见过了父母。

"什么？什么时候的事啊？"

"就在昨天！"

"恭喜！恭喜！不过你们也该领证了，这都谈了两年多了，感情稳固了就该开花结果。"

"好样的！"吴团长给自己倒满一杯酒，夸着那同事的男朋友，"那是个有担当的男人，敢爱，敢给承诺！"

"什么时候办酒席啊？"

"快了，快了，下个月，准备回老家办呢！"

"回老家？那我们岂不是喝不到你的喜酒了？"

"不会，不会，我和阿亮商量好了，从老家回来以后再请槐京的朋友们吃一顿，这顿喜酒你们少不了。"

吴团长张罗着："来，来，来，我们盛满酒庆祝一下，祝你们新婚快乐，也祝我们在座还没有结婚的人早日找到真爱，早日迈进婚姻的殿堂！"

一时间举杯碰撞声此起彼伏。

小芹喝得有点儿多，红着脸悄声在兰烛耳边说："阿烛，你说二爷对你这么好，他有没有跟你说过这个计划啊？"

兰烛也喝了不少酒，托着脑袋问："什么计划？"

"给承诺，开花结果的计划呀！"

兰烛手上的酒杯微微一颤，她手指摩挲着杯口，见那杯子里的酒被五光十色的光映射，照得她眼睛干涩。

她一仰头，喝光了所有的酒。

她知道，不是所有的感情都会有一个开花结果的未来的，也不是所有的关系都会在最后用一对对戒来给予承诺的。

婚姻、承诺、江太太——她怎么敢想？

兰烛喝不惯洋酒，服务员小哥哥让前台的人给她特调了一杯“不见三秋”。

这倒是个很雅致的名字，可惜这酒一上来，满满的都是洋酒直冲鼻腔的辛辣味。兰烛喝了几口，觉得那酒口味一般，酒劲倒是挺大，就兴致索然地去了洗手间。

洗手间后头有个补妆区，放着许多舒适的椅子，像是特地为在前头被音浪震得脑袋发涨的人用的。兰烛坐在那儿摸了摸口袋，才想起自己把烟盒落在桌子上了。

她兴致索然，只得托着腮看着周围的人。

她左前方坐着三五个姑娘，最瞩目的要数坐在中间那个手臂上满是花纹的姑娘。那姑娘染了一头红发，脖子上还挂着副巨大的耳机，嚼着口香糖，手里玩着手机游戏，穿着过膝黑色小腿网袜，腿搁在椅子上晃荡着。

一旁一个类似打扮的姑娘问她：“哎，录录，你跟你家二爷什么时候订婚哪？”

兰烛听到“二爷”两个字，没法控制自己不看过去——是江昱成吗？

那个叫录录的姑娘嚼着口香糖吹了个泡泡：“谁知道呢？两年多都过去了，指不定就吹了，我也不是很在乎。”

“啊？你不在乎啊？你知道在我们这个圈子里，有多少人想嫁江二爷吗？你倒好，直接不在乎！要不是江家那老爷子明确表示只跟你们赵家结亲，你当这几年槐京城有这么安静哪？那其他名门商界的人可不得把江家的大门都踏破了！”

“是啊，要我公平地说一句，你去找遍槐京城的男人，有钱的没他帅，帅的又没他有势，有势的身材又没他好，身材好的又没他带感。说起带感，我就见过他两次，有一说一，他的手可真性感。”

另一个人补充道：“嗯，不光是手，喉结、脊背……”

“要死啊你们？”那个叫赵录的姑娘笑着踹了其他两个人的椅子一脚，“我的未婚夫，你们垂涎个屁！”

几个女孩子一阵嬉笑。

赵录像是刚打完了一局游戏，伸了伸懒腰，这才正经了几分：“槐京城的传说你们没听过啊？跟谁好也不要跟住在戏楼胡同里的江二爷好。”

“为什么？”

赵录起身：“因为他没有心的。”

其余几人笑了笑，也不探究竟，跟着起身走了。

兰烛坐在那儿，不知道是不是因为许久没有动挤压到血管了，小腿上传来一阵酥麻感。

她扶着椅子站了起来，在那儿缓了好一会儿才感觉血液又恢复了正常，然后慢慢回了前面的 VIP 室。

她坐下来，发现那几个女生就坐在她对面。

那儿有个屏风隔着，从兰烛这个角度看过去，她看到的刚好就是刚刚那个红头发的姑娘，坐在那姑娘旁边的还有其他几个姑娘，她们坐得靠外一些。

除此之外，那姑娘的旁边还有一只白皙好看的手。

那只手指节分明，握着一只造型简单的玻璃杯，在晦暗的夜里，杯中的液体和室内的光影无限地放大着那只手的立体感。

那只手的手腕上还戴着那只罕见的表，在白衬衫、黑西装的加成下，更显得清冷华贵，勾动着兰烛的目光。

兰烛觉得那只手有些熟悉了。

她摸了摸桌边，终于摸到了一支烟。一束蓝色的火焰从打火机里跳出来，她微微侧头，眯着眼看着那只手。

那头，屏风后面的那只手从桌子上移到了椅背上，他像是要起身，转过头来的一瞬间，兰烛的目光就对上了他的眼睛。

果然是他！

戏楼胡同的江家二爷无论走到哪儿，都永远是最出挑、最吸引人眼球的。

只是他们在这种场合相见，难免有一种半个月前还在眼前的柔情蜜意都化成前尘往事的感慨。

江昱成回头，竟然在人群中看到了坐在那儿的兰烛。

她穿了件单薄的白梨蚕丝改良短款旗袍，头发简单地用了支红玉髓的簪子盘成低低的盘发束在脑后，露出了她白皙的天鹅颈。

周围的人都匿在黑暗里，唯有她身边仿佛有一道柔和的光，任凭谁扫过一眼，都会觉得她是整个场子里最特别的存在。

江昱成有时候甚至觉得，兰烛一天一个样。尤其是与她保持距离的时候，他总是生出几分靠近她打探究竟的心思来。

自始至终，兰烛都没有躲避他的眼神，但也不过来，只是安静地坐在那儿，像是只懒散又骄傲的猫，笑意盈盈地看着江昱成。江昱成只能起身，自己过来。

他走到人面前，周围的人避让着叫着二爷，一哄而散。

兰烛托着头，一动不动。

江昱成把她手里的烟拿过去，背靠着她坐的那水吧台边站着，把那没有燃完的半截烟渡进他的嘴里。

江昱成先开的口："你怎么在这儿？"

兰烛没看他，看着楼下台上唱歌的人："不能吗？"

"没有。"江昱成侧头看她，"不像是你爱来的地方。"

"那二爷以为我爱去哪儿、不该做什么？还是应该一直待在戏楼胡同里像一只青蛙一样，观着那狭窄的天空吗？"

江昱成见兰烛戗他，看了看她杯里几乎已经要见底的酒，还算耐心地解释道："今天刚回的槐京，被王凉那小子拖过来喝了几杯。"

兰烛抬了抬眼皮：江昱成是在跟她解释他为什么没有第一时间回去是吗？

他从来没有向她汇报行程的习惯。要找她的时候，他自然会用各种办法通知到她，她都习惯了他来无影去无踪。他不在浮京阁也不代表他没有回槐京，也有可能在这种——她从来不会来的新世界里。

"二爷您随意就好。"兰烛拿起那酒已见底的酒杯，仰头发现倒不出一滴酒了，郁闷地把杯子放在桌子上，抬头看了一眼对面，这才回头对江昱成说，“那儿——我能去吗？”

江昱成见她指着屏风后面，没有任何犹豫，带着她过去。反倒是兰烛自己，在看到里头的人的一瞬间却后悔了。

屏风后面是张很大的长形花岗岩桌，王凉和几个兰烛常见的公子哥玩着德州扑克，这头的几个姑娘全是圈子里能说得上话的二代祖宗们。

那个红头发的女生看到江昱成带了个人进来，只是抬了一下眼，眼里一点儿情绪都没有，又集中精力在她的手机上的游戏中。

兰烛小心翼翼地松开了江昱成原先拉着她的那只手。

王凉看到她还朝她点了点头，算是打了个招呼。

那几个玩牌的公子哥见江昱成回来了，连忙说道：“二爷，您怎么这么慢？等您一局了。”

“你们玩吧。”江昱成找了个中间的位子坐下，给兰烛腾出了个位子，“我刚下飞机，乏了。”

“别价啊，您这刚赢了就不玩了，忒不仗义了！”

“是啊，我这 live house 刚开业，你不能这么不给面吧？”王凉也插话道。

江昱成取笑他：“你这洋不洋土不土的地儿，我看迟早开不下去。”

“您真不会说话。”王凉嗔怪。

“搞这地方前，你小子做过市场调研没有？”

“二爷，快玩！”王凉无奈地央求着，看得出来他一心只在赌桌上。

江昱成似是无奈，招呼兰烛坐他边上，侧头对她说道：“想吃什么找服务员，我玩会儿。”

兰烛点了点头，只不过此刻她的心里已经十分后悔了。

江昱成从前带她去的局，那些聚会的公子哥大多带着女伴，今天是唯一一次，只有他们这些利益捆绑的同类人的聚会。

江昱成没叫她，兰烛不该自己闯进来的。

许是喝了酒，她心里想打破这些边界感的欲望强烈。她像是跟自己赌气，赌气凭什么自己就没法进到江昱成他们所在的那个圈子里？赌气她跟在江昱成身边快三年了，对那些心知肚明的人来说却毫无威胁，赌气她永远上不了台面的身份和地位……

她承认她任性了，不该喝了酒不管不顾地进来。

只是那点儿不管不顾的情绪，在看到赵录的时候全都化为乌有，不管她承不承认，她的小腿肚子依旧忍不住地在颤动。

江昱成坐在这场局里，没有对赵录说过她是谁，和他是什么关系，赵录也没有投来任何探究的目光。很明显，赵录没把她当竞争对手，也没在乎她的出现。

兰烛在槐京待了快三年，见过形形色色的人，往来送走那么多台下的观众，也和很多在这个圈子的从业人员接触过，知道所有人生来平等，但人总是愿意与自己更为接近的人在一起，久而久之就形成了人与人之间的圈子。

圈子这个东西，是“人生而平等”论最大的反面论据。

江昱成又该怎么介绍她的存在呢？

赵录越是一声不吭，兰烛心里就越发不是滋味。

她大口地灌着水，好像想借此让自己更清醒一些。

兰烛最后在桌子底下扯了扯江昱成的袖子，说她想先回去了。

江昱成微微侧头过来：“好，让助理先送你，我晚点儿回去。”

兰烛拿起自己的包站起来，想跟屏风后坐着的一圈人道别，却发现没有一个人抬头看她。

她捏了捏手包的包环，悄声走了出去。

助理去车库里提车，让兰烛在门口等等。

兰烛站在那儿，无意中看到了原先跟他们坐在一块儿的两个女孩儿在那儿抽烟。

“你说这江二爷和赵录也真是奇怪，二爷带了个姑娘来，赵录是一眼都不看哪。这两人什么情况，各玩各的啊？”

“嗐，这又不是什么新鲜事，两家三年前就张罗着把他俩凑成一对，这两个人都能拖就拖，迟迟没有动静。”

“那江二爷今天是什么意思？玩归玩，再怎么说他也不能把拿不出手的女人放到台面上来吧，这不是不给赵录面子吗？江家不跟赵家一条船了？”

“怎么会？两家是多少年的世交了，按照江二爷这些年来的雷霆手段，他怎么可能舍弃赵家这锦上添花的关系？两个人再不对付，这婚约肯定也是要履行的。”

“那他今天带来的那姑娘怎么办？”

“您第一天认识二爷吗？”

“哈哈哈，对，是我犯蠢了。”

两个人说的话传过来也是清清楚楚的。

兰烛酒意上头，混混沌沌，站在那儿，腿跟灌铅一样重。

“阿烛姑娘？阿烛姑娘？”

助理叫了两声，兰烛才反应过来。

“车子来了，我们走吧。”

兰烛再往那头看去，原先说话的两个人早已不见了。她往前一步，外头的风吹得她的酒意散了几分，继而她钻进了车里。

车子往浮京阁的方向开去，兰烛望着窗外的万家灯火，失神地想着：槐京城这么大，一时间竟然找不出一个地方可以容纳她自己那自卑的灵魂，也找不到一个地方让她歇歇那又有些疲惫的心。

她最后让助理把车停在了剧团门口，自己打了个车，去了郊区的康宁医院。

兰烛来的次数非常少——她不敢见兰庭雅。

她有时候会自私地想：如果没有兰庭雅，她的人生会极大不同吧。如果不是兰庭雅当年义无反顾地想要有个自己的孩子来继承自己未完成的梦想，她应该会多很多人生选择吧。

她可能会去当个教师、医生、会计……也可能会回到小镇里开一家自己的花店、宠物店……她或许这辈子都不会爱上一个人，又或许会跟一个知根知底的男人结婚过一辈子……不管怎么说，那些平淡又自由的日子听上去还挺美好的，而不是像现在这样她来到槐京，遇到江昱成，在走投无路的时候接受了他这种注定不会有结果的邀请。

事实却是，如果没有兰庭雅，也就没有她兰烛啊。她继承了兰庭雅没有完成的梦想，骨子里也是和兰庭雅一模一样的人——倔强又不认输。

只是，当兰庭雅要插足兰建国和他妻子之间的关系的时候，不知道她有没有想过，自己以后的孩子要以什么样的身份在这个世界上容身。

不管她有没有想过，兰烛却真实地感受到了那些嘲讽和鄙夷的声音。

就连随便路过的一个人，都能趾高气扬地对着她说：

“哟！小三的女儿。”

“龙生龙，凤生凤，老鼠的儿子会打洞。”

…………

因为兰庭雅的野心，兰烛忍受着兰家的其他人戳着脊梁骨骂着她们母女俩。也因为兰庭雅对兰建国和他妻子的愧疚心，这许多年来，兰庭雅硬挺着没问兰建国要过一分抚养费，对兰烛说得更多的话也是要感恩，要图报。

兰烛这么多年忍气吞声，甚至为了兰家来了槐京，才有了这种种的因果。

她却不愿意成为像兰庭雅一样的人，不愿意若是有一天她有了自己的孩子，一辈子都让孩子伏低做小、感恩戴德，一辈子抬不起头来。

这是她的底线。

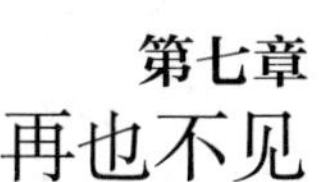

第七章 再也不见

那天兰烛最后是一个人回的戏楼胡同。

江昱成等到天快亮的时候，才带着一身酒气回来。

往常她知道他回来，都是乖巧地睡到他的大床上去，今天他回了自己的院子推开门，却发现他的房间里空无一人。

他进了小阁楼，几步上楼过去直接抱起兰烛。

兰烛一夜未怎么入睡，又被他一下从被子里捞起来，心里有气："干吗？"

江昱成："去我那儿睡。"

兰烛："不要，我要在自己这儿睡。"

江昱成酒意上头，视线微微一斜，落在她身后的床上："在这儿，也行。"

说完，他膝盖弯曲，双手一松，兰烛又落在了她自己的那张床上。

未给兰烛反应的时间，江昱成就俯身而下。他周身带着淡淡的松木味，混着刚刚酒气中尤加利的淡香。

他的眉眼、鼻梁实在是过于优秀，昏黄的灯光下一切都似是柔和虚幻的，唯独他是具体的，那细密的吻落下来真实有力。

兰烛想起今天晚上听到的关于江昱成的那些话，想到她所看到的戴着耳机的赵录，想到那人弯着嘴角说“我的未婚夫，你们垂涎个屁”，蓦地睁开眼。

江昱成感觉到她在分神，起身把躺着的她抱到自己的膝盖上，换了个姿势：“阿烛，这种时候开小差我会惩罚你的。”

他说这话的时候，嘴唇紧贴在她的耳边，蛊惑的声音再加上他逐渐加重的力道，她很快就丢盔弃甲了。

兰烛最后还是没有抵抗住。她痛恨自己在他面前不堪一击，妄想有与他抗衡的能力，却没法拒绝他的亲近举动。

在这样的矛盾情绪中，她不禁想：她往后的时光要怎么自度？

他入睡后，她起身走到小阁楼的厅间，对着放在厅间的那个小盒子出神。

她把盒子里那些由江昱成送的珠宝项链拿出来放在一旁，盒子顿时就空了大半。

兰烛弯腰，望了望那盒子底部剩下的东西——那只够铺盒子底下的一层。

不够，那还不够。

自那天以后，兰烛甚少回戏楼胡同了，一股脑儿地把全身心的精力都投入到演出上。

偏远的地方她也去，赚得不多的演出她也做，她晨起晚归，比剧团里的新人还要刻苦。吴团长经常心疼她这棵摇钱树，劝她要休息、要休息，她只问吴团长，她在剧团的分成如今攒到什么地步了。

吴团长算了算，倒是挺惊讶的——按照目前兰烛的出场费用和分成比例，她攒下了不少钱。

兰烛觉得不够，联合了几家剧团一起谈了合作协议，走南闯北地一场接着一场地演。

江昱成几次回来戏楼胡同都寻不见她，把吴团长叫过来问话，吴团长双腿一软，委屈道：“二爷，您也知道阿烛姑娘的脾气，您都劝不住，我哪里劝得住啊？”

江昱成最近被边城项目的事情弄得心烦意乱，想起自己身边这一团乱的事情，觉得让兰烛回来还不如让她自己去演出，她还落个清净。他揉了揉眉心，挥了挥手：“罢了，让她去吧，注意安全就行。”

边城那儿自换掉了郭营以后，其他的家族颇有异议。郭营虽为人龌龊、贪得无厌，但到底还是赵家、李家那边的人。没了他之后，赵、李两家对江家在项目上的动静就无从得知了。此事一出，其他两家颇为不满，变着法地在项目上联合其他几个关键人物，逼着江家给交代。

李家几个来试探的人刚被江昱成打发走，林伯又走了进来。

江昱成：“怎么了？”

“二爷，老爷子托人来带您回去问话。”

江昱成微微抬眼，望向窗外：“知道了，让他们准备车吧。”

林伯躬了躬身，走到外头给江昱成把外套拿了过来。

林伯走回来的时候，江昱成还站在窗前一动不动，身边那条黑狗耳朵低垂地趴在地上。

跳跃的灯光落在江昱成的金丝眼镜片上，映出窗外的孤树残木，霜雪顺着那灯光落在他的肩上，好像如果没有人叫他，他能在月光里停留一晚上。

“二爷，准备好了。”

江昱成回过神来，接过衣服：“你就不用去了。”

他没带任何人，孤身没入夜色中。

江家老宅，偌大的五层别墅内，唯有东边的一间房还亮着灯。

江昱成推门进去，江云湖已经坐在椅子上等着他了。

他放下衣服，语气还算恭敬：“祖父。”

江云湖斟了一壶茶，见江昱成来了，用那白玉官瓷茶壶给他倒了一杯茶。

江昱成抿了一口茶，尝出味道后又放了下来。

江云湖把一切收在眼底，停下手里的动作：“我还以为江家二爷的口味已经变了，连这龙井是新茶还是旧茶都尝不出来了。”

江昱成单刀直入：“您若是想说边城项目的事情，我承认这上面我有纰漏。”

江云湖看了一眼江昱成，拿起茶盏："江家祖辈累积家业不容易，别看现在枝繁叶茂，但树大招风。你在明提江家做事，但暗中窥伺的那些鬣狗可没少咬你吧？"

江昱成笑了笑，伸手拿过那去年的雨前龙井："祖父应该知道，这些年，鬣狗再多，我也被咬习惯了。"

江云湖眯着眼打量他："昱成，你知道你曾祖父为什么在你的五个叔公中选了我来打理这些家财，我又为什么越过了你父亲，在众多堂兄弟里面选了你，让你来主事？"

"自然是因为他们窝囊。"江昱成淡淡地说。

"当然，他们窝囊。"江云湖高声肯定，而后身体前倾，盯着江昱成的眼睛，"除此之外，还有一点，就是你和我一样，同样绝情，同样为了达到目的不择手段。

"我还记得把貔貅给你的时候，你才十八岁。你记得那天在围栏外面，我和你说了什么吗？"

"记得。"江昱成面色平淡，"您说，这种狗，美洲狮见了它也得绕道走，但那天我和它之中只能活一个。"

江云湖："你活下来了，但是也没让它死。"

江昱成径自再倒了一杯茶："驯服比毁灭更有趣。"

"有趣？你这是养虎为患。"

"祖父说笑了，我叫貔貅进来，哪怕是让它当场咬死你，它也不会犹豫半分。"江昱成说这话的时候，语气稀松平常，全然不像是在说这种张狂跋扈、大逆不道的话的样子。

"你知道我说的是谁，江昱成，你不要做得太过！边城项目你重新拟定卖的面积，又换掉了郭营，你知道赵、李两家有多不满，又有多少想取而代之的野心？在边城项目上犯的这种愚蠢的错误，给江家带来的损失有多少，你估算过吗？我们这条船上的人，都会因为这个事情受到牵连。你从前从来不会做这种事，这次却为了一个戏子做了。你多少是让人失望了。你身边的那个女人，你给我趁早处理了。"

"处理不了。"江昱成摇头。

"处理不了？你这是什么意思？"江云湖大怒，"她还要在浮京阁住多久？”

“我活多久，她便住多久。”

“你——”江云湖激动地站起来，指着江昱成的鼻子想大声叱责，可话到嘴边，跟想到了什么一样，又恢复成往日那淡然自若的样子，“她要住，也不是不可以。”

江昱成抬头。

江云湖：“你和录录的婚事提上日程吧，拖得够久了。”

江昱成不置一词，没人知道他在想什么。

“别忘了你的母亲，她在等你。我听照顾她的医生说，她可能坚持不了多久了。”

江昱成听到母亲，脸上的淡漠神色被些许僵硬表情所代替，他的声音突然颓丧下来：“祖父，这么多年您就不能告诉我，她在哪儿吗？”

江云湖拍了拍江昱成的肩膀：“你做到江家满意了，自然就能见到她了。”

说完，他就走了。

江昱成坐在黑暗的房间里，身上毫无知觉，只觉得从窗台上漏进来的寒气一丝一丝地灌入了自己的脊梁。

兰烛回到槐京之后，在浮京阁门口最先看到的不是江昱成，而是林伯。

“阿烛姑娘，二爷原先说回来陪您吃饭，但边城那边的工程上临时出了点儿事。”

兰烛摇摇头往里走：“无妨，我回来之前已经在车上吃过了。”

她往前走了几步，见林伯依旧跟在后面，回头等着他：“您有话就直说吧，林伯。”

林伯踌躇道：“阿烛姑娘，过些日子赵家老爷子要宴请四方，老爷子的意思是，劳烦您给唱一段。”

林伯口中的老爷子指的自然是江家老爷子——江云湖。

她住在戏楼胡同里这么久，从未跟江家除江昱成之外的人打过交道，更别说江家那位深居简出的江家祖父了。

这一场戏，怕是别有深意。

兰烛一时摸不准："林伯，您觉着这次我能不去吗？"

"赵家是江家的世交，赵家老爷子这次设宴请客，江家是一定要去的。这次老爷子指定让您唱一段，您恐怕拒绝不了。"

"知道了。"兰烛敛目，转身进入了正厅。

林伯叫住她："阿烛姑娘，这事老爷子不希望二爷知道。"

兰烛一时间有些失语，最后点了点头。她隐约觉得，她头顶上悬挂的达摩克利斯之剑是时候要落下来了。

那日，赵家宾客盈门，热闹非凡。

兰烛料想，江家老爷子特地让她过来，恐怕江昱成今天也会来，或许今天设宴款待是假，商量两家人的婚事才是真吧。

即便有着这样的心理准备，可兰烛在后台做上台前准备的时候，依旧觉得自己手脚发冷，心里不可控制地七上八下的。

外头放着暖场的古典乐，这次的台子就在室内，屏风后面就是前厅，等到戏开演了，卸了屏风就好，因此前厅说的话后面的人听得一清二楚。

宴会还没有开始，外头的人逐渐增加，众人你来我往地寒暄起来。

"哟！这不是钦书，钦老板吗？什么风把您吹来了？"

兰烛听到这个名字，脑中的弦"嗡嗡"作响。一瞬间，她想起了那天夜静灯残的晚上，乌紫苏用那悠长又低哑的声音说道："我来了槐京认识了一个男人，他的名字叫钦书。"

屏风中间有道窄窄的间隙，兰烛通过那间隙往外看去。

前厅来了个男人，身形修长，相貌端正，看那仪表不凡的样子，的确有着乌紫苏曾经描绘过的"璞玉蒙尘"的清冷气质。

"钦老板最近做的一部电影，据说在试映时就被各家影评人给了很高的评价。"

"我听说钦老板鲜少露面，想与您交个朋友却几次扑了空，还是赵家老爷子面子大，请得动我们钦制片人。"

兰烛确定了，这个人就是紫苏姐姐说的，如今已经当上了制片人，在圈子内小有名气的钦书。

那男人手往自己身旁右侧揽了揽，兰烛透过细缝向外看去，看到他右边站了一个眉眼如画的女子。

他对着她说："赵老爷子是昭昭的叔父。他设宴，我自然是要陪她一起回来的。"

"哦，对，对，对，差点儿忘了，钦老板如今是赵家女婿了。恭喜两位，新婚快乐，新婚快乐！"

兰烛见他情意绵绵地看着身边的女子。

新婚？赵家？

兰烛苦涩地笑了笑。他把紫苏姐姐的路走完了，就转眼找了一条更好、更快的路。

"那真是恭喜钦制片人了，听说我们马上就能吃到赵录小姐和江家二爷的订婚酒宴了，这样一来，您和二爷那就是一家人了。如今有了江、赵二家的照顾，您前途不可限量哪！"

外头的奉承声此起彼伏，兰烛从屏风后面回来，坐在化妆镜前对着镜子发呆。

她为乌紫苏抱不平，看不惯那个借着女人往上爬的钦书。怕是今日酒宴过后，江昱成就要跟他一样成为赵家的座上宾，自此以后，他们利益捆绑、命运与共，这种局面会让兰烛觉得无比恶心。

倘若为了进入这样的圈子，必须得像钦书一样，毫无愧疚感地玩弄手段和利用别人的感情，那她宁可不要与这圈子沾上半点儿关系。

兰烛随即叫小芹过来："把今天演出的曲目换了。"

小芹一脸诧异，难以置信道："换了？怎么了阿烛，不是唱《贵妃醉酒》吗？"

兰烛冷冷地说道："那人不配。"

"啊？"

兰烛回头，对剧团的那些师兄妹说道："咱们一会儿唱《武家坡》。"

"啊？兰烛姑娘，我们这么临时换曲目不合适吧？"

"你们往日没排过吗？"

"排……排过啊……"

“那是有什么问题吗，是不会唱还是不会演？”

随行的师兄妹们都知道兰烛平日里脾气极好，今日看她这么强硬地要换曲目，也不敢再多说一句了。

换就换吧，反正平日里都练过，家伙也都带着，他们都是兰烛这两年带出来的人，当然都听她的。

外面的宾客陆续坐下。

兰烛化好了妆，屏风陆续开始被撤走，道具、装饰、主角、配角都要一一上场。兰烛抬眼，果然在人群中看到了刚入座的江昱成。

他意兴阑珊，没抬眼。

坐在他旁边的是那晚兰烛见过的赵录。赵录换掉了红发，只留一头柔软的棕栗色鬈发，坐在江昱成身边。兰烛一时间只想到八个字：郎才女貌、如意登对。

兰烛逼迫自己把眼神从他们身上移走。

琴师就位，轻弦一响，台上的人儿步轻颤，那婉转的声音就此响起。

江昱成原先放置在桌面上的手指微微一动，随着音乐响起，他就发现了这一场戏不是自己料想中的赵老爷子常点的《贵妃醉酒》。

他抬眼一看，目光却对上了台上那熟悉的身段，皱了皱眉头，看向坐在他对面的江家老爷子。

江云湖没管江昱成投过来的审视目光，反而笑意盈盈地看向赵家老爷子：“赵老，今天改风格了，不听《贵妃醉酒》了？”

赵家老爷子有些困惑，但这些杂事他都是让下面的人去处理的。他抬头看了看台上的人，虽不是贵妃雍容华贵的扮相，但那寒窑青衣扮相一瞬间就吸引了他的全部注意力。台上的人一开口竟比他从前听的那些唱得还要到位些，这样的好唱腔长了他的面子，他哪儿还管得了什么《贵妃醉酒》？

他指了指台上，像是在给那些小辈科普：“《贵妃醉酒》都听腻了，换个口味。我跟你们说，这出戏叫《武家坡》，讲的是薛平贵十八年后回来试探已经认不出他的王宝钏，结果被王宝钏一顿教训，两个演员之间一来一回，好看得很！”

底下的人听了赵老爷子的介绍，本来没什么兴趣的那几个小辈这会儿反而好奇地看着台上的戏。

台子和座椅中间没有隔着太远的距离，台上那扮演王宝钏的女子尤为好看，虽着一身粗布旧衣，但难掩她相国之女的傲气和贵气。即便是不懂戏的人看了一眼，也会为那空谷幽兰般的气质和惊为天人的绝美扮相而深陷其中。

兰烛站在台上，戏已过半，戏中的薛平贵给了王宝钏一锭“三两三”的银锭，送与她做妆奁，让她“买绫罗，做衣衫，打首饰，置簪环”，作为“我与你少年的夫妻就过几年哪”的生活费。

兰烛之前每一次演出都完全沉浸在人物的状态里。但是今天，她站在台上，看到后面进来的王先生甚至坐在了钦书的旁边，两个人交头接耳，相安无事，好像完全忘记有一个死去的女人应该横亘在他们中间。凭什么陷进去爱得热烈的人落得这样的下场，他们自以为站在高处就可以当作无事发生，毫不愧疚？

兰烛站在台上唱着王宝钏的词，大骂：“这锭银子奴不要，与你娘做一个安葬的钱。买白纸，糊白幡，买白布，做白衫，落一个孝子的名儿在那天下传！”

她骂得荡气回肠，骂得声势浩大，骂得恨不得台下的人愧疚难当，自刎谢罪。

满堂喝彩声中，江老爷子抬了抬眼，侧身对钦书说道：“听闻钦制片人从前做过琴师，这《武家坡》还算熟悉？”

钦书笑了笑：“我从未做过琴师，也不懂戏。”

继而钦书转过头来，看向江昱成：“听说二爷懂戏，不如您说说，您剧团里的人唱这一曲是什么用意呢？”

他加重了“您剧团里”这几个字。

江昱成攥着手里的杯子，缓缓抬头，直视钦书，像是回应他的挑衅言语：“自然是说那薛平贵忘恩负义、抛妻弃子，这剧有点儿良心的人都看得懂。”

钦书神色一变，但到底没再说话了。

戏毕，兰烛带人撤了场子，去了后台卸了头面。

兰烛的心还未平稳下来，她知道自己一时间气愤难安，却也知道自己这么做着实冒险了一些。

她沉浸在思绪中，没注意后台化妆间的人已经都走了。直到她身后的人出了声，兰烛才恍如大梦初醒，从镜子里看到了隐匿在她身后的黑暗里的人。他直直地看着她："你当真以为台下的人不懂戏，看不出来你这自作聪明的讽刺戏码？你怎么不索性再唱明白点儿，直接唱《铡美案》？"

兰烛看到江昱成的一瞬间，想起她在台上看到江、赵两家人其乐融融的画面，听到那些来往的宾客说的"强强联手""天造地设"，想到往后他身旁会多一个更名正言顺的女子……她就没法冷静。

一时间她从那化妆镜前站了起来，连耳旁的水钻头面都还没有卸，咬着牙，一字一顿地说道："我是该唱《铡美案》的，骂他抛妻弃子，骂他'贪恋荣华忘宗祧，杀妻灭子罪难饶''似你这不忠不孝不仁不义千古少，枉披人皮在今朝'！"

"兰烛！"江昱成几乎是大喝一声，"够了！"

他想到刚刚前厅剑拔弩张的气氛，赵、江两家关系微妙，如今赵家又有意把有狼子野心的钦书招到麾下……赵家在等江家表态，这种时候他实在是不愿意兰烛再插一脚进来。

江昱成语气里的怒意还在蔓延，他问她："你知道这是哪儿吗？你知道对面坐的人都是谁吗？你如今在这种场合，毫不掩饰地把自己的情绪摆到台面上，是怕自己的存在不够招人嫉恨吗？这些利害关系，你跟了我两年多，还要我手把手地教你吗？"

她当然知道这是哪儿……这是她从来就没有踏进的属于江昱城的世界。

空气死一般安静。

兰烛敛目，身上的怒气一点点散去。直到所有的生机都被江昱成身后的黑暗侵蚀，她才淡淡地说："是，是我冲动了，我不该自作主张地逞一时之快。"

江昱成见她身上的傲气消散，换成了平日里清冷的神色，她的油彩还未卸，衬得她周身的气息尤为低沉。

他莫名其妙地觉得心里有些不安："是我话说重了。"

他试图伸手拉她，她却避让，淡淡地说道："这不是我该来的圈子。"

她抬眼，直直地看向江昱成，淡淡地笑了笑："这是赵家的地盘，二爷有难处，是我考虑不周了。不过，等到您跟赵小姐一订婚，这儿就是二爷说了算了。"

江昱成听到这话，心里一时堵得慌。他本想找个机会告诉她这事，她却早已经知道了。

江昱成想到从林伯那儿传来的关于他母亲的不好消息，想到祖父是怎么拿捏着他的软处逼他就范，不由得觉得心下烦躁，原先伸出去的手垂落。他背过身去，不想让兰烛看到他的表情："我身不由己。"

兰烛看着他的背影，听着他淡漠的语气，心里讥讽地对自己笑了笑。

她早该看明白的，不是吗？江家老爷子让她过来，不是请她来唱戏的，而是请她来听戏的。

其实从她看到赵录的时候，她就知道早晚会有这么一天的——不对，应该是自见到江昱成那天起，她就知道自己会有今天这番境地。

他们中间隔着的，不只是江南和槐京那一千多千米的距离。

只是她心里多少是有些幻想的，比如他为她造的那一场戏，比如他为了她恐吓郭营，比如他曾从她背后抱着她，温柔又缱绻地说，他想带她回她的故乡去。

她每每想起那样的承诺都觉得无比美好，都觉得自己的心可以不用再那么用力地跳动，只需要安静地躺在他搭建的梦里欢愉地睡去。

但事实是，他永远是戏台下的座上宾，而她无论再怎么努力，也只是繁杂家族利益纠葛中的背景乐与牺牲品。

她知道，命运曾经对她给予馈赠，如今却开始向她索要报酬了。

她这一枕槐安，终究是浮京一梦。

江昱成站在兰烛面前，依旧长身玉立，似不染俗尘："这只是一种形式，一种交易。这不会影响我，当然，更不会影响你的现在和未来。"

兰烛明白江昱成的意思——她可以永远、唯一地成为他没有名分、上不了台面的情人。

兰烛转过身去，对着镜子里的自己，笑得漫不经心却又十分苦涩：“好啊！”

从赵家回来的路上，江昱成和兰烛坐在后座上，却未说一句话。江昱成侧过眼睛看了看她的神色，伸手握住她的手。兰烛没躲，由他握着。

江昱成缓缓开口：“这事是我不对，我该早些跟你说的。”

兰烛看着窗外，语气平和：“二爷和赵家的婚事尽人皆知，倒也不必您亲自对我说。”

江昱成听兰烛语气平淡，好似也并未因为这事有多大情绪起伏，又想到这段时间自己因为边城的事情奔波，两个人许久未吃上一顿饭了。像是为了缓和关系，江昱成说道：“晚上去吃你爱吃的江南菜，怎么样？”

兰烛终于转过头来，神色清冷，淡淡地说道：“二爷，明天一早我在岭南有一场演出，还得回去收拾东西，今晚就得走。”

江昱成：“许久没一起吃饭了，让吴团长把行程往后拖一拖，你吃完饭明天再走。”

兰烛：“二爷，千人场次呢，那是岭南，不是槐京，票都卖出去了，哪里有再往后延一延的道理？”

江昱成皱了皱眉头，原先的担忧神色被一种审视眼神所代替。他意味深长地看着兰烛，加重了握住她的手的力道：“兰烛，我记得吴团长在岭南可没有这么广的关系，这千人场次的票，说卖就卖了？”

兰烛眉心微微一颤，心里微微异动。而后，她的另一只手主动攀上了江昱成的一只手，她试图稳住江昱成：“不是吴团长。二爷，我怎么说也是从小就混在这个圈子里的，多少还是能认识一些行业里的朋友的。是我在杭城求艺时认识的一个朋友，她在岭南演出，但是临时发烧，唱不了，我才这么着急赶过去。”

江昱成目光未动，兰烛不知道他是否相信这话，但最后他还是没再问了。

江昱成：“几时回来？”

兰烛：“半个月。”

江昱成立刻否决道：“半个月？半个月太久。”

兰烛扯了扯他的袖子：“二爷，不久。岭南一来一回就得花两三天，加上在岭南也不止那么一场演出，我还得转场演出。要是想早点儿回来的话我得攒场，您也不希望我一天奔波两三场吧？”

江昱成到底很吃她这种服软的姿态：“这半个月，我手头上的事情也比较多，不能随你一起同行，你自己注意。”

“好。”兰烛应下声来，那颗心终于不再七上八下了。

车子停了下来，兰烛回了小阁楼，第一时间让家里的几个人帮忙把自己的一些东西都收拾了出来。

江昱成站在那槐树底下，抱着手看人来人往的，对兰烛说：“不就是去半个月，你搬这么多东西走干什么？”

兰烛没停下手里搬来搬去的动作：“岭南靠南，气候与槐京自然不一样，这不快到五月了，潮湿闷热蚊虫多，自然要想得周到些。”

江昱成却按住兰烛手里的行李箱，兰烛抬头看了他一眼，莞尔一笑：“二爷，您不会是觉得我一走就不回来了吧？放心——”她踮起脚吻在江昱成的脸颊上，“半个月后我就回来。”

说完，她没再管江昱成的反应，随即就让人把东西都装在车上，直接去了机场。

车子迅速掉转方向，从浮京阁的门外出发，穿梭在城市的夜色里。

兰烛没有说谎，她现在还不能走。

乌紫苏从前给过她一封介绍信和一个联系方式，说要是兰烛真的在槐京有待不下去的一天，就去岭南，岭南的林家欠过乌紫苏一个大人情。

兰烛之前去岭南出差演出的时候，与那位姓林的老板见过，林老板因为乌紫苏的关系对兰烛那次演出多有照顾，同时也表达过对兰烛的欣赏之意。

兰烛没有下决心，当然也是因为觉得亏欠江昱成的那些东西她还没有还清。

岭南的这场演出，不是兰烛突发奇想的，之前的确也是说好的。林家剧团的林老板说了，只要她能唱出名声来，林家的剧团就有她的落脚之地。

不过她这次去有了更多的想法。

兰烛到了机场，过了安检后上了飞机。等到飞机飞到上空的时候，她看了看留在机尾那些流光溢彩的色彩，像是槐京那两年孤独又灿烂的夜。

她闭上眼睛不再去看。

半月后，兰烛准时回了槐京。

江昱成听说她去岭南打响了第一枪，演出很顺利。

他得到她要回来的消息后，第一时间就从边城赶了回来，准备亲自去机场接机。

车子在要上机场高速前路过一家花店，江昱成看过去，看到那店里的花开得热烈。他看了看手表，距离她的飞机落地时间还早，于是对坐在前面的助理说："阿诺，去买束花。"

"啊？"助理第一次听到江昱成说要买花。他跟了二爷五六年了，什么时候见二爷有这样的闲情雅致？

江昱成似是嫌弃助理不解风情，自己开了门："算了，我自己去。"

助理摸了摸脑袋，把车靠边停好，跟着下了车。

店里的小姑娘看到进来的男人器宇不凡、穿着高贵，有眼力见儿地叫来了店长。

店长看了看站在花中间手足无措的人，忙上去招呼。她看了一眼江昱成的手，发现他的无名指上未佩戴戒指。

"先生，您要买花吗？是送给长辈还是送……"

江昱成未多想，脱口而出："什么花适合送姑娘？"

店长很热情："哦，是送女朋友吧？"

他挑了挑眉，表示默认。

"那您知道她喜欢什么花吗？"

江昱成是第一次为了这种事情犯难。买些首饰珍品他在行——他扫一眼就知道成色，只管买最好的给她就行，但其实那些首饰他也甚少看她戴过。

他又听王凉说，珠宝和鲜花总有一样是女人喜欢的。

他猜想从前买了那么多的珠宝，阿烛也不见得有多爱，那这么算来她应该是爱鲜花的。谁知这花有这么多的品种和颜色，他对此也没有挑选的经验。

店长见江昱成迟迟未有反应，又看他衣着打扮高贵，料想他应该没做过这种亲自来花店挑花的事情，就在一旁建议道："送女朋友的话，您可以选择玫瑰，玫瑰呢，象征爱情。如果您不知道她喜欢什么颜色的话，红玫瑰是不会出错的。"

江昱成随店长的眼神看去，偌大的花店中央摆满了成千上万朵玫瑰。他想象了一下阿烛置身于这花海的样子，觉得这深如血色的红玫瑰与她白如霜月的肤色对比实在是太为震撼和强烈，总觉得自己拿了这束玫瑰能把她心中那魅惑艳丽的妖放出来，到时他再想拥有她，恐不是一件容易的事情。

他这么一想，跟触电了一样收回自己的手，转而看向一旁蓝白相间的玫瑰。

"蓝边纹白玉底，这是新的一种玫瑰品种，叫天空玫瑰，特别适合淡雅安静的姑娘。"

江昱成看了一眼："就它了。"

他带上店长包好的花束，再次上了车。

车子继续行进，他转头看了看座椅上的花，觉得依照兰烛的性格，她应该会挺喜欢的。

但等到江昱成的车停好，明明兰烛还未到，他就看到了他提前派来接应的人的车在掉头，像是要往回开。

江昱成把人拦了下来。

司机一看到江昱成，连忙躬身道："二爷。"

江昱成单刀直入："干什么去？人都没到，你掉头走是什么意思？"

司机有些局促："二爷，阿烛姑娘身边的小芹姑娘刚刚来过了，说阿烛姑娘提前一班航班就回来了，这会儿估计都已经回您那儿了。"

“是吗？”江昱成抬起手腕看了看自己的手机——兰烛没给自己打电话也没有发消息。

他让助理打了个电话，林伯说兰烛确实已经回了戏楼胡同。

江昱成扫了一眼旁边的花，自言自语道：“真是越来越肆无忌惮了，提前回来了也不说一声。”

助理一直在观察江昱成的表情——他知道二爷的脾气，二爷最不喜欢的就是被别人放鸽子。可这次二爷也不恼怒，只是让他掉转方向，回了浮京阁。

江昱成的手指不由得敲着座椅上的置物台。

助理从前方后视镜里观察着，侧头对司机说：“开快点儿。”

司机一时没反应过来，张着嘴看着助理。助理回头看了一眼江昱成，低声对司机说道：“二爷敲桌子了，说明着急回去，你快点儿。”

司机了然，将油门踩到底，绕过那堵车的路段，就差没将车飘移着开回去了。

车一停，助理赶紧开了门找了个路口的垃圾桶蹲着吐，江昱成则潇洒地从车里走出来，拿了花，朝司机抬了抬眼，像是满意。

司机喜出望外，高兴自己的本领得到了二爷的赏识。

江昱成阔步进去，原先心情还不错，但之后在他常住的东边正厅和客厅还有餐厅找了一圈，也没找到兰烛的人影，顿时心下不满，还是林伯出来说，阿烛姑娘一回来就上了自己西边的阁楼。

厨房里的人见江昱成回来了，连忙把他叮嘱做好的饭菜拿上来。江昱成看了这满桌子都是她爱吃的甜腻腻的南方菜，却不见她的人影，皱了皱眉头，把花往桌子边上一扔：“她这是要成仙，饭也没吃？”

林伯回道：“阿烛小姐说她没什么胃口。”

“没胃口？”江昱成皱了皱眉头，“把她给我叫下来。”

半个月未见，到家也不提前说一声，连顿饭都懒得下来陪他吃，她怕是要反了天了。

他瞥了一眼桌子上的那束花。

林伯派的人正要往西边阁楼走去，江昱成看着那几个着急忙慌的背影，想到了什么似的又把人叫了回来：“算了，我自己去。”

他起身走到外面，而后又停住脚步，回来把花带上。

江昱成几步来到西边阁楼处，抬头见那楼上的灯光影影绰绰，不由得减缓了脚下的步子。

他推开门，门里面灯光昏暗，她未关窗门，五月和煦的风拂过窗台上的帘幔，最后染上月光，延展到了她的发梢上。

她合着双目，眉头微微皱着。

江昱成上前一步，轻声把手里的天空玫瑰放下，坐在她的床边伸手贴上她的脸颊，突然想要把她的眉头抚平。

她白皙的手臂还落在外面，江昱成拾起她的手臂放入被褥中，低头吻了吻她的额头。

她大约是舟车劳顿累了，半个月不见，身形都清减了些。

他最终还是没有忍心吵醒她，带上门走了。

自那天回来后，兰烛把后面的演出都推了。

江昱成问她为什么，她坐在芭蕉叶下的竹编藤椅上，长长的毯子半落在地上，柔顺的头发堆在胸前，微微上扬着眼，倦怠的样子像一只猫。她说：“这些日子奔波在外，我累了，二爷。”

“不去倒也好，从前劝你别那么拼命，你也不听我的，如今也好，也许久未给自己放过假了。”

江昱成随她一起坐在那窗台下，看着初夏满目的绿意，见她那白皙的脚裸露地踩在地板上，伸手把她抱到了床上。

她也随他抱，像个没有灵魂的玩偶，他抱她去哪儿，她就去哪儿。

因为兰烛在家，江昱城最近推掉了不少应酬，处理完商场上的事第一时间就回了戏楼胡同。

这天，他像往常一样推开门，走到前厅底下的芭蕉树下，没看到坐在那儿的兰烛，随即走到后门那片槐树下，也未曾看到踮着脚摘花的人。他立刻掉头，加快脚步去了西边的阁楼。

江昱成拾级而上，三步并作两步，推开门：“阿烛？”

屋内空空如也，风吹得她手抄的那本曲谱“哗哗”作响。

他环顾一圈，屋子被收拾得整整齐齐的，她却不在。

江昱成顿时觉得脊背上汗毛倒竖，整个人气血上涌地僵在那儿，手上青筋暴起，下楼喊道：“林伯！”

林伯连连应声，慌乱地跑过来。

江昱成目光刚对上林伯，正要发问，就看到兰烛手里拿了个竹篮从月牙门里出来。她看了过来，脸上表情疑惑，像是被他的大阵仗惊到了。

江昱成几步走了上去，抓过兰烛的手：“阿烛，你去哪儿了？”

“我闲来无事，打发时间，在后院种了些花。”她的眼神落在江昱成额头上沁出的汗上，她拿了纸巾，抬手替他擦拭着，“二爷这是怎么了，遇到什么要紧的事了？”

“没有。”江昱成把她的手拿下去，握在自己手里，“下次不能这么不说一声就不见了。”

“我就在后院里，什么叫作不见？”兰烛笑了笑，“我能去哪儿？整个槐京都是二爷的圈子，我去哪儿，您能找不到我？”

江昱成听她这么说，心里总算是安定了一些。

他最近常常觉得不安，她从未这么乖顺，也从未像现在一样可以一天什么都不做，安静地趴在他的膝盖上，看着春夜落雨，听着雨打芭蕉。

她离他越近，他就越觉得不安。他每每垂目触碰她的面颊，看向她的眉眼时，都觉得她好似一只要振翅飞远的蝴蝶。

她时常会趴在那落地窗前的蒲草席上抄她的那些曲谱，抄累了就蜷缩在椅子上睡着了。

“二爷，你知道吗？我发现我可值钱了，我演一场戏能赚不少呢！”

“赚多赚少都无所谓，我能让你缺钱花？你就当个爱好，想演的时候就演，不想演的时候那就不演。”江昱成当时是笑着这样回复她的。

兰烛没说话，只是安静地看着他。

江昱成走上前去，将手中的毛毯给她盖上了，忽然看见她露出来的手肘，便将那手肘放入毯子里面，掖好毯子，而后又仔细地在月光下看着她。

他觉得这样也挺好的。她乖顺些，他也逐渐把自己的担忧情绪放回了肚子里。

他从未想过这样的日子会到尽头，直到那日收到江家祖父的通知，说他必须出席订婚现场。

兰烛像往常一样起来，站在江昱成面前，微微踮脚，看着他颈部裸露出来的肌肤，仔细地将镏金暗纹的领带系好："二爷今日穿得也太素了，怎么说也是订婚的日子，这一身高定西服也不是新做的。"

江昱城整理着袖口："只要我人能到，他们才不在乎我穿什么。"

"哪怕是撑场面，您也得配合些，毕竟这是对两家来说百利而无一害的事情，总不能惹得赵家老爷子也不高兴。不管怎么说，赵录小姐总是会体面地盛装出席的。"

兰烛见过那套订婚礼服——梦幻到让她心痛。

江昱成没回这话，倾身在她的额头上印下一吻："我应付完了就回来。"

江昱成走向轿车。开车门前，他再次回头看了兰烛一眼，当对上她淡漠安静的眼眸时，不知道为什么，不由得心下一慌，不安感倏地爬上他的神经末梢。他转过头去再次看向兰烛。

兰烛朝他笑了笑："去吧，二爷，今天真是个好天气。"

江昱成犹豫片刻，最终还是上了车。

车子启动，兰烛在车子绝尘而去的尾烟中淡淡地说道："万里晴空，再见。"

她没说出口的后半句话是：再也不见。

浮京阁里，江昱成走后，小芹随即过来。

兰烛坐在窗台上，把江昱成从前知道她的心头好而特地给她打造的沉香木匣子搬出来。那沉甸甸的盒子放在芭蕉叶下的竹编桌台上，惊落一地黄花雨。她一个一个地把自己捏好的泥人装进盒子里："事情都办好了吗？"

"办好了，你让我卖的那些东西我都卖了，原先所有的账目都清理干净了，律师那边也确定过了，没有问题。"

“好。”兰烛淡淡地笑了笑，“谢谢你，小芹。”

而后她又停下手里的动作，转过身：“东区的乘龙剧团的张鸣鹤与我交情还不错，我走了之后，你可以去他那儿。这两年你做经纪人做得很好，曲艺这圈子不大，你名声在外，将来肯定能比现在混得更好。”

“我不去。”小芹想都没想就拒绝了兰烛，“虽说你是角儿，我是你的助理，我自然得听你的，可你明明比我还小几个月，也比我晚几天来剧团，这职业生涯的安排我用不着听你的。你去哪儿，我就去哪儿。”

“离开槐京绝对是下下策，你犯不着跟着我去，那意味着从头来过。”兰烛劝道。

“阿烛——”小芹往前一步，“没有你的槐京城，我难道不是一样要从头来过吗？”

“真要跟我一起？”

“非你不可。”

小芹一副认准了她的样子倒是把兰烛逗笑了：“你想好了，往后我在这个圈子里，可就没有任何人可以仰仗了。”

“我想好了。”小芹立刻点了点头，“倒是你，阿烛，你真的想好了要离开这儿吗？真的不用再跟江二爷道个别吗？”

兰烛想起她前几日听别人说起过，赵录那件梦幻的莲雾色礼服如晚霞云海渐变，如春来花色漫野——她实在是没有勇气去看八卦的媒体传来登对的两个人的照片，也没有精力听路过的人说他们多么般配了。

“不了。”她看着蹲在她门口的那条黑色高大的杜高犬，恍惚间看到它眼眸中突然出现了像人一般眷恋的神色。

她舌尖微微苦涩，走过去蹲下，轻轻地摸了摸它的脑袋：“该还的我已经还完了，我和他之间剩下的没有什么值得当面说的了。”

江昱成的车子朝着槐京最豪华的槐京饭店开去。

他抬眼扫过窗外，记忆中，偌大的槐京城里车辆从晨起堵到黄昏，从雪夜堵到春日，在他生命中存在的每一天都拥堵不堪。车轮快速地互相追逐，人们无心去看飘过的云烟和天空中掠过的飞鸟，只顾着追赶即将下坠的落日，好像再慢一秒就会被生活抛弃，被背负的枷锁指责，被身后的深渊咒骂。

今天，他的路却无比宽阔，道路上无人阻挡，车子飞速前进，一路绿灯。

江昱成看着窗外已经看了不下百次的重复乏味的单调景致，闭上了眼。

从前的许多次，他都是这样合着眼，不回头，外头流光溢彩的景致从他的眼皮上扫过，未曾给他空洞黑暗的世界里带去半点儿光彩。

只是他如今坐着，脑海中浮现的全是这两三年光景里的破碎片段。

她跪坐在珠帘后，与那黑狗对视，抬头看他一眼，他就能从她眼里看到人间的风霜雨雪；她突兀地站在晨间大雾里，抬着头颅，透过雨问他说过的话还算不算数；她坐在芭蕉树下的竹藤木椅上，碾着臼里的香料，和他慵懒地说着西湖的湖光山色。

他闭上眼的每一秒里都是无数个她——骄傲的、谦卑的、颓丧的、欣喜的、平淡的……都是她。

思绪一瞬间难以抽离，直到画面落在刚刚他出发前的那一刻，他看到了兰烛眼底转瞬而逝的一丝眷恋之色！一瞬间他诡异地感觉背脊发凉。

“掉头！”江昱成突地睁开眼。

助理回了头：“这……二爷，咱们就快到了，订婚酒宴都等着您呢。咱们已经出发晚了，时间耽误不起。”

江昱成加重了语气：“我说掉头。”

助理左右为难，江家老爷子交代过，今天不管怎么样都要把江昱成带到酒店去。现下这人都要到酒店门口了，突然掉头是怎么回事？助理明白，自己再怎么样也要稳住：“二爷您有什么事您让我去做，今天酒店里整个槐京城与赵、江两家沾亲带故、利益相关的人都在，您今天必须得到场啊！”

“我现在有很重要的事情要做，立刻、马上给我回戏楼胡同，听明白了吗？”

“您不能……”

“我说掉头！”

江昱成不容置喙，助理哪怕心里十万个不愿意也没办法拦下人。

于是在槐京饭店外头围着说笑攀谈的一圈人，眼见着江昱成那辆连号的迈巴赫差一步就要驶上酒店大厅外的宾客专属 VIP 通道了，却突然掉头走了。

众人一时间定格在原地，面面相觑，相顾无言。

这是怎么了？

江昱成的电话在响，他低头看了一眼，见是他祖父打来的，没接。

司机透过后视镜望着后座上的人，大气不敢喘，只能往前开。

江昱成的电话又响了起来，他正要挂断电话，却发现来电人是他大哥江月梳。

江昱成敲了敲耳边的蓝牙耳机，接起了电话。

一向斯文的江月梳接起电话的那一刻，语气里也带了点儿责备之意："昱成，你搞什么？"

江昱成还算有耐心："大哥，这婚我订不了。"

江月梳明显是无奈了："你这……所有人都等着呢，赵家那边最离经叛道的录录都来了，都等着呢！你怎么不订……你现在怎么能说不订就不订呢？"

他还没说完话，电话就被夺了过去，狭小的耳机里传来了江家老爷子的声音，江家老爷子中气十足，气急败坏："江昱成，你给我听好了，江家的未来你还要不要了？！江家这条船上的这么多人的利益你还管不管了？我命令你，马上给我回来！"

江昱城皱了皱眉头，没再等他说下去，摸到耳边的蓝牙耳机摘下："老子不去。"

车子又折回了戏楼胡同。

江昱成从车上下来，几步就跨进了门，朝里屋走去，偏偏原先那着急的脚步在过了垂花门跨进正院的门槛后，却凝固住了。

正厅中间摆了一个雕刻精美的盒子。江昱成记得有段时间兰烛痴迷于木雕，他那时恰好在跟一个贩卖木材的商贩打交道，无意中听商贩说从国外捞了块沉香木，难得得很。

那做木材的老板刚喝高了在江昱成面前秀过宝，第二天江昱成就带着人来他家中把那沉香木带走了，也不管他愿意还是不愿意，反正给他留下了两倍的钱，那上好的沉香木就变成了兰烛的储物盒。

兰烛收到盒子的时候捧在怀里舍不得放下，而后又跟个老人家一样，把什么好东西都放里面。

“这是怎么了？这东西不是阿烛的吗？她宝贝得很，拿出来做什么？”江昱成克制着心头那些隐约的不安情绪。

“二爷……”林伯上前一步，想要说些什么，可是明显有些吞吞吐吐。

江昱成皱着眉头：“说。”

林伯：“阿烛姑娘说，这里面都是您送给她的东西，她一样也没动，都在这儿了。您当时帮了兰家，她说……她说……”

江昱成不由得感觉到胸腔里一阵气血翻涌上来，后槽牙一紧，问林伯：“她说什么？”

“她说……她的青春也算值点儿钱，除去她陪您的这些年……抵过这些之后，她合计了一下，这些还您的恩情应当够了……”林伯抬头看了一眼江昱成，只见他站立在原地，手背在身后，一言不发。但林伯很容易就能感到二爷周身那逐渐升腾的怒气，咬了咬牙，继续说道：“至于……至于剩下的这些算给二爷的谢礼，谢谢您这些年……这些年对她的照顾。”

江昱成往箱子里扫过一眼，箱子里的东西不少，珠宝玉器、金银首饰，甚至还有支票。

“她人呢？”

林伯沉默。

江昱成声音明显提高：“我问你，她人呢？”

“二爷，兰烛姑娘，走了。”

“走了？”江昱成听到这两个字后，瞬间转了过来，手指关节上的青筋明显可见，看着林伯，像是在确认自己没有听错。

连见过世面，向来淡定的林伯此刻都有些局促，惴惴不安，手上似是拿着什么东西，脚心像是被火烧似的不安。

“二爷，这封信是兰烛姑娘留下的。”林伯终于把那封信递了过去。

江昱成的视线落在那封信上——她是连半个字都不肯跟自己说了，还留封信？

直到打开信的时候，他才知道什么叫作见字如面——就是当你看到如她一般傲气的字落在纸面上时，那字和她的人一样，能把一个完好无损的人活活气死！

纸上写着潇洒的四个大字——

“不复相见。”

江昱成把那信攥在手里，手控制不住地握紧，手指发力，几乎把那纸张揉成一团，恨不得把这封信撕了。而后他又像是想到了什么，到底还是没有撕信，只是拿着那信，指着林伯暴怒道：“她怎么敢？她怎么敢？！

“她把我江昱成当什么了，说走就走，还不复相见？你看她狂的！她当这槐京是什么地方？她把过去这快三年的时光当什么了？还不复相见！你看到了没有？她竟敢给我留这么四个字，我看她是反了，吃了熊心豹子胆了！”

林伯不由得头顶冒汗。他也不知道兰烛这搞的是哪一出，更要命的是，从前不管是在商场上逐利还是在复杂的人际关系中周旋，江家二爷从来没有流露过这么大的情绪，也没有发过这么大的火。如今兰烛一走，按照江昱成现在这脾气，他这是要让他们浮京阁上上下下的人都陪葬啊！

就在此刻，吴团长慌里慌张地跑了过来，见到院子里站了一地人，又抬头对上江昱成此刻显然怒火滔天的脸，双腿一软：“二爷，二爷！阿烛姑娘找了律师来，说跟我们剧团解约了，就连赔偿款都一分不差地打了进来，这是怎么了？”

未等吴团长说完，林伯就将人赶了出去。这吴团长锦上添花的事情不做，雪上加霜的事哪儿都有他，简直让人头疼。

江昱成站在那儿，吴团长说的话他都听明白了。

所以这一切不是她突然兴起，她早就在做准备了是吗？她还了他的钱，清了他的恩，违了他的约，赔了他的款……她还真是滴水不漏。

江昱成目光又扫过那箱子里的东西，看到她叠得整整齐齐的钞票和大笔一挥的支票——她要攒下这么多东西，绝对不是一朝一夕就能做到的。

她是从什么时候开始预谋这场逃亡的？半个月前，半年前，一年前，还是从在他身边的那一刻起，她就在准备着离开他了？

好啊，他真是小看她了！

第八章
不配听

要说这槐京城最近最热闹的一件事，当数赵、江两家尽人皆知的悔婚事件了。

两家的姻缘线埋得颇深，江家往上数三五代，不管是旁系还是直系，都有赵家人的影子，就说已过世的江家夫人——江月梳的亲生母亲，原先就是赵家家族的人。到了赵家小姐赵录这一代，赵家虽然拿到了海外一家品牌的独家代理权，但赵家无人有这样的能力打理，赵老爷子又想把赵家的经济命脉给自己嫡亲的孙女，奈何赵录半点儿心思都不在商场上，于是赵老爷子就寻了江家这位铁腕的爷，两家各有好处，这其中根深蒂固的姻缘关系，任凭谁来都动不了。

按照戏楼胡同里的那位爷的性子，他定是要吞了这块蛋糕的，本来是互相有利的事情，可听说那位爷的车子都开到订婚现场了，却掉头离开了。

酒足饭饱后，扎堆聚在酒局上的人就八卦起来。

“掉头就走？那是什么事？”

“谁知道呢？”

“你说这位爷是真任性，说闹掰就闹掰了，说不订婚就不订了，这其中是有什么缘故吗？”

“据说是为了个女人。”

“一个女人，什么女人？”

“嘘！”交头接耳的人掩面做手势，“小声点儿，玄妙得很。”

“据说那女人是狐仙所变，最擅长蛊惑人心。”

“狐仙？这世界上还有狐仙呢？”

“你别听他乱说。什么世道了，你怎么还信这种怪力乱神的事情？真没谱儿。”

“真的！你是没见过，我听之前去过浮京阁的人说过，二爷在那西边的小阁楼里养了个女人，那女人漂亮得跟仙女下凡似的，一看就不是凡人。”

“真有那么漂亮？”

“不然戏楼胡同的那位爷怎么会为她退了赵家的婚呢？！”

王凉在一旁听得实在憋不住了，一副憋得脸颊通红，再不笑出来就要憋死的样子：“哈哈哈！狐仙蛊惑，难以自拔……”

江昱成嫌弃地瞥了他一眼：“笑个屁。”

王凉努力地收着自己咧开的嘴：“对不起，对不起，二爷，这外面的流言蜚语也太好笑了，把您编得跟聊斋里沉迷美色的书生似的。不过我看您一直称病躲着江老爷子，躲着赵家的人，这颗心哪，的确是被那小狐仙勾走了。”

江昱成手里握着只小口杯，视线落在夜色浓重的酒盏里，冷冷地回道：“我没躲。”

“没躲您还让貔貅站在门口？您就说只要凭您家貔貅那体格，它往那儿一站，别说是人了，哪怕是孤魂野鬼都不敢靠近。”

江昱成：“是那些爱嚼舌根的人太烦，三天两头来。”

“嗐，槐京城就这么大，这好事不出门，坏事传千里，拦着他们倒是对的。”王凉饮过杯里的酒，“别把阿烛妹妹拦在外头就行了。”

江昱成听到兰烛的名字，才微微抬眼，不痛不痒地吐出一句：“没心没肺的，她要回来早就回来了！貔貅哪里能拦她，见了她尾巴摇得比见了我还勤快。”

“您就没想着去找过她？”王凉打探了一句。

“找个屁！”江昱成回道。

王凉撇了撇嘴，眼神往江昱成身上瞥：“二爷，您不觉得自阿烛妹妹走后，您脏话变多了吗？”

江昱成从身后拿出个木制匣子来：“能不说脏话吗？你瞧瞧这丫头干出来的事！你要没我这好脾气，都能被她气死几百回了！”

王凉怀疑地看了一眼江昱成：“这我就要替槐京城全城人民说一句抱歉了，您要说自己脾气好，这槐京可就没人脾气不好了。”

调侃归调侃，王凉依旧朝那木匣子里看去：“您这不声不响地带在身边的玩意儿，这是什么呀？”

江昱成双手一撤，腾出点儿位置让王凉看到木匣子里的东西，一字一顿地说：“你瞧瞧，这都是她留下的全部身家。”

王凉看了一眼，匣子虽小，但里面奇珍异宝满满当当的，还有那字签得潇洒的几张支票：“嚯！这阿烛妹妹真有钱。”

“你说她过不过分？”江昱成问王凉。

王凉看了看江昱成臭着张脸，眼里却流露几分需要他同仇敌忾的味道，连忙点头道：“过分！的确很过分！”

王凉看到盒子里的好多稀罕物，好多他都只听过没见过，还想伸手过去拿出来看看，江昱成一把把盒子盖上了。

江昱成：“别动，这是给我的。”

“啧，看看都不成吗？”王凉撇了撇嘴，“你说阿烛妹妹给你留下一堆金银珠宝算怎么回事？分手费吗？”

“你才分手费！”江昱成语气不悦。

王凉心里嗤笑了一声：这就是分手费。

“您这随身带着又是什么意思？”

“我得随时备着——见了她之后，我倒是想问问她，就她这点儿家底是看不起谁？”

“那您直接找她回来问问不就行了吗？您带着这么大个匣子走来走去的，见谁都要哭诉一下这番伤心往事吗？”

“我伤心？”江昱成嗤之以鼻，“我那是气愤。”

“行，气愤。”王凉捧着那盒子，“那现在怎么办？我看这阿烛妹妹是翅膀硬了，想要脱离您的羽翼独自去闯生活喽！”

怎么办？江昱成点了支烟，淡淡地看了盒子一眼。

盒子里满满当当的，他想起她说已经把欠他的还得干干净净了。攒下这么多钱，这真不是一个普通的二十出头的小姑娘能做到的事。

江昱成的语气恢复成从前漫不经心的样子，他从鼻子里轻哼了一声：“哼，倒是挺有骨气的，可惜太嫩，这圈子可不是人人都能混的。”

他抖了抖烟火，说得轻松：“由着她去，等到她撞破羽翼就回来了。”

王凉深表同意，从前过惯了锦衣玉食的生活，豢养的鸟儿就失去了野外生存的能力，过不了几天，去外面吃过苦，撞得头破血流后，自然会知道金玉笼子的好了。只是他无意间一抬头看到一个身影，而后整个人都呆滞了，张着嘴用手肘碰了碰江昱成的胳膊：“二爷，二爷！兰烛！兰烛！”

江昱成听到兰烛的名字，身体的第一反应就是要转过去，但立即又想到自己刚刚说的那些话，于是清了清嗓子，依旧慢条斯理地对着王凉说道：“怎么？她回来求我了？羽翼撞破了没？”

“这……”王凉的声音有些颤抖，而后他勉强给了江昱成一个丑陋的微笑，“您说的羽翼不仅没撞破，好像……好像还更丰满些了……”

兰烛把东西都收拾好了，在槐京机场登机前一刻收到了从岭南打来的电话。

其实她没有那么多的钱还给江昱成，是拿着乌紫苏给她的推荐信去找了岭南的林老板，跟他签了对赌协议。

兰烛其实一直有自己做剧团的想法。只是自己做老板，前期投入和后期牵扯的财力都要很多，她连还江昱成的钱都算勉强，哪儿还有那么多钱去实现自己的想法？

她说服林老板前期让她以股东的身份入了剧团的股，预先支取了一部分分红，再跟林老板签了对赌协议，答应两年内实现说好的营业额，否则的话，她要面临的就是五年无收入的无偿演出结果。

她赌得很大，连在曲艺剧团商场上摸爬滚打了二十年的林老板都为之惊讶。

林老板倒是挺愿意给这个大胆的姑娘一个机会的，毕竟兰烛从前来岭南演出时没有一场让他失望过。

她提出来岭南发展，他自然也是愿意的。不过在她搬来岭南之前，林老板的侄子林渡恰好从国外回来了。

林渡在国外修的是剧本创作学，读了许多西方的哲学和创作学后，回来却被国学中的剧本创作吸引了。

他在国外的时候，时常去国人的曲艺剧团中打杂，对中国的戏曲戏剧有着独到的见解。回国后，他在自己叔叔的剧团里帮忙料理事务，知道林老板最近签了个戏曲演员，劝了林老板别着急让她过来。

林老板一时没想明白，说兰烛是个难得的好演员。林渡却说，槐京城是京剧最好的培养土壤，拥有最好的艺术氛围，与其让一个好演员过来，不如去槐京另开一个剧团。

林老板顿时觉得林渡是个敢想敢做的年轻人，加上林渡对这一行也熟悉，就派林渡来了槐京，一方面方便他进行艺术创作，另一方面也算是对兰烛的支持，或者说是掣肘。

林渡第一次来，兰烛本着尽尽地主之谊的道理，带他来了这家本土有名的槐京菜馆。

她从前来过，招待她的店员一眼就认出来了。但今儿人多，服务员没看到江昱成，以为兰烛是一个人来的。

"阿烛小姐，许久不见，还是给您留专用座？"

兰烛没多想，只记得从前来的那个位子靠窗靠月，清雅些，便随口答应道："好啊。"

那粗心的服务员带着她往里走的时候，看到她原先常坐的位子上坐了两个男人。江昱成背对着那服务员，服务员没认出他来。

她只能尴尬地把兰烛往另一桌引："不好意思啊，阿烛姑娘。"

"无妨。"见到江昱成的背影的一瞬间，兰烛就认出来了。

林渡把更靠近窗边月色的位子让了出来，自己坐在了另一边。

空出来的这边位子刚好背对着江昱成，兰烛当作没看见他，不动声色地坐下。

江昱成始终没回头，微微弓着背坐在那儿。

她清脆的声音从他身后传出，有一瞬间让他晃神，他的脊背能感觉到她的裙摆擦过时带来的春波荡漾，他能隐约闻到她身上熟悉的雪中春信香。

她和他之间如今仅有几尺，却脊背相对，静默无言。

“这几样是这儿的招牌菜，林先生可以尝尝。”

他听到她熟悉的声音传来。

先生？她带了男人来？

江昱成抬眼看向王凉，王凉躲了他的眼神，似是不敢回复他。

“兰烛小姐看看想吃什么，我都可以。”

“那就这几样都上吧。”兰烛把菜单交给了服务员，“槐京菜口味偏重，也不知道林先生吃不吃得惯。”

那人不是槐京人？那他们怎么认识的？江昱成再度看向王凉。

王凉耸了耸肩——他哪里知道啊？

那个男人开了口：“从前来槐京住过一段时间，对槐京的口味还算了解，能接受，但到底还是觉得南方的口味更适应些，我听说兰烛姑娘也是南方人？”

“是的，我在杭城长大。”

“杭城？那可真是个好地方。”林渡笑道，“难怪兰烛姑娘的气质这般清冷出众，原是晓风拂柳的苏堤衬托着，烟雨朦胧的西湖养着。”

饶是这么刻意讨巧的话，却引得江昱成背后的人一阵愉悦。她声音听上去婉转了许多，寒暄着说“先生谬赞”。

江昱成捏着杯子的手攥紧，青筋暴起，王凉连忙摁住了他的手，拼命摇头。

那头的男人问道：“兰烛姑娘在槐京几年了？”

“想来也快三年了。”

“三年？那兰烛姑娘对槐京的京剧市场应该很熟悉。”

“说来惭愧，这三年的一千多个日夜，大多是荒唐度日，在专业研习上尚未取得什么可以值得炫耀的成绩。”

荒唐度日？他跟她共度的这一千多个日夜，在她眼里就是荒唐度日？那他与她的相遇、相知在她眼里，岂不是黄粱一梦、笑话一场？

王凉看到江昱成的神色肉眼可见地难看了下来，左右为难，终于清了清嗓子，像是刚刚看到兰烛一样喊出声来，挥了挥手："阿烛妹妹！"

兰烛回头，给了王凉一个还算友好的微笑。

王凉："巧了不是？我刚和二爷在这儿吃饭呢，就遇到你了。怎么，新朋友啊，不给我们介绍介绍？啧，您不仗义啊，有了新朋友就忘了老朋友。"

"真巧，没想到在这儿遇到了。"兰烛还算给面子，当作什么都没有发生过一样给王凉介绍着，"林渡，林先生。"

江昱成听到兰烛简单地介绍了来人。

"原来是林先生，您这名字跟我的相似，咱们都是二字名。我，王凉——"王凉自我介绍道，"凉爽的凉。"

"幸会。"林渡跟王凉打了招呼后，看了一眼一直坐在那儿背对着他们的那个男人，扭头礼貌地问道："阿烛，这位先生我该怎么称呼？"

阿烛？

她都在跟什么人打交道？听他们刚刚那生疏寒暄的口吻，明明他们才初次见面，怎么这个男人在来往两句后就叫她叫得这么亲昵了？荒唐！

江昱成自始至终没有转过身去，手里掂着那只复古的机械式油壶打火机，有一下没一下地敲着桌子。只是听到身后的那个男人问兰烛该怎么称呼自己的时候，他还是不由得喉结滚了滚。

紧张和期待的情绪蔓延到他的手臂上的青筋脉络，接着传向他的脊背，他的每个细胞都放大了感知在等待她的答案。他恨不得突破他的理智，变成另一个人，潇洒地转过身去把她夺过来，狠狠地掐住她的下巴，一字一顿地威胁她，让她最好说清楚他是她的什么人。

事实却是，他未动，而兰烛轻飘飘地留下一句："林先生，这位——我就不认识了。"

她的一句"不认识"，让江昱成浑身沸腾起来的血液骤然降温。

他拿着打火机的手微微一倾，火焰倏地灭了。

不认识——行啊，兰烛！

兰烛以为自己要离开江昱成并不容易，他可能会气急败坏地质问，也可能会恼羞成怒地报复她……但最后，她发现她还是不够了解他。

浮京阁安静得毫无波澜。

她回过头来想：从前跟过江昱成的那些女人，走的时候不也安安静静的吗？浮京阁里的人在下一任“宠物”住进来之前，不是甚至连她们留下的东西都懒得处理吗？

她和那些女人相比也没什么特殊的，只不过是住的时间长些。

她后来听说江昱成那天车都开到酒店门口却掉头走了。有那么一刻她甚至尝试着大胆地猜想过：他会不会为了她放弃那些唾手可得的利益？

但猜想是最无用的事，即便没有赵、江两家的婚约，横亘在她和江昱成之间的还有很多东西，他们这三年注定无疾而终。

兰烛现在唯一感到心安的是，他应该看到了她留给他的东西，看到了她倾尽自己的所有还了欠他的东西。

这样说来，他们终究是两清了，从此永不相欠。这样最好，这样她就可以一门心思地扑在自己的剧团建设上了。

槐京有个不成文的规定——如有人要新设剧团，必须经过行业协会投票决定，投票数超过三分之一才可通过，才算是这槐京私设的民间行业协会同意了与新剧团一起瓜分这个市场，这剧团才算开得起来。否则的话，哪怕新剧团开起来了，这些协会的剧团成员也能让它在槐京做不了生意。

兰烛早早地就让小芹去打点这些事了。

兰烛从前跟槐京的几家剧团合作过，和那些个剧团团长还算熟悉。只是熟悉归熟悉，她作为演员的时候，他们自然待见她，如今她要自己当老板了，还真吃不准到时候评选会里那些个剧团团长还会不会把同意的选票投给自己。

林老板推荐过来的那个叫作林渡的男人，兰烛探过底。这林渡钟爱曲艺，为人清白，虽然出身富贵人家，但能吃苦，也懂谋略，林老板推荐他过来也算是帮了她一个大忙。

既然他们是合作关系，兰烛又签了对林家来说百利无一害的对赌协议，林老板自然对兰烛开剧团的事情上心。

他先是把岭南最拿得出手的一支管理班子送了过来，又送来了许多道具和演出服饰，基本上一个剧团应该有的东西在兰烛这儿都有了。

兰烛认为，林老板的剧团里虽有一些现成的能演的演员，但这些演员大多习惯了南方那一套表演模式和观众的口味，在他们来槐京后习惯融合的同时，她也得找一些槐京本地的演员。

林渡认为用招聘公告招人不如亲自去戏楼大观园外找找。

在戏楼大观园外头有许多没有编制、没有固定戏班子的演员，每当剧团缺人的时候，剧团团长只要去那儿找找，准能找到能用且价钱便宜的演员。

兰烛和林渡在那儿寻了一早上，算是有所收获，找到几个天赋高、能来事的演员。兰烛跟他们谈了条件，还算是比较顺利。

兰烛找了个阴凉的地方坐了下来，把随手买来的便当给了林渡一份。

兰烛看了一眼坐在她旁边的人。林渡手里还拿着之前兰烛让小芹搜集的关于槐京的几家剧团的资料，微微蹙着眉头，额上沁出一层细密的汗，毫无所觉地坐在那台阶上，裤腿微微卷起，脚上一双早上出门前换上的白色干净的板鞋被沾上了不少泥渍。

“林渡，先吃饭吧。”

直到被兰烛唤了一声，林渡才抬头，连忙接过兰烛递过来的盒饭。

兰烛：“实在是不好意思，这附近没有什么地方能吃饭，让你帮忙看了一早上，却只能让你吃这个。”

与林渡接触的这段时间以来，她听他说起过他从前的一些学习经历，也听他说到过他的朋友、亲属。从他的言语中，兰烛就能猜测出他家境优渥，也受过良好的教育，让他跟她坐在地上吃盒饭，实在是有些委屈他了。

“没事，盒饭方便，”林渡倒是不介意，“我在国外那会儿也经常吃。”

“是吗？”

“是啊！在国外想吃中餐得下馆子，我又不爱人多的地方，也不会自己做饭，于是买了许多便利的可加热盒饭解解馋。”

“你不介意就好，”兰烛笑笑，费劲地拆着那合在一起的一次性筷子，“今天辛苦了。”

林渡眼神扫过，伸手拿过兰烛手上的筷子，一用力，原来合并在一起的筷子顿时被他掰开了。他将筷子递给兰烛，神色柔和：“不辛苦，早点儿把剧团的事情敲定，我也可以早点儿跟叔叔交差。”

兰烛望着他递过来的筷子，失神了半秒，而后接过，点了点头：“好。”

“这招兵买马只是第一步，我们的剧团选址最后敲定了吗？我之前给你看的那几个地方，你有满意的吗？”林渡停下手里吃饭的动作，抬头看向兰烛。

兰烛一边往嘴里扒拉着饭，一边摇头：“林老板帮我们租的那个地方，容身肯定是够了，但是槐京这边的剧团大多围绕在东边的老城区一带，不管是从戏剧市场还是交通便利性来讲，都是在东边的城区更好，我们在西城区恐怕不占优势。”

兰烛说着，握筷的手滞了滞，抬头望向林渡：“林渡，其实还有一件更棘手的事情我还没有说。”

“你是说行业协会投票的事情吧？”

“你知道啊？”

“阿烛，你不会真把我当作我叔叔塞过来监督你的富家子弟吧？好歹我也是在用心做事。”

这些天以来，两个人熟悉了很多，林渡待人真诚，兰烛也慢慢地放下了戒备心。

兰烛：“那些个剧团，如果我们是跟他们合作，他们自然是愿意的，毕竟没人会拒绝送上门来的生意；可要是我们自立门户，想要拿到他们的投票作为通行证，那我不确定有多少人会帮我们。”

兰烛吃不准，毕竟自己也不是两年前的她了，还会对槐京复杂的人际关系抱有天真的幻想。

林渡缓缓地说道：“阿烛，其实我不太明白，全天下各行各业，哪个不是凭借真本事吃饭？哪里有做剧团还要通过同行审批的道理？我家祖上从南洋迁回后，到了我叔叔那一代，才将剧团生意在岭南扎下根来。若是岭南有这样的规矩，像我祖上和我叔叔这样的外来者，是断无可能在岭南开剧团存活下来的。这种规矩明摆着就是不欢迎槐京城的新秀，想要把市场和资源牢牢地控制在那个游戏制定者的手里。这规矩到底是谁定的？行业协会联合抵制新秀，这多少有些不公平吧？”

谁定的？她太清楚槐京城那把市场和资源牢牢地攥在自己手心里的人是谁了。

她“喃喃”自语：“在槐京城哪里有公平可言？”

“你说什么？”林渡没听清楚，转头再问。

兰烛刹那间想起两年前，也有人在她面前说过这句话，摇了摇头：“没什么。”

林渡像是有些自责：“我知道这件事的难处。可惜我刚回国，在国内认识的人也不多，一时之间还真找不到应对的办法。”

兰烛听到他这么一说，像是想到了什么，连忙放下手里的盒饭看着林渡说道：“林渡，如果我要你帮我找一个人，你能找到吗？在 M 国。”

林渡叼了根筷子，抬了抬眉：“槐京不是我的地盘，但巧了，M 国是。”

行业剧团投票评审那一天，各大剧团除了来了一些代表投票的人，还来了许多看热闹的人。槐京城三年以来都没人敢挑战这心照不宣的规矩——无新剧团可以在槐京老城区讨得一口饭吃，更没有人敢邀二十四家剧团的人在这协会厅堂议事，当众投票。

浮京剧团的吴团长怀揣心事缩在角落里。

周围有其他剧团的团长经过，跟吴团长打着招呼：“哟，吴团长，恭喜恭喜啊！”

这恭喜来得莫名其妙，吴团长连连摇头：“可别恭喜我了，我头疼得很。”

“头疼？吴团长是头风病发作吗？”

吴团长一口气差点儿没上来，恨铁不成钢地说：“你知道今天招呼我们过来投票的人是谁吗？”

“这我哪儿能不知道啊？兰青衣这两年混得风生水起的，那代表的不仅是你们剧团的水平，更代表的是我们槐京的水平，这一票，我要投！”

吴团长压低了声音说：“所以你不懂，要不我说我头疼呢，兰烛现在已经不是浮京阁的人了。”

“啊，什么意思？她跟二爷掰了？”

“嘘！你说这么大声干什么？这么多人都听着呢，真是个直肠子！”

“哦。”那人小声了很多，“所以是真掰了？”

吴团长一脸大便色，算是默认了。

那团长拍了一下大腿：“那不能投啊！我以为她还是二爷的人，话说您跟二爷走那么近，二爷对这事怎么看哪？您别藏着掖着了，跟我们说说，让我们也好早有打算哪！”

吴团长有些吞吞吐吐：“主要是二爷还不知道来的人是兰烛。”

“您没跟二爷说啊？”那人一脸诧异。

吴团长着急：“你不知道啊，我哪里敢跟他说？二爷说了，谁也不能在他面前提兰烛姑娘。”

“连说都不能说了？那是彻底闹掰了，啧，这票不能投了。”

吴团长有些不确定，抓耳挠腮道：“真不投？”

“二爷都说了，让您别在他面前再提兰烛姑娘了，那就是二爷再也不想看到兰烛姑娘的意思了。您若是叫他来，还当着他的面把票投给兰烛姑娘了——您让他怎么想？您这剧团的团长还想不想干了？”

“是这样吗？”吴团长犹豫，总觉得这事哪里不太对。

他头疼得很——对二爷的心思，他们究竟该怎么琢磨呢？

按照二爷的规矩，往常这行业协会的评审就是个摆设，二爷一来，他要是不表态，谁也不敢轻易举手投通过票。这三年来，槐京从未有新剧团再进入过老城区，这都是心知肚明的规矩，从来没人打破过。

任凭兰烛如何运作游说，投票通过的可能性也太低了。

但如今这局面，昔日一条船上的人反目，这让他可怎么处理为好？他可真是头疼，真是头疼得很！

众人各有心思。突然间，不知道是谁叫了一声“二爷来了”，众人随即向门口望去，只见率先从正门进来的，是一条半人高的杜高犬。

它迈着厚实的脚掌垫踏进来，定在那门边上，傲慢地甩干了一身的六月雨。

众人不由得后退了一步，人群中的声音顿时就小了很多。

江家二爷这才缓缓跟上，一把黑伞从四合院灰白的月牙门后出现，一身黑衣微敞着，露出白皙的锁骨。伞面未抬高，众人看不到他的全貌，只见他衣着高贵，气质不凡，周身传来的阴冷疏离感让人不自觉地感到害怕。

江昱成找了个位子坐下，眼神落在面前的茶盏上，心思不定地等着来人。

这三年来，没人敢跟槐京默认的规矩叫板，江昱成听说这个消息的时候都觉得有些荒唐。

怎的，这半个月来，那丫头跟他犟，心高气傲地搬了出去，然后眼下又传出来有人要挑战槐京城的老城区戏圈子？真是反了天了，一个两个的都不是省油的灯。

只是等看到来人的时候，他就全然明白过来了——这两个不省油的灯，原是同一个！

兰烛撑着一把淡青色的伞，出现在院落门口。

远看他只觉得她身形窈窕、顾盼生辉，近看时又觉得她气质若兰、美如霜月。

她立于门口，单手收伞，成色通透的绿色玉镯垂在她白皙的手腕上，雨水在她身后顺着屋檐落下，如断线的珠帘，美丽如画。

一阵风吹来，些许雨水落在她身上，她只顾揩去额间的雨滴，忘了手上的伞还未收拢，眼见那伞又要打开，或许会伤到她。

江昱成落在椅背上的手动了动。他起身的一瞬间，却见到从她身后走出来一个男人，男人阔步接过她手里的伞，把那不听话的伞收到了一边："没事吧？"

"没事。"她摇了摇头，对着那男人莞尔一笑。

江昱成侧头看那男人——他没见过，不认识。

他打量了一番站在兰烛身边的男人。那男人看着年岁没他长，身形没他高大，如果他没见过，那在槐京，对方在权势上也应该不及他。

江昱成的视线又落在那个男人依旧扶着兰烛的手肘的手上，虽然那个男人帮她挡了外面溅落进来的雨水，但两个人靠得极近的姿势落在江昱成的眼里极为扎眼。

直到两个人朝门里走近，江昱成才挪开视线。

貔貅显然有些坐不住，几度摇着尾巴要站起来欢呼雀跃，却碍于江昱成时不时甩过来的警告眼神不敢上前。

主事的协会会长向江昱成微微请示，江昱成点了点头。

谁知先上来说话的不是兰烛，而是她身边的那个男人。他也就二十四五岁的样子，走到前头，不卑不亢地说道："各位剧团团长也知道了，今儿槐京要再多开一个戏班子，往后还得仰仗各位团长支持。"

如果说众位剧团团长尚且能因为往日的交情给兰烛一些面子，但眼看如今说话的这个新面孔显然不是槐京人，便都心照不宣起来。

"这位先生恐怕不是槐京人吧？您在这行毫无人脉和资源，却说要在这一行开办新的剧团，别是在说大话吧！"

"是啊，黄口小儿，我们在这一行深耕多年，剧团哪里是凭借你一句要开一个剧团就能开出来的？这戏班子要真这么好开，在槐京的剧团也不只是我们二十四家了。"

众人你一言我一语，却没一个为他们说话的。

"是啊，您手上连个有名气的角儿都没有，还是别在这儿闹笑话了。"

"谁说没有的？"一直未说话的兰烛往前一步，"各位团长，林先生往后就是我的合伙人了，这戏班子是我要开的。我兰烛在槐京有的东西，那就是他有的东西，他的意思就是我的意思。我们请各位过来，就是为了告诉大家一声，我兰烛从浮京剧团中出来了，从今儿起，我们自立门户了。还请大家看在往日我兰烛给大家尽心尽力地演出的分儿上，往后多多照应。"

兰烛刚说完，其中一个剧团团长就劝道："阿烛姑娘，您的技艺我们当然没话说，可您要是自立门户，从头开始，要吃的苦可就多了。您一个女孩子做这个，可得是从零开始啊！”

“女孩子怎么了？我师父曹荣光老师十几岁就靠自己一个人带了一个班子，走南闯北，如今虽封台，可也是不可否认的槐京剧场上的头几号人物。我们有的东西确实不多，但各位团长谁还不是从零开始的呢？”

她这一番话倒是把大家堵得哑口无言。

众人不敢发话，只敢垂着脑袋瞥着二爷，想把这烫手的山芋扔过去。

兰烛说的话一字不差地落在了江昱成的耳朵里。

江昱成抬头看去。

不见她已有一个月，原先他以为她不过是想多出去闯闯，发发自己的小脾气，现在她却出现在这里，正儿八经地说要做一个剧团的老板。

在槐京她想站稳脚跟尚且不容易，更何况要做一个剧团的团长，况且还和一个男人合伙。她了解那个男人吗？知道他是什么居心吗？

她是把自己从前吃过的那些苦都忘了吗？

主事的团长本来心里明白得很，什么建立新团都是做做样子，江昱成来不来都是同一个结果，只是如今出现在这里的是兰烛，这下子他就把握不准了。

他只能请求江昱成。

江昱成慢条斯理地喝着茶，感觉到会长递过来的目光，淡淡地说：“会长看我干什么？让人家以为这槐京城里的戏团都是我只手遮天一人说了算一样。”

会长心虚地想：可不就是您只手遮天一个人说了算吗？

会长只得面不改色地回头，继续说道：“既然如此，两位知道我们槐京的规矩吧——这二十四个剧团里得超过三分之一的剧团团长投了你们准许票，这槐京城才能有您二位的落脚之地。”

兰烛站在那儿，云淡风轻地说：“这道理，我自然明白。”

“既然姑娘知道，那我也就不再重复了。好吧，那各位若是同意，就把手里的举牌放到我这儿。”

话音一落，屋子里静悄悄的，坐着的人没有一个有所行动的。

吴团长尴尬得头皮发麻，连忙走上前去建议道：“阿烛姑娘，您说开剧团也不是小事，您跟二爷再商量商量。您说您今儿来也没通知我们，我们一点儿准备都没有。依我看哪，不管怎么说，您也是浮京剧团出去的人，其他剧团总是要给您面子的。”

兰烛自认听懂了吴团长的意思——只要她承认她还是浮京阁的人，还是江昱成的人，别说三分之一的投票数了，就是满堂全票通过又有什么难的呢？

可她今天偏不想蹭半点儿江昱成的名，偏要试试凭她自己，能不能开这兰家剧团。

吴团长见跟兰烛说不通，忙转头悄声在江昱成身边说道：“二爷，二爷，阿烛姑娘嘴硬，女人好面子。”

江昱成瞥了他一眼，用只有他听得到的声音说：“我不要面子？”

吴团长头疼：“哎哟！我的爷，您也不想让阿烛姑娘跟您僵下去吧？您就顺着她的意低个头，往后好商量，别在这种事情上堵死了往后您的路啊！”

吴团长心里惆怅，恨不得直说：爷，别堵死了您追妻的路啊！

江昱成听到这话，算是给了个台阶，才慢条斯理地说：“兰老板想自立门户也不是什么坏事。”

江昱成一说话，众人耳朵竖得比兔子耳朵还长，尤其是那一声“兰老板”。

江昱成那句“兰老板”就是告诉大家，兰烛自立门户的事情，他允了。

江昱成抬头正面对着兰烛：“您有能力、有胆识，想自立门户，我们协会当然是欢迎的，但您不能带一个外人玩——”

江昱成把手里的茶盏放下：“建剧团无妨，但他——”江昱成看向林渡，“合伙人里有他，别说我这儿，就是其他几个剧团团长，也不会同意的。”

吴团长点了点头：没错，姑娘是要追的，但是异己也是要铲除的。

兰烛就没觉得这事有这么顺利。她在槐京待了三年，还不清楚槐京是怎样一个地方吗？她直接无视了江昱成的条件，而是高声对大家说道：“槐京剧团协会之间的规矩我懂，但今天我和林先生过来，不是问你们要投票，由你们来决定我和林先生能不能在槐京吃上饭。我们开设新的剧团，自然是要经过大家同意，但是若接手一个老的剧团，只需要双方达成合作意向，自愿交易即可。我和林先生不需要江家二爷赏饭吃，也不需要各位剧团团长准许。”

“什么？”众人交头接耳，“接手了老剧团？”

槐京经营剧团的二十四位剧团团长都在现场，谁把自己的剧团卖给了兰烛？不可能的啊，大家都各自经营得好好的，这生意说大不大说小不小的，谁会贸然将剧团转手啊？

“阿烛姑娘说笑了，咱们槐京二十四家剧团的团长都在这儿，您是在哪儿买了个老剧团回来？该不会是唬我们的吧？”

“是啊，是啊，我们虽然年纪大些，但还不是老糊涂，阿烛姑娘莫要找我们寻开心了。”

兰烛不卑不亢，上前一步：“曹荣光曹老板已将自己的剧团交给我打理。在槐京城里，曹老板创办剧团的时间可比在座的大多数戏班子老板还要早些，论资排辈，在这槐京城瓜分市场、挤占资源，恐怕各位还要往后排些。”

“什么？曹老板不是封台退休了吗？”

林渡上前一步帮衬着说道：“曹家剧团只是不用，可没说散伙。”他把一串钥匙放在桌上，“从今天开始，曹家戏班子再度开启，虽改姓兰，但位置不变，团训不变，始终发扬曲艺人的精神不变！”

二十四家剧团的团长都死死地盯着林渡放在桌上的钥匙，有见过的高声说道：“没错，真是曹家戏班子的兰花钥匙！”

曹老板虽除兰烛之外未收过一个徒弟，但从她的戏班子里出去的人，如今个个飞黄腾达，成了后起之秀。曹老板在国内暂关曹家戏班的时候传过一条团训，曹家帮兰花钥匙一现，戏班子里不论出去混得多好的人，也得回来帮衬下一个接班人。

在座的剧团团长都傻眼了，如今一看，兰烛连曹家剧团的钥匙都拿到了，分明就是曹老板把兰烛当作下一任接班人了啊！兰烛不仅要在槐京扎根，而且还要做剧团这事，不是开玩笑的。

众人哑声，你看看我，我看看你，未置一词，只能看向厅堂之上坐在中间的男人。

人人屏气凝神，只等江二爷发话。

许久之后，坐在椅子上的男人才捋了捋旁边黑狗的毛发，语气里带着点儿轻佻和不以为意："既然兰老板都安排好了，我们剧团协会自然是没话说，不过——"

他起身，负手而立："兰老板，您可是想好了，今日出了这门，你我就是相互争夺利益的关系了。"

兰烛走到门口，听到这话脚步停了大约三秒，而后毅然决然地踏出了那一步。

身后一屋子人你看看我，我看看你，大气也不敢喘，忽然听见从那正厅的位置传来茶盏摔地的破碎声。

一套上好的清末白瓷被摔了个稀碎。

从协会出来后，林渡上了车，感觉到身边的人的呼吸依旧未平静下来。

他系好安全带，拧开一瓶矿泉水递给了兰烛。

兰烛接过："谢谢。"

"阿烛，从私人角度，我本不该问你，但如今我们也算是合伙人，恕我多问一句——你和那位人物是有些过节儿？"

兰烛灌了几大口矿泉水，像是要把胸中那些起伏的情绪都压下去。

"有些过去。"她拧紧瓶盖，回头说道，"做过他一段时间的情人。"

林渡微微一愣，耸耸肩，笑了笑："阿烛，我欣赏你的坦诚，但你不必说得如此详尽。"

"你也看到了，"兰烛微微侧身，"不管我承认不承认、隐藏不隐藏，江家二爷是有些势力的。你总需要评估他对我们剧团未来发展的影响，因此这些事我自然要如实对你说。不过，这都是些陈年旧事，我会自己解决的，不会劳烦林先生的。"

林渡笑了笑："阿烛，你有没有发现，你脾气上头的时候就叫我'林先生'，像是要跟我划出一道天堑来，分得清清白白。真怕哪一天我跟你闹掰了，你也如待他一样待我。”

“那你好自为之吧。”兰烛开玩笑道。

林渡发动车子，挑眉：“嗯，我好自为之。”

他们从协会厅堂出来的时候，天色已经不早了，兰烛今天解决了这事，对自己算是心满意足，想回去休整一下。

林渡送兰烛回到她住的那个小四合院。

兰烛挥了挥手，表示告别。林渡把车窗摇下来：“阿烛，等等。”

“嗯？”兰烛回头，等林渡说话。

“今儿谢了。”

“嗯？”兰烛想了一会儿，没理解到他说的话的意思，“谢什么？”

“今天，那些剧团团长说我在槐京无人无资源的时候，你帮我解围。”

“那有什么？我们是合伙人，我的就是你的，这不用我说也是存在的天理。要说谢，我还得谢谢你，这小四合院挺干净的，房租也不高，我住得挺舒服的。”

“那就好。”林渡点了点头，“我刚来槐京，能做的事不多，不过我会努力的。”

“好啊。”兰烛没心没肺地笑了笑，“合伙人越努力，我自然越开心，走了。”

她摆了摆手，往里头走去。

林渡的车子开不进那胡同，兰烛踩着灯光顺着那窄窄的巷子往里走，边走边捶了捶自己有些酸胀的脖子。

一切都定下来之后，兰烛才发现，她为了剧团的事情奔波了一天，现在事情办完了，整个人轻松了很多。虽然事情一波三折，但好歹最后结果不算差。

她轻声哼着小调，细细的高跟鞋鞋跟轻巧地踩在地上，饶是累了一天，她在地面上的身影依旧窈窕婀娜。

兰烛走到家。这个小四合院是林渡帮忙一起找的，她租下来的，虽然面积不大，但她一个人住足够了。

这是她自己的地方，自己凭借自己的能力在槐京城落下的脚。

她站在灰白的院子门下，从手包里拿出钥匙。

下一秒，兰烛觉得腰间传来一股力道，正要惊呼出声来，一回头，目光却对上了一双熟悉的眼。

寂寥的月光下，他身上淡淡的古松木香味传来，依旧是她从前常点的那一款，混着他独有的烟草味，在月色中形成一圈笼罩着她的身影。

兰烛原先紧绷着的身子顿时放松下来，她试图用手肘挣脱他的桎梏："江昱成，你放开我。"

他守在夜里，脚下踩灭一根又一根的烟，直到看到巷子尽头，那个男人送她回来——她站在车子前挥手，笑得清爽又温柔。好像离开了他之后，她就拥有了新的生活，把他一个人丢在了记忆里。

他简直要发疯。

她叫了他的全名，反而激发了他心里那点儿迫使她臣服的火苗。他原先撑在墙上的手往下揽过她的腰，用力一掐，脚抵着她原本并着的脚尖，迫使它们分开，接纳自己、迎合自己。

他温热的气息盘旋在她的耳边，低低的声音从他的喉间传出，他语气急躁，心里的疯狂情绪差点儿压制不住："好啊兰烛，你真有种，当真是半点儿旧情都不念及。这个男人给你什么了，让你把我当废品一样轻飘飘地丢了？是这不入眼的四合院，还是允诺你当个剧团老板？就凭这点儿东西，你就跟了他？"

兰烛提高声音打断他的话："江昱成，你在胡说什么？"

兰烛用尽所有的力气，努力地把他掐在她腰上的手指头一根一根地掰开："你以为谁都跟你一样，接近一个人就要有所图，所有的东西都与利益沾边？是，我从前是跟过你，从你那儿捞了不少好处，可是我已经还给你了。江昱成，我兰烛不欠你的，你没有立场来管我的生活——"

"不欠我的？"江昱成低头，用虎口抵住她的下巴，迫使她抬头看他，"你怎么敢说你不欠我？兰烛，我们两个之间的这些东西，我都算不清，你是怎么算清的？你和我度过的每一个夜，你都在算这些东西是吗？原先你说你要还，原来你从来都没有忘记！在我身边的每分每秒，你都想着要离开是吗？那些时光算什么？算什么？！"

“算交易——”兰烛的下巴被他掐得生疼，她能感觉到江昱成汹涌的怒意，但依旧没有屈服，咬着后槽牙一字一顿地说道，“江二爷，我和别人都一样，都只是为了从你身上得到好处。你从前是怎么跟那些住在浮京阁的女人交易的，我就是怎么跟你交易的，这一套你比我熟，对吗？”

江昱成听到这儿，脸色瞬间煞白，手上的力道一松，放开了近乎涨红了脸的兰烛。

他往后退了半步，离开了兰烛，又恢复了往日里不动声色、波澜不惊的样子。

大约过了半分钟，他垂落的手微微一动，到底还是没抬起来。

他嗤笑了一声：“既然你说这场交易到此为止，好啊，三年了，浮京阁的西边阁楼是该换人了。”

兰烛也退了一步，两个人距离大约半米，她清了清嗓子，保持理智和尊重：“您不是长情的人，对吗？”

“对，”他转身背对兰烛，半身匿在了黑暗里，“你很了解我。”

兰烛笑了笑：“那就祝您早日觅得新人，你我二人此生就不复相见了。”

江昱成微微一顿，挺直了脊梁，淡然回道：“好啊，你我再相见，如陌路。”

“如此，甚好。”兰烛微微躬身，开门入院。

江昱成在原地站了半晌，迈步之际，却发现自己的腿竟然僵在原地。他胸腔里情绪起伏汹涌，最后却什么都没说出来。

罢了，不过是一个女人。

槐京城里最近可是出了件大事，槐京城最大的戏剧班子浮京剧团的当家大青衣突然就自立门户，原先的台柱子位置空了出来。

这可是大好的机会！

传言就连戏楼胡同里的那位爷都放言，谁要能入浮京剧团当台柱子，那就能在戏楼胡同的古戏台登台演出。

谁若入了浮京剧团，成了当家台柱子，就等于一只脚踩入了戏曲行业的顶级殿堂，从今往后，那些吃过的苦都会得到回报，任凭去哪个台上演出都是剧团老板捧着、哄着的对象，所有能拿到的资源都是最好的，名利就在眼前唾手可得。这样的机会，谁不想要？

更何况江家二爷高调退婚，这会儿身边又没人，对有心攀附的人来说，用“千载难逢”这个词来形容此时的机会再合适不过了。

槐京二十几个剧团中在任的那些花旦、青衣连下一场的戏都顾不上，连忙赶过来，没成名的小角儿也快把浮京剧团的门槛踏破……人人争先恐后，抢着这么一个机会。

吴团长望着浮京剧团门外人头攒动的情景，站在江昱成身边，讨好地说：“二爷，您瞧，今儿槐京城所有京剧从业者中的佼佼者都来了，人人都抢着这口饭吃，您开出的条件没人能拒绝。”

“没人能拒绝吗？”江昱成淡淡地看了吴团长一眼。可她不是拒绝了吗？她不带一丝留恋地拒绝了。

江昱成看都不仔细看那些人一眼，背着手走了。吴团长愣了愣：二爷好像并不高兴。

吴团长对着站了一院子的人愁眉不展。

二爷说招人，也没说招个啥样的。虽说自己是团长，可是这么大的事情哪里能由自己说了算呢？他又揣摩不好二爷的心思，谁知道要找的这当家大青衣得是什么样的人呢？

他忧愁了几天，想到了个法子，把二爷身边的林伯请了来。

他给林伯端来了一张椅子，在大树下拿着把蒲扇给林伯扇着，谄媚地说：“林伯，您指点指点我们，二爷要找的人到底是哪样的？”

林伯呷了一口茶：“最好二十一岁。”

吴团长撵走了一帮人。

林伯剥开瓜子：“最好是江南人。”

吴团长再撵走了一拨人。

林伯徒手劈开一个西瓜：“最好眉眼清冷，唱功了得，脾气还不好。”

吴团长：您直接报兰烛的身份证号得了呗！

“您的意思就是这些……”吴团长指着院子里那些姹紫嫣红的

“花”，“这些……这些……二爷都看不上呗。”

林伯摇了摇头：“不能说看不上，但不是真心能看上。”

“哈？”

吴团长挠了挠头：他们一个两个都在打谜语吗？

吴团长捶胸顿足道：“要我说，二爷要是舍不得兰烛姑娘，那就把她叫回来呗！有什么事不能解决的呢？他非得这么大张旗鼓，让全城的人成为他们失恋的陪葬品吗？”

林伯还是淡淡地呷了一口茶：“吴团长，你不可妄议，做好分内的事情就好。”

吴团长闭了嘴，不说了，表情悲壮地指挥着手下的人继续挑。

林伯看着院子里的荒唐场景摇了摇头，回了内厅。

到了午饭时间，他便让人备好饭菜往东边的正厅送。

长桌子上依旧摆了许多菜品，从前兰烛姑娘在的时候，这会儿已经起身出来迎接了。她有轻微的强迫症，喜欢把盘子对整齐了再放，江二爷有更严重的强迫症，偏不喜欢把盘子对整齐，两个人有时候会为了几个盘子怎么放争执起来，兰烛姑娘还因为这个事情摔破过好几个难得的宫廷白瓷碗。江家财大气粗，林伯向来不心疼东西，但那几个碗是二爷亲自叮嘱了不能有任何闪失的。不过那天阿烛姑娘摔破了碗，二爷非但没生气，反倒坐在长桌边笑着看她，说：“小孩儿脾气，盘子不对齐就不能吃饭了吗？”

想到这儿，林伯还是按照江昱成从前一贯的脾气，把碗错落地摆在桌面上。

江昱成拿起玉筷，看了看摆放在长桌上的碗，不由得伸出手来，一个接一个地摆着碗，试图将它们摆放成直线。摆了一会儿后，他像是注意到了自己的古怪行为，停下手里的动作，专心吃起饭来。

林伯眼观鼻，鼻观心，忽然听到江昱成问道：“她最近在做什么？”

林伯：“您不是让我别打听，打听了也别跟您说？”

江昱成的脸色有些难堪，他遮掩了几番：“闲来无事，随便问问。”

林伯：“您若是无事，宁城的港口有批货可以去看看，丰城的酒庄有些合同还得您过目，北区那儿老爷子有个宴会还得您去参加。二爷，恕我直言，事情很多，您并不空。”

江昱成嚼着那无味的饭菜，怎么听都觉得林伯说的话跟根刺似的。他觉得心中郁结，转了个话题：“吴用那儿，人选得怎么样了？”

“这儿是槐京城，是京剧最好的生存环境，不管是相貌、身段还是唱功，您就说哪怕选样样俱全的，都大有人在。二爷随便选一个，浮京剧团的名声都不会受到半点儿影响。”

江昱成从鼻子里轻哼了一声：“你的评价倒是很高。随便挑一个都不会影响浮京剧团的名声？那就是说他们中的随便一个都可以轻易地被替代，对吗？”

林伯：“二爷您心中明镜似的，您知道谁是不可以被替代的。”

江昱成：“在槐京，没有人是不可以被替代的。”

“是，但是在您心里，有人是不可以被替代的。”

江昱成拿着筷子笑了笑：“你大约是听戏听多了，那都是戏里唱的，作不得数也当不了真的。”

林伯斟酌了一下，最后说道：“兰烛姑娘这些天，多的时候会接三场戏，每场演出算下来约莫三个小时打底，她连轴转了半个月。”

江昱成听到这话，手不由得攥紧：“她身边的人都是一群废物吗？她不是自诩当老板去的吗？”

林伯：“二爷，当老板的人才那么拼。槐京里其他剧团的人都知道您跟兰烛姑娘的关系，如今兰烛姑娘没了您当靠山，又动到了别人的蛋糕，有些人正借着这个机会在曹家院子里闹事呢！”

江昱成将筷子重重地放下：“他们怎么敢？”

“剧团的人自然是不敢直接出面的。他们给了钱，指使了些小混混去闹事。”

江昱成起身，连外套都来不及拿，边走边回头说道：“往后遇到这种事，你可以再晚点儿说！等到兰烛被人打死了你再来告诉我！”

林伯被戗得哑口无言，只得快步跟上。

曹家剧团原来在的地方，现在成了兰家剧团戏班子的大本营。

剧团开演不久，就有帮人找上门来说有个大单子要做。小芹终日奔波，见到有生意上门自然欢迎，火急火燎地谈好合同后，却发现对方在合同里下了套，等着人往里面跳。

那帮人早就算计好了。如今几个大汉堵在兰家戏班的门口说要把这儿拆了抵债。

对面的人来势汹汹，戏班子里正在练习的几个师兄弟连忙拿起后台的家伙抵住门口。

兰烛推开人，挡在戏班子的人面前，拿起自己的红缨枪，指着对面的人说道："你们想好了，我们这儿可没人是花架子！"

"吓唬谁呢？不就舞台上那几下功夫吗？能伤到谁？再说了，今天是你们违约在先，我们来这儿是为了给我们自己讨个公道，说了半天你们也不赔钱，不赔钱我们就砸了。"

"你们敢！你口口声声说公道，能保证合同里不存在虚假欺骗吗？能保证你们存在的法人形式合理合法吗？能保证你们今天在我们这儿闹完事不会连夜蹲局子吗？如果都能保证，那你们往前一步试试！"

"对！"兰烛身后站着的同一个戏班的人都应声道。

"分明就是你们欺骗在先，如今却敢到戏班子里来闹事了。今天小爷我也不管祖师爷的教训了！大不了我打完你们之后去祖师爷牌位前跪个一晚上赎罪，怎样也要惩戒你们这群奸恶小人！"

剧团里演赵云的那个小武生李然尤为慷慨激昂，往常兰烛都拦着他，怕他冲动闯祸，今天也不拦着了。人家上门挑衅，今天要是让他们得逞一次，往后全槐京人都知道他们兰家剧团无人照应，软弱好欺了。

"你这小兔崽子，算哪根葱啊？看我不替你爹娘教训你。"

"你凭什么替我爹娘教训我？凭你那大秃头吗？凭你那大肥脑吗？"

"你小子找死！"

少年冲动，"小赵云"把兰烛往后一护，冲进了人堆里。

三五个人扭打在一起，院子里练功的几个孩子听到响动后，忙抄了家伙冲过来。

整个院子闹哄哄的，兰烛被人挤到了后头。她刚要挤开人群往里冲，余光瞥到旁边有一个男人正拿着根棍子往她这边挥来。兰烛躲闪不及，突然眼前一黑，有人拉开她替她挨了这一棍。

兰烛抬头，见来的人是林渡。

闷响一声后，棍子滚落，持棍的那人胆小，见真打到人了，连忙躲到人群里去。

“林渡，你没事吧？”兰烛低头看向林渡的手。

“不碍事。”他抓过她的手，把她护在身后，高声对院子里的人说：“你们不是要找公道吗？我给你们一个说法。”

扭打在一团的人停了下来，找事的人中领头的那个看向林渡：“你又是谁？”

“这儿的老板。”

“行哪，老板，正找你这缩头乌龟呢！你们违约在先，你信不信我去起诉你？我可跟你说了，老子上头有人，一告一个准，你们——”他指着后面那几个不服气的剧团里的小青年，“一个个寻衅滋事，伤害他人人身安全，我都让你们蹲局子去你们信不信？！”

林渡面色柔和：“我们就是做做生意，提供个小演出娱乐娱乐大家的，讨个饭吃，您这么大有来头的人物，我们哪里敢惹？”

大汉像是满意：“瞧瞧，还是你们老板明事理。”

林渡：“方便问一句，您缺律师吗？您要是缺，还可以请我给您打官司，国内法和国际法都是我擅长的领域——”

林渡把尾音拖长，大汉微微一顿，听明白了林渡的意思——那合同本来就有问题，专业人士一看就会露馅儿。大汉强撑着说：“你吓唬谁呢？”

“我不吓唬你。”林渡绕着他们几个人，边走边说，“合同是伪造的，法人章也是伪造的，以欺诈的方式订立合同，合同本身就是无效的，况且你还以恐吓、威胁这样的手段来迫使对方执行这样的无效合同，相反，我才是那个可以去告你损害他人财产、损害他人名誉的人吧。”

那个男人的眼神微微躲闪。

林渡往前走了一步，在他耳边说道：“我不管是谁唆使你来的，你听好了，我林渡如今能在槐京开一个剧团，就能让你在槐京待不下去，别拿你后面的人压我。我既然来了槐京，就不会怕你身后的人，我林家也不是省油的灯。”

那人一听这话，心里九转回肠般盘算了一番：他只是拿了钱来闹事，指使他的人可没说林渡是什么来头，看林渡的衣着打扮和谈吐，莫非这真是自己惹不起的人？

就在这时外面响起警车声，围着闹事的人眼见情况不妙，忙不迭地丢了手里的东西抱头鼠窜。

警察身手矫健，抓住几个闹事的人带回去做笔录，同时询问了兰烛他们事情的起因和经过。

兰烛想起林渡刚刚挨的那一下，连忙转头问道："你没事吧林渡？"

"没事。"

兰烛把林渡的手臂翻出来，发现那儿已经肿了一块："他们下手真狠。我们去医院看看吧！"

"没事，小伤，年轻时不经常有这种碰撞吗？敷点儿跌打损伤的药就行了。不过——"林渡抬头，"阿烛，你能帮我找找那药箱里有治跌打损伤的药吗？"

"哦，好。"兰烛连忙拿过药箱，蹲下身去找药。

江昱成刚到曹家门口就看到外面来了好几辆警车，闪着警灯停在外面，门口围了一群人。

他从车上一个箭步下来，顾不得关上那车门就冲开人群，四处找着兰烛的身影。

江昱成看见兰烛正蹲在地上，仔细地用棉签蘸着酒精，继而站起来，小心翼翼地涂着站在她旁边的那个男人的手臂。

她抬头，脸上全是关切之色："疼吗？"

林渡抬眼跟兰烛说话的间隙，瞧见了江昱成，随即把原先已经放下来的衣袖再次朝着自己手臂的方向微微往上提了提，在兰烛的棉签碰到他的手臂时有些夸张地倒吸了一口凉气："疼。"

"是我太用力了是吗？"兰烛连忙收回手，看着林渡的表情有些不安。

"有点儿疼。"林渡面朝着门槛处的江昱成，低头对兰烛说道，"阿烛，你有没有听说过，局部降温有利于缓解疼痛？"

"局部降温？"兰烛反应过来，"哦，我去给你拿冰块。"

见她转身要走，林渡单手拉住了她，把她的手拉回刚刚那个姿势，让她停在自己面前。他低头看着她："不用这么麻烦，你吹一吹就好了。"

兰烛反应过来，皱着眉头笑骂他："真是，还以为你是个翩翩君子，这是占我的便宜呢？"

她笑着手上加重了力道，林渡轻哼一声："阿烛，真的疼。"

兰烛停下手里的动作，挑衅地看着他："让你贫嘴。疼死你算了。"

林渡弯了弯嘴角，目光越过兰烛看向江昱成。

江昱成将这一切尽收眼底，后槽牙发痒。

他看向林渡的手臂，还以为林渡是断了筋、伤了骨，原来只是红了一块，肿了点儿，却也能让她这样关心，亲自蘸了酒精擦拭伤口？

这不过是捕获女人同情心的雕虫小技，亏她还在浮京阁待过两年，这点儿伎俩都识破不了吗？江昱成不再看他们，脚没迈进去一步，转身走了。

林伯赶过来，遇到走回来的江昱成，连忙问道："怎么样啊，二爷，阿烛姑娘有没有事？"

"她好得很。"江昱成咬着牙，"还能关心别人呢！"

林伯："您怎么走了啊？"

"我怎么不能走了？"江昱成回头看向林伯，"你留着吧！你留下看这一场好戏吧！"

林伯满脸疑惑的表情。

槐京的冬日悠长，夏日却苦短。

浮京阁的古戏台上，一台戏悠悠地唱着。

吴团长喜笑颜开，在一旁极力推荐着："二爷，您看这青衣演得怎么样？这是我和剧团几个组长挑了好几轮挑出来的，您看看这水袖甩的。不瞒您说，这姑娘不得了，五岁就被京剧大师陈老师带回家中调教，十几岁就登台，演出大奖拿到手软！更要紧的是，她在外头可是一家民间剧团都没有签呢！我一听说人姑娘这条件，立刻就赶去了，可是费了九牛二虎之力才把人叫过来签在咱剧团里呢！"

江昱成淡淡地看了一眼台上的女子。客观公平地讲，那姑娘条件是不错，扮相也绝美，可他没什么心思，摘了串玛瑙掂在手里：“还行吧。”

“还行？”吴团长眼睛一亮，“还行的意思就是妥了，我这就安排她入团！”

吴团长把原先在台上的人叫了下来，那是个年纪很轻的姑娘。

那姑娘一下来，抬眼看了江昱成一眼，脸就红了，站在他面前低着头。

吴团长在旁边提点她：“叫人，这是浮京阁的二爷。”

那姑娘才缓缓抬头，青涩而小声地叫了一声：“二爷。”

江昱成原先端着茶的手不可察觉地抖了抖，神情恍惚，他猛地抬起头，对上了那姑娘的眼。

他眼前的人同样是那么澄澈的眼睛，同样是那么淡漠如霜雪的样子，就连声音都有几分相似。

可她不是阿烛，阿烛的眼里满是倔强、不服气之色，开满了从荆棘中长出来的花，满目都是与凛冬不可共存的玫瑰。

江昱成想起第一次见到阿烛的时候，她不肯低下自己高傲的头颅，后来他们之间又发生了种种较量，他原以为她的翅膀已经断了，她已经甘心住在戏楼胡同里，由他为她遮风避雨了。

但直到今天他才知道，世界上没有一个人的眼睛能像她的一样。或许她从来就没有弯过腰，也没有贪恋过他织就的浮京一梦。他不要一个三分像的人，如果不是她，那人哪怕是十分像，他也不想要。

外头一阵惊雷响起，吴团长只见江二爷缓慢地站了起来，背过身去，不再多说一句话。

屋子里余下的人一时面面相觑。

西边的乌云越来越近，天地间的所有风景都被这阴霾笼罩，一时间万物失去了色彩。大雨顺势而下，没伞的人趁着雨未下大之前赶紧跑进巷子里躲着，窗外的芭蕉叶垂落在夏日的傍晚里奄奄一息。

江昱成想到从前，兰烛就坐在那芭蕉叶下，趴在窗口安静地看着外面的四季变迁。

她说她最喜欢下雪天，其次最喜欢下雨天。

他问她为什么，她说下雪天能见到江二爷，下雨天能跟江昱成共撑同一把伞。

他初见她是在雪夜。

他拥有她是在雨天。

如今想来，过去的三年多的时光里，他做得最多的是江二爷，做得最少的是江昱成。从前他并未有太多次和她共同撑伞走在雨中的经历，如今想来，却是连这样的机会也没有了。

但是他不得不承认，他在那些辗转未眠的夜里，把她留下来的由她调制而成的雪中春信香点上，依旧治不好他怅然若失的病。

自她来过，这浮京阁的古戏台上就再也没有人能入他的眼了。

自她走后，这浮京阁的古树、旧砖都恢复了从前沉默又死寂的样子，唯独他改变了。

江昱成突然明白了，不管他承认还是不承认，他不能没有她。

屋内水汽萦绕，紫砂壶里翻滚着沸腾的茶水，江昱成靠在那木桌上，听着眼前的人说着话。

林伯："林家从前在南洋发家，后把家产迁回岭南，岭南早些年各类贸易来往频繁，林家借着那些积累下来的财富在岭南扎根安家。偏有林桂那一支受当时南洋的京剧大家熏陶，在岭南开了个剧团，早年间跟乌小姐有些来往，阿烛姑娘应该是通过乌小姐留下的手信跟林家剧团联系上的。"

江昱成点头，示意他继续。

"阿烛姑娘和那林老板签了对赌协议。"

"对赌？"

"她占剧团三分之一的股份，两年内达到林老板说的业绩，则不用归还林老板投资的钱。"

"如果达不到呢？"

"达不到，那阿烛姑娘要再无偿给他唱五年。"

江昱成拿着紫砂壶的手不由得晃了一下，茶水洒出些许。他放下壶，没管那水渍："她对自己真狠。林老板给她的钱，她是用来还我了？"

林伯看了一眼江昱成，斟酌着说道："是。"

江昱成未说话，长久安静之后，林伯都以为他不会再问什么了，却听得他开口说：“陪在她……她身边的那个人……”

江昱成的声音不大，但语气艰难，好像他极不愿意用这样的形容词来定义那个男人的身份。

“是林桂的侄子——林楠的独子，家中产业一时还落不到他头上，他是个自由的清闲公子。林桂委托他来打理槐京这边的剧团，大小事宜他基本上都会问，因此他跟阿烛姑娘走得近些。”

自由的清闲公子……江昱成心底蔓延过一阵别样的苦涩情绪。

林伯接着说道：“之前曹老师也是由他请回来的，阿烛姑娘唱功好、口碑好，从前听她唱过戏的几家剧院知道她的票卖得好，自然乐意接她的场次。”

江昱成缓缓说道：“她从前总是拒绝上中大剧院，为的就是争一口气。如今她也得偿所愿，凭借自己的能力上了中大剧院。”

林伯安慰道：“从前兰烛姑娘不愿，是不想让二爷难做。您知道她的脾气，她不愿意欠人情。”

“那她如今，倒是愿意欠那姓林的了？”

林伯：“您不能这么说，在前面演出的是阿烛姑娘，但在后面支持、管理剧团大小事务的，是这位姓林的先生。”

江昱成：“你的意思是他们配合默契，蒸蒸日上，如今他们的关系已经发展到如此好了？”

林伯沉默，不知该如何应答。

“罢了，你下去吧。”

江昱成想起从前在浮京阁那一场《白蛇传》后，兰烛算是在槐京彻底唱响了名气，加上有他在后面撑腰，她一时间风光无限。明明可以挑选场次、挑选演出地方，可兰烛没有那么做，而是什么样的活儿都接。

她受邀去槐北方向的一个剧团演出，江昱成没同意。那地方偏僻，在他眼里，这种钱没必要赚，可她还是瞒着他及吴团长去了。演出完毕，她被当地颇有势力的那个男人请到饭局上，被一杯又一杯的黄汤灌着，灌得双颊绯红，两眼发昏。

江昱成知道后连夜赶了过去，当即踹翻了桌子，几乎把那不知好歹的男人打死。他把她从酒局里拽出来，劈头盖脸地骂了一顿，骂她不知死活，不知天高地厚，什么场子都敢接，什么戏都敢演，什么人都敢接触！她住进了戏楼胡同，他难道还会让她愁吃喝、愁无业吗？

兰烛只是红着眼睛，愧疚地说她错了，不该给二爷惹事。

他让江家的人撤了那地头蛇的靠山，心中的气未消，半个月都没有让兰烛踏出过浮京阁半步。

兰烛为此变得小心翼翼，缩在西边的阁楼里，终日不见人影。

江昱成又觉得自己把话说得太重了，在露水沾湿衣衫的夜里忍不住来到她的门前，把蜷在被子里的人紧抱在自己怀里。

她没睡，没有抗拒他的亲近动作，但是没说上一句话眼尾就红了，抱歉地说她不该任性妄为。

江昱成不忍苛责她，哄着她说不是她的错，是这个世界上有太多居心叵测的人，是他着急了，话说重了，不该那样说她。

"那我还能出去演出吗？"她怯怯地露出小鹿般的眼珠子。

"让林伯手下的人陪着去。"

"好啊！"她当即欢欣雀跃。

江昱成起先的确有些不放心，但自那以后，兰烛没有再出过一次事。

她对自己要求极高，吃过的苦再也不想吃第二次，跌倒过的地方再也不会摔第二次。从那以后，那些偏远的地方、不好应付的人情世故以及难缠的听众，都不再成为她的阻碍。

如今想来，她宁可吃那些苦，去那些条件差的地方一场接一场戏地演，不过是为了有一天能挺着腰杆子，头也不回地离开他。

其实这一切并非没有征兆——

她曾经也会眼睛亮晶晶地躲在被窝里，主动转过来环着他的腰，悄悄地带着少女的欣喜语气说："二爷，我跟你说个秘密。"

他享受这种由她主动地亲昵自己带来的成就感，伸手把她揽入怀里，刮了刮她的鼻子："说说看，又是什么荒唐而无聊的小秘密？"

"我有一个小金库，里面攒了一些小钱。"

彼时他们云雨刚过，江昱成在床上吸了一支烟，在青雾弥漫的暖帐里眯着眼笑着说："你是说你那个木匣子吗？那可不只一些小钱。"

兰烛觉得没意思，抓了被子把自己遮盖得严严实实的："你说得对，那盒子里可不是一些小钱，等哪一天离开你了，我就带着那盒子跑了，不要说一辈子了，我上下三辈子都够用。"

江昱成把人从被子里捞出来，用下巴上近日疏于打理的胡楂抵着她柔软细嫩的背，像是威胁道："不可以说这种话。"

"哪种话？"

"说要离开我的话。"

兰烛不死心地回头："会怎么样？"

江昱成将唇轻轻地贴上兰烛的耳垂："你一样都带不走。兰烛，这是你带走我的心的代价，你会穷死在槐京街头。

"所以，你想好了，要不要离开我？"

…………

江昱成指间夹着烟，烟灰轻轻地掉落。

如今想来，他当时只顾稳操胜券地赌她不会走，用他习惯的方式衡量她会如何做出选择，却似乎忽视了她真正的渴求。

他有没有认真地想过，她要什么？

槐京城的中大剧院最近有一场业界瞩目的演出。

据说两三年前已经封台的曹荣光曹老板从国外回来了，还登台演了一场《穆桂英挂帅》，这消息直接让槐京城的票友圈子炸开了锅。更让人吃惊的是，如今曹家剧团居然改姓了兰，曹老板一辈子都没有收过徒弟，却突然被爆出有个徒弟，更要命的是，那徒弟原就是两年前随便上台唱了一曲就让槐京二十四个剧团佩服得五体投地的大青衣兰烛。兰烛一上台就赢得了满堂喝彩声，一场《白蛇传》唱得人流连忘返，等到众人反应过来后，往往不知自己身在何处，只道天道薄情，有情人不能终成眷属。

兰烛在中大剧院唱到第三场的时候，场次座位已经破千了。

江家二爷鬼使神差地买了名震槐京的兰青衣的前排票，还让林伯准备了一套价值连城的手工藏品戏服、一个翡翠凤凰玉雕挂件、一卷名家还原版胶带、一套手工镀金彩绘戏剧泥人，然后差人浩浩荡荡地往中大剧院后台送了过去。

兰烛在后台描着上台前的妆容，见林伯搬了许多东西进来，手里的动作未停下，依旧对着镜子里的自己，淡淡地说道："林伯，您这么大排场，是来捧哪位的场？"

林伯站在一旁，微微躬身："阿烛姑娘，今儿您登台，二爷为了庆祝您场次人数破千，准备了一些小礼物，还请您收下。"

兰烛未拿正眼看那些东西，轻描淡写地说："谢谢江家二爷了，不过我兰烛已经不是浮京剧团的人了，二爷财力雄厚，我们自然算不上是浮京剧团的对手。但是今儿是我兰烛的剧场，我这一场戏是为了兰家剧团演的，不需要他名震槐京的江二爷来捧这场。"

周围的人未置一词，林伯一个人戳在那一群人中间，第一次感觉到了无所适从。

林伯："阿烛姑娘，您跟二爷实在是没必要生分到这个地步啊！"

兰烛："林伯，烦请您将东西拿回去吧，浮京阁我是不会回去了，江二爷的羽翼我也不再想要了，如今我过得挺好的。"

林伯感到一阵苦涩。

戏班子里的其他人作势要赶客，林伯只得让人拿了东西，出了后台。

江昱成看到林伯把那些东西拿出来，其实不太意外。见林伯欲言又止，江昱成点了点头——他并非不了解兰烛的性子。

太阳穴"突突"地跳着，江昱成下意识地晃了晃脑袋，看了看手上的腕表，表演快开始了。他往后台方向看去，只见一些人议论纷纷，一副惴惴不安的样子，匆忙的脚步暴露了他们的不安情绪。

江昱成视线再度扫过旁边的林伯，林伯也明显地有些不安，欲言又止，像是憋了满肚子的话。

"怎么了？"江昱成终于皱着眉头问林伯。

"二爷——"林伯说话间牙关发着抖，"阿烛姑娘……阿烛姑娘说——"

"说什么？"

"她说二爷在，今天这一场戏她不能演了，正让人商量着给在座的人三倍的赔偿金。”

江昱成当即压着怒气说道：“荒谬！她不知道戏大于天吗？老祖宗留下来的梨园这行的规矩她也敢破，我看她是不要自己的前程了。她费了这许多精力，好不容易在中大剧院开演，现在说罢演就罢演？！她是在自毁前程！”

江昱成说完，快步走向后台。

中大剧院的后台他来过，他轻车熟路地找到兰烛所在的化妆室，见到了许久未见的那人的一个背影。

她已化好了妆，穿好了戏服，安静地坐在镜子前面。

他已经许久没有见到她穿戏服的样子了。

深夜她入他梦时大约就是这样，只是那水袖翻飞，云手轻颤，如同一场太虚幻境，他靠近不得。

她已经做了准备，却为了那一句与他说过的“不复相见”执拗着不肯上场。她这脾气真的是犟得让人发疯。

江昱成忍着脾气，走近了对着镜子里的人说道：“兰烛，为什么不上场？”

兰烛早料到了江昱成会来，对着镜子描着自己细长的眉：“我说过，不复相见。江二爷，这《白蛇》实在是不能再为你唱了。”

她说得云淡风轻，声音婉转悠扬，不似当年她刚入浮京阁大门时，半跪在地上，一脸紧张表情地说十九岁的她学戏已十三年有余。

当年他翻着戏折子头也不抬地问道：“会唱《白蛇》？”

她那时声音青涩发抖，技艺粗糙，开口见拙。

他连看都不看，妄下定论，说她白白浪费了这十几年的功夫。

江昱成现下一瞬间，脑海中有无数的片段闪过。

她初见他，一曲《白蛇》，让他留下了她。

她归于他，一曲《白蛇》，让他沉沦于她。

如今却是……如今却是……

他苦笑：“如今却是，我连听都不配了吗？”

兰烛放下了手里的眉笔，对着镜子里的人说道：“您可以听名家，听新角儿，但没必要再听我唱了。如果您不走，那今天这台子我是没法上了。二爷，您知道，我说话算话，一旦做了决定就绝不后悔，同样的错误绝不犯两次，这点还是您教我的。”

江昱成一时感觉到自己心慌乏力。他无法再支撑自己站在这儿，转过身去，收起自己的所有表情，只留下了一句话：“我走便是。”

他走后，槐京城偌大的中大剧院才开始有了动静。

他承认，他拗不过她，为了让她如期上场，只能退步。

她在赌，可偏偏赌对了。

中大剧院的那几场戏，让兰烛打了个漂亮的翻身仗。

江昱成听说那个叫林渡的闲散公子在传统戏曲表演上挺有研究，在老艺术家的圈子里也能游刃有余，跟各个曲评人也来往甚密，像是要把兰烛往正统的圈子里拉。

这样挺好的，按照这么发展下去，她入得了国家级别的殿堂，也评得了各类听上去德高望重的头衔。

而江昱成的生活，依旧在那灰白厚墙里安静成一潭死水。

江家老爷子对他退婚的事情恼怒至极，为了补救赵家那场未达成的婚姻交易而四处奔走。江昱成知道这一切不好善后，为了让祖父满意，加快了另外一些市场的收割力度，手段狠毒，阴冷暴厉。

权势倾倒之间，竞争对手瞪着眼珠子在大雨中怒骂江昱成是江家的走狗，诅咒他这辈子都得不到别人的爱。

他靠在长椅上，慵懒地放了狗，听着外面的哀号声。

不必要的时候，他也不出门，西边的阁楼被他锁了起来，连带着古戏台子也再无人迈进过。

林伯和一屋子人都噤若寒蝉，只是看二爷虽恢复了从前阿烛姑娘未来时的生活，却也知道，那生活其实是断然回不去了。

等到秋日露水浓重的时候，林伯犹豫再三，还是敲开了江昱城的门，支支吾吾地说，兰烛跟林渡回了杭城。

江昱成彼时正坐在窗台下写字，手中写小篆的狼毫顿了顿，劲忘了收，墨汁渗透几张白宣纸，笔下顿时一片荒唐。

第九章
逆行而上

兰烛回杭城是因为丧葬改制墓地迁移政策，政府现在要求原先的山间土坟都要移到公墓进行安葬。她的外祖父就她母亲一个孩子，她的母亲也只有她一个女儿，几番周折，镇上的人才联系到了她。

林渡觉得这事兰烛一个人可能不好处理，就跟着一起回了杭城。

兰烛收拾东西的时候起先阻止道："我回杭城那是私事。"

林渡："恰好我也想去杭城看看，据说那西子湖美如天堂，烟雾朦胧，浩渺如画。"

兰烛不由得笑了："那得是春日雾气浓重的时候，这都入秋了，你想看的那些景致估计是看不到了。"

"秋日映湖，黄叶翻飞，那就是另外一幅场景了。正好我也没事，你就当我这个闲散人员是去游山玩水。"

兰烛笑道："服了你了，去吧去吧。"

林渡挑眉："谁让西湖一年四季都是美景呢？"

兰烛打趣着："等你感受过黄金周旅游季，你就不会这么说了。"

林渡："这倒是，往常从新闻中看到西湖，并不觉得有多美，不过平日从你嘴里听说的西湖，倒是比我新闻里见过的要更美一些。"

兰烛听到林渡说了这句话，一瞬间脑子里“嗡”的一声，响起了那个熟悉的声音。她想起了她与江昱成之间过去的那些片段。

他环着她的腰，在她耳边缱绻地说要陪她回杭城。

他对她说，总觉得她说的杭城比他见过的更美一些。

如今物是人非，她想来倒还是有些伤感。原先她认为无法割舍的关系，其实真要割舍的时候，也就是一瞬间的事情。

和江昱成交心的后劲的确很大，时不时传来的阵痛也会让兰烛不敢回过头去看那过去近乎三年的时光，所以她打定了主意不回头。

入秋的杭城虽然没有槐京冷，但是天地间也多了许多肃杀之气。

兰烛在生活上是走到哪儿就想到哪儿的性子。她原本想下了飞机后打车，在距离自己家乡小镇比较近的临安找个酒店落脚，谁知林渡却已经安排好了一切。

“墓地搬迁的事情要等到后天下午，所以我们不用着急，晚上就住在西湖边上吧。我在灵隐山脚下订了酒店，酒店环境幽静，很适合休息。”

他既然做了决定，兰烛也不好反驳，只是开玩笑地数落道：“按照您这花法，我们剧团还没有赚钱就要赔光了。”

“是我自掏腰包好吧？”林渡放下手里的东西，走到兰烛面前，把她的视野全部堵住了，“请你住，你还数落我？”

兰烛：“好啊，请我住我愿意。”

她拿了行李便往前走。

林渡手插着兜站在那儿：“我私人请的，你要不要表示一下感谢？”

“那你说说，怎么个表示感谢法？”

林渡想了想，说：“要不，陪我逛逛？”

兰烛：“你想去什么地方逛逛？”

“不如去灵隐寺吧，据说那儿求财求势特别灵。”

“你这消息不灵通了，灵隐寺最灵的还是求姻缘。”兰烛笑着拒绝他，拉着他手边的箱子，“咱们就不去了，姻缘什么的多影响剧团运势？”

林渡原地不动，撇了撇嘴，抓着兰烛的行李不放。

兰烛走出去后又被拽了回来，无奈地看着林渡：“行吧，行吧，这么大个人，连恋爱都没谈过，怪可惜的。带你去求，带你去求，行了吧？”

林渡这才放开兰烛的行李，走在了兰烛前面。

“灵隐寺里求姻缘，真有那么灵？”林渡突然说了一句。

兰烛拿着手机回着小芹的消息，皱了皱眉头：“嗯，灵。”

她刚说完，就撞上了前面男人的脊背。兰烛揉了揉脑袋，抬头：“林渡你干吗急刹车啊？！”

林渡停下来，转身，拿着行李箱看着皱着眉头质问自己的兰烛，伸出了手。

兰烛下意识地躲避。

他扣住兰烛的后脑勺儿，松开另外一只手，对着兰烛的脑袋，朝那个眉头紧皱形成的“川”字轻轻弹了一下：“你能专心点儿吗？阿烛，说好的，来杭城办祖坟迁置的事为主，休养身心为辅，至于工作什么的——”林渡拿过她的手机，举得高高的，“说好留在槐京的。”

兰烛踮脚试图夺回手机：“好，给我，我不回了。”

林渡抬眉，把手举得更高了些。

“林渡！”兰烛假装生气。

“好，好，好，给你。”林渡把手机还给她，“记住了，只谈美酒，不谈工作。”

“行，不谈就不谈，我也乐得自在。那怎么说，明天带你去灵隐寺求姻缘？”兰烛仰着头看身前的人。

林渡挑了挑眉，目光落在兰烛身上：“好啊！”

第二天刚好是中秋节，西湖北高峰山脚围了一群摄影爱好者，据说今晚的月亮是二十年以来最圆的。

兰烛早早地起来，带着林渡上了灵隐寺。

刚好赶上周末，寺庙内人头攒动，求神问佛的人很多。兰烛来过几次，对这儿很是熟悉。

庄严肃穆的寺庙，晨光影影绰绰，僧人早起诵经，香烟缭绕。

江南的天和槐京的天不一样。

兰烛记得去年这个时候，槐京的北山寺的银杏叶几乎要落完了，飘飘荡荡地落在她的衣裙上。她虔诚地跪拜在神佛脚下，求一个现世安稳。

她转头问未跨进神殿半步的江昱成："二爷，您求签吗？"

江昱成在秋日和煦的日光里，偏过头来笑着说："阿烛，我从不信神佛。"

"求神拜佛本就是寄托人所求所愿的，二爷，您没有所求，也没有所愿吗？"

他始终没有回答。

…………

兰烛不知怎的想起这一段来，从寺庙的青石上下来，掸了掸落在她身上的碎叶子。

林渡说要进去求一支签，问兰烛要不要一同去。兰烛笑了笑，下意识地说道："我不信神佛。"

说完她愣了愣，才意识到自己说了什么。她只得淡淡苦笑，而后抬目望向那悬挂在寺内的一道对联"人生哪能多如意，万事只求半称心"，放空自己的思绪。

风起云涌间，殿内的信仰者双手合十，虔诚礼佛。兰烛听到寺庙山间风铃阵阵，回望众生众相，却在涌动的人群中看到一个极为熟悉的身影。

晨光下浮尘万千，唯他不染一二。

林渡从殿内出来，看到兰烛对着人群出神，上前一步："阿烛，你在看什么？"

兰烛回过神来："没有，出神罢了。"

大约是她看错了，他说他不信神佛。

人人都说杭城美，但一脚陷进拥挤的人潮后找不到出口，被成群结队的游人簇拥着带去自己也不知道的地方后，再怎么想享受美的心思也荡然无存了。

西湖的确美，但若是一个人怀着记忆去看，那些美就是一把把刀，徒增伤感而已。

江昱成这次的行程是兴起而至，他没有约任何一个商业合作项目，也没有约任何一个熟人朋友，只是一人孤身来了这儿，只是因为他听说兰烛回了杭城。

他说要陪她回来的诺言一直不曾兑现，那份遗憾在他的心底，压得他喘不过气来。

江昱成也不知道自己是来干吗的，只是循着记忆里兰烛与他说过的那些地方走着。

兰烛曾经说过，南北山路附近全是各式各样的文艺店铺，里面各种各样的艺术展品、潮流玩意儿层出不穷，但这么长又这么美的南北山路，不曾留给京剧国戏半个落脚的地方。

京剧在没落。在人们看不见的时代洪流里，京剧不会作为人们谋生的手段，只会被别人称为"艺术品"。人们对京剧往往怀着崇敬的心情，却敬而远之，再到后来，它的留存痕迹就会被挂在博物馆里。

他走在那南方落叶的梧桐树下，走在那从南宋时期保留下来的长街上，随意地停驻在任意一个宾客盈门的咖啡馆外，想象着或许曾经兰烛就在这儿，看着人们迈着匆忙又焦急的脚步来来往往。

再后来，他循着西湖北高峰上了灵隐寺。他站在神殿外面，举头望向金身浇筑的神佛，思绪掉落在沉世浮海中，脑中却突然想起兰烛问他的那一句话——二爷，您没有所求，也没有所愿吗？

他随着那些络绎不绝的信徒入殿，在袅袅焚香之间虔诚地跪拜在神佛面前。

他有所求，也有所愿。他所求所愿，皆为她一人而已。

山寺空明。

江昱成在神明面前求得一签，看了一眼，依签所言，这签子的结果不怎么好。他不动声色地将那张签文纸带在了身上，跨出高高的门槛，见到外头人头攒动，许多人挤在那解签语的摊位前。

人来人往间，江昱成忽然被人碰了一下。他回头，一个摊位处没什么生意的解签人发现了他，见他绕在这人群周围，人精似的就发现了他的需求，问道：“爷，您解语吗？”

见江昱成不搭理自己，那人上前拽了他的袖子，把他往自己的摊位上引：“您给我看看，我是这儿解语最准的人了。”

江昱成警告地看了一眼他拉着自己的袖子的手。

那人笑了笑，放开手：“您来这儿求的是什么？”

“姻缘。”江昱成垂着眼开口，把那签文纸递了上去。

那人将签文纸拆开，皱着眉头摇了摇头。他看了一眼江昱成，说道：“爷，您这情路坎坷啊！菩萨说了，苦海无涯，回头是岸——”

江昱成将那签文纸夺了回来：“胡说八道！”

然后他转身就走。

“这我可胡说不得，灵隐寺求姻缘灵验得很！哎，爷您请留步，这签也不是不可以化解的。爷，您别走啊，您听我说——”那解签的人急忙留住要走的江昱成。

“万事总有个解法，我这儿有个宝贝，您瞧瞧。”那人从黑色包里拿出样东西来。

江昱成抬眼望去，那人手里拿着的是一根廉价的红绳，上面系着一个普通的红玛瑙。

“您买一个戴在她手上，保准这段缘分谁也拆不散，很灵的。”

这是很常见的商贩借着噱头贩卖东西的手段，卖的还是做工如此粗糙的东西。

江昱成轻笑，没理会那胡言乱语的解签人，迈入山下的红尘中。

到了晚间的时候，南宋御街灯火一片。年年中秋，南宋御街的街口都会有人发漂亮的月兔灯。

兰烛很早就带着林渡来了。

街口早就等满了人，抱着孩子的大伯大妈们扒拉着人群往里挤，满大街跑来跑去的孩子跟野马一样奔腾过来，原先排列的队伍时常被冲散，秩序混乱，来往嘈杂。

林渡一直绅士地护着兰烛，但看着眼前拥挤又疯狂的人群，还是皱了皱眉头："阿烛，刚才我经过巷子口，看那儿也有卖兔灯的，样式和款式和他们从这儿抢来的都差不多。这队伍太长了，不如我去买一盏吧。"

"林渡——"兰烛拉过林渡的衣角，"那不一样的，御街抢花灯是传统，代表了一年团圆美好。今天你上灵隐寺没求到好姻缘，我给你抢一盏兔灯，也不枉你来杭城一次了。"

林渡有些无奈，想起今天在灵隐寺求的那支不是特别好的签，笑着说道："阿烛，我来杭城本就不是为了这些。"

"你相信我，这灯真能给人带来好运。我小时候年年都来，年年都没有抢到。我就这么大点儿——"兰烛跟林渡比画到自己的腰上，"自然是抢不到的，所以才要带着大人来。你瞧他们——"

兰烛指着挤在她身边熙熙攘攘的人群："大人个子高，力气壮，才能抢到。"

"你没有抢到过吗？"

兰烛想起从前，自己只敢躲在远处看着。她个子太矮，力气太小，母亲更是从不陪她来。

兰烛摇了摇头："没有。"

话音刚落，发放灯盏的人就来了。

小小的灯盏做成兔子的模样，里面虽是仿制的火苗，但也在欢喜地跳跃着。

"花灯来喽！"

"我要一盏，我要一盏！"

"这儿呢，这儿呢！"

"哎，哎，哎！别挤！"

人群一时间拥挤无比，林渡挤到了前面，兰烛跟不上，落在后面。

花灯越分越少，原本站在兰烛身后的人失去了耐心，着急地往前挤着。

兰烛随着人流被推挤到了边缘。不知是谁走得匆忙绊了她一脚，她顿时有些站不住。失去重心的一瞬间，她手臂被人扶住，只听见有人说道："当心。"

那声音似山间霜雪，与周围嘈杂的声音形成了明显的对比。

一时间，兰烛感觉到身边的光影凝固成银河，周围的人模糊难辨，她的手心里被塞进了一物。她低头，看见的是那盏令人欢欣雀跃的兔灯。

扶起她的人把他手里的灯递给了她。夜色里，他如玉的手指被藏于黑色衣袖下，兰烛猛然抬头，却只能看到一个侧脸。

黑色的鸭舌帽盖住了他的眉眼，只剩侧脸匿在黑暗里。在光转过来即将照亮他的另一半脸的一瞬间，他却匆匆潜入了人群中。

兰烛手心里的兔灯手杆还带着余温，她分明没有看清楚，但是心底笃定的答案还是让她难安。

她不会认错他的声音的，也不会看错他的背影的。但是他分明是不可能出现在这里的。

"阿烛——"林渡拿了一盏灯过来，看到兰烛手里拿了一盏，"咦，你已经有了啊？"

兰烛回过神来，点头道："嗯。"

"那我们走吧，这儿又黑又挤，不太安全。"

"好。"

兰烛回头再看一眼，那儿却什么都没有了。她这是又生出幻想了？

在杭城没待几天，兰烛就回了槐京。

兰烛回到槐京后，小芹慌慌张张地过来，说北辰剧院那儿的排期好像有点儿问题，"小赵云"为这事在北辰剧院跟人打起来了。

剧院那儿排期的人出了纰漏，原本答应给兰烛他们剧团的场次不知怎么的没有安排上，而是排给了一个话剧。李然没说几句就跟人脸红脖子粗了，对面演话剧的人里也有个年少轻狂的公子哥，双方各说各有理，后来就动起手来。

后来他们才知道，那个演话剧的公子哥姓江。他哭着嚷着要动用他爸的关系，硬是要把他那个远房堂哥叫过来。

兰烛到的时候，李然表情憋屈，却因为闯了祸不敢看兰烛。

江家那位小辈不服气——兰烛看他红肿的脸就知道，他也没有从李然这里讨到便宜。

兰烛再往上，就看到了坐在正中间的椅子上一言不发的江昱成。

兰烛来之前让小芹了解过，这件事虽然是剧院那方工作失误，但算起来是李然先动的手，他们不占理，更何况江家这小辈也不是故意要抢排期的。

兰烛进来的时候，江昱成只是淡淡地扫了她一眼。

今时今日相见，兰烛只能刻意忘却他们二人间的过往，走到李然身边："受伤没？"

李然摇了摇头，往前一步，轻声说："阿烛姐，我不知道他……"

兰烛打断他的话："我来处理。"

兰烛上前一步，站在江昱成面前礼貌地说道："对不起，江二爷，我问过了，是李然先动的手。我代表他跟您道歉，跟江家这位小弟道歉。"

江家这位小弟虽然红肿着脸，但听到兰烛这么说，一时间趾高气扬的。他和这位堂哥虽然平日里来往不多，但是堂哥是出了名的护短，江家的事他堂哥不会不管的，更何况对面还是个唱戏的小子，这种无名无派的剧团见到江家二爷，估计都要被吓死了吧。

谁知进来之后就不曾说话的江昱成此刻却对着他说："江荻，给人家道歉。"

"哥，是他们先动的手……"

"我说让你道歉。"江昱成语气不容置喙。

江荻只能认栽，肿着脸向兰烛道歉："对不起。"

兰烛给了李然一个眼神，他也立刻回道："对不起，我不该动手。"

兰烛："明日的演出我们会再找剧院的，今日之事，还望江家二爷大人不记小人过。”

她说得依旧客套。

江昱成起身，叫上了江获：“不了，那剧院你们用吧。”

兰烛也不再客套：“如此，多谢二爷了。”

她带着那几个年轻人，道完谢就走了。

江昱成等她走后也出了门。江获跟在他身后，颇有怨言：“哥，您从前偏袒我的，如今怎么都不管我了？我被打了啊！您弟弟——亲弟弟，被打了！”

江昱成淡淡地说道：“堂的。”

江获差点儿没被一口老血噎死，不满道：“堂的也是弟弟，为什么啊？我在槐京横行霸道这么多年，为什么今天要受这个气？”

江昱成没理他。

江获看到了外面等着的林伯，委屈极了，跟林伯哭诉。

林伯轻声劝道：“小爷，您最好别惹槐京城那姓兰的姑娘。”

“为什么？”

“若不是为了见她一面，您这破事二爷才懒得管。”

江获竟然哑口无言。江家二爷什么时候会为了个女人低头了？

槐京城阴历十月，初冬时节，窗外飘着寒气袭人的小雨。

兰烛从四合院出来，打到的车已经停在了门口。

今天有个国风产品投资交流活动，兰烛作为剧团的老板兼戏剧演员，受邀出席这个交流会。

林渡本想说她可以不用去，据他所知，这次交流会江昱成也会去，但兰烛觉得没有必要。从前她避让是不想让自己还有念想，也是断了她和江昱成之间的联系，如今戏楼胡同那边已经大半年没有响动了，加上上次她因为李然的事情和他打交道的时候，他们也就是形同陌路，相安无事，想来她和江家二爷那点儿事应该已如前尘。

这种投资会，原先兰烛自己只用演出的时候可以选择不来，但如今自己做老板了，为了手下吃饭的人，自然是要多积累积累这方面的资源的。

投资交流会现场来了许多槐京圈子里的人物，近一年来国风文化发展得比兰烛想象中的快，原先小众的投资会不再小众，反而变成最新潮的投资方向。

投资交流会是在一个中式酒店举办的，百来平方米的院子下银杏飘落，秋雨萧瑟。举办方把座位搬到了屋檐下，大家对着一场秋雨，欣赏各种国风的创意，倒是乐事一桩。

兰烛进了门，收了伞，找到了自己的位子。她往一旁看去，发现这主办方安排的位子倒是颇为尴尬——江昱成的位子就在她的旁边。

她收回目光，坐下。

很快院外传来一阵骚动声，一群穿着打扮儒雅的男人随即进来，半圆弧的队形中很容易看出谁是主角。

院子里的一行人见到来人纷纷站起身来。

为了表示礼貌和尊重，兰烛也站了起来。

江昱成走近，见到兰烛的时候脸上没有什么表情。

他与来人都打着招呼，面对兰烛的时候，也是像寻常一样伸出手："兰老板，幸会。"

他的手停留在空中，骨节分明，寻常的礼节被他做出来倒显得有些陌生。

兰烛把手放上去，回道："江二爷，幸会。"

两只手的手指只是触碰不过两秒就各自收回。

众人落座，投资交流会流程还未开始，四周的人攀谈起来，唯独江昱成和兰烛这儿安静得可怕。

屋内比外头暖和多了。

江昱成看着茶盏里的茶汤映着身旁姑娘的半张脸。她今天穿了一件黑色的抹胸长裙，外头披了条水绿色披肩，薄纱清透，绣着墨色竹叶。她盘了一头低低的中式盘发，侧着头抿茶，唯有额间的几缕碎发荡在秋雨微风里。

她转过身来，双眸出现在他的茶汤的倒影中，清冷的眼眸仿佛与他对视。江昱成的手微微一抖，茶水泛起涟漪，打破了这一场镜花水月。

他喉结滚了滚，打破了这窒息的尴尬气氛："兰老板最近的生意还不错？"

兰烛听到江昱成说话，也从眼前沸腾的茶壶中倒了半杯茶水，握在自己手上："托二爷的福，还不错。"

江昱成抬头看了看那阵雨："这天气，槐京倒是入秋了。"

兰烛回道："是啊，一阵秋雨一阵凉。"

说完之后，两个人又长久沉默。

江昱成摩挲着茶盏的紫砂壁，指腹感知到的粗糙感消磨着他的无措情绪。

兰烛余光一扫，看到他手上多了一条红绳。

一条编织简单甚至有些粗糙的红绳上，挂着一颗做工粗糙、成色杂乱的红玛瑙——不像是他会留的东西。

江昱成见兰烛的目光落在自己的手上，下意识地把自己的手往里缩了缩，径自说道："上次演出还顺利吗？"

"哦——"兰烛知道他说的是江获和李然场次重叠的那次乌龙，"演出挺顺利的，李然是个好苗子，年轻敢闯。说起来，还得谢谢江二爷把场子让给我们。"

江昱成："无碍。"

他呷了一口茶水，侧头又加了一句："往后有任何难处都可以直接找吴团长，戏楼胡同的门，永远为你打开。"

兰烛愣了愣，笑道："谢谢江二爷，不过你和我还是分得清楚些为好，不是吗？"

她微微偏头，双眼直接注视着他。她只是眼神一勾，他便移不开目光了，更何况她这一次将满目的目光都给了他。江昱成许久没有被她这般注视，突然感觉到胸膛里的心脏在猛烈地跳动，一时间心里百感交集。他出声道："阿烛——"

"二爷，投资交流会开始了，您专心，别错过什么好项目。"兰烛把目光偏了过去，不再看他。

江昱成的话被堵在了喉头间。

投资交流会按照既定的流程开始了，江昱成只得坐直了身子，听那几个拉投资的人在中间做着商业计划书的讲解和演示。

轮流多少人上场、讲了多少方案、有多少可行的商业计划，江昱成不知道，也没有听进去。他只感受到身旁的人托着腮听得仔细认真。每每她左边的人与她交谈时，她都薄唇轻笑，礼貌点头。

其间他也借着台上的商业演讲与她对上过几句，她也是这般待他，毫无特殊之处，仿佛他在她眼里就真的只是个商场上不得不打交道的点头之交。

交流会结束，外头的雨越下越大了。

兰烛没带伞，站在屋檐下，似是要等雨停。

江昱成走近，开口："兰老板，这雨一时半会儿是不会停了，兰老板不如坐我的车回去吧，我去北辰剧院，与你顺路。"

"不了，"兰烛礼貌拒绝，"我打车就好。"

"这巷子里车开不进来，打车也得去停车场那边，不如同走一段，我送你去停车场。"江昱成抬了抬手中的黑伞。

兰烛看了看一时没法停下来的雨，环顾了一圈庭院里剩下的人，里面也没有她熟悉的人。这院落到停车场也就两百米，两个人同撑一把伞，几分钟的时间也就走到了。她点了点头："如此，多谢江二爷了。"

江昱成撑着伞，黑色伞骨一瞬间打断了青灰色的雨帘，伞被移到兰烛的头上。他与她保持着一段距离，伞面往兰烛那边倾斜："走吧。"

兰烛与他走入雨中，硕大的雨滴落在伞面上顿时变成两半，心气高傲的雨滴顿时溅射到伞外，心气温和的雨滴则趴在伞面上，随着伞骨纹路温柔地落下。

他始终绅士地与她保持着距离，伞面却依旧往她那边倾斜。她看不到前方的路，唯有让江昱成带着自己往前走，除他偶尔出声提醒她"当心"以外，两个人之间再无其他话语。

但这一段在一方天地中结伴同行的路，却带出点儿恍如隔世的前世今生感来，秋雨苦寒哪。

兰烛还未道谢，就听见身后有人叫道：“阿烛姑娘。”

她回头，来人是林伯，他手上还牵着那只黑色的杜高犬。

那犬见了兰烛，想挣脱林伯手里的锁链，拼了命地要往兰烛身上扑过来。它摇着尾巴，嘴里委屈呜咽，奈何被如一孩童的手腕粗的链子拴住，不能靠近兰烛一二。

“貔貅！”江昱成出声喝止。

貔貅只能坐下，但尾巴依旧忍不住地摇摆，时不时从锋利的牙齿间传出点儿如婴儿般呜咽的声音。

它委屈、渴望地看着兰烛，希望得到她的回应，得到跟从前一样的温柔爱抚待遇。

兰烛依旧站在那儿，表情淡淡的，没有靠近。

“外头的雨太大，阿烛姑娘，您不如跟我们一块儿走吧。”林伯说道。

“不了，我打车就好。”兰烛婉拒。

“这会儿不好打车。”江昱成发话，“只是顺道的举手之劳，还希望兰老板不要推托。”

兰烛刚想说什么，一声车鸣声倏地穿过雨帘传来，一辆黑色的SUV开过来，停在了停车场避雨的回廊外面，车灯闪烁间下来一个人，那人打开伞的同时开口确认着人：“阿烛？”

兰烛看清雨帘中打伞过来的人，挥了挥手：“林渡，这儿呢！”

江昱成的视线落在兰烛身上，她说话间不由得伸长脖子，踮起脚，全身上下都表示着欢欣雀跃和喜出望外的心情——与刚刚在他身边时不一样。

江昱成再看向雨帘中的那个男人——那个不速之客。

林渡靠近后，在雨中看到江昱成的时候，神色有些复杂。但没过一会儿，他便把情绪收拾干净，靠近兰烛，回以微笑：“对不起，阿烛，我来晚了。”

“我不是说打车回去，你怎么来了？”兰烛下意识地往他的方向走去。

林渡人还在台阶下，撑着伞站在雨里，没走到江昱成所在的那层台阶上：“这么大的雨，太难打到车了，我想着先把车开到停车场再给你打电话，没想到就遇上你了。”

林渡回头看向江昱成：“谢谢江二爷送阿烛过来，我们回去了。”

江昱成还未说话，貔貅已经躁动不安了。它狂吠不止，龇牙咧嘴地挣扎着，要往林渡这边冲过来。林伯赶紧拉扯住它，铆足了劲儿将它往后拖。

江昱成只是站在台阶上，将手背在身后，手指头一动，林伯就松了手上的力道。

貔貅猛地冲了上去，林渡依旧站在雨中，纹丝不动。

兰烛看到松了绳索的貔貅朝林渡这边冲过来，想都没想，下意识地挡在林渡面前，大声呵斥：“貔貅！不可以！”

貔貅冲到兰烛面前，顿时趴下身子，双耳紧紧地贴着自己的脑壳。百来斤的猛犬臣服地蹲在地上，尾巴摇摆不停，嘴里呜咽，眼神小心翼翼。

江昱成这才淡淡地说道：“貔貅，回来。”

自始至终，林渡都撑着伞立在台阶下，脸上毫无其他表情。

江昱成看到的是，兰烛没有一刻犹豫地挡在了林渡面前，挡在了他和林渡的中间。

她的倾向很明显了。

林渡：“阿烛，无妨，我们走了。”

“好。”

“谢谢您。”兰烛转身对江昱成道过谢，未有犹豫，那最后一级台阶，她到底踏下去了。

她最终躲入了林渡的伞下，在漫天大雨中与江昱成渐行渐远。

貔貅随即冲到大雨中，瓢泼的大雨立刻把它油亮厚实的毛发打湿，它对着远去的人狂吠不止。等人渐行渐远之后，它由狂吠转为仰头长嚎，最后毫无声响地呆坐在雨里。

它对着兰烛远去的方向，长久地坐在那儿。

许久之后，江昱成才举着伞，走到了静坐在雨里的黑狗旁，平静地说道："走了，貔貅。她不要你了。"

那一阵秋雨一下就下到了十一月，十一月的演出早就已经安排好了，剧团的事情基本上已经步入正轨，林渡却因为家里的事情要回一趟岭南。

兰烛距离下次演出还有一段时间，这几天比较空闲，就送了林渡去机场。

林渡拿着机票，嘴里依旧喋喋不休地安排着事情："秦老板那边的那几场演出可以接，但是价格还是要谈一谈。这样的价格他想打包五场，想屁呢？"

兰烛不得不感叹外表真是个好东西。和林渡越熟，她就越知道这家伙从前还是伪装得太好了。

兰烛："我知道，都是我的人，我也心疼，这个价格我会让他另请高明的。"

林渡："你既然自己当了老板，就少演几场，戏班子里别的活儿还得你计划着做呢。那些经纪、商务上的事，小芹能搞定的你就让小芹去做；她要是搞不定，就等我回来做，酒局上那一套不适合你，听到了没有？"

"知道了！知道了！"兰烛推着人往前走，"这些话你出发前已经说过两遍了。林渡，你不就回去一个月吗？很快就回来了。你说的那些事，我能做的就做了，不能做的等你回来做好吗？"

"唉——"林渡还是有些不放心，"要我说，阿烛，你临城的那场演出还是别去了，你跟我回岭南算了，刚好叔叔也一直问我你什么时候有时间回岭南演出。"

"你看你，你叔叔特地跟我交代了，这次务必要亲眼看着你上飞机。林渡，你回去是代表你父亲出席公司会议的，我虽不懂商业权衡之术，但也知道事情轻重以及涉及的利益，你怎么能拱手让人呢？"

“你看，我最不喜欢的就是这些。”

兰烛笑了笑：“你这话说出来就有些不知好歹了，多少人想要这些都没有呢！”

林渡皱了皱眉头：“我总觉得这次回去会出什么幺蛾子，公司里的那帮老家伙，不知道会想出什么招数为难我。”

兰烛：“这些明争暗斗的事，你要是不喜欢接触，可以多问问你叔叔，他总归比你有经验。”

林渡点了点头：“知道了，明明是我在嘱咐你的，怎么反过来成你嘱咐我了？”

林渡最后拍了拍兰烛的肩膀：“阿烛，你可别忘了我们的约定。虽然我来槐京是因为叔叔和你有约定在先，一切照拂皆因为你和他是一条船上的人，但是我们两个从零开始并肩战斗到今天，是永远的搭档。”

兰烛有些受不了他：“知道了，知道了，好肉麻啊你，不就是回岭南吗？搞得跟生离死别……”

“呸呸呸，不许这么说！”林渡当即打断了兰烛的话。

他低下头，对上兰烛清冷的眉眼，向前一步将她搂在了自己怀里。

兰烛被他的动作惊到，一时间瞳孔猛地一震，呆若木鸡，手都不知道该往哪里放好。

他身上有一股好闻的淡淡味道，她从前得空的时候研究过香料，知道这香水好像是属于英国的潘海利根品牌，名字叫牧羊少年。

他搂得实在是太紧，兰烛甚至能听到他的胸腔里的心跳声。

他将下巴抵在她柔软的发梢里，轻声说道：“阿烛，要信守承诺，等我回来。”

兰烛跟个布偶娃娃似的站在原地，不知道该如何回应他。

他感觉到怀里的人身体僵硬，这才放开她，见到兰烛呆滞的样子，笑了笑：“西方礼节而已。”

兰烛僵硬的嘴角这才微微动了一下，她笑着回复他：“差点儿被你整不会了，你平日里就是这么撩西方妹妹的？”

林渡挑了挑眉：“你知道的，我没谈过恋爱。”

"行吧，快走吧，要赶不上飞机了。"

"那我走了。"林渡拿起自己的行李。

"好，一路平安。到临城了给我发消息。"

"知道了。"

送走了林渡，兰烛回头，顺着自己的呼吸。

她果然不太习惯被别人拥抱。

林渡走后，兰烛也收拾了东西，往西南方向走，去了临城最西南边的城市——南安城。

南安城周围都是崇山峻岭，但这儿的人生活闲适自由，对京剧也十分欣赏和热爱。

兰烛这次接的是一个挺大的演出。主办方排了五场戏，她占了其中的一场。

临城附近的洛城，江昱成参加完晚宴回到酒店的套房里，面容阴郁。

林伯小心翼翼地说道："二爷，老爷子那边的意思是，这项目必须拿下。"

江昱成俯瞰着洛城市中心的璀璨灯火，手指间青烟缭绕："他说得倒轻巧，这项目搞了一个多月有余，虎口夺食，哪有那么简单？"

林伯从落地窗的倒影中看到江昱成紧皱的眉头，欲言又止。

江昱成："你说吧，他还有些什么指示？"

林伯舔了舔自己干燥的嘴唇："老爷子说，您要是觉得有困难，不如回头求他，也给赵家赔个不是。这事，他能让里面的人伸出援手。"

江昱成从喉咙里哼了一声："他倒真不怕丢人，我在订婚现场都能掉头走了，赵家还容得下我吗？"

林伯："您要是回头，自然是跟什么事都没有发生过一样。毕竟赵家有您撑腰，能保往后三代的荣华。"

江昱成灭了手里的烟，回头看向林伯。

林伯目光对上江昱成的眼，闭了嘴。

见江昱成把头转了过去，林伯抓了抓自己的裤子缝，想到了些什么，立刻说道：“二爷，阿烛姑娘最近在临城，您要去看看吗？”

她在临城吗?

江昱成站在巨大的落地窗前，下意识地扯了扯自己的领带，想起那天雨里她奔下台阶的那一步，闭上了眼。

“不了，”他出声，“先搞眼前的事吧。”

他周围的烦躁事太多，他想把事情都解决完了再去看看她。

或许等解决完这些事情，他能好好找个机会跟她心平气和地谈一谈。

从前的许多事，是他做得不好。

林伯表示知道了，点了点头，正要出去，突然觉得脚下步子不稳，屋子摇晃了大约两秒。他反应了半秒，惊愕地抬头看向江昱成，却发现江昱成也在看他。

两个人一确定，连忙出了房门，从安全通道里一路向下走。

等他们到了楼下，地面没有再摇晃了，可刚刚隐约的震感还是把周围的人都吓得跑下了楼。

林伯去打探了情况，急匆匆地走了回来。

江昱成：“怎么回事？”

林伯面色慌乱：“有震感，不过洛城距离震中远，无大碍。”

“那就好。”江昱成点头。

“二爷——”林伯再一张口，就是遮盖不住的慌乱语气，“震中是临城，七级。”

江昱成顿时听到自己心跳得异样，像是负载几吨的卡车从自己身上压了过去。

江昱成一行人当即往临城赶去。

他们越往南，天色越暗，无边的黑色乌云滚滚而来，像是要覆灭一切。

江昱成心烦意乱，试图联系过兰烛，却怎么也联系不上。

车子最后在高速路路口被拦了下来，林伯下车去打探情况。

“二爷，交通管制，路上坍塌的地方太多，车子过不去了。”

江昱成看着来来往往掉头的车辆，眉头紧皱。

他打开手机地图：“物资和救援是怎么进去的？”

林伯：“那是山路，只会比高速路更危险。二爷，南安城是震中地区，越往南走，余震越多，您实在没必要冒这个险。我已经让人打听了，最快明天早上会有消息的。”

“明天早上？”江昱成摇头，“不行，我一刻也等不了。”

“二爷——”司机也来劝，“从这儿去南安城的山路我曾经开过，南安城崇山峻岭的，平日里路都难走得很，更何况是现在这种时候。您说要是路上有个塌方或者余震，那从山顶上滚落下来的石头要是砸我们的车上，一车人的命都保不住啊！”

江昱成二话不说，解开自己身上的安全带：“你们就不用去了，我一个人去就好。”

他说完，就从驾驶座后面的位子上下来，绕到前面驾驶座旁，开了驾驶室的门。

开车的司机没松开方向盘，劝道：“不可，不可！二爷，您一个人去那就更危险了。您说您要是出了点儿什么问题，您让我们回去怎么交代？”

“是啊，二爷，往南走的山路一定多有坍塌，您一个人开车去，四五个小时的驾驶时间真的不安全。您带上我们吧，我们多少还能看着点儿路。”

“下来。”江昱成不容他们争辩，下了命令。

司机只得把方向盘交出来，把驾驶室让给了江昱成。

“二爷——”林伯还想劝。

江昱成系好安全带，抬头用眼神阻止林伯：“你回吧，这趟我必须去，我得把阿烛带回来。”

林伯望了望南边阴郁的天，想到他从那些新闻里看到的满城的颓败和毁损画面，垂落的手微微动了动。但他也只能站在原地，看着江昱成发动了车子。

“二爷，您当心。”

南边一场灾难，大家都在避之不及地掉头，而他孤身逆行在车流中。

南下的路比江昱成想象的更难些。

他开过破碎的山路，看到了防护栏下坠落的车辆；开过山谷和丘陵，见到了那诡异湍急的河流；开过平原和村庄，看到了那断裂的桥梁和坍塌的房屋。

原先的五彩世界好像只剩下一片灰白场景，像是被土崩瓦解后的水泥罩住了，人们阴郁的脸上看不到任何鲜活的神色，只有呆滞和哀痛的表情。

他的五官感知开始变弱，他开始听不到林中的鸟叫声，开始看不清前方的路，甚至感受不到自己胸腔里心脏的跳动。他距离那震中越近，这样恐怖的感觉越严重。

直到五个小时过去，他才进了临城南安市。

真的踏进南安市，他才发现这儿远比新闻播报的情况严重多了。出入南安市的主干道已经全部塌方被堵死了，救援的大巴车进不来，空投的救援物资还在路上，除了洛城这样遭受灾害不严重的地方还能从山路派增援力量，别的临近的城镇已经自顾不暇了。

车子没法再往前开了，江昱成停下车，从车上下来。

他以前来过南安市，这儿是个生活闲适的小山城，城市中心在环山的盆地上，人们的休闲娱乐活动都集中在这不大的市区里。他来时是夏天，每每等到天色暗下来，就能看到古城里的人们拿着蒲扇赶去南安剧院，那儿隔三岔五地会有传统艺术表演。

这儿的人都很朴实，原先南安剧院还是露天剧院的时候，夏夜里，这儿的人就会带着一条长板凳、一块西瓜、一把蒲扇，就坐在那大榕树下，拿起竹竿子赶走聒噪的鸣蝉，起身给台上表演的人连连叫好。

江昱成如今踩在灰扑扑的砖块瓦砾上，已经分不出来哪里是哪里了。

来往的路人行色匆匆，他拦下一个问道："请问南安剧院往哪儿走？"

"南安剧院？"来人打量了江昱成一番，"你去那儿干吗？"

"找人。"

"哦，我知道，你也有家人朋友去听戏了是吗？唉，要不说命运难测呢！听说来了个唱功好、扮相美的角儿，大伙儿好不容易想享受一下听觉盛宴，城里、镇上爱好京剧的人都出来听戏了，可你说这天灾人祸的，那剧院几百号人谁能想到有这样的结局呢？这剧院抗震能力怎么就这么差呢？怎么就轰然倒塌了呢？我怀疑这就是豆腐渣工程，只是可惜了这里面的人哪，到现在为止，是一个活的都没有找到！"

江昱成原先感知衰弱的五官在这一刻彻底失去了知觉，颅内外的气压不平引得他鼓膜一阵疼痛，再后来，就是长达许久的蜂鸣般刺耳的声音。

他明显地感觉到了自己呼吸不畅，整个世界的真实感知与他的精神世界脱离开来，那种感觉就好像他灵魂出窍了一样。

他迟钝的身体在他思想的驱使下几步朝着那剧场所在的地方跑去。

"哎，我说这位爷别去了，那儿都清理得差不多了，没一个活下来的，要认人得去医院……"

江昱成忽略从身后传来的声音，抑制着从胸腔传来的一阵一阵汹涌的反胃感。他不相信她不在了，就像到现在为止都不相信她离开了他一样。他更不允许她如此不告而别，尸骨无全地死在这种地方！

直到跌撞着拼命往前走到一个巨大的坍塌建筑面前，他才清楚地看到那些在城中心堆砌得高高的石砖断梁，还有断壁残垣间剩下的隐约可见的"剧院"两个字的招牌，招牌堪堪地挂在阴暗漆黑、大雨将至的半空中。

那本该是人头攒动、座无虚席的剧院真真实实地坍塌了，塌到连戏台子的横梁都找不到了。剧院已经看不出来任何从前的样子了，救援队的人已经把这里翻了个底朝天。

现场只剩下几个人了，他们做着最后的扫尾工作，拉着明黄色的警戒线，像是要把这里隔离起来。

一场大雨随之落下。

江昱成看到了落在地上混着泥土、砂石的被碾碎的戏衣，华美的珠串落在脏污不堪的泥水里，生生地刺痛着人的眼。

他扯开那警戒线冲了进去。

他身后有几个人在喊——

“没人了！”

“没有生命迹象了！”

“快走！”

江昱成什么都听不见，跪在地上，在滂沱大雨里翻动着那些覆盖在戏衣上的石块——这一块下面没有，那一块下面也没有……

他半跪着迫使自己往前挪了两步，膝盖直接划过那脏污的泥水，双手撑在那断梁上面，眼睛盯着那碎石。

他敲着石头，喊着兰烛的名字。

“危险！雨太大了，城里的防洪基础设施一般，这儿太危险了！”

“你不要命了？！等会儿余震来了，你就会死在这儿的！”

…………

江昱成感觉到身后的人越来越多，他们甚至直接上手阻止他。

他们在阻止他找到阿烛，没人可以阻止他找到阿烛！

他挣脱人群，头也不回地继续跪在那些废土上。他推开顽石，刨开沙砾，不管不顾，脑海里只有一个目的，就是找到她。

阿烛在等他！

是他来得太晚了……

是他发现得太晚了，那些所谓的什么自尊和骄傲跟她比起来根本不值一提！他总觉得自己还有时间，还有很长的时间。

他真恨自己，为什么与她僵持？为什么不能直接去找她？为什么还觉得自己能离开她，独自在这个世界上活下去？他不能！他根本就做不到！

他才发现，在真的要失去她的时候，那些东西根本不重要，一点儿都不重要！他只想要阿烛永远待在他身边！

周围的人根本拉不住他，江昱成疯了一样跪在那废墟上，不知疲倦地叫着兰烛的名字。哪怕被碎石划破手臂，被沙砾划伤指缝，他也毫不在意。

他像一只毫无感受的疯狗，如此疯魔，以至旁人不敢靠近。

江昱成麻木地驱使着自己的躯壳做着同一个动作，他的灵魂早就泣不成声。他任由感知能力再次从他的身体上流失，任由心脏逐渐衰弱，甚至任由它哀痛死去。

直到一声“二爷”响起，江昱成动作一滞，像是出现了幻听。

“二爷。”

这一声更清晰。

她的声音，他不会认错的，在他的梦里多次出现过，如同现在一样，梦幻又真实。

他脊背上顿时汗毛倒竖，紧接着五官有了感知能力，周围的东西开始清楚地呈现在他的世界里。他缓慢地回过头，雨大得他睁不开眼，从模糊的视线中，他依稀看到身前站了一个女子。她打着伞，身上沾满了尘土，脸上灰扑扑的都是污渍。

她站在雨中，唤了他一声“二爷”。

江昱成连忙起身，奈何蹲得太久，有些稳不住身子。

他确认再三——是她！

随即他几步过来，把她紧紧地搂入怀中。他抱得很紧很紧，像是只有这样，他胸腔里的心脏才有跳动的动力，一切由心脏牵动的生命力才逐渐恢复。

兰烛感觉到他抵着自己的头发，那种熟悉的依靠感再度向她袭来。

他声音喑哑难听：“阿烛，我来晚了。”

这场突如其来的灾难，让兰烛许久没有反应过来。

临城南安市的这场演出，一个月前就已经定下来了。与兰烛一同前往的大多数人，从她在浮京剧团的时候就跟她一起演出了，三年的时光里，他们朝夕相处。

这些人都是出身贫苦的孩子，兰烛自己创了剧团后，他们就跟着她，大场小场，走南闯北，没有抱怨过一句。剧团最难的时候，他们宁可不要自己的演出费都要帮她一起把兰家剧团撑起来，因为他们信她。

南安市的这一场演出是兰烛亲自谈的，是她张罗着要来的，也是她定的这个日子。

前一秒，她还在帮着剧团里的人整理着装，打理着演出场地的大小事宜。

如果不是出来接了一个林渡的电话，此刻的她应该会跟他们一样被埋于地下。

她挂断电话的一瞬间，只觉得天旋地转，下意识地要跑回剧院门口，却见那剧院跟纸糊成的一样在她面前轰然倒塌。

剧院里有整整一百来号人!

她朝夕相处、共同奋斗的伙伴们，在这一场任何人都意料不到的天灾里，被永远地埋在了那废墟下。她在余震中苟活，眼见着他们一个又一个地被救援人员从地下抬上来，一个也不少地排列在地上，排列在她眼前。他们的头面、珠翠散落，戏衣脏污不堪。

她不知道怎么整理自己的表情，有人给她披了一件外套，她想说谢谢，张了张嘴巴，却发现什么都说不出来。她像一个流离失所的孤魂野鬼，麻木地看着人来人往。

直到看到人群把那儿堵了起来，立于拥挤不堪的剧院门口的她以为救援人员发现了剧院里其他的幸存者，踉跄着几步跑了过去，推开人群后却看到一个熟悉的身影。

她失神地站在那儿，一瞬间倾盆大雨落了下来。

那一刻，她发现自己能喊出声来，喉头的血丝带来的黏腻感不再。她开了口，如同她在三年前的风雪夜中初见他的时候那样唤道："二爷。"

最终他们拥抱在坍塌的废墟面前，两个孤独的灵魂终于不再游荡。

第十章
岁岁有今朝

江昱成带着兰烛回了戏楼胡同尽头的浮京阁。

兰烛身上还有些擦伤，敷了药之后像一只离家许久的流浪猫，困倦得只剩了舔舐自己的伤口的力气，其余的时光都在睡觉。

江昱成开着车，一路从南安市出来往北走。他时不时地看向缩在副驾驶座上的人，失而复得的喜悦心情还未持续许久，又被一阵唯恐再失去她的不安情绪所代替。

南安到槐京有十几个小时的车程，一路上他没有停下休息，直接把人带回了戏楼胡同的浮京阁。

林伯得到消息，早早地就带着人在门口等着，看到江昱成的车回来，连忙让人上去接人。

江昱成开了驾驶室的门，阻止了林伯他们碰坐在副驾驶座上的兰烛："我来吧。"

他一身狼狈，但打开副驾驶座的门时，动作依旧小心轻柔。他靠近兰烛，解开她的安全带，单手揽过了她的腰，在她的耳边轻声说道："阿烛，我们到家了。"

她动了动眼皮，轻轻地"嗯"了一声。

江昱成轻轻地抱起她，手上控制了力道，又怕自己的动作会硌到她，于是让人拿了条毯子，包着她把她往房里抱去。

他没有把她送回她从前住的那个小阁楼里，径直去了自己的房间。

把人安置好后，他在她耳边压低了嗓音柔声问道：“阿烛，饿吗？要吃点儿东西吗？”

毯子里的人困倦地出声：“我想……我想睡一会儿。”

“好，你先睡一会儿，晚一点儿我们再起来吃饭好吗？”

毯子里的人没了声响。

江昱成把窗帘拉上，隔绝外头的天光，只留一盏暖黄色的床头灯亮着。

过了一会儿，直到安静的屋子里传来均匀的呼吸声，他才从里屋出去。

他抓了一件浴袍，去了后院的温泉，身体全部浸泡在水中，感受着水带来的浮力感。他闭上了酸胀的眼，眼前开始一幕一幕地浮现他去南安见到的画面。当生死横在眼前的时候，他才明白什么是对自己来说最重要的东西。

他沐浴完，换好清爽的衣服，坐在客厅的长桌边。

林伯站在旁边，终于松了一口气，递上湿毛巾：“二爷，您终于带回了阿烛姑娘。”

江昱成未说话，没有表情地吃着饭菜。

他像是想到了什么，动作突然一乱，将玉筷放在桌边，拿过湿毛巾擦了擦手：“让人赶紧把浮京阁的每个房间都装上窗帘，尤其是我那儿，原先透光材质的窗帘都换了，换上遮光性最好的。”

林伯想到兰烛困倦乏力又苍白的脸，应声：“好，我这就让人去做。”

“还有——”江昱成出声阻止道，“浮京阁从今天开始，不接受任何人打扰，四道院门连带着古戏楼台也都关了。”

“这……”林伯有些犹豫，“二爷，您外出的这段时间，老爷子几次差人来问过，若是您锁了浮京阁的大门，怕是……”

"有什么后果，我担着。"

"是。"

"让阿诺把我后面的行程安排都推了吧。"

"好。"

安排好这一切，江昱成才长长地呼了一口气，整个人放松下来。他抬头对上林伯的目光，像是接上了林伯刚刚的话茬："是啊，她终于回来了。这次，我不会让她走了。"

兰烛是在半夜醒过来的。她觉得口舌干燥，起来想找点儿水喝。只是眼睛还不适应这昏暗的光线，她不小心碰到了窗边的柜子，差点儿摔倒在地上。

"小心——"

幽暗的灯光下，她的目光对上了一双眼。

兰烛这才想起来，自己跟他回了戏楼胡同，眼前的陈设与她走时并无不同，但眼前的男人眼里的神色比从前更为复杂和难以捉摸。

他扶着她坐回了床上，柔声问道："阿烛，你感觉怎么样？有没有好一点儿？"

兰烛麻木地点了点头。她像是一个死机的处理器，失去了对复杂感情的处理和判断能力，只会遵循本能去传递自己的感受。

"你一定饿了吧，起来吃点儿东西好吗？"他说完出了门，不一会儿端来一晚热气腾腾的燕窝粥。

他舀了一勺粥，没经验地直接往兰烛嘴边送。那燕窝粥还未被送到嘴里，热气就烫到了她，她不满地扭过头去。

"抱歉。"江昱成拿着勺子，笨拙地收了回去，又仔细地对着勺子吹了吹，而后再次将粥送到兰烛的嘴边。

兰烛这才尝了一口。

他见她吃了粥，眼底不由得蔓延开一阵喜悦之色："怎么样，算不上很难吃吧？"

她摇了摇头，江昱成才安下心来。

他临睡前，本想拜托王婶在小厨房里炖燕窝粥，但又怕王婶疏忽了，没有用小火仔细地熬着保温，担心半夜兰烛要是醒了吃不上热乎的粥，于是就走到厨房里打算自己来。

他往厨房里一站，原先不大的后厨就变得有些拥挤了。王婶惊恐地连连摆手说，这哪里是二爷能来的地方啊，更别说要他洗手做羹汤、熬粥了。

她劝他回去休息，这点儿小事交给她来做就好了。

即便如此，虽然江昱成最后仍未能脱离王婶的指导，但大部分的步骤是由他自己完成的。他时不时地调火加料，等到燕窝粥熬好了，才端着粥回了房间里。

到底是第一次下厨，他没经验，心里也没谱。王婶说粥不难吃，但他不知道她是不是在安慰自己。

如今他看阿烛喝完了大半碗粥，眉头才舒展开来。

“外面是什么时辰了？”兰烛问道。

“凌晨两点。”江昱成回道。

“明天我不演出了。我想再休息几天。”她呆滞地看着江昱成。

江昱成抬头，目光对上兰烛的眼，想到了那天在南安市的废墟里见到她时的场景——

她披着一件陈旧的衣物，在人群中茫然无措地叫他。她失去了许多人，此刻内心一定伤痕累累。

他不由得心疼，拍着她的背：“好，你想休息几天就休息几天。”

他没说兰家剧院此刻已是一团乱，她哪里还有什么演出？

但他想：她也一定知道。

既然如此，那他们就自欺欺人地假装不知道外面天下大乱了吧。

反正浮京阁的大门已经被他锁上了，就让他们在这幽深的巷子里再做半场梦吧。

戏楼胡同那灰白色的门被锁死了，从高大的古柏树里飞不出一只麻雀。

外面的世界再怎么变化，浮京阁夜里的光依旧安静昏黄，霜月映在窗台边的金砖上，那月影又随着难以察觉的细微尘埃，萧瑟地落在院落里的那位姑娘身上。

江昱成远远地看着坐在院子里的人，叹了一口气，拿了一条毯子盖在她的身上。

兰烛也不转头看他，只是直直地望着在那漆黑的夜空里掠过的几只飞鸟。

她来了这儿之后甚少讲话，大多时候总是放空思绪，看着飞鸟，做着无意义的事。

“阿烛，天凉了，回去吧。”江昱成劝道。

她依旧一动不动地对着天空，双手撑在地板上，仰着脖子，眼中映着浮京阁里的灯火。

“下雪了，江昱成。”她突然说道。

江昱成长身玉立，站在她身边，听到这话伸出了一只手，手心里慢悠悠地飘落一片小小的雪花。

他抬头看向前方密密匝匝的古树，看着那些雪花从树木中间纷纷扬扬地落下，越过他落在兰烛的身上。

他低头，看到她的发梢已经逐渐泛白，便蹲到她面前，试图用手扫去她的发梢上的雪花：“仲冬将至，今年的雪下得早，再过些天浮京阁里就到处是皑皑白雪了。阿烛，你记得你种的那些红梅吗？三年了，它们今年一定会开的。”

“下雪了，南安城的那些人怎么办？”她对着江昱成的眼眸，真诚地发问。

江昱成的手微微一顿，凝固在半空中大约两秒，他还是不厌其烦地抹去了落在她的发梢上的雪花：“南安城的那些人都已经回家了，你别担心。”

“李然无父无母，是在福利院长大的，不知道自己的家在哪儿。还有齐料、小墨……他们从小就来槐京了，没有家，该怎么办？”她眼尾涌上淡淡的哀色，眼中的流光比雪花还要晶莹。

“他们的墓碑会留在南安城。阿烛，你去过南安城，知道那是一个鸟语花香、四季如春的地方，对吗？”

兰烛原先飘忽的眼神落在江昱成身上，她抿了抿嘴唇，轻轻地点了点头。

“人人都知，南安城的剧院富丽堂皇，那儿的民众热情好客，场子出一场卖一场，槐京其余的二十四个剧团争先恐后地想去南安演一场戏，却许久都排不上。可是你做到了，不是吗？短短半年，你就带着他们去了大家向往的大剧院。”

“可是我没有把他们带回来……”兰烛终于没有忍住，哽咽地说道，“都是我的错，本来演出还要提早几日，我为了让座位票售卖得更多一些，延后了时间。如果不是我改了时间，这一切就都不会发生，都是我的错。”

她低下头，双肩忍不住颤抖，长发挡住了她如今虚弱不堪的眉眼。

江昱成心下一痛，双手搭在她的肩膀上，低下头，试图对上她湿漉漉的眼睛：“阿烛，听我说，那不是你的错，你的一切安排都是为了他们，为了你们共同打拼的剧团。你没有错，那只是一场意外。阿烛，人生当中有许多事情是人没法控制的，比如这场意外，比如这样的离别，比如这样的无力感。意外之所以为意外，是因为它自带毁灭性且无法挽救，但这样的意外不是你造成的。你还记得你宣布成立兰家剧团的时候，在二十四个剧团团长面前是怎么说的吗？”

兰烛麻木地抬眼。

“你说，槐京城有你一口饭吃，就一定也有他们的一口饭吃。你记得你刚来槐京的时候吗？那个时候的你天不怕地不怕，吃了许多的苦，也忍受过许多的不公待遇，但从未放弃过和命运以及意外抗争。那个时候，你才十九岁。我以前从未想到过，一个十九岁的姑娘可以只凭在台上演了一场戏，就引得整个槐京戏曲界人士注意。”他一边说，一边慌乱地用手背揩去她眼尾的泪，“你瞧，说起来，你是不是特别传奇？”

兰烛怔怔地看着他，他声音出奇地温柔：“他们虽然都留在了南安市，但绝对不会怪你的。”

他把人往自己怀里带，遏制住胸腔的起伏，任由她把头靠在自己的胸膛上，闻着她发梢间的暗香。

"他们会庆幸，庆幸你依旧好好的，庆幸还有人代表他们在槐京城里好好地活下去，依旧精神抖擞地继续在台上演下去。"

兰烛无声地把头靠在江昱成的肩膀上，望着漫天的大雪出神。

或许真的像他说的那样，冬天会过去的，白雪会把南安市的一切都覆盖，那些死去的人不会被遗忘，他们的墓碑上会刻着活着的人对他们的无限哀思。

灾难击溃了城市，但不应该击溃人心。

那日以后，兰烛比之前好了一些。

江昱成为了分散她的注意力，特地把她往常在小阁楼芭蕉树下研制香料用的桌子搬到了自己屋子外面的院子里。

芭蕉已谢，银杏全落。

他先是坐在那银杏下仿古的木质纹理长桌边，帮她煮着玫瑰花瓣，抬头见她托着腮，只知道呆呆地看着桌面上掉落的一片玫瑰花瓣，便出声道："阿烛，你帮我看看这样的温度合不合适？"

兰烛这才挑眉缓缓地看了他那边一眼，见玻璃器皿里的玫瑰花瓣随着液体翻腾，回道："再过五分钟，这水就可以了。"

"那你能帮我捣碎这风信子吗？"江昱成将一个玉石研钵递给她，眼神带点儿央求之意地看着她，"我第一次做，手忙脚乱的。"

兰烛移开托着腮帮子的手，接过江昱成递过来的研钵，一下一下地重复着捣碎风信子的动作……

"你留下的熏香要用完了。"江昱成关了火，来到兰烛身后，见她有气无力的，玉石研钵里蓝紫色的花叶纷飞，紫色碎末落了满地。他抓过她的手，稳住她的动作："再做一些给我，好不好？"

屋内的一角幽幽地点着雪中春信香。那样的味道让人心安，让人沉醉，让人忘记繁杂和熙攘的世界，只听到风吹过树叶留下的"沙沙"声。

兰烛抬眼，目光最先扫过他的眉眼，那眉眼有一瞬间让她觉得有些陌生。她从前从这双眼睛里看到的，更多的是他眼里深深的黑色，本该如水一样清澈的瞳孔里像是布满了沼泽里的淤泥，他仿佛不带任何鄙夷地、天然地高高在上。

如今他的眼里什么都没有了，那双古典好看的丹凤眼就只是一双丹凤眼而已，退去了所有警惕和伪装之色。

她再往下看去，发现他骨节分明的手握着她的手。兰烛看到他的掌心完全包裹着自己的手，这才感受到从他的掌心里蔓延过来的温度。

可他从前分明周身冰凉。

温度从她的指腹的神经传到她的心脏，她全身上下的脉络上像是铺上了燃料，小火苗引起漫天大火，似是要把她的五脏六腑都烧个透。

一瞬间，往事在漫天大火中一幕幕上演，她看到记忆里的江昱成背过身去，淡淡地对她说“我身不由己”。

兰烛下意识地挣脱他的手，缩了回去。

她退后半步的动作像是伤害到了他。江昱成愣怔片刻，手指动了动，终于没有再抬起来，也没有再握她的手了：“抱歉。”

兰烛摇了摇头，抓过玉石捣药棒，继续研磨起风信子来。

江昱成岔开了话题：“去年你酿的荔枝酒，算起日子也到该开封的时候了。”

兰烛的眼底浮现一丝难以捕捉到的微光。在那微光即将消散之际，江昱成起身，问她：“阿烛，我不懂酿酒，怕开封的时候散了酒香，你可以与我一起去吗？”

兰烛抬头，他一直看着她，在等她的准许。

她起身，站到江昱成身边，江昱成伸手替她摘了头发上落下的红叶，带她去了后院。

土坛启封，酒香四溢。淡金色的荔枝酒落在白玉青瓷碗里，一瞬间整个院子里都弥漫着甜腻的酒香。

兰烛虽不言不语，但是江昱成从她的眼神里还是看到了少许悸动，她盯着那酒坛子，很明显是馋了。

江昱成不由得嘴角一弯，心头舒畅：“阿烛，你记得这荔枝吗？”

兰烛没回答，只盯着碗。

“你说这是岭南的白糖罂，‘一骑红尘妃子笑，无人知是荔枝来’说的就是这个。你还说贵妃醉酒，醉的就是这荔枝酒。你做好了，我便日日让人看着，担心你偷喝，不然你演《贵妃醉酒》的时候就真的醉倒在台上了。”他开着她的玩笑。

“台上哪里能真喝酒？”兰烛小声地顶了一句。

“一年多了，想来也应该成了，你尝尝味道。”他舀好一碗荔枝酒，递了过去。

兰烛接过碗，抿了一口酒。酒入喉头后，她眼睛不自觉地微微眯了起来。江昱成知道，她这是享受的表情。

果然，她的心情似是变好了，她依旧弯着眼睛，抬头望着他：“江昱成，好喝啊！”

“嗯。”他以低低的嗓音带着笑意回应她。

他也倒了一盏酒。只是他这酒还未入喉，就被外面一阵嘈杂的声音打搅。

外面像是来了几个人，先传入他们耳中的是林伯手下的人的劝阻声：“费老，二爷不见客。”

“不见客？好啊，兔崽子，在里面当缩头乌龟是吗？”外面像是一个五六十岁的人在说话，“他江昱成以为把浮京阁的大门锁上，就可以什么都不管了是吧？！我告诉你江昱成，你就是掩耳盗铃、自欺欺人！你骄傲自负、任意妄为，赵家这么大的肥油田不要，如今出了事，你不想服软，就连江家同一条船上的人都不保——你真让我们这些为江家卖了一辈子命的人寒心！我老费今天哪怕是一头撞死在浮京阁的大门前，也要问你们江家祖孙二人讨个说法！”

那些话一字不漏，清楚地传到了院子里。

林伯慌慌张张地跑来：“二爷，费老在门外说要见您，赵家那侄女婿把手伸到费家了，费老想找您求个情救一救。”

江昱成面不改色地抿着酒，挥了挥手，示意林伯噤声，而后慢条斯理地把酒放下来，这才带了点儿苛责的意味说道：“林伯，你吓到阿烛了。”

林伯这才看向桌子对面的人，只见兰烛皱着眉头，手紧紧地攥着杯子，眼睛瞪得有些大，愣愣地看着他。

林伯想起了医生的嘱托。虽然兰烛的母亲的病情遗传的可能性不大，但兰烛这次因为南安市的事情受惊吓过度，忧思过虑，需要好好休养，他实在不该这么慌慌张张地跑进来。

“抱歉，阿烛姑娘。”林伯欠了欠身子。

江昱成起身，拿了那酒盏，斟满酒后递给兰烛。他单膝跪在地上，与坐着的她一般高：“别怕，阿烛，就是些商场上的事情，没什么要紧的。你知道的，现在的人不夸张点儿做事、不夸张点儿说话，好像就不会表达一样。他们不过就是为了些虚荣的利益争抢得头破血流，得利的一方趾高气扬，失利的那一方就在门外捶胸顿足。这事，不打紧啊！”

外头的人还在大呼小叫，隔着墙壁他们都能听到许多难听的字眼。那费老怒气冲冲地数落了江家的祖宗十八代，骂江昱成有娘生没娘教，骂他这辈子都是江家的一条狗。

江昱成完全当没有听见那些话，外头的钩心斗角和利益争夺的事与自己又有什么关系？他只是把自己手腕上那串简陋的玛瑙红绳拿下来，仔细地系在了兰烛的手腕上。

他将红绳绕了一圈，温柔地打了个结，然后看着那串红绳会心一笑。

菩萨显灵，他要她生生世世。

十一月下旬，槐京已完全入冬，距离南安市的那场灾难过去已有半个月。

兰烛的身体在好转，虽然她精神一般，但脸色不再那样煞白。

江昱成拜托吴团长去了一趟南安市，把那几个学戏的孩子的遗物接了回来，在槐京简单地安置了几个衣冠冢。

这事他没打算瞒兰烛。他问了她要不要去祭拜，毕竟这事她有选择的权利。

兰烛点了点头。

不过他存了些自己的心思，没让她见剧团里的其他人，而是等人都回了才带着她上了西山的公墓。

公墓处理得干净简单，江昱成带着兰烛站在墓前。他打眼望去，那些照片上的人个个都很青涩，爽朗的脸上没有一丝阴郁之色，想来都是些心思干净的孩子。

他随手把带来的花放在墓碑前，站在兰烛身后。兰烛也未多说话，深深地鞠了一躬，就从山上下来了。

两个人走到半山腰的时候，天空中飘起了纷纷扬扬的雪花。雪越下越大，下山的路变得湿滑难走，江昱成带着兰烛进了半山腰的一个亭子躲雪。

兰烛走在前头，刚踏进亭子，掸了掸身上的雪，抬头目光就对上了一双眼。她停留在原地，眩晕了半秒。

亭子里的人也在看她。原先清爽阳光的青年如今神色憔悴了许多。他穿得板正，一身剪裁得体的西装，立在风雪中。比起从前，他身上少了一些文人气，多了些在名利场沉浮的阅历和老练气息。

江昱成收起伞，从外面进来："这外头的雪实在是太大……"

他话还未说完就看到了亭子里的人——从前在兰烛身边的那个小子。

江昱成欲迈步过去站在两个人中间，林渡却先他一步走了过来。

林渡似是很激动，微微弯腰，双手搭在兰烛的肩膀上，目光对上了兰烛的眼睛："阿烛，你去哪儿了？我问过剧团里的人了，他们都说没有人联系得上你，我差点儿以为今天的衣冠冢里有你，你吓死我了。"

兰烛在南妄市丢了手机。从那儿出来后，她心如死灰，没想到要联系任何人。

兰烛抬头看向对面的人，意识依旧混混沌沌的。

"阿烛？"林渡柔声唤了她一声，"我是林渡啊，你忘记我了吗？我们一起招兵买马，一起去找的曹老师，一起创立了兰家剧团，一起对抗来剧团闹事的小混混，一起去的杭城和灵隐寺，一起去等月兔灯，月落秋水，人圆月下……这些你忘了吗？”

他每说一句，站在后面的江昱成的心就更疼一寸。

兰烛怔怔地看着林渡，麻木的眼神在听到林渡说的那些话的时候，意外地像冰雪开始融化一样。她“喃喃”自语：“林渡……”

“对，是我！”林渡紧紧地望着兰烛。

江昱成清楚地看到兰烛的眼睛里笼罩的那层雾逐渐散去，从前他熟悉的神采慢慢地填充上她的双眸，她由原来的不安和麻木，逐渐变得清晰和明朗，甚至语气都有了明显的变化：“林渡！你回来了！”

林渡惊喜于兰烛的改变，点了点头：“嗯，阿烛，我回来了！对不起，阿烛，我不应该那个时候离开你去岭南。南妄市的事情是我不好，我不该留你一个人去面对。如今我回来了，现在兰家剧团的人都在等你呢，阿烛，你要不要随我回去……”

他还未说完便被走上前来的江昱成出声打断了：“抱歉，林先生是吧？阿烛身子弱，不适合站在风雪天里与你说这么久的话。”

林渡看到江昱成下意识地拉过兰烛的手把她掩在身后，挺直原先迁就她的身高而弯下的腰，看了一眼在江昱成身后的人，又直直地对上江昱成投过来的警惕的目光：“江家二爷是吧？想必这段时间是您在替我照顾阿烛，多谢。”

江昱成毫不客气：“不必谢，那不是替你。”

林渡无视了江昱成锋利的话语，向兰烛伸出手：“阿烛，我们走吧。”

“林先生这是要带我的人走？”江昱成高声问道。

“她是自由的。”林渡回道，“您哪怕是江家二爷，也限制不了她的人身自由。”

江昱成：“我与阿烛有三年的情谊，从前是我做得不够好，往后我会做得更好。林先生跟阿烛合伙做生意，是她的得力帮手，与她走得近些自然没问题。不过她住哪儿，跟谁来往，那都是她的私事，您过问这些事就有些不妥当了。”

林渡：“您也说了，那些情谊只是从前，现在和往后您不能一个人说了算。既然您也说了那是阿烛的私事，那便让她自己说。”

林渡往前一步，绕过江昱成：“阿烛，剧团的所有人都在等我们，都在等他们的主心骨回来。你说过的，只要我们两个齐心协力，剧团一定会蒸蒸日上的。如今小然他们的事情一出，剧团上下人心涣散，成立不到半年的兰家剧团，你也不忍心让它最后落得个人丁凋零的下场吧。跟我走吧，他们都在等你。”

林渡的这一番话点醒了兰烛。

是啊，南安市是她坚持要去的，发生了这样的事情之后，她没有第一时间回去稳定人心、重整旗鼓，反而逃避地躲进浮京阁的梦里，实在是太没有一个剧团团长该有的样子了。而且他走之前还对她说，要她信守承诺等他回来。

江昱成感觉到兰烛原先被他握紧的手一松，顿时心下一紧，回头看向兰烛，就见她的眼神已经完全恢复清明。她看了江昱成一眼，眼中跟从前一样甚少有明显的情谊流露。

她弯了弯身子，表示抱歉：“谢谢江二爷，这段日子我过得麻木且潦草，甚至自暴自弃，谢谢您收留我，也谢谢您对我的照顾和鼓励。如今林渡回来了，我该听他的，与他一起让剧团振作起来。”

江昱成站在原地，原先伸出的手悬在半空中。他明白，她只有在意识混沌麻木的时候才能容下他，一旦清醒，还是会跟从前一样将他隔绝于万里之外。

她也只有见到林渡，眼里的大雾才会消散，对生的意识才会再次燃起。

浮京阁的半个月，果真是黄粱一梦。

“如此，便多谢二爷成全了。”他听见她的声音淡淡地响起。

江昱成不动声色地收回手，应了一个“好”字。

林渡撑起伞，欲带着兰烛离开。

“等一下。”江昱成快步走到兰烛面前，“阿烛，还有件事，前些日子的香还未研好，或许耽误你三四天的时光，就算是这些日子你住在浮京阁里送我的谢礼吧。”

兰烛犹豫了一下，终究点了头。

她转身对林渡说道：“林渡，等我三天，三天后，我回剧团。”

兰烛既然已经这样说了，林渡也不好再阻拦。他应声道：“好，三天之后我来接你。”

兰烛当天与江昱成回了浮京阁，只是刚进门便匆匆地走向她往日研香的那个房间。

江昱成站在那古树下，没跟上她的步伐，只是透过那敞开的窗户往里头看去。

她脊背挺直，专心致志。

只是去见了林渡一面，她便恢复如初，神清气爽。他守了她这么些天，也未让她展露过半个笑脸。那个人对她来说，真有这么好，真有这么重要？

他站了许久。直到林伯过来唤了一声“二爷”，他才反应过来。

“赵家那侄女婿几次三番地派人来我们的中医诊所闹事，虽表面上看来只是因为不满您退婚而进行挑衅，但实际上他背后的狼子野心不容忽视。”

江昱成缓缓说道：“沈家那个从外面找回来的私生子可用吗？”

“那年轻人不好驾驭，年纪轻轻，手段毒辣。”

“手段毒辣才好驾驭，他知道自己现在最想要什么东西，不如借江家的力送他进槐京的圈子。”

“您说的是。”林伯看着神情难测的江昱成，低声补充道，“岭南那林渡林先生，回槐京了。”

“知道了。”江昱成依旧看着正在窗台边碾花焚香的姑娘，“今儿在西山公墓上遇见了。”

“那……您让安排的事，是不是也可以做了？”林伯不确定地问道。

江昱成手心微微一紧，看到兰烛停下了手里的动作，托着腮等着那水翻滚起来，神情安静却又充满希冀。话到嘴边犹豫了半刻，最后他还是转过身去：“去做吧。”

林伯得到了准许，点了点头，步子却没动，依旧站在原地。

傍晚的天空开始飘雪，江昱成径自说道："您不必劝，我已经决定了。"

"爷，可是您这么做，若是阿烛姑娘知道了会不高兴的。"

"我知道。"

江昱成抬头望着天。按照兰烛的性子，她知道了此事一定会恨他，可是他没办法允许她再度离开了，比起那些事，把她牢牢地锁在自己身边才是最重要的。

等到吃饭的时候，兰烛才从房间里出来。

清醒一些之后，她越发觉得自己从前意志薄弱，依靠江昱成的那些时光有些荒唐和抱歉。

她周到地布置着碗筷，忙碌地帮着王婶他们来回地端菜。江昱成懂她的意思，没拦着。

最后兰烛将那坛前些日子拆封的荔枝酒拿了出来。

她给江昱成倒了一盏酒，递给他："外头冷，这酒我刚刚热过了，二爷试试，暖暖身子。"

她轻声慢语，很难不让江昱成想到从前的日子里她也是这样——或许是一壶酒，或许是一盏茶，或许是一种香，她心细手巧，做的东西都是外头买不到的，每次做出来了都会叫江昱成先来试试。

从前是她愿意做，那些笑容和期待之情是真真实实地给他的，他从前不觉得有什么别样的感觉，只当是有个人解乏。如今这点儿笑意却成了弥足珍贵的东西，只不过怕不是他带给她的吧。

江昱成拿过酒盏，酒未入喉，看着她慢慢地说道："阿烛，你这一番动作倒是有点儿与我诀别的意思，像是戏文里说的杯酒解怨，前尘忘尽。"

兰烛微微一愣。是啊，江家二爷眼明心亮，她那点儿小心思在他面前昭然若揭。

饶是如此，她也笑道："槐京城虽大，但过几日我回剧团了，往后在这一行当，少不了要与您见面，您说诀别，用词就有些过了，不过杯酒解怨倒是很合适。”她举起酒盏，“二爷，南安市一事，阿烛感激您。若没有遇到您，我或许连活下去的意志都没有。这件事上来说，阿烛还不清。”

江昱成不由得觉得眼睛酸胀，十分抗拒这种情绪在心头蔓延。他知道，这种情绪再蔓延下去，他的眼角就会变得湿润，眼前的画面就会变得模糊，咸涩的泪珠就会掉下来。

与她僵持了那么久，他终于赢了，赢得她说一句她还不清——她终究承认了她还不清。

兰烛用自己的小口酒杯碰了碰江昱成的，安静的房间里传来清脆的碰撞声。

她说：“江二爷，既然还不清，那就以酒谢过，一醉方休。”

江昱成抬头看着她，只见兰烛一盏一盏地往自己的酒盏里倒着酒。

他看着她劝酒熟练、应对得当的样子，心中微微感慨，不过半年，她倒是学会了怎么与他人周旋，怎么应酬。想必在这半年的时光里，为了能让手下的人吃上饭，她没少让自己受委屈吧？

只是她酒量尚浅，没喝几杯就醉了，没过一会儿双颊就开始发红，脚步发虚。

“阿烛，我问你一句，”他舔了舔自己苦涩的嘴唇，“我们还能回到过去吗？”

兰烛红着脸，眼中笑意盈盈：“二爷，过去对阿烛来说可不算美好呢……”

“我知道我做得并不好。”江昱成垂头看向她，“如果……如果当初你在身边时，我能对你更好一些，你是不是就能心里有我？”

“哪有那么多如果？”兰烛往桌上一趴，松了手中的杯盏，杯盏中的荔枝酒顿时倾洒在桌面上。她已撑不住重重的眼皮：“二爷，人要……要往前看。”

江昱成看着她趴在桌上，安静得一句话都没说。他起身把她抱到她的房间里，坐在床榻上看着她。

她双目紧闭，毫无防备，像极了过去在他身边的样子。

他不由得靠近一些，鼻尖差一点儿就要碰到她的脸颊。他眼睛一眨不眨地看着她，好像要把她看得更清楚一些，用眼睛仔细地描摹着她的眼、她的鼻、她的唇……

她的唇珠上还沾着甜腻的荔枝酒，阵阵香味勾引着他俯身。他将手撑在床边，极力地克制着自己的欲望，又禁不住想继续看她。

也只有在她闭上眼睛睡着的时候，他才敢如此看她。

最终，他只是淡淡地在她的额头上留下一吻。

接下来的几天，江昱成像是有什么要紧事，没怎么来兰烛的房里。

她没多想，按照从前说好的承诺，这三天专心给他配着熏香。

从前他身上的味道是一种类似古松木香的味道，但在一般的社交距离下，其他人几乎是闻不到的，只有与他靠得很近很近的人，才能闻到他身上的味道，那味道如冬日的深夜一般厚重得散不开。

自从她换了这一款雪中春信香，他身上也就随之换了味道。

西方制香往往用物体的名字命名，具体到每一种香气的名称，分为花香、果香、动物香等，而中式的熏香不一样，起名往往更意象化，如鹅梨帐中香、月桂知秋香、雪中春信香……每一个名字后面扑面而来的都是满满的诗意。

兰烛尤其钟爱这一款雪中春信香，这淡而沁人的味道随人一入厅堂，任凭外头的雪再大，屋子里也都是春天的气息，代表了重生和希望。

她将研制好的熏香一个又一个地放入香粉盒子里，把林伯叫了过来，嘱咐着他这香如何保管、焚烧、处理，甚至把研制的方法写出来交给了林伯，这样之后才算安心。她对着窗台看着外头纷纷扬扬的雪花，心里盘算着，今天就是第三天了。

她没找回通信设备，也不好问江昱成要，想来也不打紧，与林渡说好了三日后回剧团的，他会准时来的。

只是冬日慢慢悠悠，她从天明等到天逐渐暗下来，也没有听到外面有一点儿声响。

等到临近傍晚，屋外终于传来了声音，兰烛起身看去，原是林伯让人在修整花草。她讪讪地打着招呼，问道："林伯，林渡来了吗？"

林伯恭恭敬敬地过来："阿烛小姐，还未呢。"

他看了看时间："哟！现在已经五点了，天色已晚，林先生怕是被什么事情耽误了。外头天气冷，姑娘还是回屋吧，或许晚上他就来了。"

这样吗？兰烛有些狐疑。自她与林渡认识，林渡从未失信于她。他说好了三天后来的，照例来说是不会失约的。只是今天天色都要暗下来了，外面却一直没有动静，或许真像林伯说的，林渡有事耽搁了。

外头风雪交加，她只能回去等。等到晚上的饭菜都上桌了，兰烛才听到院子里传来汽车的声音。

兰烛连忙跑出去，却见到进来的人是江昱成。

江昱成收了伞，踏进温暖的屋子的一瞬间，看到了来不及收起失望的眼神的兰烛。

他没流露出任何情绪，只是慢条斯理地脱了外套，坐在长桌的正位处："阿烛，先过来吃饭吧。"

兰烛只能过来。她怀有心事，坐在长桌边，对着满桌子丰盛的饭菜，最终还是拿不起筷子来。

她礼貌地问道："二爷，您今儿见到林渡了吗？"

"林渡？"江昱成给兰烛的饭碗里夹菜，"没见过，你怎么突然问起他来？"

"那天我们不是说好了三天后，我给你做好香料，他来浮京阁接我的吗？"兰烛有些着急，实在是受不了好像他们都忘记了这件事，就她一个人还记得，心里七上八下的。

江昱成眉眼一抬，像是才想起来："哦，你说这事啊，兴许他忘了。"

"不可能，"兰烛一口否定，"他不会忘的。"

江昱成听到这儿，放下筷子："阿烛，别人说的话不一定能全信，你和他认识不过半年。"

“我了解他，他从不失约。”兰烛从椅子上起身，拿起自己放在一旁的早就收拾好的行李，“二爷，我得去他的住处看看，或许林渡出了什么事，需要我的帮助。”

“阿烛——”江昱成起身叫住她，“入夜了，外头在下大雪。”

“无妨，剧团不远，我在外面打个车。”兰烛准备打开厅堂的大门。

“阿烛——”江昱成几步走到她前面，高大的身影挡住了她面前的半道光，把她笼罩在黑暗里，轻声哄道，“你要是走了，他找过来，你们不就错过了吗？”

兰烛有些动摇，疑惑地看着江昱成。

江昱成说道：“他有事，过两天再来接你，你再住几日。”

兰烛愣了愣，看到江昱成没有表情地站在半道光下面，皱了皱眉头，而后难以置信地摇了摇头：“你撒谎。你刚刚明明说你没见过他，他又是什么时候跟你说他有事的？”

“我……”

“你撒谎！”兰烛推开江昱成，往风雪中跑去。

“林伯——”江昱成在身后出声，话音未落，林伯已带着人从风雪中走出来，合上了内院的大门。

在她诧异的眼神下，那重如铁石的内院大门在黑夜中发出沉重低哑的声音，像是炼狱里被镇住的恶龙发出的痛苦低吟声。

内院里的光，一丝都透不到外面。

兰烛转过身来，难以置信地看着江昱成：“江昱成，你这是干什么？”

他面对着兰烛，声音抱有歉意地说道：“阿烛，你不能走。”

她微微后退，手扶到桌角，难以置信地看着江昱成：“江昱成，你疯了？林渡怎么了？”

“他无碍。”

“那他怎么没有来？是不是你从中做了手脚？江昱成，我和你之间的事与林渡何干？林渡有什么错？”

兰烛死死地盯着他，那目光在江昱成看来，不解中甚至带点儿恨意。她为了那个男人咬着牙似乎把他当成了仇人！她把他当成了完全站在对立面的人！

他心里愤怒的情绪大于愧疚，他上前一步，高声回她："他有什么错？他错在能让你为了他和我瞪眼，错在能让你恢复清明、充满希望，而我不能！他能让你护着他，不惜与我翻脸，我不能！他能与你朝夕相处，我不能！

"你听明白了吗兰烛？他有我羡慕的所有东西，你知道的，只要我想要的东西，我一定要得到。所以今天，我不能让你出这门。"

他抓过兰烛的手，一狠心把她往里带，连厅堂的大门都关上了。

"江昱成！你疯了！"兰烛扶住椅子，回头睁大眼睛看着他。

他朝着兰烛所在的方向走过来，俯下身来，单手用虎口掐住了她的下巴："是，我是疯了！南安市一事之后，你知道我有多害怕失去你吗？我告诉你，兰烛，我疯狂地想要占有你，见不得你对他笑，见不得你跟他说话，见不得你护在他旁边，他甚至还想要把你从我身边带走，我恨不得他去死！"

兰烛用手撑住他的胸膛，控制着他手里的力道。她看着眼前好似变得陌生的江昱成，失望地摇头："江昱成，你怎么……怎么成了这样？"

她脸色开始发白，声音有些颤抖。

江昱成连忙放开她，眼中止不住地流露出心疼之色，手藏于袖口下微微发抖，嗓音嘶哑地说道："我从未变，一直都是这样。没人可以在自己的底线被触碰的时候还能保持冷静。阿烛，你是我的底线。"

兰烛咬着嘴唇，死死地盯着他。

他伸手轻轻抚过她额间的头发："阿烛，别恨我，从前是我蠢，让你离开我。你知道没有你的夜晚，我有多难熬吗？你一定是老天爷派来折磨我的。如果你要折磨我，那就索性留在我身边，每天折磨我好不好？

"你想要的东西，我都可以给你。你想要成名成角儿，我可以让你在中大剧院常年驻场，你随时可以去演；你想要自己开剧院，我可以让二十四个剧团团长都受你差遣；你想要拥有自己的事业，我也可以一起陪你打天下，用不着他的，阿烛……”

兰烛下意识地避开了他的手。

江昱成手边一空，心下一疼，往她身后探去，攥紧了她的双手，不给她后退的余地。

“阿烛，我们可以重新开始，我可以做得比从前更好。

“阿烛，求你，爱我好吗？”

江昱成今夜说的话，每一句都让兰烛陌生。

她之前离开了江昱成，以为自己险胜了一局，却忘记了他是谁。她甚至差点儿忘记了他是怎样在她面前处置郭营的，是怎么不经意间流露他的过去的，是怎么让二十几岁的自己走到槐京城如今这个位置的。她怎么能因为他在自己面前稍微放低姿态，表现得温柔友善，就忘了他是一头蛰伏在黑夜里的凶残的狼呢？

他真的狠绝起来，她绝对不是他的对手。

但即便如此，兰烛也不想输。她全身止不住地战栗却又竭力地克制着，直直地回望着他，就像第一次在雪夜里踏进他的厅房的时候那样。

她一字一顿地说道：“江昱成，你困不住我的。”她眼底满是不甘甚至挑衅之色，“你根本不懂怎么爱一个人，从前不懂，现在也不懂。”

“我懂！”他高声喝道，“不许说我不懂爱，我懂！我太懂什么是爱了，不懂爱的人是你，兰烛！”

兰烛：“你的爱就是违背我的意愿，牺牲别人的利益，达到你的目的吗？”

江昱成：“比起你筹谋三年，头也不回地离开，比起你那颗我焐不热也拦不住的奔赴别人的心，我的爱比你的多多了！”

他说完，像是想到了什么，蓦地转过身来，脚步慌乱，弯下身子，直直地看着兰烛的眼睛，眼里满是渴求之色：“阿烛，你对我说一句实话，你是不是从未爱过我？”

兰烛微微抬头，第一次看到他眼底出现像水波一样的破碎感。他原本锋利的眉眼此刻柔软了下来，望着自己的眼眸中充满了深切的哀求之色。

兰烛一时竟然不知道该怎么回答他。

她和江昱成曾经那畸形的关系里，自己对他的感情究竟是依靠多一些，畏惧多一些，还是爱更多一些，对她来说都没有那么重要了。重要的是，她不想做第二个乌紫苏，也不想做第二个兰庭雅。她在踏出浮京阁大门的那一刻就对自己说了，曾经经历的这浮京一梦就当是想不起的前尘往事。爱与不爱，她去探究那些东西还有什么必要呢？

她最后没有回答他，只是叹了一口气："江昱成，我和你之间的事情与林家无关，与林渡无关，再怎么样，你也不该为了我们的事迁怒别人。"

"你以为我看不出来他对你安的什么心思吗？阿烛，事到如今，你心心念念的到底是什么？他对你来说真的有那么重要？"

兰烛语气平静地说道："二爷，您误会了，我和林渡没有那样的关系，但是他对我来说很重要。没有他，就没有今天的剧团，也没有今天的兰烛，您折损了他就是折损了我。我的老师常教导我，义大于天，恩比水长，如果是因为我的事情无辜牵连他，我会日日难安，夜夜难寐。"

"好一个日日难安，夜夜难寐！果真是你，兰烛，你真是长了副好脾气，好一副心高气傲的脾气！你不是想救他吗？好啊，我告诉你办法！"江昱成脸色铁青，坐回了正厅霜花对月图下面的罗汉椅上，"用你——来换他。"

兰烛微微一愣，抬起头颅："如何换？"

"如何换？"他冷冷一笑，"你从前是怎么从我这儿换得那些东西的，如今就怎么换他。"

兰烛想起除夕那天，她衣衫褴褛地随兰志国等在那灰黑色的门外面，从那门缝里看到里头流光溢彩的场景，闻到那幽幽的食物香气，耳边听到高楼亭台上曲声婉转，多的是像她这样的女子在巧笑打闹。一扇门之后是与她的生活截然不同的世界。

她想到他眼里对自己的蔑视之色，想到自己几乎如溺水般难以呼吸，想到自己抛却的自尊和骄傲，想到她近乎半跪在他面前过，想到她只能待在小阁楼里看槐京漫天的雪花和长长的夜，还想到了她在那天夜里见到的陌生得让人不寒而栗的他。

她甚至有那么一刻恍惚间觉得又回到了三年前，好像这三年中从未发生过那些让人留恋怅惘的梦，有的只是这从未消失的云泥之别。

兰烛突然就没了抗争的力气，原来攥紧的手缓慢地松开，垂落在凳椅上。

“您说话作数？”她耗尽最后一点儿力气抬头望向江昱成，语气淡淡地说道，“拿我，换他。”

江昱成抬头。他本该高兴的，她同意了，他达到了自己的目的。他知道兰烛的性子，知道她一言既出，驷马难追。但是当他再次对上她那双眼时，他分明看到了她眼里的淡漠、失望甚至怨恨之色。他拼命矫正，想让一切都回到原点，却发现兰烛的眼睛里已经没有那年除夕夜他见她时的东西了。

不，他不相信。他坚信只要她留下来，一切是可以回到原点的。

他最终逼迫自己转过头，看向外面纷纷扬扬的雪花。大雪中有松柏的叶子被冻住，冰叶如针尖一样在漆黑的夜里折射着月光。

他听见自己的声音在说：“作数，你留下来，我就放过他。”

槐京城的京剧界最近发生了一件大事，半年来混得风生水起的兰家剧团一下子没了两个主心骨。

兰家剧团的最后一场演出是在南妄市，这本来是件好事，谁知遇上一场地震，剧团里的半数台柱子折在了那儿。就连近年来声名鹊起、一票难求的兰大青衣，据说也在那场天灾里消失了。自此以后，槐京城就再也没有人唱得出那一场惊为天人的《白蛇传》了。

人们感叹天妒英才、流年不利，想去兰家剧团捧捧场的时候，却见里头人丁稀少，才知道就连那主事的从岭南来的林合伙人也不见了去处。

后来人们听去岭南做生意的贸易商说，林家在岭南是垄断港口生意的贸易商，可是最近先是林家叔伯之间起了争执，林渡的父亲的股权岌岌可危，再是最近出口的一批货物不知道为什么遇到些麻烦。要说大家都是做生意的，其实对很多事心知肚明，在边缘上游走做生意的人，遇上这种事情的情况多少也是有的。况且林家做进出口生意往来这么多次，要说在这一块没问题那是不可能的，但原先没人查，这次却不知道为什么货物在港口被拦截了下来。这麻烦说大不大，说小不小，但若是处理不好，只怕林家人有牢狱之灾，那可是牵连许多人的大事，林渡哪里还有心思和时间来处理这兰家剧团的事情哪？

兰家剧团一时间少了两个主心骨，形同虚设，江河日下，人人经过时都不禁感叹一句：眼见它高楼起，眼见它高楼塌。

然后人们感叹还是槐京的几大家族稳固，百年的地位直至今日已经到了无人能动的程度。

矗立在雪地里的浮京阁，楼台里传来了曲艺的声音。

吴团长微微弯着身子，脸色发愁却不敢有说法，只得讨好地笑着问："姑娘，今儿都看了十几个了，您有看上的吗？"

兰烛在院子里摆了张罗汉床，靠在那由竹木藤编织成的美人靠枕上，懒懒地说道："挺好的。"

挺好的，又是挺好的！吴团长苦涩地摇了摇头。

江二爷前几天连夜把他叫过来，说要给兰烛重新开一家剧团。他听到消息的时候，嘴巴一晚上都合不上。

啥玩意儿？兰烛又要开一家剧团？这剧团是说开就开的吗？这里面投入的物力、人力、财力……哪一个不是要人命的？更何况，兰家剧团都还在呢，兰烛又开一个剧团，这不是开玩笑吗？小孩子过家家也不带这么玩的吧？

只不过吴团长刚表现了略微迟疑的样子，江昱成就铁着脸说，干不好他就滚蛋。

吴团长只能安排人，一个接着一个地演，让兰烛挑。兰烛却神色慵懒，见一个就说一个好，这不摆明了不走心吗？虽然她能每一个都说好，但他能每一个都要吗？

吴团长连连摇头，斟酌了半天也没说出一个字来。

"还有吗？"兰烛打了个哈欠，转过头来问吴团长。

吴团长连忙回复："还有几个，都在外面呢！"

兰烛："哦，那就把他们也留下吧。"

吴团长惊讶地看着兰烛。

未等他再发言，兰烛就起身说道："就这样吧，我乏了，午睡去了。"

吴团长还未来得及留人，兰烛就一头钻进了东边的正厅里。

吴团长只得战战兢兢地出了内院，随后无奈地走到外院，找到林伯，倒了一肚子苦水。

林伯摇了摇头，安慰着吴团长，说今时不比往日。

"阿烛姑娘怎么好像变了一个人？"吴团长也摇着头望向内院。

林伯："其实我也这么觉得。"

"是吧！"吴团长看向林伯，"总觉得好像——"

"好像什么？"

"说不上来，就是有点儿不安。"吴团长回头对林伯说，"对了，您得空了劝劝二爷，总这么锁着大门拒不见客可不太好。江云疏——江家大公子，前些日子都找到剧团里来了，也没找到二爷。"

"嗯。"林伯点头。

随后林伯又叹了一口气。二爷走这条路前，他何尝没劝过呢？他和吴团长都看得出来局势紧张，二爷又怎么会不知道呢？

只不过二爷执念太深，根本不想管江家的事，一门心思地只想着让自己和阿烛姑娘能回到当初，但这又谈何容易呢？

入夜，兰烛趴在柔软的床上，听着外面雪压松木折断枝丫的声音，听着住在浮京阁里的那些近乎隐形的人在屋檐下小声说话的声音，甚至能听到灯被关灭的时候钨丝里传来的不舍啸叫的声音。直到最后，她听到厚重的铁门与地砖摩擦发出的低吟声，便知道是江昱成回来了。

如往常一样，他沐浴完出来便坐在她的床边。知道她没睡，他似是擦着头发，黑夜中传来毛巾摩挲的声音："听吴团长说，那些给你选的人，你一个都没有看上？”

兰烛回道：“怎么会？不是都留下来了吗？我全都要了。”

她说这话没过心，像是在应付他。

江昱成停下手里的动作，充满耐心地说道：“阿烛，你认真考虑一下，选几个合适的人，我给你再建一个剧团好不好？地址我都选好了，东边的古城楼底下有一方四合院，院子雅致古典，风水不错，还有个戏台子挺独特的。不然明天我带你去看看？”

“那怎么行？”兰烛幽幽的声音在屋子里响起，她说，“那儿离您的浮京阁这么远，您怎么能允许我去那儿呢？您不是连浮京阁的门都不让我出吗？”

江昱成已经习惯了这几天兰烛这样明讥暗讽的话，压了压自己的脾气，讨好地说：“不如明天去看看，剧团开在那儿，你的事业一定会蒸蒸日上的。”

兰烛转过身来，眼里含笑，却笑得凉薄：“有劳二爷了，不过若是没有您的话，我的事业现在一定如日中天。”

江昱成后槽牙发痒，而后恨恨地说道：“如果你不想去看四合院的话，那就陪我去酒局。”

他想让她知难而退，谁知她却掀开被子坐了起来。

她向他靠近，淡淡的暗香袭来，她长长的头发瞬间就像是生了触角一样攀附上他的肩头。

她故意趴在他的肩头上，用一种极度暧昧、带有暗示意味的话说道：“好啊，二爷，你知道的，出入这种场合是我擅长的事。”

她故意挑衅着他的权威。

他也明知这是挑衅，是抗争。可在看到她对自己柔媚一笑后，他心底就顿时感觉被密密麻麻的肿胀感填满了。

她笑得有如妖孽，却根本不动情，可即便如此，他依旧招架不住。

这半个月以来，她是第一次如此靠近他，如此接近从前的美好样子，如此让他这样渴望，想用醉生梦死来形容他这半刻混沌的人生。

那鲜少的欢愉感最后化成窗外融化的雪水。

只是她始终没有动情，锋利的贝齿咬进他的肩胛上的肉里，咬得他闷哼了一声。江显成吃痛，却也没撒手。

那样的痛感一瞬间让他真实地感觉到了他尚且活在这个世界上，不用为了心中那些不安和烦躁情绪恼怒，毕竟她现在还在自己身边。

两个人最后大汗淋漓地仰躺在床上，抽着同一支烟。

兰烛声音没什么起伏地淡然说道："江昱成，你说我跟了你，你就放过林渡。"

江昱成胸膛起伏不定，听到兰烛这话，呼吸节奏乱了一瞬。他掐灭了手中的烟，抓过手边的黑色丝绸衬衫往身上套："兰烛，你当真是一刻都等不了地要救他。"

兰烛笑了笑："以你和我的这种关系，我需要绕弯子吗？想来也是亏，要是我从前每跟你睡一次，就问你要一样东西或要一条活路，那槐京城的人往后就不用去南山寺求神拜佛了，直接拿着供品来求我岂不更省事？"

"行啊，兰烛。"江昱成最后连腰间的皮带都系上了，"明天槐京饭店的饭局你去了，自然就见到你的情郎了。"

兰烛脸上带着点儿看不出真实情绪的笑容："好啊！"

除夕夜前，京圈那些人将聚会定在了槐京饭店。槐京饭店一个月前就开始准备了，毕竟今晚名流绅士、财阀权贵都将聚集在这儿，饭店一丝都马虎不得。

五点开始，客人陆续都到了，槐京饭店门口铺起了长长的红毯，沿途所有的游客都被驱散了，身着黑衣的安保人员整整齐齐地站了两列，从远处缓缓开近的车子最后都停在槐京这最高档的饭店门口，从车子里面下来的人非富即贵，举止谈吐优雅，气质高贵。

夫人小姐们衣着华丽，裙摆恨不得比那红毯还要长，镶钻的华丽水晶鞋踩在地上，一群人优雅大方地相互攀谈着。

这样的入席场面大约持续了两个小时，等到酒会快要开始的前十几分钟，维持会场秩序的大堂经理却意外发现江家二爷还未来。他急匆匆地去找前厅部经理，前厅部经理倒是不疾不徐地说："二爷一般提前五分钟到。"

经理话刚说完，门外一辆低调的连号奥迪到了。

车停稳之后，先下来的是司机。司机打开后座的门，高贵的男人扣上了西装最上面的扣子，但没直接走进饭店，反而走到了车子的另一边，开了那边的车门，低下头，似是对里面的人说着什么。

屋子里面的人踮着脚，脖子伸得老长——什么情况？江二爷带人来了？总不可能是女人吧？

在座的富家小姐们都隐隐不安，齐刷刷地抬头看向从车子里出来的人——

纤细的脚踝，白皙胜雪的皮肤，水蓝色的一身旗袍，做了简单盘发的头发，盘发扣中插了一支蓝色的点翠蝴蝶簪。

一时间，屋内的太太、千金们一个个一身繁重的打扮倒是显得有些冗余。

大家都只知道红毯要配礼服，为了盛装出席今晚的宴会，恨不得把所有好看的衣服都穿在身上，她却好似根本不在乎是来什么地方，那衣服根本就不是特地准备的，好似她平日里就这么穿。

古典美人，大约不管在什么场合都是这样气质出尘吧。

江昱成微微俯身，伞面朝着她那边倾斜，显然是十分在意她。她出来的时候神色寡淡，一对上满屋子的人，脸上顿时浮现一丝游刃有余的笑容。

在众人的注视下，兰烛跟着江昱成往里走去。

江昱成低头对兰烛说道："挽我的手。"

兰烛没顶嘴，手自然地搭上了他的手，走在众人探究的目光下。

等到他们走进饭店后，其他原先聚在一起的人见状都举着手里的酒杯，往江昱成所在的方向拥去。

唯有一位坐在宴会厅里面的人不动声色。那人微微抬眼，看到外面的人的动向，便知道江家二爷来了。

他抿了一口酒，对与他一起坐在方桌边的人说："还以为他不来，只知道醉死在温柔乡里了。"

外头熙熙攘攘的，他抬头，看到江昱成身边带着的兰烛，朝一起坐在方桌边的人抬了抬下巴："看到没？那就是江家二爷的软肋。"

兰烛得了闲，举着酒杯听着众人声音不算小地聊着八卦。

"不是吧，二爷真把人带到这种场合里来了啊？这么多年了，他身边的女人一直换，也没见他把人往圈里带过啊，这是头一次。二爷该不会是认真了吧？"

"是啊，是啊，江家二爷不会真要娶这位姑娘吧？据说二爷退婚可是为了她。"

"怎么可能啊？你当赵家是吃素的？江家二爷从订婚现场一走了之后，赵家要是不堪其辱，完全可以直接跟江家一刀两断，或者让赵录嫁给别人。赵家一直没有动静，这不说明了两家根本就没放弃这事，仍旧合计着有一天把这事办了？"

"是啊，你就说以江家老爷子那脾气，他能让这样一个人入江家的门槛？"

"那江家二爷今晚带了这姑娘来，是怎么回事？"

"那姑娘你们不认识吗？她很有名气的——兰大青衣啊！"

"兰大青衣？不是据说她在南妄市已经……"

"我参加过她的戏迷见面会，她与江家二爷还有一段风月往事呢！"

"那如今他们闹的是破镜重圆的戏码了？"

"什么呀？一个唱戏的人能来今天的场合真是抬举她了。摆明了就是她在外面混不下去了，又回来找江家二爷了。"

"我赞同你的说法。我可听说了，原先的兰家剧团靠的是那林家的公子哥，这不林家有难了吗？她眼见着自己背后的大树要倒，忙不迭地就回到了江家二爷身边。就这点儿能耐，依附于他人生活的菟丝花也配站到今晚的酒局里来？！"

"小声点儿——"一旁的人提点着，扯了扯正在说话的人的衣袖，示意她看向斜对角的人。

一行人看过去，白色牡丹花后面，兰烛坐在白色的椅子上，正抿着香槟。

她脸上没什么表情，聊天儿的人面面相觑。

“她应该没听到吧？”

“管她呢！她有本事去跟二爷讲啊，我才不怕。”

“得，你不怕。那你去问问你老爹怕不怕江家二爷？”

那姑娘这才闭了嘴，一行人慢慢远离了兰烛所在的地方。

兰烛笑了笑。槐京城富人圈子里的人也这么爱嚼舌根哪？不过她不在乎。她知道她回到江昱成身边后，身上就会被打上那样的标签。

他们说得没错，她曾经的确是依附江昱成而生，但如今是不是，对她来说也不重要了。

只要赵、江两家的婚约还不清不楚地存在这么一天，她就知道会有这样的结局，所以从未有过任何幻想。

江昱成把她带过来是什么心思，她不清楚。但是她真实地感受到，从前她在暗处，在浮京阁里的时候，遇到过许多跟她一样被他们这些富家子弟带在身边的姑娘，她们同病相怜，甚少讨论公子哥们对她们的态度，也甚少理睬别人对她们的评价。换句话说，在这场心知肚明的交易中，交换者和被交换者都不评判这里面的是非。

而今天她被江昱成带到台面上来了，要承受的就是比从前还要明显的轻视待遇。人们大抵会探究她的存在，猜测她的身份，和从前一样，她又回到这样的圈子里了。

兰烛苦涩地笑了笑，正要再添一杯酒，却听到耳边传来熟悉的声音：“阿烛！”

兰烛回头，看到了许久未见的林渡。他站在她面前，神色比一个月前还要憔悴些，眼下有淡淡的乌青痕迹，笑得勉强，跟她打着招呼。

“你回来了。”兰烛笑着望向他。

“我……”

“你不必说，我知道你为难。我没有怪你没来找我。”

“阿烛——”林渡舔了舔自己干燥的嘴唇，“林家的事我无法预料，实在是抱歉。”

“你不用觉得抱歉，该说抱歉的人是我。”兰烛神色平常，“阿渡，谢谢你，兰家剧团从零到有，你帮了不少忙。”

“你别这么说，林家的事我已经处理完了，我们还是可以一起共事啊！哪怕你……哪怕你如今是跟江家二爷……”他不忍再说下去，“阿烛，你是不是有什么苦衷？”

“没有。”兰烛托着腮摇了摇头，微微仰头，试图逼退眼里的酸胀感，不让自己眼底的晶莹水光流露出来，“我能有什么苦衷？不过是做剧团太累了，休息段时日。”

“那等休息好了，你记得要回兰家剧团啊。”

“嗯。”兰烛应下了。她不知道她什么时候才能“休息好了”，也不知道江昱成还会用怎样的方式控制她的决定。

“那就好。”林渡终于松了一口气，“我就说嘛！你和叔叔的对赌协议还在，你要是消极怠工了，可是要给他白唱五年戏呢！”

他轻松地开着合时宜的小玩笑。

兰烛正要回话，却听到一个冷如霜月的声音传到了自己的耳朵里，她拿着酒盏的手瞬间不稳，酒盏撞上了手边的玻璃装饰品，顿时就缺了个口子。

“谁说她要白唱五年戏了？”江昱成走了过来，立即牵起兰烛的手，把她搂过来靠近自己的胸口，“今天请林先生来，就是想告诉林先生，您叔叔那儿，违约协议和赔偿款我已经都给他送过去了，往后兰家剧团姓林了。您若是觉得槐京好，就继续待在槐京吧，若是觉得槐京人心险恶——”

他看了兰烛一眼，继续说道：“美人无情，那您就收拾东西回岭南吧。岭南水土湿润，四季温暖，适合您这样的富贵公子哥。往后，阿烛跟您不再是合伙人的关系了。”

林渡戳在原地，似是有些失神，原先平淡的眼眸里，瞳孔肉眼可见地放大。他难以置信地看着兰烛，问道：“阿烛，这是真的吗？”

兰烛听着江昱成一字一顿地说着她都不知道的决定，指甲把自己的掌心掐得几乎要流出血来。

那是她的兰家剧团，是她靠自己一步一步走出来的路，他凭什么毁掉约定？凭什么对她的人生做主，掌控她的决定？他凭什么？！

她的指腹扣在那玻璃杯缺口上，手上的血不断往外冒，她却全然感觉不到疼，这点儿疼跟她心里的疼比起来差远了。

她的手上血淋淋的，脸上却一点儿神情变化都没有，她只是笑着回答："既然二爷已经替我付了违约金，那就多谢了。"

她把手藏在背后，对着林渡笑了笑："如此，只能跟林渡先生说一句抱歉了，也恭喜您，兰家剧团往后就是林家的了。"

她说完，径自转身，朝着藏在人群后面的无边夜色快步奔去。

江昱成心下一慌，随之快步跟了出来。他眼见着她站在光与暗的交界处，下一步就要往无尽的夜色中走去，慌忙拉住她的手，却忽然感觉到一阵湿凉。他低头一看，她的手上全是血，画面触目惊心地直冲他的脑袋。

"阿烛！"他慌忙叫了一声。

兰烛感觉自己感观迟钝，踏出门的一瞬间眼前一黑，耳边最后听到的是江昱成在叫她。她没撑住，晕倒在了雪地里。

"医生！医生！"

酒会里的人听到外面传来像是撕破喉咙的叫声，酒店的经理带着备用医生推开人群，不顾一切地往前赶去。检查、包扎一套流程下来，医生宽慰道："她只是郁气攻心，手上的伤没有大碍，回去静养就好了。"

在酒店上百号人的注视下，江昱成蹲下身来，一手揽住她的腰，一手托着她的腿，皱着眉头，满目担忧之色，却又动作轻柔地将人抱上了车。

人随车子逐渐消失在除夕的槐京风雪夜里，不再在名利场上停留一秒。

江昱成眉头紧锁，看着兰烛被划破的手。

看到她满手猩红的时候，他心痛得要死，恨自己怎么没有早些发现——

他不是很了解她的性子吗？她越是无动于衷，越是表现得风平浪静，其实对自己就越狠，也越恨他。

他用她最不齿、最讨厌的方式把她留了下来，她咬着牙说“好啊”，转头却用这种方式折磨自己。

她脸色苍白，闭着眼睡着后，疲惫感毫不掩饰地爬上了她的眉梢，整个人易碎感浓重。

江昱成轻轻地拍着她的肩膀，手指摩挲过她手上缠绕的一圈圈绷带。

他现在是拿她一点儿办法都没有了。他这样做，明显把她推得更远。

车子开到戏楼胡同，巷子口被一辆黑色的车堵住了，司机看清了来人，难以处理，不安地转过头来：“二爷——”

江昱成这才抬头，看到堵在他的车子前面的人，也看到了站在那个人后面的林伯，说道：“知道了，就停这儿吧。”

说完，他把兰烛从车上抱了出来，脱下身上的黑色羊绒大衣，盖在了兰烛身上，径直走到把黑夜照得跟白昼一样的车灯前头。

江寰背着手，看向江昱成怀里抱着的人：“不像话！”

江昱成将兰烛交给林伯，示意一旁的助理打着伞将人送回去，自己忍着脾气说道：“您若是无事，还请您让开，这儿是浮京阁。”

江寰当即恼怒道：“江昱成，我是你爹，你亲爹！”

“您今儿来这儿就是为了强调这事？我不是早跟您说过了吗？我姓江，但跟您的父子关系早就断了。”

“你以为我愿意来吗？要不是你祖父让我过来，我才不愿意过来。江昱成，我只说一遍，你给我听好了。赵家那位侄女婿是个厉害的角色，赵家有了他之后，表面风平浪静，实际背地里已经开始有动作了。赵家百年来被江家压一头的日子，他们怕是早不想过了。江昱成，都这个时候了，你瞧瞧你在干吗？你真让我们江家人失望。我跟你说了多少遍了，结亲才能化干戈为玉帛，结亲才能解决现在的一切困境，而你在干什么？陪着一个戏子守在这院子里，荒唐极了！你从小到大我是怎么教你的？大丈夫要拿得起放得下，尤其在女人身上，切不可花费太多时间和精力。女人如衣服，有穿有换，你喜欢归喜欢，不耽误你跟赵录结婚哪！”

江昱成长身立在风雪夜里，眼里全是鄙夷之色：“您也是这么看我母亲的，对吗？”

江寰一时失语。

江昱成：“您这失败的人生经验，还是留给您年老的时候悲哀后悔吧。我跟您不一样，很不一样。我甚至希望我非您所生，这样的话，您今天拦在路上，我可以眼睛一眨也不眨地让车子从您身上轧过去。”

江昱成说完就往里走，没管后面已经气得跳脚的江寰。

江寰指着江昱成的脊背破口大骂：“我真是信了你祖父的话，觉得你还有挽救的余地。我跟你说江昱成，你以为江家的主事人这么好做吗？你别忘了你的软肋，他江云湖今天让我来劝你，就是他的最后通牒！”

江昱成毫不犹豫，一脚踏进了浮京阁的大门，把身后的那些话隔绝在外，放眼望去，阁楼里灯火通明。

江寰在后面歇斯底里地喊道：“你可别忘了你的母亲！”

江昱成的脚步顿了顿，他看到兰烛醒了。她就坐在长廊下，他朝她走了过去。

在浮京阁的灰黑色大门要合上之际，江寰的声音依旧从外面传来。

“你就躲吧！你就躲着每年的除夕吧！你以为你躲，除夕就不会到吗？江昱成，你躲不了！你躲不了！”

这时，天空中传来烟花爆裂的声音，那此起彼伏的响声如同巨大又唯美的落幕赞歌。

兰烛抬头，江昱成朝她走了过来，低头检查着她手上的伤。

他眉眼在烟火下忽明忽暗，手上的动作细致温柔，好似和刚刚那个在酒会上一心要斩断兰烛的翅膀的人不是同一个。

院子里又只有他们两个人了。她听到除夕夜里爆竹轰鸣，听到院子外面传来的鸡飞狗跳声。江昱成又成功地将她和他捆绑在一起，度过了又一个寂寞的除夕夜。他不是最害怕除夕夜，不是最讨厌这万家团圆的日子吗？

兰烛恨恨地说："江昱成，祝你年年有今日，岁岁有今朝。"

兰烛往江昱成的伤口上撒盐，以为江昱成会像从前一样恼羞成怒地用虎口掐住她的下巴，一字一顿地说："好啊，那你便跟我岁岁年年都一起守在这人间地狱里吧。"

但是他什么都没有说。

窗外的烟花还在绽放，从地面升腾而起的光划破黑暗，冲上云霄后炸裂成五光十色的火花，那些火花的光在江昱成脸上出现又消失。只是任凭那些光再怎么热闹跳跃，他只是站在她面前，轻轻地用手摩挲着她手上的绷带。

兰烛把自己的手收了回来："江昱成，毁了我，对你来说到底有什么好处？"

"我没有。"江昱成抬头看向她，"阿烛，我只是想你留在我身边。"

江昱成看着兰烛扭过去的半张脸，重新把她的手抓过来，缓缓开口道："阿烛，你还记得你曾经说过，在黑暗中待久了的人是不会拒绝一束光的邀请吗？你说你是黑暗里的人，而我是你往上走的一束光。其实恰恰相反，我才是那个在黑暗里的人，你才是在我从前麻木人生中照进来的光。那光刚刚照到窗沿上的时候，我觉得太刺眼，太过于独特，不适的感觉让我抗拒，但同时我又发现，我被你致命地吸引着。

"我从来不敢承认这束光的存在。直到在南安市，我对着那堆废墟，脑袋里想的是，如果你不在我的生命里，我简直生不如死。我从未想过，一个人离开另一个人会有生不如死的感觉。我从来都觉得我不需要依赖别人，也绝对不会因为谁离开而让自己的人生失控。但现在，我做不到再让你远离我。你还记得我们从南安市回来路上的场景吗？漆黑的公路上只有我们一辆车，车灯时好时坏，车子在雨夜里抛锚，我下去推车，你透过车窗看着我，眼里明明全是担心和不安之色。我们一起在院子里研香，一起酿酒，你虽心伤话少，但在那忘却过去和现实的时光中，不也自得其乐吗？阿烛，你相信我，我能给你那些时光。我能重新把那些时光留住，阿烛……我从未爱过一个人。”

“用林渡威胁我，不经过我的同意就擅自帮我做决定，这样留住我就是你的爱？”兰烛摇了摇头，“那我宁可你不要爱我。”

兰烛再度把自己的手抽了回来，江昱成感觉到自己的手一空，只能起身，唤她：“阿烛——”

“江昱成！”兰烛“噌”的一声从椅子上站起身来，直视着江昱成的眼睛，盯了不过两秒，眼睛顿时通红。

她仰着头，咬着牙一字一顿地说道：“江昱成，那是我兰烛一砖一瓦、一步一步靠自己建立起来的兰家剧团，你凭什么帮我解约？！你有什么权力帮我做决定？！江昱成，你很讨厌你祖父对吗？可是你知道吗？你跟他简直一模一样。他控制你，你控制我。你别说你爱我，你根本不懂爱。你这是占有，是偏执。你只想一个人牢牢地把这一切都掌控在自己手里。好啊，如你所愿，我在你身边，我一辈子都在你身边，但是你说的爱，你想要的爱，你想要我爱你——你做梦！”

她的话清清楚楚地落在浮京阁密不透风的金砖红瓦上。

江昱成的眼前只剩下她悲怆的表情，她那恨到极致的扭曲感。

她如一只小兽一般龇牙咧嘴地呵斥他，说她这辈子都不会爱他，他知道她说到做到。但她竟然敢说一辈子……没有她的一辈子，她知道到底有多长吗？

江昱成不知道自己是怎么走出那间屋子的，只觉得这黑夜到处长满了针，他往前走一步，刺痛感便从四面八方涌来，让他无处可逃。

他甚至不敢回头再看那屋内的灯火一眼，只敢等那油尽灯枯的日子一点点熬走他的怯懦情绪。

直到那屋子里的灯火灭了，长长的夜中结满霜雪，他才踏入兰烛的屋子。

他看着她的睡颜，她的眼睛在月光下还微微红肿着。他知道她睡前一定流了不少眼泪。他于心不忍，只能坐在她的床头，长长地叹了一口气。他不仅让她憎恨自己，还让她黯然神伤。

尽管知道自己这么做兰烛会恨自己，可是他只想留住她。在让她离开他和将她留在身边的抉择中，他选了后者。只是如今她不光恨他，还伤到了她自己……他对着长长的月夜发着呆，自己这样做真的是在爱她吗？

第二日清晨，江昱成端了清粥、小菜，敲开了兰烛的门。

他知道她日日晨起练习，估摸着那个点来到她的门前，推开门，却发现里面空无一人。

他放下碗筷就让林伯去找人，急匆匆地惊动了一屋子的人，一群人将浮京阁上上下下都找遍了，也没有找到人。

后来，还是江昱成看到屋檐下坐在那儿一直仰着头一动不动的貔貅，继而才看到那巨大的古柏树上卧着一个人。

那棵古柏树越过围墙，枝丫蔓延到了外头光怪陆离的世界里，柏树上积了厚厚的雪。有个穿着黑色绒裙的姑娘提着那仿古的荔枝酒坛，懒懒地趴在树杈上。她裙摆垂落，右手上还缠着绷带。

江昱成差点儿忘了，她的基本功很好，上这树对她来说不是什么难事。

从那树上，她一步就能踏入灰砖红瓦下的自由人间里。

江昱成只能稳住兰烛："阿烛，你能下来吗？"

兰烛听到声响，清冷的眉眼一抬，懒散地出声道："二爷找我？"

江昱成知道，她越是不提昨晚的事，就越是对这事在意。他压着心中的慌张情绪，轻声哄道："对。阿烛，你肚子饿吗？我熬了粥，配点儿小菜，来吃吗？"

兰烛掂了掂手里那个灰黑色的陶瓷罐："不了，我有酒就行。"

"早上喝酒对身体不好。"江昱成往前一步，伸出手想去接她，"阿烛，下来吧，我们早上还要练功呢。"

"练功？"她慵懒地转过头来，一笑百媚生，"二爷您忘了，昨儿个您帮我撤了契约，我如今已经无戏可演了。”

“阿烛——”

“所以我打算往后不唱戏了，就住在你这院子里吧，不愁吃不愁喝。”

江昱成：“阿烛，往后的事往后再说，你先下来吃饭好不好？”

兰烛仰头喝了一口荔枝酒，笑着挥了挥手，原先搭在树杈上的脚一松，半片裙摆动了动，江昱成眼见着她就要摔下来。

“阿烛！”江昱成心下一惊，慌忙过去接人。

谁知兰烛转了个身子，轻巧地从树上跳了下来，落在地上后，轻轻地贴在江昱成的耳边说：“二爷是怕我走吗?

“您忘了，我昨天说，我会留在您身边一辈子的。”

江昱成恍惚间想起昨晚她说过的，她会留在他身边一辈子，但他一辈子都休想得到她的爱。

兰烛先于他回了屋内，对着白粥小菜慢条斯理地吃了起来。

江昱成坐在她面前，未动碗筷。等到她吃完，江昱成拿来了药箱。

他拆开兰烛手上的绷带，用酒精棉仔细地擦拭着伤口。还好她的伤口不深，他松了一口气，偏头看向兰烛，却见她笑靥如花，抬起未包扎好的手：“谢了。”

“还没好。”江昱成把她的手按回去，一圈一圈地用新的纱布包扎着伤口。

“昨晚的事，是我的错。”江昱成出声道歉。

兰烛愣了愣，笑着讽刺道：“二爷说的是哪一件事？”

江昱成停下手里的动作：“阿烛，你为什么不肯再给我一个机会？”

“机会？”兰烛抬眼，“您知道我到底想要什么吗？”

“坦率地说，我以为我知道。”

“您看，您连我想要什么都不知道，就试图说爱我。”

“阿烛，你能告诉我，除去我强留你在我身边外，为什么你还是一直不肯原谅我，不肯再给我个机会吗？”

兰烛任由江昱成握着她包扎好了的手，用另一只手托着自己的脑袋："好啊，二爷，既然你想知道，那我就和你好好说说。撇去我和你的相遇不说，那是我自愿为了兰家与你这样我生平够不着的人物做的一场交易，这场交易中，我们本就不平等，你是施舍者，我是牺牲品。"

江昱成："我知道，但当日戏台上的一场演出之后，我从未把你看作低人一等的牺牲品，也从未觉得你是轻贱可辱的，你我在感情上平等。"

"平等吗？你是如何介绍我的？如何定位我的？我在你身边不过是你的一样附属品，你笃定我离不开你，我没你不行。旁人用心知肚明的眼神看着我的时候，他们认定我依附你而觉得不用对我高看一眼的时候，若你出头了、说话了、端正了我的位置，那我与你的关系的定位也一定不是一场交易，对吗？"

"是，在这一点上我承认我从未站在你的立场上思考这个问题，也从未光明正大地宣告我们曾经的感情，这样的感情是畸形的，是不对等的。我知道这一点是我做得不够好。我往后会做得更好，往后你与我出入，我会让所有人都知道你是我看重的人，任谁也不敢再对你有任何非议，对我们的感情有任何揣测。我会让他们知道并不是你没我不行，而是我没你不行。"

兰烛摇了摇头："不，江昱成，你做不到的。我无法说服自己去接受这样一段感情，没法说服自己不保持对普通爱情的向往。你知道我为什么要离开的，我没法在你身边做一个见不得光的地下情人。"

"没有见不得光，没有什么地下情人。阿烛，我没有去订婚现场。我后悔了，只想掉头找到你。我没法说服自己去接受这样的安排。"

"可是你身不由己，对吗？"兰烛抬头，盯着江昱成的眼睛，"直到今天，你也身不由己。往后再遇到如同昨晚那样的局，你该如何介绍我？就像昨天一样，我还是坐在角落里，让别人猜测你们江家和赵家的关系，听他们说着，两家迟早会因为捆绑的利益迫使这婚约成为事实，而我终究要横亘在这一场利益交换中？江昱成，被牺牲掉的感觉真不好受，我不想再体验一次了。"

兰烛的语气缓和了许多，她尽数说出了压在自己心头的那些话：

“二爷，您知道，兰志国待我并不好。但您知道我为什么甘愿为了解决他儿子的事情来到槐京城，毫无尊严地踏入您的屋子吗？

“我母亲是槐京人，命苦，没读过多少书，从小就卖命地在剧团里生活。那个时候京剧行业如日中天，剧团竞争也比现在激烈很多，她身段好，生得美，唱功好，自然比一般的演员更得别人青睐些。也有许多男人殷勤地向她递出橄榄枝，她周旋回绝，凭着自己的能力得到了很好的发展机会，可惜后来遭到同行忌妒——同行诬陷她偷了一套首饰，她心高气傲，为此事耿耿于怀，最终在一场重要的演出时从舞台上跌落。从此，她再也没有勇气踏上舞台，成了剧团里的废人，被剧团老板赶出了槐京。

“她脾性太傲，不屑与那些小人为伍。那个时候的她才二十岁，虽然被人诬陷，但又痴迷于京剧，一生所求就是能回到槐京，回到戏台上。但是，她又怯弱又不敢。从舞台上摔下来的那天，她知道她的梦彻底被摔碎了。

“她日思夜想，终于想到了一个办法。她选中了一个从槐京一起回来的男人，那个男人风雅知趣，她用几杯凉酒灌醉了他。一起回来。终于如她所愿，她有了一个女儿，可以继承她的全部理想，可以带着她的仇恨活下去……她自己却活得很割裂：一方面，她带着对他的妻儿的亏欠感觉得自己不应该插足别人的感情；另一方面，她又拼命鞭策我有朝一日一定要回到槐京去。在她眼里，无论兰家对我们再怎么苛刻，我们都欠着兰家。

“有时候我真的很想知道，我到底欠兰家什么了？你也知道她的结局——她住在康复医院里。三年来，我去看她的次数屈指可数，可能是因为我也在逃避，逃避成为和她一样的人。但是江二爷，若是与你在一起，我就会变成与她一样，日日怀着愧疚感而活，我更不想往后我的孩子也面临这样的遭遇。我知道你身不由己。我不恨你没有办法为了我舍弃你要承担和背负的一切责任，人人都不是为自己而活的，但是二爷，我想为自己活一次，不想再因为那些东西委屈自己了。所以我没法回头，因为我知道你也没有办法摆脱你身后的人的全部桎梏。”

她说得理智且清楚，原来他试图瞒着她的那些“身不由己”的事，她都知道。

她这一生，从小就被教导着要怀着感恩的心和歉意而活。但实际上，她根本不欠任何人。就像她说的那样，他也根本没有办法脱离身后的那片沼泽，又谈何能够光明正大地给她一个合理合法的身份呢？这不是他江昱成靠把浮京阁的大门锁上就能解决的问题。

他一直在努力脱离江家的桎梏，脱离祖父的掌控。可是如今在听了兰烛这番话之后，他周身涌上了浓浓的无力感。最后，他站在屋檐下，对着那月亮出神。

林伯在这时走过来，恭敬地说道：“二爷，您母亲的信到了。”

江昱成接过信，打开信封，映入眼帘的还是那熟悉的字迹。

每年除夕，这信都会如期而至。除了寻常的一些问候语，还有一些日常的絮絮叨叨的叮嘱言语，自然还有期盼之情。她期盼他能做得更好，早一天把她接回槐京，早一点儿让祖父承认他们的存在，但信上从无来信地址，他也无寄信回去的可能性。

江昱成看完信，将其折叠好放在手里，立在那雪夜下，缓缓出声：“林伯，若是有一天我不姓江了，搬出浮京阁了，你还会跟着我吗？”

林伯微微躬身：“二爷，我跟的是住在这浮京阁里的主人。”

江昱成轻哂：“我早就知道你是这个答案，毕竟你是他的人。”

林伯在雪夜里依旧保持着那个姿势，从未直起腰：“不管您如何反感，您姓江，这是事实。”

“若我不想要这个姓氏了呢？”

“那您要付出巨大的代价。”

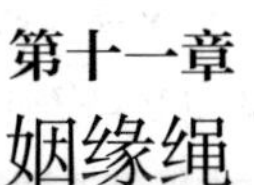

第十一章 姻缘绳

东郊的江家，酒香屋暖。

江家的曾孙——江月梳的儿子满月，江家为此摆宴三天。

江昱成没有出现，只是让林伯送了贺礼去，代他向江月梳和嫂子问了好，大方地给满月的侄子送了对跟孩子一般高的金虎。

林伯回来后，照例禀报了一些江家人的近况，忧心地说江月梳比从前更憔悴了，江老爷子又给江昱成手下的人施压了。

彼时江昱成坐在院子下的长椅上，依旧读着母亲寄过来的信。她在信中提及最多的，还是让他早日接她回槐京，能让江家早日承认她的存在。

这么多年，他从始至终遵从的都是早日接她回来，但好像根本就没从源头上想过这件可悲的事情是怎么发生的。

他母亲名动槐京，却因为出身不够好被祖父拒之门外。父亲懦弱，只当是桃花流水相逢一场，忌惮于赵家的势力，即便是在江月梳的母亲过世后才遇上他的母亲的，也不敢给他母亲一个名分。

后来，祖父知道他母亲怀孕了，态度一百八十度转变，把他母亲接到了浮京阁里。江昱成在浮京阁里出生，在浮京阁里长大，六岁之前，祖父不允许他们踏出浮京阁半步。小时候的他从来没有看到过外面的世界，只有寂静的院子里那些古老的树木陪他长大。它们沉默不语，他也安静如常，唯有母亲最懂得他对外面有多向往。她往往穿着戏衣，在浮京阁留下的那个古戏台上给他演他或看得懂，或看不懂的人间故事。

他常常觉得黑夜乏味，向往外面的世界，她却温柔地抱着他说："阿成，外面的人有外面的人的人生，往后你长大了，不要问为什么你的成长经历、你的人生跟别人不一样。莫要跟别人比较，你这一生才能活得潇洒长久，知道吗？"

六岁那年的除夕夜，他与母亲跟往年一样在院子里放烟火，祖父背着手来到了浮京阁。院门紧闭，祖父和母亲在屋里交谈许久后，一辆车在大雪夜里把母亲接走了。他永远忘不了母亲最后回头看他的那个眼神，她留下的最后一句话是："小成，照顾好自己。"

他在风雪夜里跪了一夜，求祖父把母亲还给他。祖父只是背着手站在他面前，脊梁挺直，说江家的后辈不能掉眼泪，还说只要他达到江家的要求，他母亲会回来的。

往后的日子，他顺从地接受了祖父的各种安排。为了让他变成江家最好用的"刀"，祖父甚至不近人情，狠心地不把他当孩童对待，提出的要求越来越高，做的事情一件比一件狠绝。他毫无怨言，只想离自己的目标更近一步。最后，他变得畸形、扭曲、冷漠……

每每想起母亲的嘱咐，他总是愧意连连，总觉得他没有如她所愿那般，一生过得潇洒长久。

他从来都是如此，从不质疑自己的决定。他一心要求自己做到最好，为的就是不想年年在除夕的时候只能收到一封信。可唯有在与赵家的婚约一事上，他不想屈服。

若是三年前，有人跟他说，他江昱成有一天会为了一个女人抵抗江家祖父的命令，他一定会觉得那人在说天方夜谭。而现在，他发现他麻木的心真的动了情，他想为了她去斩断那些在背后操控自己的傀儡绳。

他应该给阿烛一个光明人生，而不是让她陪他一起住在这连他自己都永远踏不出去的浮京阁里。

浮京阁的院子里，林伯买了许多的烟花棒。

从前二爷有命令，这东西是不能在浮京阁里出现的。只是兰烛对着窗户外头，看到路过的小孩儿手里都拿着五花八门的烟花棒，一时兴起就差遣他去买的时候，他实在是不好拒绝。

二爷说了，兰烛姑娘最近心情不好，要养病，除了要出门，其他的要求都可以满足她。

于是他差遣了人，买了各式各样的烟花棒回来。

兰烛让他手下的人将烟花棒都点上了，在院子的雪地里挥着手臂转圈圈，一时间欢快得很。

林伯看向笑得没心没肺的兰烛，心中微微苦涩，怕姑娘也不是真的开心。

外头传来院门合上的声音，内院里的人听到声音，连忙把自己手里的烟花棒放下。原先绚烂的烟花棒此刻只能垂落在地上，发出苟延残喘的微弱光芒。

外头的人进来，收了伞，看到内院站了一群人，地上的烟花棒还未灭，冒着青烟。

林伯连忙上前道歉："二爷，是我……是我让他们买的。"

江昱成摇了摇头，从地上捡起一根烟花棒，走到兰烛身边。

兰烛看见人过来，慵懒地远远就招呼道："二爷回来了。"

江昱成眼见她穿得单薄，连忙脱了自己外面的羊绒大衣套在她身上："在屋外玩也不知道加衣服，当心着凉。"

兰烛没回他，任由他把衣服披在她身上。

他低头，从兜里摸出一个打火机，捻出一团蓝色的火焰，那火苗瞬间就跳跃着燃上了灰黑色的烟花棒，一瞬间，光亮跳跃起来。

江昱成将烟花棒递给她，兰烛没说话，伸手接过，然后对着天空画着无聊的圈。

江昱成抬头看着她，她眉眼淡然，让人看不出情绪。

他想起他刚刚来之前在江家那一场"抵死顽抗"得来的两全之法，

心中微微苦涩，透过她手里的烟花棒的淡淡光芒看向她的脸："阿烛，你从前自由吗？"

"自由啊！"兰烛没回头，声音懒懒地说，"不在你身边的每一天都很自由。"

周围的人听得倒吸一口凉气。

四周只剩下烟花棒火星四散的"噼里啪啦"声音，没有兰烛想象的，她挑衅他，他恼羞成怒的场景。他只是从地上又捡了一根烟花棒，点燃后递给她。

星火燃烧，火光四射，江昱成在这样安静又耀眼的光里似乎看到了刚刚的画面。

他去了江家，和想象中的一样，祖父恼怒，破口大骂，他们争吵，一片狼藉景象。

祖父说，路只有一条，江家两个兄弟，他必须保一个，既然江昱成不想再为他所用，那江月梳的命总要保住的。

其实这也不难理解，江月梳一世安稳，从不沾染江家脏污的事，是祖父护在心尖上的亲孙子，他江昱成对江家来说只是一条狗而已。既然他不愿意再为江家卖命，那他身上的最后一点儿价值，他们也是要榨取完毕的。

被榨取完价值之后，他应该也自由了吧？

江昱成在如星光般的烟花中听到了兰烛的答案。

真好！江昱成心里想的是，她不在他身边的时候，她至少还能感觉到自由——自由，是多么珍贵的东西。

兰烛未听见他回话，戗他的话哽在喉头里，说不出来，只能回头看向他。

他从背后抱着她，头脆弱地轻轻抵在她的肩膀上，不像从前那样抱得让她喘不上气来，也不像从前那样充满了他横冲直撞的占有欲。他甚至给她留下了拒绝的空间。兰烛动了两下，想要挣脱，却听到江昱成开了口。他的声音甚至有些颓丧和无力，她听到他缓慢地说道："阿烛，让我再抱一下。"

金色的烟花棒还被她握在手上，火光映得他的脸如梦境一般虚幻。

虚幻的黑夜过后，江昱成停在康宁医院的门口。他独自坐在黑色轿车上点燃了一根烟。直到放置在一旁的手机响了，他才灭了烟接起电话。

“爷，里头安排好了，医生说情况稳定，您可以进去了。”

江昱成挂了电话，随即从后座上拿了束花，对着玻璃窗摆正了自己的西装领带，把自己倦怠的神色收了起来，这才踏入医院的大门。

医院里安静得出奇，冬日覆盖在路上的雪被扫到了一边，藏在灌木丛下的小音箱放着让人舒缓的音乐。

护士带着他往前走，来到后面的住院部，把人带到之后礼貌地说道：“江先生，兰女士就在里面。她现在情况良好，适合探视，您尽量跟她说平和一些的话题，避免刺激她。”

“嗯。”江昱成点了点头。

他站在门外，从外面望进去，里头的房间开着门窗，空气形成的对流把一旁的白色纱帘吹得起舞翻飞。坐在窗边四十多岁的女人手里拿着一本书，书上密密麻麻地写了许多繁体字，像是一本手抄的戏本。

她侧身对着他，大冬天的日子里只穿了一条单薄的羊毛改良旗袍，整个人从头到尾都打扮得干净整洁，不像是糊涂自语的精神病患者，反倒像是书香世家的太太。

江昱成敲了敲门，正斟酌着要怎么开口，对方却比他先开了口：“你来了。”

她没抬头，目光依旧落在那泛黄的书页上。

江昱成有些讶异于她熟稔的口吻，往前踏了一步进去，轻声问道：“您认识我？”

她依旧没抬头：“你身上有阿烛的味道。”

江昱成一瞬间有些失语。

兰庭雅终于缓缓抬起了头，看了一眼江昱成，把手里的书放下：“雪中春信香是我教她调的。她倒是挺有进步的，能模仿得和我调的八分像，就是不孝顺，不来看我。”

她将脸抬起来的时候，江昱成终于知道兰烛这一身气质是怎么来的了。他甚至觉得，兰庭雅年轻的时候应该比兰烛还要倔强一些。

江昱成对兰庭雅单刀直入的话有些无措，耸了耸肩，微微一笑，解释道：“阿烛剧团里忙，我回去一定替您把话带到，让她多来看看您。”

“罢了，她不来看我，你来也一样。”兰庭雅拉出一张椅子来，“准备什么时候结婚？”

这话杀得江昱成措手不及，他连忙说：“马上就可以。”

兰庭雅“啧”了一声：“原来是还没有追上。”

江昱成被识破，只得缓缓说：“是我做得不够好。”

“嗯，这孩子有自己的想法，又记仇，你一定是哪里惹到她了。”

江昱成：“是，我……”

兰庭雅：“我太了解她了。这样，你也不用让她来看我，我知道她演出忙，我年轻那会儿也像她这么忙。女孩子嘛，有事业心是好事，毕竟她要强，京剧底子是我一天天教出来的，哪怕是她生病发烧到四十摄氏度，我也没有让她落下过一天的训练。你这样，你等等——”

她从橱柜里拿出一个保温盒：“你帮我把这个带给她。”

江昱成接过保温盒：“这是什么？”

“这是阿烛最爱吃的糖藕。”

她最爱吃的？江昱成从前常带兰烛去吃江南菜，知道她好甜的东西，但是唯独这糖藕是她从来不点的。

见江昱成有些疑惑，兰庭雅轻笑了一声：“一看你就不知道我做的这东西的好，阿烛从前经常要吃的，但是你知道的，小孩子吃多了甜食容易忘记生活的苦，忘记生活的苦哪儿行哪？那成不了材的，所以我从前都管着她，不让她吃。你也知道阿烛的脾气，她虽然看上去寡言少语的，但是叛逆起来性子倔强得很。她趁我不注意，三番五次地馋嘴偷吃。我说了她很多次，可是她就是不改，后来我就想了个办法，把糖藕里的糖换成盐了，她那天就哭着跟我说她再也不偷懒了。其实我挺愧疚的，做母亲的哪里有不心疼孩子的？你说她才那么点儿大，我也不忍心每天让她那么辛苦。好在她现在出人头地了，他们问我要不要去看阿烛演出，我说不用，我女儿的舞台演出，我不看也知道。她出色得很，一直给我长脸，反倒是我不敢去看，怕给她丢脸……”

她自顾自地说着，也不管江昱成听没听。

江昱成觉得心下有些酸涩。她从前讲过些她小时候的事，但说的都是自己的小趣事，从不说自己从前吃过的苦，但其实他也一直都知道，她不说不代表她忘记了。

“你尝尝不？”兰庭雅递了双一次性筷子过来。

江昱成接过筷子，打开盒子，夹起一块藕，毫无防备地咬了一口——咸得发苦。

本能的反应让他一瞬间很抗拒，但一想到她童年时也尝过这样苦涩的味道，他便咀嚼如常，未置一词。

最后，他拿着那打包好的保温盒坐在车里，手指敲了敲方向盘，而后打开盒子，一言不发地把剩下的咸涩发苦的藕吃完了。

吃到后来，他口舌麻木，甚至感受不到苦意了。他把后座底下的纯净水抽了出来，大口大口地灌着。末了，他又对着那空无一物的盒子出了神。

第二天兰烛起来的时候，发现屋子里比平日明亮了很多。

那些厚厚的遮光窗帘都被拆掉了，换上了从前的白色纱布窗帘，外头的雪光映照进来，她能看到空气中许久不见的浮光飘动。

雪停了。

她几步来到了院子里，却发现内院的大门开了，不仅如此，里院、外院，所有的门都开了！

她往前再走一步，看到江昱成站在院子的阳光房里。他穿着清爽，晨起的头发微塌，周身的戾气已除。

原先的一身黑衣被他换成了浅米色衣服，他在那冬日凋零的槐树下摆弄着石桌上的碗筷，周围还生着一个火炉，香气袅袅，颇有一种烟火人家的味道。他见到兰烛起来了，满是欣喜地朝她招手：“阿烛，过来。”

兰烛揉了揉眼，以为自己还没睡醒，这样的场景太像是她从前没有离开江昱成时常常做的梦了。

梦里他也像现在这样，站在树下。清风徐徐，他手里做着一些闲散的活儿。他长相古典，浅笑的时候极为多情俊美，眼里却只有她一个人。

兰烛觉得这像极了一场梦，可偏偏一脚踏下去，真实地感受到了脚下的鹅卵石的存在。

她不明所以地站在那槐树下。

江昱成见人来了，放下手里的白色陶瓷勺，走到兰烛身边拉着她往里走："本想做好了再叫你，谁知道你已经醒来了，看来你肚子里的小馋虫名不虚传，早就闻到味道了。"

兰烛许久反应不过来，只是被他拉着往那石凳子上坐。

院子在室外，树下生着冬日里特有的火炉，烤得她脚边暖洋洋的。

江昱成用那陶瓷勺从另一个炉子里舀上来些什么，背对着她，面对石桌捣鼓了一会儿后，端着一个白色的玉碟子过来，放在兰烛面前。

"阿烛，尝尝，新出锅的糖藕。"

兰烛看到糖藕，下意识地将其推开："我不吃糖藕。"

江昱成不由分说，用筷子夹了一块藕，哄道："你尝尝，很甜，真的很甜。"

兰烛看了看白色盘子里的糖藕，一段糖藕被切成了一片一片的，藕粉色的藕洞之间被松软的糯米填满，码放整齐的糖藕上洒了一层桂花蜜，很地道的做法。

他是怎么学会的?

江昱成试图将藕再往兰烛嘴边送，期盼地看着兰烛，眼睛干净得好似初春新落的雪。兰烛这一刻甚至生不出一点儿拒绝他的想法，尝试着咬了一口糖藕。

"怎么样？"他急于求得她的反馈意见。

糖藕入口软糯，甜而不腻，满口桂花香，是她许久未曾尝过的味道了。

那一年发烧吃过以后，她觉得世界上所有的糖藕都齁咸得要命。

只是有了那次母亲严厉的教育后，即便再想吃糖藕，一想到那咸得发苦的味道和发烧的夜，她就再也不想吃了。她也从来没有跟任何一个人说起过她爱吃糖藕的事情，他又是怎么知道的？

这糖藕要做到如此软糯，怕是要提前炖上两个小时，这才清晨，他又是什么时候开始做这些东西的呢？

“还可以，对不对？”江昱成出声打断了兰烛的思绪。

“嗯。”兰烛应了一声。

江昱成这才像是如释重负，轻轻抓过兰烛的手，握在掌心里：“阿烛，人间五味，各有各的口感，对吗？”

他的话别有深意，他像是看透了她心里那沉积的别扭情绪。

“若是你再想吃了，我让林伯给你送去，好吗？”

“送去？”兰烛抬头问道。

“嗯。”江昱成转头看向大门，“你瞧，浮京阁的大门又开了，从里到外的三道大门、边上的月牙小门、后面的后院门，都畅通无阻。阿烛，你可以走了。”

“我……”兰烛立刻站起来，往前走了几步，站在那灰黑色的铁门下，望向那朝她打开的大门，有些不确定，“我真的可以走吗？”

“走吧。”江昱成起身，背着手站在她身后，缓缓说道，“阿烛，我知道你想回剧团，剧团的所有人都在等你，槐京城的《白蛇传》许久不演了。阿烛，你去做你想做的事情吧，去成名成角儿，槐京城的人许久没有听到正宗的京腔了。”

兰烛回头，嘴唇竟然微微发抖。

“阿烛，我终究是欠你一句抱歉。”江昱成神色平淡，站在那台阶上，矗立在长风里，“对不起，阿烛。愿你往后，自由如风。”

兰烛站在原地，身体僵硬。她深深地吸了一口气，终于抬脚踏出了浮京阁。

晨间大雾弥漫，兰烛一脚踏出浮京阁，再回头，巷子尽头的景物已经一片模糊，那屋檐的棱角都分辨不出来了，四周安静得听不到一点儿声音。这缥缈的离世感让她蓦然生出点儿重回人间的感觉来。

她最后回头看了一眼，就连那只终日黏着她的黑狗也没有出现，最终她面前只有一条路，就是朝着光亮清晰的地方走去——远离这场大雾。

她走出巷子口，站了好一会儿，拦下车，打车去兰家剧团。

她在车上整理着思绪，迫使自己专注地想一会儿要见到的人，也不知道小芹怎么样，其他人怎么样，林渡怎么样。

她纠结不安地坐在车上攥着手，眼见着车越开越近，终于看到了兰家剧团的牌子。她从车上下来，朝门走近，叩了叩门。

门“吱呀”一声开了。来开门的是个小师妹，看到兰烛后兴奋地说道：“兰角儿，您回来了！”

她高声一叫，吸引了许多人过来。

熟悉的脸庞一一出现在兰烛面前，他们七嘴八舌的，兰烛一时间都不知道该和谁说话好。

小芹慌慌张张地跑了出来：“阿烛！阿烛！”她一把抱住兰烛，“你可回来了！”

小芹抱着她左看右看，像是在确认她有没有事，而后又小心翼翼地往她的身后看去：“你是一个人回来的吗？”

“嗯。”兰烛点了点头。

小芹小心翼翼地问道：“二……二爷，他……他肯让你回来了？”

“是，他让我回来的。”兰烛如实说。

“阿烛——”小芹身后快步走过来一个男人。

兰烛微微惊讶道：“林渡？你还没有走吗？”

协议没了，他应该带着林老板的那些人回去才是。

林渡：“我怎么能走？我说过会在兰家剧团等你的，当然不能走。”

“太好了！”

院子里围着的一群人欢欣鼓舞，动情得说话间都带着哭腔。

“兰角儿，南妄市的事情我们都没有怪你，你又何必怪自己？你怎么可以狠心几个月都不回来看我们呢？”

兰烛在众人的簇拥中看了林渡一眼。林渡朝她点了点头，想来应该是林渡扯了个她愧疚不安难以回来见他们的谎，帮她把事情圆了过去。

她用眼神道了声谢，回头对院中的人说：“从前是我做得不好，是我太脆弱，让大家替我担心了，实在是过意不去。”

“好了，好了，快别说这些见外的话了，如今您和林先生都回来了，一切都回到了曾经美好的日子。林先生，先说好了，今天晚上您可不能再拦我们了，我们可是要喝个不醉不归，至死方休！”

林渡站在庭院长廊下，背着手笑着：“行，不拦你们！”

而后，他往前一步，张开怀抱：“阿烛，欢迎你回来！”

兰烛愣了愣，反应了一会儿，终是微微一笑，回应了他的这个拥抱。

他靠近，在她耳边说：“阿烛，辛苦了，手好些了吗？”

兰烛松开手，站在距他半米远的地方，把自己的手拿出来让他看：“让你担心了，小伤。”

“那现在伤口愈合了吗？”他问这话的时候，没看她的手，而是看着她的眼睛。

不得不说，林渡是兰烛遇到过的最有分寸感的人。他明明什么都没有问，却好像什么都问了。

兰烛点头：“愈合了。”

林渡：“往后，还会复发吗？”

兰烛一瞬间想到了消失在大雾里的江昱成，淡淡一笑：“不会复发了。”

她知道，江昱成是一道开在她的心口上的伤疤，不管怎么样，伤疤最后都会愈合。她看着周身逐渐消散的雾气，想来刚刚那场大雾应该已经抹去她心口这触目惊心的伤疤了。

“好了，好了，都别愣着了，咱们把后院收拾一下。今儿晚上啊，雪中赏月，雪中对酒，喝个不醉不休！”

周围的人忙碌起来，后院的石桌上添置了热气腾腾的饭菜，兰烛又回到了自己的剧团里。从前，他们也会像今天一样坐在一起，讨论同一个爱好，钻研同一个行当，说到兴头上，就拿着酒杯相碰，感慨着人生的百种味道。

兰烛再度坐在那石桌旁，此刻听他们讲起人生来，却突然多了别样的感觉。

她说不上来那是什么样的感觉，要说得具体一点儿，就好像看到一朵春花死在万物生长的谷雨季节里，一只大雁在南归之前奄奄一息，一群骆驼瘫倒在临近水源的地方……

她多了一些“本可以”“本应该”，最终却服于命服于世界的宿命感，少了向外的锋利和不甘一面。

重获自由，重新回到自己喜欢的事业中，身边的朋友笑容灿烂、彼此信任，这本来是世界上最快乐的事，可是她也不知道自己是怎么了，总是有一种微微的遗憾感。

“阿烛，你发什么呆呀？”小芹用手肘戳了戳她，“你瞧瞧，你最爱喝的荔枝酒，专门上街给你买的。

“来啊，让我们庆祝新时代的到来！”

小芹把那荔枝酒倒满，所有人都把那酒杯拿得高高的，朝着那安静的霜月，朝着充满希望的明天举杯畅饮。

兰烛拿过酒杯，手上的红玛瑙串碰到了玻璃浅口杯，发出轻轻的声响。

她恍惚了片刻，而后也像其他人一样，把手中的杯子举起来，碰上了大家手中的杯子：“来吧，让我们庆祝新时代的到来！”

槐京西郊的独栋别墅院落是赵家老爷子送给侄女赵昭昭和侄女婿钦书的新婚礼物。

赵昭昭身体柔弱，西郊风大，她不爱往这儿跑，这别墅院落就成了钦书和几个赵家的门客往常商议事情的地方。

鹅卵石铺就的院落里站着一个面容儒雅、身形偏瘦的男人。

这个男人身旁的另外一个人压着嗓音说道："钦老板，就是这么个事情。"

钦书看着窗外，没回头："他江昱成，同意了？"

"是，那晚江家老爷子和江二爷的谈话，我都听到了。"

钦书对着窗外嗤之以鼻——就为了个女人，江昱成竟对自己下得了如此狠的心。

站在钦书面前的男人继续说道："江老头儿倒是真狠得下心。俗话说手心手背都是肉，他倒好，偏袒得如此明显。"

"要不说江家大公子光风霁月，江家二爷人人怕之呢？说起来江二爷的生母也没有被江家老爷子承认过，江月梳的母亲才是江家老爷子满意的赵家的人，更何况，江月梳也是江家老爷安排在里面的人，地位举足轻重。他江昱成看似掌握了江家整个命脉，实则被江家老爷子吃得死死的。到底谁是亲孙子，已经很明显了。"钦书淡淡一笑，"所以说，要驯化一匹狼，最好就是从幼时开始。不过我倒是没想到他要反，这对他来说是百害无一利的事情。"

"看起来江家二爷这是铁了心要与江家撇清干系了。钦老板，依我看，这是我们的好机会，不如我们动了那些安插在江家的内应，杀江家老爷子一个措手不及。"

"江家可以一口一口地吃，江昱成再反，要的不过是不让他祖父拿着他母亲的事情处处压迫他而已，江家的百年基业，他不会坐视不管的。只要他还会伸出手来，我们的事情就很难办。眼下最关键的是，怎么能在这场局面中把江昱成淘汰了。"

"这……"钦书对面的人显然倒吸一口冷气。他知道赵家这位侄女婿是个心狠手辣的主儿，听此人的意思是，还想对江家二爷下手？

他只得惴惴不安地回道："钦老板，再怎么说，江家老爷子这么做也不会要江家二爷的命。只是据医生说，江家二爷这体格免疫力过强，反应会更强烈些，虽说他不怎么适合做这个手术，但也只是休养的时间会长一些，往后的不适感会多一些，对性命应该是无虞的啊！"

"就是因为对性命无虞才不行！只要他在一天，江家就倒不了。江昱成再怎么恨他父亲，恨他祖父，也不会对整个江家坐视不理。只要他还能恢复，我们就吞不下江家。除非，江昱成彻底对江家死心。”

“那您的意思是……？”

钦书勾了勾嘴角：“他江昱成不是很想知道他母亲在哪儿吗？那就把真相告诉他。”

那人弓着背，听完这话，牙齿忍不住颤动，哆哆嗦嗦地说：“钦老板，高见。”

“慢着。他为了一个女人要付出这么大的代价，找个机会用那女人试试，看他江二爷对这女人的心思有多深。”

“是。”

浮京阁的东边正厅里，江昱成正拿着狼毫在宣纸上写字。

林伯进来，看到落笔的几个遒劲大字，恭敬地说道：“二爷，阿烛姑娘已经回了兰家剧团，一切安好。”

“好。”江昱成放下手里的笔，“既然这样，那我们收拾东西吧。”

江昱成转身打开自己的衣柜门，找了些轻便、舒服的衣服。

林伯为难地看了一眼江昱成，欲言又止。

那晚，他陪二爷去的江家老宅。江家老爷子勃然大怒，说他江昱成想斩断与江家的关系而活是绝无可能的事。

江昱成说有一样东西他愿意换，只要江家祖父肯放母亲回来。

江云湖微微发愣，这才偃旗息鼓：“原来你都知道。”

江昱成：“您这些年想做的事情不就这一桩吗？您不知道如何对我开口，对吗？您不是怕伤了和我的感情，而是怕我不再为您所用了，是吗？但您知道，这事吧，兜不住。

“祖父，总有一天您要说的，不如现在我们把这事交代清楚，自此后，江家的事与我就再也没什么关系了。”

…………

江昱成等了许久也没见林伯过来，回头说道：“愣着干什么？过来帮忙啊。”

林伯咬了咬牙，“扑通”一声跪了下来。

“林伯，你这是干什么？”

“二爷，您不能答应哪，您的身子情况您又不是不知道。”

“林伯，检查结果早就出来了，我是最匹配的。”

“二爷！江老爷子还有别的选择的，不是非您不可啊！”

“找别人，他要欠情分，找我就不一样了。他不用欠任何人情分，这是我作为交换要付出的代价。”

“可是——”林伯痛苦万分，江昱成以为自己做了这样的交易之后就可以换回他母亲了，可是……他根本就不知道真相到底是什么。

“林伯，你怎么是这样的表情？你应该为我感到高兴，今晚一过，母亲能回来，我也不用再遭受桎梏，往后我的人生怎么活，我自己说了算，再也不会有人用那样的话去伤害阿烛，我终于能获得自由了。你怎么不为我感到高兴呢？”江昱成把林伯扶起来，宽慰道，“我会以全新的面貌去遇见阿烛，像一个正常的男人一样，察觉她的喜怒哀乐，做她需要时的依靠。再有，我可以偷偷地把戒指藏在花里，藏在蛋糕里，藏在我从前觉得烂俗到极致现在又浪漫到让我羡慕的那些桥段里……那样的新篇章，是不是听起来就让人欢欣雀跃？”

林伯一把年纪了，此刻却泪眼婆娑。

江月梳的病，从娘胎里就有了。江昱成出世后，江家老爷子连夜赶过来，抽了江昱成半管血。待江昱成再大一些，这样的适配测试也一直在进行。那个时候的江昱成只是仰着头问祖父：“这是干什么？”

江家老爷子淡淡地回道：“有用。”

“阿成有用，祖父就会来看我们吗？那父亲是不是也会来看我们？”

江家老爷子拿着针管，回头望了江昱成一眼，没说话。

江家老爷子从来就打算好了江昱成的路，盘算好了这么一天。哪怕江昱成不做交易，他的路也早已经被铺好了，这跟他能不能换回母亲没关系。

江昱成，是这条路上唯一的牺牲品。

林伯看着江昱成自小长大，太明白他是一个怎样的人了。

十八年的真相，实在是太过于残忍，埋了这么久的秘密，即便他总有一天会全部知道，但是现在哪怕有一丝能瞒他的可能性，自己还是得瞒住！

林伯终究没有说出口。

反倒是江昱成宽慰林伯，像一个普通的晚辈宽慰一个心事重重过于忧心的长辈一样，拍了拍林伯的肩膀："林伯，只是半个肝脏而已，能长回来。再说了，大哥平日里待我不错，我不亏的。"他眉眼一松，整个人少了许多曾经的冷峻感，轻松地说道，"你应该为我感到高兴。"

林伯最后陪江昱成坐在医院尽头长长的椅子上，壁上的钟一分一秒地走着。

护士来叫人，江昱成换上了病号服。临行前，江昱成还是拍了拍林伯的肩膀，随后他的影子渐渐消失在医院窄窄的通道里。

上一秒，上麻药。

下一秒，世界混沌。

剧团重新开展工作倒是挺顺利的，只是小芹急匆匆地赶来，说林渡的车在回来的路上出了意外。

据说在一个监控盲区，行人要穿过马路，司机停车让人的时候，后头有辆大卡车的司机疲劳驾驶，卡车撞了上来。

本来今天这场局是兰烛去参加的，林渡说那个客户十分难缠，怕兰烛应付不了，才说不如自己走一趟。

兰烛听闻消息后火急火燎地往医院里赶去，直到闯到急诊室里看到坐在那儿包扎伤口的林渡，终于松了一口气。

"怎么样林渡，你伤到哪里了？"她掰着他的手检查了一圈。

"哦，没事，阿烛。擦了点儿皮外伤，你瞧，已经包好了。"

"怎么会发生这种事？大白天的疲劳驾驶？有没有别的问题？"

林渡摇了摇头："应该没有。我报警了，警察说这司机开了一天一夜的车了，是疲劳驾驶。"

"幸好人没事。"兰烛松了一口气，但总有些隐隐不安，"对不起，我不该答应让你去的。”

“什么对不起？还好我没让你坐那车，你说万一你再出点儿什么事，你让我怎么办呢？”

他在人来人往的急诊室外见到她朝自己跑过来，她从来淡漠的脸上出现了让他动容的担忧之色，那一瞬间，他倒是有些庆幸，庆幸坐上这辆车的人不是她。

他一只手上还缠着绷带，动弹不得，另一只手轻轻揽过兰烛。他坐在急诊室外面摆放杂物的桌子上，揽过她，刚好能让自己的下巴抵在她的肩膀上。

兰烛微微抬眼，本能的反应是往后撤退。

“阿烛，给我两分钟好吗？”他单手抱着她，轻声说道。

她站在拐角处，看到的是医院长长的走廊，四周都是消毒水的味道，她的手无措地摩挲着自己的衣服。她面前的男人，干净，清朗，彬彬有礼。

“阿烛，我想跟你说点儿实话，想捅破这层窗户纸。除了做你的搭档，我不怀好意地还存了其他心思。”

她很难反应，只是呆滞地看着走廊的尽头。

“你要不要考虑跟我交往看看？”

交往？是谈恋爱的意思吗？她要跟林渡谈恋爱吗？她爱他吗？爱是什么？

林渡好吗？林渡很好。

可是……

“阿烛，可以不用着急拒绝我的，就当给我个机会，让我们换一种方式相处试试？或许，我们会很合拍。”

他眼神真诚，耐心地等着兰烛的反应。

换一种方式相处……她要试一试吗？

林渡各方面都很出挑，走在路上绝对是女生都会多看一眼的存在。况且就像他说的那样，他们很契合，剧团上的事一直相扶相依，彼此也都很了解，或许她也该接受一段平等开始的关系了，一段健康、彼此信任、给予彼此空间的关系。

她可以试着接受一段新的感情了吗？

兰烛没说好，也没说不好，抬起眼，眼神有些恍惚。

林渡从桌子上下来，微微俯身，吻在兰烛的额头上。

她这次没有反抗，也没有抵触。她尝试着接受另一个男人身上的味道，没有如夜雾浓重难以散开的松木味，没有如霜雪一般袭上几天都挥洒不掉的清冷感，而是一种清新的、淡淡的、温暖的味道。

她被他抱在怀里，一瞬间有些恍惚。她要开始爱别人了吧？

兰烛看到医院的白色长廊上面容倦怠的病人来来往往，看到眼泪还未抹干、互相搀扶慰藉的家属，看到走廊尽头的电梯开开关关，一些脸色苍白的人进进出出。

她动了动嘴唇，想要说些什么，忽然在那人堆里对上了一双眼睛。

狭长的眼睛里全是倦怠的神色，原先如墨般深不见底的眼眸，此刻被一层薄薄的阴影笼罩着，他身子被裹在医院蓝白条纹的病服里，像一具没有灵魂的躯壳，只能凭借那长长的输液吊杆勉强地立在那儿，好像只要有人经过，那走路带来的风就能把他吹倒一样。

错愕、震惊、疑惑的情绪一瞬间都充斥在兰烛的脑海里，她甚至在想：刚刚林渡的那个吻是不是也被他看到了？

他的眼神如此空洞，那是她不曾见过的江昱成——他脆弱得好似只要一阵风就能把他撕成碎片。

偏偏他还站在那儿，动了动嘴唇。兰烛分辨着他的口型，却一个字都读不出来。

电梯里又下来一帮人，如潮水一般汹涌袭来，兰烛眼睁睁地看着他落入人潮中，随之漂荡。

“走吧阿烛——”林渡拉着兰烛远离这过来的人群。

兰烛再回头，却什么都看不到了。

初春化雪，林渡的叔叔林老板来了一趟槐京。

林渡带着林老板逛了逛槐京城，林老板走之前，从包好的信封里拿出了一对耳坠子，说那是从前乌紫苏在他那儿演出时留下的东西。

那耳坠是对珍珠，模样精致小巧，兰烛接过后，想来想去，决定送给紫苏姐姐从前最在意的人。

她收拾东西，让林渡陪她去了一趟边城。

大半年不见，边城换了个样子，接连不断的新楼拔地而起，唯独绕过那高楼，有一块独自留下的小田野地，篱笆上还有入冬凋零的藤蔓，彰显着那儿曾经在夏天开过紫色的牵牛花。

兰烛推开院门，听到里头“嗒嗒嗒”的脚步声，循声望去，果然看到了拿着“金箍棒”跑出来的小猴子举着棒子对着自己：“何……何人？”

等到看清兰烛的脸的时候，她把棒子收了回去，“啊啊啊”地叫着跑了回去。不一会儿，门里就出来个围着布围裙的男人，他手里还拿着颜料盘。看到兰烛，他微微一愣，随即脸上荡漾出一个微笑：“你来了。”

他连忙邀请人往里走，屋内跟从前一样煮着茶水。

林渡给了他们空间叙旧，带着小猴子去了后院。

兰烛：“小猴子怎么在你这儿？福利院不去了吗？”

白兖：“去的，不过一周回来一次学画画。你知道的，她画画很有天赋，我就想着自己带她，或许真有一天，她就成天才画家了。”

兰烛笑了笑：“也就你有耐心，人家的理想明明就是成为天才猴子齐天大圣。”

“小猴子已经好多了。”

“真的吗？”

“是啊，那福利院对接了一家专门治疗儿童自闭症这方面的机构，效果不错，她的状况好了很多，说起来，还得谢谢你。”

“谢我做什么？”

“不是你专门让人找来这家机构的吗？福利院院长对我说的。”

兰烛愣了愣，想起来了。她那个时候因为乌紫苏离世郁郁寡欢，江昱成说他找了一家机构能帮她们。她从前也就听过就算，没放到心上去，没想到江昱成还真的说到做到了。

“哦，这机构应该是那位江家二爷找的。”

“江家二爷？又是他吗？”

“又？‘又’是什么意思？”

“原先要拆这儿的开发商说，我们能留下来是因为江家二爷买了这儿。我试图联系过他，可人家说让我们安心住着就行。我一直没有找到机会对他说声谢谢，你说非亲非故的，哪里能随便承人家这么大的恩情？对了，阿烛，你不是跟江家二爷很熟吗？你能帮我安排一下让我当面跟他说声谢谢吗？哎，或许人家很忙，这样吧，我这儿有几幅珍藏的画作，你帮我拿回去给他，就当是我的一点儿心意。阿烛，阿烛？”

兰烛被白究轻轻地拍了一下肩膀，才从自己的思绪中清醒过来。

原来那个留下小猴子的家园的人不是郭营，是江昱成。

兰烛想起那段时间，江昱成为了边城的事情时常被江家刁难，莫不是因为保了这块地？

她曾求他留下这块地，可一直以为他不会为了她做这样的决定，即便求他也于事无补。可是他真的为她这样做了，而且做了之后，没有用这事来向她讨得半分好处。

兰烛叹了一口气：“白先生，这事我帮不了您，我跟江家二爷已经不来往了。”

“哦，这样吗？”他道，“是我唐突了。”

兰烛回神，最后拿出包里用信封装着的那对珍珠耳坠：“希望小猴子能好起来。这是紫苏姐姐的东西，小猴子是紫苏姐姐生前最在乎的人，还请您帮小猴子保管。”

白究看了看那对耳坠，虽有些犹豫，但最终还是没拒绝，收下了。

兰烛走到院子门外，看到林渡坐在那儿，正陪着小猴子在地上的雪堆上画画。小猴子下笔潦草随意，却莫名其妙地带出了墨色山水图的意境，想来真的像白究说的那样，她在这方面确实是有天赋的。

兰烛不由得想起自己曾经问过乌紫苏，如果以后乌紫苏有了自己的孩子，还会不会让孩子继续学京剧。

乌紫苏当时毫不犹豫地说，当然会。学京剧的人肉眼可见地越来越少，她上不了台做不了刀马旦，但这行可不能没人学了，不管怎么样，她都希望她的孩子能像她当初一样拿起红缨枪，耍刀剑，杀四方，开嗓喝退三军。

如今兰烛遇见小猴子画在地上的这幅写意派山水图，倒是别有一番难言的情绪。

紫苏姐姐这么聪明，是不是早就知道了，保小猴子他们的是江二爷而不是自己呢？她那天充满希冀地想从兰烛这儿获得肯定，说她是不是也并非一点儿用处都没有，本质上是想获得救赎吗？

所以江昱成不是不懂人情冷暖，而是太懂了，所以才没有戳穿紫苏姐姐，才让紫苏姐姐满意地做了这一场梦。

他永远站在暗处，静默不语，却在必要时出手，不留痕迹。

林渡撑着伞过来："阿烛，我们走吧。"

小猴子站在他旁边，乖巧地出声说道："再……再见。"

兰烛看到她的脖子上戴着的虞美人吊坠，俯下身子来，蹲在她面前，想要拿起坠子来看看，谁知小猴子退了一步，用手护住脖子上的东西，着急地说："姨……姨！"

兰烛知道，她说的是乌紫苏。

兰烛站了起来，忽然就想去乌紫苏的墓前看看。

踏着薄雪，她逛遍了槐京的花圃，最后买到了一小束刚刚培育出来的、生机勃勃的虞美人。她没让林渡陪着，而是自己带着些淡淡的桂花酒，上了西山的墓地。

陵园偏僻，乌紫苏走得仓促，陵园没有好位置剩下，只有角落里那崎岖不平的一块空地还无主人。

她简单地把乌紫苏的墓前空地收拾了一下，把那束虞美人放在墓前，却见石碑下已有一束枯萎的虞美人躺在那儿。她有些疑惑：除了她和白究，无人知道乌紫苏的墓地在这儿，又是谁送的花呢？

她对着灰白色石碑上笑颜依旧的人嗔怪道："瞧，紫苏姐姐，你活着的时候，一双桃花眼就颠倒众生，现在走了，还有爱慕者给你送花，你倒是不孤单哪。”

兰烛把桂花酒拿出来：“知道你爱喝洋酒，可惜我不爱，就带了桂花酒。你别怪我，你知道我的脾气——任性妄为、执着自我，但没办法，你从前宠我，随着我的脾气来，每次都喝我带的桂花酒。现在我还是这样，免得以后你见了我，说我变了。”

兰烛仰头，将酒盏中清澈的酒一饮而尽：“也怪我，许久没来看你了。紫苏姐姐，在你离开的这快一年的光景里，发生了好多事情哪！哦，忘了跟你说了，我离开浮京阁了，你意不意外？

“你跟我说，不要成为第二个乌紫苏，我牢牢地记在心里了，你瞧我现在，自由又潇洒。紫苏姐姐，你有爱的人那就是有弱点，这弱点真致命哪！你瞧，阿烛没有爱的人，阿烛是冷血心肠……”

兰烛说着说着感觉到脸上滚烫，用手背一擦，竟然全是泪：“我比你有出息多了，对吗？

“世界上能这样坐下来聊聊天儿的朋友好少啊，从前江昱成算一个。不过他只会安静地听我说，一句话不插的样子跟你现在一模一样。哦，对了，我要跟别的男人交往了。我知道你要皱眉头了。从前我说我要偷偷地在江昱成的脚背上画乌龟的时候，你也说不妥。在你看来，阿烛总是要做些离经叛道的事情，所以我做什么事之前，你总是劝我不要冲动。不过这次你放心，他叫林渡，人挺好的。紫苏姐姐，早知道从前我就不要一门心思地想着怎么在槐京出人头地了，还是早早地问问你，爱一个人的具体感受到底是什么样的。想起来痛彻心扉那种，肯定不是爱，对吧？

“你瞧我，自顾自地跟你说了这么多话。告诉你一个好消息吧，小猴子过得挺好的，越来越好了，至于你的亲生女儿，流年岁月颠簸，还是得再费些心思。你若是等不及了就托梦给我，带点儿她的消息给我，我好替你去找她。只不过找到之后，我要如何跟她说呢？说她母亲安静地躺在这里了，她再也见不到了？那真是好消息后面跟着最大的坏消息了，要不我们不找了？

“我逗你玩的，还是得找是不是？我会努力的，紫苏姐姐。”

兰烛絮絮叨叨，本来还想说些关于钦书的事情，可是一想到人家飞黄腾达，娶了富家小姐，就差掌握赵家大权了，这日子过得比从前还要好，说他干什么呢？徒增不开心罢了。紫苏姐姐要是真有办法，早就拖他去地狱了吧。

“说了这么多，天色也不早了，我该走了。”

兰烛起身，收拾了墓前的东西，眼睛余光瞥到了在乌紫苏的墓碑旁边那座更为不起眼的墓碑。

坟冢上分不清季节放肆生长的草被薄雪压弯了腰，一旁枯掉的树枝半截身子倚在那墓碑上，陈年的蛛丝一圈一圈绕成了细密的网。

藏在最不起眼的西山一角，想来这墓应该许久许久没有人来打扫了，兰烛随手把那枯树枝扶起来，当作工具扫开那蛛丝网，又顺手把那坟冢边上的杂草整理了一番。

整理完，她又想到擅自动别人家的墓碑太过于冒犯，想看一眼墓碑上的主人名号，给他老人家道个歉。抬眼看去，她却发现那墓碑上空空如也，什么都没有刻。

墓主无名无姓，无亲无故。

兰烛从西山回来后不久，医院那边就打电话过来，说兰庭雅最近不知道怎么了，嚷嚷着要出院。

兰烛这三年去看她的次数寥寥无几，私立医院那儿只要钱给够了，没什么必要的事情不会给兰烛打电话，这倒是头一遭。

兰烛随即赶去了医院，见到兰庭雅后，兰庭雅神色正常，清醒地连忙拉着兰烛就往外走：“阿烛，我要回杭城去。”

“您这是怎么了？好端端的回杭城去干什么？”

“如今你是快有家室的人了，我不能在这里给你丢人了。我可不想让我的女儿被别人说有个疯疯癫癫的母亲。”兰庭雅拉着兰烛就往外走。

兰烛惊讶于兰庭雅的清醒样子，回头看了看林渡。难道是林渡出现，让兰庭雅以为自己要有伴侣了？

“妈，您说什么呢？您怎么会给我丢人呢？”

“你快点儿，给我买回去的火车票，我现在就要走。你要是不把我送走，我就自己走。”

“妈！”

“哎呀！我不过是要回老家，你为什么不让我回去？我住在这种地方干什么？烧钱烧死，我回家不行吗？我有手有脚的，不能伺候自己吗？”兰庭雅越说越激动。

护士、医生拥上来一大堆，七手八脚地就要给她打镇静剂。

林渡把兰烛拉到了一边：“阿烛，看阿姨现在的情况，你不如她的意她可能会更严重。剧团最近的演出也不多，不如我陪你带她回一趟杭城吧，先稳她几天？”

眼下也没有更好的办法了，兰烛只得先带着兰庭雅往杭城走。兰庭雅状态时好时坏的，这会儿看状态还可以，但兰烛不知道这好的时间能撑多久。

兰烛带兰庭雅回杭城本不想劳烦林渡来陪，但林渡说，她怕不是忘了答应过他，对他们的感情愿意进一步尝试。林渡说这种时候，如果自己不能陪在她的身边，会让他感觉自己很失败。

兰烛最后同意了，三个人回了杭城，兰庭雅还嚷嚷着一定要回到原来的老房子住。

老房子三年未住人，兰烛费了老大力气才收拾出来。街坊看到兰庭雅带着女儿回来，身边还跟了一个才貌出众的青年，打着招呼道：“哟！阿烛回来了，这是你男朋友吧？长得真帅！”

兰烛讪讪地笑了笑，看了林渡一眼，正欲解释，兰庭雅却先行回了话：“是啊！我未来女婿，怎么样，帅气吧？！”

“可不吗？小伙子一表人才，和阿烛站在一起那是郎才女貌，登对得很！”

林渡笑着道了谢。

兰烛用口型说着“不好意思”，林渡用口型回了她一个“乐意至极”。

晚饭后，兰烛陪兰庭雅回了房，想起白天街坊说的事情，还是嘱咐道："妈，你以后不要跟别人说什么未来女婿了，这事还没定呢，你不好乱说的。"

兰庭雅铺着床回头数落她："你这孩子，我也不是第一次跟小成见面了。我看小成挺好的啊，你为什么不给人家一个机会啊？"

兰烛有些无奈："妈，我跟你说了好几次了，人家姓林，不姓陈，再说你什么时候跟他见过面了？"

兰庭雅："这我就不跟你说了。总之啊，我住在这杭城就好了，槐京哪，我就不跟你回去了。"

"为什么啊？"兰烛百思不得其解。

兰庭雅这辈子最大的心愿就是回到槐京去，怎么突然就说要留在杭城了呢？

"妈，你让我怎么放心把你一个人留在这儿呢？"

"那女儿大了，要离开家、离开妈妈不是很正常的吗？你总要成家的吧，哪里有人成家后还把自己母亲带在身边的？哦，对了，说起成家，还有件事。"兰庭雅低头在房间里忙碌起来。

"您找什么呢？"

"我放哪里了？我记得我就放在那衣柜底下的抽屉里的。"她翻了几个抽屉也没找到，逐渐焦躁起来。

"妈，您找什么啊？您别着急，您跟我说是什么东西，我来找。"

"你外婆留下的一对翡翠手镯，我就藏在衣柜下面的抽屉里，这怎么没有了？"

"或许您忘了，您别急啊，我找找。"兰烛翻了一圈柜子，没找到她说的手镯，疑惑地看了一圈后，来到床边，趴下来看到床底下果然放着一个盒子。

她把那东西拿出来，兰庭雅一看到那盒子，眼神立刻聚焦："就是这个！就是这个！"

兰庭雅用纸巾细致地擦干净那盒子，然后小心地打开。兰烛一看，里面真的有一对翡翠镯子。

兰庭雅用手巾包裹着拿起其中一只镯子，即便是在昏黄的灯光下，那镯子也透亮分明。

“把手给我。”兰庭雅回头对兰烛说道。

兰烛伸手，镯子被戴在了她的手腕上，很是好看。

“这是你外婆留给我的，说是让我结婚的时候戴。你知道你妈我这辈子没结过婚，也就没有用上，如今你找到了爱你的人，这对镯子就归你了。你妈我没什么用，这些年来也没攒下什么钱，不能帮你置办丰厚的嫁妆，也就这么一对镯子。”兰庭雅说这话的时候，整个人柔和下来，“好在我们阿烛懂事、勤奋，能给自己争得一片天来，我也好安心让你在槐京生活。”

她说这话的时候，让兰烛觉得她说她要从槐京回来，不是在清醒和混沌交错时一时冲动做的决定，而是早就想好了，是在她清醒时决定的。

兰烛的眼睛酸酸的，兰庭雅太清醒了，清醒到让兰烛有些难过——她该早点儿去看看兰庭雅的，而不是总把自己困在旧时光的桎梏里，自以为所有人都没有变。

她一头扎进兰庭雅的怀里，闻到兰庭雅身上已经许久未现的淡淡皂角味道，有些哽咽地说道：“妈，您不是说我要努力去槐京，努力上台唱戏的吗？那不是您这辈子对我的最大期待吗？如今我在槐京了，为什么您却要走了？是我做得不够好吗？您这辈子最大的心愿不就是回到槐京吗？”

“傻孩子，你做得够好了，我这辈子最大的心愿是你啊！从前对你严苛是盼你成才，如今你已经在槐京站稳脚跟了，我也该回来了。”

“您就不能跟我一起在槐京生活吗？”

“你怎么总是说小孩子话？你如今也是快有家室的人了，小成的人品我信得过，但是槐京城大，你管不住别人的嘴，有我这样一个母亲，别人会怎么想你呢？我可不想让我的女儿被别人非议。你不用担心，我就在这儿住几天。我不是不知道我的病情，过两天我就住到杭城的康复医院去。”

“妈——”

“好了，别再说了，你老实跟妈妈说，小成待你好不好？”

兰烛抬头，想到她寒冷时林渡为她添衣，她困倦时林渡用肩膀给她依靠，出声道：“他待我挺好的。”

“那就好，我就说我没有看走眼。对了，后来他给你做糖藕吃了吗？”

“糖藕？”兰烛一脸诧异，“什么糖藕？”

“就是那次我教他做的糖藕啊，他那三日啊日日都来，说要向我请教一二。一个大小伙子，做事还挺细致的，我说的那些注意点，他一字不差地都记下来了，一次比一次做得好。等到最后的时候，我都跟他开玩笑说，以后你跟着他，不管发生什么事，好歹他还学了门做糖藕的手艺，还能上街摆摊去。你知道他跟我说什么吗？”兰庭雅笑了笑，看着兰烛，脸上全是温柔的神色，“他说啊，上街摆摊是不可能的，他谁也不卖，说这糖藕啊，是只为阿烛一个人学的。”

兰庭雅絮絮叨叨地还说了许多话。

她说的不是小陈——原来是小成，是江昱成啊！

那日清晨，他守着一方烟火，那样期待地看着自己，等着反馈意见，原是找了兰庭雅学了这些天，试验了一次又一次，才将糖藕做到那般甜而不腻、松软糯口的程度。

他在那槐树下看着她，笃定地告诉她：“很甜。”

想来，他见过兰庭雅，应该知道了她心里埋藏过的秘密。但他未曾向她提起，也未曾向她索取什么，只是在带给她这份甜意后，把浮京阁的大门打开，与她说一句抱歉。

兰烛心里泛起点点涟漪。她合上了兰庭雅的屋子的门，坐在院子里，听着春日即将到来时雪融化的声音。

村子里传来狗叫声，外边传来踏雪的脚步声，那脚步声越来越近，到最后，兰烛听到那脚步声停在了她家的屋檐下。她朝院子外的门看去，听到外面有人敲门，于是回了一声：“谁？”

外面的声音传来："阿烛姑娘，是我。"

兰烛听出那人是林伯，不禁感到疑惑：林伯怎么会来这儿？

她连忙打开门，林伯撑着把伞，带着几个人恭敬地站在门外。

"林伯？您怎么来了？进来说。"

"不了。"林伯推辞道，"阿烛姑娘，我在外头就行。您方便吗？我想跟您说几句话。"

"您说。"兰烛隐约有些不好的预感。

她在浮京阁三年，不管江昱成去了哪里，林伯都不会离开浮京阁，这次却千里迢迢地来到了杭城——江昱成在槐京到底出什么事了？

风雪下，来人低声说着，兰烛屏气，天气湿寒难挨，她听到了自己胸腔里的心跳声，耳边放大着春雪融化的声响。

最后，她目送着来人又消失在风雪小路的尽头，隐约听到了林伯长长的一声叹息声。

她藏在绒衣袖子下的手动了动，最后她关上了院子里的门。

一夜风雪，她辗转难眠。

第二天，兰烛依约早起跟林渡上灵隐寺。

今日上灵隐寺是他们之前就说好的，林渡未在灵隐寺求得圆满，听说灵隐寺的十八籽菩提手串很出名，于是今日早早地就带着兰烛上山了。

香客往来，售卖十八籽菩提手串的摊位前排了很长的队伍，兰烛混在人群里，对着晨间还在飘荡的雪花出神。

林渡看出她心思游离，把手里拿着的另一把伞递给了她："阿烛，你去逛逛吧，我在这儿等着就好。"

兰烛这才意识到自己在走神，有些不好意思："对不起啊，我昨晚没睡好。"

"没事。"林渡摇了摇头，"你在这儿等着也是无聊，刚刚上来的路上，我见那山间雪落得极美，你可以往那个方向走走，当心路滑。"

"嗯。"兰烛接过伞撑开，走出了那个屋檐。

她心下忽然感到不安地回头看了林渡一眼。他仪态出挑地站在人群中，是一道让人难以移开视线的风景线，可是她偏偏心不在焉。

她的脑子里，想的全是那天在医院看到的江昱成的样子。她想要选择性地忽视那天她明明看到的场景，看到他变得薄如纸片般脆弱，想到他偏执并且病态地告诫自己不要回头。

就连昨晚，林伯如此为难地来告诉她江昱成的近况，希望她能回去看一眼，她都没有答应回去看一眼。

江昱成说得没错，她的心当真是铁做的。

兰烛循着那台阶往下走，出了那偏殿后，看到有几个解签卖符的江湖神棍的摊子破破烂烂地支在那儿，鲜有生意。

再往下走了一步，她感觉自己的手腕上像是什么东西松了，耳边传来“叮咚”的声音，低头一看，原先绑在自己的手腕上的红绳断了，玛瑙掉在地上，顺着台阶滚了下去。

兰烛一瞬间有些出神。

她突然想起南妄市一事，江昱成把她从土崩瓦解的南妄市接了回来。她呆滞地坐在浮京阁的院子里，听到外面的人骂江昱成是有娘生没娘教的杂种，他却毫不在意地蹲在她面前，在她的手腕上绑上这条粗糙的玛瑙红绳。

她想到林伯说的那个他被所有人瞒了十八年的秘密，看着那血红的珠子在青砖石板上的雪水中滚落，心下一疼，连忙追着那珠子跑了下去。

她慌乱地从雪中捡起那散落的红绳，台阶上突然出现一双鞋。兰烛抬头望去，视线对上了一双陌生的眼。

那人一副神棍打扮，帮她捡起地上的红绳，见兰烛抬头看他，把手里的红绳递给了她：“姑娘，这姻缘绳断了就不灵了，捡起来也没有用的，你得重新求一条了。”

他一看就是来揽生意的，兰烛没理会他。

“真的，你这珠子是我家产的，我家有一模一样的，我给你打折。”

“胡说八道。”兰烛没理他，专心捡着草丛中的珠子。这是江昱成的东西，他在槐京，怎么会来杭城灵隐寺买这一条玛瑙红绳？

“我没胡说。”那神棍跟她较真了，“你看看，你看看那珠子内壁是不是有我家的标记，那是我家的手工招牌，专门为客人刻上去的，求的人姓什么，刻的就是什么。我家的东西，我自己的手艺，我还看不出来？”

兰烛随即把那珠子翻了个面，果然在内壁上看到了一个“兰”字。

“您瞧，刻这姓的人少，我还记得那是位身姿卓然的爷，他在菩萨面前求了个下下签，我说有解，他不信，转身就走了，我就在我那旗子下头等他。果然，我就知道他会回来，这位爷看面相就是个执念很深的主儿，啧啧。”

兰烛呆立在原地——所以那天不是她看错了，江昱成真的来过杭城。她在人海里看到的人的确是他，那天晚上递给她兔子灯的人也是他。

说不信神明的人是他。求神明庇佑，听信神棍求这么一条粗糙的玛瑙红绳，乞求破解爱而不得的困局的人也是他。

如此想来，江昱成果然如林伯说的那样不懂怎么爱一个人，不懂怎么破这个局，才做了这许多荒诞却又合乎情理的事情。

如此看来，他们果然是十分相似的人，一样不懂怎么放过自己，一样执拗不松口。

“如今这红绳断了，怕是有什么不好的兆头。我倒是能再卖您一条，但咱做生意也尊重神灵，既然菩萨都觉得你们有缘无分了，您再买一条，咱也不敢保证这事就一定能挽回，只能说尽量，尽量争取。您这么着，您再买一条红绳吧，总比什么都不做强吧？”

兰烛看着手里的红玛瑙珠子，想到林伯昨晚说的话：说了多年前的事情，说到江昱成是用什么样的代价再也不让江家人左右他的人生；说到他上手术台前是怎么憧憬地说要给阿烛一个光明人生；说到他祖父是怎么设计他的人生的路的，又是怎么压榨完他最后的利用价值的；说到他被切了半个肝脏，从手术室出来后，又是怎么在拥挤的人潮中看到她和林渡的那个吻的；说到他是怎么“意外”地从有心人的嘴里听到关于那被埋藏了十八年的故事的。

但当真相浮出水面的时候，一切已经变得毫无意义。

他脆弱得如同一个纸人，面色煞白地把自己关在浮京阁厚重的门里，整日对着屋檐下死去的芭蕉树发呆。

她想到那个除夕夜，自己站在屋檐下，恨恨地对他说，祝他年年有今日，岁岁有今朝。

那明明是他记忆里最不想记起的日子，她却……

她心下猛然一疼，仓皇回头，顺着台阶一路奔走。

后面神棍还在喊道："哎，哎！姑娘，你怎么走了？姻缘绳断了，菩萨说了有缘无分，有缘无分哪！"

兰烛不顾一切地往回走着。

这一刻她知道了，不管姻缘绳断没断，他都成功了——他成功地困住了她生生世世。

第十二章
明日依旧

兰烛跟兰庭雅道了别，找了一个住家护工照顾兰庭雅的生活起居。

她愧疚地站在林渡面前，千言万语堵在嘴边，却一个字都说不出来。

林渡微笑："阿烛，我知道你在想什么，你的那道伤疤其实一直都没有好，对吗？"

兰烛不知自己是否该点头。

"我知道。我也一直在欺骗自己，觉得只要我努力一点儿，他在你的心里的影子就能更淡一点儿，如今看来，在不属于自己的爱情上努力是最没有用的。"

"我……"兰烛不知如何应对，"实在是抱歉，我自己……我自己没想明白，那天在医院里，我不该……"

"不该答应我试一试对吗？"林渡微微弯腰，抬手摸了摸她的头，"傻丫头，你试过了，发现心里还是有他对吗？"

"对不起。"

"别说对不起，我知道你。说实话，我很羡慕他，你们在一起时，有吸引，有怨恨，有抗争，有许多复杂的情绪，但那才叫作爱。而在我这儿，你对我只有感谢和尊重，那的确算不上爱。我给不了你这种充满力量的情绪，该说对不起的人是我。”

“林渡——”听到林渡说这些话，兰烛不由得有些难过，眼睛一下子红了，立刻用手背擦着眼角要流下来的泪。

“好了。”林渡往前一步，把她搂进怀里，拍了拍她的脊背，“阿烛，你只管遵照你的心去做事情就好，别说抱歉。这次我就不陪你回槐京了，我要回一趟岭南。往后不管怎么样，我是你永远的合伙人，这点总归是动摇不了的。”

他轻轻地拍着她的背，直到兰烛把眼泪憋回去了才放开她，与她告别。

兰烛挥手，转身往前走去，他身上那熟悉的牧羊少年的味道渐渐在她的四周消失。

兰烛登机后，对着狭小的玻璃窗收拾着自己的情绪。

一切流光溢彩的画面都在倒退，她随着大气流盘旋在城市上空。到下一站时，她就又回到了槐京。

她还记得自己第一次去槐京的时候，坐在绿色火车那窄窄的卧铺上，看到湿寒的雨被纷扬的大雪代替，看到丘陵和盆地被一望无际的平原代替。直到到了槐京北站，她哆嗦着身子才发现吐出的气在繁华的街上凝成了霜。

她听着兰志国和“瓜皮帽”的谈话，随着他们来到浮京阁的大门下，从玛瑙珠帘后面看着拿着折扇的江昱成，听到他缓缓说道，她真是浪费了这十几年的功夫。

再到后来，她内心伤痕累累地主动站到江昱成的起居室的门外，在晨间大雾里问他说过的话还算不算数。他拿着毛巾帮她擦着湿漉漉的头发，跟她说在他那儿，疼不必忍着。

她不服气，不服输，一心要在这槐京城唱出一番天地来。但到后来，她沮丧地问他，若是命运就没有给她关于她的剧场，她要怎么办。他笃定地说，如果没有，那他江昱成就硬要在这里造一个她的剧场。

她总是觉得自己的路是靠自己走出来的，自己有今天这样的成就，是靠自己一砖一瓦做起来的。其实她不能否认的是，江昱成从始至终在做的事都是让她变成了更好的自己。

命运早就写好了那些恩恩怨怨，两个人说好的一场交易，先动情的人到底是她，还是江昱成？

兰烛一出机场，就看到林伯已经在那儿等着了。他拿着一件用来外披的羊绒斗篷："阿烛姑娘，天气凉。另外，晚餐我已经订好了，您先吃一点儿吧。"

兰烛接过斗篷披在身上："不了，我们直接回浮京阁吧。"

她坐在车子的后座上，单刀直入："赵家那位侄女婿，是那个叫作钦书的人吧？"

"是。"林伯回头，"这消息就是他让人泄露给二爷的。"

"知道这事的人多吗？"

"据我所知，除我以外，只有江老爷子和他的几个心腹知道。"

"钦书把手伸得够长啊，看来江家的心腹都被他收买了。"兰烛微微皱着眉头，"林伯，能把这卧底查出来吗？我们得知道这钦书还知道江家的多少事。"

林伯："二爷之前怀疑过老爷子手底下的几个人，从前就派我在查，如今差不多能锁定了，就等着他们露马脚。"

"好，别打草惊蛇了，他们既然想把这个秘密捅出来，自然想要这个结果。下一步，他们肯定会想办法蚕食江家，这个时候，不管是谁上门求救都不要管，就说浮京阁已经自身难保了，二爷也管不了，让他们自求多福吧。"

"明白。"

"还有——"兰烛身子微微前倾，"钦书的野心，二爷应该早就察觉，早有布局吧？您既然把我找回来，这些事情您应该如实告诉我。"

"是，阿烛姑娘，您猜得没错，他把人安插到江家，二爷自然也把人安插到赵家了。只是从前联系那位的只有二爷自己，如今二爷这情况，那埋好的炸药包也不知道还能不能用。"

“我知道了，那我们先不用这个炸药包，先按兵不动。如今赵家内部多有不满，有说与江家撕裂的，也有说还是保持友好关系的。江家老爷子表面上和赵家友好，但也不会允许钦书把手伸到自己碗里。江家老爷子专制独裁，相信还能挡一会儿，这段时间让二爷休养，够了。”

林伯听到这儿，那颗七上八下的心才勉强安定了一些。他长长地舒了一口气，从后视镜里看了看兰烛。

她表情自若，逻辑清晰，他不过是昨天才跟她说了这里面的家族纷争，这么短的时间内，她就能分清形势，冷静分析问题，比他这个当局者清醒多了。

她才二十二岁就理智冷静、杀伐果决，面对这些男人之间争权夺势的事一点儿都不慌乱，跟三年前站在浮京阁门前的她已经完全不一样了。

他就知道这事得找阿烛姑娘。她果然是二爷带出来的人，和二爷处理事情的方法以及态度简直如出一辙。

车子到浮京阁门口的时候，风雪已经停了。

兰烛从车子上下来，一脚踏入浮京阁的院门的时候，林伯微微躬身退下了。

跟从前一样，灰白的矮墙上雕着麒麟抢月的奇异图案，红砖灰瓦的飞檐翘角依旧孤寂，房屋脊梁上头的脊兽神态各异，在雪光下遗世独立，但屋檐廊柱间原先洒满的暖黄灯光都消失了。

她还记得自己第一次进来的时候，那暖黄色的灯光像是从龙鳞上借来的熠熠生辉的颜色，近乎要把单调的黑夜撕开一个大口子，把浓烈的彩绘泼洒于天地间，如今却只剩几盏孤灯的光影在风中跳跃。

她之前以为在这浮华的地方住着的人应活得近乎醉生梦死，应站在财富的巅峰上俯瞰人生。如今看来，那只是江昱成为了驱散这院子里漫天的死寂气氛而打造出来的热闹的遮掩场景。

高大的古树遮天蔽日，老腐的躯干插进土里，树枝交缠处密得飞不出去一只鸟。兰烛抬头，正厅正上方的匾上依旧是用小篆写着的“浮京一梦”。

她轻轻地往偏厅的书房走去，门未关，对开的几扇雕花窗门也都往外敞着，对流的空气吹得屋内的帘子张牙舞爪的。她站在那亭里，顿时觉得风从自己的衣袖拼命地往自己的胸口里灌着，刺骨的寒意不可阻挡地传来。

桌上用砚台压着泛黄的书信，书信大多数已经被吹落在地上，一阵阵的风吹过来，原先落在地上的纸张又随着风被卷动，像是进入了一个无限循环的碎纸机中。

兰烛弯腰捡起一张信纸。

这些信，应该就是林伯说的每年除夕他母亲寄回来的那些。信中的内容大同小异，开篇简短地嘘寒问暖，后面是长篇的对所处现状的控诉内容，最后的诉求也很明确，让他早日达到江家的要求，能早早地接她回来，让祖父和父亲承认她的存在。

一阵苦涩情绪逐渐从兰烛的心头蔓延开来。

局外人一看这信就觉得有问题——做了母亲的女人，应当心思比蚕丝还细，写信给自己的孩子的时候，谁又会提那些苦难？听林伯说，江昱成的母亲是那样温柔和善，应该唯恐给自己的孩子施压，唯恐他背负压力过得不快乐，又怎么会在信中写那些让人喘不上气来的希冀和急不可耐的催促言语呢？

目的性和诱导性这么强，这信怕是伪造的吧！

兰烛都能看出来这点，江昱成难道看不出来吗？还是说，他在一天一天地骗自己，直到真的骗过了自己？

活在殷切的希望和急切的敦促假象中，那或许就是他二十几年来的人生意义吧。

直到最后他才知道，这一切都是假的，全都是骗他的。他母亲早在十八年前就过世了，他没能见她最后一面，还一直认为她在等他带她回家。

他身边所有的人都隐瞒了这个秘密，隐瞒了十八年！

兰烛放下那些信，抬头望去，风把她的发丝吹得有些凌乱。她看到他躺在窗台前的一张躺椅里，外头是已经死了的几棵芭蕉树。

他背对着她，毫无动静。如此大的风，他却好像一座雕像一样，就连发丝都一动不动。

兰烛走过去，发现他撑着脑袋躺在躺椅上，身上盖着的毯子滑落在了地上。他嘴唇发白，闭着眼睛，安静得连一根睫毛都未颤动一下。不仅是眼睛，他像是把自己全身上下的感官都关闭了，如死水一般躺在那儿，毫无求生的欲望。

兰烛叹了一口气，捡起掉落的毯子盖在他身上，轻轻地唤了一声：“二爷。”

见躺着的人没反应，兰烛轻轻地拍了拍他的肩膀，再叫了一声。

他的眼睛微微有了动静，首先动起来的是合着的眼皮下的眼球，就像是春日里在地里微微松动的种子一样，不确定地想先感知一下是不是春日的微风细雨来了，是不是一切又可以重新萌芽了。

而后他的睫毛微微颤了颤。耳边听到的声音逐渐清晰，他听到的不再是医院里各种仪器的电流声，而是雪在逐渐融化的声音、冬日里依旧热闹的麻雀叫声。他还听到有人在耳边唤他，那声音曾经一直出现在他的梦里，如今却清晰地出现在自己的耳边。

他睁开模糊的眼，看到了熟悉的轮廓，看到了她清冷的眉眼，看到了她真切地出现在自己面前。

他动了动嘴唇，声带首先震动，却好像有些延缓。等到说完了，他才听到自己的声音传到自己的大脑里。他听见自己出声：“阿烛？”

兰烛皱着眉头看着他。

他想要伸手，她却出声阻止：“别动。”

“你——”他犹豫了一下，才问道，“你回来了？”

看到由于自己的到来，他苍白的脸上慢慢浮现出血色和欣喜的神色后，她终于理解了林伯说的，自己对他来说有多重要。

“嗯，”她莞尔，“我回来了。”

江昱成再次听到她的声音，确定了自己经历的不是一场幻觉，缓慢地问道：“你怎么回来了？”

兰烛把他的手放进毯子里："想着在你把自己作死之前回来再看看你，再不来看你，怕是往后只能在黄泉路上见面了。"

江昱成脸色难堪，像是要皱眉头，但是又没多余的力气："你说话好难听哪……"

说归说，其实兰烛自己也知道，他如今只字不提他母亲的事情，还能跟她犟嘴，已经伪装到极致了。

想来那些事他不愿多说，既然明白他不愿意说，那她也不会多问。她叫来林伯，把江昱成扶到了屋子里。

江昱成愿意卸下一身疲惫感躺在床上，眼睛却一直看着兰烛。

兰烛叹了一口气，坐在他的床边："再睡一会儿，好吗？"

他终于把眼睛闭上了，兰烛托着腮帮子看着他。

"阿烛——"他出声唤道。

"嗯。"兰烛应他。

"我和江家，终于没什么关系了。"

"嗯，我知道，这是一件非常不容易的事情。"

他虚弱的声音传来，语气里带着的孤寂感让人汗毛倒竖，他说："我早该……早该跟他们没有关系的。"

兰烛想到每年除夕时他的不安和等待样子，想到他在月光下反复品读那信里简简单单的几行字，料想在支撑他往前走的信仰坍塌的时候，他的灵魂就被困在这无助的躯壳里了。

她把手伸过去，在被子里找到了他的手，发现他的手冰凉透骨。她轻轻地敲了敲他的手心，那是他们说好的，表示"无论什么时候，我都会在你身边"的暗号。

他眉眼下的疲惫感依旧驱逐不掉，下颌线也因为消瘦更为锋利，他躺在那儿，让人感受不到他身上的呼吸起伏，如死水一般的孤寂感再次弥漫在屋子的角角落落里，一点点地爬到兰烛的心头。

兰烛来到他的床边，掀开被子的一角，自己躺了进去。

她躺进他的臂弯里，脸慢慢地贴近他。直到鼻尖与之相对的时候，她终于感受到了他均匀的呼吸，这才长长地舒了一口气。

她的动作惊动了他，他睁开眼，看到眼前的人正有些担忧地看着他。

江昱成伸手抚平兰烛皱起的眉头：“我没事，傻丫头。”

兰烛看着江昱成眼底浮现的淡淡的光，伴着屋子里温暖的气氛，他对着她的时候神色温柔又缱绻。她想到今天看到的那些散落在书房里的信，想到他应该是反反复复地看过了那些信，心下就隐隐有些疼，说：“江昱成，我收回那些话。”

“嗯？”

她把下巴抵在他柔软的身上：“我不想一辈子与你老死不相往来，也没法特别潇洒地看着你自甘沉沦，所以今天就回来找你了。”

他重又闭上眼睛，嘴里重复着她的那句话：“自甘沉沦……原来我在你眼里是如此自暴自弃。”

“难道不是吗？刚动完手术的人一声不响地坐在风口处，不是自暴自弃是什么？”

他侧了个身，伸手环过她的腰，靠近她的脊背：“我只是累了，阿烛，我想要休息一下。”

“嗯，我知道。”兰烛应着他，“江家的事你要是不想理，可以不理。”

“他现在应该嚣张得很吧？”

兰烛觉得江昱成说的“他”应该是钦书。林伯说，江昱成的母亲过世的消息是钦书带来的，知道这件事的人非常少，能把这么深的秘密挖出来，钦书可真是下了不少功夫！

“很嚣张。”兰烛点了点头，手肘支撑着坐起身子，乌黑的眼盯着他，“所以江昱成你要快点儿好起来，我一个人斗不过他。”

“你别蹚这浑水，阿烛。”江昱成伸手把她揽下来，把下巴抵在了她的发顶上，轻声地叮嘱道，“他要什么东西就让他要吧，我只要你在我身边。”

兰烛抬头拱了拱他下巴上密密的、有些扎人的胡楂：“这太不像你了江昱成。我最近学了一个新词，觉得用来形容你很到位。”

“什么词？”

“恋爱脑。”

“恋爱脑？”他显然没理解。

“是啊，就是满脑子只有爱情，把所有的精力都放在恋爱上的人——”兰烛边说边用手戳着他高挺的鼻子，“我们就说他是个恋爱脑。”

“啊……是这个意思。”他脸上不由得浮现出一丝笑容，而后把她往自己的怀里带了带，“那这么一说，我还真是恋爱脑啊。”

兰烛撇了撇嘴：“你很骄傲吗江昱成？这不是什么好词吧？”

江昱成没理会她的嘲弄语气：“放眼整个槐京，论恋爱脑我排第二的话，应该没人能排第一吧？”

“那可不？翻手为云覆手为雨的江家二爷，偏偏长了个恋爱脑，放着大好的前途不要，硬是要为了一个姑娘悔婚、退婚，不要自己身后的靠山，甚至连自己的半个肝脏都不要了，你说你不是恋爱脑谁是恋爱脑？”

她虽然开着玩笑，江昱成却想到了他为此付出的代价和现在的狼狈样子。他现在甚至要兰烛回来照顾他，而不是像他预想的那样，在他还了江家那些东西后，他能够潇洒并且胜券在握地去找她。

“对不起。”他搂紧她的腰，靠她更近了些。她如今真实地出现在他面前，说的每一句话都为他的心底增添了一阵一阵的生命力。他说：“阿烛，我以为我能处理好这些事的。我天真地以为我这么做，母亲就不用再那样受胁迫。”

“你已经处理得很好了。”兰烛眨了眨眼睛，手指一寸一寸地摩挲着他带着胡楂的下巴，“那不是你的错，现在再没有人可以控制你了，也再没有人可以拿捏你的软肋了，江昱成，等你好起来了，你就无坚不摧了。”

江昱成更靠近了兰烛几分，鼻尖轻轻地抵着她的：“你错了，阿烛，我并非无坚不摧，你明明是我最大的软肋。”

“不。”她摇了摇头，眼神与他眼里的柔光融合，“江昱成，我要做你的铠甲。”

江昱成最终卸下了满身的疲惫感睡了过去，均匀的呼吸声轻轻地回荡在屋子里。

兰烛望着他好看的眉眼。说实话，她今天对上他的眼睛的时候，没来由地怕了一下——怕他眼睛里的野心和笃定神色都流走，更怕他眼睛里的那些澄澈的光被仇恨所覆盖。

好在她及时回来了，回来驱散在这场厮杀里妄图吞噬浮京阁的大雾。

兰烛回来后可把王婶忙坏了。王婶在厨房里忙上忙下，从南到北的菜品做了许多，端出来的时候，就连林伯都皱了皱眉头。

“王婶，您做些清粥小菜就可以了，二爷最近怕是没什么胃口。”

王婶还没有摘下围裙，听到这话拍了一下脑袋：“哎呀，我光想着您说阿烛姑娘回来了，二爷就有胃口了，着急忙慌地恨不得把整个市场的菜都买回来。我该死，我该死。”

“不要紧。”兰烛安慰道，“您平日里做的饭菜口味也挺清淡的，我看也适口。”

兰烛又转头看向江昱成：“二爷，您觉得呢？”

“嗯。”江昱成坐在桌边，神色跟从前相比好了许多，“感觉今天王婶做的饭菜好似比从前看上去让人有食欲些。”

王婶得了夸奖，倒是有些不好意思了：“不是我做的饭菜让人有食欲，是阿烛姑娘回来了，二爷整个人都活过来了，自然看什么都开心，看什么都好吃。姑娘，您是不知道，您没回来之前，小厨房里经常两餐都生不出一顿火来。您说我遵着医生的嘱咐，变着法儿地做着营养均衡、荤素搭配的饭菜往二爷的房里送，可也得他肯吃才行，哪次不是我怎么样送进去的，就是怎么样拿出来的？”

“喀！喀！”林伯清了清嗓子，给了王婶一个眼神。

王婶立刻中断了话题，微微躬身：“对不起，二爷，我话多了。”

江昱成语气淡淡地说道：“无妨。”

兰烛拿过江昱成面前的碗，给他舀了一碗清口的汤：“原来你在家油盐不进哪？”

江昱成眼神躲避，专心喝汤，回了一句：“阿烛，‘油盐不进’这个词不是这么用的。”

兰烛敲了敲江昱成的碗：“你管我怎么用呢？不吃饭的人是不是你？”

“是，”江昱成夹了一只鸡腿放在兰烛的碗里，“我往后一定好好吃饭。”

“那可太好了！”王婶抢先说道，“我这厨艺可算是有用武之地了！”

兰烛摇了摇头，看向江昱成：“我算是知道为什么林伯连夜来找我了，你再这样下去，浮京阁上上下下估计都要怨声载道了。”

江昱成：“是他们过于紧张。”

兰烛严肃地说道：“是你太不把自己的身体当回事了！日后你要是再这样让他们为难，我可是要为他们撑腰的！”

“好了，好了，知道了。”江昱成拿她一点儿办法都没有，只能笑着应下了。

听兰烛这么说，林伯都不自觉地挺直了腰杆子，蓦然想起，那件日日让自己苦恼的事情好像一下子有了解决的办法！

他们机关算尽，不如阿烛姑娘回来呀！

晚饭后，林伯在外面敲门，说到了吃药的时间。

兰烛开了门，见到林伯端来了一碗浓浓的中药，还有从那药箱子里倒出来的各种各样的西药。

“要吃这么多？”兰烛有些惊讶。

林伯没停下手里的动作，一一跟兰烛说着每样药的作用：“外用的主要是一些消炎的，医生说二爷的伤口恢复得不是很好，感染的风险还是比较大，所以消炎的药配得是最多的。”

江昱成清了清嗓子，意有所指地跟林伯说：“你跟阿烛说这些干什么？”

“阿烛姑娘是我叫回来的，我自然是什么事情都不能瞒着她。”

江昱成：“你……”

林伯看了一眼江昱成，趁兰烛还在，提高了声音打断了江昱成的话："阿烛姑娘，医生嘱咐还得去复查，您看都过了复查的时间了二爷也不去，您说这事怎么弄？"

兰烛回头看了江昱成一眼："复查都没去？"

江昱成眼神躲闪："太麻烦了，挪来挪去的，我喜欢清净点儿。"

兰烛："喜欢清净点儿？那好，你明天一个人待着吧！"

兰烛起身，做出要走的样子。

"哎——"江昱成攥住她的衣角，"这不是在说以前的事吗？你走什么？我明天去，我明天去还不行吗？"

兰烛："这还差不多，连复查都不去算怎么回事？"

江昱成："我真没那么娇贵，感觉自己快好了。"

林伯插了一句话："您是见着阿烛姑娘觉得自己浑身来劲了，但您底子上还是虚的，外强中干，不成气候。"

外强中干？江昱成盯着林伯，用眼神告诫他最好用词小心点儿。

林伯遇到江昱成威胁的目光，假装没看到，继续跟兰烛说："中药主要是调理用的，养的是人的精气神。我们家二爷啊，不怕疼不怕苦，就是怕喝中药。"

"我没有怕喝中药。"江昱成有些无奈，对着兰烛解释道："阿烛，这事你要听我解释。我自小就不生病，在吃药打针上没遭过罪，哪怕真有点儿头疼脑热的，睡两天就恢复了。这中药，我觉得喝了没有什么效果，就是一堆草煮一煮，除了苦，一点儿实际作用都没……"

"快喝。"兰烛打断他的"解释"，把碗递到了他的嘴边，"哪有你这样的？江昱成，这种时候你不听医生的话自作主张干什么？我跟你说，要是我今天不回来，你是不是就打算这么作死，要跟我去黄泉路上相见哪？"

"喝就喝。"江昱成悻悻地接过碗，"你说那么难听的话干什么？什么死不死的？"

兰烛见他一下子喝完一半药后表情苦涩，连忙递给他一杯温水："江昱成，你前几天那个样子跟要死了没什么差别。"

他依旧嘴硬："我只是最近状态差一点儿，这是在休养。"

兰烛："休养？哪有开膛破肚过的人坐在风口处吹冷风的？你这是哪门子休养，往黄泉路上休养？"

江昱成缓缓地说："你说话真的好难听哪，什么开膛破肚？那就是个小手术。"

"还小手术，你摸摸你的肚子，你一半的肝都没了！"兰烛气不打一处来，"既然医生说了你的体质不适合这么做，你为什么要逞强呢？哪怕是做了，你也不该这么不珍惜自己的身体……"

"好了，好了。"江昱成伸手拉过兰烛的手，撇了撇嘴，"人还在呢，给我个面子嘛，要训夫，你也关起门来自己训嘛，给别人听去了，我以后还怎么当浮京阁的江家二爷？"

"你少占我的便宜，还有半碗药没喝呢！"

江昱成看了看剩下的半碗药，心里暗苦，又看了林伯一眼："后面让他来就可以，你不是说要去洗漱吗，阿烛？"

兰烛狐疑地看了江昱成一眼。

他拿着还没喝完的半碗药："我会喝完的，你都回来了，我怎么可能不好好养呢？我肯定喝啊！你放心吧，我今晚喝了，明天就好了。"

"当真？"

"当真！"

兰烛："行吧，那我先去洗个澡，等我回来，你最好已经把药都喝完了。"

"放心吧，一定都喝完。"

兰烛勉强放下心来，收拾了东西去洗澡，忽略了身后林伯求救的眼神。

"继续啊！"江昱成回头看向林伯，"告状是吧，你这个坏老头儿，你等着！"

林伯耸了耸肩："二爷，我有靠山，您如今对我构不成威胁。"

"啧，瞧把你给美的！"

"二爷您也不差，嘴角也咧到耳根了。"

"是吗？"

“当然。”

江昱成摸了摸自己嘴角的弧度，发现好像是有点儿过了。他正欲收敛，想了想，又随它了：“罢了，罢了，我恋爱脑，没救了。”

兰烛回来后，浮京阁上上下下好似活过来一样，就连在院子里说话的人也多了起来。

兰烛这段时间让小芹打理着剧团的生意，自己则住在浮京阁里陪江昱成养病。与此同时，她还注意着钦书那边的动静。

果然跟江昱成预判的一样，钦书开始对跟江家在同一条船上的人下手了，那些人好像被脱了上衣和裤子，一个个全都被丢进了汪洋大海里。

原先寻求江家庇护的人，从江家老爷子那儿得不到援手，就齐刷刷地站在浮京阁门前，求着江昱成不要坐视不管。

那些人中，有些兰烛还见过，从前也是与江家交好的，算得上有头有脸的人物，家里头有宅院，在槐京也是数得上号的人，如今却被一个踩着别人的尸体上来的新贵弄得进退无路，还要眼巴巴地希望江昱成能伸手相助。

兰烛自然知道江昱成有多恨江家那位老爷子，所以也没让林伯跟江昱成说这事。既然江昱成和江家已经断绝关系了，那这些事就跟他没有什么关系了。

只是如今看着钦书一步一步地朝着自己的目标越走越高，兰烛却坐不住了。她当然知道自己在名利场里不是钦书的对手，也清楚如今在这偌大的槐京城里似乎连一个牵制他的人都没有。

可是，江云湖骗了江昱成这么多年，凭什么可以毫发无损地说断绝关系就断绝关系了？江家的家业有一半是江昱成创下来的，这些东西在她看来是属于江昱成的，断不能轻易地让别人拿了去。

既然从前她一无所有、意志消沉的时候，江昱成能为她遮风挡雨，那现在他的精神和身体尚未恢复如初，她也不应该只是在他构筑的安全港湾里悠闲自得。

兰烛思来想去，琢磨了好几天，觉得钦书现在如此大刀阔斧地动江家的关系网，和赵家的纵容脱不开关系。

赵家……有了！

兰烛叫来了林伯，让他想办法调查一下赵录。

林伯颇感意外。赵家小姐虽然自小要风得风要雨得雨，但其实也就是个单纯的小姑娘，履历跟白纸一样，他能调查出什么东西来？

但林伯这一调查，还真调查出了些不一样的东西。他收集好这些消息后，轻轻叩开了兰烛的房门。

兰烛听完汇报之后，交代了林伯几句话，让林伯瞒着江昱成，自己则冒着风雪，匆匆地往城郊赵录那远离赵家老宅的小院子赶去。

赵录显然不是很欢迎她，依旧懒懒地玩着手上的电子游戏，连头也没抬，开门见山地说："兰烛是吧，我还没有找你呢，你自己倒是找上门来了。"

兰烛神色未变："赵录小姐，今天上门的确是我冒昧。"

赵录听了这话，扯下自己的耳机，笑得傲慢："冒昧？知道冒昧你还来？！你知不知道因为你，我在槐京就是个笑话？江家二爷为了你毁了和我的婚约，你知道别人怎么说我的吧？你还有脸来我这儿？"

兰烛自然知道赵录会因为这件事情不给她面子。她来之前也想象过赵录会用什么让她从前惧怕的那些话语来说自己。不过她想到江昱成为了粉碎以后还被江家钳制的可能性，连手术台都敢上，她这点儿心病又算得了什么呢？

兰烛正面回应赵录的问题："赵录小姐，如果我了解得没错的话，您也不想跟江家二爷结婚，对吗？"

赵录神色微变，转过头去，试图藏好自己的情绪。

"您若是结婚了，您跟您的心上人可就是半年一次都见不着了，他这么要自尊的人，在国外读书需要那么大的花销的情况下都不肯去领助学金，要是知道您跟别的男人结婚了，您觉得他会再跟您见面吗？"

"你调查我！"赵录转过身来，一脸匪夷所思的表情，"我瞒得这么好，你是怎么知道的？"

兰烛："您和二爷的婚事拖了那么久，一般人早就着急了，您却毫无动静。甚至在他退婚之后，您也只是谎称心情不好出国散心，实则偷偷去见了您的心上人，而且并未对江家发难。在您看来，江家二爷越不愿意跟您履行婚约，您越自得。您的家族里的那些个爷爷、叔叔、伯伯都是大老粗——他们看不出来，我却看得出来。说到底，赵录小姐，还不是因为我跟您一样，不承认自己喜欢的人是因为感觉两个人之间没有发展的可能性。我们一边不甘心把自己的命运交给别人，一边却又想再抗争一下，所以活得纠结痛苦。"

赵录原先警惕的眼神逐渐缓和下来，她叹了一口气："既然你知道了，现在来找我是想干什么？"

"我来问问您，您想不想自己说了算？"

"自己说了算？怎么说了算？我就是个女孩子，赵家重男轻女，我的叔叔、伯伯们膝下都有儿子，祖父虽然疼爱我，尽可能地想保全我，但那些人虎视眈眈，我也不懂商场权衡之术。"

兰烛："不懂不代表学不会。赵录小姐，算我多说一句，既然赵家爷爷如此偏爱您，肯定是希望能把赵家的大权交给您，可是如今您的叔叔、伯伯们虎视眈眈。"

赵录："我自然知道旁系叔伯的心思，但是我的能力不够。叔伯们殷勤些也好的，至少大家都是一家人，他们从小看着我长大，往后对我应该也不会苛刻。"

"一家人自然是好的，就怕这一家人里面混进来一个别有用心的外人。"

"什么意思？"

"您想想，如今槐京城赵家发生了翻天覆地的改变，是因为哪位新贵在大刀阔斧地修剪枝叶？"

"你说的是钦书？"赵录摇了摇头，否定道，"他是我的堂姐夫，对昭昭姐也很温柔体贴，他做的那一切，不过就是尽心尽力地帮赵家而已。"

"温柔体贴的堂姐夫？"兰烛冷笑，"那我真是要为我死去的姐姐道不公了。”

“什么意思？你说的是谁？”

“赵录小姐应该听说过一个人吧——乌紫苏。”

“那不是之前跟着王先生的那个女演员吗？”

“钦书从选角导演、经纪人一路做上投资人，这是尽人皆知的事情，紫苏姐姐跟他是老乡，也是在他这场利益交易里的牺牲品。没有紫苏姐姐，他凭什么有今天的地位？”

“可是乌紫苏不是王先生的人吗？”

“这就是问题。如果有一天您在国外的那个心上人跟您说，为了让他功成名就，他想让您陪一个您不认识的老男人睡一觉，您是什么感受？偏偏您还爱他，您还愿意！他呢？因为这样得到好处后，一边说着爱您，一边继续让您帮他笼络资源。最后他有更好的目标了，就一脚把您踢开！连您死在风雪夜里，他都没有再来看过您一眼！这就是您说的温柔体贴？”

赵录倒吸一口凉气，不由得脊背发凉：“你说的可是真的？”

“是不是真的您自己去查查就知道了，如今放眼整个槐京，赵家就是他最好的资源，他就是看中了赵家男丁稀薄，看到了赵家重男轻女，看到了赵小姐您无人撑腰，跟您的昭昭姐一样能轻易地受他哄骗。他的目标可不是做赵家的侄女婿那么简单。”

“依你这么说，他当真狼子野心？”

“赵录小姐，您其实很清楚对吗？我理解您的顾虑，觊觎赵家财力的人太多，您不想卷入这场洪流中，这我可以理解，但是很多事情不是假装不知道就能躲过去的。我要是您，一定会把资源攥在自己手里，这样不管自己会不会打理，总归赚也是我的，赔也是我的。但您将一切交给钦书这样的人就不一样了，他现在依附赵家是想借赵家的手打压江家，等到他把江家吃下了，不光是您，就怕连您的爷爷，迟早有一天也要遭他的黑手，您当真可以眼睁睁地看着这一切发生？”

赵录眉头越皱越深：“我还以为他真心对昭昭姐好！哪怕这段时间赵家有一些叔伯对他多有怨言，我也都忍下来了，可是他要是真想这么做，我是不会允许赵家成为他的傀儡的。虽然我赵录志不在此，但赵家的百年基业、我爷爷一辈子的心血，我不能让他夺了去！”

她说完要走，兰烛急忙拉住她，摇了摇头：“他比您想象的更为心思深沉，您别轻易动手，找出那些赵家不甘为他所用的人一起商讨，别打草惊蛇，表明上还是要顺从他。”

“嗯。”赵录这才点头，“我知道，他既然这么有手段，我也会小心行事的。”

“好。”兰烛撑起伞，“既然这样，我走了。”

赵录看到伞下亭亭玉立的人，叫住了她：“那个——”

“嗯？”兰烛回头。

“为什么帮我？”

兰烛淡然一笑：“我是帮二爷。”

说完，她伞面微斜，随雪没入黑夜中。

赵录对着兰烛离开的背影出神。她三言两语地就把其中的利害关系给自己讲得明明白白的，难怪江家二爷会为了她连自己的姓氏都不要了。

兰烛刚刚出门没多久，林伯就在黑夜中走入江昱成的屋子，轻声说道：“阿烛姑娘去赵录小姐的住处了。”

灯火跳跃的温暖屋子里，江昱成改着兰烛抄录好的戏折子里的错别字，眯着眼睛抬起头：“你倒是棵墙头草，她走之前肯定嘱咐你了，让你别跟我说这事，你倒好，人家前脚刚走呢，你后脚就来告诉我了。”

林伯讪讪地说：“二爷，您说话的酸味越来越重了，怎么说我也是您的人。”

江昱成手里的狼毫悬在半空中，他扫了林伯一眼：“这话，你自个儿信吗？”

林伯不说话了，心知肚明自己这几天拍阿烛姑娘的马屁是拍得多了点儿。

江昱成见他不说话了，望着自己手里写着的歪七竖八、张牙舞爪得快赶上草书的小篆体，自顾自地说道："还说什么想在家好好练字，结果呢？大半夜的她瞒着我跑出去。罢了，她就是这个性格，记仇得很，不把钦书弄断条腿是不会放过他的。"

林伯点了点头："有您的八分样子了。"

"我可没教过她这些东西。"江昱成笑了笑，"哎，你说，往后要不我把我名下的那些产业给她打理算了，这叱咤风云的，她不纵横商场不是浪费了吗？"

林伯："那您是真不管了？"

江昱成像是改好了那手抄本，看着手抄本上兰烛歪歪扭扭的字，觉得又气又好笑："我本来是真不想管，可谁让我家姑娘愿意管呢？既然这样——你随我出一趟门。"

"去哪儿？"

"王家。"

林伯愣了愣，随即帮他把挂在衣架上的羊毛西装外套拿下来："您还说不管？您的棋都安排到这一步了。"

江昱成从椅子上起来，伸手，由林伯帮忙穿着衣服，挑了挑眉："本来真没想管，谁让阿烛回来了？我总不能往后求亲的时候两手空空吧？"

林伯笑了。

赵家郊区那小别墅的院子里，钦书听着手下的人来报，说赵家原先那些不满于受他控制的人突然开始联手了，三天两头地往赵家老爷子那儿去，背地里可是捅出了许多他的上不了台面的事。

其中有一人就是赵昭昭的父亲。赵昭昭的父亲之前一直看不上钦书，看出了他表面上待人和善，实则是个阴险狡诈、唯利是图的小人，奈何昭昭被他迷得神魂颠倒，根本听不进自己的劝告。昭昭的父亲孤掌难鸣，哪怕有心阻止这门婚事最后也抵不过女儿以死相逼。

倒是原先从来不插手赵家事的侄女赵录私下找到他，说她想联合赵家几个叔伯，揭穿钦书的真面目，赵昭昭的父亲和她一拍即合，大刀阔斧地开始在各种场合反驳钦书做的决定。这让钦书很是头疼，当着别人的面他又不能公然反驳自己的老丈人。

来报的人说了许多话，敦促道："钦老板，您得拿个主意啊，咱们在境外的生意的资金链就要断了，赵家人一天不松口，这钱就一天没办法补上啊！"

"你让王先生先想想办法。"钦书说着，手里把玩着核桃的动作越来越乱，"咔嚓"一声，一个核桃被盘坏了，滚落在地上，转了几圈滚远了去。

空气安静了几秒，然后钦书幽幽地开了口："据说赵家老爷子过两天要和江家老爷子去桂院商量要事？"

"是。江云湖最近很是忧心，毕竟失去了江昱成这把刀，自然事事都要自己上场。这个时候，江家老爷子自然要和赵家老爷子走得近点儿。

"钦老板，我可听说了许多赵家说您不好的风言风语，这赵家老爷子虽表面上没在意，说您都是为了赵家好，但是他这老狐狸深不可测，您还是得提防着点儿。万一他来个过河拆桥，我们岂不是给他人作嫁衣？"

钦书站在暗处，神色阴冷："给他人作嫁衣？就凭这两个风烛残年的老头子——他们也配？

"我给赵家做了这么多事，他想的还是去找江云湖那个老家伙，本质上不过是觉得我出身低贱，不配他委以重任。既然他们不仁，就别怪我不义。"钦书转过身来，淡淡一笑，"他们不是愿意去那个雅致的桂院吗？那就让他们有去无回。"

来人听得脊背发凉："这……钦老板，这弄不好可是人命官司。"

钦书一个眼刀飞了过去："你从前做的事难道还少吗？"

来人不敢再出声了，遵从地说了一声"是"后惴惴不安地退了下去。

"慢着——"钦书叫住他，一字一顿地说，"你找个理由，让昭昭的父亲跟着一起去。"

“可他怎么说也是您的岳父呀。”

“他也没把我当成他的女婿。”钦书说完，不带犹豫地转头往别墅院落的镂空楼梯走去。既然赵家人没把他当作自己人，那就别怪他心狠手辣了。

只是他刚刚往上迈一步，就在拐角处对上了赵昭昭的眼睛。她坐在楼梯上，披着一件外套，里头还穿着单薄的睡衣，脸色发白地看着他。

钦书愣了愣，露出伪善的笑容，把手伸向她，似是要扶她起来，柔声说：“昭昭，你怎么醒了？又做噩梦了？”

赵昭昭愣了一会儿，而后惊恐地往后缩着，难以置信地看着钦书：“书哥，你要害我堂爷爷……你要害我爸？”

钦书语气依旧温柔平和：“怎么会？昭昭，你听错了，我是在安排人开车去接他们。”

“你骗人！”赵昭昭从楼梯上站起来，紧紧地抓着楼梯的扶手，整个人向后侧身，摇了摇头，“看来录录说的都是真的，你就是一个人面兽心的败类，你一直在骗我。你按照我的喜好装扮成那样温文儒雅的样子，就是为了接近我对吗？你从前对我的好都是假装的对吗？你就是为了借着赵家的势力实现你一步登天的白日梦是吗？！”

她在楼梯口歇斯底里地吼着。

钦书收回伸出的手，温柔的神色顿时消失，换上了冷冰冰的表情，声音死气沉沉地问道：“赵录都跟你说什么了？”

“她说你从来没有真心爱过我！”

任由她喊得再撕心裂肺，他也不动如山，只是站在那儿，淡然地说道：“我只爱过一个女人。”

赵昭昭失神了一瞬，而后讽刺地笑了笑：“乌紫苏对吗？你亲手送到别人的床上的那个女人？”

钦书原先毫无表情的脸上此刻肌肉微微抖动，难以言说的表情在他的脸上迅速蔓延。下一秒，他俯下身来，一把抓过赵昭昭的衣领，将她抓到面前，咬着牙说道：“谁让你提她的名字的？谁让你提她的名字的？！你们这样的人根本不配，根本不配提她的名字！”

他说话间，双颊的咬合肌“咯咯”作响，双眼发红。在他眼里她好似根本不再是个人，他恨透了他们这样的“生物”，往常温柔克制的形象荡然无存。

赵昭昭这下是真的怕了，慌乱地往后退去，小腿肚撞上台阶，撞得生疼。她还没来得及站起来，整个人就被钦书拖了下去。

他拽着她的头发，把她从楼梯上一级一级地往下拖，跟条发疯的毒蛇一样吐着毒芯子：“凭什么槐京城是你们说了算？凭什么我们这样的草根难以出头？凭什么你们生来高贵？你们堵死一个人的路跟踩死一只蚂蚁一样简单是吗？我费了这么多心思替赵家争夺到如今的局面，就连江昱成在我面前也不过是个脆弱的情种，可到头来你们赵家人还要来算计我？槐京城凭什么是你们说了算？！”

他把人拖到楼梯底下松了手，蹲下来再次抓起了赵昭昭的头发，迫使她抬头：“你们给我听好了，往后槐京不是江家说了算，更不是你们赵家说了算，这个城，往后改姓钦！”

二三月的槐京突然下起了冰雹。兰烛看着这反常的天气，从屋子里拿了一件外套，刚走到院子里，就看到林伯带着几个人进来。

几个人恭敬地站在屋檐下，微微低着头，对着坐在躺椅上的江昱成说了些什么。江昱成好似没什么表示，看着前方，静静地听他们说完。之后林伯一脸抱歉表情地做了个“请”的手势，来人摇了摇头，只是相互宽慰着走出了屋子。

兰烛看到江昱成坐在屋檐下，听到外面传来的冰雹落地声，走近他身边的时候，感受到的是他周身的落寞感。

兰烛把外套盖在他身上：“二爷，天凉了，回屋吧。”

“嗯。”江昱成语气淡淡地应了一声，没起身，朝着刚刚那几个人离开的方向说道，“那几个人是我的亲叔伯，刚刚给我带来消息说江云湖危在旦夕。”

兰烛的眉心跳了一下，她知道江老爷子身体还不错，怎么他突然就危在旦夕了？

“他们想让我回去，说他想见我。”江昱成仍旧语气淡淡地说道。

“你想去。”她没有用疑问句，用的是肯定句。

她握着他冰凉的手：“我陪着你。”

雪夜中，司机停好车，江昱成下车之前还握着兰烛的手：“我一个人上去就好，你乖乖在这里等我。”

兰烛拉了一下江昱成，欲言又止：“二爷……”

他拍了拍她的手臂：“没事，都到这一步了，江家除了我，也没有谁能有这个能力再撑起这片天了，他们不会为难我的。”

兰烛听江昱成这么说，放心了些，又对着江昱成身后的林伯说道：“林伯，您陪二爷上去吧，二爷的身体还没恢复，烦请您照顾了。”

“是。”林伯点了点头。

江昱成刚往下迈脚，又像是想起了什么，回头对兰烛说道：“阿烛，不超过半个小时我就下来，你就在车上等我。外面风大，别出来好吗？”

“嗯。”兰烛点了点头。

江昱成给了她一个宽慰的眼神，温柔地关上了车门，而后转过身来往前走了几步。等走到兰烛看不到的地方了，他停了下来，抬头看向身前的医院，一瞬间脸上恢复了之前的冷漠神情。

江昱成站在风雪中，这才缓缓问道：“他怎么样？”

林伯撑着伞，回道：“三个人，就老爷子还没有断气。”

“通知大哥了吗？”

“嗯，早就派人去了，这会儿应该快马加鞭地回来了。”

江昱成背着手，站立在风雪夜中孤独的灯光下，缓缓说道：“林伯，您为江家操心了一辈子，江家感怀，只是如今到了要抉择的时候了。江家要易主了，您是决定姓旧姓，还是跟我姓新姓？”

林伯闻言猛然抬眼，看向雪中灯光下长身玉立的江昱成——江昱成着一身黑衣，雪花飞扬，却一片都不敢落在他的身上，他又成了原先浮京阁人人敬畏的江二爷。

林伯知道江昱成在等着自己的答案，微微退后一步，手中依旧帮江昱成撑着伞，像往常一样臣服地躬身："是，二爷，我这就让人去阻止江月梳及时赶回。"

江昱成点了点头，往前走去。

林伯连忙把伞递上。

江昱成挡了挡："不必了，这点儿风雪。"

医院外，医生、护士出来的时候都纷纷摇头，嘱咐他们做最坏的打算。家里几个主事的叔伯背着手焦急地在房门外走来走去，一个个急得跟热锅上的蚂蚁一样。

婶婶、姨娘们抹着眼泪哭诉着——

"你说这人好端端的怎么就变成这样了？早上老爷子还说要跟赵家的那位老爷子去桂院喝茶，晚上本来还安排了家宴……"

"是啊，一车四个人怎么就……赵家那老爷子当场就没了，我们家老爷子被送过来的时候就剩一口气了，也不知道能不能扛住。"

众人乱成一团地哭诉着，不知谁在人群中突然提了一句："对了，老爷子的财产分配了吗？"

这一句话，把在座的所有人都惊醒了。

"是啊，老爷子的财产分配了吗？"

"没听说过啊？打电话给律师，快打电话给律师问问！"

"打什么打，这还用问吗？老爷子一直是什么都要掌握在自己手上的，迟迟不肯放权，怎么可能提前立遗嘱？"

"这可怎么办？这偌大的家产让谁来打理啊？"

"依我看，要不我们自己分了得了，省得几家几户共同打理起来又是一地鸡毛。"

"我同意。"

"我也同意。"

"分当然是没问题了，但是这要怎么分呢？"

"怎么分？我看要按照各自家庭的生活质量来分，我们家受到江家老爷子的照顾最少，分得的东西应该最多。”

“凭什么？江家有事哪次不是由我们出力搞定的？按照对江家的贡献度来说，我们家应该分最多。”

“贡献什么贡献？你忘了前年你家老三跟人斗殴赔钱的事情了？这事还让江家折了一拨人，要按照这个算，功过相抵，你家只能拿个平均数。”

“怎么就平均数了？怎么就平均数了？！”

“怎么就不能是平均数了？”

“按照你这说法，我们家才应该要得更多。你忘了去年你们欠我家的人情了？”

“人情？亏你也好意思说！你打肿脸充胖子，那也配叫人情？”

“你怎么说话呢？”

“就这么说话了，怎么了？”

…………

一堆人你一句我一句地在医院走廊上唾沫横飞，从原来的悲痛难掩变成互相埋怨，甚至开始大打出手。

众人吵闹之际，不知道是谁叫了一声：“二爷来了！”

所有人顿时僵住，朝声音的来源处看去。

江昱成一手插着口袋，靠在医院长长的走廊上，表情淡漠地看着他们：“怎么不吵了？是我打扰大家的兴致了吗？”

从前江昱成在江家的时候，没少给这些堂、表叔伯施压。

但江昱成已经许久不出现在有江家人在的场合了，他们虽不知道具体发生了什么事，却也听老爷子说，往后江家的事再也不要去劳烦江昱成了。想必这爷孙俩闹翻了，按照江老爷子的意思，往后江昱成就不是江家的人了。既然江昱成不是江家的人了，那也管不了江家的事了，所以他们才爹着胆子敢说分家产的事情。如今江昱成又出现了，这是什么情况？

江昱成见他们不说话，轻笑了一声，直起身子：“家产什么的，各位还是别惦记了，从前江家是交给谁的，往后江家就还是交给谁。”

人群中有一位年长些的长辈上前一步：“昱成，我们可是听老爷子说你跟江家已经没关系了，你这会儿回来要家产，恐怕不合适吧？”

江昱成眯了眯眼：“我和祖父意见不合的情况常有，他也不是第一次说这样的气话了。”

“可是……”

江昱成走到那个说话的堂叔面前，居高临下地看着他：“即便我与祖父关系再僵，我往上还有个父亲，也轮不到你们来病床前抢家产吧？堂叔如果觉得我不配，那堂叔的意思是不如交给江寰？”

几个堂叔伯面面相觑。他们都知道江昱成的父亲根本不管这些事，但论起血缘关系，江寰才是江云湖的亲生儿子，这是改变不了的事实。

四周安静得可怕，唯有江昱成发出一声低笑声：“您也觉得交给他还不如捐给慈善机构呢，是吧？”

江昱成整理了一下自己的领带，往病房里走去。

“江昱成！”一旁一个年轻气盛的堂弟出来拦住他，“你凭什么这么趾高气扬、目无尊长？”

江昱成轻描淡写地瞥了他一眼：“凭你花的都是我赚的钱。”

堂弟满腔的愤怒情绪被堵在喉咙口，他一句话都说不出来了。

江昱成这话一出，四下竟然无人再敢拦他了。

江昱成回头朝那坐满江家人的回廊看了一眼，踏入了病房。

病床上，江云湖气若游丝。车祸的后果很严重，他身上各处伤痕累累，内脏各处出血严重，面容扭曲，张着嘴巴，合也合不上。

江昱成走到他的病床前，给自己倒了一杯水，自顾自地吹了吹升起来的热气：“祖父，如今看您伤得这么重，我作为江家的后人，看着可真是心疼，可我没有多余的肝脏再给您了。”

江云湖看着江昱成的脸，艰难地喊着：“阿成……”

江昱成：“您说，我听着呢。”

江云湖张了张嘴，没发出任何声响。

江昱成：“您说您不甘心，对吗？那谁让您没人家心狠手辣呢？这局早设下了，您自个儿往里头走，又怪得了谁呢？您说您这辈子费尽心思，机关算尽，怎么到头来折在一个曾经的无名小辈手里？唉，往后这江家啊，注定是风雨飘摇、摇摇欲坠了！”

这几句话像是戳到了江老爷子的痛处，他狰狞地睁大了眼睛，向前伸出唯一还能动的手，口中艰难地喊着：“月……月……月梳……”

江昱成回道：“大哥不会来了，江寰自然也是不会来的。江寰跟我一样恨您，恨您掌控他的人生。我们之中唯有大哥还守得住自己的人生，您是要把江家的担子交给大哥吗？”

江昱成轻笑：“他被您保护得太好，哪儿挑得起这重担哪？您将他从小到大的路铺好了，如今他在外头也是风光的体面人，可惜您护不住他一辈子。”

江老爷子依旧摇着手，喊着江月梳的名字。

江昱成冷冷地看着他。

江云湖迷糊的眼清明了片刻，他从眼前模糊的景物中捕捉到了江昱成的身影，一瞬间口齿都清晰了许多：“阿成，阿成！我求你，往后你要善待月梳，你要保住月梳的位置，你要保住江家啊！”

江昱成知道江云湖这是回光返照了。

未听见他答复，江云湖着急地用尽全身力气动着身子，像是要不服输地坐起来：“阿成，叫月梳……叫月梳来见我。”

江昱成冷冷地说道：“他不会来了。”

“什……什么？”

“我会与大哥说，您今晚情况良好，让他切莫舟车劳顿不停歇地往回赶。

“您骗了我十八年，我骗他一晚，不过分吧？您也不希望他沾上泥污吧？那就不如让他什么都不知道吧。对了，还有一事忘了跟您说，医生的报告出来了，新的肝脏只能用三年，再有下一次他可就没救了。”

江云湖听完这话，眼神变得空洞无助，怔怔地看着江昱成，目光穿过江昱成的身躯，落在病房的一角。江云湖想起了江月梳与江昱成的幼时画面。

一天，小梳从他那儿拿了糕点，悄悄地去找被他关在院子里练字学习的小成。小梳把那仅剩不多的糕点掰成两块，一块给了小成，一块则跑进院子里给了他，然后坐在他的膝上叫着“祖父”。

他拿了糕点，训斥小梳，让小梳不要与别人分享自己的东西。

小梳却说，那是弟弟。

他耳边的声音变得混沌，时钟开始往后倒退，他如今仿佛又坐在那敦实厚重的红木太师椅上，小梳则坐在他的膝上，仰头指着躲在柱子后面不敢出来的小成说，那是弟弟啊。

下一秒，他手里的力气仿佛一瞬间全都被抽走了，手里的糕点再也握不住，滚了几圈，落了一地碎渣，跟深秋霜降过后腌出的桂花蜜一样，泛着淡淡的金光。

他忽然听到外面所有人都哭了起来，而后见到一个穿着白衣服的人匆匆忙忙地进来，跪在地上喊了一声：“江家老爷子，归天了！”

江老爷子的葬礼举办得声势浩大，江家上上下下的人哀痛不已。江月梳回来的时候，见到的只是安静地躺在棺椁里的老人。

江月梳回来后来过浮京阁两次，江昱成都谎称养病，拒不见客。

兰烛听林伯说，江老爷子没跟江月梳说他拿到的半个肝脏是谁的，二爷也没跟他说。

兰烛不知道其中的缘故，也只跟江月梳打过两次照面。当她见到他的时候，他站得笔直挺立，和善地招呼了她一声“兰烛姑娘好”，她便知他应该是谦和儒雅的性子，这种性子的人的确不适合在江家这样的深宅大院中钩心斗角。

江昱成对江家的所有人都冷漠至极，唯有对这江月梳，还能恭敬地叫一声“大哥”。

想来江月梳待江昱成应该是真心的。若是江月梳知道自己的半个肝脏是江昱成给的，或许会毫不犹豫地拒绝，拼了命也要把它还给江昱成。

兰烛非常理解江昱成的心情——他不知道用什么样的心情去见江月梳，索性就闭门不见，连江家的葬礼也不出席。

兰烛看着林伯送了客，迈进屋子里就看到江昱成站在那儿。见他已经戴上了黑袖章，正整理着自己的着装，兰烛微微吃惊："二爷，你要去参加葬礼？"

江昱成见到她进来，对着镜子系着自己领带的手微微一顿："阿烛，你不是说去剧团吗？"

兰烛："我去看过了，剧团那儿挺好的。"

她走上前来，微微踮起脚，闻到了江昱成身上传来的淡淡的让人舒适的味道，接过江昱成手里的领带，熟练地系好："你要去哪儿？"

江昱成："我打算去一趟西山公墓。"

她系好了领带，站在江昱成面前，双手搭在他的胸前："你是要去你母亲那儿？"

"嗯，"他点了点头，搂过她的腰，"本来想瞒着你偷偷去的。"

兰烛："带我一起去吧。"

江昱成听到这话，眼中闪过一丝波澜，再次确定道："你要跟我一起去？"

兰烛点了点头："当然。"

兰烛和江昱成上西山的时候，雪已经停了，山上道路难走，江昱成时不时地扶着兰烛。

等到了地方，兰烛才发现江昱成的母亲的墓就在乌紫苏的墓旁边，是她上次来时发现的那个无名无姓的墓——原来之前那座被她整理干净的墓碑是江昱成的母亲的。

江昱成站在墓前，把手里的花放下，对着墓碑发了好一会儿呆。他什么都没说，只是蹲下身点了火，火苗蹿上了他拿出的那一封封信，那些信顿时被烧成了灰烬。

"这是……？"

"这是我曾经给她写的信。"他垂眸，眼神落在火光上。

兰烛看到那些落笔有力、姿态风雅的文字最后随着那火焰化成了青烟，心中涌上淡淡的哀思——一切皆化为灰烬。

江昱成站起来，背着手站在那墓前，缓缓说道："如今一切都落幕了，您不用担心，我过得很好。"

"阿烛——"江昱成向兰烛伸出手，兰烛把手搭上去，随他来到了墓前。

他朝着那墓碑说道："母亲，这是阿烛，她跟您一样学的是京剧，不过比您唱得还好些。"

兰烛朝着江昱成笑了笑，说她没有那么厉害，而后点起一支烟插在墓前，以表哀思。

她看了看一个字都没有的墓碑，轻声说道："二爷，换座墓碑吧。"

江昱成摇了摇头："不必了。"他牵起她的手，原路返回，"别让别人来打扰她。"

兰烛随着江昱成从西山回来，刚到浮京阁的门口还未进去，就看到灰黑色的大门前吵吵嚷嚷地堵了好些人。

一行人看到江昱成的车子开了过来，竟然齐刷刷地挤在角落里，微微躬着身子。

林伯早在那儿等着了，迎江昱成下来后，附耳说道："二爷，原先赵家的港口乱成一团了，不知道从哪儿冒出来一堆闹事的人，赵家的这几位后生压了许久也压不下去，如今焦头烂额地堵在浮京阁门前嚷着求您帮忙。看起来，那位姓钦的爷是要孤注一掷了。"

江昱成扫了一眼站得整整齐齐的人，回头径自把兰烛接下来，牵起她的手，眼睛眨也不眨地往屋子里走去。

"二爷！"屋外的人出声叫住他，"您不能见死不救啊，钦书几乎要拆了赵家啊！赵家的那几个叔伯都逃到国外去了，剩下我们和几个小丫头片子在商场上根本不是他的对手，我们不能看着赵家的百年基业毁于一旦哪！"

江昱成停留了片刻，冷漠地问："赵家的事和我江昱成有什么关系？"

"二爷！二爷！"来人几乎要跪着拦住江昱成，"江家与赵家世代交好，如今赵家老爷子一走，赵家只能依靠江家了……只能依靠江家了啊！”

“与他们交好的是我祖父。如今他已经死了，或许你可以去问问我的那些叔伯，看看他们有没有仁慈之心，肯不肯帮你。”江昱成说完，甩了袖子就往里走去。

来人身后的几个人一齐上来去拦江昱成。

“二爷，在我们眼里江家永远是您主事，如果您愿意帮我们，我们这些剩下的赵家人，往后只与浮京阁的江家人做朋友，其他姓江的人，我们一概不认！”

江昱成听到这话，终于停下了脚步，低头扫视了他们一眼：“此话当真？”

几个人一听这话，感激涕零。

“当真，当真！比真金还真！”

江昱成听完，带着兰烛进了院子。

那几个人还想跟进来，却被林伯拦在了院子外。林伯说：“这事二爷允了，诸位回去等消息吧。”

站在外面的人你看看我，我看看你，而后反应过来，顿时欢欣鼓舞。

院子里，兰烛歪着头，狐疑地看着江昱成。

江昱成坐下，给自己倒了杯茶水，抿了一口，没抬眼：“问吧。”

兰烛：“赵家人不听钦书使唤了，赵老爷子有意撤了钦书的权，引得钦书狗急跳墙，连车祸这样的事情都做出来了。你表面上毫不关心这些事，任由他大肆吞并赵家，实则就是在等赵家的这些人的一句话，往后他们唯对你马首是瞻，你才肯出手。江二爷啊江二爷，你藏得好深哪！你是不是早有准备？”

江昱成勾了勾嘴角：“阿烛，我总不能坐以待毙吧？”

兰烛往前凑了凑：“你打算怎么做？”

“你等着吧，三日后，他必失势。”

果真如江昱成说的那样，三日后钦书在境外的资金链出事了。

钦书把这条线埋得极深，若不是他特别信任的人，是根本不知道他在国外还有这样一条线的。

这事出得还不是一般大。如果钦书不能及时补上资金，留了把柄在别人手上，那下半辈子估计就要在牢狱里度过了。

他之前做过许多上不了台面的事情，但都处理得干干净净，自信没人拿他有办法。只是没想到国外的资金链断得这么快，他为了弥补这个窟窿，变卖了在国内好不容易拿到手的产业，动用了好多关系，不停东奔西走。

江昱成悠闲地在院子里喝着茶，兰烛抄着小篆练着字，写到一半，托着腮帮子看着他。

江昱成抬眼挑眉："怎么，对我更崇拜了？"

兰烛把头扭过去："嘁，我只是在想到底是谁挖出了这条线。这钦书胆子真大，这档子事都敢干，我听说那场子里乱极了。"

江昱成："嗯，他这种人偏执，只要能达到目的，什么事都会去做的。那在境外的场子里有许多不能见人的勾当，国际警察早就在盯了。"

兰烛："如果只是被端了那场子他应该不会这么慌张。他一定做了许多嵌套，把自己藏得深深的，除非是他的某些证据被人掌握了？"

"聪明。"江昱成倒了杯白茶递给兰烛，"所以，只要让他知道有人能找到指认他的证据，他就会慌乱不堪。"

"谁有他的证据？"兰烛问道。

江昱成："你猜。"

兰烛："总不可能是你。你要是有，早就把证据送到警局了，哪里还能在这儿陪我喝茶？"

"我是没有，不过王先生那儿有一盘录像在洗，相信不久后就会有结果了。"

"王先生？"兰烛回头。

她记得王先生与钦书的关系还不错。有段时间她为了乌紫苏的事情还把他们当作共同的敌人，都不跟王凉说话了。

兰烛站起身来："怎么会是他呢？"

江昱成见她惊讶到站了起来，便放下手里的茶盏，伸手握住兰烛的手，把她往自己的怀里带。兰烛随之坐在了他的膝盖上。

他靠得很近，轻轻地说道："阿烛，有的人爱得冲动热烈，有的人爱得克制隐忍。"

兰烛听到这话，想起在乌紫苏墓前看到的那束虞美人，猛然抬头，不解地看着江昱成："您是说，那位王先生是为了紫苏姐姐？可是……可是他们不是……不是交易关系吗？"

"或许王先生自己也不了解自己吧。王家是钦书往上走的第一把梯子，王先生漠视着乌紫苏将王家的资源朝钦书倾斜，漠视着乌紫苏跟钦书私下来往，心里笃定这是一场交易，可是哪里有这样不对等的交易能持续六年的？

"境外的事情，钦书怕暴露自己，本就是让乌紫苏去布的局。钦书觉得王先生只是图一个皮囊和利益交换，对乌紫苏给他的那些东西，王先生从来就是睁一只眼闭一只眼，所以就放松了警惕，这才让王先生有了跟进去的机会。"

"所以，王先生一直在意紫苏姐姐？他在给紫苏姐姐报仇？"

"或许吧，不管怎么说，我们的目标一致。"

兰烛若有所思。槐京的人，人人都比自己想象的更复杂。可能江昱成说得没错，有的人爱得冲动热烈，有的人爱得克制隐忍。

后来兰烛听说钦书卷款潜逃了。

赵家那些人有了江昱成的支持后，一鼓作气地出手，不给钦书在赵家留一丝位置，就连从前跟他交好的王家人，都把跟他的关系撇得清清楚楚的。

钦书自知国外的事情就快要兜不住了，索性跑路为先。一夜之间，他像是在人间蒸发了一样，好似槐京城从来没有出现过这个人。

王先生那儿，听说证据已经快洗出来了，也就这一两天的事，想来也不会出什么岔子。

槐京二十几家剧团的团长聚会请了兰烛，兰烛应邀。她本来想一个人去的，谁知江昱成坚持要陪她去。

兰烛整理着东西，嘟囔："人家好意请我去聚会，你去算什么情况？"

江昱成："不是说可以带家属的吗？"

兰烛停下了手里的动作，回头："二爷，你是不是对自己的定位不准确？你算哪门子家属？"

江昱成挑眉，反驳："预备家属。"

"你别去了，回头那几个剧团团长看到你大气都不敢喘，一顿饭吃得惴惴不安的，还得说你爱听的话。"

江昱成："我这么令人窒息吗？"

兰烛笑了笑，手环上江昱成的脖子："我以为，在圈内风评不好这事你自个儿心里有数。"

江昱成："一想到你要跟那帮老家伙吃饭，我就心里不高兴。"

"那总比跟一帮年轻力壮的小伙子吃饭好吧？"

江昱成失语，明白过来后微微歪头看着她："好啊兰烛，你挑衅我？"

"好了二爷，我真要走了，否则来不及了。"兰烛拿起外套，连忙从江昱成的怀里逃离。

"等等——"江昱成叫住她，"这样吧阿烛，我送你到聚会的地方，然后晚一点儿再去接你。"

"嗯，这样行。"

兰烛和江昱成刚坐上车，车子发动的一瞬间，兰烛看到了从远处跑来的林伯。

"等一下。"兰烛叫停司机，看向江昱成："二爷，林伯。"

江昱成这才看向一边，降下了车窗，就见林伯上气不接下气地跑过来唤道："二爷！二爷！"

林伯为难地看了兰烛一眼。

江昱成随即从车上下来。

林伯："二爷，王先生那边出事了！"

江昱成皱了皱眉头。

林伯："钦书在王家出现了，拿着刀进去的，走的时候浑身是血！治得了他的那样东西，也被他拿走了！"

"什么？！"即便是江昱成也被这个消息震惊到了，"人怎么样？"

"王凉小公子一直在国外没回来，就王先生在，救护车往王家赶了，恐怕您得过去一趟。"

"知道了。"江昱成点了点头。

他回头望了一眼停在雪夜里的黑色轿车。他看不到车子里的人的神色，但也知道她一定在望着他，为他担心忧虑。

江昱成收拾好情绪，走向车子，敲了敲兰烛的车窗。

兰烛把车窗摇了下来："怎么了二爷？"

江昱成站在车外，没开车门，微微俯身："阿烛，生意场上有点儿事，晚上我恐怕没办法跟你一起出席聚会了。"

"没事啊。"兰烛趴在车窗门上，耸了耸肩，"你去忙吧，我跟他们吃完饭就回来。"

见她一脸诚恳又轻松的表情，江昱成放下心来，伸手揽过她的脖颈，迫使她抬头，自己俯身，另一只手撑在车顶上，低头吻上了她的唇。

"晚一点儿我去接你。"

"好。"

江昱成目送兰烛的车子消失在风雪里后，才连忙坐上自己的车，急匆匆地往王家赶去。

王家此时一团乱，进进出出的人面色凝重。

院子里都是打斗的痕迹，王先生的胳膊上、腿上全是刀伤。江昱成半蹲下来，帮着先赶过来的私人医生一起给王先生包扎伤口。

"你忍着点儿。"江昱成前脚刚做了心理铺垫，后脚私人医生就直接切掉了王先生手上的一块伤口腐肉。

"咝——"王先生倒吸了一口凉气。

江昱成："报警了吗？"

王先生："事情闹这么大，难道连一个帮我报警的人都没有吗？二爷，我王某人的人缘不至于这么差吧？"

"你还有工夫跟我说笑话。"江昱成皱了皱眉头，"你用得着跟他硬拼吗？这小子不要命的，他要的东西你给他就是，要是搭上了你这条老命，怎么弄？"

"你说对了，不给他，我哪里活得下来？"

帮忙包扎伤口的江昱成愣了愣，皱眉："你真把东西给他了？"

"你瞧瞧，果然是江家二爷，刚刚还说这东西没我的命重要，我一说把东西给他了，你就立刻变脸了。"

王先生用另外一只还能动的手从自己的兜里掏出一个优盘："拿着吧，拷贝版。"

江昱成接过东西："算你这三十年的商业争斗没白斗。"

"我哪里能真把东西给他？你费了这么多心血帮我弄到的。我和他说我没有拷贝版了，他姑且信了，但是阿成——"王先生面色凝重，"这小子恨毒了我们，冲我来只是为了拿回证据，但是我感觉他知道我密谋的这一场局里有你参与，你要当心，他的下一个目标或许就是你。"

"知道了。"江昱成拍了拍他的肩膀，"救护车来了，你先走吧。"

医生扶着王先生上了救护车。

江昱成站在门外，看着手里的优盘发呆。

林伯过来："二爷，既然证据都已经收集好了，我们也是时候退出了。我让人把这东西交给警方吧，以后不管天涯海角，钦书逃不了了。"

"嗯。"江昱成点了点头，手上却没停下摩挲优盘的动作。

雪夜孤灯下，他缓缓说道："你说这事有这么容易吗？"

林伯："他以为自己拿到了证据，自然忙不迭地跑了。"

江昱成："按照他的性格来说，他就这样相信了王先生手里这份东西是最后的证据，会不会太轻易了？"

江昱成话音刚落，两个人陷入了诡异的沉默中。而后两个人四目相对，近乎一齐出声："糟了！"

眼罩被扯掉，兰烛望着自己头顶上晃晃悠悠的灯光，眩晕了片刻。她发现自己在一个废弃的工厂里，工厂中间有一个隆起的平台，像是个二楼，她在那个平台中间。

半个小时前，兰烛参加剧团聚会，刚落座不久，就有个服务员跟她说，酒店外厅有人找她。她没多想，走到外面四处张望，却没有看到人。然后背后突然被人拍了一下，她一转过头就失去了意识。

她是被一盆冷水泼醒的。她睁开眼，看到眼前站着几个壮汉，灯下还坐着一个看不清脸的人。直到坐着的那个人的声音响起的时候，兰烛才分辨出那个人是谁。

“醒了？醒了好，总算有人陪我说说话了。”钦书手上拿着一把一寸长的弹簧刀，坐在那儿一下一下地拨弄着弹簧刀的刀片，“好久不见哪，阿烛姑娘，你还记得我吧？”

兰烛本能地想要往后退，却发现自己的手被绑了，动弹不得。她抬头看到他手里拿着的明晃晃的弹簧刀，努力让自己保持冷静：“钦老板，我跟您无冤无仇吧？”

“无冤无仇？”钦书冷笑了一声，“你以为我不知道你去找赵录的事情吗？你倒是挺有本事，劝得她跟我为敌。你不会以为凭几个小姑娘就能阻止我吧？”

兰烛：“不管怎么样，您如今看起来挺落魄的。”

钦书：“你别着急，马上我就能拿回一切了。江昱成不是最心疼你了吗？我倒要看看他还有什么东西是能够拿来换你的。哦，为了让他提前感受一下心疼，我得让你吃点儿苦头了。”

钦书重重地摁了一下手里的弹簧刀：“把她给我绑在椅子上。”

兰烛面前顿时出现了两个人，他们粗鲁地抓过她的手就要把她往椅子上拖。她本能地挣扎着，肩被一个大汉狠狠地摁着。他用手肘抵着兰烛的背，呵斥她：“老实点儿！”

兰烛顿时感觉自己的肩头传来骨头近乎被压断的疼痛感。

“怜香惜玉懂不懂啊？”一个有些轻浮的声音传了过来。

兰烛感觉到肩上一松，转头看去，就见原先禁锢着她的那个大汉被一脚踹在了地上。

兰烛抬头，面前出现了一个穿着暗红色衬衫的男人。他领口慵懒地敞开着，如血色般的红衬衫与他白皙的皮肤形成了鲜明的对比，衬得他的五官跟精雕细琢的和田玉一般。他眉眼狭长，一双桃花眼轻浮地挑起，眼中带点儿笑意，蹲在了兰烛面前："书哥，长这么好看的姑娘，你真忍心动手啊？"

钦书站在灯下，冷冷地说："沈成杞，别阻挠我，别忘了你的身份。"

那个叫沈成杞的男人笑了笑，回过头去："瞧你说得如此严重。你让我从国外回来帮你，我可是二话没说，可一回来你就要对一个弱女子动手，总要给我一点儿心理过渡的时间吧？"

他说完，单手把兰烛拎了起来，手腕上用了点儿力，兰烛就被他摁在了椅子上。他慢条斯理地拿起捆绳，笑着对兰烛说："小美女，你忍着点儿，我哥手起刀落，想来你应该不会很痛苦。"

兰烛警惕地盯着眼前这个男人，他靠得很近，捆她的时候，五官在她面前放大，过于近的距离给她带来了不太舒服的侵犯感。直到给绳子打结的时候，他把手停在她的腰上掐了一下，兰烛正要发火瞪他，却看到他用口型说着"拖延时间"。

她眉头微微一皱，看着这个古怪的男人远离她，叉着腰在那儿对着钦书说："当坏人也不用这么暴力，你瞧，我温温柔柔的不也将人捆上了吗？"

钦书阴着脸："少废话，去外面盯着，江昱成要是来了，不断他一条腿，别让他进来。"

沈成杞伸了个懒腰，对围在那儿的一群人说："听到没？出去盯着，江二爷要是来了，打不过了再叫我，我先去睡会儿。"

他回头对钦书笑了笑："书哥，您轻点儿，别打扰我的一场好梦。"

沈成杞走后，钦书向兰烛走近，兰烛这才看清他现在骇人的样子——原本整洁的西装外套上沾着已经干了的血迹，他的发丝全部倒在一边，再也没有了往日儒雅干净的样子。

他拿着弹簧刀，俯身抬起兰烛的下巴："你说，我先从哪里开始好呢？左边？右边？哪边会让江昱成更心疼一点儿？"

兰烛看着那刀几乎要贴到自己的脸上，心在胸腔里不安地乱撞着。她控制着自己的理智，保持冷静，目光对上钦书的眼，爹着胆子说道："紫苏姐姐看到你这个样子，应该会很心疼吧？"

钦书听到乌紫苏的名字，手上的动作停了下来，神色微微一变。而后他清醒过来，直接把刀抵在她的脖子上："你少拿乌紫苏来分散我的注意力，别以为你知道点儿什么事就能拿捏我……"

兰烛打断他的话："我找到你们的孩子了。"

钦书的神色凝固了一瞬，他死死地盯着兰烛的眼，反问道："你还知道什么？"

兰烛看到钦书的反应，凭借直觉猜测着钦书对乌紫苏的感情，连忙补充道："我与紫苏姐姐交好，她的墓地也是我找的，西山的最北面！"

他闻言手上力道松了一些，摇头道："那地方不好，她喜欢阳光，那地方阴冷潮湿，她一定不喜欢。"

兰烛小心地试探着："那是我能找到的最好的地方了，你知道，紫苏姐姐走得太突然了。"

钦书卸下了抵在兰烛的脖子上的刀："是姓王的没把她照顾好。"

"她是为了你们的孩子。紫苏姐姐说，你有自己的梦想，没办法陪在她的身边，这些她都能理解。她就想找回自己的孩子，等你在槐京城出人头地了，就一家三口在一起。"兰烛昧着良心编造着这一套谎话。

"她当真这么说？"

"当然。"兰烛见钦书的神情有所缓和，连忙补充，"我理解你，你从岭南一路走来一定很不容易。"

"理解我？你怎么可能理解我？"

"我理解。我来槐京城的时候跟你一样，发誓一定要在这儿闯出一片天来。

"我也跟你一样憎恨槐京富人四合院里的满屋金光，憎恨这个城市里人人冷漠的眉眼，憎恨那些得势得权的人毫不在乎地踩碎我们的梦想。紫苏姐姐说，从前你们虽然贫穷，但是日子过得很快乐。”

钦书背过身去：“她从来就很好满足，吃馒头、咸菜也觉得很快乐，摆摊卖唱也觉得很快乐。那个时候，我指着坐在宽敞豪车里的富太太跟她说，那才叫作快乐，我钦书会给她真正的快乐。”

兰烛心中微微泛起苦涩感。

“她第一次去剧团试戏的时候，连双像样的鞋子都没有。她在冰天雪地里走得着急，丢了那只破鞋，却欢天喜地地回来告诉我下一场戏她能登台。我看着她满脸欣喜的样子，心里却越发苦涩。你知道吗？没有一个男人愿意看到自己的女人吃苦。

“自此之后，我就发誓我要改变这一切，要让自己登上高峰。这年头谁还听京剧啊？我意识到要往更高的地方走必然要忘记从前的一切，于是练了十几年的琴不拉了，她那一身刀马旦的功夫也再也不练了。后来她去演戏，去试镜，那导演借着酒劲把手放到她的腿上，我恨不得把杯子捏碎，却听见那导演说那部戏的女主角给她了。”

钦书转过身来，笑得古怪，下巴上的血迹被灯光衬得越发暗红恐怖，“我就知道，命运开始向我招手了。”

兰烛在心里嘲笑他：所以他就是这样找到另外一条路的？

“看到她陪别的男人，难道你心里一点儿都不会在意吗？”

“我当然在意！她是我的！”钦书提高了声音，“我心如刀绞，可是我有什么办法？我有什么办法？！

“我搭上王家这条线后，做的第一件事就是把那摸她的腿的导演装进麻袋里暴打了一顿。你知道那种快感吗？”

钦书低头，用可怕的眼神盯着兰烛，像是要把兰烛看穿。

“他再也没法抬起那只手了，呵！所以——”他直起身子，离开兰烛面前，“只要她一直爱我，一直给我时间，我早晚有一天会把她接回来的。”

兰烛：“可惜，她还是没有等到你成功的那天。”

“是啊，”他长长地吁了一口气，“她还是没有等到我成功的那天。”

说完他转过身来，用虎口掐住兰烛的下巴：“既然我的下场是这样的，那我就更不能让江昱成好过了。我已经很给他面子了。我警告过他，告诉他他母亲的事情就是在警告他不要惹我，不要管江家的事情，不要管赵家的事情。他倒好，跟王散沆瀣一气，悄无声息地搜罗了有关我的这么多东西，这口气我怎么咽得下？！”

兰烛感觉到他手上力道加重，感觉他的怒意又恢复了，连忙出声提醒他：“钦书，你忘了，我知道你女儿的下落，你不想知道吗？你……”

“你以为你很聪明吗？”他加重了手上的力道，一瞬间手臂上青筋暴起，掐得兰烛透不过气来，“那只不过是阻挡我和紫苏过上美好生活的一个意外而已，早被我掐死了。”

兰烛震惊得一瞬间瞳孔放大，想到紫苏姐姐在灯光下温柔地说她有个女儿，她要找到她的女儿。她说不管天涯海角，她都要找到她的女儿啊！

兰烛觉得自己呼吸困难，脸色开始发白，被捆绑的双手在奋力地抵抗。她双目猩红，几乎是用最后的力气喊道：“你根本不爱紫苏姐姐！你爱的是你自己！自始至终你都在自欺欺人！你说你爱紫苏姐姐，你说你做这一切都是为了她，但其实你做这一切都是为了自己的虚荣心，为了喂饱你心中的那只黑狗！”

“随便你怎么说，去死吧！”他咬着牙，目眦欲裂，正欲下最后的狠手，仓库的铁门却“嘭”的一声被撞开来。钦书听到动静，连忙往后看去。

门被撞开的一瞬间，还有两个男人被扔了进来。那两个摔在地上的男人捂着肚子，跟两条虫子一样缩在地上打着滚。

钦书松开兰烛，直起身子，盯着台子下面的门口。

门外依旧是漫无边际的风雪夜，外头的光随着被撞开的门侵入屋子里，兰烛才看到屋子外面也躺着几个在哀号的人。下一秒，出现在门口的是那只半人高的阿根廷杜高犬。

它站在那门外，脖子高仰，体格健硕，足垫厚实，似马刀的尾巴一动不动。它好像身上带着伤，但黑色的毛发遮盖了它身上的血迹。它踩在门口的人身上，锐利的眼神睥睨着一切。

下一秒，黑夜的雪地里，江昱成的身影出现。

他穿了一件单薄的黑色衬衫，手掌虎口上缠着他白日佩戴的那根领带，右手拿着根棒球棍，嘴边红肿，白皙立体的脸上有伤，在看到兰烛完好时眼中的戾气才逐渐退去。

钦书笑得猖狂，从桌上拿过一样东西，兰烛看清后才发现那竟然是一把刀。他指着江昱成说道："哟！二爷，你终于来了，我还以为你连大门都进不了，就被我外面的人打死了。"

江昱成看了兰烛一眼，从自己兜里掏出一个优盘，抛给钦书："你要的东西，放人。"

钦书接过优盘，掂了掂："我怎么知道这是不是最后一份了？"

江昱成："我不会用阿烛来跟你赌的。"

钦书："哟！你可真是深情，我信你这是最后一份，不过——"他转身坐在废弃工厂的那张桌子上，慢条斯理地说道："沈成杞，你在等什么？"

话音一落，兰烛就听到后面传来一下下金属和金属的碰撞声。

那碰撞声几乎跟人的心脏跳动的节奏重合，一下一下地敲击着她的神经。

从后面出来的那个男人，在红色衬衣外面穿了一件西装外套，即便是修身的板型也没有把他吊儿郎当的气质遮掉。他右手上拿着一根钢棍，刚才就是这钢棍发出的敲击声。见到来人，他慵懒地抬眼："这位想必就是浮京阁的江二爷了。"

站在他身后的，是几个尚能再打的重新站起来的人。

江昱成一个眼神，貔貅先冲了上去，去解决后面那些残兵。

下一秒，江昱成先出手抓向沈成杞，试图用棒球棍把沈成杞的手别在背后。

沈成杞似是知道他的想法，侧身用手肘抵挡，脱离了他的掌控。

兰烛就这么看着两个人打在一起，那个男人的身手不容小觑，他们现在打了个平手。

她之前看过江昱成练综合格斗，他狠起来招招见血，拳拳到肉，但是现在从兰烛的角度看过去，他的动作有点儿奇怪，甚至他有点儿像在放水。

兰烛回想起刚刚那个男人的提醒，突然就觉得这里头是不是有什么问题……

两个人依旧你一招我一式地扭打在一起。兰烛扭头看了一眼钦书，发现他一直举着刀，一刻都没有松懈。

兰烛再回头看向在钦书攻击范围内的那两个人，忽然想到他们或许在等一个机会。

她立刻冲钦书大喊："钦书！你不是一直想知道你国外的生意是怎么被王先生他们发现的吗？"

钦书盯着在他面前的人，没扭头，怒斥道："闭嘴！再多嘴，我就先杀了你！"

兰烛依旧对着他全力输出："你做梦也想不到吧，那是紫苏姐姐告诉他的！

"我跟你说实话，紫苏姐姐说她不爱你，她一点儿都不爱你，她恨你！她死之前跟我说的最后一句话就是，她这辈子犯的最大的错就是跟你好过，她一想到这件事情就觉得无比恶心！她知道是你亲手掐死了她的孩子，往后你下了阴曹地府都不要想求得她的原谅！所以她把她知道的一切事情都告诉了别人，要让别人抓住你的弱点，最后打垮你！你永远都出不了头，没有人会站在你身边，没有人会爱你，就连紫苏姐姐也永远不会站在你身边！"

钦书听到这儿，胸口一阵闷痛，气血翻涌。他分了神，把刀尖转过去指向兰烛："你胡说！你胡说！她爱我！她必须爱我！她一定爱我！这辈子她只能是我的！"

他近乎扭曲着五官，奋力地反驳着。他指着兰烛，正要有所动作，突然他的双腿传来剧痛——一左一右，一根钢管、一根棒球棍袭击了他的腿。

见钦书难以置信地要回头，沈成杞连忙缴了他的武器，把钦书的头抵在地上："认输吧，别挣扎了。"

"你！你！"钦书难以置信地看着沈成杞，"你竟然背叛我！"

沈成杞耸了耸肩："算不上背叛吧，我跟我二哥的关系总比跟你的关系好些吧？"

江昱成连忙奔向兰烛，半跪在地上帮她解开绳子："阿烛！阿烛！你有没有事？你有没有事啊？"

"没事。"兰烛虚弱地摇了摇头。

"你太冒险了！万一他再快点儿，后果不堪设想！"

兰烛长舒了一口气。她也不知道自己哪里来的勇气，现在想来真是后怕。她挑衅地惹怒钦书，近乎是跟死神在赌。

江昱成也松了一口气："对不起阿烛，是我大意了，他声东击西，我不应该没有看出来的。"

"没关系。"兰烛摇了摇头。

她抬眼，突然对上钦书带着笑意的恐怖目光，急忙提醒道："小心！"

话音刚落，钦书藏在手里的弹簧刀瞬间划破了沈成杞的小臂。沈成杞吃痛，松开手，钦书瞅准了机会，从二楼的窗户直接冲出去，跳了下去。

沈成杞连忙跑到窗口，只见钦书跪在地上，像是摔断了一条腿。

钦书抬眼，看到窗口趴着往下看的人，顾不得疼，瘸着腿跑开了。

沈成杞拿着棍棒就要去追，被江昱成拦下了。

"不必了，成杞，我已经把证据给警方了，他跑不了的。"

沈成杞听了这话，神色又恢复成了从前一般慵懒的样子，像是有些失望，道："啊，那多没意思，又没的打了呗？！"

兰烛从椅子上起来，走了过来。沈成杞见到兰烛，把自己吊儿郎当的表情收了收，朝着兰烛点了点头："嫂子，抱歉哪，刚刚多有得罪。"

兰烛疑惑地看着两个人，江昱成伸手牵过她，解释道："沈成杞，浪子一个，我们小时候在国外认识的。你甭理他，他没个正形的。"

沈成杞："不是吧江昱成，我给你当了这么久的卧底，你介绍我的时候就八个字啊？浪子一个，没个正形？”

他向兰烛伸出手：“嫂子您好，我是沈成杞，您从前没见过我，我刚回槐京，往后还请您多多照拂。”

兰烛连忙把手伸出去，江昱成却挡在了他们面前：“照拂什么照拂？你别带坏阿烛了。”

江昱成扭头，指着沈成杞说道：“把你的吊儿郎当劲收一收，她是你嫂子。”

沈成杞耸了耸肩，笑得没个正形，轻声对兰烛说：“嫂子，您看，我哥怕我比他有魅力，已经开始提防我了。”

“离远点儿。”江昱成扯着沈成杞说道。

沈成杞撇了撇嘴，只得离兰烛远远的。他扫了周围一眼，看到温驯地站在江昱成身边的貔貅，于是蹲下来跟貔貅打着招呼：“小黑，我是你杞叔叔。”

貔貅一脸戒备，龇牙咧嘴的。沈成杞面色难堪地站起来，抱着手站在那儿：“怎么回事，槐京人人都不欢迎我吗？”

“别动它，当心它咬你。”江昱成扯着手掌上当绷带的领带，“死小子，下手这么狠，你是真打啊！”

沈成杞挑了挑眉：“你也不赖啊，我以为这么多年过去了，你腐朽的气质早就已经把你熏成古物了，没想到你也还能接我几招。”

江昱成没理他，带着兰烛往外走，径自说道：“你最好别太嚣张，槐京是我的地盘。”

沈成杞慢悠悠地跟上他，看到一旁盯着自己的貔貅，咂了咂嘴：“走吧小黑。”

沈成杞回来后暂时没地方落脚，江昱成就在偏院给他安排了个房间。

不得不说，自从沈成杞来了之后，浮京阁热闹多了。他日常在院子里招猫逗狗的，自然也嫌弃江昱成沉闷，自己出去走动的过程中，倒是和王凉搭上了，两个人一拍即合，沈成杞就说要搞影视投资去了。

江昱成也没阻止他，让他出去糟蹋钱总比在家欺负貔貅好。好端端一只威猛的杜高犬，被他天天逼着叫叔叔，都要被逼到郁闷得离家出走了。

兰烛倒是觉得这样挺好的，江昱成身边说得上话的人本来就少，她能感觉到江昱成还是挺喜欢沈成杞的，两个人有时候拌嘴的画面也挺有意思的。至于貔貅，她只能偷偷给它开小灶安慰它了。

兰烛后来听说警察找到了钦书。他最后死在紫苏姐姐的墓前，手腕上有一道刀口，警方对钦书的死亡判断结果是自杀。

兰烛觉得晦气，要不是听风水先生说搬墓不好，甚至想给紫苏姐姐换个地方。

江昱成去了一趟王家，王先生养得差不多了。王凉从国外回来之后，几次来找沈成杞的时候都想顺带着看看江昱成，可是偏偏江昱成总是不在。这次江昱成去王家，王凉总算见到他了。

王凉回国后才听说江家竟然发生了这样大的事情。江昱成在王家坐了一个多时辰，茶水添了一杯又一杯，王凉依旧担心江昱成手术后的恢复情况，硬是要跟出来，跟个狗皮膏药一样，一把鼻涕一把眼泪地说着自己的担心之情。

江昱成被他这唠唠叨叨的样子弄烦了，抱着手站在屋檐下，听他说完，抬了抬下巴："早就好了，我真没事，要不掀开给你看看？"

王凉原来絮絮叨叨的话被江昱成堵了回去："爷，您能别拿调戏小姑娘那套来搪塞我吗？"

"嘘！"江昱成立刻做了个噤声的动作，"你可别乱说，这话要是让阿烛听见了，她又要治我个莫须有的罪名了。"

"啧。"王凉连连摇头，"江昱成，你变了。你知道吗？你现在全身都是恋爱的酸臭味。"

"我劝你别叫我的大名。"江昱成摸了一把自己的口袋，没摸到烟，"来根烟。"

"大名是阿烛妹妹才能叫的，是吧？"王凉从兜里倒出一根烟递给江昱成，"您瞧您过的是啥日子，兜里竟然连根烟都掏不出来，还得问我要。”

王凉一边得意一边递上火。

江昱成侧过头，火光跳跃，烟上泛起点点猩红的光。他吸了一口，缓缓吐出烟，而后嗤笑道：“你知道个屁，‘单身狗’，有人管你的死活吗？”

“你……”王凉拿着打火机的手悬在空中，他说，“你有些过分了啊二爷，不带你这么侮辱人的吧？我单身怎么了？我单身我乐意。”

“走了。”江昱成抽了两口烟，把烟在一旁的灭烟砂石罐中摁熄。

“这就走了？哎，二爷，哎——”王凉在后头喊，看到江昱成头也不回地往外走，便叹了一口气，“这男人有了爱情哪就是麻烦，连一根烟的时间都不留给兄弟了。”

除夕夜，浮京阁的大门外有个鬼鬼祟祟的人影。

江昱成带着沈成杞去了王家，兰烛嫌弃他们这种男人的局过于无聊，于是瞒着江昱成偷偷找了几个学京剧的小姐妹一起叫了几个小哥哥喝了一场满意的桂花酿，回来得有点儿晚了。

她蹑手蹑脚地从侧门进去，本来想悄无声息地回到房间里，谁知一脚踏进门就看到了蹲在地上一脸喜悦表情地看着她的貔貅。

它疯狂地摇着尾巴，屁股扭动起来。兰烛知道下一秒它就要叫出声来，连忙伸手捂住了它的嘴巴，弯腰认真威胁道：“不许叫，貔貅。”

貔貅被她捂住了嘴巴，不情不愿地扭捏着身子，嘴里发出“呜呜呜”的声音，兰烛颇有耐心地蹲下来说道：“你叫起来声音这么大，吵着屋子里你那位德高望重的爷可怎么办？你也不是不知道他老人家脾气暴躁，要是他一生气，又把你赶到后院去住，我也护不住你啊。要是他老人家问起你来，你就说没见过我，知道吗？乖孩子。”

兰烛认真地跟貔貅讲着道理，只要把这个哨兵哄好了，她深夜外出的事情就不会暴露。

她正讲着道理呢，抬头就看到一双长腿立在了她面前。她迟钝地往上看去，暗叹“不好”，撒腿跑开之际，被人抓了回来。

江昱成把人夹在自己的手臂下，摇了摇头，拖着人往里走："偷偷溜出去也就算了，还教我的狗撒谎？"

兰烛有些尴尬，找着借口："我主要是测试一下貔貅对你的忠诚度。"

江昱成放开她："测试结果是什么？"

兰烛立定："忠诚！非常忠诚！

"我睡觉去了，晚安。"

兰烛说完忙不迭地要往自己的屋子里跑。

"站住。"江昱成把她拉回来，"我话还没有说完呢。"

"能明天再说吗？"

"不能。"他手上一用力，兰烛随即就摔在了他的怀里。

影影绰绰的灯光打在他的身上，狭窄的屋檐下，她无处可躲，只能被迫抬头："那要怎么样？"

"要补偿。"

"什么补偿？"

"你说什么补偿？"他缩小了两个人之间的距离，眼睛幽幽地盯着她。

她明白过来，鼓着腮帮子，踮起脚。

江昱成惊讶于她居然这么慷慨，眉心一动，嘴角微扬，微微低头。

谁知兰烛只是靠近之后，吸了吸鼻子，而后幽幽地开口："江昱成，你是不是抽烟了？"

江昱成微微一愣，刚刚在局上没忍住，偷偷抽了一根。他心里暗骂一声：大意了，着了她的美人计。

他手一松，揣回兜里，跟个没事人一样转身走了。

兰烛几步跟上："你别走啊！你刚刚不是要训我吗？"

江昱成走在前面，勉强还能保持镇定："深更半夜的，你跑出去，我自然要训你。"

"哦，那你怎么不训了？"

"我身体不好，累了。"

兰烛往前一步拦住他："我看你身体好得很。江昱成，你身上的烟味哪里来的？"

江昱成被她堵住，无处可逃："二手烟，一屋子的人，沾染上的。"

"真的吗？"

"真的。"

她凑上来，唇珠滑过他的唇峰，然后获得了充分的证据。她皱着眉头："你还想骗本侦探，你明明是自己抽的。"

他对她的机灵劲儿没办法，低头扣住她的后脑勺儿，把她按在了墙上："既然如此，那侦探大人，请你好好调查一下证据，然后重重地罚我。"

说完他便覆上唇，淡淡的烟草味瞬间侵入她的大脑皮层。

在她要缴械投降的时候，江昱成停下，看着她湿漉漉的眼睛，柔声说道："阿烛，又是一年了。"

兰烛仰着头，看向江昱成在月光下好看的眉眼："是啊，又是一年了。江昱成，恭喜你啊，三十岁了。"

江昱成用鼻子抵了抵她小巧精致的翘鼻："怎么办？我有年龄焦虑症。"

兰烛："嗯？"

江昱成："你还如花似玉，我却要老了。"

兰烛表情认真地说道："呀，那你要步入老男人的行列了啊！不过你也不要自卑，我觉得你的体力还是不输二十几岁的小伙子的。"

"嗯。"江昱成点头，而后反应过来，"嗯？"

兰烛做了个鬼脸，连忙跑开："快十二点了，去放烟花了！"

"你站住！"

"哈哈哈！"

"你给我站住！"

"哈哈哈！"

十二点的钟声敲响，槐京城的昨天已经过去，明天依旧到来。

番外一
她属于他，他属于她

今年槐京的冬天来得有些晚，临近腊月，这雪才纷纷扬扬地开始下。

江昱成年前赶着项目进度，给兰烛拨了几个电话，只不过讲上几句她就匆匆挂了，说剧团年底演出多，工作忙，江昱成往后再打电话就再也打不通了。

江昱成思来想去，让吴团长找了小芹的电话。

小芹看到陌生号码来电，还以为是客户，声音温柔甜美地接起，“先生您好”还未喊完，对面那头沉稳的声音就响了起来：“是我。”

小芹愣了愣，这才反应过来，连忙从嘈杂的后台里出来，找了个安静的地方，控制不住地拘谨说道：“二爷，您吩咐。”

“嗯。”电话那头的人低低地应了一声。

小芹等着下文。

过了一会儿没等到，她再问了一声：“二爷？”

“嗯。”电话那头的人又应了一声，没再继续沉默了，“阿烛呢？”

“阿烛？哦。”小芹反应回来，“阿烛刚上台呢。她没跟您说吗？”

“哦。”

“您有事吗？我帮您带话？”

“没有。”江昱成说完就挂断了电话。

小芹原地蒙了，丈二和尚摸不着头脑。她思来想去，还是觉得有问题，拨了吴团长的电话：“吴团长，二爷最近跟您联系过吗？”

“二爷？怎么了？”

“他给我打电话了。”小芹没来由地有些慌，“您说他能有什么事是要给我打电话的程度？是我之前管着阿烛不让她出去逛小酒馆的事情让二爷知道了，他来兴师问罪了？”

相比于小芹的慌乱样子，吴团长倒是很有经验：“你别急。你还是第一次遇到这事，往后啊，多习惯习惯就好了。”

“啊？”

吴团长：“你不知道我们二爷的脾气啊！咱就说在情爱这一块吧，二爷就是个拧巴人，人家思念兰烛姑娘偏不说，就爱给她身边的人打电话，我都接到过好几回了。”

“还有这样的？这能解相思之苦？”

“别人不能，但二爷能。”

“那他直接跟阿烛说他想她不就完了？”

“你觉得二爷那样的人，他能拿着一个冷冰冰的黑色东西朝那头说‘我想你’？这画面你能想象出来吗？”

小芹打了个哆嗦——的确想象不出来。

“你不知道我上次跟他出差，他能每隔十分钟问我一次——”吴团长模仿着江昱成的声音，“‘哎，你说阿烛在干什么呢？’”

小芹不由得觉得好笑：“那您都是怎么回的？”

“我说：‘阿烛姑娘在忙剧团演出呢，忙的时候顺便也在想您。’”

小芹不由得抖了抖：“这么肉麻的话您也说得出口？”

“是啊，二爷也是这么对我说的。二爷那时鄙夷地看了我一眼，说：‘这么肉麻的话你也说得出口？’但是他下次还是这么问，我下次还是这么说，他就喜欢听这种话，你知道吧？”

小芹表示同情：“您一把年纪了，真不容易。”

“所以说，你啊，平时多劝劝阿烛，让她别搞得太忙。二爷那边再这样搞下去，我能坚持，你能坚持吗？”

小芹想到江昱成那充满压迫感的声音，当即摇了摇头——她坚持不了。

“小芹——”

小芹听到兰烛在叫她，连忙对着手机说道：“好了，我不跟您说了，阿烛在叫我。”

小芹挂了电话，回到后台。

兰烛刚结束演出，正对着化妆镜在卸妆，吩咐道：“下一场演出前叮嘱一下剧院举办方，台下观众席的椅子排得太近了，观众坐着不舒服。”

“好。”小芹点了点头，时不时地往镜子里看去。

兰烛从镜子里看到小芹欲言又止的样子，转头问道：“怎么了？”

“阿烛，”小芹斟酌着道，“你跟二爷是不是很久没见了？”

“啊？”兰烛反应过来，“你怎么突然问这个？”

“没有，就是许久没见到你们在一块儿了。”

兰烛：“江家原先西边的产业不都让叔伯们打理的吗？这段时间刚交回二爷手上，他挺费心的，最近都在处理这事，算起来也有一个月了。”

“啊，这么久了？”

小芹盘算着：这么久了，难怪二爷要相思成疾了。

“那你们平时多久联系一次啊？”

“联系？”

“对啊，比如说打打电话什么的。”

打电话？兰烛心想：糟了，早上江昱成打过来的电话她还没有回。

“这段时间太忙了。”兰烛自顾自地说道，“二爷打来的电话我经常接不到，哪怕接到了也只能简单地同他说两句，想来我们确实好久没有好好联系了。”

“那怎么行？”小芹像煞有介事地说，“阿烛你心真大，就不怕你家二爷在外面遭别人惦记啊？”

兰烛继续卸着妆："不会的，他很忙的，哪里有时间惦记别人？"

小芹替兰烛着急："哎哟！阿烛，他不惦记别人，别人会惦记他啊。你不知道你家二爷什么条件哪？我可跟你说，这女人跟男人谈恋爱啊就像放风筝，你得有放有收。你现在就是完全只放不收，当心一阵风吹来把你的风筝吹没了！"

兰烛笑着怀疑道："哪里有你说的这么夸张？"

"不夸张，真不夸张，你可别觉得二爷心里有你就万事大吉了，外面的女人心机多着呢！咱不说二爷这身家吧，就凭他这外形，有几个女人能坚持不动心的？我求你了阿烛，你上点儿心吧！"

兰烛被小芹说得一愣一愣的，狐疑地问道："真的吗？"

"当然哪！"小芹摆出一脸肯定的表情，把手机递给兰烛，"这样，你现在就打电话，马上打电话给他。"

西城做建材生意的陈老板费了好大的心思才搭上江昱成这条线。

要说这江家的现状，江月梳本来就不喜好商场斗争，在江家出事后就带着自己的妻子游山玩水去了。江家的那些叔伯在江云湖还在的时候，尚且能分到一杯羹，可自从江昱成当家之后，索性就把他们原来的那些产业做了个清理，等到将产业整合完毕，这江家就彻底是江昱成说了算了。

陈老板当然不想错失这个机会，为此做了十足的准备。

西城的人生活闲适，夜生活又丰富，吃喝玩乐更是不在话下，桌上菜还没有上几个，屋子里已经酒气弥漫了，桌子旁还站着几个清丽秀雅的姑娘。

酒席上的人夸着陈老板有眼光，挑了这么个环境舒适的地方，还有美人作陪。

陈老板一边应和一边观察着江昱成的表情。

风雅俊秀的男人随意地穿了件深色的衬衫，松垮的领口露出一截白皙的锁骨，坐在嘈杂的酒局中，慵懒地用手托着脑袋，也不说话。

一旁的张老板给江昱成斟满了酒，讨好着说了两句话，江昱成也没喝那酒。张老板只能走到陈老板身边，轻声说道：“老陈，你行不行哪？任凭你挑出来的姑娘再天上有地上无的，这江家二爷可是连一眼都没有看哪！”

陈老板也发现了——他盯着江昱成看了好一会儿了，百思不得其解。

陈老板拿出手机发了条消息后，自信满满地对张老板说道：“你等着吧，我还有撒手锏呢！”

“什么撒手锏？”张老板刚问完，就看到外面的门被推开了。

门外传来一个甜美的声音：“不好意思，我来晚了。”

众人一抬头，认出来人竟然是那个最近很火的甜系女演员郑妮。

她虽然身形不高，但外形甜美，尤其是笑起来的时候，月牙眼，小虎牙，这在影视圈里很有辨识度。她更是因为演了一部都市甜剧火了小半个圈子。

就连一心只留恋美酒的王凉见了她都惊叹不已。王凉用手肘撞了撞江昱成：“哇！二爷，郑妮啊！”

一直盯着手机屏幕的江昱成这会儿才有了动静，缓缓抬头：“谁？”

“郑妮啊！她很火的，你不认识吗？”

“不认识。”

江昱成还未完全抬眼，眼下先出现了一双纤瘦的腿，再往上，郑妮的脸才出现在他的面前。

陈老板站在她身边，热情地给她介绍道：“妮妮，这是我跟你说过的江家二爷，从槐京过来的。”

郑妮伸出手，绽开一个甜美的微笑：“好巧啊江二爷，我下一部戏也在槐京拍，或许我们可以交个朋友？”

江昱成没伸手，但也最大耐心地保持着绅士风度：“不好意思这位小姐，我不怎么跟影视圈的人打交道。”

气氛有些尴尬，就当陈老板都不知道要怎样应对这场面的时候，还是王凉过来打的圆场：“郑小姐是吧？我是王氏影业的王凉，混影视圈的，或许我们可以交个朋友。”

郑妮笑了笑，依旧大方地跟王凉打着招呼："您好。"

郑妮打完招呼，陈老板安排她坐在了离江昱成不远的地方。

王凉凑过脑袋来，朝江昱成努了努嘴："二爷，您觉得我跟那个郑小姐有戏吗？"

江昱成倒了支烟出来："我可不等你，明天要去南城开会。"

王凉听出了江昱成的言外之意："谁说要在这儿过夜了，我是那种人吗？"

江昱成扫了他一眼："你的那点儿心思，我能不知道？"

王凉撇了撇嘴。

江昱成跟王凉扯着玩笑话，抬眼之间，看到了郑妮递过来的目光。她媚眼如丝，眼里的心思一点儿都不遮掩，也懂得怎样在这种场合给点儿暗示和勾引。他轻笑了一声，回头对王凉说："哎，凉仔，你知道陈老板安排这人进来是什么意思吧？"

王凉耸了耸肩："不就是让您松个口子吗？美人计呗！"

江昱成唇边浮起一丝笑容，说的话有些不正经："要不，你把人收了得了，省得人在那儿对我放电。"

王凉："二爷，我也是有骨气的，挑您不要的玩多没意思啊？！"

江昱成听到他这话，皱了皱眉头，桌子下的脚踹了王凉一脚。

王凉吃痛："二爷，您干吗？！"

江昱成："什么意思？我看上的你也看上了？你不会还对阿烛有意思吧？我告诉你，王凉，你要是真存了那点儿心思，我就把你倒着挂到树上去晒成人肉干。"

"您也太毒了吧江二爷，怎么说我也算您的半个兄弟吧？！"

"你真对阿烛有心思？"

"我没有！"王凉百口莫辩。

"那你为什么转移话题？"

"我没有转移话题！"

"我问你是不是对阿烛有心思，你说你算我的半个兄弟。你这不是转移话题是什么？你是不是心里有鬼？"

王凉心中直呼救命，无奈地转过头：“我发誓，阿烛妹妹虽然是这个世界上最好看的小姑娘，但只是我的妹妹……不！她永远是我的嫂子，是我大哥的女人！要是对她存了心思，我就……我就被天打雷劈。”

江昱成勾了勾嘴角，不理会王凉怨怼的眼神，似是满意。

这头王凉刚消停了，那头的郑妮又端着酒杯过来了。

王凉见状，幸灾乐祸地说道：“二爷，您自求多福。”

“死小子！”江昱成回头，一转眼王凉就不见了。

郑妮拿着酒杯，笑得甜美：“二爷，您喝酒吗？这酒还真不错，您试试？”

“不了，”江昱成拿起手边的另一个茶杯，“我不喝外面的酒。”

郑妮再次被拒绝了，依旧保持着笑容，自己找了个台阶下：“不喝外面的酒，那是您家里有酒窖吗？”

江昱成回头，语气淡淡地说：“我老婆自己酿的。”

郑妮听到这话，眉心不受控制地皱了皱。

江昱成这话已经说得很明白了，她也参加过不少这样的局，当然知道在这种局上的许多人家里有妻室，或者也有正牌的女朋友，但是鲜少有人会在这种局中大方地承认或者主动地说起这事。再纠缠下去就显得有些不识抬举了，她只得快速地说了几句客套话，悻悻地走了。

江昱成打发走了郑妮，回头想要在人海中寻找王凉，却听到手机传来振动声。他拿起手机一看，发现竟然是兰烛打来的电话。

他没来得及穿外套，立即走到外厅安静的地方，接起电话：“阿烛，怎么了？”

“没……没事。”

电话那头传来兰烛的声音，听她支支吾吾的，江昱成皱了皱眉头：“阿烛，你怎么了？”

电话那头，小芹看得着急，一直在一旁给兰烛使眼色。

兰烛大脑有些短路，整理着言辞，再开口时，蹦出的第一句话就是：“江昱成，你那里有女人吗？”

“女人？”江昱成有些摸不着头脑，“有啊，怎么了？”

小芹听到他说有之后，用一种“你看吧，我说什么来着？”的眼神看向兰烛。

兰烛听到这话后，心里有点儿不开心。

“到底怎么了，阿烛？”

兰烛不由得嘟囔：“没什么，小芹让我给你打个电话。”

“嗯？”

“小芹让我跟你说，说你在外面要注意，不能拈花惹草。”

“嗯。”他听出了兰烛话里试图遮掩的醋意，说“嗯”的时候声音带了点儿笑意。

这点儿笑意让兰烛觉得更不舒服了，她随即站起身来，一个人走到外面：“江昱成，你是在笑我吗？小芹说得对，男人就像风筝，不拴就飞走了……”

“阿烛——”江昱成出声打断她的话，“怎么都是小芹说？你就没有什么话想对我说的吗？”

兰烛听到好听的声音从听筒里传来，像极了他在她耳边厮磨时那样温柔，心里的气一下子消失了。

她能通过这声音想象出他的表情，他此刻一定半挑着眉，狭长的眼睛中微起波澜，像极了做好了圈套在等着她跳。

“嗯？”他再次出声，提醒她回答。

她泄了与他抗衡的气，压着声音，语气带着点儿委屈说道：“我有点儿想你。”

“有点儿想我——”他拖长了尾音，嘴角止不住地上扬。

随即他回了酒局上，抓了外套，越过人群匆匆地走了。

王凉看到脚步匆匆的江昱成，连忙追了出来：“二爷！二爷！您去哪儿啊？”

江昱成头也不回：“回槐京。”

“明天吗？”

“现在！”

兰烛说完“我有点儿想你”，就后悔了。

她有些懊恼。自己平日里忙忙碌碌的，偶尔接个江昱成的电话也不会依依不舍，挂电话的动作可快了，可偏偏听到他承认他身边有女人在的时候，加上他声音这么一软，又耐心地哄骗着问她还有没有什么话是她自己要对他说的，她突然就不坚强了。

她承认自己其实是有一点儿想他的。

她心里突然就浮出很多画面——他从前坐在那芭蕉叶下的木藤椅上，凤眼菩提手串垂落在他白皙的手腕上，他安静地坐在风里，手里拿着一卷不知从哪里拿出来的古籍，另一只手则托着脑袋，眯着眼睛看着端坐在树底下练字的她。

兰烛只是随口一提，说看到江昱成抄写的书法遒劲有力、风格洒脱，她也想学学，江昱成就让人摆好了桌子、椅子，买好了笔墨纸砚，日日监督兰烛练字。

江昱成的字是从小练到大的，兰烛哪里能赶上他？她要练字其实也就是说说，奈何江昱成将这话听进去了，一板一眼地非要让她练起字来。兰烛起先还有耐心，跟着字帖一笔一画地写，可没过多久就觉得有些无趣了。

她原先觉得自己还算是一个耐得住寂寞、守得住孤独的人，练习个字帖还能把自己难倒吗？她却没想到只是半日下来，她笔下的字就开始龙飞凤舞、扭捏难看了。

她悄悄地回头看了江昱成一眼，他正合着眼在树下午睡，未有动静。

兰烛悄悄放下那毛笔，刚伸了伸懒腰，就听到身后的人开口：“阿烛，莫要偷懒。”

兰烛转过头，却看到江昱成依旧闭着眼睛。她撇撇嘴，嘟囔了一句：“闭着眼睛都能看到吗？”

江昱成依旧闭着眼，慢条斯理地说：“你写字时手压着宣纸，风吹过来的时候纸不是这样的响动声。”

兰烛吐了吐舌头：这人真是老神仙，这都能听出来。

她轻轻地叹了一口气，却听到身后的人说道：“阿烛，莫要分心，屋子里还有一本《兰亭集序》。”

兰烛回头看了江昱成一眼，他依旧闲适平淡。

她是造了什么孽，竟然跟江昱成说要练书法？偏偏江昱成这个人古板起来就跟活了几千年的老神仙一样，不依不饶，是真要逼着她练哪！

她拿起笔，对着天空发呆。她到底为什么说要练这样难的东西呢？这毛笔在笔头吸满了墨汁之后就变得难以控制了，她能在台上控制红缨枪、长水袖，偏偏控制不了这软软的笔头。

兰烛叹了一口气，尝试着在纸上再试了一下，手上一用力，墨瞬间穿透纸张，洇成一团黑雾。

兰烛当即皱了皱眉头，心里有了小脾气，随即把毛笔丢在一旁：“什么东西？难练死了！”

笔在白色的纸面上滚了几圈，留下好多滴黑色的墨水，最后滚落到砚台边上，晃动着身体，未待稳住就落在了另一个人的手里。

江昱成不知什么时候已经起了身，手里捏着那支笔，递到兰烛手里，大手覆盖在她的手上面，握住她的手：“瞧瞧，你真是越来越骄纵了，都开始丢笔了。”

他口里虽然说着责怪的话，语气却有些宠溺。他站在她的身后，把着她的手：“心浮气躁，写出来的字自然是扭曲难看的。”

兰烛本来还有点儿不服气，但当看到自己那被江昱成握着的手在他的指挥下，写出的字竟然意外好看时，也就不顶撞他了，任由他握着她的手。

他一笔一画地教着：“行书讲究落笔潇洒，浑然天成。”他带着她提笔，“最后提笔的时候，不要犹豫，不要停顿。”

兰烛看着自己在他的带领下写出来的那几个好看的字，逐渐服气，回过头去：“江昱成，你练字跟江湖上的大侠练剑一样出神入化。”

江昱成挑了挑眉，虽然接受了她的夸奖，但未对她放松要求：“你加以练习，自然也能达到这样的程度。”

“啊——”兰烛难以置信地看着江昱成，“我还要练吗？”

江昱成：“下午才刚开始，你往常练功的时候可是没日没夜地练。”

江昱成放开兰烛的手，退到一旁，示意她自己练：“阿烛，水滴石穿，铁杵磨成针。”

又是水滴石穿、铁杵磨成针！兰烛心里嘀咕：这话他都说了几遍了，他怎么这么严格啊？！

兰烛站在那儿迟迟未动。她握着那毛笔，想了个办法，回头对江昱成说道：“二爷，我还是不会，您可以再带着我练一遍吗？”

江昱成没说行，也没说不行，背着手站了一会儿，还是过来了。

他重新握住兰烛的手，握起的一瞬间，突然感觉站在自己前面的人与自己贴得更近了些。

她微微弯腰落笔，起身时宽松的裙摆擦过了他另一只撑在桌上的手。她身子微微一动，曼妙的身体贴着他那西装裤的边沿。

初秋透气的布料一瞬间形同虚设。

江昱成喉头一滚，声音带了点儿呵斥之意：“阿烛！”

兰烛表情无辜地转过头来：“怎么了？我在认真练习啊！”

她说话间身子贴得更近了些，眼里是试图藏起来的狡黠之意。奈何她实在是太得意了，笑意攀上了她的嘴角，她试图藏，却怎么也藏不了。

她眨巴眨巴眼睛，嘴角微微弯起，表情无辜，身体动作却有些放肆。

原本还能控制住的江昱成低低地说了句脏话，手往上揽住她的腰肢，用力迫使她的身子往后倒。

兰烛惊得叫出声来，慌乱地认错。

江昱成靠她更近：“晚了。”

他俯身而下，笔墨纸砚被丢了一地。

兰烛自然不肯就范，江昱成起先还能忍忍，再到后来觉得欲望难挨，不得不连哄带骗。

他声声唤着“阿烛”，声音是迷人又蛊惑的，尤其是他动情的时候，那种冷如霜雪的克制和假装样子都不见了，留下的只有欲望，就是抓耳挠心的直白欲望。他性感到极致，任凭她的内心再抵抗，她也抵抗不了多久，一步步从耳根子红到了脚心。

到最后，她手都不知道该往哪里放，只觉得无尽酸胀。

浩瀚的海里，人鱼与星河交缠沉浮，鱼尾被海水包裹到窒息，却忘情地用尾巴搅动着波浪，浪花翻涌，直到涨到最高的时候，近乎要触到远离海面的月亮。

直到潮水逐渐退去，海面上才露出粉色的珊瑚，珊瑚尽情沐浴着月光。

江昱成看了看累坏了闭着眼睛休息的兰烛，没忍心吵醒她，只是自己起身，慢条斯理地拿过一件舒适的休闲罩衫穿上。

他站在桌边，在那堆写废的纸上面，看到了兰烛写得歪歪扭扭的几个大字：江昱成是个老古板。

他无奈地笑了笑，在“古板”两个字上面打了个大大的叉，而后写了个“公”上去——江昱成是个老公。

江昱成把纸拎起来看了一下，觉得哪里有些不对，又在那个“个”字上修改了一下，然后满意地将纸放回桌上。

兰烛此刻回想起这些，不由得展颜而笑。

兰烛并不知道江昱成在连夜赶回来，挂了电话后，手机又“嗡嗡”地响了起来。

来电的是兰烛在之前演出的时候认识的一个姑娘。那姑娘也是杭城人，来槐京不久，在这儿做古玩生意，别人都叫她“腕儿姐”。她热情好客，得知兰烛和自己是老乡后，经常给兰烛带些家乡的东西来，一来二去，两个人混得还挺熟悉。

腕儿姐人缘好，在古玩市场也吃得开。她今晚攒了个局，第一个想到的人就是兰烛。

兰烛有些为难：“腕儿姐，你那个局上的人我怕是都不认识。”

“嗐！”腕儿姐神秘一笑，“阿烛，这可不是普通的局，局上的人都是女孩子，你必须来啊，就等你了！我跟你说，我今天开业，好不容易在槐京落下脚来，你可不许不来啊！”

盛情难却，兰烛让小芹下了班，自己则穿了件外套走了出去。她走到剧场门口时，看到林伯站在车子旁早就等着了。

兰烛见到来接她的林伯，解释道："林伯，麻烦您了，今儿您先回去吧，我约了个朋友，预计会玩得晚点儿。"

"好。"林伯恭敬地点头，"那我先送您过去，晚一点儿的时候再来接您。"

"您让司机来就行了，不必亲自来。"

"那怎么行？"林伯拒绝，"二爷说过了，您出行本该是由二爷亲自接送的，如今他出差了，这任务是他亲自交给我的，我自然不能让别人来。"

林伯一再坚持："阿烛姑娘您要去哪儿？我送您过去。"

"好。"兰烛拿出手机看了一眼腕儿姐给她发的地址，然后将手机递到林伯面前，"这儿。"

"这儿？"林伯看了看地址，再看了看兰烛。

兰烛抬头："怎么了？"

林伯确认道："阿烛姑娘，您真要去那儿啊？"

兰烛点头："是啊，有个老乡朋友今天开业，说要庆祝一下，我晚上也没有什么安排。怎么了？"

林伯："哦，没事，我是怕您不安全。"

"不安全？"兰烛看着手机上的地址，"这就是个普通的俱乐部，不会不安全的，而且我不是一个人。再说了，这是槐京，走到哪儿都是二爷的地盘，我怎么会不安全？"

林伯还欲说些什么，兰烛催促道："您要快点儿了，我要迟到了。"

林伯只得把车子往那地址那边开去。

林伯送到地方，兰烛下车，林伯眼见着兰烛口中的那几个女性朋友站在门口接上兰烛后欢天喜地地进去了。

带头的那个女人他是知道的，槐京有名的腕姐。这随后又看到有几个长相没得挑的男人也进去了，林伯顿时有些后怕了，这局上要是男人太多了，指不定二爷要怎么想呢。

林伯站在门口的那棵大树下，不由自主地排练起来："二爷，您许久不在，阿烛姑娘或许觉得没人陪，去那种地方也是人之常情。”

林伯刚说完就急着否定：“不行，不行，不能这么说。”

阿烛姑娘来这种地方是因为二爷没有魅力了吗？不行，这样太伤害一个男人的自尊心了，他得委婉点儿。

“二爷，阿烛姑娘就是好奇，二十出头的姑娘，没见过这种新鲜的场合——不行，不行。”林伯又否定这种说法，“阿烛姑娘这次因为好奇来了这种地方，保不住下次会为了好奇，做出……我不能这样说。

“阿烛姑娘是受人蛊惑！——这样更不行，二爷一定会怪我没有替姑娘把关好身边朋友的质量。算了，要不不跟二爷说了，不说不就什么事都没有了吗？”

林伯拍了拍手，真不愧是他——人家小两口儿的事情，他管那么多干什么？

林伯这样想着，心安理得地坐上了回去的车，打算依照之前跟兰烛约定好的时间来接她。

只是他刚把车开进浮京阁的大门，随意地通过反光镜一瞥，就发现二爷那辆黑色的奥迪车停在了巷子口。

不对啊，那车不是开去机场了吗，怎么突然出现在这儿了？

林伯狐疑地停好车，关了车窗从车上下来，踮着脚朝着屋子里看去。这一看，他被吓了一跳——二爷的屋子里灯火通明。

他连忙三步并作两步，朝着那屋子走去。他轻轻地叩了叩门，当里头传来熟悉的一声“进”的时候，才确信二爷回来了。

他推开门，看到站在灯光下的人换了一身衣服，正低着头扣着袖口上的纽扣。

“二爷，您怎么回来了？西城那儿的项目差不多了？”

江昱成微微抬眼：“临时回来一趟，过两天再去。”他随即问道，“阿烛呢？”

“她——”林伯突然舌头打结。

江昱成抬起手腕看了看时间：“不早了，她演出早就结束了，人呢？”

林伯面色难看。

江昱成微微抬着下巴，似是看穿了他，唤了一声：“林伯。”

林伯听他拔高了声音，慌忙说道：“二爷，阿烛姑娘跟几个女孩子去玩了，让我一点左右再去接她。”

“一点？”江昱成皱了皱眉头，“一个姑娘家家的玩到凌晨一点。我不在家时，你就是这么纵容她的？”

林伯心里委屈，只敢轻声嘟囔一句：“阿烛姑娘哪里是我能管的呀？我多说一句，二爷您都心疼。”

“你——”江昱成说，“给她打电话。”

林伯拿出手机来，慌里慌张地找着兰烛的电话号码。

“算了，别打了，我自己去吧。”江昱成拿过黑色的羊毛风衣，“地址给我。”

林伯戳在原地没动静。

江昱成回头：“给我啊！”

林伯这才把手机给江昱成：“这儿，二爷。”

江昱成看到他的手机里显示的那个位置，眉心立刻皱在一块，指着林伯：“行啊，真有你的，这种地方也能让她去，我回来再收拾你！”

他说完就头也不回地出去了，只剩林伯在原地委屈巴巴地和貔貅对视。

这地方是最近半年才开的，江昱成也只是听圈子里的人说起过这个地方。他在去的路上给王凉打了个电话。

王凉那头吵吵闹闹的。他接起江昱成的电话，扯着嗓子喊道：“二爷！”

江昱成皱了皱眉头，单刀直入：“那女儿国到底是个什么地方？”

“啊？”电话那头的人反应了一下，“啥女儿国？二爷您演《西游记》呢？”

“就是原先古城门楼底下那拆了的地方，半年前不是成了个场子吗？”

“哦，您说那地儿啊！二爷您打听那地儿干什么？那不是您的菜！人是专门为了女性开设的俱乐部。听说开这场子的女人是个狠角色，说要凭借一己之力给槐京城的独立女性一个女儿国！”

江昱成：“什么意思？”

王凉：“什么意思您听不明白？还用我细细说来？”

江昱成：“荒唐！”

王凉：“那地儿最近火得很，我听说不少的槐京富家千金都爱去那儿玩，去那儿还能认识不少帅哥呢……”

王凉：“喂？喂？”

王凉还没说完呢，电话那头就被挂了。

江昱成的眉头越发紧皱，他打开车载通信设备，试图给兰烛打电话，得到的反馈却是对方电话关机。

他下意识地加重力道踩下了脚下的油门。车直接踩着限速线来到目的地。

那地方挺隐蔽的，连个显眼的正门都没有，江昱成好不容易找到入口，却被门外的黑衣保安拦了下来。

保安彬彬有礼地说：“您好先生，您不能进去。”

江昱成看了他身后一眼，长长的回廊后面是个隐蔽的中式庭院：“我要进去找人。”

“不好意思先生，您要找人可以给她打电话，在我们这儿，男士是不可以进去的。”

江昱成被阻挠了几次，已经失去耐心了：“我说我要找人，如果我要找的人出了什么事，你们负责吗？”

保安态度坚定且礼貌：“您可以选择报警。”

“你！”江昱成被气到说不出话来。他看了看毫不退让的保安，只得回到车里，拿起手机准备再给兰烛打电话。

哪里有这种人——前面撩拨他说她想他，他连夜坐飞机赶回来，到家了却见不到人。她出来玩也就算了，还来这种地方，而且还关机！她这是要把他气死啊！

江昱成坐在车里，几个电话都没打通。他不耐烦地扯了扯领带，却见到那庭院不远处停下了一辆加长的保姆车。从车子上下来几个近乎九头身的男人，一个个肩宽腰窄，身形修长，穿着打扮十分性感。

那几个人倒是默契地整理着自己的衣着，像是要进庭院里的样子。

江昱成挑眉，倒是想到了一个办法——他脱下西装外套，扯了扯自己的领带，上身只剩一件质感不俗的黑色绸料衬衫。他单手解开了靠近喉结的两粒扣子，露出洁白的锁骨，就连袖口的纽扣都被他解开了。

接着他把平光眼镜一摘，对着镜子抓了抓头发，挑了挑眉，像是很满意。而后他从车上下来，不露痕迹地混到了队伍末端。

兰烛随着腕儿姐她们越走越深，才发现这地儿跟她从前去过的地方有些不一样。

从外面的保安开始，到领着她们进来的服务员，甚至连包间外头随时等待着的包间负责人，他们都长得跟3D建模里的人物似的，身材高挑，修身的黑色西装更是显得人肩宽腰窄，特别惹眼。

兰烛不由得自言自语："这儿的服务员是不是有统一的选拔标准哪？"

"是吧，这儿的比别的地儿的要帅很多吧？"

兰烛诚实地点了点头。

腕儿姐拉着兰烛往前走："等会儿你就知道了，还有更帅的呢！"

兰烛没见过这个场面，有些支支吾吾："这是不是不太好啊。"

"你想什么呢妹妹。我们又不干什么，你别有心理压力。就允许男人在酒局上有美女相伴，我们就不能有美男相伴了？你别吓唬自己，我们就是正经地请人喝酒，和人交朋友。"

腕儿姐强势，分管店长只能把人都叫了上来。

江昱成混在人群里，坐在后台拥挤的包间里。

满屋子的香水味道，香水虽然不廉价，但是当许多味道杂乱无章地混在这窄小的屋子里的时候，江昱成感觉自己的鼻子都快要失灵了。他问服务员要了个黑色的口罩，坐在那儿面无表情地敲着手机。

他本来只是想混入人群中进来之后就去找兰烛，却没想到一路被带到这后台来了。这儿管事的人看得严，他也不想闹出什么动静来，只能静观其变，等着找个机会从人群中溜走。

他皱着眉头，伸长着腿，内心屈辱地听着里头有个穿白色衬衫的男人教他们“职场知识”。

“我们的目标虽然只是卖酒，但是客人的情绪价值我们还是要给到位的。首先在穿着上就要注意，不能千篇一律地选择西装，要注意体现自己的优点。既然是优点，那就不能藏着。这是什么意思呢？我给大家举个例子啊。”

他目光一扫，看到在角落里穿着件宽松黑衬衫的男人。虽然那人戴着个口罩，但他光是看那双眼睛，就觉得这小哥的条件应该相当不错。

“比如这位兄弟，这位兄弟的人设呢，很明显是清冷禁欲型。”

江昱成看到他们都把目光放在自己身上，才明白过来那人说的是自己。

那白衬衫小哥背着手，咂着嘴：“只是呢，很可惜，这就是很明显的不会发挥自己的优势的例子。你们瞧瞧，你们瞧瞧这位哥们的胸腰比，这样优越的比例，怎么能只穿件黑色衬衫呢？还穿的是宽松款！”

江昱成被那白衬衫男人和周围男人的目光盯得头皮发麻，收回长腿，不自在地喉结滚了滚。

“你应该穿西装马甲，黑白搭配那种，马甲收腰，衬得腰腹完美。”

江昱成眉头越皱越紧。

那穿着白色衬衫的男人上前一步，伸出了手。江昱成用手掌挡住了他的手，却听对方语重心长地说：“你还想不想今晚卖出酒了？”

江昱成只是迟疑了半秒，男人就把他锁骨下面的扣子再解开了一颗：“西装马甲是没有了，你这衬衫吧也能顶用，不过这么好看的锁骨就应该露出来，你遮遮掩掩的这一套在这儿不好使。”

江昱成几乎把牙齿咬得“咯咯”作响。

“好了，好了，去前面包间，快点儿，起身！”分管店长开了门，把他们驱赶到前厅包间里。

江昱成只得忍着，耷拉着眉眼，随着人流向前走去。

穿着一身水蓝渐变云纹长裙的姑娘出现在门口，长发绾起，零星有几根发丝垂落在白皙的肩头上。她笑着跟身边的姑娘说自己去了一下洗手间，是不是错过了什么好戏。

其中一个年长的女人拉着她往中间坐，笑着问她："阿烛，我给你选了一个小哥哥陪你喝酒，你看看喜不喜欢？"

那被分给兰烛的小哥见到是如此标志的小姐姐，嘴都咧得合不上了。他正要往前一步跟兰烛打招呼的时候，突然感觉眼前一黑，有个人站在他的面前，阻挡了他和他的"友好交流。"

江昱成一个箭步走到兰烛面前，看着她，压着嗓音道："您好。"

兰烛刚从洗手间回来，面对眼前的男人也只是眼神淡淡地扫过，跟江昱成连个眼神交会都没有。

刚刚那个男人有些不高兴了，他把江昱成推开："兄弟，道上的规矩你懂不懂啊？凭什么啊？"

"凭我更出挑。"江昱成淡淡地说了一句。

兰烛伸出去拿酒杯的手微微停顿，她觉得这声音好耳熟啊，而后抬头，目光对上了站在她面前的男人的眼睛。

看到他的眼睛的一瞬间，兰烛就确定了。

他的眼睛那么特别，即使化成灰她也认得。

兰烛在惊讶和不解之后，心里的得意情绪占了上风。她挑了挑眉：江昱成这是在搞什么？他又是怎么混进来的？

她当然认出了江昱成，不过认出后也没有拆穿他，只是阻止了那个愤愤不平的小哥："不好意思啊，刚才是我姐姐选的，现在我自己选。他是比较出挑一点儿，我选他了。"

腕儿姐听到兰烛竟然自己出声选人了，有些好奇地打量了戴着口罩的江昱成一番："怎么，阿烛，你喜欢这个？"

兰烛目光意味深长地看着江昱成，回着腕儿姐的话："嗯，我看他的鼻子比较高。"

腕儿姐“扑哧”一声笑出声来，打发剩下的人出去了。

兰烛朝江昱成抬了抬眼：“过来坐。”

她心里得意得很。难得江昱成有这样的“闲情雅致”，肯放下身段混到包间里来，她不满足一下他的角色扮演欲实在是说不过去。

江昱成坐在兰烛身边，兰烛朝他抬了抬下巴：“给我倒杯酒。”

他迟疑了片刻，看上去不愿意极了，不过最后还是起身倒了一杯酒过来。兰烛观察着江昱成的神色，知道他几乎已经是咬牙切齿了。

兰烛故意伸手从他的左肩上拂过，手搭在他的右肩上，笑着问道：“帅哥，你有经验吗？”

兰烛听到他咬着牙，一字一顿地威胁她：“兰烛，你最好给我一个解释，你来这儿是干什么的？”

兰烛依旧挑衅着他，手一点点地往他露出来的锁骨探去：“你来这儿又是干什么的？有需求才有供给嘛！”她趴上他的肩头，近乎是咬着他的耳朵说道，“我以为这道理二爷懂。”

这饱含诱惑性的话语飘荡在昏暗的光线下和浓郁的酒色里，江昱成随即感觉心头有密密麻麻的电流穿过，引得他脊背战栗。他知道兰烛在挑衅他，却不想败下阵来。他伸手扣住了她的脖颈，覆上她的耳垂：“死丫头，你知道我来这儿学到了什么吗？”

兰烛：“学到了什么？”

“学到了怎么治你。”

酒局上那头的姐姐们张罗着让包间里留下来的小哥哥们喝酒。

包间里的私人 DJ 播放着音乐烘托着气氛，灯光绚丽之际，包间里有位小哥拿起酒杯，仰头将酒喝完，白葡萄酒流过他的喉结，淌过他肌肉线条流畅的胸口和块垒分明的腹部。

包间里的人尖叫连连。

江昱成盯着也跟着她们一起尖叫的兰烛，一字一顿地问她：“好看吗？”

兰烛没转过头来，仍目不转睛地盯着包间中间的人，没受到江昱成的语气威胁：“好看！好看！”

“你给我过来！”江昱成起身，手上用了力道，拉过兰烛往包间后面的小隔间走去。

兰烛还未反应过来是怎么回事，已经被江昱成拉到这隐秘的角落里了。

“啊——”兰烛觉得自己脚下重心不稳。反应过来后，她整个人已经全部贴在了酒柜墙上，双脚难以支撑到地面上，细细的高跟鞋晃了一圈，整个人有些站不稳。

偏偏江昱成还揽着她的腰把她往里顶，她几乎拿不住手里的酒杯，酒洒在了隔间里地上铺着的红色天鹅绒布上。

兰烛惊呼一声，抬眼看向江昱成。

他摘了口罩，露出全脸，脸上是很明显的不爽表情。他目光幽幽地盯着她，右手撑在桌面上，把她抵在角落里：“我怎么不知道我家阿烛喜欢这种玩法？”

兰烛有些心虚，低着头，手微微向前试图把他推开。她嘟囔：“新花样，我没见过，自然觉得新鲜一点儿。”

“是。”他竟然点了点头。

兰烛抬头，他未松手，用手撑出的圈子太小，她只要微微一抬下巴，她的唇就能碰到他的下颌。她只在看到他流畅的下颌线后，就再也不敢往上看了，只好把头低了下去。

谁知江昱成却跟着她低下头，轻声说道：“我的错，我的花样太少。”

兰烛：“啊？”

随后，他拿过兰烛手里剩下的洋酒，仰头喝了。

兰烛从那影影绰绰地从外头包间里透进来的光中，看到他喉结滚了滚。他仰头的那一下，那凸起的喉结带着独特的让人难以挪开视线的吸引力，动那么一下仿佛都带着设计好的基因美感。

他低头，在兰烛还未反应过来时嘴唇覆上了她的唇。

洋酒浓烈，随之流入，一瞬间击溃了她的味觉。她被辛辣感呛到，想要大口地呼吸，却发现自己被他钳制住，一点儿都动不了。

兰烛用喉咙唯一能发出的一点儿声音近乎央求道：“江……江昱成……”

听着他耐心地哄骗着她，兰烛睁大了眼睛，心里狂躁得不知道该如何反应，只能随他。

最后，她抵住他欲进一步往衣衫里探的手，湿漉着眼睛摇头：“不能在这里。”

江昱成顿了顿：“那好，去酒店。”

“去酒店？不回家吗？”

“怎么？阿烛小姐还要把我这见不得光的人带回家吗？我可听说浮京阁里的那位爷不是个好惹的角色。”

兰烛听完这话，微微仰头，笑着说道：“浮京阁如今是我说了算。”

她得了空隙从酒柜前挣脱开：“不过你说得有道理，地下情人还是放在地下好了。”

江昱成拉过她的手：“也不一定要在地下，去顶楼也没有人看得见。”

兰烛原本跟着他往外走的脚步瞬间停在原地——这个男人怎么回事？

“江昱成，你无时无刻不在想这些事吗？”

他转过身来，不要脸地耸了耸肩：“是啊，谁让你无时无刻不在吸引我呢？”

兰烛嘴角笑意荡漾，脚步却一步都未动：“这种没脸没皮的话，你也说得如此顺口？”

江昱成笑着摇了摇头，站在那儿等她：“老婆大人，您能快点儿吗？”

兰烛慢悠悠地随着他出去：“着什么急？要我帮你赎身吗？”

江昱成：“不必赎了，您下次来点名要我就行。”

兰烛：“哦——您是头牌啊？！”

江昱成：“当然，为您留着的头牌。”

兰烛心情不错，揽过江昱成的手臂："好歹让我进去道个别呗。"

江昱成扶着她的腰肢的手轻轻掐了掐，随即他低头轻声说道："别道了，开车回家要紧。"

兰烛听了这话，皱着眉头，微微张开嘴巴，有些惊讶："江昱成，你的想法会不会太强烈了一点儿？"

江昱成拥着她往外走，表情云淡风轻，说出来的话却让人头脑发热："论点是需要论据支撑的，你可以看完我的表现再得出结论。你有一晚上的时间论证，明天交作业。"

兰烛听到这话，将要迈进车子里的腿突然就软了。她扒着车门："等一下！"

江昱成黑着张脸站在兰烛面前："怎么了？你又要耍什么花招？"

兰烛临时扯谎："那个……我忽然想起来，我今天得去找一下小芹。"

江昱成："明天再找。"

兰烛："不……不行，必须得今天找。"

江昱成把自己的手机掏出来："打电话！"

兰烛立刻反应过来说道："不对啊二爷，你没有小芹的手机号。"

江昱成："我有。"

"你没有。"

"我有。"江昱成随即把小芹的手机号翻了出来，"我有。"

兰烛败下阵来："好吧，你有。"

"你给她打电话。"

兰烛只能撇撇嘴，敷衍着："明天打也行。"

江昱成看了一眼车子后，朝她使眼色："上车。"

兰烛认输，爬上车子后座，才俯身进去，就被江昱成抓住后领子拎了出来。

"干吗？干吗？我都上车了！"兰烛不满，挣扎着要甩开他的手。

"坐前面。"江昱成说道。

"坐就坐。"兰烛开了副驾驶室的门，骂骂咧咧地坐了进去。

江昱成也开了驾驶室的门，随即坐了上去。

他一坐下，表情微微迟疑，盯着前方出神了半秒，没有立即发动车子。

兰烛看了看自己早就关机的手机，抬眼发现江昱成没有动，侧身打趣："怎么了？小哥哥没学过开车吗？"

江昱成突然勾了勾嘴角，半个身子靠过去，手往兰烛身旁伸去。

兰烛身子往后靠，下意识地要躲开他的手，奈何座椅处的空间太窄，根本没有什么地方能够让她躲避。

她听到自己身旁的安全带扣发出"咔嗒"一声，随即安全带被解开了，她惊讶地看着江昱成："你干吗？"

"阿烛，你记不记得一件事？"

"什么事？"

"我喝酒了，不能开车。"

"啊？"

"不过还好——"他别有用心地松了一口气，表情带了点儿坏笑，"不过也只是不能开这个车而已。"

他说话之际手还束缚着兰烛身旁的安全带，窄窄的带子被他扣在虎口里，窗外路边的灯光透过车子的天窗落在他的手背上。

他每往前移动一寸，光便落一寸下去。最后他把那带子一松，寂静的空气里传来了似是蝉翼震动的声音。

他的手从安全带下滑过，他问："你还没有说，你为什么晚上会在那儿？"

兰烛感觉到他说话的时候，一寸一寸地拿捏着自己的弱点。

她强撑着尽量保持语气平和，但开口的一瞬间，还是感觉自己声音磕磕巴巴的："我以为……我以为那就是个普通的小酒馆。"

"然后呢？"他再靠近了几分，左手从她的脖颈后绕出，虎口刚好沿着她的下颌线完美地契合在那儿，他的指腹若有若无地摩挲着她微微翘起的唇珠，"知道那是什么地方后，你为什么不走？"

"我只是……只是图个……图个新鲜。"她还强撑着。

“新鲜？”他右手再往里，冰凉的触感传到她的大脑皮层，引得她包裹在高跟鞋尖里的脚趾微微往后缩，“是好奇吗？”

兰烛感觉不出来他含着酒意的话语的真正目的，也察觉不出来他的下一句话是不是陷阱。她挡不住他，只觉得自己整个身子不受控制地往上靠，木讷地点头承认：“是……是因为……因为好奇。”

“原来是因为好奇。”他附耳，“我也有很多新花样，你好不好奇？”

兰烛听到这话，感觉脑子里有根弦“砰”的一声响了，大脑里指挥她沉着冷静的系统一下子瘫痪了。她只能看到江昱成近在咫尺的眉眼，那曾经经常让她患得患失的眉眼就这么近地出现在自己眼前，甜甜的酒气从他近在咫尺的唇中溢出，逐渐包裹住她的身躯。

她一时不知道怎么回答，只是睁大眼，手撑在座椅上，副驾驶座顿时显得更为狭窄，她将手抵在了两个人之间。

江昱成看到被他圈在身下的人的脸色开始慢慢地变化，看到她眼神闪躲，脸色慢慢变红。她的手不知不觉地攀附上他的胸口，他喉结滚了滚，想起曾经那些夜里她尽情时把指甲掐进他的肩膀里的情形。

他微微抬起她的下巴，迫使她直视自己：“刚刚在里头，有些人还能说会道的，现在怎么了，嗯？”

兰烛对上他的眼眸，他的眼中像是有一片波涛汹涌的深海，翻涌而来的浪花似要吞噬她的理智，偏偏他的声音还好听得致命，一句反问就把上位者的控制感表露无遗。

他闻到她身上甘甜的酒气，知道她酒量浅，指腹抚过她的唇，见她不说话，湿润的酒气随着他的动作落在她衣衫滑落的肩头上：“我喂你喝的酒好不好喝？”

这话如同一粒星火落在寂寥荒芜的草丛中，瞬间点起了一阵野火。

他冰冷的唇吻了上来，隔着布料，她能感觉到星火燎原般越来越不可控制的趋势。

他右手揽住她的腰，防止她支撑不住滑下去，左手还能有余力地打开副驾驶室前面的储物箱。

兰烛这才反应过来，试图握住他此刻青筋隆起地掐住她的腰的手，却发现凭借她的力气她根本抵抗不了他，只得讨饶：“我错了，我不该去的。”

江昱成摇头：“阿烛，错了是要接受惩罚的。”

话毕，他伸手从后座上拿起他原先解开的领带。

他手臂一弯，用牙咬紧领带一头，另一头则缠绕住了她的手腕。

“晚了。”她听见他说。

兰烛眼见着那领带缠绕住自己的手腕，微微粗暴的动作引得她脊背上汗毛倒竖。

那领带曾经戴在他的脖子上，把他禁锢在那身西服里，他无论何时走到哪儿，都是衣着端正，风姿雅正。

如今他的领口敞开，锁骨敞露，他微微咬着下颌用力，大手随意地抓过她，她就跟张煎饼一样被他折叠。

外面春夜里的微风吹不走车里暧昧的气息。

最后临门一脚的时候，兰烛听到车椅上传来手机的振动声。

那振动声持续了一段时间，江昱成关掉了，没理。只是他关了没一会儿后，那振动声又响了起来。

江昱成一眼扫过手机，看到号码，不爽地“啧”了一声，只得伸手捞过手机，接起电话。他听了一会儿，说了声“知道了”后就挂了电话。

而后，他低下头整理好兰烛肩头的衣服：“抱歉，阿烛，司机到了。”

兰烛明显气还没有喘匀：“司机？”

“嗯，林伯说担心我们喝酒了回不去，让司机来了。”江昱成扣好了自己的衣服上的扣子。

兰烛下意识地抓过江昱成放在驾驶座上的外套，吸了吸鼻子后，连忙打开了车窗。

江昱成看出她的心思，嗤笑道：“瞧你紧张的，我们什么都没有做成，不是吗？”

兰烛从刚刚的状态中缓了过来，自然变轻松了许多。她把头伸出去，吹着外面迎面而来的风：“哼！”

江昱成确认自己没什么破绽后，这才下了车：“你在车上等我，别走开。”

“知道了。”

江昱成下车后，在原地待了一会儿，而后转过身来对兰烛说：“阿烛，把你旁边的外套给我。”

兰烛：“外套？”

她把旁边的西装递给他：“外面也不冷，你要外套干什么？”

兰烛看到江昱成接过外套，折叠好后搭在臂弯处，让垂落的西装外套刚好挡住了自己。她抬头看向江昱成，就见他阴沉着脸。

“你说干什么？”

兰烛撇了撇嘴，心里得意，看江昱成吃瘪真的很舒畅。

没过一会儿，江昱成就回来了，说司机把车停在了前头，这儿车子不好进来，他们得走一段路过去。

兰烛跟着江昱成换了一辆车，扯了扯江昱成的袖子，小声地问道：“二爷，为什么我们不开原来的车回去？”

江昱成学着她的样子，也小声地回答她：“你都到开窗通风的地步了，我能让他上车吗？”

兰烛点了点头，竖起大拇指：“您真有高见。”

江昱成：“一家人，总有一个人得智商在线。”

兰烛吐了吐舌头。

车子停在不远处，打着双闪，司机见到远处过来的人，连忙从车上拿了两把伞下来接人。

两个人一齐进了车子里，江昱成从后座座椅下的储物箱里拿了条毛巾。

兰烛接过毛巾：“啧啧，车上连毛巾都有？”

她靠近了些，用只有他们两个能听到的声音对江昱成说：“行啊江昱成，你怎么这么能耐呢？怎么车上什么都有？”

江昱成听出她话里的意思："这事真不怪我，那东西不是我放的。"

兰烛开口回怼："不是你放的，是谁放的？难不成是你的助理放的？你的助理现在这么贴心了吗？"

她这一套话倒是把前面开车的司机弄得有些惴惴不安，他只能默默地发动车子。

江昱成微微仰头，用一种"你可真会冤枉人"的表情看着兰烛。

"两个月前去了趟超市，有人往我的口袋里，咯咯——"他假意咳嗽，压低声音继续说，"她说要凑整，凑整好打折。我说家里有，她说没关系，车里没有，可以在车里放一盒。"

兰烛想了想，好像还真有这回事……

可是她当时真的只是为了凑单哪，超市满五百块钱打八折，这便宜不占是傻子。她跟江昱成在一起的大多数时候，嘴上是没把门的，随口胡诌，江昱成还真听进去了。

兰烛想了想，又问："可是我怎么记得那次我们去超市开的不是那辆车呢？为什么你的那辆车里也有？"

江昱成坐在车座上，拧开一瓶水递给她："我觉得你说得对，车上也得备着，于是我在每一辆车上都放了。"

"每一辆？"兰烛震惊，"江昱成你记得清哪辆车是你自己的吗？你可别放错了，到时候会好尴尬的！"

江昱成随即也给自己拧开了一瓶水："车是多了点儿，但你怀疑我的记忆能力，实属有些小看人了。"

兰烛耸耸肩，扫了一眼车里的东西，拿起毛巾敷衍地在自己身上擦了几下——她原本也没怎么弄湿。

"连毛巾都有，你这车里不会还有全套的洗漱用品吧？"

江昱成："基本上要用到的东西都会有，车子后备箱里还有些换洗的衣服。"

兰烛："你怎么什么都有？"

江昱成："有时候路途比较远，就在车上过夜了，自然有换洗的东西。"

兰烛有一搭没一搭地点了点头："行吧，有辆车是方便点儿。"

江昱成看她攥着毛巾不动，于是停下擦拭自己头发的动作，拿过她的毛巾，裹住她微微被打湿的发丝："我怎么听出酸意了？怎么，阿烛小姐没有自己的车吗？"

兰烛随他擦着自己的头发，听他这么说，觉得自己卖惨的机会来了，故意说得可怜兮兮的："我哪里能跟二爷一样车库里有换不完的车？我哪里有车呀？我一年到头忙里忙外也没有赚多少钱，怎么买得起车呢？别说买车了，我出门在外连车都不敢多打。剧团里遇到困难要求人办事的时候，我手头上都没有闲钱去疏通疏通关系。"

江昱成面朝前方，跷着二郎腿，面容平淡："所以你就让我免费去帮你疏通？"

兰烛知道江昱成说的是前些日子她想找梨园行当里的李老师当演出嘉宾的事。她拿了不少昂贵礼物找了许多人，仍旧见不着李老师。她踌躇半天，后来林伯才不着痕迹地说这事二爷帮得上忙，她随即就给江昱成打了电话。

兰烛心虚："那您不是槐京只手遮天的江二爷嘛，别人搞不定的事，您抬抬眉毛就搞定了，这才显得您位高权重嘛。至于您说免费不免费的事情，您又不缺钱。"

江昱成瞧她小嘴说得一套一套的，依旧平视前方："你当时可说了做牛做马都要报答我的。再说了，你现在说你缺钱，没有钱去疏通关系，前两天我让林伯把浮京剧团的老板换成你的时候，你可不是这么说的。"

江昱成转过头来，学着她的样子说："二爷真舍得把浮京剧团的老板换成我吗？一年一两亿的流水，几千万的利润，我能养活一屋子小白脸儿吧？"

兰烛原先流利的话语被堵在了喉咙口。

不是吧，江昱成是不是装监听器了，她沾沾自喜的事情他都能知道？

她只得讨好地笑着："那不是一朝暴富，膨胀了吗？"

江昱成依旧不依不饶："再说起车，你说你不会开车，那辆库里南我也给你配司机了，你为什么不用？"

兰烛："太高调了，二爷！您是当真不害怕啊，九百多万元的车开在路上，是生怕劫匪不知道我在哪儿是吗？那车比我值钱太多，我胆小怕事，怕树大招风啊！"

江昱成："你说得也有道理。"

兰烛："是吧！"

江昱成："这样吧，再多配几个安保人员，把车窗玻璃换了，换成防弹玻璃。"

兰烛："那不是玻璃的问题，也不是安保的问题，是那车太高调！"

江昱成纠正她："你这话说得就不对了。"

兰烛："嗯？"

江昱成转过身来，似是慢条斯理地跟她讲道理："我问你，银行是不是槐京城最有钱的地方？"

兰烛出乎意料地摇头。

江昱成："嗯？"

兰烛一脸认真："你的浮京阁是最有钱的地方。"

江昱成讪讪地说："行，我的浮京阁是最有钱的地方，那你看浮京阁被人抢过吗？"

"倒是没有。"

"这都是一样的道理，有没有钱、高不高调，跟安不安全没关系。"

"那安不安全跟什么有关系？"

江昱成已经系好了领带："跟姓不姓江有关系。"

兰烛："可是……"

"别可是了，到了。"车子停了下来，江昱成下车，走到另一侧给兰烛打开门，"下车。"

兰烛探出个脑袋，没看到熟悉的地方，发现他们来了槐京的东部新城。

东部新城全是鳞次栉比的新楼，兰烛大多数时候住在老城区里，曲苑杂艺也都在老城区盛行，比起老城区，这儿不像槐京，兰烛甚少来。

他下车的时候，兰烛发现他领带系得板正，外套也穿上了，甚至不知道从哪里找出一副平光眼镜来。

她“啧”了一声，这会儿他倒是穿得人模狗样的，不做禽兽了。

她跟着他来到酒店柜台前，酒店高端，前台没几个客人，工作人员倒是站了一大堆。

大堂经理看到来人，连忙过来迎接，低声对着对讲机讲话让人赶紧把酒店经理喊来。江昱成挥了挥手，示意不必打扰。

江昱成走到前台边上，把自己的身份证递了过去，回头对兰烛说：“身份证。”

兰烛从自己包里拿出身份证，一个箭步上前，不经过江昱成，而是直接给了前台的工作人员，抢占先机：“两间房，谢谢。”

她用放在柜台上的手一阵敲打，得意地用鼻孔看着江昱成。

刚刚在车里，她还是太年轻，怎么被他随意地撩拨几下，自己就跟蔫了的花一样，半句话都说不出来了？

话说回来，总不能老是让他占上风吧，怎么说她也是叱咤风云的兰老板好吗？！

兰烛得意地想：现在她在这儿欲擒故纵的，他应该会强势地过来阻止吧？

只是兰烛等了好一会儿都没看到江昱成有反应，他就任由那前台小哥帮他们开了两间房。

“您好，您的顶层套间房卡。”小哥递上了两张房卡。

江昱成拿过房卡，递了其中一张给兰烛：“走吧。”

兰烛拿着那张顶层大套间的房卡跟在江昱成身后，想到江昱成一个小时前还在说在顶层不会有人看见的话，现在又人模狗样、西装笔挺地走在前面，那有着一副仿佛来巡视自家产业的严肃古板样子的人，跟之前黑暗里的人判若两人。

她跟在后面骂骂咧咧：有毛病哪，谁钱多得没事干要开两间顶层套房哪？他真的不会觉得良心过不去吗？

兰烛看着电梯一层一层地往上走，每上一层，心里就想着这个男人又失去了一次机会。

电梯最后停在三十二层上，电梯门“叮”的一声打开的时候，她心里想的是——江昱成你没机会了。

“阿烛——”

嘿嘿，江昱你终于忍不住叫我了吧！兰烛没管身后的男人的声音，直接迈步往反方向走去——晚了，你知道吗？

兰烛大步往前走着，不打算给他知错就改的机会。

然后下一秒，兰烛感觉到了手上传来的力道——江昱成最后还是抓住了她。

他拉着她往回走，她心里窃喜：不愧是她，欲擒故纵，一学就会！

谁知江昱成走到一半停了下来，指着那间房的房门跟她说：“你走错方向了，你的房间在这儿。”

啊？

兰烛眼睁睁地看到江昱成刷开了她旁边的房间的门，他进去之前还绅士地说了声“晚安”。

兰烛：安你个头！

兰烛赌气地走进了门里，然后握着门把手，把耳朵贴在门上听着外头的动静。

外面安静了两秒，进而响起皮鞋落在地毯上的轻微摩擦声。兰烛本期待着这摩擦声朝自己过来，却意外地听到那声音越来越远了。再后来，她听到门发出“咔嚓”一声。确认门被锁了之后，她皱了皱眉头。

什么情况？他们真各睡各的了？

算了，兰烛回头看了一眼房间，顶层套房真的不错，布置典雅，视野开阔，城市的车水马龙尽在脚下。

她站在窗边打了个喷嚏，这才想起自己身上还有点儿湿。她拿了件刚刚从江昱成的车上拿下来的白衬衫进了浴室。温暖的水淌下来的时候，兰烛才发现她的酒意已经消散得差不多了。

她擦干身子，白色的男式衬衫下露出了一双白皙修长的腿。她正抓过毛巾擦干头发，突然听到外面传来门铃声。

他来找她了？

兰烛立刻猫着身子来到门后，通过猫眼却看到来人是客房服务员。她只得直起身子，回着外面的人：“您好。”

客房服务员：“女士您好，您订的夜宵到了。”

兰烛让人把东西放在门口，等人走了以后，开了门把东西拿进来——一杯姜茶、一份西式的红酒酱汁鹅肝。

她甚少吃西餐，也就这个红酒酱汁鹅肝还算爱吃。

兰烛知道这家酒店只做西餐，估计是江昱成特意让他们做了道自己唯一还算爱吃的菜。

鹅肝味道还可以，只是这姜茶就有些不尽如人意了，要是把姜茶换成兑了冰块的红酒，那才叫享受呢。

她咬着不锈钢勺子，坐在沙发上想着江昱成在干什么。他知道给自己点吃的东西，怎么就不知道过来看看她呢？到底是哪里出了问题呢？兰烛回想了一下今天晚上的一切记忆，忽然想到了什么，找到充电器连上手机，盯着手机屏幕。

“开了，开了。”她自言自语。

一打开手机，她就看到来自江昱成的无数个未接电话。她皱了皱眉头，他之前丧心病狂地给她打过这么多电话呀？

她随即找过一双拖鞋穿上，“啪嗒啪嗒”地朝卧室走去。

江昱成洗完澡出来，穿着宽松的浴袍，头发未干，发梢软软地搭在额间。他拿起手机一看，时间快两点了。

他刚才在门口故意气她，跟她说了声“晚安”，估计把她气坏了，连给她点了夜宵送去，她也没发消息过来。

江昱成轻笑：这人真是小孩子脾气。

他跟客房服务点了瓶红酒，捞过橱柜上的另一张房卡，关上自己的门，来到兰烛的房门前。他把房卡靠近门锁，“嘀”的一声，门就开了。

套房最外面的客厅里只剩一盏幽暗的走廊照明灯。

关上门之后，他往里走去。里头的卧室灯光昏黄，他的姑娘躺在落地大窗前的米白色沙发上，脸上还盖了一本酒店准备的地理杂志。

她杂志身子蜷缩在一起，身上盖了条小毯子，江昱成不用想也知道，她又开始对抗困意了。

江昱成知道兰烛有个让人头疼的小癖好。她没有压力的时候喜欢熬夜，明明没有必要，可就是不睡。她说除非睡意完全控制她，她困到不行“昏过去”了，才算熬夜结束。

江昱成看她那个样子，就知道她跟困意比赛又比输了。他微微俯身，把她脸上的杂志拿开放在床头上。

他刚拿完杂志，外面一阵门铃声响起。他怕吵到她，连忙起身，打开了门。

门外的人恭恭敬敬地说道：“先生，您要的酒。”

江昱成接过推车，道了谢，轻声把车推到了落地窗前。亏他还想着开瓶红酒来哄她，她倒好，没心没肺地睡着了。

她的发丝掩住了她的半边脸，淡淡的唇色像极了在夏日清晨攀附着木篱生长的蔷薇花的颜色，宽大的白色衬衫遮住了上半身，却挡不住下半身的绮丽风光。

江昱成克制地把视线挪开，松开推车，开了床边的一盏灯。接着他走到沙发边上，一手揽住她的肩，一手搂过她的腰，把她从沙发上抱到床上。

在触碰到她的一瞬间，他觉得她全身软得如水波一样，她虚虚地搭在他的手臂上的双腿无意识地向下弯曲，像极了刚刚着陆的美人鱼。偏偏她还沉入梦境，昏睡不醒。

他压制着自己心里因为眼前的美景而再度肆意涌出的欲念，温柔地把她抱到床上，让怀中的美人鱼躺在他造就的梦网里。只是偏偏他刚刚把她放到床上，她就睡眼微动，像是要醒了。

江昱成还未松手，一动也不敢动地看着她因为快要醒过来而颤动的睫毛。果然下一秒，她睁开了眼，睡眼惺忪地看着他。江昱成没动，任由她看着。

兰烛："你怎么进来的？"

江昱成上半身撑在床上，挑了挑眉："一间套房有两张房卡。"

兰烛转头："骗人，我怎么不知道？"

江昱成："你着急走，没听完人家前台工作人员说的话，也没有把你的另一张房卡拿走。"

江昱成这话堵得兰烛无话可说，她只得用脚蹬着他："不是说'晚安'了，不是一人一间房吗？你过来干什么？"

江昱成抓过她不安分的脚，她纤瘦白皙的脚掌竟然被他一掌握住。

兰烛觉得江昱成肤色偏白，但在他握住自己的脚掌的一瞬间，还是看到了明显的肤色对比。

江昱成："生气了？"

兰烛没说话，抱着手盯着他。

江昱成手上用力，抓着她的脚踝往前拉。兰烛惊呼一声，原先为了装酷抱着的手撑不住了，只得把手放下来，撑在双腿边上，加重了语气："江昱成！"

江昱成："我只是去洗个澡。"

兰烛："只是为了洗澡你要开这样两间套房吗？你好奢侈啊。"

江昱成："套房只有一个洗手间。"

兰烛："什么叫作'只有一个洗手间'？一起用不就好了？"

江昱成盯着她的眼神有了微微的变化，他拖长了尾音："原来阿烛是想跟我一起洗——"

"啊？"兰烛反应过来，此刻真的是一点儿睡意都没了，挥手，"我不是这个意思。"

江昱成不由分说地抱起她就往浴室里走去。

兰烛蹬着脚、挥着手挣扎，江昱成却半点儿生路也没给她。他把人放进浴缸，一只手按住她的手臂不让她走，另一只手打开了浴缸的恒温水龙头，一瞬间，兰烛感觉到脚下水漫延开来。

水越盛越满，逐渐打湿她的白色衬衫的衣角，兰烛看到自己的身形逐渐暴露在湿透的衬衫下，慌乱地抓住江昱成的胳膊。

他的手臂撑在浴缸的两侧，刚好成了她的着力点。

她抬着头摇了摇头，近乎是求着他，告诉他她不适应这样新奇的玩法。

他腾出手来哄她，用克制的声音轻声说道："再一会儿。抓住我，阿烛。"

浴缸里热气蒸腾。

最后，江昱成把人从浴缸里抱出来，抵在了冰凉的浴缸玻璃窗上。

兰烛意识混沌不清地喊着热，脸颊滚烫，江昱成只得慢下动作。

他透过玻璃窗看到了他刚刚开的那瓶红酒，盛满冰块的玻璃器皿扎眼地放在那儿。他哄骗道："阿烛，热，对吗？"

兰烛脚尖离地，没有理智地点了点头。

江昱成："想不想喝点儿酒，兑着冰块的那种？"

兰烛一想到冰块入嘴的感觉，就觉得喉头一阵干涩，眨了眨湿漉漉的眼睛，渴望地点头。

江昱成把人带到卧室里，放开了她。

光影下，他骨节分明的手拿起醒酒器晃了晃，红色液体流淌的声音在暧昧的空气里响起。他坐在那儿，长腿一伸，唤道："阿烛，过来——"

第二天起来，兰烛脸涨得通红。

她拍了拍自己的脸，从床上起来。她本来想拿过那件白衬衫，却发现床边上已经放了一套衣服。

她抬了抬眼皮，江昱成这么早就让人把她的衣服送过来了。他倒是精力好，昨晚折腾了那么久，还能一大早就醒来。

兰烛这头正想着，套房最外面的门口传来"咔嚓"的声音，似是有人进来了。

兰烛盯着卧室的门，果然过了一会儿，江昱成一只手撑开门，另一只手推着早餐推车。他抬头看了一眼在床上的人："哟，起得挺早啊！"

兰烛噘嘴，想到昨晚上他的粗暴行为，便转过头不理会他。

江昱成没跟她计较，停好推车后，从下一层拿出个玻璃器皿，然后拿过干净的毛巾裹着冰块，抓过她的腿敷在她的膝盖上。

兰烛试图把自己的腿抽回来。

江昱成："别动，再敷一会儿。"

兰烛只得任由他继续用裹着冰块的毛巾敷着她的膝盖。

过了好一会儿，他才觉得差不多了，把毛巾拿开，拍了拍她的背："好了，吃早饭了。"

兰烛洗漱完出来看向江昱成，才发现他今天穿得尤其体面，白色衬衫外头穿了件蓝色的西装马甲。她看向他放在沙发上的裁剪利落的外套，问道："二爷，今天是有什么特别的活动吗？"

江昱成整理着大理石桌子上的东西，把餐车上的早餐一样一样地放上桌子，低声回她："嗯，刚要跟你说这事，今天蒋伯伯请我们吃午饭。"

末了，他抬头解释道："是我小时候教我写小篆的国学老师，有一段时间我住在他家，他为人宽厚，待人诚心，是我很敬重的长辈。"

兰烛来到桌子边，接过江昱成递来的筷子："要见长辈，你也不提早跟我说。"

江昱成："我问过小芹了，她说你今天没有演出的。"

兰烛："那你也不问我愿不愿意去吗？"

江昱成坐下来，从桌面上一个薄薄的瓷碗里给她夹起一个饺子："我们阿烛不会不愿意陪我去见这位长辈吧？"

兰烛不客气地把瓷碗往自己身前揽："不愿意。"

江昱成见她护食，索性把桌面上她爱吃的东西都往她那边挪："你不陪我去，我会被笑话的。"

"嗯？"

江昱成诚心说道："蒋伯伯说了几次，让我带你去他家吃饭，尤其是这次，嘱咐我一定要把你带上。要是你不去，他们一定会说我脑子不开窍，连女朋友都带不来。"

兰烛嚼着热乎乎的小笼包，眼睛瞥向他：“我是你的女朋友了？”

江昱成：“阿烛，你现在否认这事多少有些不讲道理了。”

兰烛知道，江昱成虽然平日里应酬多，但也知道她的脾气，若没什么重要的局，从来不让她作陪，他这次提到的蒋伯伯应该是他很敬重的人了。她放下筷子：“好吧，好吧，我陪你去。既然是见长辈，那我总要穿得得体些。”

兰烛指了指自己身上这身衣服：“我穿这身跟你站在一起，不够相配。”

江昱成看了看时间：“还早，楼下的洋房巷里倒是有些成衣，要不要去看看？”

兰烛嘴唇一弯：“二爷付钱就是。”

江昱成敲了敲她的脑袋：“你这个小守财奴，越有钱越抠。”

他吃完东西起身穿上外套，理了理西装。

兰烛抱着手臂：“存钱有什么错吗？有钱才有底气。”

她说完这句话，明显感觉到江昱成的身体僵硬了一下。她抬头，对上了江昱成审视的目光。

江昱成叫的是她的大名：“兰烛，你攒着钱，不会又在密谋什么大事吧？”

兰烛知道江昱成说的是她之前攒钱想着离开他的事情，他翻着旧账呢。

她抬了抬眉，自己拿了小包就要出门去：“美女的事，你少管。”

江昱成无奈地笑了笑，只得跟在她身后，随她一起出了门。

酒店楼下就是一个顶级的商圈，奢侈品门店一应俱全，但江昱成说的洋房巷是这商圈后面的一栋低矮法式建筑。

几个顶级的奢侈品品牌除了开有普通门店，还会开一些高端定制店，槐京大多数的定制店在那一块。江昱成三年前带着兰烛去买的那几身衣服，就是在那儿买的。

兰烛本来不愿意去那家店，想到江昱成第一次带着她去时，那店长就有些看人下菜碟，觉得她这样的人是跟着江昱成来才能成为这家店的客人的。其实当年这店长说得也没错，但兰烛记仇，想到这事就觉着有些硌硬。

奈何她穿衣风格独特，那些什么中式改良旗袍，在这一片的门店中还是这家店的最拿得出手。

她没在江昱成面前提这事。她要是提了她心里的那点儿硌硬情绪，那让这店长和一屋子店员走人也是他做得出来的事情。但不管怎么说，那也是过去的事情了，她虽然有那么点儿记仇，也犯不着在江昱成面前提这陈年旧事了。

兰烛随着江昱成进门，那脸熟的店长迎面上来，恭恭敬敬地带着他们直接往贵宾位置走去。

店长边走边说道："二爷，您许久不来了，每季的男式新款服饰我们都按照您的身形定做了一套送过去。我们几次回访，您也都未得空……"

江昱成点了点头："原是你们送过来的，有劳了。"

那店长趁着这空当本想多说些什么。江昱成许久不来，他们担心失去这大客户，每季都会将设计师设计的高定服装送过去，只是江昱成虽然收下了，却从未再亲自来过店里。今儿个江昱成来了，他怎么说也得拉拢一下，把下半年的月度业绩搞一搞。

只是他还没说完，江昱成就打断了他的话。

江昱成回头对身后的姑娘说："阿烛，你看看，有没有什么喜欢的衣服？"

店长没认出兰烛来，只是觉得江昱成近乎快三年没有带女人来店里买衣服了，这次能带人来实在是个千载难逢的机会。店长回头看了看兰烛身上穿的那一身衣服——材质还算舒服，但面料算不上昂贵，从头到尾没有什么显眼的品牌商标，更不是什么能让设计师拿得出手的别样设计。

虽衣服普通，但是看这姑娘长相出众，他心里大约就明白了几分。

他连忙走到兰烛身边，给兰烛介绍道："这位女士，我给您介绍介绍，您有什么偏好吗？"

兰烛简单地说着自己的诉求："简单大方一些的就好。"

"您跟我来，您看这条裙子怎么样？"店长带着兰烛走到最里头的橱窗前。

橱窗里有条白色的云纹半身旗袍，白色云朵干净，整体剪裁别致，曲线曼妙。远看好似简单，但近看，兰烛发现这白色旗袍上云纹印花的缝合处镶的都是钻。

这一条旗袍，能顶这半家店了。

兰烛看着这裁剪和样式，心里确实喜欢，但这店长摆明了就是看到江二爷来，便只管把店里最贵的东西拿出来了。

兰烛本想拒绝，江昱成却看出了她的心思。他站在兰烛身后："这裙子称你，让他们拿出来试试。"

兰烛攥了攥江昱成的衣角，轻声说道："这裙子很贵啊。"

江昱成挑了挑眉，学着她的样子说道："那有什么？二爷付钱便是。"

说完，他回头对那店长说："把成衣拿过来试一下。"

那店长听了，喜笑颜开地连忙让人把衣服从仓库的保险柜里拿出来。

兰烛不知道屋子里从哪里蹿出了一群人，他们七手八脚地帮衬着，还没换上衣服呢，就把兰烛夸得天上有地上无的。

兰烛嫌他们人多聒噪，只留下了一个女店员帮她拿着东西，自己在更衣室里换好了衣服。

她原以为腰身可能偏小，结果一穿进去刚好。

店员在一旁拍着手夸着："哟！这衣服给您穿活了！这白色的云朵挑人，得是通透的白皙肤色才撑得住。这裙子的设计师对女性身材有着近乎变态的要求，可这样的三围跟比着姑娘您做的似的。"

兰烛知道店员这话带了几分奉承之意，但对着试衣间的镜子看了看，觉得的确还不错。她想到江昱成，既然要跟他一起去吃饭，那也得去跟他穿的一身衣服比对比对，看看搭不搭。

兰烛从试衣间里出来，找着在外头贵宾室里坐着的人："二爷。"

江昱成抬头，眼前的姑娘穿了一条修身的旗袍式连衣裙，身材曼妙，长发落在腰间，落落大方。裙子柔和的白像带了层滤镜似的，把她衬得跟神明少女似的。

江昱成起身，点头："好看。"

说完，他伸手拉她过来，检查了她一圈，发现她不盈一握的腰有些招人，皱了皱眉头："腰是不是太紧了？"

兰烛用指尖拈起腰间的衣物褶子："没有吧，还有一些空余的。"

江昱成眼神往下，见到她旗袍上的开衩："开衩是不是高了？"

店员连忙补充道："二爷，这款式的开衩算不上高的。"

"是啊，"兰烛补充道，"这的确算不上高。"

江昱成手上一用力，兰烛就被他拉到身边，他挡在了她的前头。

他看着她，微微皱着眉头："阿烛，往后你还是不要穿旗袍了。"

兰烛不解："为什么？"

江昱成："太危险。"这句话是别人能听到的，下一句他附耳，从牙缝里挤出了几个字，"太迷人了。"

江昱成虽然嘴上这么说，但知道兰烛到底还是看上了这一套旗袍，最后也没太坚持，随即让店里的服务员定下来这套。

这店里的店员都是裁缝出身，剪裁手艺还不错，客人订货后会根据客人的尺寸提供剪裁服务。

等待打包的间隙，江昱成接到了一个紧急的会议电话，便留兰烛在那儿等。

兰烛闲来无事，四处逛逛。这几年来她的口味好似也没什么变化，她连爱去的地方也没什么变化。

庭后的一处假山流水，她坐在那儿，跟几年前似的又听到了那儿的店员在说话。

"头儿，浮京阁的二爷有许久没来了吧？"

"可不吗？你没看见二爷带人进来，咱头儿就把最贵的衣服卖了出去吗？"

“不过今儿来的姑娘，长相精致得跟画上的人一样，五官的每一处都跟捏脸捏出来的一样。”

“是啊，最重要的是全身上下那气质，不艳不俗，也没有浓妆艳抹，可偏偏就让人挪不开视线。”

“那是，要不是她有那样的外表，哪里买得了我们店里的衣服啊？我要是有她这样的长相，说不定浮京阁的二爷也能为我买一套呢。你说是不是，头儿？”

凑在那儿的几个店员挤眉弄眼地说着。

那店长慢条斯理地整理着裙边，检查着缝合线：“你就做你的春秋大梦吧。”

末了，他托了托自己的眼镜，补充道：“不过我看那姑娘身上穿的也不是什么名贵的衣服，她长得的确好看，但估计也就是用那点儿好看的外表换一些报酬。咱们开店做生意，这些事情心知肚明就好，别总挂在嘴边。”

“知道了，头儿。”

说完，几个人明显没把这话听进去，忙了一会儿手上的事情后又开始七嘴八舌地议论了。

“不过我看二爷这次出手这么阔绰，这姑娘是什么来头啊？”

“如今江家是二爷做主，那些钱对咱们来说顶得上半个月营收，对二爷来说不算什么。二爷看上个姑娘，为博美人一笑也值。”

“天哪！二爷好好啊！要是有个男人愿意花这么多钱博我一笑，我做梦都会笑醒。”

“你拉倒吧，这样的人今天能为你花钱，明天就会为别人花钱，你羡慕那姑娘，我还觉得她可怜呢！要我说啊，像这二爷似的人物，他们想要什么样的女人没有，真能在一棵树上吊死？”

“就是说，咱们在这店里上班，这样你情我愿的交易你看得还少吗？”

…………

兰烛在屏风后面听得清清楚楚的。若是从前她听到这些话，估计就二话不说，默默地走开了。他们说得虽然难听了些，但也的确都是实话。她从前依附他生存，也的确明白从前他和她之间那难以摆上台面的关系。但如今一切都不是这样，她与江昱成之间是平等的交往关系，也不存在他们所说的那些物质交换。

兰烛往前走了两步，清了清嗓子提醒着他们。

里头的人一听，几乎噤声了两秒钟，而后传来店长低低的训斥声："行了，赶紧的，外头客人等着呢。"

兰烛转身回了前厅。

店长惴惴不安地回到大厅里，看到在那儿慢条斯理地喝着茶的姑娘，心虚得要死——他刚刚看到的在屏风后面的人影，不会真是她吧？

要真是她，那他们的对话不都让她听见了？

店长把包好的衣服拿到兰烛身边。

兰烛坐着的沙发低矮，一米八几的男人几乎要半跪下来才能与她平视。

矮座上的姑娘一手优雅地端着小瓷杯，抿着杯中的白茶。

店长心虚在前，把态度放到了最谦卑的程度："小姐，您的衣服好了，给您放车上去？"

"不必了。"兰烛把青白色的瓷器放下，转头说道，"这点儿小事我来做就可以，我怕我的白衣服继续听着污言秽语会被弄脏。"

兰烛这话一出，店长就知道她是全都听到了。他连忙道歉："小姐，实在是不好意思，我给您道歉，那些话我们没有要针对您的意思。"

"还没有要针对我的意思？看到一个出手阔绰的男人带着有几分姿色的女人出现在你们店里，你们想到的自然就是那种关系，对吧？"

"不，怎么会？您误会我们了。"

"误会？"兰烛挑了挑眉，"一次是误会，两次还是误会吗？怎么我次次来，次次都能撞上你们开小会？"

兰烛把杯子重重放下，里头的水波微微荡漾，洒出了不少。

"你们总部在意大利是吗？在国外做高端了，在国内就可以不用挑店员的素质吗？还是你这个店长本身就是带着这样的态度在管理这家店铺？只是帮我整理衣服的时间你们就能开个小会，平时背地里没少讨论客户的隐私吧？来这儿消费的客人多少也是有头有脸的人，不说二爷认识的人多，我兰某人好歹也是个剧团的老板，平日里手下的角儿接触的人也不少，说不定这一传十，十传百，你们讨论的那些客户的隐私，就通过我手底下的人散播出去了呢！槐京城的人有多爱惜自己的脸面你不是不知道，你这么一搞，谁还敢来你们店里买东西啊？”

兰烛这话一出，那店长手里的东西都拿不稳了。他原先只以为兰烛是跟着江昱成来的普通姑娘，谁知道她还有个什么剧团。

她这慢条斯理的话语，和她说话间不由得散发出来的气场，没几把刷子是真撑不住。槐京的剧团没几个，但里面的人个个都是艺术界的大拿，她不会真是槐京的某位有名气的大家吧？真要是这样，他和他手下的那几个人岂不是砸了他们自己的饭碗吗？

店长唯恐煮熟的鸭子飞了，又唯恐她真的把这些闲话对外宣扬，止不住地弯腰道歉，态度要多诚恳就有多诚恳。再后来，他甚至把后面裁缝处的一众小姑娘都叫来，让她们一个个涕泗横流地认错，一时间引得店内的其他客人纷纷投来视线。

兰烛见煮好的茶水都被他们拖凉了，没了跟他们斗气的心情，挥手起身：“行了，衣服我说了会买，那我就一定会买。至于你们私下里议论客户隐私这件事，再让我听到一次，我就不会像今天一样手软了。”

兰烛这话一出，满屋子服务人员鞠躬道谢。那几个嚼舌根的小姑娘感激涕零，连眼泪都来不及擦。

店长连忙给兰烛新沏了一壶茶，兰烛摆了摆手：“罢了，带我去结账。”

店长一瞬间有些迟疑。

兰烛叹了一口气，从手包里拿出一张卡递给他：“我不一定要等江昱成来买，我自己买得起。”

店长又是连连道歉，带着兰烛往收银台走去。

兰烛抱着手在那儿等着，店长戴着白色手套接过卡，在 POS 机上过了一下，递给兰烛输密码。兰烛刚接过机器，上面的数字按键就被一只手挡住了。

兰烛抬头，发现来的人是江昱成。

江昱成刚刚看到兰烛半威胁半恐吓他们的样子，听到了他们的谈话，知道惹她的是什么事了。

他把 POS 机递给那店长，一只手的手肘搭在那高高的收银台上，另一只手的臂弯上挂着他自己的西装外套。他回头问店长："啧，您这服务意识有待加强啊，您刷我太太的卡是想让我回家跪搓衣板？"

江昱成虽然说话间含着笑意，但旁人一听这话就完全明白了——这姑娘跟他根本就不是他们想的那种关系，而是他要娶进门的太太。

原先兰烛剧团老板的身份已经让他们很紧张了，现在江家二爷当着这么多人的面说这话，这两个人是什么关系还要别人猜吗？他们竟然还在私下里猜这两个人的关系……店长此刻祈求兰烛看在他刚刚诚心道歉、卑躬屈膝的分儿上饶过他，可千万别在江昱成面前说他们刚刚在后面嚼舌根的事情哪！

兰烛看着店长和身后站着的一群店员的脸色从白到青，从青到红，就料想他们心里刚刚应该经历了一场大地震。

不得不说，江昱成回来得还挺是时候的，帮她出气的时候也还挺有男人样子。

江昱成这话一出，她和他的关系里谁高谁低就昭然若揭了，那些个什么攀附、交易的闲言碎语自然不攻自破。

原先的阴霾一扫而空，兰烛大大方方地让出一条道来，让江昱成履行他的"为了不跪搓衣板"的"完美丈夫"义务，坐着等他。

江昱成最后拿着打包好的衣服过来，兰烛优雅地跷着二郎腿："搞定了？"

江昱成提了提袋子，向她示意。

兰烛心情不错，挽上了他的手肘。想到他的银行卡里刷出去的那笔钱，她打算客气一下："这裙子好看是好看，就是有点儿贵，借你的光，让你破费了。"

她说话间还拍了拍他的胸脯。

江昱成微微低头，看了看虚情假意的她，轻笑："我没付钱。"

"啊？"兰烛抬头，"没付钱？真的假的？"

江昱成重复了一次："真没付钱。"

兰烛一边问一边不太确定地回头："那你是怎么出来的？"

江昱成扭过她的头："就这么大大方方地出来的。"

兰烛的步子明显变缓了，她跟个油瓶一样，一时间变得沉重无比，拖着他不让走："你怎么白拿人家的衣服？"

江昱成却毫不犹豫地往前走着，脚步未缓，慢条斯理地说："我多付钱的时候也没见他们找过我，现在白拿怎么了？白拿是看得起他们。他们惹了江太太，我还能让他们这店继续开下去，已经大发慈悲了。"

对这位江昱成尊敬的长辈，兰烛还是第一次见。她出门前检查了自己很多次，唯恐自己的妆容不够得体。

江昱成今天自己开的车，车子停在红绿灯路口时，他右手从方向盘上放下来，握住了兰烛有些局促不安的手："阿烛，安心，我们只是去吃个饭，你不要有太大的心理负担。"

"嗯。"兰烛为了让江昱成安心，点了点头，但多少还是有些局促。

两个人在一起这么久，江昱成从未带她见过他的家人，主要也是因为他的家庭情况特殊，那些人他也觉得没必要带她见。

从前江家漠视她的存在，江昱成自己更不在意江家人，她自然也不在乎自己在他们心中的地位。不过她倒是听林伯说，有挺长一段时间，每每假期江昱成都是随着蒋伯伯回家吃饭。如今看到江昱成准备的这些东西，兰烛就知道他有多敬重这位老师兼伯伯了，想来在他心里，这位蒋伯伯应该也算是半个家人吧……

兰烛自然没跟江昱成求证这事。她只是一想到是去见他敬重的长辈，心里就有点儿紧张。

江昱成看出了她紧张，说着些过去的事情分散她的注意力："蒋伯伯在大学教书，人很和蔼，对古文献很有研究。最近我听师母说，他又迷上了研究古代戏曲文化，这才特地让我请你过去，说有些问题想要当面请教请教你。”

“我吗？”兰烛转过头，“蒋伯伯知道我？”

“那是自然——”江昱成目视前方，“师母还是你的粉丝，去看过你的几场演出。”

“啊？”兰烛侧身，“那你怎么没有告诉我啊？师母来，我应该给她留个位子的。”

江昱成笑了笑：“你的粉丝那么多，难不成谁来都要给人留位子吗？”

兰烛：“可是人家不是你的老师和师母吗？人家来听我的戏，我怎么能一点儿表示都没有？”

江昱成抬了抬眉：“跟我没关系，他们是你的戏迷。”

兰烛若有所思。

“所以你看——”江昱成轻巧地打了一下方向盘，把车子开进一个安静的巷子里，“他们一定喜欢你。”

兰烛听到江昱成这么说，心里稍稍安定了点儿。她回头看了一眼后座上的东西，忽然想到了什么，拍了一下脑袋：“哎呀！”

江昱成连忙转头看了一眼：“怎么了？”

“我没有给蒋老师买礼物！等会儿我空手进去，多没有礼貌啊！”

江昱成：“后座上不都是吗？”

兰烛看了一眼那后面的东西，努了努嘴：“你会分我一点儿，让我拿进去吗？”

江昱成被她那样子逗笑了，慢条斯理地打着方向盘：“阿烛，我和你本就是一家人，一家人只需要带一份见面礼就可以了。”

一家人吗？兰烛脸上的笑意不由得蔓延到了嘴角，她享受这种江昱成把一切都打理好后，她坐享其成的感觉。

车子最后开到了一处静谧的四合院门前。蒋伯伯及其妻子都是大学教授，儿女都在国外读书，偌大的四合院里只有他们两个人住。

江昱成刚把车子停好，屋内就有个年逾五十的女人出来了。她穿了一件棉麻的长裙，鼻梁上戴了一副窄窄的眼镜，看上去颇有书香气质。

江昱成起身打着招呼："师母好。"

他回头把江师母介绍给阿烛："阿烛，这是蒋伯伯的夫人——蒋师母。"

兰烛正要问好，蒋师母却先一步走了上来，亲切地帮兰烛提着东西："阿烛对吧？我还是第一次这么近地看到你，你比台上还要漂亮。"

兰烛被夸，有些不好意思："师母您好，听二爷说，您从前来看过我的演出，不好意思，我都没有来迎接您。"

"不打紧——"蒋师母笑呵呵地说，"这就要怪阿成了，他没有早点儿带你来家里玩，没有早点儿介绍你给我们认识。"

江昱成自觉地领了这责怪，微微带笑赔着不是："您说得对，是我做得不够周到。"

"好了，好了，别站在外头说话。阿烛，走，我们进去，我让阿姨做了好吃的。说来也巧，我家这阿姨是个南方人，南方菜做得不错，你中午尝尝，看看符不符合口味。"

"好。"兰烛被蒋师母挽着手往里走，得空时回头看了江昱成一眼。

江昱成站在后面，手里还拎着许多东西，对上兰烛的目光，笑了笑，表情好像在说：你瞧，就是普通的热情的朋友。

兰烛被蒋师母带到屋里后，蒋师母就对着后面的书房喊道："老头子，家里头来客人了！"

一阵脚步声从书房里传了出来，而后一个文质彬彬的学者模样的男人走了出来。他看到兰烛，连忙上前客气地握手："这位就是名动槐京、一票难求的兰大青衣吧？"

"您客气了，哪有您说的那么玄乎？"兰烛觉得蒋伯伯比蒋师母还要客气，"蒋伯伯，您叫我阿烛就可以。"

"阿烛——"蒋伯伯点了点头，"这名字好听又亲切。你来得正好，我刚好翻阅古文献的时候有个东西看不明白，你就来了，我刚好可以请教请教你。"

兰烛："请教谈不上，蒋伯伯，我随您去看看。"

蒋伯伯刚要带着兰烛进书房，就被蒋师母拦住了。

“老头子，快吃饭了，你让人阿烛吃完饭再说。”

蒋伯伯听了这话，责怪自己道：“你瞧，我倒忘了，特地让阿成带你来家里吃饭的。那咱们先吃饭，吃完饭，你再帮我看看！”

兰烛笑了笑：“行，那吃完饭，您带我去看看。”

蒋伯伯笑呵呵的，这才看到兰烛身后站着的江昱成。蒋伯伯走上前，拍了拍江昱成的手臂：“死小子，多好的姑娘，这么晚才带来给我们看。”

江昱成把手里的东西交给保姆：“您和师母不也才回国吗？”

“老头子你急什么？”蒋师母在一旁发话，“阿成这不是带人来给你看了吗？况且往后我们也都在槐京了。”

她给兰烛端过来一杯茶水，笑意盈盈地说道：“阿烛，往后啊，你就当这儿是自己家，想什么时候过来就什么时候过来，不用等阿成的。”

兰烛连忙接过茶水，道了谢。

江昱成在兰烛身后咳了咳，缓缓说道：“师母，我还没有茶水呢。”

蒋师母：“这都是自己家，你不会自己倒吗？还能少了你的不成？”

江昱成无奈地笑笑，径自给自己倒了一杯水，不着痕迹地走到兰烛身边，站着靠在那桌子角，对兰烛说道：“得，你地位比我高多了。”

兰烛掌心握着温热得当的茶水，抿着嘴笑，不说话。

“好了，好了，吃饭了。”蒋师母帮着保姆从厨房里张罗菜出来，兰烛想上去帮忙，却被赶了回来。

等菜到了桌边，兰烛想帮忙端菜，蒋师母连忙阻止她：“我来，我来，阿烛，你别烫着手了。”

兰烛：“师母，没事，我做得习惯，我从前也做的。”

蒋师母听到这话，微微停顿，而后转头对江昱成说：“江昱成，你那浮京阁做事的人不少吧，怎么还让阿烛下厨啊？”

江昱成耸了耸肩，表示冤枉。

兰烛连忙解释道：“不是的师母，二爷不让我做事，是我闲得发慌，爱下厨解解闷。”

江昱成朝她竖了个大拇指。

“闲得发慌是吗？”蒋师母此刻眼神有些担忧，“我就知道，阿成从小就是个闷葫芦，别人说三句话他顶多说半句。唉，真是辛苦你了，跟他在一起你一定闷坏了。”

听到蒋师母说这话，江昱成脸上挂上了点儿疑惑表情。兰烛心里微微得意，一时间戏瘾发作：“是啊，他是很无聊呢！”

蒋师母回头，对着江昱成说道：“你这孩子这话少的毛病还没有改？”

蒋伯伯也一脸正义表情地教训道：“阿成，对别人话少可以，对家里人要做的就是坦诚相待、知无不言。”

江昱成看着一脸得意之色的兰烛，点头道：“两位教训得是。”

兰烛得意地朝着江昱成努了努嘴。

丰盛地道的南方菜摆了满满一桌子，蒋师母还不停地往兰烛的碗里夹着菜，兰烛道谢都来不及。

蒋师母笑意盈盈，对着蒋伯伯说道：“老头子，你有没有觉得，阿烛跟我们阿成特别般配啊？”

蒋伯伯看了江昱成一眼，甩了一句：“我觉得，我们有点儿高攀。”

兰烛被蒋伯伯幽默到，不禁笑出声来。

一旁默默吃饭的江昱成有些不满地出声：“蒋老师——”

蒋伯伯这才抬眼，算是给了个面子：“我们阿成够一够，勉强也算是相配的。”

蒋师母：“是吧，我看着他们呀就觉得特别登对。你瞧，我们阿成呢，大阿烛几岁，也过了不稳重的年纪，刚好可以照顾阿烛。”

蒋伯伯：“男人照顾女人，不管几岁都是天经地义的。”

蒋师母瞥了蒋伯伯一眼，往远离他的方向挪了挪：“你这老头儿咋这么爱抬杠呢？”

“甭理他。”蒋师母转头对兰烛说道，“我多问一句啊，你们两个打算什么时候结婚呢？”

结婚？兰烛听到这两个字的时候，脑子有些短路。跟江昱成重归于好后，她还没有想过这个问题。现在听到说要结婚，她还觉得有点儿突然。

兰烛说得磕磕巴巴：“啊？这个……这个我们暂时……暂时还没有计划呢……”

这话一出，连能言善道的蒋师母都语塞片刻。她疑惑地看了江昱成一眼，再看了一眼一脸写着“真没这想法”表情的兰烛，心里嘀咕了一番。

什么情况，莫不是这两个孩子还没聊过这事？那她是不是多嘴了？

她皱着眉头看着两个人，忽然见江昱成抬眼，手握着虚拳，掩着嘴咳了几声。

蒋师母一眼就看懂了，连忙拉起蒋伯伯的袖子：“哟！厨房炖了鸡，我得去看看。”

蒋伯伯被拉得莫名其妙，疑惑道：“厨房不是有李婶在看着吗？”

“让你去就去，就你废话这么多。”蒋师母不由分说地就拉着蒋伯伯往厨房走去。

兰烛见两个人走得匆匆忙忙也没在意，看了一眼江昱成，诚恳地说道：“师母家的阿姨做的饭菜真的很好吃啊！”

有道红烧肉摆在她的左上角，她说完这话，还特意移了移椅子，身子往那道红烧肉的位置靠了靠。

这头江昱成放下筷子，肩膀靠在椅背上，伸出手臂抓过了兰烛的椅背，等她夹到那块红烧肉后，不由分说地就把她的椅子往自己身边拉。

椅子轻巧地在地面上滑行了一小段距离，然后平稳地移到他的身边，他露出的半截手臂还搭在她的椅背上。

兰烛的红烧肉没夹稳，落在了白色的瓷碗中。她疑惑地回头问道：“江昱成，你干什么？”

江昱成金丝边眼镜下目光微动，身子微微倾斜：“阿烛，你如今几岁？”

兰烛被问得莫名其妙：“二十三虚岁，二十二周岁，怎么了？”

“嗯。”江昱成低低地应了一声，停顿了略有半秒，又问道，“女性法定婚嫁年龄是几岁？”

兰烛在脑子里搜了一圈，不太确定地说道：“二……二十岁？”

“嗯。”江昱成手上再度用力。她不受控制地再度被他轻巧地拉近，离他不到一寸。

她听到江昱成意味深长的声音回荡在屋子里：“嗯，够了。”

这几天，这行里二十几家剧团来往密切，走动频繁，嘴里讨论得最多的，还是槐京城的这场大变故。

行业协会里传出了要改变原先新剧团进场的投票制度的风声，几个剧团团长聚在那儿求证来求证去，最后觉得这事并非空穴来风。

槐京城这么多年下来，能保证这二十几家剧团相互和平地做生意，不就是因为有这么一条不成文的垄断规定吗？！现在二爷说要废了这条规矩，那不就是要断了他们的生路吗？

这么一个牵一发而动全身的变动，几乎事关槐京整个剧团市场。

几个剧团团长一寻思，连忙到了吴团长那儿。

自从江昱成买了吴团长手上不多的股份，把浮京剧团打包送给了兰烛后，现在吴团长大事小事都不用操心了，只在浮京剧团里挂了个闲职，整日里喝喝茶、逗逗蛐蛐，提早过上了退休生活。

等到其他几个剧团团长心急火燎地出现在自己面前的时候，吴团长才勉强收起了自己的闲适姿态，让人给他们几个每人倒了一杯茶。

“瞧几位团长额头上都是汗，这么着急是为了什么啊？”

“吴团长，协会今年的提案您听说了吗？这是要灭了我们其他几个槐京剧团的生路啊！我可听说了，二爷亲自提的提案，说什么要给新人机会，不该设置这样的行业门槛。笑话！要是没有这样的行业门槛，怎么能保持我们这二十几家剧团百年常青？”

“是啊！”

吴团长听了几句话，明白了：他们原来是来说这事。

“吴团长！”

“唉——”吴团长反应过来。

“要说这事的受害者，首当其冲就是你的剧团，你说你好好一个剧团，本来还是由你在当家，如今却给他人作嫁衣了！”

吴团长知道，他们说的是浮京剧团的事情。

外人看来，浮京剧团的主事人是吴团长，但其实他就占那一点点股份，一直以来全靠二爷大方，上上下下的事都交给他打理，所以浮京剧团看起来才像是由吴团长说了算。

不过他那点儿股份，前段时间也被二爷买走了，现在浮京剧团的实际老板可是兰烛了。

吴团长讪讪地说道：“我还好，我还好。”

“您还还好呢？您在剧团打理了这么些年，没有功劳也有苦劳，剧团怎么能说给别人就给别人呢？”

“是啊，您怎么咽得下这口气？！”

吴团长心虚：其实……二爷给的钱足够他咽下这口气。

“今儿怎么说，您也得带着我们去二爷那儿讨个说法。”

吴团长一听他们要去找二爷，连忙阻拦人：“哎——诸位团长，有话好好说，有话好好说。”

那几个剧团团长早就看出了吴用的迟疑态度，挥了挥袖子：“你不去是吧？好，你不去，我们自己去！”

“不至于，不至于——”吴团长在后面高喊，连忙放下了自己的紫砂壶茶杯，踉踉跄跄地跟上。

什么情况？他们跟二爷较劲，这不是自找麻烦吗？

剧团协会的会客厅中，高高低低地坐了二十几家剧团的团长。

正厅正前方的桃木色桌子边，江昱成一手托着太阳穴，慢条斯理地看着助理沏茶。

剧团团长们虽然来的时候都气势汹汹的，但当真见了江昱成，见到他眉眼间压制着的那份冰冷感时，一时间都噤了声。

只几个年岁长的，胆大的，同时也是挑这事的刺儿头，还能斟酌着说道——

“二爷，您也知道，戏曲行当是一年不如一年，市场萎缩，江河日下，我们几个的日子过得是一天不比一天了。”

“是啊二爷，您家财万贯，绝不是只吃这一碗饭，这提议对您来说没什么，可是对我们来说是天大的事。若是这事真这么定了，往后京剧在槐京可就没有门槛了！”

江昱成端着茶碗，手指摩挲着紫砂器具上隐约的粗糙纹路：“诸位大动干戈地让我过来，是为了跟我诉这苦？”

他眉头微皱，似是对这些老家伙绕来绕去也绕不到重点的表达方式不爽。

江昱成坐直身子：“既然大家都在这儿，那我也不跟大家拐弯抹角了。我做了这代理协会会长以来，从来都是挂个虚名，有什么事也都是问询各位的意见。这十年来，咱们也都共分市场，互不干涉，各位的明争暗斗我从来也都不管，也知道大家都是开门做生意的，做生意嘛，无非是对自己的利益看得最重。只不过这一条新入行的剧团要其余二十四家剧团投票的规矩，实在是太过于迂腐，我看还是撤了比较好。”

“这……”

其余的剧团团长看到江昱成明确地表了态度，纷纷不解。

“二爷，您这是做什么？这条规矩保持着我们几方的荣誉啊！您说撤就撤，这往后要是再有新入槐京的剧团，我们可就拦不住了……”

“拦不住就不拦——”江昱成出声打断这人的话，“做生意凭的是自己的实力，而不是怕长江后浪汹涌，便故步自封地建起高高的堤坝。诸位老板，老祖宗留下来的东西，我们自然是欢迎更新鲜的血液进来，给这陈旧落后的市场增加活力，而不是眼界狭窄地只顾着瓜分眼前的市场。”

“二爷，槐京不需要这些所谓的新鲜血液，不需要这些在冬日到来之前迁徙进来取暖的孤鸟，这可都是您说的，是在傅老先生把协会代理会长交给您的时候，您亲自站在这梨园行当的老祖宗面前说的——您说您保我们十年无虞。”

江昱成下垂的眼睑微微颤动，他问：“十年无虞，我没有做到吗？”

这话一出，堂下顿时鸦雀无声。

众人算算日子，不多不少，加上过去的半年，如今刚好十年，他的确保了这个市场无风无浪地过了十年。

最年长的一个剧团老板心一横，说道："二爷，我们从前受你照顾多有感激，可你说到底也不是干这行的。要说梨园行当，我从事京剧生意三十年，从事的年数比你的年岁都长，吃过的盐比你吃过的饭都多，你如今一个人就拍手把这事定了，未免也太不给我们面子了。"

吴团长听完这话，心里七上八下的，大气都不敢喘。这位剧团团长平时就性格倔强，说话直接，但是他的脑子没想好这其中的利害关系啊！当初搞西洋剧团的那伙人要挟傅老先生解散槐京京剧剧团的时候，是江家二爷拿了自己的钱出来填补了这窟窿，挡住了这一难。若不是因为二爷母亲和梨园行当还有那点儿联系，二爷犯不着放着赚钱的生意不做，还来陪着他们做这来钱慢、产销又低的梨园行当啊！

没了二爷，槐京的剧团也不会来钱这么容易。不能因为二爷说要撤了一条进槐京梨园行当的规矩，这事触到了他们的利益，他们就开始翻脸不认人了，开始倚老卖老了。

吴团长担忧地看了江显成一眼。江显成手里依旧端着个小瓷碗，神色未变，可吴团长知道他这时越是冷静，就表明越是生气。

吴团长都要急得跺脚了。他已经给小芹发消息了，让小芹务必第一时间找兰烛过来。等会儿二爷发起火来，他怕那帮老头子连自己怎么死的都不知道，更怕自己拦不住二爷，弄不好就会擦枪走火的，场面太难收拾了，必须叫阿烛姑娘来。

"我不能一个人说了算？"

果然，下一秒江显成把手上的杯子重重地往桃木桌上一放，水波荡漾了一圈，洒出来不少水："我在槐京只手遮天，你第一次知道？这规矩是我定的，定的时候没问过你们意见，如今撤了，更不用问你们意见。"

剧团的几个老团长一时间一句话都说不出来，面面相觑一番之后，甩了甩袖子，一人气愤道："好一个江家二爷，你既然已决定不把我们放在眼里，那我们今天正式当着协会成员的面说一句——从此以后，槐京二十几家剧团就没有我们了！”

此人说完，几个人就要往外走。

槐京这二十几家剧团都捆绑三十几年了，谁退出都跟断臂断腿似的，其余的剧团多少会受到牵连，哪里是谁说走就走的？

这几个剧团团长正是吃准了这点，威胁着江昱成。

“二爷！二爷！”吴团长脚一跺，连忙上前，“二爷，二爷，您三思啊！这三个剧团可是槐京最老牌的京剧戏班子，这一出走，往后槐京各家剧团平分秋色的局面可就要被打破了，大伙儿都会人心惶惶的。二爷，二爷，您得三思啊！”

吴团长这头拼命劝着，江昱成却慢条斯理地驱赶着茶汤上的氤氲水汽。

他抬了抬眼皮，看了一眼被其他人拦住的那几个剧团老板，高声说道：“如此，槐京二十五家剧团从今往后只有二十二家了，几位老板莫拦，少一个剧团，年末分场子的时候也少分点儿，不是吗？”

他起身，背着手站在厅堂中：“这是好事。”

要走的几个剧团团长本想吓唬吓唬江昱成，可见江昱成是真的一点儿在乎他们的样子都没有，一时僵硬地站在那儿，脸上的神色有些挂不住。

偏偏江昱成还做了个请便的手势，他们只得迈出那协会的高门槛。

“如此，还有别的异议吗？”

留下的人你看看我我看看你，最后都低着脖子摇了摇头。

江昱成站在正厅门下，长身玉立，环顾一圈：“如此，剧团之间须帮扶携带、培养良才，把从前那套任人唯亲、溜须拍马的作风给我弃了。往后槐京城的梨园行里欢迎所有有能力的人，不问出身，不顾来处，只要有真材实料，不管你是当角儿还是当老板，槐京所有的京剧班子都敞开大门欢迎！”

兰烛急急忙忙地往协会赶去。

她听到小芹说，吴团长打电话找她，说那些个剧团团长都在协会那儿，来回去请了二爷几次。二爷说废了那剧团的门槛，几个剧团团长谁也不同意，这会儿人都在协会那儿僵着呢。

只是兰烛赶到的时候，刚好看到几个剧团团长愤愤不平地从协会里出来。

她眉头紧皱，再往前走的时候，看到了江昱成停在外边的车，于是就在车旁等着。她知道再有半刻，江昱成就会从里头出来了。

他往外走的时候，一身锋利的西装迎着风，眉眼间的压迫感很重，带着里头穿堂风的寒气。

兰烛连忙迎了上去，江昱成在看到兰烛的时候身上的锋利气息一瞬间尽数消失。

他往车这边走过来，看到兰烛，没等兰烛说话，就脱了自己的外套给她穿上："外头风大，怎么不去车上等我？"

"二爷……"

兰烛想要说些什么，江昱成却打断她的话："去车上说。"

他走到侧面，给兰烛开了车门，绅士地帮她用手垫着车顶，而后自己才走到另一边，开了车门坐下来。

他单手整理着自己的袖子，余光扫过兰烛："老吴告诉你的？"

"嗯。"兰烛点了点头，"二爷，您怎么不叫我？"

她的语气甚至有些担忧。

江昱成整理好袖子，微微捏了一下兰烛因为着急而有些发红的脸："叫你做什么？小事。"

兰烛："您把新设剧团的门槛撤了？"

江昱成："嗯，因为这事让你吃了不少苦头。"

兰烛想起前段日子，自己闲暇时跟江昱成回忆过去，说她要在槐京新建一个剧团有多不容易，槐京的二十几家剧团联合在一起，只要他们不松口，外头的人就休想分到一杯羹。

她只是当作回忆分享，江昱成却听进去了。

从促进行业的健康发展来说，槐京这二十几家剧团的垄断规则虽然保障了他们自己的利益，但是从源头上限制了京剧行业的发展。可江昱成要是推翻这制度，不知要动到多少人的蛋糕，谈何容易？

兰烛知道江昱成这样做顶着多大的压力：“二爷，您这是……”

江昱成伸手牵过她：“上次你去高校展演，回来后说起京剧演员的职业发展，说在戏剧文化氛围最好的槐京里，一个演员想要出头尚且艰难，更别说转行做剧团老板了。”

兰烛的确说过这话。若不是有曹老板，她不可能在槐京成立自己的剧团。

江昱成：“这样的生态不好，资历、技艺是吃饭的底气，但进入这个市场的门槛不应该掌握在这二十几家剧团的手里，没有道理说新入的剧团非得通过老剧团的同意。市场早就被他们分完了，多一个剧团对他们没好处，他们怎么可能还准许新人进入呢？不废了这规矩，这些老家伙是不会让新人入场的。”

兰烛听完这话，想起从前的事。

从前兰烛一心要凭借自己的能力在槐京留名的时候，江昱成站在高位，睥睨地告诫过她：“春天一到，来槐京城的人多得像匍匐在蜜果下的蚂蚁。他们满脸都写着希望，好像这儿就是他们翻身的天堂，但是鲜少有人知道，挨不过冬天，冻死在年关大夜里无法回到故乡的人比比皆是。”

她那个时候心高气傲，不信那荒诞的传说，不信他说的那句——“没人能干干净净地离开槐京城，哪怕死后的灵魂都不可以。”

再往后，她知道在槐京城从无公平可言。

而如今，他大方地给每一个想要踏进这一行的人发了一张邀请函——只要你有实力，便可以进入槐京的梨园行当。槐京的民营京剧行业，再也不能以要获得先入者的许可而作为允许后来者参与这场游戏的必要条件了。

只是江昱成要破除这个行业规矩，肯定是不容易的。兰烛想起刚刚出走的几个剧团团长，担忧地问道：“那几个剧团团长，他们出走……”

江昱成：“他们出走正好，你上次去学校展演的时候，不是觉得有几个苗子挺好的吗？”

兰烛：“啊，你是想让其他人取而代之？”

江昱成弯了弯嘴角：“当然，我是商人，商人不能放弃自己的利益，对吗？”

兰烛随即笑了笑：“那几个剧团团长估计要气死了。”

江昱成挑了挑眉：“不用他们说，我也不想带他们玩了。槐京市场快速更迭的趋势本就是不可阻挡的，因循守旧后面隐藏的是看不见的危险，愚昧的人不懂这个道理，我早早地将他们踹下船去，这样我的船才能开得更远。”

兰烛：“不愧是江家二爷。”

江昱成低头浅笑：“阿烛，你应该说‘不愧是我的男人’。”

兰烛笑着推了推他，而后往窗外看去。

又快到一年的除夕了，雪纷纷扬扬地下着，外头的车辆来往热闹。

车子经过槐京南站时，兰烛似乎能听见绿皮火车行驶时“轰隆隆”的声音。她抬头看向古老的城门墙上那由明末大家亲笔写下的“槐京”二字，心中感触万千。

三年前，她就站在这牌匾下，那时畅想过或许那些个在万家灯火中慢慢展开的故事里，她也能是其中一个主角。

她为了能来槐京，能站在槐京剧院的舞台上，吃了不少苦。

她对他说过，她三岁学戏，六岁上艺校，且不说吃的苦和受的难，光是放弃了从事其他职业的可能性这一条，就能孤注一掷地赌上她的一生了。

在真的上过槐京所有的剧院后，她便开始四处做一些公益的授课和京剧的宣传活动，为的就是让那些对这一行业有所热爱的孩子还能保持那份初心。

她也曾对江昱成说过，她想要让每一个心里对京剧偏爱和有执念的人，都有一个上台的机会。

江昱成记得她说过的每一句话。

如今，他做到了，大方地给每一个想要踏进这一行的人发了一张邀请函。

她在鹅毛大雪中，充满希冀地看着这古城。

江昱成解开自己的围巾，裹在兰烛的脖子上，低头看到了她眼里映着的新世界。他用手指摩挲着她的指腹，问道："阿烛，新的槐京城，你可喜欢？"

槐京的一些工作有了交代后，兰烛在槐京买了一套小小的别院，方便以后兰庭雅过来养病。

那院子原先的主人是个做珠宝生意的女生，因为工作调动，以后要出国，所以女生着急出手。

院子里头有棵种了许久的槐树，院落下的石凳子也干净整洁，整个院子僻静清幽，兰烛觉得挺好。

江昱成嫌弃她看上的院子在京郊，交通不方便，带着她去看了浮京阁周围的那一圈房子。兰烛捏着自己的口袋，笑着说二爷真是高看她，那一圈的房子她哪里买得起。

江昱成林林总总地送来了许多房型图，说她尽管看，看上了就让林伯去买，至于钱的问题，那不是她应该操心的事。

兰烛笑笑，说二爷真大方，也没拒绝，但是转身就瞒着他搞了这么一个小别院，直接把定金付了。

江昱成知道兰烛的脾气，她执拗起来，任凭他再怎么有心要给她购置房产，也送不出去——他只得由着她。

他只能在装修上多花心思，按照兰烛的喜好找了几个中式园林风格的设计师，带着几个设计方案，一个一个地跟兰烛探讨。

兰烛托着腮，点着头，说每一个都好，但最后挑花了眼也没有定下来，只是听着介绍打着盹。

江昱成只得挥挥手，让人先走了。

他走到她的矮凳前面，抿着唇看着她。她的眼神明显开始游离，见到江昱成后，她晃了晃头："江昱成，装修房子好麻烦哪……"

江昱成左手搭在他半蹲着的膝盖上，右手抬起，轻轻地弹了弹她的脑门："让你非得搬出来，浮京阁那么大还不够你住？"

兰烛揉了揉眼睛，托着腮帮子，眉眼间依旧是止不住的倦意："那是你的地方。"

江昱成知道兰烛缺少安全感，没多劝。她来槐京这么久，是该有个属于自己的落脚的地方，而不是一直住在他那儿。

从他的角度来说，他当然希望兰烛一直跟他待在一起。但他也了解，对她来说有一个自己的空间意味着什么。

江昱成道歉："是我不好，我早该想到的。既然你喜欢这个房子，那装修的事情就让我来吧。"

"你来吗？"兰烛眼神里有几分不确定之意。选房子已经花光了她所有的耐心，虽然她也很想做甩手掌柜，但直接把装修这事丢给江昱成也怪不好意思的，毕竟自己买这个房子的时候没有提前跟他说。

"怎么，信不过我的审美？"

"那没有。"兰烛摇头。

江昱成的审美自然是好的，浮京阁布置得典雅别致，也是她喜欢的风格。

"你肯帮我搞装修，那再好不过了！"

"所以你去睡吧，这些东西我来收拾。"

兰烛回头看了一眼桌子上放得乱七八糟的图纸，沉重的眼皮真的快要一点儿都抬不起来了。她点了点头，耷拉着脑袋往自己的房间里走去。

江昱成看她走了，转身收拾着桌子上的东西。他弯腰卷着那图纸，回头却撞上了返回来的兰烛。

她刚过来，他刚回头，两个人就像是雨后奔腾的水流，湍急地在入海口相撞。

鼻唇相触时，江昱成看到兰烛依旧睡眼惺忪。她眉眼清冷，唇珠却带着夜色的浓郁感，江昱成不由得觉得喉结一滚。

兰烛抬着惺忪的睡眼，却递给他一张略硬的卡片，嘱咐道："江昱成，我的钱不多，装修上你省着点儿花。"

江昱成低头，看到她给了张银行卡，无奈地看着她又离开的背影，笑了笑。

兰烛后来是在整理自己的衣柜的时候发现那张银行卡的，里头的钱不仅一分没少，还凭空多了一位数出来。

她嘴角漾出一丝微笑，觉得这个男人还挺会的。

装修的事情定下来之后，他就出差去了。

兰烛找人算了算乔迁的日子，定好日子后，她又掰着手指头数着，等到日子差不多快到了，忍不住缩在被子里给江昱成打了个电话。

“喂。”那头的声音响起后，兰烛就憋不住了。

“你什么时候回来啊？”兰烛觉得这被子有点儿闷，把她的声音闷得哆哆的。

那头的声音似是有些嘈杂，似是有着酒局上的推搡声，他像是掩了那头的声音，快步走到外头，柔声说道：“阿烛，过几天我就回。”

“哦。”她思念成疾，他却还在酒场上酣畅周旋，兰烛难掩失落情绪，语气一下子就失落了不少，“还要过几天吗？”

“嗯。”那头的嘈杂声顿时消失了，他应该是走到了安静的地方，“这儿的项目实在是推不开，等这儿结束了，过两天我休个假陪你好吗？”

“哦。”兰烛依旧兴致不高。

江昱成听出她不悦了，声音放柔了一些，像是在哄她：“怎么了？”

兰烛抠着自己的指甲，把电话放在柔暖的云被里：“我问过风水先生了，说乔迁宴过两天就要办。”

“过两天？”江昱成有些吃惊，“这么早吗？”

“嗯，就这两天是好日子了。”

“好，那我一定赶回去。”

“真的吗？”兰烛不由得蹬开被子，半个身子都坐了起来，“乔迁宴你会回来吗？”

“嗯，那自然是要到的。”

兰烛通知所有人乔迁时间后，安心地数着日子，可是真到了乔迁那天，他的航班却因为起飞地天气太差改了好几次，他最终也没能赶回来。

“恭喜阿烛乔迁新居！”来往的宾客恭贺声不断。

兰烛这院子是按照江昱成的想法装修的，与完全中式的四合院不同，她这院子的外墙底色多为米白色，小路上还用青砖铺地作为点缀，外观风格简约大方，不过屋内的陈设有些低调奢华——简单的一张木桌、一把木椅都是由行里有名气的大师手工打造的，加上每一处都装饰别致的花草，以及可以与一个小博物馆藏品匹敌的古玩，无一不彰显着屋子的主人的品位。

大伙儿过来恭贺乔迁，送了很多东西，花篮也送了不下十个。兰烛在门口迎来送往。亲朋好友都很客气，红包收到她手软，只是她等来等去，最终还是没有等到江昱成。

林伯在一旁宽慰道：“阿烛姑娘，二爷的航班延误是确定了的，今儿二爷肯定是回不来了，您就别等他了，里头的人都在等您呢。”

“知道了。”兰烛最后往巷子里看了一眼，叹了一口气，回头往屋子里走去。

乔迁宴上，她听着别人夸她院子的精美布置，有一句没一句地回应着，打量着江昱成送过来的整个前厅里都快放不下的价值不菲的装饰品。她托着腮帮子想着：她挡得住江昱成给她买房子，却挡不住江昱成替她置办这些费钱玩意儿。

东西她是都收到了，可是他人呢？

觥筹交错，流光溢彩。等到乔迁宴都散了后，兰烛也觉得自己累了，打了个哈欠，看了看时间，决定今晚就住在这儿了。

里头的起居室钥匙在林伯那儿，她白天忙着布置前厅，接待客人，还没进过内院。这会儿临近休息了，她才想起来这一茬，连忙叫了林伯过来，拿了钥匙。

她当初看上这别院也是因为外厅会客厅和内厅起居室分开，一道门之隔，里头却别有洞天。

她推开里院的门，却发现月亮拱门后面似是有些星星点点的亮光。兰烛往那儿瞧去，原是江昱成让人设计的夜灯被镶嵌在墙根角落里。她顺着那光往前走去，发现越往里走光线越亮。

灯光最后停留在房子后头的一处地方，那儿本被原先的主人荒废了，兰烛记得江昱成把那儿改成了一个小花园，又想起自己还没有去过。晚上凉风习习，夜色迷人，她循着那灯光往那边走去。

只是兰烛刚踏过转角处，就被眼前的场景震惊到了。

小花园里亮如白昼，原先什么都没有的荒废庭院现在开满了蓝白相间的绣球花，蓝的如深海，白的如云彩，她如同置身于层峦叠嶂的云海上。那花海最后蔓延到凉亭上，铺满了她通往前方的路。

灯光打下来的一瞬间，她看到江昱成出现在花海里。

他穿得非常正式，一身利落干净的白色西装裁剪得很贴合他的身形。她从未见过他穿白色西装，只见过他穿各种各样的深色衣服。他好像永远穿得暗沉如黑夜，而现在，却穿了一身绅士的白色西装。她承认，江昱成穿白色西装比穿黑色西装还要好看。尤其是当他站在一片蓝白花海中时，他显得更高贵优雅。他将额间的发丝一丝不苟地尽数梳了上去，手中拿着的是一束蓝白色的绣球花，或者可以叫它的另一个名字——endless summer（无尽夏）。

兰烛满目都是汪洋般的花海，而他站在她正前方的路上，正向她伸出手。

她今天穿了一条白色的吊带棉麻裙，精致的肩头上有几片掉落的蓝白色花瓣，她的头发被高高绾起，只剩一缕发丝在风中飘荡。

她提起裙摆，几步跑了上去。

“你什么时候回来的？”兰烛眼睛里映满了夜色中斑斓的星光。

江昱成挑了挑眉：“昨天。”

“那你瞒着我？”

“嗯，想给你个惊喜。”

“我都以为你今天不会出现了！”

江昱成敲了敲她的手心："所以这才叫作惊喜，再说了阿烛，你不能对我连这点儿信心都没有吧？"

"这是……？"兰烛回头看了一下这满目的花海。

江昱成："这是春天栽下的。"

蓝白色的花瓣随风飘扬在她的四周，她抬头："往后每年的夏天，它都会开得这般热烈吗？"

"自然。"

兰烛对上他的眼，他的眼从未像现在这样温柔过。

她从前从未奢望过能透过江昱成的眼睛看到他的内心，可如今她与他越来越靠近，越来越难以分离，她也发现，他眼里的阴云已逐渐减少。特别是今天，她真切地看到了他眼里的世界，所有的荒芜都被花海代替，她目光所及之处，全是热烈的生命，是春与夏变更带来的百花齐放、清风拂面。

她伸手触碰江昱成的面颊，轻声说："江昱成，我好幸运，好幸运遇见你。"

江昱成眼眸中微光闪烁："该说幸运的人是我。阿烛，你知道吗？我一直迷茫又恐惧，迷茫我还能给你什么，恐惧你什么都不缺。我想了想，我们一起度过了槐京城又冷又长的冬夜，但其实槐京的春和夏比冬夜更美，因为短暂，所以美好，但是春和夏的记忆，我们拥有的实在是太少。不过往后，每年这儿的花都会开，岁岁年年都会跟今天一样，开得如此热烈。我也希望，往后的岁岁年年，你都能给我机会让我一直陪着你，陪着你到很久很久。"

花海中，他单膝跪地，白色西装上落满了蓝白色的花瓣。

"你愿意嫁给我吗？

"嫁给江昱成，成为江太太，岁岁年年都留在我的身边，好吗？"

兰烛看到他翘首以待，眼里带着不安的恳求之色。

岁岁年年……岁岁年年啊！

风吹起她的发梢，她掩面挡住要掉下的眼泪，止不住地点头。

岁岁年年，她都会留在他的身边。

兰烛和江昱成在成婚之前，倒是先接到了别人的请帖。

要举办婚礼的是一个京剧演员，叫方卉，原先兰烛也跟她合作过，一来二去两个人还挺熟悉的。而且方家原先也是做梨园行当的，方卉刚在这行站稳脚跟，方家自然想借着这个机会多认识一些槐京城里的剧团老板，这不，兰烛也在受邀请的名单里。

既然对方邀请了，兰烛也不好拒绝。

方卉办的是中式婚礼，在兰烛来前特意叮嘱了，他们收贺礼，不收钱财。

兰烛选来选去，最后选了支手工的仿点翠簪子，让小芹帮忙找个首饰铺子包装一下再带去。

小芹倒是舍不得这簪子，盖盒子的时候还碎碎念着："这方家倒是挺会打算的，不收红包收贺礼，红包包在那儿，谁看得出来多少啊？！偏要搞贺礼这一套，那谁送了什么，明眼人不都看到了吗？这不是逼着大家准备得越昂贵越好吗？阿烛，你平日里和那个方卉也没有那么多来往，拿这东西去会不会太贵重了？"

兰烛最后对着镜子整理着要出门的衣服："方家爱面子，搞那么大阵仗，又让人送贺礼去，明显就是想将排场弄得大些，好彰显一下他们看似很广的人脉。既然这样，那我们自然要置备得好些。"

小芹看了看包裹精美的盒子，皱了皱眉头："总觉得有些不舍，这支簪子是你上次逛手工藏品店新入手的，你还特地让人把周边的银穗按照你自己的喜好勾勒了新的一版出来！你自己都没有戴过呢，送别人多心疼！"

"心疼什么？"外头传来江昱成的声音，他从风雪中踏门而入，听到了谈话。

小芹连忙把盒子塞给江昱成："二爷您快劝劝，阿烛说要把这首饰给人家当新婚贺礼。这是她之前很喜欢的一支簪子，怎么能送人呢？"

江昱成拿着那盒子，打开扫了一眼，皱了皱眉头："这不是上次在宛玉那儿你瞧上的那支吗？"

小芹见状，偷偷地溜了。

兰烛起身，眼神落在他手上的盒子上，想趁他不注意将其拿回来：“二爷怎么回来了？今儿不是参加槐东陈家的商圈开业活动吗？”

她的手移到他的手边，刚刚沾到盒子的边缘，“啪”的一声，盒子就被盖上了。江昱成将盒子举高，说道：“回我话。”

兰烛微微踮脚，试图够到盒子：“人家大婚，走的是中式仪式，收贺礼，我总得准备点儿什么吧。”

江昱成举着手不动，看着她在自己面前踮起脚又放下，身子一上一下的，像是啄木鸟似的试图拿到东西。

他见她着急，偏偏后退一步，居高临下地看着她：“不过是寻常交情，你让林伯去外厅雕花的置物架上随便找个什么东西送过去不就完了，用得着把自己宝贝的东西赔进去吗？不知道的人，还以为你嫁女儿呢！”

兰烛踮了几次脚也够不着盒子，逐渐泄了气，停下了似啄木鸟的动作，不在意地看着江昱成说道：“我是无所谓的，主要这不是怕送小气了会配不上二爷的名头吗？毕竟从浮京阁送出去的东西，不能让人小看了不是？我也不能随便抓一个送吧！”

江昱成听完这话，将原先举高的手放了下来。

兰烛见他把手放下来了，那盒子近在眼前，连忙伸手去够，他却又把盒子藏到身后去，用另外一只手轻巧地揽过她的腰肢：“你说得倒是有几分道理。”

兰烛随即就被他的手禁锢住，和他四目相对。她眨巴眨巴眼，挣了一下没挣开：“江昱成，我要迟到了。”

江昱成低低地“嗯”了一声，手依旧没撒开：“换一个，去我那儿把那个砚台带上。”

“砚台？”兰烛想起来了，前几日江昱成去参加个什么国学交流会，有个砚台就是展品来着。他才去了一天，那展品现在就成了他书房里的私有物品。

兰烛：“哪里有人结婚送砚台的？”

江昱成眼中微微含笑："贵不就行了？"

兰烛想到那砚台的价格，推开江昱成，咂了咂嘴："那比得上我的几支簪子了。"

江昱成："不是你说的，从浮京阁送出去的东西不能掉面？"

兰烛："话是这么说，可是送这么贵的东西出去，我有点儿心疼。"

江昱成："心疼什么？心疼我的家底？"

他半坐在桌上，长腿一伸，手向上扯了扯西装外套的袖子，露出半截手臂。他往前拉了一下兰烛的手："你放心，我迟早收回来。"

兰烛脚下不稳，轻轻撞上了他的肩膀，他眼神含笑，用手背挡着她的头。

兰烛抬头问道："怎么收回来？"

他倾身附耳，声音像是密密麻麻的春雨钻进人的心房里，引得快要破土而出的嫩芽迫不及待地往上拱着。

"办个西式的婚礼，再办个中式的，收两次份子钱，你觉得怎么样？"

兰烛一听这话，笑意抵达眼底。她仰着头，手轻轻晃动着他的手："槐京城的人知道你江二爷这么会算计吗？"

江昱成勾着她的手指头用力，让她再往前一步，抬手扣住她的后脑勺儿，把她往自己的怀里带："算计得来的东西，还不是都给你？"

江昱成见她笑得眼尾更上扬，眼睛亮亮的，眼里映着的全是此刻也是笑意满满的自己，不自觉地想要靠近她，偏了偏头。

他的五官在兰烛眼前放大，好看的眉眼、高挺的鼻梁以及此刻已经近在咫尺的薄唇……兰烛在要闭眼的一瞬间，忽然听到外面传来声音。

"二爷，找到了，我们走吧！"

听到声音，原先近乎交缠在一起的两个人连忙分开。

兰烛连忙转过头去，心里暗骂江昱成为什么不关门。

江昱成咳嗽了一声，眼神带点儿怨念地看了林伯一眼。

林伯冒冒失失地进来却看到这样一幕，在心里骂了自己一句，连忙转过头去，半佝偻着身子就要往外走，边走还边说："你们随意，你们随意，我什么都没有看见。”

他一边说一边暗骂自己：谨慎了半辈子一点儿错误都没有犯，怎么能撞上这事呢？

“站住——”江昱成在后面叫住他，“东西找到了吗？”

林伯只得转过身来，烫着脸连眼皮都不敢抬：“找到了。”

江昱成抬腕看了看时间，回头对兰烛说：“不如晚上的应酬不去了，我陪你出席婚礼吧！”

“那怎么行？”兰烛拒绝，“开业的事情陈老板都来找过你几次了，那事是早早就说好的，你今天要是不出现，实在是说不过去。你安心去吧，我就是去方家吃个饭，吃完饭就回来了，而且小芹也会陪我去的。”

江昱成见她坚持，陈家那边开业的事情他也确实不好推辞，只能点头道：“那你记得把那砚台带上，这簪子既然是你喜欢的，那你就留下。”

兰烛点了点头：“好啦，知道了。”

江昱成这才动身。他走到门口看了林伯一眼，停下了脚步。

林伯连忙致歉。

江昱成扫过一眼：“你倒是来得积极。”

一句话让林伯戳在原地，他转头对兰烛表示委屈，兰烛撇了撇嘴，一副她也撒手不管的样子。

林伯叹了一口气，自求多福地跟上了江昱成。

等江昱成走后，兰烛和小芹也出发了。

车子在外头等着，小芹见原先的簪子被换成了砚台，别提多高兴了。

小芹：“这还差不多，要我说，咱就不必送那么贵重的东西。”

兰烛掂了掂这老重的东西，交给小芹：“这可比我那簪子贵重多了。”

小芹接过砚台：“啊？这不就是个砚台吗？再怎么说也就是个在桌面上的摆设物品，也不是用金子做的，能有那么贵吗？”

兰烛："从二爷的书房里拿出来的，你说呢？"

"从二爷的书房里拿出来的？"小芹吐了吐舌头，"那还不如送簪子呢！"

小芹说完立马否定道："不对——二爷宁可送自己的东西也不愿意让我们阿烛送你的东西，这样说来，你喜欢的东西对二爷来说才是珍贵的，二爷一定是不愿意看你割爱，才自己割爱的！"

"哪有你说的那么严重？"兰烛听笑了，虽然嘴上否认着，但是心里也承认小芹说得没错，江昱成的确是不想让她割爱。

这一年来，她与他随便上个街，只要她多看橱窗里的东西几眼，没过多久，那东西就一定会出现在她的房间里。他对她的宠爱近乎到了纵容的地步。

那些古玩本就费钱，兰烛也没有要买的意思，就是随便看看，江昱成却说要看还是买回家看比较好。久而久之，他们买回来的东西就越来越多了，那些东西里贵些的甚至能抵上一幢楼、一块地。她看着那些东西络绎不绝地往自己的屋子里搬，说自己也不是想要买。

彼时江昱成悠闲地煮着茶，说她不买，他一点儿挣钱的动力都没有。

她抿着他递过来的茶水，蹲着往他身边挪，担忧地说，她不会还没有当上江太太，他就要破产了吧。

他抬了抬眼，没说话。

第二天，林伯密密麻麻地打印了半人高的资料，还带了几个西装革履的人来。

兰烛一脸诧异的表情，林伯把资料一摞一摞地在兰烛面前展开："阿烛姑娘，这是二爷名下所有公司的财务报表。"

"财务报表？"兰烛盯着那些白纸上密密麻麻的数字，皱着眉头问道，"你给我看这些东西干什么？我又看不懂。"

林伯摆出一副了然于心的表情，热情介绍道："阿烛姑娘不必担心，这几位是国内顶尖会计师事务所的会计师，他们会用最通俗易懂的语言向您解释的。"

领头的是一个梳着小背头的男人，自我介绍道："兰烛小姐您好，我是灵桐会计师事务所的合伙人，接下来会由我们的高级财务顾问小林给你解读一下这些财务报表。"

后面走上来一个戴着眼镜、穿着职业装的姑娘。她鞠了一躬之后，对着兰烛拿着那些资料，开始"噼里啪啦"地讲解："合并报表层面，我们可以通过现金流量指标看到这个集团的运营情况，重点可以关注一下我们的现金流量和当期债务比，纵向对比往年，该指标保持充足且平稳……"

兰烛小声问林伯："什么意思？"

小背头男人的耳朵灵得很，他回道："通俗地讲，二爷很有钱，且没有破产危机。"

兰烛沉默了。

"再看全部资产现金回收率，能带来现金流入的我们这里重点关注了营收现金总流量，横向对比了其他类似企业的全部资产现金回收率，发现该合并财务报表的水平高于同类……"

兰烛小声问林伯："这又是什么意思？"

小背头男人亲切地微笑："通俗地讲，二爷很有钱，且没有破产危机。"

兰烛再次沉默了。

林伯咳了咳，轻声补充了一句："就是您可以一直做江太太的意思。"

兰烛到了方家之后，小芹带着她找到了位子。

她们来得早，那一桌只零星地坐着几个圈内人，说是和方卉同届的国戏的学生。

小芹坐下来，嘟囔道："刚刚在外头，方家人还说给我们安排的是顶好的位子，说一桌坐的都是圈内人，结果这都是谁啊？一个个这么陌生，一定是混得不好的人，否则我怎么都不认识？"

听小芹说得小声，兰烛也没阻止，只是跟小芹解释道："我跟那方卉只见过几面，她不清楚我的具体身份，只当我是想要拉她进不入流的民间剧团的中间人，她和我只是彼此留了联系方式，估计这请帖也都是她随机发的。”

“随机发的？”小芹转过头，“阿烛，我真替二爷的砚台不值。”

兰烛挑了挑眉：“或许有意外收获呢？”

小芹：“意外收获，什么收获？”

兰烛：“你不是一直为了年后的那场演出找不到学院派的演员发愁吗？今儿来的都是正统国戏出身的人，有的是你挑的机会。”

小芹随即反应过来，她在民办剧团间的人脉还可以，但和学院派的人的确打交道不多，难怪阿烛要带她过来，这张门票也算是花在了刀刃上。她咂了咂嘴：“你这样子跟二爷如出一辙。”

兰烛回头：“什么样子？”

小芹：“舍不着孩子套不到狼的样子。”

兰烛：“你呀，等会儿多认识几个名角，平日里可没有什么能把他们都聚齐的机会。”

“知道了，保证一个都不漏。”

小芹说完，刚站起来张望，突然发现迎面走过来几个人。她看清来人后面色一变，慌乱地坐了下来。

兰烛眼见小芹跟见了鬼似的坐下来，看向小芹问道：“怎么了？”

小芹拉了拉兰烛的衣角：“阿烛，我去跟管事的说一下，让他们给我们调一下位置吧。”

兰烛看了一眼被小芹攥得紧紧的衣角，抬头后见到了来人——嚯，这不是老冤家吗？

她差点儿忘了，在国戏方卉那一届，她们可是有老熟人的。

三年不见，海唐一见到兰烛，手就扶上身边男人的手臂，神色得意得毫不掩盖，颇有气势地坐了下来。

“哟！这不是我们的兰青衣吗？”她趾高气扬，就差没用鼻子跟人说话了。

小芹本能地就想让兰烛走。当年海唐有多跋扈，小芹不是没有领教过。在剧团摸爬滚打这么几年，多少难惹的人都对付过，小芹也不想跟海唐碰面。

谁知兰烛跟没事似的，直直地坐在位子上，笑着回道："别来无恙啊，海小姐。"

兰烛将轻飘飘的眼神落在海唐身上："国外的生活倒还是滋润。"

海唐近几年荒废练习，出国后不停地换了几个男朋友，一直享着福，身形走样了些。她一听到兰烛这话，心里一阵不爽，回怼道："哪有兰青衣你过得滋润？听说江家二爷冲冠一怒为红颜，硬是为了你把赵家的婚都退了。兰青衣你这笼络男人的本事，可比你舞台上的本事强多了。"

这话一出，在座的人都屏住了呼吸。

这一圈坐的都是国戏那一届的同学，其中几乎三分之二的人不从事与京剧有关的职业了，剩余的三分之一听说过兰青衣的名气，却没有见过本人，本来还怀着崇拜之情，可偏偏听到海唐这么说，好似她知道些陈年旧闻一样，他们的崇拜之情就变成了好奇和探究之心。

海唐说的话阴阳怪气的，小芹忍不了，起身说道："海小姐，真是辛苦你了，你当年作弊不成，面子丢光后灰溜溜地跑到了国外去，没想到对我们兰青衣的事情倒还是这么上心。只不过你怕是在国外待久了，不知道中文怎么说了，说出来的话一句比一句难听。"

海唐一听小芹揭她的短，"噌"的一声站了起来，提高声音说道："你说谁呢？我当年是出国深造！"

"海小姐——"一直坐着的兰烛出声道，"你还是坐下吧。你这样怪难看的。"

兰烛扫了一眼一直坐在海唐身边的男人："这是你的男朋友吧？我们的那些陈年旧事，你是要我当着他的面，一件一件地给你回忆吗？"

海唐看了一眼坐在她旁边此刻疑惑地看着她的未婚夫，尴尬地回了未婚夫一个表情，而后把脸上的戾气收了收，对着他介绍道："Jason，不好意思，跟你介绍一下，这是我的同学，秦意、吴曲……"

介绍到兰烛的时候，她顿了顿，脸上换了个虚伪的表情："这位是兰烛，之前在剧团演出，最近听说她自己出来做了个小剧团。总之，她是一个特别有勇气的姑娘。不过她也是命好，做什么事都有人帮衬着，要换了我啊，断没有她这样的勇气，能从剧团出来自己单干。哎，你那个剧团叫什么来着？”

海唐故意装作有些想不起来的样子，依偎在自己男朋友的手臂上：“Jason，你是搞传统艺术投资的，能帮到阿烛吗？人家小姑娘一个人在槐京打拼不容易的，大家都是学京剧出身的，我现在成了投资人的太太，生活过得还算不错，但是阿烛就难说了，自己创业总是有风险的，万一哪一天身后的人撤资或者和人拆伙了，咱们相识一场，也不能不帮哪！哎，阿烛，你那剧团叫什么名字？我让我老公多关注关注，他是搞传统艺术投资的，最近对中国戏曲可是颇有研究！他可是天使投资人呢！”

海唐越说越得意，小芹听得都要气疯了，正要回怼，兰烛却转身对小芹说道：“小芹，你留张名片给这位 Jason 先生吧，咱们不是年后的国外展演正缺钱吗？既然这位天使——哦，不，这位先生一心醉心于国学艺术，咱们也就别客气。哦，对了，电子版的投资协议咱们有吧？”

小芹一听这话，连忙从包里拿出电脑，又翻出了一摞资料：“带了，带了，不仅有电子版，连纸质版我都有盖好章的呢！”

说完，她也不管婚宴还未开始这一桌周围围观的人了，“啪”的一声把纸笔都放在了桌子上。

海唐这会儿脸色开始为难了。她只想说个痛快，图一时虚荣，谁知道这兰烛不要脸到这种地步，还真拿了协议出来让他们给钱哪。

小芹见海唐一脸为难的样子，拿着协议再往前一步，换上了一个感激涕零的表情，回头对众人说：“瞧瞧，瞧瞧这世道，这才叫菩萨心肠呢！你说我们一个小剧团，卑微到别人连名字都记不住，要什么没什么，还妄想去国外演出。多少人嘲笑我们不自量力的梦想，嘲笑我们笨拙前行却止步不前的样子，唯有今天遇到了海小姐，遇到了她的白马王子，我们才有了生的希望。无偿赞助，白纸黑字，这是一个伟大的历史，应当被后人记载，被万人歌颂。Jason 先生在这里云淡风轻的一笔，将是我们踏出国门的一大步！天使投资人，你是这个世界上最伟大的存在！”

小芹越嚷嚷越大声，那海唐的未婚夫骑虎难下，震惊地盯着海唐。海唐见聚拢过来的人越来越多，自认她可不像她们一样丢得起这个脸。她皱着眉头给未婚夫使眼色，让他无论如何都得把她的面子撑住了，未婚夫这才拿过协议，一狠心，在这无偿赞助商的签名处签下了自己的名字。

小芹在一旁拍手：“活菩萨啊，活菩萨啊！”

她朝兰烛挑了挑眉，好似在说——开心吧，有傻子送钱来了！

兰烛控制住自己近乎压不住的嘴角，悄悄地给小芹竖了一个大拇指。

那头的Jason签完字，看了一眼协议，原先皱着的眉毛凝滞了一瞬。而后他凝视了协议一会儿，又翻过协议的另一面再确认了一遍，突然郑重其事地转过来问小芹：“是《精彩世界》的展演？欧洲五年一次、参赛资格审核尤其严格的那个？”

小芹嗤笑了一声：“你这天使投资人还挺有见识的。”

海唐见未婚夫一脸反常的表情，甚至还有些慌张，便上去挽住他的手臂晃了晃：“Jason，你问这个干什么？”

Jason没理会海唐，脑子快速地转动着。

这展演自举办以来就没有给中国人发过演出邀请，唯有今年，他听说破例了——有个中国的剧团竟然收到了邀请。

他今年投资事业刚起步不久，知道这事后，早就打起了那剧团的主意。只要他和这剧团攀上关系，别说打开国学艺术的投资界大门，就连世界殿堂级别的展演他都可以参与了，这说出去，往后他走到哪儿不都跟开了挂似的？只是这剧团也太低调了，资格审查资料又完全保密，他费了九牛二虎之力，也什么都没打听到。

要不说踏破铁鞋无觅处，得来全不费工夫呢？原来这剧团远在天边，近在眼前哪！机会都被送到嘴边了，他可不能抓不住啊！

他连忙甩开跟口香糖一样粘着他问怎么了的海唐，几步走到兰烛面前，姿态放得要多低有多低，就差把自己贴在地上了："想必这位就是兰老板吧？幸会，幸会。"

兰烛眼神轻飘飘地落在他伸出来想要握手的手上，未有动静，慢条斯理地说："Jason 是吧，你是个洋人？"

Jason 站直身体，挺正胸膛："我是中国人，重新认识一下，我叫王杰森。"

说完他又微微弯腰，把协议递给兰烛："我单身，正儿八经的钻石王老五。"

兰烛眼皮一抬，看了看后面张牙舞爪、气得要死的海唐："不是未婚夫吗？这就单身了？"

"露水情缘一遇到真爱，就像遇到朝阳一样，瞬间就化为乌有了。"

兰烛收了协议，见到他真签字了，把东西交给了小芹："谢了，王老五先生。"

王杰森继续穷追不舍，散发油光："我们可能在哪里见过？"

兰烛抬头，本想甩脸走人，只是在人影重叠中忽然看到了出现在门口的高大身影，嘴角浮现一丝玩味的笑容，语气略带危险地朝眼前的人笑道："哪里见过？"

她这样一笑，对面的人哪里顶着住？于是他加快了进攻频率："黄泉路上、奈何桥边、忘川水岸，你是我忘不了的存在。"

兰烛强忍恶心感，"扑哧"一笑，看着从他身后逐渐走过来，脸色臭得找不到形容词的人，杏眼一眯，不知道在挑衅谁："这么说，你是刚从地府里跑出来的？"

"当然，恶鬼阎王都阻拦不住我想来见你的心。"

兰烛朝着在他身后出现的江昱成眯了眯眼，抬了抬下巴，可惜地摇了摇头："那可真不巧，你前脚刚到，后脚阎王就来了。"

那王杰森还没有反应过来，手腕就一疼，接着整个肩膀被一阵力量往后甩去。他张嘴想要破口大骂，手臂上传来的疼痛却让他张开的嘴还没来得及骂出脏话，就吐出了因疼痛极了而发出的"哎哟喂"的声音。

手臂被压制的同时，他费力地往后看向来人的脸，奈何脖子也被钳制住了。他挣扎了老半天也看不到那人的脸，只能看到后面那人穿着的一身深色的西服，料想那男人应该很高。挣扎无果后，他只能尽力地扭头看向人群中的海唐，却见她早就没有了刚才的跋扈样子，缩着脖子躲在人群里，恨不得做出一切一副跟她无关的样子，眼中还有遮不住的恐惧之色。

王杰森一看她这样子就知道让海唐救自己是没有指望的，只得忍着疼，对着后面的人喊："爷，爷！有话好好说，有话好好说！"

他刚说完这话，就听得后面传来男人冷冷的声音："好好说？你也配？"

这一圈的骚动终于把主家的人引来了。

方卉的父亲在外头听说有人在自己女儿的婚礼上闹事，气呼呼地赶来，等到看清来人的时候，他的气愤情绪就变成了惶恐。他一跺脚，连忙上来劝道："哟！二爷，您来了怎么也不让人提前打个招呼？您随我来，里头的上宾位子准备着了。"

江昱成见方家人出来了，算是给他们个面子，这才撤了力，松开王杰森的手。

王杰森抱着手臂，仓皇地跌坐在椅子上，痛得直冒汗。他咬着牙恨恨地要转过身来动手，却在看到后面的人的脸时，脸色瞬间煞白。任凭再没有见识，就凭他一直想往上爬的虚荣心，他也知道江家二爷是什么样的人物。

他惹了江家二爷，别说想进入这行了，就连槐京都待不下去。

半站在光影里的高大男人往前一步，但手依旧悬在半空中，眼神凌厉地扫视了周围一番："方老板，您这婚礼现场不错，颇有庙会那般的热闹劲儿。"

方老板一听这话就懂了，江昱成是在含沙射影地说他们也不挑选宾客，什么人都往自己家里请。方老板顿时有些汗颜。虽然这是他女儿的婚礼，他也因为爱面子，好打肿脸充胖子，把但凡有点儿权势、钱财的人都叫来了，但也不能为了这乱七八糟的人得罪江家二爷啊。

他早就告诫过方卉不要跟海家走得太近，不要跟海唐走得太近。

这几年海家不仅在国内发展得不行，在国外的生意也一落千丈。就靠海唐傍上了个什么洋不洋土不土的投资人，海家才勉强在槐京撑着，他也才勉强让海唐入了席。

刚刚他在门口看到这两个人送来的东西，虽看着唬人，但行家一看就知道是个假货。他当时就觉得这两个人一定会出乱子，果不其然！

只是他们惹谁不好，偏偏惹了江家二爷！再者，二爷怎么会出现在这里？方老板当然希望江家二爷来了！可是任凭有一百个胆子，他也不敢贸然去浮京阁请人哪！

这让他难堪起来，他狠狠地瞪了一眼此刻缩在人群里的海唐。

他看到江昱成悬在半空中的手迟迟未落下，连忙拿过桌子上消过毒的湿毛巾："二爷说的是哪里话？小场面里混入了一些小人物，才有了这不愉快的小插曲，让您笑话了。"

江昱成没接毛巾，颇有恼意地看着方老板和一旁耷拉着脑袋的王杰森，未置一词。

即便四周的背景乐锣鼓喧天、喜气洋洋，可这一桌子人瞬间感到了凛冬的寒意。

方老板大小场面都见过，若是往常，这会儿一定会装作与他无关的样子溜之大吉。可偏偏，现在他是主家。

他又瞪了一眼海唐和那个王杰森，他们却假装没有看到他的眼神，只顾把头垂得更低了。方老板心里暗暗地骂了一声"没有用的东西"，抬头想说点儿什么，却在对上江昱成审视的目光时，小腿不受控制地微微发起抖来。

天哪！谁来救救他？

正当方老板打算假装昏过去结束这一切的时候，终于，兰烛脚下动了动，酒红色的绒面裙上盛了满屋的流光。她走过方老板身边，拿过他手上未递出的毛巾，慢慢地走到江昱成面前。

她自然地把毛巾递给了他："二爷，这是人家大喜的日子呢！"

她暗示着江昱成见好就收。

方老板神奇地看到刚刚还皱着眉恨不得拆了婚礼现场的男人，此刻虽然不甘不愿，但脸上的愠色明显消散了不少。

男人这才接过毛巾擦了擦手。

毛巾擦完手被随意地放在桌面上，男人将手顺势落在了刚刚过去的姑娘的手上。

女儿虽然是个京剧演员，方老板却并不是这一行的。虽不认得兰烛，之前也没见过，但方老板见她一出现，活阎王的气就消了大半，便抓着这根救命稻草，连忙邀请兰烛去里面的贵宾厅。

兰烛礼貌地回“不必了”，江昱成却出声道：“方老板，我太太带着精心准备的贺礼来参加你女儿的婚礼，诚意足够了吧？”

“太太！”环成一圈的人都惊呼道，“竟然是太太？”

这话一出，就连缩在角落里跟一株打蔫的草一般的海唐也不由得竖起耳朵来，难以置信地看着面前的人。她只是听说江昱成对兰烛是有些偏爱的，但是江二爷从前是什么样的人哪，把兰烛娶进门是绝无可能的事情啊！

众人小声地议论着，却见江昱成从西装口袋里拿出一个精致的云纹匣子，匣子一打开，里头的鸽子蛋钻戒让众人深吸了一口气。

江昱成取出钻戒，拉过兰烛的手，将戒指套在她的无名指上：“江太太，你的钻戒，下次出门可别忘了。免得有些人心怀不轨，睁着眼说瞎话，也不知道他这王老五的钻石够不够大！”

他说罢，还瞪了缩在角落里一句话都不敢说的王杰森一眼。

王杰森只得灰溜溜地走了，连海唐都来不及招呼。海唐见未婚夫走了，更不敢造次，也赶忙跟着走了。

方老板直呼：“哎哟！哎哟！真是有眼不识泰山！”

他左一句道歉，右一句道歉地连忙把人往贵宾席上请，还叮嘱方卉等会儿一定要给兰烛敬酒。

这可是江家太太——江昱成明媒正娶、戴着十克拉钻戒的江家太太！

江昱成这小心眼儿的举动让兰烛觉得他有些可爱，她在桌子底下握住他的手，再一下一下毫无规律地晃了晃，轻声说：“你怎么来了？”

江昱成明显还有些气，一只手举着杯子，另一只手敷衍地被她拉着："我不来？我不来就出事了。"

兰烛身子往他那边倒，往他下巴的方向仰着头，一副听不懂的样子："出什么事？"

他从鼻子里轻哼了一声："还钻石王老五，还上辈子的缘分。"

兰烛："你吃醋了？"

江昱成否认："我没有。就他这水平，我还不至于吃他的醋。"

兰烛了然，抬了抬眉，故意松开他的手："哦。"

只是在她的手指完全松开的一瞬间，江昱成反客为主，伸出手与她十指相扣："好吧，我承认我吃醋了。"

兰烛对上他的眼，看到他别扭又服输的表情，笑意荡漾在嘴角。她想到哪儿就说到哪儿："江昱成，戒指好大，好硌人。"

江昱成身体坐得很直，另一只手晃着红酒杯，表面上依旧不染浮尘，神情难猜，实则却在桌子底下轻轻地晃了晃她的手："差不多得了，阿烛。"

兰烛笑了笑，身子微微往后仰，把头低了下去。

江昱成看她恨不得把整个身子埋到桌子底下去，不由得跟着向脚下看去："你在看什么？"

兰烛看了一会儿后，突然抬起头，做受伤状地捂住了自己的眼睛："啊，快把湿毛巾给我！"

江昱成见她动作浮夸，皱了皱眉头，但毕竟关心她，于是慌忙拿了毛巾给她："这是怎么了？"

兰烛从捂着自己眼睛的手指缝里露出一双狡黠的眼睛："嘿嘿，钻石光太亮，我被闪瞎了。"

江昱成一脸无奈，松了一口气，放下毛巾，用手弹了弹她的脑壳。

兰烛往他那边挪："你怎么这么快就修好了？"

说来还挺惭愧的，这钻戒在求婚的时候江昱成就给她了，但主钻外头镶嵌的那一层碎钻被她划到了，江昱成这才拿去店里进行修复。

江昱成："没修，让他们换了一对。"

兰烛："啊，换了一对？能免费换吗？"

江昱成："那大概不能。"

兰烛："那不是等于买了两对？"

江昱成："那对修好了也是有瑕疵的，我们不要了，而且我等不了。"

兰烛："等不了什么？"

江昱成身子微侧："等不了，想要早点儿娶你回家。"

兰烛从婚礼现场出来后，站在夜色如水的门前台阶上，大口地呼吸着外头的新鲜空气。槐京的冬天一如既往地冷，她刚呼出的气顿时凝成了白色的雾气，她搓了搓手。

江昱成从车上拿了件黑色羊毛外套，走到她面前给她穿上。

他站在下面几级台阶上，好看的手从他的羊绒大衣的袖口中伸出，取了他的脖子上的羊绒围巾围在了她的脖子上。

光影下，他的手特别好看，外头清冷的月光落在他的手上，衬得他的手在黑夜里尤其白皙，硬朗的手部线条和柔软的羊绒围巾形成了强烈的对比，简单的一个系围巾的动作此刻却显得格外温暖。兰烛微微抬眼，见他眼眸里全是温柔的神色。

他嘴上虽在埋怨她穿得少，手上的动作却一丝不苟，帮她严实地戴好围巾。

兰烛看着他额间拂过的细密的碎发，看着他眼镜下的一片柔光，甩了甩手："江昱成，你真好。"

她一边说一边甩着袖子，手藏在外套下伸不出来，也逃不过他宽大的衣衫，只能像个小朋友一样套着宽大的衣服，微微抬头。

江昱成见到眼前的人摇摇晃晃地踮着脚往他身上凑，便抬了抬眉眼，故意问她："有多好？"

兰烛："就是很好。"

江昱成："多好？"

兰烛："就是很好，我形容不出来。"

江昱成牵过她的手，往前一步："那你的形容词可真匮乏。"

兰烛低头看了看自己被他紧握的手，宽大的袖子遮住了她的手，只露出江昱成的手。她加快脚步试图跟上他的脚步："很好已经是表明很好的形容词了，你还想怎么样？"

江昱成不自觉地放慢了步子等她："还有许多形容词，你可以更具体一点儿。"

兰烛："比如说？"

江昱成："比如说，风流倜傥、家财万贯、一表人才等等。"

兰烛停下脚步，撤了自己的手，把头缩在厚实的围巾里："你可真会给自己贴金，我都没有说我沉鱼落雁、美若天仙、才貌双全呢。"

江昱成站在她前头，笑得有些宠溺，回头伸手来拉她："你完全可以说啊，这是你不弄虚作假的优点。"

兰烛噘了噘嘴，这还差不多。

过了一会儿，她似是想通了，脚步一顿，仰头问他："那我有什么优点是弄虚作假的吗？"

江昱成："没有，你全是真材实料的优点。"

兰烛："你不诚心。"

江昱成："我诚心。"

兰烛："我不相信你。"

江昱成手上微微加重了力道，双手抓过她的手腕，把她往自己的方向拉。

兰烛没防备，恍惚之间还未反应过来发生了什么，抬头一看，就发现自己已经在他的怀抱里了。

他的大衣自始至终都是敞开着的，她的双手被他钳制在他叠穿在大衣下的西装外套里。

柔软的羊绒料子贴在她光滑的手背上，她挣了一下，试图把自己的手拿出来。

江昱成不需要太用力就能把她定在原地，低下头，语气含笑地问她："冷不冷？"

冷不冷？兰烛看着她呼吸之间带出来的雾气。寒意把她的鼻头冻得通红，她自然是冷的。她停下挣扎动作，不明所以地点了点头。

他手掌一转，完全包裹住她的整只手。隔着布料，从他腰间散发出来的热意从她的掌心流到她的心房里。

他们的脚尖相抵之际，她才发现她近乎整个人都被他裹在他的大衣里，他熟悉的味道把周遭冰冷的空气驱散了。她在他怀里微微呼气，白色的雾气仓皇地出逃后被他周身的热意罩住，不再凝结。

偏偏在这个时候，雪飘扬着落下，她从未见过槐京城下这样温柔的雪。雪花一片一片地落在他的肩头上，落在她的发梢里，落在她畅想过无数次的梦里。

她靠在他的肩头上，轻声呢喃："江昱成，遇见你真好。"

说完这话，她突然鼻子一酸。她觉得自己真是一个很情绪化的人。

江昱成察觉到她的变化，腾出一只手，像安慰一只脆弱的小动物一样慢慢地由上及下顺着她的发丝："这又是怎么了？"

兰烛："不知道，好想哭。"

"好想哭？"江昱成抬起她的下巴，"让我看看。"

他学着市井混混似的开着玩笑："哟！哭起来跟只小花猫一样，一抽一抽的，还吹鼻涕泡泡呢。"

兰烛被他气笑了，眼泪都没来得及收回去，轻轻地拍了一下他的手，把他的手从自己的下巴上打落："你好讨厌哪，我才没有吹鼻涕泡泡呢。"

江昱成没躲，挨了她一下，无奈地笑了笑，把西装里的口袋巾给她："你都是要当妈妈的人了，不能动不动就哭鼻子，要是生了个儿子，他以后也学你似的动不动就哭……"

兰烛眼泪擦到一半，白了他一眼："什么叫作要当妈妈的人了？谁要当妈妈了？"

江昱成："你总要当妈妈的，不是吗？"

兰烛不说话，狠狠地瞪着他。

江昱成败下阵来："好，好，好，你想掉眼泪就掉眼泪吧。那我们就生个女儿吧，生个女儿，我来哄着她、疼着她就好。”

兰烛依旧抽抽搭搭的。

他拿过她手里的口袋巾，微微弯腰，仔细又轻柔地揩着她莫名其妙的眼泪：“好了宝贝，不哭了，你这一哭要我的命哪。

“我错了好吗？”

他莫名其妙地道歉。

兰烛点了点头，莫名其妙地原谅了他，想不起来他犯了什么错，只能点头。

“哭止住了吗？”

兰烛点了点头。

“那还想哭吗？”

兰烛摇了摇头。

他张开怀抱，重新迎接她：“好了，抱抱。”

兰烛在婚前回了一趟杭城。

遵循当地的习俗，女方在出嫁前要摆宴席，但从前她们母女俩在家乡没少遭受白眼，也没有什么来往甚密的亲戚，倒是这段时间突然陆续出现了一些莫名其妙的“亲戚”，都听说她在槐京混得不错。不过她也不是什么大度的人，之前既然没有指望他们能雪中送炭，现在更不会稀罕他们来锦上添花，加之她因为工作而结识的许多朋友也都在槐京，所以这杭城的婚礼她没想张罗。

她本想一个人带着小芹来杭城把兰庭雅接回来算了，本都这样安排好了，江昱成却说要陪她回一趟杭城。

她纠结了一下就同意了，想来也对，他之前都没有跟她回过她家。

两个人到了杭城，四月江南，水波荡漾，微风柔和。江昱成跟个闲散公子一样。走在路上遇到亲切招呼着他们的阿婆、大叔，他都温润和善，彬彬有礼。

兰烛打趣他：“怎么专横跋扈的江二爷到了这儿，就变得待人谦和、姿态平和了呢？”

江昱成回她，一方水土养一方人，入了江南他就得有在江南的样子。

她笑他古板，江南人在他眼中好似皆是儒雅谦卑的，但其实江南男人也有强悍勇猛的。

他轻声反驳，他现在是江南女婿，在江南要懂得伏低做小。

兰烛觉得他这路上逢人就点头问好的样子实在过于可爱，也就不再加以阻止。只是小镇小村里的人太过热情，见他又谦逊有礼、儒雅温和，这些邻里都拉着他让去家里坐坐。兰烛再次找到他的时候，发现他被村口几个嗑着瓜子的大妈围得水泄不通，几枚瓜子壳还大胆地挂在他那一丝不苟的西装外套上。他坐在那儿极度隐忍，话题已经从盘查户口转移到了生娃、育娃上。他见到兰烛，眼神里颇有求助的意味。这些大妈她都应付不过来，他哪里应付得来？兰烛连忙上前，把他从人群中拉了出来。

江昱成一言不发地掸着身上的瓜子壳。

兰烛见他一脸吃瘪的表情，取笑他道："怎么样，江南女婿不好当吧？"

他嘴硬地说："还行。"

她乐得也不拆穿他。

兰庭雅这段时间状态挺好的，住家陪护的护工和照例来检查的医生都反馈情况稳定，只是兰烛劝了许久，兰庭雅始终不肯跟她回槐京去，这让她很头疼。兰烛却没想到江昱成只是进房间里待了半个小时，兰庭雅就忙不迭地张罗着收拾东西了。

兰烛很好奇江昱成是怎么做到让兰庭雅肯回槐京的。

他只是一脸理所当然的表情，等兰烛再三追问之后，才附耳说："我说我们快要有宝宝了，宝宝要姥姥照顾的。"

兰烛听完这话，掐着江昱成，压着嗓音说："你怎么在我妈面前乱说？"

江昱成："哪有乱说？迟早的事情。"

兰烛还想打他，他轻巧地躲过："哪有你这样没良心的？我帮你，你不知道知恩图报吗？"

兰烛抬了抬眉，不说话，默默地记上了仇。

当晚，他就被她"知恩图报"地发配到了客厅去睡。

两个人在杭城黏黏糊糊地待了一段时间，兰烛觉得也差不多是时候回槐京了，毕竟江昱成在那儿还有一堆事没处理呢。

江昱成倒是说，他们可以在杭城多留些日子。

兰烛有点儿疑惑——在他们出来之前，她还看到他的助理搬了一摞纸册过去。她偶尔去一趟浮京阁，都看到他在院子里眉头紧锁。别说陪她来一趟杭城了，他那表情冷得就像即使是几天后的婚礼，他也只能顺道抽个空参加。

兰烛知道江昱成忙起工作来是什么样子的。她搬了张躺椅过来在他的院子里的槐树下坐着，沐浴着从树叶缝隙漏下来的天光，眯着眼打着盹。可每每醒来时，她都会发现自己被他从外头移到了里头。她揉揉惺忪的眼，只听到屋子里钢笔落在纸上的"沙沙"声——他依旧在伏案办公。

想来他真的是很忙。

所以当他在那近乎半人高的册子上放上最后一册，从书册后面抬起脑袋扭着手腕说他要陪她去杭城时，她颇感意外。

兰烛知道他忙，因此杭城一行就没有安排其他的计划，等他们接上兰庭雅后，待几天就打算回去了。

所以当江昱成说可以再多待几日的时候，她才觉得有些惊讶。

江昱成提议想再去一趟灵隐寺。

两个人此刻正走到山脚，兰烛建议说，杭城西湖附近有许多其他的寺庙，天竺寺静谧，法喜寺恢宏。江昱成却说，灵隐寺求姻缘最灵。

兰烛听完指责了他一番："都到这个时候了，你怎么还想着求姻缘？"

江昱成见她孩子气颇重地张牙舞爪般斥责他，非但没生气，反而笑着抓过她的手，说道："不还愿，若菩萨责怪我，再让你离开我，怎么办？"

还愿？他说的是他之前追她来杭城时，他向菩萨求的将她许给他生生世世吗？

她心里一阵暖流流过。继而她有点儿得意，晃了晃手上的玛瑙红绳："你上次去灵隐寺，就求了这个啊？"

红珠子微闪着光，原先江昱成看不上眼的那条粗制玛瑙红绳，此刻上头的玛瑙却周身涌着一层浮光。

江昱成语气里带了点儿遗憾之意："要是这珠子材质再好些就好了。"

他看着兰烛，手轻轻拨了一下那珠子，像是自言自语："要是换成红玉髓，你戴起来一定是极好看的。"

兰烛将看着那珠子的目光立刻移到江昱成的脸上："我现在戴起来不好看吗？"

她眼神狡黠，期待着他的夸奖，江昱成莫名其妙地就想逗逗她。

她盯着他微微上扬的唇，等待它一张一合地给出答案，却没料到那唇只是自顾自地上扬着。她等了许久，也没有等到自己心心念念的一句话。

"喂！"兰烛叉腰。

江昱成往前踏上那青砖石路，一步一步自顾自地走着。

兰烛跟上："干吗啊江昱成？你又不说话了。"

她跟在后面，气喘吁吁，追问个不停。

在他们快要登顶的时候，江昱成突然停住了。

兰烛差点儿撞上去，颇为不满，却见到江昱成转过身来，一脸正经的表情："我确认过了。"

兰烛喘着粗气跟上："确认什么？"

他背着手，对着身后长长的一条坎坷曲折的上坡路，轻飘飘地说出一句："这一路走来，没人比你更好看了，想来这天底下你是最好看的了。"

虽然这情话有点儿土，但他这一本正经又十分肯定的样子，倒是让兰烛有些不好意思了。她脸上还因为自己提着一口气上坡而微微发红，手也有些无措地不知道该摆放在哪里。她做不来大方承认，只得扭捏道：“也……也没有天底下最好看……”

江昱成回头，见她一副受之有愧的样子，伸出手与她十指相扣：“你倒是还挺谦虚的，跟了这么久，累不累？”

兰烛知道他问的是刚刚走上来的那长长的上坡路。她多少有些气喘，却见江昱成脸不红气不喘的，跟在山脚一样淡定自若，刚想说出口的“累”就被她咽了下去。她摇了摇头，认真且坚定地说道：“我不累。”

江昱成没戳穿她，却在原地不走了。

兰烛：“怎么不走了？”

江昱成：“我累了，休息休息。”

兰烛听他说累，好胜心得到了满足，顿时跟个化了的糖人儿似的，软绵绵地坐在半路的石板凳上，捶着自己的腿——她累死了！

山风吹来，四月的江南春风和煦，她刚坐下来就觉得口舌干燥。山路曲折，她走上来费了不少力气。

兰烛抿了抿嘴唇，看到眼前出现了一瓶水。她抬头，江昱成站在她面前，挑了挑眉，示意她喝。

她拿过水瓶，发现那瓶盖已经被他拧开了。

注意力才转移到水瓶上，她又觉得小腿上传来一阵力道，惊呼一声，下意识地要收回小腿，瓶子里的水荡漾一圈，她看到了蹲在她面前的江昱成。

他眼眸微垂，手上控制着力道，一下一下地给她按压着小腿：“还是锻炼不够。”

“胡说，我功夫不错。”兰烛不承认。她怎么说也是从小练功练到大的，怎么会锻炼不够？

“不错？”江昱成抬眼看着他，手上的动作正经，力度均匀，嘴上却说着让人脸红心跳的话，“谁每次撑不过两番就要投降的？”

“你……你……”兰烛一时羞红了脸。那能怪她吗？他每次都跟从来没有吃过肉一样，她精力再好，也经不住他这样啊。

她推开他揉她的小腿的手，从石凳子上站起来，不知是不是要证明她能力不错，三下五除二地就往山顶走去。

江昱成等她往上走了好几级台阶后，这才跟上。他偏偏还得和她保持着距离，小心地不能超过她。

他看着她生怕被自己追上的背影，笑着摇了摇头：女人也有这莫名其妙的胜负欲吗？

灵隐寺一如既往地香客众多。

四月山花烂漫，一路上全是观赏风景的游客。

兰烛走在前头，对着这比槐京更明媚和张扬的春光流连忘返。

在行走之际，她忽然听到身边的两个小姑娘像是在讨论前面有个风姿不凡的小哥哥。

“他好高啊，姿态也好好啊，身形挺拔，线条硬朗。”

“是啊，而且他很帅，是不是哪位艺人哪？”

“不会，但凡在娱乐圈的人有他一半的气质早就红透半边天了，没道理外形条件这么好的人在娱乐圈都没有混出名气的。我打赌，他绝对不是娱乐圈的人。”

“可是他真的好帅啊！你看到正脸没有？侧脸我以为已经无敌了，没想到正脸更帅。我偷偷拍张照，发到寻人的超话里，说不定就能找到线索呢？”

“瞧你这没出息的样子，你要真想知道联系方式，只管上前问他要去，还要费那么大力气去寻人超话里发。”

“嘁，你别说我啊。你自己明明看得也流口水，怎么不自己去要？”

“唉，他帅是帅啊，可我一看这张脸就会觉得，这样的男人交往过的女朋友没有十个八个的，都对不起他的长相吧。我的天，他转过来了！拜托小哥快把眼神挪开，把眼神挪开！”

两个小姑娘侧开头，兰烛才看到了站在对面的人。

刚刚人群密集，兰烛只顾着自己往前挤，没在意江昱成，这会儿就看到他在人群中四处寻觅，最后把目光锁定在她的方向。

她们说的人原来是他啊！

兰烛自然知道江昱成是帅的。只是她天天盯着看，难免生出点儿久而不闻其香的感觉。这会儿听两个小姑娘一夸，她站在旁边驻足欣赏了一下，还真是距离产生美啊。

他本就比身边来往的男人高些，站在人群中的画风都不太一样，九头身长，宽肩窄腰，衬衫的袖口被挽起，露出手臂上隐隐突出的筋脉，再往上是无法挑剔的五官——哦，说起五官，他现在的脸有点儿臭。

“哎哎哎！你看他的无名指！”

“我的天，怎么有戒指？这就结婚了啊？”

“天哪！我好想看看是什么样的女孩子才能把他收入囊中！”

她们这最后两句话说得有点儿大声，江昱成似是听见了，走了过来，从人群中把兰烛拉出来，回头对那两个女生说：“这是我太太。”

他说得稀松平常，像是跟朋友介绍一样。

那两个姑娘这才转头看到兰烛。看到眼前的姑娘身材窈窕，气质出众，是明显的清冷美人，她们心照不宣地在心里嘀咕：原来清眉冷目才能压住这张扬凌厉的气场。

两个人讪讪地笑了笑，嘴里还说着“好配好配”地走了。

兰烛缓过神来，开口：“听到就听到嘛，哪有人还要这么郑重其事地跟不认识的人介绍的？”

江昱成：“谁让你乱跑的？”

兰烛：“你才乱跑。”

江昱成：“我就站在原地等你。”

兰烛：“没有，你还做了别的事。”

江昱成：“我做了什么？”

兰烛心里莫名其妙地堵着点儿气：“你刚刚散发你的魅力了！”

她说得认真且气愤，一双杏眼颇有威慑力地盯着他。江昱成冤枉：“祖宗，您这口飞天大锅，比前边的飞来峰还要大啊。”

兰烛："你还不承认，你刚刚明明勾引小姑娘了。"

江昱成："你这话从何说起？我什么都没有做，什么都没有说。"

兰烛："不管，江昱成，你的眼睛里只能有我，你只能看我。你的戒指呢？我看看。"

未等兰烛拉起他的手，他就主动给她展示："这儿呢。"他看着她为自己吃醋的样子，心头舒畅，"我不离身。"

"那从现在开始，你不允许离开我半步。"兰烛说完，霸道地挽过他的手。

江昱成压了压唇边浮起的笑容。他求之不得好吗？！

挽着手走了一会儿后，兰烛似乎觉得还不够，低头看了看他无名指上的戒指，又看了看自己手上的那一枚，余光一转，右手就牵上了他的左手。

做完这一切，她自我肯定道："这样才对，这样明眼人一看就知道，我们才是一对。"

听她说完这话，他低头看去，果然，十指相握之间，不管是谁从前看还是从后看——

她属于他，他属于她。

灵隐寺出来的边门前，依旧是那一排熟悉的供香客游人买伴手礼的售卖铺。

戴着个蛤蟆镜、叼着根草，蹲在地上揽客的摊主，见往来人流密集，可偏偏自己摊前生意冷淡，不禁愁云满目。

他说了多少遍他那红珠串子能保人姻缘，比灵隐寺的神佛灵多了，偏偏没人信。游客宁可买旁边那个装盲人的摊主卖的香囊，也不肯看他的珠串一眼。

他嘴里骂骂咧咧着"凡人就是凡人"，转眼就从自己的蛤蟆镜后面看到了迎面走来的两个人。

男帅女靓，十指相握，如意登对，宛若天成哪！重点是这两个人他都认识。

他一拍大腿从地上起来，不由分说地拦住了两个人的去路："爷！爷！等等，等等！"

江昱成警惕地把兰烛护在身后，往前一挡，想要越过眼前的人径直往前走。

"您别走啊！是我啊！""蛤蟆镜"往前一凑，把鼻梁上的眼镜摘了，"是我，您不认得了？"

"蛤蟆镜"见江昱成未有反应，朝向兰烛："姑娘，您得认得我啊，您手上的珠串是这位爷从我这儿买的！"

兰烛这才看了看他。他站在自己摊子前不远处，指着身后那堆红珠串："您不会都忘了吧？"

兰烛轻轻地攥了攥江昱成的衣袖："二爷，是那个摊主啊。"

"嗯。"江昱成应了一声，像是回应她，转而对前面的人说道："你有什么事吗？"

"哎哟！爷，恭喜恭喜啊！"他做出"恭喜"的手势，然后赔着笑脸说道，"怎么样，我的珠串灵吧？！我就说，那都是开过光的。

"谁说我是江湖骗子了？谁说我们家的玛瑙串不灵了？！你们瞧瞧，有情人终成眷属，这姑娘手上戴着的手串就是我家的东西，全杭城独此一家的东西！"

他说得颇有声势，来往的游客顿时聚集过来，瞧见他手里展示着的手串，都纷纷好奇。

"蛤蟆镜"计上心头："可以麻烦两位让我拍张照吗？两位放心，我只拍手，就是想纪念一下，往后也好跟我的同行和顾客显摆显摆。咱们有图有证据，我家的东西就是灵！"

江昱成拉起兰烛就要走，兰烛却叫住了他："二爷，我看他也就是做点儿小生意，既然有缘那就帮帮他吧。"

江昱成犹豫了一下，转而对着"蛤蟆镜"说道："只允许拍手。"

"得了。""蛤蟆镜"三下五除二，拍得很快，也不知道他用的是什么机器，没过半分钟，照片就出来了。

"您看看。"

兰烛看了看，仰头对江昱成说："拍得还真不错。"

"那是，我以前可是摄影师——"说完"蛤蟆镜"就意识到自己说快了，连忙捂住了自己的嘴。他一个"大师"以前怎么可能是摄影师呢？！

"可以帮我们拍一张照吗？"兰烛问道。

"啊？""蛤蟆镜"迟疑片刻，而后不好意思地笑了笑，"行，既然您看出来了，我也就不瞒您了。我之前在西湖边做跟拍的活儿——要不是竞争太激烈了，靠手艺吃不饱饭，我能在这儿当神棍吗？

"既然今天遇到两位，那就是咱们上辈子有缘分。来，我给两位拍一张。"

他举起相机，兰烛拉着江昱成抿唇微笑。

"来，太太再靠近一点儿。对，就是这样！"

他要按快门之前又觉得哪里不太对，把相机拿开："爷，您笑笑。

"不是这样笑，您这样笑很刻意。

"这样也不对。唉，爷，您这么上镜怎么不知道该怎么摆自己的表情呢？"

兰烛扭头，江昱成的表情的确不太自然。

等了几次后，兰烛失去了耐心，扭头用食指和中指撑着他的两个嘴角，强行撑住一道月弧来，叉着腰命令道："江昱成，给我笑！"

就在此刻，快门被按下。

机器"哗啦哗啦"地响着，不一会儿就出来了一张照片。照片里女生耀武扬威，而一旁本来神情僵硬的男人也笑得自然又宠溺。

"得了。""蛤蟆镜"甩了甩照片，递给兰烛，"郎才女貌，天生一对。"

兰烛拿过照片，看见他们之间很生动的一瞬间被定格在照片上，扬了扬手，将照片递给江昱成："郎才女貌，天生一对。"

江昱成拿过照片一看——

倒是真的，郎才女貌，天生一对。

他们从灵隐寺出来后，车子堵在了回程的林荫道上。江昱成许久没有听到后面的动静，从后视镜里看去，发现兰烛缩在后座上，盖着一条薄薄的编织毯子，闭着眼睛，像是睡着了。

外头车水马龙，人潮汹涌。景区里的车开了许久，也没有挪动多少。

江昱成原本在开车这件事情上没什么耐心，所以自己平日里也不怎么开。但自从来了杭城后，他倒是甘心成了她的司机。

这会儿外头堵塞难行，甚至下起了小雨，他也不觉得心烦。他拧开蓝牙音响，调到抒情的轻音乐，声音不大不小，刚好遮盖了外头的喧嚣和嘈杂声音，车里只剩下雨打玻璃窗的声音。

她今天估计是累坏了，上车后随他说了几句话后，就说要坐到后座上去。

相识这么久，他还是知道她的一些小癖好的。若是他开车的时候，她说要坐到后面去，那大概就是她跟学堂里逃离老师视线，坐到后排座位上好安心睡觉的学生一样，存了点儿小心思。

外头的车行进缓慢，江昱成从后视镜里看她，想起了许多往事。

从前孱弱瘦小的姑娘，这会儿已经完全长开了。说来也奇怪，她练着功，个子也跟着在长，她的韧性和傲骨跟从前一般一直在，在技艺上的闯劲也一直在。尽管他不愿她去面对槐京城那恶鬼出没、争抢蚕食的市场，但她还是凭借着自己的能力懂得了隐藏锋芒，也懂得了与这个世界周旋。

其实他第一次见到她的时候，心底就有个奇怪的声音在告诉他，她能做到。她一定会打破他已经固化又守旧的世界观，一定会让他重塑他所有的认知和判断，一定能使槐京变成新的世界。创世者——他有时候这么叫她，她创造出的世界，亦是他的新世界。

从前三年，他很难说真正拥有她，也很难说真正了解她。真实的她其实带着少女的憨气，会为了橱窗里稀奇古怪却没有什么用途的东西停留，会为了荧幕上播放的胡编乱造的爱情故事而流泪，会为了一切他永远觉得没必要且不能理解的东西付出莫名其妙的感情。

而他偏偏对她还能认可，还能包容，甚至还能引以为傲。

这便是真正爱一个人的样子吧，在他能看到她完全不一样的样子的时候，自己也会变成完全不一样的样子。就像俄罗斯方块一样，无论她落下的下一块是什么样子的，他总能从自己的世界里找到一块刚好契合的。

兰烛醒来的时候，外面的天已经黑了。她掀开毯子，揉揉眼睛，趴在窗户上，看到了在外头挽着袖子抽烟的江昱成。

雨夜暮色深沉，灯火悄然升起，在模糊的窗外闪烁。

兰烛敲了敲窗，这点儿动静透过玻璃窗传到外面应当微不可察，他却还是第一时间就听到了。那长长的未燃烧的烟证明了他手上的烟刚被点燃，可他随即就把烟掐灭了，火星毫无还手之力，化为乌有。

他开门，俯身："醒了？"

兰烛点了点头，正要掀开毯子下车，却被他阻止："别动，外面风大，刚起来容易着凉。"

说完，他伸手过去，一只手绕过她的后背，另一只手揽过她的双腿，把她从车上抱了下来。

兰烛感觉自己重心一失，下一秒就被抱在了他的怀里。

她往他身上瞧，他被卷起的半截衬衫下是他粗壮的小臂，目光往上一掠，看到了他尤为性感的喉结。他步子稳健，光影影影绰绰，像是日落时从百叶窗里透进来的霞色。

兰烛抬头："这是哪儿？"

他抱她进屋，屋内香气缭绕。

他低头吻了吻她的额角，没回答她的问题，却单刀直入地问道："阿烛，嫁给我，好吗？"

她再度抬头，清晰地看到他眼里的深情，迟疑道："你不是求过一次婚了吗？我不是答应了吗？"

"嗯。"他低低应了一声，"婚期还有几天，我好担心，担心你会反悔，所以想再问问。"

说完，他叹了一口气，像是颇为惋惜："早知道不该听你的，早点儿领证多好。”

槐京的富人圈子里，人人都在传言浮京阁的江家二爷要成婚了。

说只是因为那女子喜欢金桂的一句话，江家二爷硬是把在槐京长不好的金桂移栽到了她的庭院里，大肆寻找能工巧匠，说是要研究研究金桂在槐京长不好的原因，一时间阵仗弄得极大，倒是让原先冷门到极致的园林花艺专业变得炙手可热。园林花匠把那庭院的门都踏破了，终于破解了槐京养不好金桂的难题。

江家二爷雷厉风行的手腕和这可怕的执行力都用在了替她种树上，那到底是谁家的姑娘？

这件事口耳相传之际，原先那些听闻过江家二爷的名号的人纷纷好奇，能让二爷这般相待的女子到底是怎样的人物。可实际情况也没人说得清楚，大家只是说女方是连国戏都要亲自去请来授课的艺术家。说起女方的出身，外头更是传得沸沸扬扬的，有人说是哪个低调的大家族的女儿，也有人说是哪个高官的千金……

打听到最后，众人却发现这姑娘的背景他们什么都查不出来，偶尔一些能在互联网上查到的资料竟然还是她在国外的剧院演出时的片段。

国外那个剧院，可不是谁靠着家里的关系，或凭着是哪家千金的身份就能进去的，那可是要过了那套关于国家戏曲演员职称的评定等级才能进的。从国外那个剧院回来的戏剧演员，别说是在国戏当个点评老师了，就连去国家剧团当个顶梁柱都是轻而易举的事情。

那样的成就，不是他们这些普通人能企及的。

槐京城里有很多个阶层，其中一个阶层里往往是些有名望、有成就的人。要是说起某个行业里的代表人物，他们的名望或者做出的成就甚至比他们的名字更为世人知晓。在别人看来，兰烛已经是一只脚踏入了那个阶层。

而槐京的富人圈里还会再分阶层。一般的暴发户发迹借的都是行业的一阵风，但就算这阵风再大，他们一时得势进入了富人圈，也只能贴着那圈子的墙靠边站着。再往里一层，是继承着几代人积累下来的财富的人，但这些人也是分等级的，最上层的那些人才是槐京富贵圈的核心。之所以这么说，是因为兰烛看到了他们的婚礼宾客的邀请名单。

秋日桂花满庭飘香，院落里亮着几盏灯，灯光下，兰烛托着腮帮子在想她到底是将她这边较好的朋友安排三桌还是五桌，而当她还在为这事烦恼的时候，江昱成已经让林伯把宾客名单拟好了。他拿着钢笔在上头修改，宾客名单在他手上只增不减，他确认好又让兰烛看了看，问她还有没有遗漏的地方。

兰烛扫了名单一眼，然后指着里头几个她简直不敢相信的只能在官方媒体上看到的人物的名字，战战兢兢地问道："这是我想的那几个人吗？"

她知道江家祖上的渊源，却没想到过了这么久，他们还来往这么密切，那些人甚至能出现在江昱成的婚礼上。

"嗯。"江昱成扫过那几个人的名字，"有几个我见了也要叫一声叔伯的，他们都算是长辈。"

说罢，他像是想到了什么，放下钢笔，走到兰烛身后俯下身去，从后面抱着她："抱歉，阿烛，从前没带你见过他们。"

他说话的时候语气里带了些真诚的歉意，兰烛连忙摇头，脖子一转，她的脸颊就贴上了他的脸。光影摇动，她看到光照在他浓密又纤长的睫毛上，有片刻被他的男色蛊惑到了。她连忙将身子后撤了些，说道："我知道，你不用道歉，那样的人我不认识倒是件好事。"

兰烛知道江家能一直有这样的地位，跟那些不显山不露水的宾客有千丝万缕的关系，更别说还有另外一些背后的人了。与这些人打交道，其中的分寸感实在是太难拿捏了，若是换成自己去结交，她定要日日夜夜地想着如何与之周旋，怎样才能使自己既不显得谄媚又要达成自己的目的，这事着实如履薄冰。

她盯着江昱成的眼眸："不过倒是你，与他们打交道应该不容易吧？"

"无妨。"江昱成倒是不在意，"这些人与江家的关系一直还算稳固，再说还有我哥在里头。他们就是来祝贺的，你不要太过于忧心了，就如同对待一般的宾客一样，敬杯薄酒，打个招呼。”

“知道了。”兰烛点了点头，“还有什么人物是要我特地关照的吗？”

江昱成眉头微微一动，不仅没舒展开来反而蹙得更紧了些。

与他相处久了，她能精准地捕捉到他微小的神情变化。兰烛抬头问道：“怎么了？”

江昱成此刻的表情的确有些难以言说，他像是有些为难。

兰烛随即控制不住地也觉得有些担忧。

他喉结滚了滚，原先搭在兰烛的肩膀上的手垂落了下来。他从站在她身后的姿势转为坐在她的正对面，微微弯着腰，迁就她的身高，然后双手牵过她的手，指腹微微摩挲着她的白玉葱指，眼神与她相对：“阿烛，抱歉，因为我，不能给你美满的婚礼仪式，父母这边的敬茶环节，我应该会取消。”

听到这话，兰烛才算是松了一口气，他原来是为了这事。

自从两个人开始筹备婚礼开始，兰烛基本上没操什么心。她是个仪式感不强的人，对婚礼之中的很多仪式、流程以及要准备的东西一窍不通，索性就找了个婚礼策划师。她以为找了个策划师就万事大吉了，结果那策划师找了许多版方案来让她做决策，大小细节都还要来问她一遍，没办法，她只能可怜兮兮地去找江昱成，最后这事就变成江昱成全权负责了。

兰烛以为按照江昱成工作繁忙的程度，估计他也就是过一下策划方案的大方向，结果他办起事来比她细致多了。对婚嫁习俗，她能省就省，可他偏偏极为注重这些仪式习俗，一个细节都不肯放过，找了策划团队一个一个地抠。

新媳妇进门之后是要给公婆敬茶的，江昱成的父亲倒是之前借着儿子要结婚这事来服过软，送了满满一箱新婚礼物，可也没讨得江昱成的一个笑脸。兰烛本想劝江昱成，但思前想后还是没劝。父子之间的矛盾深到如此地步，他大婚没有父亲来见证，这也是她意料之中的事情。至于他的母亲，终究是他心头的遗憾。

她知道他想给她最完美的一切，可偏偏在敬茶这件事上无法给这个婚礼画上完美的句号。

兰烛的手环上江昱成的脖颈，把他环在自己的小小怀抱里，从光影中找到他的眼睛，她眼里带笑："我还以为是什么事呢。那有什么关系？"她嘴角微扬，像是宽慰，又像是肯定地说，"我不介意的，真的。"

她捧着江昱成的脸："真的，我一点儿都不介意，那不是必须有的环节，爱我们的人会感知到我们的幸福，也会祝福我们的人生。"

江昱成看到她眼底的神情之后，才最终松了一口，大手覆在她的手上，掌心包裹着她的手："阿烛，你知道的，我希望我能给你的一切都是最完美的。"

"我知道，我知道。"兰烛拼命点头，"你已经给我很多很多很完美的东西了，况且那不是瑕疵，那就是个流程。说起流程……"兰烛说到这儿，鲜少地嘟起嘴来，"我那天听策划师跟我说起流程，策划师说的实在太多了，我都记不住，我们的流程也太多了吧？中式的和西式的都要搞吗？你想把我累死吗？"

江昱成挑了挑眉："没有啊，那中式的不是听你的话取消了吗？"

兰烛："你只是取消了中式的仪式和中式的凤冠霞帔。"

"你瞧，所以没剩下什么了。"

兰烛："撒谎，你不是还让林伯到我的西郊庭院布置了吗？"

江昱成："那是你出嫁的地方，自然是要布置一下的，而且那中式庭院，我觉得婚礼那天走水墨简约风格更好，所以才让林伯布置。"

兰烛挑了挑眉，一时有些支支吾吾："是吗？"

江昱成："当然是。"

兰烛理亏，继而转移话题："那有些东西、有些习俗什么的，总是可以取消的吧？"

"取消是吗？"江昱成目光扫过她的脸，抓过放在椅背上的大衣外套，从外套里拿出两个鼓鼓囊囊的厚实红包，慢条斯理地来回翻转，像个猎人一样设下圈套，"既然这样，这东西我就收回了。"

猎物一看到诱饵，果然上钩。

"这是什么？"兰烛从椅子上起来，眼巴巴地看过来。

江昱成咂了咂嘴："改口费。"

见他用拇指和食指一比画，兰烛就知道这红包给得厚实，立即笑靥如花，挪着小碎步，也不要自己的人设了，屁颠屁颠地朝他凑过去。

"给我的吗？"兰烛上前一步，伸手想要拿过红包。

"哎——"江昱成举高手，没让她够着红包，"你刚才不是还嫌弃我事情多、仪式多吗？"

兰烛踮起脚，想从他手上把红包拿下来。江昱成手抬得越高，她越是努力，最后还是江昱成见她使出了浑身解数，终是不忍心，把东西给了她。

兰烛忙不迭地拆了红包，见到里面厚厚的一沓钞票，心里满意，嘴上说的却是："哎哟！这多不好意思？还让二爷您破费了。"

江昱成见她高兴，微微上前一步："这改口费，有诚意吗？"

兰烛的心思都放在数红钞票上了，她咂了咂嘴："满意，满意，满意极了。"

江昱成："那你这算是收了？"

兰烛毫不犹豫地点头："这改口费，本姑娘收了。"

她刚说完，单薄的衣衫外头就搭上一双滚烫的大手。而后她重心一失，小腿微微一弯曲，整个人就坐在他的膝上了。

她裙子短，坐下的一瞬间原先只是微微遮盖着小腿的裙子往上扯了扯，她腿上白皙柔嫩的肌肤甚至都能感觉到他的西装裤的布料质感。

灯光从他身后打过来，她半个身子随他坐在暗处，他们的影子被拉扯出莫名其妙的暧昧感。她抬头，对上的是江昱成深沉且微微带着玩味的神情，听见他说："既然你收了改口费，那称呼是不是也要改一改？"

兰烛只是盯着他看了没两秒就败下阵来，紧张地抓住裙摆，明明心知肚明，却还是嘴硬道："改……改什么？"

他压抑着自己的声音，低声开口："你知道的，你该叫我什么？"

他的手带着撩拨和勾引意味，他问："改口吗？"

"嗯——"她肩头微微颤动。

"该叫什么？"他手上加重了力道。

她随即承受不住，呜咽道：“老……老公——”

槐京城的秋天，满城的金桂都在西郊的兰芳庭院里。

西郊外路过的行人在十月的空气中闻到那馥郁的香气，纷纷驻足观望，却见那大门对外敞开着，从外头往里看，能看到自一阵秋雨过后，那桂花落在屋檐上，落在地面上，如同金子散落在整个院子里。

里头出来的人笑意盈盈，见到外头驻足好奇的孩童，还分给孩童几包包装雅致精美的糖果，大人连忙道谢。管事的人说这几天里头的姑娘要出嫁，让大家都沾沾喜气。

这庭院虽然是兰烛买的，但一切布置装修都是江昱成弄的，他硬生生将这偏僻的郊区庭院装点得充满了豪门贵宅似的神秘感，常常引得外头的人议论纷纷，使得他们还以为是什么名门大户突然看上了这一块地的发展前景，把自己的产业置办到这地方来了。

江昱成在槐京的东边买了一套人迹罕至的别墅，说是作为两个人往后的婚房，兰烛却觉得住惯了浮京阁，况且槐京东边的新城区更趋向于现代产业的发展，她日常的生活工作都在南边老城区这边。

江昱成依着她，决定婚后依旧生活在老城区。即便如此，他也没有退了新城区的那套别墅。

兰烛问他为什么，他却说，既然要成家，购置房产会让他更有安全感。

兰烛没听懂这话的意思，他耐心解释道，以后家里的人口会增加，房子还是多有几套比较好。

兰烛笑笑：“那按照你这逻辑，以后有了孩子，是让孩子没有断奶就一个人住到那房子里去吗？”

江昱成说，女儿在未出嫁之前自然是要跟他们一起住的，另外贵族学校都在槐京东边，他们在东边有一套房的话，往后孩子择校的时候会方便些，到时候孩子放学回家节省时间，多有地理优势。

兰烛摇摇头，说：“孩子非得读贵族学校吗？南边的老牌公办学校也很好啊。”

江昱成：“所以说是多有一个选择的余地嘛，况且等她出嫁时，这房子还能当作嫁妆。这么大个嫁妆，我看对面那亲家敢轻视她不成？”

兰烛笑了笑：“别说嫁妆不嫁妆的，江二爷的女儿，别说被轻视了，怕是都没人敢娶。”

江昱成听了这话，眉头近乎皱在一块儿：“不至于吧？我的风评竟然如此差？”

兰烛：“看你这样子，怕是小丫头在外面先欺负别人，回来倒打一耙，你也能不分青红皂白地上门找个说法去。你别宠出个无法无天的小霸王来，往后尽让我头疼。”

江昱成：“不会，女儿是贴心的小棉袄，往后一定是最贴妈妈的心的。”

兰烛：“那若是生个儿子怎么办？看你这样子，若是生个儿子，你就不管了？”

江昱成：“生个儿子——”他还真的犹豫了，最后一咬牙，说，“生个儿子，那我一定严加管教。”

兰烛：“你偏心偏得有些严重。”

“男孩儿吵闹，心思野蛮，自然要苦养，要严养。对了，阿烛——”江昱成嘱咐道，“要是生了儿子，别让他知道我们在东边还有一套别墅。”

兰烛：先替你儿子委屈一下。

江昱成背过手去，低声说道：“就跟他说咱们家里条件不好。”

兰烛：行吧！生女儿——你爹全槐京最厉害；生儿子——咱们家条件不好！

出嫁办婚宴的日子是兰庭雅找风水先生算好定下来的。

秋高气爽的日子，衣着还不臃肿，景色最是宜人。尤其这满院的金桂，馥郁的香气让每一个来参加宴会的宾客都感叹，说从未在槐京见过这么多的桂花树。花落一地金黄颜色，与静谧的天空和深绿的庭院灌木交相辉映，像极了南方秋天的景色。

自然的布景，永远胜于人工装饰。

小芹在后台帮着兰烛簪着头饰，化妆师已经把全妆都化好了，兰烛觉得时间也不着急，就让化妆师先下去休息一下，留下小芹帮她准备剩下的东西。

出嫁的宴会是露天的，金桂满地，她选了一条颜色与金黄的秋天更为相近的改良旗袍裙，让发型师低低地给她盘了个雅致的发型。

兰烛今天的装扮端庄大气。小芹看着镜子里的可人儿，想到这么多年一起在槐京城携手走过来的姐妹终于走到了要嫁人的这一步，一边为兰烛高兴，一边却偷偷地用手背抹着眼泪。

兰烛从镜子里发现了她的异样，原先一起帮着弄首饰的手也停了下来："小芹，你这是怎么了？"

小芹连忙收拾好自己的表情，低头快速地用手背擦拭掉泪珠，抬头时眼睛已经是肿的，却掩盖着说："没什么，我高兴哭了。"

兰烛转过身来，抓过她的手："瞧你，哭得跟个小朋友一样。"

"我这是高兴！阿烛，终于到了这么一天，我是又高兴又不舍，这感觉就跟嫁女儿一样，你知道吗？"

"我知道。"兰烛宽慰她，"你是我在槐京最早遇到的也是最好的朋友了，如果今天是你出嫁，我一定也会悄悄掉眼泪的。"

小芹一脸担心地道："阿烛，虽说二爷对你是极好的，但是做人媳妇和女朋友总归是有区别的，往后江家的那些杂乱纷争，你一定做不到与自己无关了。我知道你的性格，你遇到什么事都喜欢自己扛，但是这样你很容易吃亏的。你以后在江家要是受了委屈，可别觉得在槐京没人给你撑腰了，要第一时间告诉我，知道吗？我哪怕是拼了这条小命，也会替你讨回公道的！"

兰烛听小芹这么说，眼眶不由得微微湿润。

她第一次去吴团长的剧团的时候没有打到热水，又怕给别人添麻烦，就自己一个人偷偷在夜里去外头用冷水洗漱，是小芹发现了躲在冬夜里哆嗦的她。

她从剧团里最没经验和最受争议的人变成剧团里的顶梁柱甚至老板的这几年里，小芹永远在她身后支撑她，帮她摆平那些棘手琐碎的事情。

不管她怎么选、怎么走，这条路上从来都是小芹在陪着她。她即便和江昱成曾经也存在矛盾和分别，唯有小芹，是她这一路上一直相扶相伴的姐妹。

兰烛收回眼里噙着的泪，宽慰道：“好了，我知道了。我没有难缠的公婆长辈，也不需要看人脸色行事，往后江家谁能给我气受呢？你就别担心了。”

“我不管——”小芹摇了摇头，“紫苏姐姐说过，女人成婚以后的地位取决于她娘家人的势力，我就是你的娘家人，我必须很强势。要是紫苏姐姐在就好了——她八面玲珑，一定比我会来事，一定比我想得周到。”

是啊，要是紫苏姐姐在就好了！

兰烛恍然想起，三年前她第一次开了自己的专场演出后，三个人在后台也是这样的场景。少女聚会，三两句话之间就暴露心事。彼时兰烛未发现，江昱成撒在她心里的种子早就已经在生根发芽了。

小芹同兰烛说起未来，说起恋爱，说起对婚姻的期待，说起对婚礼的布置。

乌紫苏点着支细长的女烟，靠在门外，眯着眼睛看着互相嬉戏打闹的两个姑娘，仿佛透过未来时光看到了兰烛心中那棵早就生根发芽的姻缘树，不似她心中那般全是废墟，也不似她那般落得个物是人非的结局。

小芹转过来，对着乌紫苏说：“紫苏姐姐，若是有一天阿烛结婚了，咱们就一起去当她的伴娘，你看好不好？”

兰烛跟着过来，拉着小芹：“紫苏姐姐一定比我们早结婚，说起来，是我们该去当她的伴娘！”

乌紫苏笑而不语，掐灭了细长的烟，搂过原本眼眸清冷此刻却盛满盈盈水光的兰烛，说道：“阿烛，我在后山种了一片蝴蝶兰，等你大婚的时候，我让人全部送给你，好不好？”

兰烛好奇地问：“为什么不是虞美人？紫苏姐姐不是最喜欢虞美人

了吗？”

乌紫苏妩媚的神色微敛，她说：“虞美人不好。”

“怎么不好？”

“寓意不好——”乌紫苏拍了拍她的肩膀，“蝴蝶兰好。”

…………

思绪随着时光飘远，兰烛心里一阵感慨。她真的站在婚礼的殿堂上了，乌紫苏却没有如约出现。

小芹嘴快，是爽快性子，想到哪儿就说到哪儿。说完这些，她才发现兰烛表情凝重，眼里微波闪烁，这才感到自己说的话有些不合适——大好的日子她提过去的事情干什么？她害得兰烛估计是又想紫苏姐姐了。

“阿烛，对不起，我……”小芹连忙道歉，递上纸巾。

“没关系啦。”兰烛从思绪中反应过来，接过小芹递上来的纸巾，轻轻地擦着眼角。

兰烛刚刚收拾好泪光，外头负责场地的管事人员就颇为难地敲了敲门。小芹先过去问是怎么了，管事的人说外头有人送来了好多花，场地都放不下了，问要怎么处理才好。

“花？”

“是啊，好几车的蝴蝶兰。”

蝴蝶兰？是紫苏姐姐？兰烛连忙起身，什么都顾不得地跑到外院去。

院子外头，如她所见，满目都是纯白的蝴蝶兰——白花瓣、黄蕊，配在秋日的暖阳里，一枝枝遗世独立，孤枝傲叶联合在一起，却是大片大片白色的海洋。

整个院落被这样的花海填满。日光浮影中，兰烛回头，仿佛看到乌紫苏倚在门边，妩媚美艳的眉眼微微上扬——

“阿烛，这一座山头的花都送给你。”

说起槐京江家的那场婚礼，人们几乎用上了世界上最美好的词汇来形容。那婚礼并非隆重到全城皆是客，却让参加的宾客一生难忘。

白色的婚宴长条桌配上原木色的椅子，精心打理过的花卉植物……一切看似低调却又处处显得奢华，一看就知道新人的品位不俗。

婚礼过后很长一段时间，人们都还记得西边京郊那一地的桂花雨和满院子的白蝶兰，也还记得那水墨国画般设计风格的庭院出尘脱俗。

这让人忙了许久的婚礼终于落下了帷幕。

王凉组了一个局，局上的人大多是他们玩得好的哥们儿，费了九牛二虎之力软磨硬泡地把婚后许久不见的江昱成叫了出来。王凉这段时间可是孤单坏了，江昱成结婚之后就不怎么跟他们玩了，王凉连连摇头说江昱成不仗义。

江昱成脱了外套，将其挂到长椅背上，慢条斯理地把袖子卷起来："哪有时间跟你胡闹？我要陪老婆呢！"

王凉听了这话，猛吸一口气，十分失落地跟一旁的哥们儿摇头说，婚姻不是爱情的坟墓，而是他和江昱成的兄弟情的坟墓！

江昱成没搭理他，扫视一圈没见到人，问道："成杞呢？"

王凉："我说今天太阳怎么打西边出来了，我约你你肯出来，原来是惦记着沈小爷了。他出去抽烟了。"

江昱成抬了抬眉，算是了解了。

几个人张罗着又开了一局，在等沈成杞回来的时候，王凉跷着二郎腿，斜着眼瞥了瞥江昱成："二爷，您可是许久没参加我们的活动了，怎么着？今儿晚上玩个大的？"

江昱成勾了勾嘴角："行啊，那就玩个大的，我老婆昨天还跟我说看上了一套首饰。"

王凉一听这话，摊手不干了："瞧您说的，好像我必输一样。"

一旁的牌友递着话："王哥，您哪次赢过？你不都是上赶着给二爷送钱吗？"

王凉不服气。

沈成杞从外头回来了，看到江昱成，长腿一伸，眼皮一抬："二哥。"

“嗯。”江昱成应了一声，把桌子上的牌九往他那儿分，“你可算是舍得回来了。”

“舍得回来？”王凉插话道，“您看着吧，这小子明天一大早就能回奥城去，也不知道是奥城哪位风华绝代的佳人，把我们家小爷迷得五迷三道的？”

沈成杞从王凉面前拿着筹码：“你懂什么？”

王凉眼见着自己桌面上的筹码被拿，有些不乐意了：“二爷，您看他！”

江昱成接到王凉的求救眼神，也不好置之不理，只能抬了抬眼皮：“王凉说得也没错，你要真喜欢就带回来给哥哥们看看，要是确定了那就跟人家定亲，早点儿结束你那不靠谱儿的单身生活。”

王凉接着江昱成的话说道：“你瞧二爷成婚了，果然就有兄长的做派了，都知道催人定下来了……”

“你知道什么？”江昱成出声打断他的话，“你一个孤家寡人，自然不知道结婚的好。”

王凉两边都讨不到好，只得闭了嘴。他倒了支烟出来，递给江昱成。

江昱成拒绝：“我不抽烟。”

王凉怂恿他：“别嘛，嫂子现在又不在。”

江昱成抬了抬眼，换牌：“备孕。”

递出去的烟在桌上打了个转，最后指向王凉自己，一支烟的外观就像一个数字“1”，好像在嘲笑他是个没人要的单身汉。

江昱成：“还有，你们也不许抽。”

王凉据理力争：“为什么？我们又不备孕！”

江昱成：“二手烟的危害同样大。”

王凉：行吧，我戒烟！不知道的人还以为我备孕呢！

兰烛觉得自己这些天有一些乏力，也没什么胃口，倦怠地躺在床上，像一只猫。江昱成知道这事后让小芹把兰烛所有的演出都暂停了，一些公益授课事项也都跟学校请了假。只是兰烛休息了好几日后，江昱成也没见她有所好转。

江昱成觉得这事不能马虎，但兰烛这人不怕苦不怕累，就是怕去医院。他连哄带骗了老半天，她最后才算是同意跟他去医院。

附近最近的是个公立医院，江昱成嫌公立医院拥挤，约了私立医院的医生。只是兰烛说她也不是什么大病，而且公立医院很近，不用费那么多时间特地跑到私立医院去，就说服了江昱成去公立医院。

不过公立医院在保护病人看病的隐私性方面着实有待进步，这点让她有点儿后悔这天去了公立医院。

接待他们的是个年长的女医生。女医生大概看了一下，问了一些常见的问题。

江昱成恨不得女医生眼里带X光，一扫就能看出所有问题，但还算礼貌绅士，只是语气明显有些着急："医生，我太太这是什么情况？她这几天明显都不怎么爱动，整个人无精打采的。"

女医生眼皮一抬，问道："你们上次同房是什么时候来着？"

兰烛没料到还有这一问，嘴唇一张一合，支支吾吾了半天也没有说出来，最后还是江昱成回答说在昨天晚上。

兰烛看着诊室门口探着头八卦的姐姐阿姨们一阵脸红。

医生："再上次呢？"

"昨天白天。"

医生：行吧，知道了。

兰烛看到这会儿诊室门口又围了许多人，拉了拉江昱成的衣角。

江昱成耸了耸肩，轻声说道："看病要诚实。"

医生最后开了个检查单子："应该是怀孕了，你们先去检查一下，出结果了我再确定一下。"

"啊？"兰烛和江昱成异口同声。

兰烛吃惊，江昱成更多的则是高兴。他确认了一下："医生，您说我太太是怀孕了？"

"嗯，初步判断是的，不过还是得看最后的检查结果，所以建议你们最近先不要同房了。”

兰烛不由得问道：“会不会搞错了啊？”

江昱成还加了一句：“一直不能同房了吗？”

说完两个人面面相觑，满头黑线。

医生还未说话，原先围在门口看热闹的姐姐阿姨们争先恐后地热心回答：“错不了，错不了，你们这么努力，有宝宝当然是很容易的事情。”

更有甚者体贴周到地跟江昱成说：“没关系的，这种事三个月之后就可以做了。”

兰烛只想找个地方钻进去，然而江昱成还在那儿听着大家分享的经验。

“孕期日记要做好的，最好每天都记录下来。”

“孕妇营养很关键，心情也很关键，多带你太太出去散散心，别让她一个人闷着。”

“多让你太太吃葡萄，以后的宝宝才是大眼睛。”

“不过长这么好看的两个神仙一样的人物，生出来的宝宝一定也很好看吧！”

“这倒是，是我多虑了。”

兰烛拉了拉江昱成的衣角，江昱成未来得及收拾好上扬的嘴角，只得带着兰烛往外走，一边接受他们的恭喜，一边小心地护着她，带着她去检查。

检查结果出来后，江昱成拿着B超片子，皱着眉头在那儿看来看去。兰烛觉得有些好笑，从他手里拿过片子来：“你又不是医生，哪里能看出来啊？”

江昱成显然春风得意，扶着兰烛，嘴角忍不住地上扬。

兰烛也跟着笑：“有这么开心吗？”

“当然。”他眉眼间都是可见的喜悦神色，“等会儿我们检查完了，司机会来接我们，然后我们去私立医院建个档，到时候你产检和分娩都在那儿比较好。公立医院要排队等位，还是有些不方便。”

刚说完他又接了下一句话："等检查完了，我得去逛逛商场，买些小孩子要用的东西……"

兰烛打断他的话："哪有这么着急？还有九个多月呢！"

"九个月？那也是有点儿赶，要准备的东西太多了，家里连张宝宝床都没有。"

"要准备的东西很多吗？没关系，我们一起准备呀！"

"那怎么行？你现在最重要的是照顾好身体，这些事情交给我来。"

"一个人怎么忙得过来？你可以找林伯帮忙啊！"

"林伯——"江昱成想到林伯虽在外头做事精明能干，但在家里估计会对着一堆婴儿的东西发愁的样子，就知道这事找林伯肯定不靠谱儿。

江昱成："倒是可以去问问大哥，毕竟他养孩子比我有经验。"

"嗯。"兰烛点头，"这倒是，大哥大嫂比我们有经验，走动走动也挺好的。"

就诊号叫到他们了，两个人进去。

检查的医生拿过B超片子看了一会儿，报告上显示的是两个妊娠囊。

"恭喜啊，双胞胎，而且还是异卵。"

还没等兰烛和江昱成问话，旁边的阿姨便竖起大拇指："异卵好，生一对龙凤胎！"

"是啊，是啊，一个长得像爸爸一样帅，一个长得像妈妈一样美，多好的一家四口。"

周围的人都在恭喜他们，兰烛对上江昱成有些惊讶的眼神，笑着问他："那爸爸开心吗？"

江昱成这才难以置信地问道："真是两个？"

"真的。"兰烛指着B超，"江昱成，现代医学，千真万确。"

之后他才欣喜万分："两个宝宝，阿烛，我们会有两个宝宝啊！"

兰烛："好啦，再说下去，隔壁科室的人都要知道我们有两个宝宝了。"

江昱成："我高兴。"

他说完又对着医生说："麻烦您给看看，两个宝宝都健康吗？"

医生看着这对甜蜜的夫妇，不由得也笑了出来："宝宝很健康，怀孕初期妈妈会觉得有些乏力，注意休息就可以，各项指标都正常。"

听医生这么说，两个人才放下心来。

江昱成扶着兰烛出来，兰烛却觉得很不习惯："江昱成，你有些小心过头了，我现在跟一般的人没有什么不同。"

她试图摆弄双臂，加快脚步："你瞧，我能走能跳。"

"祖宗——"江昱成连忙阻止她，"你可别开玩笑，外头风大，当心着凉，车来了。"

他扶着她上了车。兰烛是明显的事后派，这才想起要和朋友们分享消息，打开手机却发现手机里消息络绎不绝地进来。

"阿烛，恭喜恭喜啊，双胞胎啊！"

"天哪！你们这造人能力也太棒了吧，一来就来了个大的！"

…………

诸如此类的消息还有许多，兰烛皱了皱眉头。他们怎么这么快就知道消息了？她狐疑地看了江昱成一眼："手机？"

江昱成挑了挑眉，把手机递给她。

她打开手机后，才发现江昱成早就拍了那B超报告的照片，直接发在了他们那个哥们儿群里。

下面的人发了一堆问号。

"什么情况？"

"这是什么？谁得脑瘤了？"

江昱成回了一句："一群傻子，B超看不懂？"

后面有个医生哥们儿才说："这是产检B超。"

江昱成强调："两个妊娠囊。"

"什么意思？"

"什么意思？@医学大佬。"

医学大佬："双胞胎的意思。"

江昱成随后发了个金额最大的群红包，下面全是一片“跪拜大佬，恭喜恭喜”的表情包。

…………

兰烛嘴咧到耳根，嗲着声音说：“爸爸好大方，妈妈也要红包。”

江昱成拿过手机，手指在上面按了几下，而后揽过兰烛：“妈妈辛苦了。”

兰烛手机一振，收到了消息提示，显示她的账号进账 13141314 元。

她挥着手机：“江昱成你在写小说吗？大额转账实时到账啊？”

江昱成笑了笑：“私人银行有特权的。”

兰烛：“啧，这种特权你都有，那我有什么特权？”

江昱成：“你是一家之主，什么特权没有？”

兰烛：“那要是以后有了宝宝，你会不爱我吗？”

江昱成：“你在开什么玩笑？宝宝哪有你重要？”

兰烛捂住他的嘴：“嘘，小声一点儿，他们会听到的。”

他靠近，提高声音：“里头的宝宝们听好了，休想分走我的半分爱。”

兰烛笑着推搡他。

江昱成握着兰烛的手，柔声道：“阿烛。”

兰烛：“嗯？”

江昱成：“我觉得很幸福。人生须臾之间，却有你相伴一生一世，真好。”

兰烛侧头：“江昱成。”

江昱成：“嗯？”

兰烛顿了顿，吻上他的嘴角：“我也觉得很幸福。”

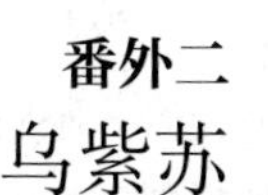

番外二 乌紫苏

槐京城，大寒。

她被连人带包裹地丢在夜里外头那深到膝盖的雪地里。

脏污的字眼像一张织就的密密麻麻的网，网住那无尽的夜色，回荡在无人的街头。她张了张嘴，还想反驳那些不堪入耳的话，却发现自己一点儿力气都没有。那雪随着她的嘴一张一合，滑落到她温热的口腔里，她肚子里的饥饿感比大脑反应得更快。

她嚼着那地上的雪，牙龈感受到寒气，不由得打着寒战，嚼出些血腥气。

来人似乎还踢了她几脚，她也不确定。她冻得四肢僵硬，感觉自己的神经传导变得很迟缓。

那雪纷纷扬扬地下着，她甚至觉得那落下的雪变成了一床暖被。她许久没有这么安稳地睡过了，眼皮越来越沉，直到最后，撑不住闭上了眼。

意识越来越不清楚，她感知力在消退，头脚越来越沉。然后她一头沉入黑暗之中，再也没有看到任何亮光。

就让她这样死去好了，就让她这样不明不白地蒙受冤屈后死在大雪地里吧！

许久之后，她在颠簸感中睁开眼，看到一个瘦弱的背影——她被人扛在肩上。

她未能完全睁开眼睛，心里想的是：他真瘦啊！

瘦弱的他扛着同样瘦弱的她，骨头之间由于缺乏皮肉缓冲，相互碰触时硌得她好疼。

他应该跟她一样穷吧，穷到吃不起饭了才会这么瘦。既然他这么穷，把她带回家去又是干什么呢？

她又昏昏沉沉地睡了过去。

她最后在一个狭窄黑暗的屋子里醒过来，揉了揉自己的眼睛，以为是刚醒来时不适应，所以看东西不太真切，后来才发现，是屋子里仅有的灯光就是这么点儿。

四周唯有一扇还没有一本书宽的长方形小窗，她从那窗口望出去，企图望见光，看见的却是槐京城新年夜里人人脚上漂亮的靴子——长靴、短靴，皮质的、羊绒的，平底的、高跟的，各式各样的鞋子踩在她头顶上的那方天地间时发出的声音，像极了京剧舞台上战场上的擂鼓声。

一阵锅碗瓢盆的碰撞声传来，她听到声音后，警惕地转过了身，却看到一个年岁与她差不多的少年。

他转过去的那一瞬间，瘦削的侧脸和单薄的背瞬间让她想起了骨头之间挤压的疼痛感。

他端了碗什么东西，随意地踹开地板上的一个塑料瓶子，腾出个地方，把矮脚凳架在那燃着炭火的炭盆旁。

整个屋子里，就他那儿冒着升腾的热气。

她饥肠辘辘，从床上起来，伸直脖子看着他碗里的东西。

他似是捕捉到了她的眼神，依旧没说话，但身体微微侧移，像是给她腾出了一个地方。

她从床上起来，走到他身边蹲下，整个人缩在那儿，才勉强挤到了一点儿炭火。

他放了两碗一模一样的粥，自己喝起了其中一碗，剩下一碗被放在旁边，没动过。

“给我的吗？”她指了指旁边那碗粥。

他低头往嘴里喝着米汤水，幅度不大地点了点头。

她拿起筷子，狼吞虎咽地往自己嘴里划拉着粥，顾不得吃相，只想让那温热的液体从自己的肠胃里流过，好救救她快要死掉的五脏六腑。

没一会儿，粥就见了底。

她用手背擦了擦嘴，眼神往他的碗里瞟了瞟，见他吃得斯文，还留有半碗。她又顺着那低矮凳子看去，那儿还有个馒头。

小窗外突然吹来一阵寒风，“簌簌”地往她的脖子里灌，她回头看了看，起身走到窗边，踮脚伸出手，努力地想要把那窗户关上。

“不想死的话，别关。”他出声说道，“这是青炭，着起来全是一氧化碳。”

她伸出的手弱弱地收了回来，她走回那炭火旁，看着那吞吐红色火星子的炭火，那像极了温暖的新世界，吸引着她慢慢往前靠近。好似那火苗里住着知道万千世界的秘密的巫女，只等着她用灵魂交换，给予她永恒的温暖。

她慢慢靠近，眼睛里除了那红到发黑的火星，未有他物。在即将触到火星的一瞬间，她仿佛能看到里头火红的生物在向她摇手呼喊。

“别靠近了，烫。”他出声打断她的思绪。

她这才发现，她过分贪恋温暖使她不由自主地往前靠近，她的手掌近乎要贴到炭火上了。

“拿着。”他烤了那剩下的一个馒头，分了半个给她。

她接过馒头：“谢谢。”

而后两个人再无他话，围着炭火，分享着一个馒头吃着，馒头比粥果腹。

馒头屑掉进炭火里传来一阵烧焦的味道，她有些懊恼，时至今日，这点儿馒头屑她也应该异常宝贵地对待才对。

空气在此刻凝固，她肚子里有了东西，饥饿感不再折磨着她，注意力能回到眼前的场景上了。她清了清嗓子，友好地伸出一只手，自我介绍道："谢谢你，我叫乌紫苏，你呢？"

他没伸手，眼神依旧落在地上，瘦削的下颌线随着咀嚼的动作若影若现："钦书。"

钦书——很特别的名字。

"这是你家吗？"她试图打开话题，总想夸点儿什么，但在看了一圈家徒四壁的场景后，只能从牙缝里挤出几个字，"很……很特别。"

他没说话，只是从牙缝里挤出一声似笑不笑的声音，好像在说：这地方也能叫特别？

乌紫苏抬头看向钦书，他衣着单薄，皮肤很白，青春期后余下的生长激素仍然刺激着他的四肢生长，连裤腿和袖子都赶不上他的生长速度，短一截的衣服布料随着从地下室窗口灌进来的风"猎猎"作响。

她本来有许多话想说。她遇到一个救她的少年，少年本应该问问她，自己怎么会在那儿，身上怎么会有伤，这样她就可以把那剧团团长以上台为由哄骗她去内屋，撕扯她的衣服的丑恶行径揭露出来。她奋起抵抗，那剧团团长就把她关起来，还有他那不分青红皂白的老婆——明明看见了自家老公做的那些龌龊事，可这女人非但没有去骂自家老公，反而来找她乌紫苏的麻烦，把饿得半死的她丢出来扔在雪地里。哦，如果她没有记错的话，他们还对她动手了，这随便一条说出来不都是天怒人怨的事情？他如她一般——至少看上去如她一般——草根出身，应该疾恶如仇，能与她一拍即合，甚至能非常义气地在喝完粥、分给她一个馒头后，义愤填膺地摔掉仅有的两个碗，大喝一声"讨回公道"，随即与她就地组成正义联盟。

可是他偏偏一句话也没说，也不问她是从哪里来的，为什么会在雪地里，只是淡漠地把最后一块馒头塞进自己的嘴里，嚼到细碎后才喉头一滚，咽了下去，仿佛救她回来的人不是他。

她想再找个话题聊，却很明显，对方是一副根本不想展开讨论并且给予回应的样子。

乌紫苏搜寻了一圈，发现空荡荡的屋子里出现了一样她很眼熟的东西——一把胡琴。

四周挂在墙壁上的东西，都灰扑扑的好似几年没有用了，唯有这一把琴，锃光瓦亮，像是被主人长久使用过，依旧保持着自己的风骨。

她走过去，抬手指着那胡琴说："你会拉胡琴吗？"

他这才眼皮微抬。这玩意儿知道的人少，从一个姑娘嘴里说出来倒是新鲜。只不过他眼神瞟过去不到一秒又回到原样："断了。"

"断了？"她回头吃惊地问他，意识到从他那儿得不到回应后，手轻轻地抚上胡琴的琴身。她听师父说过，胡琴的材质很多，但是用小叶紫檀做是上好的，眼前这把胡琴的材质倒是上好的小叶紫檀，只是琴上的琴弦真的断了。

"真可惜。"她小声说道，手不由自主地摸上那琴身。

钦书见她瘦弱且纤长的手指摸过琴身，似乎能在心里感受到琴弦微微作响，那响声把他的记忆拉回了前一晚的情景。

昨夜他拿着从专业杂志上撕下的写着《失传曲谱被天才艺术家——琴师钱坤之子修复》的醒目标题的那篇文章，敲开了老师钱坤家的门。

他要讨个说法，为什么修复曲谱这事不仅成了在这杂志上公开的秘密，连那修复的人也变成了别人？

撕扯、拉拽、推搡、殴打……他看见那琴弦在他眼前断开，"嗡嗡"的声音持续了许久。

近在咫尺的声音一直在响，昨夜的画面在他的脑海中盘旋，炸裂的气愤情绪在他的胸口久久难以消散，他倏地站起身来，拿过墙上的琴，直接丢在了逼仄狭窄的角落里。

那琴被扔在一旁杂乱的垃圾堆上，顿时惊起一地尘土。

乌紫苏见那琴落在地上，连忙将其捡起来，抱在怀里，用袖子擦拭着它身上沾染的污渍："你疯了？老祖宗说过，戏比天大，琴比天大，戏衣不能染尘，琴弦不能落地，丢琴是要遭天谴的！"

"天谴？"他不以为意地笑了笑，"你当真以为老天开眼吗？"

说完他就伸手问她要琴："给我。"

乌紫苏怕他将琴拿回去后又丢了，把琴握得紧紧的："你不是不要了吗？我要了。"

他站在她面前，从头到尾地看了她一遍。

"随便你。"他把手收了回来，径自穿上鞋，一副要出门的样子。

"等一下！"她在后面叫他。

他手插着兜，没回头，但是停下了脚步。

"冒昧地问一下，我可以住在这里吗？"她说得很快，不仅是怕被拒绝，更怕自己下一秒就没有勇气说出这样的话了。她实在是没有地方去了。

他依旧没回头，只是留下一句："随便你，反正我也不会回来了，这儿的房租还有半个月。"

"你去哪儿？"她还有心思关心他。

他淡淡地说："准备去死。"

"啊？"她像是没有听清，而后又客套地跟了一句，"那你早点儿回来啊。"

他看了看地下室门口扬起的一阵土，没搭话，走了。

那天晚上他打算去死。

琴断了，追债的人从岭南追到了槐京，他东躲西藏，只能在别人背后当着枪手混点儿饭吃。他好不容易遇到一个恩师，还以为对方是欣赏自己的才华，却没想到，那人只是为了给儿子进艺术殿堂铺路。

钦书与他们决裂后，自然知道他们为了堵住自己的嘴，会将什么样的脏水泼上来——不对，他们应该不屑于这么做，毕竟追在他身后等着他还债的人那么多，他们只要混进去几个人，就能下手把他打死了。

槐京城死一个名不见经传的人，跟死一只蚂蚁差不多，所以他决定去死。

槐京城的护城河在冬天冷得要命，他听住在旁边地下室的人说了，护城河是穷人死去的最好归宿了。人一入河流，深不见底，连浮尸都不会有，比冻死、饿死在槐京城的城门下好多了。

放在从前，他是不会相信这说法的，如今这样的世道还有人会饿死、冻死？来了槐京之后，他才知道，槐京城的冬天那么冷，槐京城的弱肉强食如此厉害。

他那天就是在去护城河的路上看到了乌紫苏。她瘦成一根竹竿，躺在雪里，缩在地上一动不动。

他忽然想起有老人说过，冻死、饿死的人的亡灵，在地府都会被别人瞧不起——连温饱都解决不了地死去，实在是太没有尊严了。

他动了恻隐之心，将去死的事情放到一边，把她带回了家。

第二天，他依旧打算去死。

槐京莫名其妙地在冬日里下了一阵大雨，他在半道上遇上了住在他隔壁的那个男人，那人着急地问他怎么还慢悠悠地在路上晃，地下室都被大雨淹了。

他笼着手，想起自己那一堆不值钱的破烂无动于衷，唯独想起那姑娘的时候眼皮一跳。那到底还是一条人命，他得回去看看。

循着地下室通道，挤开那些来来往往地挑着还有没有能用的东西的人群后，他看到她孤立无援地蹲在一个高高的木桶上面，手里还紧紧地抱着他的那把琴，眼里全是慌张之色。

她左顾右盼，每过去一个人她都要伸长脖子确认一下，等到看清那人的脸的时候，失望神色又会在她的眼里出现。

他站在人群里，等到所有人都散开后，她发现了他，眼睛里立刻闪起了星星般的光亮。她站起来，跟他十分熟络的样子，大声挥着手喊他："书哥！"

她一激动，脚后跟偏了一点儿，木桶失去重心地就要往下倒。他连忙过去，不习惯地伸出一只手扶住她，她却笑意盈盈地说："你再不回来，我们家就要被大水冲走了！"

她倒是自来熟，动不动地就说"我们""我们俩""我们家"……

再后来，他再想去死的时候，就会想起他出门前听见她说"书哥，早点儿回来"。

今天她去菜市场遇到了一个不错的鱼贩子，鱼贩子愿意把死鱼用很低的价格卖给他们，挺划算的。那鱼刚死，新鲜得很，这是一桩日后可以长期合作的划算交易。

她不知道从哪里找来一个眼盲的手艺人，两个人合伙偷偷地抱着他的琴，捣鼓着那断了的弦。他那琴很特别，祖上传下来的，寻常匠人哪里能修好？她却说世上无难事，只怕有心人，他劝了几次后就随她去做有心人了。可他没想到真有一天，她像煞有介事地从卖祭祀品的邻居那儿讨要了几根蜡烛，温馨地打扮了一番，然后神秘地邀请他进入他们那个狭窄的屋子，掀开盖在琴上的一块方布，邀功似的向他展示着被修好的琴。

她笑眼弯弯，拍着手说："书哥你看，你的琴被我修好了，我就说世上无难事，只怕有心人吧！"

他怔怔地站在原地，见到他的琴恢复如初。那是他从岭南带出来的唯一的东西了，即便是在穷途末路的时候，他也未曾想过卖了它。

她说，即便京剧再没落，再没人听，她也是永远的刀马旦，他依旧是最懂京剧的胡琴师。

再后来，他那地下室里堆的东西越来越多，他从外头搬来一张床，入了夜，两个人各睡各的。有一天半夜，他望着天花板，听到她说："书哥，我好饿。"

她说她想吃巧克力了，太想吃了。但她花完钱就没舍得买，大半夜的，巧克力就在她的眼前飞来飞去，她的脑子里全是带着西洋味的英文。

他劝她要戒一戒对西洋东西的盲目崇拜，他们学的都是古典的东西，要把老祖宗留下来的东西奉为圭臬。

她说她知道，就是太想吃巧克力了。她今天路过街口那家西洋式设计的店时，还看到有个女人把巧克力给了小泰迪犬吃。

"狗狗不能吃巧克力的，不如给我吃好了。"

这是她入梦前说的最后一句话。

她酣睡着，寒冷的空气里传来她平缓的呼吸声。

这句话像是魔咒，一直萦绕在他的脑海中。他从简易木床上坐起来，套了件外套，戴了个黑色的帽子，在风雪天里走入了街口转角处的那家店铺。

那店里卖的东西贵得离谱儿，他见那巧克力被装点在玻璃橱窗里，精致优雅。柜姐过来服务，称他一声“先生”。

他嘴角浮现一丝古怪的笑容，像对这个称呼不齿。

他说：“我随便看看。”

柜姐上下打量了他一番，目光最后落在他那破了个口的“透气”板鞋上。大牌店的良好培训让她的鄙夷之意悄无声息地变成了冷落和漠视态度。

门铃一响，穿着一双漆面英伦复古皮鞋的男人走了进来，跟在一旁的是个穿着牛皮底高跟鞋的女人。女人娇声连连，笑意盈盈。

这是今天这长久的冬夜里唯一出现的有购买力的客户，服务员冲着那对男女过去了。

他找准时机，从那橱柜里把那一小盒巧克力摸走了，那精巧的包装盒最后落在他的兜里。

精品店的防盗设施配置良好，他只不过迈过门槛两步，那门就警铃大作。魁梧的保安拿着电棍，就像被解除项圈的恶狗，凶狠地向他跑了过来。

他瘦骨嶙峋，跑不过保安，挨了几棍子，死死地抱着手里的东西，咬着牙说，打都被打了，他们没有道理再从他手里把东西拿走。

保安收起电棍，说美味精致的甜点被这种丧家之犬碰了，要回来也脏了，还不如狠狠地打他一顿解气。

棍子一下一下地打下来，发出闷响，魁梧的保安为了试试手感，开了电击模式。开关一按，地上的人就跟虫子似的恨不得把自己截断了碾成泥，看起来痛苦极了。

这种人的手不知道沾染过多少肮脏的东西，他们最好能电坏这人的一只手，看他往后还敢不敢再偷东西了。

魁梧的大汉们聚在那儿，笑得下巴下的赘肉颤动。只是无论他们怎么加大电流，那躺在雪地里的人都一动不动。他们没了什么兴致后，啐了一口，便悻悻地走了。

店里年轻的学徒这才跑上来，看到保安走了，不解地问道："怎么走了，东西不要了吗？"

"小子，你不知道吧？咱们橱窗里的那些展品都是次品，只展示不售卖的，也就这种没见识的小子才会拿那些东西。"

年轻人往后看，看见那瘦弱的少年一动不动地陷在雪地里，不知道是否还活着，一时犹豫地站在原地。

"同情这种人干吗？"

"槐京城等级分明，咱们做的也是服侍人的活儿，这种人自然比咱们还低一等，或者都不能叫作人吧。"

等到街上的灯都灭完了，外头真的干小偷小摸事情的人开始出没了，钦书才从那雪地里出来。

第二天，乌紫苏醒来的时候，发现桌子上放着的是她在橱窗里看到的包着紫色绸带的精美巧克力。

浓郁的香气萦绕在只有一道微弱光线的潮湿屋子里。

她问他，他从哪里买来的。

他没告诉她实话，把袖子往下遮掩，盖住身上的伤痕。他就是这么无耻、下作，肮脏得如地沟里的泥虫，连带回来的礼物都做不到来路干净。

若是她知道实情，就会对手中的美味巧克力嫌弃和厌恶，也不会再对这个世界上美好的东西抱有幻想，甚至也会对他这样肮脏的人避之不及。

只是当他看到她的舌尖碰到咖色的西洋糖果，脸上浮现笑容的那一瞬间，他突然就不想去死了。

他才发现她长得很好看。

他开始听她的故事，了解她的过去。春暖花开的时候，他们会把地下室的小家具搬出来晒太阳，他也会兴致高昂地拉上一曲《战金山》，引得周围一圈老人家点头微笑，直呼现在的小年轻也不简单。

里头的人也不乏热情的，有人留下联系方式介绍他们去剧团。

两个人惴惴不安地去面试，唯恐剧团不肯留用他们，却没有想到最后两个人都被留了下来。

故事好像从这里开始走向了美好的结局。

他坚信只要自己足够努力，就能与过去划清界限，就能退去青涩，成为一个能够为她遮风避雨的成年男人。

事实证明，他的确成了后台琴师里不可或缺的存在。

他琴技精湛，合作过的角儿都尊敬地叫他一声“老师”，说他是难得的能研究曲谱和根据演员的嗓音条件调整演奏的琴师。大家都说凭他那一手技艺，他中大剧院也上得去，开班教学也不为过。

她也慢慢长开，眉眼长得越来越招人。随着年岁增长，她开始探究那些给她叫好的客人眼里的欲望，学会跟人周旋，不再像从前一样会天真到被人哄骗后还任由他们倒打一耙。

戏班子老板慢慢地开始重视她，她台上飒爽，台下柔媚，开始单独接一些活儿，经常当主角去外面演出。

他虽未能常伴她左右，却也为她高兴。

地下室变成了小庭院，布满灰尘的杂物堆变成了整齐的新家具。

他原以为生活会这样越来越好，然而有一天，乌紫苏被单独留下来外出演出。他像往常一样与她道了别，却在回廊的墙角处听到戏班子的班长和另外一个男人在谈话。

“还好有你，我差点儿就认不出她了。这一晃，她长得更美了。实不相瞒，几年前我就有想法。当初要不是我家夫人阻挠，我早得手了。如今多亏了老兄你，才让我重新遇到美人了。”

“你只管进去，我把人都支开了，她一时半会儿醒不过来，温顺得很。啧啧，你得记住今天兄弟我的好，别忘了你的承诺。”

“知道了，还会少你的好处不成？”

两个人一顿合计，说着那让人恶心的话，说话间那另外一个男人推开了门。

钦书直接破门而入，不管三七二十一，对着那几年前欺负过乌紫苏的男人就是一拳，打得那人顿时鼻血横流，那人只能捂住鼻子喊天喊地的。

他轻轻地拍了拍她的脸，却叫不醒，于是背起她狠狠地瞪了他们一眼，径直出了大门。

他一路回到他们的小庭院，把她安置到床上后，连夜就想带她一起离开那戏班子，却想起他的琴还在戏班子里。

他只得回头去取琴，却不想取到琴后刚好迎面撞上追出来的那行人。

那个捂着鼻子还流着鼻血的男人，恶狠狠地指着被他们摁在地上的钦书：“给我打，给我打死他！”

钦书不吭声地被打趴在地上，眼睛死死地盯着落在地上的那把琴。

他们剧团的戏班老板看到了，把琴捡了起来：“钦老师是吧？我看你很享受别人这么叫你是吧，你真当自己是老师了？你也不看看你现在是要靠谁给你一口饭吃？你不会不知道我们留你是干什么的吧？你说你要是不留下来，小苏能留下来给我唱吗？你也配英雄救美？！你看到了自己的弱小吧？你现在就像是一只蚂蚁一样被我踩在脚底下！别说救人了，你就连自己的琴也救不回来了！”

他说罢，那琴发出凄惨的一声闷哭声，直接被摔成两半，只剩那琴弦还在颤动，“呜呜”的声音像是小儿在啼哭。

他怔怔地看着断成两半的胡琴，一切感觉在那一刻消失。

这是他岭南的姥爷留下的，曾经陪姥爷走过人生岁月的胡琴，是陪他自己经历过那么多孤单黑暗时光的胡琴，是乌紫苏修了好久才修好的胡琴……那么多的京剧名角抚摩过它，说它往后一定能走上艺术的殿堂，一定能在中大剧院奏响。

如今它却碎了！

他还能成为一个为她遮风避雨的男人吗？

他不甘琴落地而碎，从人群中挣扎着爬出来，试图抓过琴。

“看起来你还是不知道，这里到底是谁说了算。”

钦书目眦欲裂，眼里充盈着大片的晶莹水光，一边往前够那琴一边说道：“大不了我们不在这儿了，槐京城这么大，难道没有我钦书的容身之处吗？难道我凭着自己不能给她一个安身立命的场所吗？仰人鼻息的生活，我受够了！”

周围传来一阵嗤笑声：“凭你自己？”

继而有人接二连三地反问：“怎么凭你自己？凭你的琴，凭你的手，凭你自命清高？”

那人话音一落，钦书就感觉到自己的手一阵剧痛。

痛楚到极致是短暂麻木的，等到大脑反应过来的时候，他根本没有力气把那只被折断指骨的手收回来了，只能任由它无力地垂落在那儿。他整个人痛苦地蜷缩在地上。

琴废了，手废了，他钦书答应乌紫苏的光明人生也废了。唯有那一句“自命清高，还以为自己是谁呢？”一直散不去，环绕在他周身的痛楚中。

他也曾从泥潭中出来，也曾听她的话认真地生活，认真地奋斗，认真地认同“苦心人，天不负”的信念。

可是这样的生活，并没有像她说的那样，一步步逐渐好起来，这样不伤人、不害人的处世方式，也并没有让他在偌大的槐京站稳脚跟。

既然她的人生理想在槐京是一个笑话，既然世道不公，那他就凭着自己这一双残手，再去构造一个他说了算的世道吧！

他把残破的琴藏了起来，就像一切都没有发生过一样，晨起时照样给她熬粥煮汤。

乌紫苏只是听钦书说戏班子那天晚上遭了贼，戏班子上上下下被折腾得一塌糊涂，他说那戏班子太危险，他们以后不去了。

他们不去了吗？她眨了眨眼，觉得还有些可惜，那戏班老板还挺照顾她的。

他点了点头，说往后就先在家里练，他要回一趟岭南，等他回来了，他们再另做打算。

乌紫苏点了点头：“书哥，我都听你的。”

他看着她那对他完全没有防备的虔诚眼神，表面上仍是一副平静的样子，实则内心已经波涛汹涌。他压抑着就要翻上喉头的苦涩情绪，走过去拍了拍她的肩膀，轻声说道：“小苏，对不起。”

“为什么要跟我说对不起？”

他意识到自己失态，随即收拾了自己的表情：“哦，我要离开几天，这几天你都要一个人在家了。你要好好照顾自己，等我回来好吗？”

“嗯。”她点了点头。

他端起碗，刚转身，就听到她叫住他：“书哥——”

他停下脚步。

“你为什么不拉胡琴了？”

他站在那儿，顿时感觉血液从自己的脚心倒流回了心脏，一阵难以言说的酸楚感从心底蔓延开来，逐渐渗透他的舌尖。

他没回头，只是敛了敛此刻难堪的表情，故作轻松地说道：“歇歇。”

等到钦书回来，乌紫苏才知道并不是像他说的那样，他不拉琴只是想歇歇，而是他转行了，再也没有拿起过琴。

他认识了一个从港圈回来投资影视的人，彼时港片盛行，港星冒尖，港片成了大家争相追捧的艺术品，可比落后的京剧来钱快多了。那位投资人回到内地，带着大笔资金，大刀阔斧地开始了自己的造星运动。

乌紫苏跟钦书去选角现场看过一次，只那一次，那儿所有的工作人员都说：“还找什么明星哪，这身边不就有一个吗？”

她漂亮又会唱，还有一身从小学到大的刀马旦功夫，是天生的演员坯子。她虽迷茫、不知所措，却也被钦书眼里那从未有过的充满希望的眼神说服。

她见过他在酒局上周旋，也见过他去讨好导演的卖力样子。她都有些认不出那是她认识了许久的钦书——他有典型的文人风骨，最不喜欢的就是这般对所谓的权贵弯膝折腰。她开始不理解他的很多行为，也从未再见过他给她拉胡琴。

很快他们就从小院子搬进了大别墅。她在他的策划下，摇身一变成了众星捧月的女明星。他也越来越有手腕，身边有了一些溜须拍马的走狗，见她的时间越来越少，给她送来的东西却越来越多、越来越贵。

但不管现在出入如何体面，生活如何奢侈，她从来没有忘记过她和他在地下室的生活。可是停留在过去的人只有她，他的野心比她想的要大多了。

有一天她亲眼看见他在屋子里踩着从前她待过的那两个戏班子的班

主，让人用烟头一下一下地烫着他们的脑袋。

她站回黑暗里，学着他那样抽烟，静默地抽完了一根烟。

再后来，他和那个投资人对着干，被架空了手底下所有的权力。她又抽了一地的烟，然后起身去酒局上给人倒酒赔礼。她好用，他自然是知道的。

只是让她没想到的是，她怀孕了。为了这件事，他们争吵了很久，他说他们现在是在事业往上走的最关键时期，绝不能出什么岔子。他执意不肯留下孩子，她却偏要留下来。他气急了，指着她的脑袋说："这么多年了，乌紫苏你怎么一点儿长进都没有？你还是地下室里那个傻得可爱的小女孩儿吗？"

她自嘲地说，乌紫苏从来没有变啊！不管她在外人面前如何，她最赤诚的心都给了当年的书哥啊！那个宁可差点儿被人电死在雪地里，也要为她偷来巧克力的钦书啊！

钦书废了的手止不住地颤动，他只得将它握住，强迫自己背过身去，藏起自己的表情："原来你早就知道，我就是这么肮脏的人。"

乌紫苏闭着嘴唇，没说话。

许久，钦书终于又开口说道："这个孩子，你就留着吧。"

"真的？"乌紫苏喜出望外。

钦书："你回岭南生下他之后，我会给你安排一个更好的去处，会让你生活得比现在还要优渥，还要体面。"

刚刚的喜悦之情顿时被这一盆冷水浇灭，她被定在原地，反复咀嚼了这句话很久，也不知道自己该说什么。

女儿在混乱中丢失，她失魂落魄地回到槐京，还未有太多时间消化这样的疼痛，就被钦书带到了一个局上。

她见到了一个男人，这个男人成熟、绅士、优雅，财富滔天。他会在与她说话的时候，保持着一定的距离，会在合适的时候递上湿巾，还会讲一些随意的没有门槛的话题，仔细地聆听她的反应。

他并未让她感觉到被冒犯，反而让她感受到了被尊重。

几杯酒下肚，那位先生酒量浅，挥着手要回去了。作陪的人要离开时，他却突然回头对钦书说：“紫苏小姐可以陪在下一晚吗？”

乌紫苏眼神复杂地看着钦书。她只想要一个否定的答案——她不是商品，也不是商场上交易的筹码。更何况她心里有谁，他也清楚得很，不是吗?

钦书却跟没有接收到她的眼神一样：“自然。”

简短两个字，算是把他们这么多年的情分都断送了。

乌紫苏默不作声，却记不清自己是怎么跟着那位先生出的门。她没有做好准备，也不知道该怎么面对这个男人。不过那晚王先生带她回家后，没有跟她发生关系，只是让人收拾了一个房间出来，嘱咐了下面的人好好招待她，就走了。

而后一晚变成了两晚，变成了一周，变成了两周……乌紫苏觉得钦书是不要她了。

王先生怕她烦闷，经常带她去外面逛，教她平和地结交朋友，教她上流社会那套讲究的礼仪。他也会带她去听戏，会引着她说过去的事情。在她说话的时候，他大多是笑意盈盈地听着。

他能空下来的时间不多，但大多时间花在乌紫苏身上了。他知道她挂念家人，帮她安排着岭南家里的事情，甚至在她偷偷托人找女儿这件事上，也假装不知。

只是有一次他把乌紫苏叫到了他跟前，坦白地跟她说，钦书遇到了麻烦，想请他帮一帮。

王先生慢条斯理地扣着茶杯盖，说旧相识一场，若自己不帮，钦书怕是挨不过这一关。继而，王先生伸手邀请她到自己身边，揽过了她的腰，语气略带玩味地问她：“钦书让你陪着我，就是为了有这么一天，没人出手的时候，我能看在你的面子上帮一帮他。我知道你们是年少时的情侣，那些过去我都不介意。小苏，你可以去找他，可以见他，甚至你把王家的那些资源提供给他，扶他上位，我都可以不管，就当是让你还他年少时的帮扶之恩，但唯有一点你记住——你要是跟他上床了，就再也别想回到王家了。如此，你救不救他？”

乌紫苏不过心地笑了笑："救。"

说什么年少时的情侣，说什么帮扶之恩，槐京城就是个吃人不吐骨头、锻造恶鬼的地方，她从来没有想过熟悉的人会变得让人越来越陌生，日日在枕边的人也能接受这么畸形的关系。

她活得比他们简单多了，一生一世一双人足矣。

可如今她什么都没有了，跟行尸走肉又有什么区别呢？

乌紫苏怎么也没想到，自己那自认为是一潭死水的人生里还会闯进别人。

那姑娘的眼神、傲骨以及冲劲，都和槐京城格格不入。直觉告诉她，那姑娘也一定会跟她一样被槐京城伤得体无完肤，尤其那姑娘还住在那个连她都不敢进去的浮京阁里。

可是她偏偏很期待，期待那姑娘能让那些槐京城的人都好好看看，这世界不应该是这么扭曲残酷的；期待那姑娘能保持初心，一鸣惊人，替那些对槐京城低头的人狠狠地出一口气。

她记下了那姑娘的名字——兰烛，跟那姑娘的人一样，是个很特别的名字。她想起了她听过的上一个那么特别的名字，还是……

她怎么想不起来他的名字了？他叫什么来着？那个她记在心头的名字，她怎么就想不起来了？

她差点儿忘了，她已经死了，这是她的魂魄的最后一点儿意识了。

四周开始变得有些吵闹，她费力地睁开眼，想看看是谁在她的墓前这么吵闹。

鲜红的血液浇灌着墓碑下刚刚长出来的花草，在她的墓碑前躺着一个人，是那个每天都会来看她，给她带来一束虞美人的男人。

他日日都来，不管刮风下雨，一坐就是一下午，自言自语，很是熟悉。

她的脑子里莫名其妙地闪过一些场景——大雪的夜里，她靠在他的背上，他凸起的骨头硌得她好疼……可是好奇怪啊，她想不起他的名字了！

出版番外

槐京北郊的机场，江昱成刚落地，早早地等在外头的林伯就开车去接人。

车上坐着的还有接手原先的助理工作的新助理，姓周。江昱成这次出差时间久，国外的项目一拖再拖，在槐京等着他处理事务的助理望眼欲穿。今天好不容易确定了江昱成今晚会回来，助理赶忙跟着林伯一起去机场接人。

周助理安排林伯在地下车库里等，自己则站在出口等。他看了看手表，估摸着这时间二爷也快到了，随即朝远处望去。晚上七点左右还是机场的人流高峰期，人群熙熙攘攘，但周助理很快就在人群中发现了要找的人。

远处走来的那人带着冬夜里的寒气，微微敞开的黑色大衣下依旧是周正的西装，绅士的穿着依旧束缚不住他眉眼间的凌厉气势。

周助理连忙迎上去："二爷，您回来了，一路上辛苦了。"

江昱成微微点头，随即跟周助理去了地库。林伯早就等在车边了，见到江昱成，微微躬身："二爷，您辛苦了。"

江昱成坐进车里，林伯交代了司机几句，司机就平稳地发动了车子。

周助理坐在商务车后座上，用余光打量着坐在他身边的人。江昱成像是有些疲惫，正在闭目养神。

外头华灯初上，周助理坐在那高档车的舒适皮椅上却没有享受夜色的心情，他手里联系的那几个棘手项目的负责人，半个小时前还连续不断地给他打着电话，让他务必帮忙把二爷请过来。

周助理备受煎熬，最终还是趁着这工夫开了口："二爷，城北项目的负责人给您的专机打了好几通电话，那头的项目做到一半，供应商因为没有结算到之前进程的款项，撂挑子说不干了。城北的项目经理今晚请他们吃饭，怕一个人应付不过来，您看看……"

助理还没说完，坐在副驾驶座上的林伯假意咳嗽后清了清嗓子，转过头来："周助理，今晚二爷回家用餐。"

周助理其实也不想打扰江二爷与家人团聚，也知道他跟狗皮膏药一样追到机场来有多扫兴，只是这些公司里的事情他要是现在不说，日后上级追究起来他也担不起这个责任。

他只得揩了揩额头上的汗："二爷，我知道说这些事不合时宜，但事发突然，城北的项目真的乱成一锅粥了，钱副总那边心急如焚，我实在是没有办法……"

"行了。"一直沉默着的江昱成出声打断了周助理的话，睁开眼，朝周助理伸出手，"城北项目的结款进度报告拿来了没有？"

周助理连忙从文件包里拿出文件。

江昱成翻了几页文件，注意到结款进度："合同里写得很清楚，供应商没有达到我们的交付目标，款项就结不了。白纸黑字，他们本就不占理，还让我们请客吃饭，钱齐是要给他们多大脸？"

周助理一听这话，连忙帮钱副总解围："二爷，这供应商不知从哪里得来的人脉，从上海请来了一个据说没有败诉过的律师。钱总说怕这事打起官司来会影响我们公司的声誉，这才想说不如给个台阶私了算了。"

江昱成"啪"的一声把文件合上，抬起眼看着周助理："你看我像是会给台阶的人吗？"

原先一直竹筒倒豆子一样诉苦的周助理对上江昱成凌厉的眼，一时不敢多说一句话。

江昱成轻飘飘地把文件丢在空置的座椅上："你告诉钱齐，我捧他当副总是为了能回家好好跟老婆孩子吃顿热饭，他往后要是再连这点儿事都办不好，总想着把他之前混市场的那点儿窝囊气带到我的地盘来，那还是继续回他的市场部当区域老总吧。这顿饭他要是想请，那就让他务必下跪道歉也得把这事办了；他要是觉得自己没把握，那就干脆强硬一点儿，直起他的腰板来，别跟个没断奶的孙子似的要我在后方给他坐镇，那我还不如直接找个傀儡来代替他当这副总。"

"还有你——"江昱成说完钱副总又把矛头指向了周助理，"你师父是怎么带你的？"

周助理听到这话如临大敌，脊背发凉直冒冷汗。他现在是半个字都不敢多说了，只能求助地看向林伯。

林伯坐在副驾驶座上，听得一清二楚。他早就劝过周助理不要说，不要说，这事钱副总那儿糊弄过去就完了，别劳烦二爷拿主意，没主意、见风就是雨只会让二爷觉得这个人能力不行。可这周助理就是不听劝，偏说一定有大事，这下好了吧，都让二爷追踪到之前早就升官调任的许助不会带新人的责任上去了。

林伯见那周助理求助地看着自己，心里也挺同情周助理的。这小年轻就是一根筋，不会来事。林伯也想帮周助理说两句话，可二爷这会儿在气头上呢，谁说话也不好使。

两个人听到江昱成就要把下一句话说出来了："既然你做不好，下周就去人事办公室……"

林伯眉头一皱，替周助理默哀了半秒。正巧这时手机铃声响了起来，林伯低头一看手机，喜上眉梢——周助理有救了。

林伯连忙转过头去，把手机递给江昱成："二爷，太太的电话。"

江昱成神色稍霁，拿过手机，声音明显就温柔了很多："喂，老婆。"

周助理来的时间短，日常跟着江昱成的大多数时候也是在外面，没见过江太太，只听公司里的小姑娘说起过，说太太是二爷的软肋。

百闻不如一见，他见到的从来都是江二爷凌厉的一面，甚少——不，是从来没有听江二爷用这样的语气跟别人说过话。

江二爷薄唇明显是上扬的："嗯，有点儿堵，可能还得过二十分钟的样子，你先带孩子们吃饭吧，别等我了。"

简单地说了几句话之后，江昱成挂断了电话。林伯连忙见缝插针地说："二爷，太太今天特意早些回来的，还亲自下了厨。"

江二爷虽然嘴里说着有些责备的话，眉头却肉眼可见地舒展开来："亲自下厨做什么？她想吃什么让槐京饭店的大厨去家里做不就好了？"

"那不是您回来了吗？大厨做的饭菜哪里有太太亲自下厨做的能讨您欢心？太太可是为您推了晚上的一场演出呢，这不就是特意等着您吗？"

江昱成嘴角上扬："至于吗？她还推了演出，也不怕被底下的人笑话。"

"哪里能笑话？他们羡慕都来不及呢！二爷和太太结婚五年来相敬如宾，感情好到跟神仙眷侣一样，谁看了会不羡慕呢？！"

江昱成听了这话，觉得心头舒服多了，转眼又看到了坐在一旁缩头缩脑的周助理，随即又变了脸色："可有些人偏偏要阻挡我回家吃饭。"

"是啊。"林伯连忙接话，假装埋怨周助理："周助理，您说您也真是的，有什么事您让钱副总给二爷留言不就行了吗？还非得亲自跑过来一趟！二爷的行程您往后还得留意，跟太太约好的日子，天大的事情都得往后放一放。"

"是，是，是！"周助理看江昱成虽然心里有气，但也不再提让他周一去人事那儿领工资走人的事了，连忙感激地看着林伯，"我往后一定注意！一定注意！"

林伯朝他眨了眨眼睛，周助理连忙反应过来："那这样，二爷，我先跟钱副总打个电话，顺道过去看一下。不管怎么样，今晚我们一定会把北城项目拿下，断不会再打扰二爷跟太太了。"

江昱成这才轻轻地"嗯"了一声。

车子停下来，周助理下了车，这才舒了一口气。他看着远去的车子，心里想的是，改天他一定要去拜访拜访那位江太太。这么强的靠山，他一定要抓住啊!

车子往槐京的东部新城方向开去，最后停在一幢独栋花园洋房前。

林伯下车，给江昱成开了车门。

江昱成脚刚踏进花园，迎面就跑过来一个娇俏的糯米团子。她穿了一身格子条纹的小洋裙，乌黑的头发软得像片云。她踩着小靴子，挥着手跑过来："爸爸！"

"唉。"江昱成一把捞起小女孩儿，抱在手上往里走去，"我的乖小蛮，有没有想爸爸啊？"

"想啊！"小姑娘瞪着圆溜溜的眼睛咧着嘴，奶声奶气地说，"我每天都想爸爸。"

"怎么想的？"

"我在被子里想，有时候想着想着，都要在被窝里悄悄地哭。"

"这么想呢？！"江昱成逗着她，"都要想到在被窝里哭了？"

"嗯，很想很想的。"小姑娘环着他的脖子，点了点头。

"你信她，她每天就想着怎么吃糖。"

江昱成在门口碰到了手插着兜靠在那儿的小男孩儿，小男孩儿神情冷酷中带点儿嫌弃之意："牙都蛀完了。"

小男孩儿见到江昱成进来，朝他点了点头："老爸，吃饭了。"

江昱成把怀里的人放下来，拍了拍她的头："走吧，跟哥哥去吃饭。"

两个小屁孩儿被阿姨带下去洗手了。江昱成换了鞋子，脱了外套，上身只剩下一件灰黑色的羊绒毛衣，在开放式的厨房里看到了在里头忙碌的人。

她身上穿了一件水蓝色的针织裙，脚上穿了一双白色的毛绒拖鞋，裸露出的脚踝白皙纤细，慵懒的鬈发被她随意地扎在一起，还有几根发丝落在锁骨窝处。

她低头，尝着锅里的汤的味道，清冷狭长的眉眼配着眼前的画面，颇有种不食人间烟火的仙女跌落神坛的感觉。

他悄无声息地走过去，从背后抱住她，把头埋在她散发着淡淡花香的头发里。

兰烛被吓了一跳，转过头来看到他那熟悉的脸，感觉到从他身上传来的温度，才笑着骂他："你个登徒子，吓死我了。"

"登徒子？"江昱成抱得更紧了些，下巴抵着她的脖颈，"我不能什么都还没做，就冤枉地被你骂了吧？"

说完，他另一只手搂着她的腰，把手里还拿着汤勺的人转了个身，对上她笑意盈盈的眼："江太太，你为什么这么迷人？你是打算迷死我吗？"

"那你还舍得在外头待那么久？"她笑着回应他。

他低头，用鼻子蹭着她小巧的鼻头，看着她身后氤氲的水汽："你想不想我？"

兰烛还没来得及回答，他炽热的唇就封了上来。唇齿被撬开之际，她听到他说的是："算了，你的嘴巴不老实，还是让你的身体来告诉我吧！"

这个吻来得热烈又缠绵，兰烛心系着身后沸腾的高汤，慌乱地推开人："干吗啊？等会儿被孩子们看到了。先吃饭。"

江昱成嘴角荡漾着笑意，意味深长地说："好，先吃饭。"

他帮着兰烛摆着碗筷，兰烛问他："你刚刚见到孩子们了没？"

"见到了，阿姨带他们洗手去了。"

兰烛："你有没有觉得小琛这孩子有点儿早熟啊？"

"是吗？"江昱成想了想，"哪里早熟了？"

兰烛："他话很少，我前几天去参加幼儿园的家长会，看到跟他同龄的男孩子们都调皮又吵闹的，就小琛跟个小大人一样。"

江昱成："是老师觉得他哪里不好吗？"

兰烛："那倒没有，老师还表扬他了。幼儿园之前给孩子们做了智力测试，老师还说他智商很高，现在的课程不适合他，建议我们考虑让他跳级。"

江昱成："那不就好了？男孩子嘛，冷静、理智一点儿好。你别担心了，他就是个酷崽，面冷心热。"

兰烛："还不是你这个当爹的，在他面前老是这么威严。"

江昱成："这怎么能怪我呢？小琛也不跟小蛮似的从小就撒娇黏人。"

兰烛："说起你闺女，以后有的是你操心的地方。她前几天怂恿半个班的小朋友逃课，那些家长要不是看在您是江家二爷的分上不敢跟我们说重话，估计早就联名上书让我们的这个害群之马转学了。"

"我们小蛮怎么就是害群之马了？那也是他们没管好自己家的孩子，那些孩子随便被人怂恿几句，就毫无主见地跟人家走了。要我说，我还建议他们走人呢！什么学校，还吹自己是私立学校中的翘楚，招来的学生的家长水平也就这点儿。"

"你瞧，说起小蛮，你就包庇得这么严重。你就宠着她吧，这孩子迟早闯祸！"

"我不闯祸！"兰烛话音刚落，小蛮就屁颠屁颠地跑了过来，仰着头扯着兰烛的裤子，"妈妈，您不喜欢小蛮吗？小蛮不可爱吗？"

小姑娘鼓着腮帮子，问得真诚又无辜，谁能把她和那让老师头疼的混世大魔王联系在一起？她这样子倒让兰烛不舍得说她了，兰烛只得蹲下来宠爱地刮了刮她的鼻子："嗯，我们小蛮可爱，小蛮最可爱了！"

说完，兰烛又把碗筷给了小琛："小琛，吃饭了。"

坐到餐桌边后，一家四口其乐融融。

晚餐到了尾声，江昱成咳嗽了几声，放下碗筷，突然说道："小蛮，你晚上要睡在自己的房间里。"

小蛮一脸惊讶："为什么？我都把床搬到妈妈的房间里了。"

兰烛看了江昱成一眼，也咳了咳，掩饰尴尬表情。

江昱成耐心教导："那是爸爸和妈妈的房间，爸爸不在，让你陪妈妈睡；爸爸回来了，自然就是爸爸陪妈妈睡了。"

"这样吗？"小蛮睁大眼睛，但显然有点儿犹豫，"可是我一个人睡，会有点儿怕黑。"

还没等江昱成再开口，一直没说话的江小琛突然说道："你晚上一个人睡，我把飞机模型给你玩一天。"

江小蛮一听这话，眼里立即有了光："真的吗？"

"真的。"江小琛一口答应。

江昱成在一旁听得满意，不动声色地给江小琛夹了个鸡腿。

夜里，阿姨带着孩子们洗漱完毕，将他们送回了各自的房间。

主卧室里只剩下夫妻俩，兰烛对着梳妆台卸妆，从镜子里看着走过来的江昱成，他把一个精致的盒子放在了她面前。

"什么呀？"

"在国外路过一家店时看到的，觉得这个很适合你。"

兰烛打开盒子一看，里面是一条蓝宝石项链，项链精巧别致，用料昂贵。她笑着嗔怪他："你每次出差都给我带礼物回来，我梳妆台里的首饰都戴不过来了。"

他微微弯腰，从身后抱住她，对着镜子里那有着精致的脸庞的可人儿说道："没办法，太想你了，又不能见到你。我都想退休不干了。以后不出差了，真磨人！"

兰烛由原先坐着变成站起来，环住眼前这个帅气男人的脖子，仰着头看着他："你看看你怎么净说瞎话？"

他原先环在她腰间的手松开，抓起她另一只垂落的手，轻笑道："阿烛，我们去酒店吧。"

兰烛红着脸："去酒店干吗？"

江昱成附耳，用唇蹭着她的耳垂："去酒店，你放得开一些。"

兰烛抽出手来："我不要。"

江昱成伸手揽过她的腰，让她倒在自己的怀里，另一只手护在她的脑后，把她压在沙发里："你就这么不想我啊？"

兰烛连忙用枕头挡住自己的脸："不想。"

江昱成不管她这口是心非的样子，拉起她就往浴室走："不去就不去，我还治不了你了？去洗澡。"

浴室里水声“哗哗”响，水汽氤氲，浴缸里时而溅起朵朵水花，漫延出一片春色。

最后，兰烛疲惫地躺在床上，在光影下打量着躺在她身边的男人。他闭着眼睛，鼻梁高挺，五官俊朗。她觉得躺着看不够，于是趴过身子，用手支撑着头看。

“你偷偷看我干吗？”她眼前的男人没睁眼，却伸手揽过了她。

淡淡的熏香把整个屋子熏得充满了春日的气息。

“江昱成。”她往前凑了凑。

“嗯。”他低低地应了一声。

“我也很想你。”

他睁开眼，看到怀里的人睁着眼睛，脸上还带着红晕，说这话的时候让他觉得心口舒服极了。她这几年真是越长越美了。

屋子里温暖得让他整个人都放松了下来，屋外的雪花缓慢又悠扬地飘落着。

他低头对着她轻轻一吻：“我知道，我爱你，很爱很爱你。”

兰烛眉眼含笑：“我也是。”